D0889473

RABIA

Y

PERDICIÓN

JENNIFER L. ARMENTROUT

RABIA Y PERDICIÓN

EL HERALDO II

Traducción de Aida Candelario

Plataforma
Editorial

Título original: *Rage and Ruin,* publicado en inglés, en 2020,
por Inkyard Press, Canadá.

Copyright © 2020 by Jennifer L. Armentrout
Translation rights arranged by Taryn Fagerness Agency
and Sandra Bruna Agencia Literaria, SL
All rights reserved

Primera edición en esta colección: febrero de 2021

© de la traducción, Aida Candelario, 2021
© de la presente edición, Plataforma Editorial, 2021

Plataforma Editorial
c/ Muntaner, 269, entlo. 1ª – 08021 Barcelona
Tel.: (+34) 93 494 79 99
www.plataformaeditorial.com
info@plataformaeditorial.com

Depósito legal: B 3034-2021
ISBN: 978-84-18285-83-7
IBIC: YF

Printed in Spain – Impreso en España

Realización de cubierta y fotocomposición:
Grafime

El papel que se ha utilizado para imprimir este libro proviene
de explotaciones forestales controladas, donde se respetan
los valores ecológicos y sociales y el desarrollo sostenible del bosque.

Impresión:
Liberdúplex
Sant Llorenç d'Hortons (Barcelona)

El papel utilizado para la impresión de este libro
ha sido fabricado a partir de madera procedente
de bosques y plantaciones gestionados con los
más altos estándares ambientales.
Papel certificado Forest Stewardship Council ®

Para Loki, que estuvo a mi lado mientras escribía *Rabia y perdición*,
y para Apollo, que está ahora conmigo mientras edito este libro.
Te echo de menos.
Te quiero.

Uno

Abrí los ojos hinchados y doloridos y clavé la mirada en el pálido rostro translúcido de un fantasma.

Me senté de golpe, ahogando una exclamación. Unos cuantos mechones de cabello oscuro me cayeron sobre la cara.

—¡Cacahuete! —Me presioné la palma de la mano contra el pecho, donde mi pobre corazón retumbaba como un tambor de metal—. Pero ¿tú de qué vas, tío?

El fantasma, que había sido una especie de compañero de cuarto para mí durante la última década, me dedicó una amplia sonrisa desde donde flotaba en el aire, a unos diez centímetros por encima de la cama. Estaba estirado de costado, con la mejilla apoyada en la palma de la mano.

—Solo me aseguro de que sigues viva.

—Dios mío. —Bajé la mano hasta el suave edredón de color gris perla, exhalando de forma entrecortada—. Te he dicho un millón de veces que dejes de hacer eso.

—Me sorprende bastante que todavía creas que te escucho la mitad del tiempo.

Él tenía razón en eso.

El fantasma detestaba seguir mis normas, que se reducían a dos:

«Llamar antes de entrar en la habitación» y

«No observarme mientras duermo».

En mi opinión, eran unas normas bastante razonables.

Cacahuete tenía el mismo aspecto que la noche que murió, allá por la década de 1980. Su camiseta de un concierto de

Whitesnake era una pasada, al igual que los vaqueros negros y las zapatillas Chuck Taylor rojas. El día que cumplió diecisiete años, por alguna razón estúpida, se subió a una de esas enormes torres de sonido y acabó matándose al caer, lo que demostraba que la selección natural sí existía.

No había cruzado hacia la brillante luz blanca y, hace unos años, dejé de intentar convencerlo cuando me aseguró, con total convicción, que todavía no era el momento. Ese momento había llegado hacía mucho, pero allá él. Me gustaba tenerlo por aquí... menos cuando hacía cosas raritas como esta.

Me aparté el pelo de la cara y recorrí mi cuarto con la mirada... No, no era mi cuarto. Esta ni siquiera era mi cama. Todo esto era de Zayne. Mi mirada saltó desde las gruesas cortinas que bloqueaban la luz del sol hasta la puerta del cuarto. La puerta cerrada a la que no le había pasado la llave la noche anterior, por si acaso...

Sacudí la cabeza.

—¿Qué hora es?

Me recosté contra el cabecero de la cama, con la manta subida hasta la barbilla. Como la temperatura corporal de los Guardianes era más alta que la de los humanos y estábamos en julio, así que lo más probable es que fuera hiciera un bochorno infernal, el apartamento de Zayne parecía una nevera.

—Son casi las tres de la tarde —contestó Cacahuete—. Y por eso creí que estabas muerta.

«Joder», pensé, restregándome la cara con la mano.

—Anoche regresamos bastante tarde.

—Lo sé. Estaba aquí. Tú no me viste, pero yo a ti sí. A los dos. Estaba mirando.

Fruncí el ceño. Eso no sonaba nada rarito, qué va.

—Tenías pinta de haber estado en un túnel de viento. —La mirada de Cacahuete me recorrió la cabeza—. Y sigues igual.

Fue como si hubiera estado en un túnel de viento. En un sentido mental, emocional y físico. Anoche, después de sufrir una monumental crisis nerviosa junto a la vieja casa del árbol en el complejo de los Guardianes, Zayne me había llevado a volar.

Había sido mágico, estar allá arriba con el frío aire nocturno, donde las estrellas que siempre me parecían tan tenues se volvieron brillantes. Yo no quería que acabara, ni siquiera cuando se me entumeció la cara y a mis pulmones empezó a costarles respirar. Quería quedarme allá arriba, porque el viento y el cielo nocturno me mantendrían a salvo de todo, pero Zayne me había traído de vuelta a la Tierra y a la realidad.

Eso había ocurrido hacía apenas unas horas, pero parecía haber transcurrido toda una vida. Apenas me acordaba de haber regresado al apartamento de Zayne. No habíamos hablado de lo que había ocurrido con... Misha, ni de lo que le había ocurrido a Zayne. En realidad, no habíamos hablado de nada, aparte de cuando él me preguntó si necesitaba algo y yo farfullé que no. Me desvestí y me metí en la cama, y él se quedó en la sala de estar, durmiendo en el sofá.

—¿Sabes qué? —comentó Cacahuete, sacándome del ensimismamiento—. Puede que esté muerto y eso, pero tienes peor pinta que yo.

—¿Ah, sí? —murmuré, aunque no me sorprendía oírlo.

Teniendo en cuenta cómo notaba la cara, probablemente parecía que me hubiera dado de bruces contra una pared.

Él asintió con la cabeza.

—Has estado llorando.

Efectivamente.

—Un montón —añadió.

Muy cierto.

—Como ayer no volviste, me preocupé. —Ascendió flotando y se sentó en el borde de la cama. Sus piernas y caderas desaparecieron unos centímetros en medio del colchón—. Pensé que te había pasado algo. Me entró pánico. Estaba tan preocupado que ni siquiera pude terminar de ver *Stranger Things*. ¿Quién va a cuidar de mí si te mueres?

—Estás muerto, Cacahuete. No hace falta que nadie cuide de ti.

—Aun así, necesito que me quieran y me valoren y piensen en mí. Soy como Papá Noel. Si no hay nadie vivo que crea en mí y quiera que esté aquí, dejaré de existir.

El tema de los fantasmas y los espíritus no funcionaba así. Para nada. Pero Cacahuete tenía un maravilloso don para la exageración. Una sonrisa me tiró de las comisuras de la boca hasta que recordé que yo no era la única persona que podía verlo. También podía hacerlo una niña que vivía en este edificio de apartamentos. Debía tener algunas gotas de sangre angelical corriéndole por las venas, como todos los humanos que podían ver fantasmas o disponían de otras habilidades psíquicas. Suficiente como para hacerla... diferente a los demás. No existían muchos humanos con rastros de sangre angelical, así que me asombró enterarme de que había alguien tan cerca de donde me había mudado.

—¿No tenías una nueva amiga? —le recordé.

—¿Gena? Es guay, pero no sería lo mismo si acabas estirando la pata, y sus padres no son fetén, ¿sabes? —Antes de poder confirmar que *fetén* significaba «guay» en jerga de los ochenta, me preguntó—: ¿Dónde estuviste anoche?

Mi mirada se posó en aquella puerta cerrada, sin pasar la llave.

—Estuve en el complejo de los Guardianes con Zayne.

Cacahuete se acercó unos centímetros y levantó una mano etérea. Me dio una palmadita en la rodilla, pero no sentí nada a través de la manta, ni siquiera la ráfaga de aire frío que normalmente experimentaba cuando me tocaba.

—¿Qué ha pasado, Trinnie?

«Trinnie.»

Él era el único que me llamaba así, mientras que los demás me llamaban Trin o Trinity.

Cerré mis ojos doloridos al caer en la cuenta. Cacahuete no lo sabía, y no estaba segura de cómo contárselo cuando las heridas que habían dejado los actos de Misha todavía no habían cicatrizado. En todo caso, simplemente me las había cubierto con un vendaje de lo más endeble.

Estaba logrando mantener la compostura. A duras penas. Así que lo último que quería era hablar de ello con nadie, pero Cacahuete merecía saberlo. Conocía a Misha. Le caía bien, aunque Misha nunca hubiera podido verlo ni comunicarse con él, y había venido a Washington conmigo para encontrar a Misha en lugar de quedarse en la comunidad de Guardianes de las tierras altas del Potomac.

Vale, yo era la única que podía ver a Cacahuete y comunicarme con él, pero el fantasma se sentía cómodo en la comunidad. Acompañarme significó un gran paso para él.

Mantuve los ojos cerrados mientras realizaba una larga inspiración entrecortada.

—Pues, verás… encontramos a Misha, pero no… no salió bien, Cacahuete. Ha muerto.

—No —susurró. Y luego repitió, más fuerte—: No.

Asentí con la cabeza.

—Dios mío. Lo siento, Trinnie. Lo siento muchísimo.

Tragué saliva con dificultad para aliviar el nudo que se me había formado en la garganta y lo miré a los ojos.

—Los demonios…

—No fueron los demonios —lo interrumpí—. Me refiero a que no lo mataron. No lo querían muerto. En realidad, Misha colaboraba con ellos.

—¿Qué? —El asombro que se reflejó en su voz, la forma en la que esa única palabra sonó tan aguda que casi podría haber roto un cristal, habría resultado divertido en cualquier otra situación—. Era tu protector.

—Él lo planeó: su secuestro y todo eso. —Levanté las rodillas por debajo de la manta y las apreté contra el pecho—. Incluso se encargó de que Ryker me viera usar mi gracia aquel día.

—Pero Ryker mató a…

«Mi madre.» Cerré los ojos con fuerza de nuevo y los sentí arder, como si fuera posible que todavía me quedaran lágrimas dentro.

—No sé qué le pasó a Misha. Si siempre… me odió o fue por el vínculo de protector. Me enteré de que nunca debieron vincularlo conmigo. Se suponía que debía ser Zayne, pero hubo un error.

Un error del que mi padre estaba enterado y no solo no había hecho nada para solucionarlo, sino que no parecía haberle importado en absoluto. Cuando le pregunté por qué no había hecho nada, me contestó que quería ver qué pasaba.

¿Se puede ser más retorcido?

—Puede que el vínculo lo corrompiera. Lo volviera… malo —proseguí, con voz ronca—. No lo sé. Nunca lo sabré, pero el «porqué» no cambia el hecho de que estaba colaborando con

13

Bael y ese otro demonio. Incluso me dijo que el Heraldo lo había elegido. —Me estremecí cuando el rostro de Misha apareció en mi mente—. Que el Heraldo le dijo que él también era especial.

—¿Ese no es el que está matando a Guardianes y demonios?

—Así es. —Abrí los ojos cuando estuve segura de que no iba a echarme a llorar—. Tuve que...

—Oh, no.

Cacahuete pareció comprenderlo sin que yo llegara a decirlo. Pero tenía que decirlo, porque era la realidad. Era la verdad con la que tendría que vivir el resto de mis días.

—Tuve que matarlo.

Cada palabra fue como una patada en el pecho. No dejaba de ver a Misha. No el Misha del claro fuera de la casa del senador, sino el que me esperaba mientras yo hablaba con fantasmas. Que se echaba la siesta en su forma de Guardián mientras me sentaba a su lado. El Misha que había sido mi mejor amigo.

—Lo hice. Lo maté.

Cacahuete sacudió la cabeza. Su cabello castaño oscuro aparecía y desaparecía a medida que el fantasma se volvía más corpóreo durante un momento y luego perdía la concentración.

—No sé qué decir. Para nada.

—No hay nada que decir. Así son las cosas. —Exhalé mientras estiraba las piernas—. Zayne es ahora mi protector y me voy a quedar aquí. Debemos encontrar al Heraldo.

—A ver, esa parte está bien, ¿no? —Cacahuete se elevó de la cama, todavía en una postura sentada—. ¿Que Zayne sea tu protector?

Sí.

Y no.

Convertirse en mi protector le había salvado la vida a Zayne, así que eso estaba bien... estaba genial. Él no había vacilado a la hora de aceptar el vínculo y eso fue antes de enterarse de que suponía que debería haber sido él desde el principio. Pero eso también implicaba que Zayne y yo... En fin, que nunca podríamos ser más de lo que éramos ahora, y daba igual cómo me encantaría que pasara eso o cuánto me gustara Zayne. Daba igual que fuera el primer chico que me interesaba en serio.

Eché la cabeza hacia atrás en lugar de ahogarme con la almohada. Cacahuete se volvió borroso mientras flotaba hacia la cortina, aunque eso no tenía nada que ver con su forma fantasmal.

—¿Zayne se ha levantado ya?

—Sí, pero no está aquí. Te dejó una nota en la cocina. La leí mientras la escribía. —Sonaba bastante orgulloso—. Dice que fue a ver a alguien llamado Nic. Creo que era uno de los tíos que vino con él a la comunidad, ¿no? En fin, que se marchó hace como media hora.

Nic era el diminutivo de Nicolai, el líder del clan de Washington D. C. Zayne probablemente tenía asuntos pendientes con él ya que anoche se había marchado de la reunión que estaban manteniendo para ir a buscarme.

Zayne había sentido mis emociones a través del vínculo. Esa nueva y extraña conexión lo había guiado directamente a la casa del árbol. No estaba segura de si eso me asombraba, me irritaba o me inquietaba. Probablemente una mezcla de las tres cosas.

—Me pregunto por qué no me despertó —comenté mientras apartaba la manta y me deslizaba hasta el borde de la cama.

—En realidad, entró a ver cómo estabas.

Me quedé petrificada y rogué no haber estado babeando ni haciendo nada raro.

—¿Ah, sí?

—Pues sí. Pensé que iba a despertarte. Me dio la impresión de que se lo planteó, pero se limitó a cubrirte los hombros con la manta. Me pareció la repanocha.

No estaba segura de lo que significaba *repanocha*, pero en mi opinión había sido... Dios, había sido todo un detalle por su parte.

Era tan típico de Zayne.

Puede que solo lo conociera desde hacía unas semanas, pero me bastaba para poder imaginármelo tapándome con cuidado con el edredón y haciéndolo con tanta delicadeza que no me despertó.

Sentí una opresión en el pecho, como si mi corazón hubiera caído en una picadora de carne.

—Necesito una ducha.

Me levanté, esperando que me temblaran las piernas, pero me sorprendió sentirlas fuertes y estables.

—Sí, desde luego.

No hice caso de ese comentario mientras revisaba el móvil. Tenía una llamada perdida de Jada. Me dio un vuelco el estómago. Dejé el teléfono y me dirigí descalza al cuarto de baño. Encendí la luz e hice una mueca de dolor ante el repentino resplandor. A mis ojos no les sentaba bien ningún tipo de luz brillante. Ni tampoco las zonas oscuras ni en penumbra. En realidad, mis ojos eran una birria el 95,7 por ciento del tiempo.

—¿Trinnie?

Mantuve los dedos sobre el interruptor de la luz mientras miraba por encima del hombro hacia Cacahuete, que se había acercado al baño.

—¿Sí?

Él ladeó la cabeza y, cuando me miró, me sentí completamente expuesta.

—Sé cuánto significaba Misha para ti. Sé que tiene que doler muchísimo.

Terminar con la vida de Misha no me había dolido. Era muy probable que hubiera matado una parte de mí, reemplazándola con lo que parecía ser un pozo sin fondo de amargo resentimiento y pura rabia.

Pero no hacía falta que Cacahuete supiera eso. Ni él ni nadie.

—Gracias —susurré.

Di media vuelta y cerré la puerta, notando que me ardía el fondo de la garganta.

«No voy a llorar. No voy a llorar.»

En la ducha, que contaba con numerosos chorros y era lo bastante grande como para que cupieran dos Guardianes adultos, empleé los minutos bajo el agua ardiente para aclararme la mente.

O, en otras palabras, compartimentar.

Anoche me había desmoronado de una vez por todas. Me había permitido desahogarme llorando y ahora debía dejarlo atrás, porque tenía un trabajo que hacer. Tras años de espera, al fin había ocurrido.

Mi padre me había llamado para cumplir mi deber.

Encontrar al Heraldo y detenerlo.

Así que había muchas cosas que debía examinar y guardar en mi archivador mental para poder hacer aquello para lo que nací. Empecé por lo más trascendental. Misha. Metí lo que hizo y lo que tuve que hacer en el fondo del archivador, escondido bajo la muerte de mi madre y mi fracaso a la hora de impedirlo. Ese cajón tenía una etiqueta en la que se leía «FRACASOS ÉPICOS». En el siguiente cajón fue donde envié la causa de los moretones de color azul negruzco que me cubrían la cadera izquierda y todo el muslo. Otro cardenal me teñía el costado derecho de las costillas, donde Misha me había lanzado una violenta patada. Me había dado una buena paliza, pero había logrado derrotarlo.

No experimenté la habitual sensación de suficiencia u orgullo por haber vencido a alguien que contaba con un buen entrenamiento.

No había nada bueno que sentir al respecto.

Los moretones, los dolores y todo el sufrimiento fueron a parar al cajón llamado «PESADILLAS A MOGOLLÓN», ya que el motivo por el que Misha había conseguido asestar tantos golpes brutales fue porque sabía que mi visión periférica era limitada. Y lo había usado en mi contra. Esa era mi única debilidad a la hora de luchar, algo que debía mejorar, cuanto antes; porque, si el tal Heraldo descubría lo mal que veía, lo aprovecharía.

Igual que haría yo si la situación fuera a la inversa.

Y, sí, eso sería una pesadilla, porque no solo me moriría yo, sino también Zayne. Me estremecí mientras me giraba despacio bajo el chorro de agua. No podía dejarme llevar por ese temor... no podía obsesionarme con esa idea ni un segundo. El miedo te empujaba a hacer cosas imprudentes y estúpidas, y yo ya me comportaba así demasiadas veces sin un buen motivo.

El cajón superior había permanecido vacío y sin etiquetar hasta ahora, pero sabía qué iba a archivar allí. Ese era el lugar donde iba a poner todo lo que había pasado con Zane. El beso que le había robado cuando estábamos allá en las tierras altas del Potomac, la creciente atracción y todo el deseo, y aquella noche, antes de que nos vincularan, cuando Zayne me había besado y había sido exactamente como en las novelas románticas que le encantaban a mi madre. Cuando Zayne me besó, cuando llegamos lo más lejos posible sin consumar el acto, el mundo había dejado de existir más allá de nosotros.

Cogí todo eso, junto con el descarnado anhelo de sus caricias, su atención y su corazón (que probablemente todavía le pertenecía a otra), y cerré la carpeta.

Las relaciones entre los protectores y los Sangre Original estaban terminantemente prohibidas. ¿Por qué? Ni idea, aunque suponía que el motivo por el que la explicación era un misterio se debía a que yo era la única Sangre Original que quedaba.

Cerré ese cajón, que etiqueté simplemente como «ZAYNE», y, al salir de la ducha, el baño estaba lleno de vapor. Tras envolverme con una toalla, me incliné hacia delante y limpié el espejo empañado con la mano.

Pude ver mi reflejo. A tan corta distancia, mis rasgos solo estaban un poco borrosos. Mi piel, que solía tener un tono aceitunado, por gentileza de las raíces sicilianas de mi madre, estaba más pálida de lo habitual, lo que hacía que mis ojos castaños parecieran más grandes y oscuros. La piel que los rodeaba estaba hinchada y ojerosa. Mi nariz seguía estando ladeada y mi boca seguía pareciendo demasiado grande para mi cara.

Tenía exactamente el mismo aspecto que la noche en la que Zayne y yo salimos de este apartamento para ir a la casa del senador Fisher con la esperanza de encontrar a Misha o pruebas de dónde lo retenían.

No me sentía igual.

¿Cómo era posible que no hubiera un indicio físico más evidente de todo lo que había cambiado?

Mi reflejo no sabía la respuesta; pero, mientras le daba la espalda, dije lo único que importaba.

—Puedo con esto —susurré y luego repetí más fuerte—: Puedo con esto.

Dos

Con el pelo mojado y seguramente con una pinta horrible, me senté en la isla de la cocina, dando golpecitos con los pies descalzos y con la mirada fija en las paredes desnudas mientras sostenía en las manos un vaso de zumo de naranja.

El apartamento de Zayne estaba increíblemente vacío, lo que me recordaba a un piso piloto.

Aparte de mis botas negras de estilo militar, que estaban junto a la puerta del ascensor, no había objetos personales desperdigados. A menos que el saco de boxeo que colgaba en un rincón y las colchonetas azules apoyadas contra la pared contaran como objetos personales. Y no lo eran para mí.

Había una suave manta de color crema doblada con cuidado sobre el sofá gris, lista para sacar una foto. Ni siquiera quedaba un vaso olvidado en la encimera de la cocina ni tampoco un plato en el fregadero. La única habitación que mostraba algún indicio de que alguien vivía aquí era el dormitorio, y simplemente porque mis maletas habían vomitado mi ropa por todas partes.

Tal vez fuera el diseño industrial lo que aumentaba la sensación de frialdad. Los suelos de cemento y los grandes ventiladores metálicos que giraban en silencio en las vigas de metal a la vista no le aportaban nada de calidez al espacio abierto y diáfano. Ni las ventanas que iban del suelo al techo y debían de estar tintadas, porque la luz del sol que se filtraba a través de ellas no hacía que quisiera arrancarme los ojos.

Me volvería completamente loca si viviera aquí sola.

Estaba pensando en eso (cosas superimportantes), cuando sentí una repentina calidez en el pecho.

—Pero ¿qué diablos...? —susurré en dirección al espacio vacío. La calidez se intensificó.

¿Me estaba dando un infarto? Vale. Eso era una estupidez por un montón de razones. Me froté el pecho. Tal vez fuera indigestión o el comienzo de una úlce...

Un momento.

Bajé el vaso. Lo que sentía era un eco de mi propio corazón y de pronto supe de qué se trataba. Madre mía, se trataba del vínculo: era Zayne, y estaba cerca.

Ahora contaba con un radar para localizar a Zayne, lo que resultaba algo (o muy) raro de narices.

Hice ademán de morderme la uña del pulgar, pero en su lugar cogí el vaso de zumo y me lo terminé con dos ruidosos y desagradables tragos. Mis latidos se aceleraron cuando el timbre anunció la llegada del ascensor y mi mirada se dirigió hacia las puertas de acero al mismo tiempo que me invadía una energía nerviosa. Dejé el vaso sobre la isla antes de que se me cayera. Cada vez que veía a Zayne era como si fuera la primera vez, pero no se trataba solo de eso.

Anoche me había echado a llorar encima de él. Literalmente.

Noté cómo un calor me subía por la nuca. Yo no solía llorar y, hasta anoche, había empezado a creer que mis conductos lagrimales no funcionaban bien. Por desgracia, a esos conductos no les pasaba nada. Anoche hubo un montón de espantosos sollozos mocosos.

La puerta se abrió y la energía ansiosa me estalló en el estómago al verlo entrar.

Mierda.

Zayne hacía que una simple camiseta blanca y unos vaqueros oscuros parecieran hechos a medida para él y solo para él. La tela se estiraba sobre sus hombros anchos y su pecho y, sin embargo, se ajustaba a su cintura estrecha y definida. Todos los Guardianes eran altos en su forma humana; pero con sus casi dos metros él era uno de los más altos que había visto.

Zayne poseía un precioso y abundante pelo rubio con unas ondas naturales que yo no sería capaz de imitar ni con horas de sobra, un tutorial de YouTube y una docena de rizadores. Hoy lo llevaba recogido en un moño en la nuca y le rogué a Dios que nunca se lo cortara.

Me vio de inmediato y, aunque no podía ver sus ojos desde donde estaba sentada, pude sentir su mirada sobre mí. Era intensa y dulce al mismo tiempo y me provocó un leve escalofrío de reconocimiento en los brazos. Menos mal que ya no tenía el vaso en las manos.

—Hola, dormilona —dijo mientras la puerta del ascensor se cerraba a su espalda—. Me alegra verte levantada.

—Siento haberme despertado tan tarde.

Levanté las manos y luego volví a dejarlas caer en el regazo, sin saber qué hacer con ellas. Zayne sostenía una especie de papel enrollado debajo del brazo y una bolsa de papel marrón con la otra mano.

—¿Necesitas ayuda con eso? —le ofrecí, aunque era una pregunta estúpida teniendo en cuenta que él podría levantar un Ford Explorer con una mano.

—Qué va. Y no te disculpes. Necesitabas descansar.

Sus facciones me resultaban borrosas, incluso con las gafas puestas, pero se fueron volviendo más claras y definidas a cada paso que daba hacia mí.

Aparté la mirada, pero eso no me impidió ser consciente de su aspecto.

Es decir: absoluta, apabullante y brutalmente guapo. Se me podrían ocurrir más adjetivos para describirlo, pero, sinceramente, ninguno le haría justicia.

Su piel poseía un tono dorado que no se debía a estar al sol. Sus pómulos altos y anchos hacían juego con una boca amplia y expresiva que estaba rematada con una mandíbula que podría haber sido esculpida en granito.

Ojalá fuera menos atractivo (o yo menos superficial), pero, aunque ambas cosas fueran ciertas, no habría mucha diferencia, a fin de cuentas. Zayne no era solo un bonito envoltorio que ocultaba un feo interior ni una personalidad desagradable. Era muy listo, contaba con una gran inteligencia tan aguda como su ingenio. Me resultaba divertido y entretenido, incluso cuando me sacaba de quicio y se mostraba sobreprotector. Pero, lo que era más importante, era realmente bueno y, Dios mío, la mayoría de la gente subestimaba la bondad.

Zayne tenía buen corazón, un corazón grande y gentil, aunque le faltara una parte de su alma.

Según un dicho, los ojos eran el espejo del alma, y era cierto. Al menos en el caso de los Guardianes. Y, debido a lo que le había ocurrido a Zayne, los suyos eran de un tono azul pálido y gélido.

Cuando ocurrió, él estaba saliendo con Layla, la mitad demonio y mitad Guardiana con la que había crecido, y que también resultó ser la hija de Lilith. Se habían besado y, debido a la forma en la que las habilidades de Lilith se habían manifestado en Layla, ella le había arrebatado una parte de su alma a Zayne.

Cerré los puños. Lo de chuparle el alma había sido un accidente, y él conocía los riesgos a los que se exponía, pero eso no impidió que me invadiera un ramalazo de ira y algo mucho más amargo. Zayne la deseaba tanto (la quería tanto) que había corrido ese riesgo. Se había puesto en peligro y había arriesgado su vida en el más allá solo por besarla.

Eso era muy fuerte, porque no me parecía que un alma incompleta causara muy buena impresión cuando uno llega a las puertas del cielo, por muy buen corazón que tuviera.

Esa clase de amor no podía morir sin más, no en siete meses, y algo que me negaba a reconocer (algo que había guardado en ese archivador) se marchitó un poco en mi pecho.

—¿Estás bien? —me preguntó Zayne mientras colocaba la bolsa y el papel enrollado sobre la isla.

El olor que emanaba de la bolsa marrón me recordó a carne a la parrilla. Asentí con la cabeza, con la mirada clavada en la bolsa de papel, mientras me preguntaba si él estaría captando algo a través del vínculo.

—Sí. Esto... eh... en cuanto a lo de anoche...

—¿A qué te refieres?

—Siento... ya sabes... haberme echado a llorar como una Magdalena.

Me puse colorada.

—No hace falta que te disculpes, Trin. Has pasado por mucho...

—Igual que tú.

Me miré los dedos y las uñas romas y astilladas.

—Me necesitabas, y yo necesitaba estar allí.

Zayne hacía que sonara tan simple, como si siempre hubiera sido así.

—Dijiste eso anoche.

—Sigue siendo verdad hoy.

Apreté los labios y asentí de nuevo mientras realizaba una larga inspiración y luego exhalaba despacio. Sentí la calidez de su mano antes de notar sus dedos bajo el mentón. En cuanto su piel tocó la mía, me recorrió un extraño fogonazo de electricidad, de reconocimiento, y no supe decir si se debía al vínculo o simplemente era por Zayne. Su aroma característico, que me recordaba a menta fresca, me estimuló los sentidos. Me hizo levantar la cabeza, hasta que nuestras miradas se encontraron.

Había estirado el brazo sobre la isla de la cocina, por encima del papel enrollado. Me recorrió el rostro con su pálida mirada y levantó una comisura de la boca.

—Llevas gafas.

—Sí.

Aquella media sonrisa se ensanchó.

—No te las sueles poner.

Tenía razón, aunque no era por un motivo patético relacionado con la vanidad. Aparte de para leer o usar el ordenador, no me servían de mucha ayuda más allá de hacer que algunas cosas estuvieran menos borrosas.

—Me gusta. Me gusta cómo te quedan.

Mis gafas tenían una simple montura negra cuadrada, sin un color ni un diseño a la moda, pero de pronto consideré que debería ponérmelas más a menudo.

Y entonces dejé de pensar en mis gafas, porque los dedos de Zayne se movieron en mi mentón y sentí que su pulgar se deslizaba por la piel situada justo debajo del labio. Un leve estremecimiento me recorrió la piel, seguido de un acaloramiento completamente diferente y que resultaba embriagador y estimulante.

«Quieres besarme otra vez, ¿verdad?»

Pude oírle decir esas palabras con la misma claridad que si las hubiera pronunciado en voz alta, como hizo cuando le ayudé a sacarse la garra de diablillo del pecho. Entonces contesté que sí, sin dudarlo, aunque no había sido una idea demasiado sensata.

Las ideas poco sensatas siempre han sido divertidas... muy divertidas.

Zayne bajó la mirada y las pestañas le ocultaron los ojos. Tuve la sensación de que podría estar mirándome la boca y eso fue... Deseé que pasara eso con toda mi alma.

Me eché hacia atrás, apartándome de su alcance.

Él bajó la mano y carraspeó.

—¿Cómo has dormido?

—Bien. —Recuperé la voz a medida que la calidez se desvanecía y se me ralentizaba el pulso—. ¿Y tú?

La mirada que me lanzó mientras se enderezaba indicaba que no estaba seguro de si me creía o no.

—Dormí por puro agotamiento, pero podría haber estado mejor.

—El sofá no debe ser demasiado cómodo.

Me miró de nuevo a los ojos y me quedé sin aliento. Sabía perfectamente que no debía ofrecerle la cama, pero era lo bastante grande para los dos y éramos adultos maduros. Más o menos. Ya la habíamos compartido antes sin que hiciéramos travesuras, pero desde luego que habíamos hecho travesuras divertidas y prohibidas la última vez que nos habíamos acostado juntos en aquella cama.

Él se encogió de hombros.

—¿Viste mi nota?

Negué con la cabeza, aliviada por el cambio de tema.

—Cacahuete te vio escribirla y me contó qué ponía. Me dijo que fuiste a ver a Nicolai.

Zayne se quedó inmóvil y sus dedos interrumpieron el proceso de abrir la bolsa. Apreté los labios para contener una sonrisa mientras él echaba un vistazo a su espalda.

—¿Está aquí ahora?

Recorrí el apartamento vacío con la mirada.

—No que yo sepa. ¿Por qué? ¿Te daría mal rollo que estuviera contigo sin que lo supieras? —me burlé—. ¿Tienes miedo del pobre Cacahuete?

—Soy lo bastante machote como para admitir que tener un fantasma por aquí me da canguis.

—¿Canguis? —me reí—. ¿Cuántos años tienes? ¿Doce?

Zayne resopló mientras desenrollaba la bolsa y el aroma a carne a la parrilla se hizo más intenso.

—Cuidadito o me comeré la hamburguesa que te he traído delante de ti y la saborearé.

Mi estómago gruñó cuando sacó la caja de cartón blanco.

—Si hicieras eso, te lanzaría de una patada contra la pared.

Él se rio entre dientes mientras colocaba la cajita delante de mí y luego sacaba otra.

—¿Te apetece algo de beber? —Se giró hacia la nevera—. Me parece que tengo una Coca-Cola por aquí, ya que te niegas a beber agua.

—El agua es para la gente que se preocupa por su salud y a mí no me va ese tipo de vida.

Zayne sacudió de nuevo la cabeza mientras sacaba una lata de delicia carbonatada y una botella de agua. Deslizó la primera por la isla hacia mí.

—¿Sabes que, para la mayoría de la gente sana, beber dos litros de agua al día es tan útil como todo eso de «si quieres una vida sana, come cada día una manzana»? —le pregunté—. ¿Que en realidad solo necesitas beber agua cuando tienes sed, porque, sorpresa, por eso tienes sed, sobre todo porque obtienes agua de otras bebidas, como mi maravilloso refresco cargado de calorías, y de la comida? ¿Que los estudios de los que surgió todo eso de los dos litros de agua también afirmaban que puedes conseguir la mayor parte del agua que necesitas de los alimentos que comes; pero que cuando se hicieron públicos los informes omitieron eso de forma muy conveniente?

Zayne enarcó una ceja mientras desenroscaba la tapa de su botella de agua.

—Corrígeme si me equivoco. No hay ninguna prueba científica en absoluto que apoye la norma de los dos litros de agua, y no me apetece ahogarme en agua. —Abrí la lata de refresco—. Así que no te metas en mi vida.

Zayne se bebió media botella de un trago impresionante.

—Gracias por la clase sobre salud.

—De nada. —Le dediqué una amplia sonrisa mientras abría la cajita. Mi estómago bailó de alegría cuando le eché un vistazo a la hamburguesa a la parrilla rodeada por un bollo de sésamo tostado y acompañada de patatas fritas rizadas—. Y gracias por la comida. Eres una joya. No sé qué haría sin ti.

—Me alegro, porque no pienso apartarme de tu lado.

Levanté la mirada de golpe. Él no me estaba mirando, sino que estaba ocupado abriendo su comida, lo que era una suerte, porque mi imaginación había echado a volar con esas palabras.

Noté un estallido de emoción en el centro del pecho y, curiosamente, me recordó al olor de la pimienta. Parecía frustración y me dio la impresión de que podría provenir de Zayne.

Qué raro.

—Aunque, en realidad, a estas alturas no puedes librarte de mí, ¿verdad? —Alzó la vista a través de las densas pestañas—. Tienes que aguantarme.

—Pues sí.

Parpadeé y terminé de desenvolver la hamburguesa. Aunque yo no lo veía de ese modo. Él era mi protector vinculado. Yo era la Sangre Original a la que protegía. Juntos, formábamos un equipo de cuidado porque habíamos sido creados el uno para el otro y lo único que podría separarnos era la muerte.

En el fondo de su ser, ¿Zayne consideraba que debíamos aguantarnos el uno al otro a pesar de que no había vacilado cuando le ofrecieron el vínculo? ¿No era lo mismo que había ocurrido con Misha? Aparte del hecho de que nunca deberían habernos vinculado, yo había sentido un creciente descontento en él, pero estaba tan absorta en mí misma que no le había prestado atención.

Hasta que fue demasiado tarde.

Zayne se había enterado de que se suponía que mi madre debería haberme llevado con su padre y, como no lo había hecho, su padre creyó que Zayne debía acoger a Layla. De algún modo, me había confundido a mí, una Sangre Original, con un montón de sangre angelical, con una mitad demonio y mitad Guardiana.

Y eso era una metedura de pata monumental.

Yo no tenía ni idea de lo que opinaba Zayne de todo esto. Ni si le importaba que se suponía que debería haber crecido conmigo.

Levanté el bollo y aparté la gruesa rodaja de tomate al mismo tiempo que abría la boca para hablar. Pero cometí el error de fijarme en su caja de comida. Había pedido para él un sándwich de pollo a la parrilla. Hice una mueca, porque la pechuga de pollo sin sazonar no tenía una pinta nada apetitosa. Volví a dejar el bollo sobre la hamburguesa mientras Zayne retiraba la tapa de su sándwich.

—Eres un monstruo —susurré.

Él se rio entre dientes.

—¿Te vas a comer eso? —Señaló el tomate del que me había librado. Negué con la cabeza—. Por supuesto que no. No te gustan las verduras ni el agua.

—Eso no es verdad. Me gustan las cebollas y los pepinillos.

—Solo si están en una hamburguesa. —Agarró su caja de comida, rodeó la isla y se sentó en el taburete situado al lado del mío. A continuación, cogió el tomate y lo depositó sobre su pobre sándwich de pollo a la parrilla—. Come y luego te enseñaré lo que conseguí cuando fui a ver a Nic.

Comimos uno al lado del otro, pasándonos las servilletas, sin sentir la necesidad de llenar el silencio con palabras vacías. Había una intimidad en aquella situación que me sorprendió bastante. Cuando terminamos, me ofrecí a recoger, puesto que él había traído la comida y yo no había hecho más que dormir. En cuanto terminé de limpiar la isla, volví a sentarme en el taburete, al lado de Zayne.

—Antes de ver lo que tienes, tengo que pedirte un favor —dije, realizando una inspiración entrecortada.

—Lo que quieras —contestó.

Alcé las cejas.

—No te he dicho de qué favor se trata.

Él encogió un hombro enorme.

—Sea lo que sea, dalo por hecho.

Lo miré fijamente.

—¿Y si te pidiera que cambiaras tu Impala clásico por una miniván de los ochenta?

Me miró con el ceño fruncido.

—Eso sería una petición muy rara.

—¡Exactamente, y acabas de aceptar!

Ladeó la cabeza.

—Eres rara, Trin, pero no me parece que lo seas tanto.

—Creo que debería sentirme ofendida por esa afirmación.

Él sonrió.

—¿De qué favor se trata?

—Necesito que me ayudes... a entrenar. —Enderecé la espalda—. Misha y yo entrenábamos todos los días. Eso no me hace falta, pero sí necesito práctica en cierta área.

Eso hizo que me prestara toda su atención.

—¿Qué área?

—Ya sabes que no tengo demasiada visión periférica. —Levanté los pies del suelo y los apoyé en el travesaño del taburete—. Es literalmente un punto ciego para mí. Así que, cuando lucho, procuro mantener suficiente distancia entre mi oponente y yo para tenerlo en mi campo de visión central.

Zayne asintió con la cabeza.

—Tiene sentido.

—Bueno, Misha conocía mi punto débil y lo explotó, por eso acertó tantos golpes. Yo haría lo mismo en una pelea. Todo vale.

—Yo también —murmuró.

—Y dudo que Misha se guardara esa información. Podría habérselo contado a Bael. Puede que incluso al tal Heraldo —expliqué—. Necesito mejorar. No sé cómo, pero necesito...

—¿Aprender a no depender de la vista?

Exhalé, haciendo un gesto afirmativo con la cabeza.

—Sí.

Él frunció los labios.

—Es una gran idea trabajar en eso y siempre viene bien entrenar. No se me había ocurrido.

—Bueno, todo esto del vínculo acaba de pasar, así que...

Me lanzó una breve sonrisa.

—Déjame pensar en formas de trabajar en lo que quieres.

Sonreí, aliviada.

—Yo haré lo mismo. Bueno, ¿qué querías enseñarme?

Desenrolló el papel, extendiéndolo sobre la isla.

—Le pedí a Gideon que imprimiera los planos que encontramos en la casa del senador Fisher, a los que Layla les sacó fotos. Supuse que querrías verlos.

No me había sido posible verlos esa noche, así que esto era increíblemente... considerado por su parte. Me incliné sobre el documento, que acabó ocupando la mitad de la isla, y examiné el diseño mientras Zayne se levantaba del taburete. Yo carecía de experiencia interpretando planos de construcción, pero un momento después supe que habían acertado en sus suposiciones.

—Sí que son los planos de un colegio, ¿verdad? Estos cuadrados son aulas. Esto es una cafetería y esto son dormitorios.

—Así es. —Regresó a la isla con un portátil—. Gideon realizó una búsqueda rápida de registros y no consiguió encontrar ningún permiso relacionado con el senador y un colegio, pero quiero ver si puedo encontrar algo en internet al respecto mientras él sigue revisando distintas bases de datos.

—Buena idea —murmuré, examinando los planos.

—Escucha esto —dijo Zayne unos minutos después—. Sabemos que Fisher es el líder de la mayoría en el Senado y que tiene fama de ser un hombre íntegro y devoto, la personificación de los valores familiares de los años cincuenta.

—Que irónico —mascullé.

—Ni te imaginas cuántas páginas web me estoy encontrando dedicadas a él y creadas por personas religiosas. Algunas incluso forman parte de los Hijos de Dios.

Puse los ojos en blanco.

—Bueno, eso debería servir de aviso.

Zayne soltó una risita burlona.

—Según estas páginas web, creen que el senador es una especie de profeta o salvador que está destinado a salvar a Estados Unidos. No tengo ni idea de qué. —Negó con la cabeza, moviendo los dedos sobre el panel táctil—. Por suerte, esa gente parece ser una minoría muy muy pequeña.

Gracias a Dios. Había una retorcida ironía en la situación del senador. No cabía duda de que aquel hombre no le tenía ningún aprecio a Dios, teniendo en cuenta que se había aliado con un longevo demonio de nivel superior y había acudido a unos brujos para conseguir hechizos que convertían a humanos en carne de cañón ambulante. Se trataba del mismo aquelarre que nos había traicionado al contarle nuestros planes al demonio Aym, que ahora estaba bien muerto. Por suerte. Caray. Ojalá yo supiera realizar conjuros, porque le lanzaría una buena maldición al aquelarre.

—Planee lo que planee, dudo que sea bueno.

—Estoy de acuerdo —contestó Zayne, mientras sus dedos se deslizaban sobre el teclado—. Por lo visto, el incendio apareció en las noticias.

Inclinó el portátil para dejarme ver una fotografía de una casa destrozada y carbonizada acompañada del titular «Incendio nocturno destruye la casa del líder de la mayoría, el senador Fisher».

—El artículo no dice gran cosa, aparte de echarle la culpa a un fallo en la instalación eléctrica.

Resoplé.

—Puede que yo no sea una experta en incendios provocados, pero dudo mucho que haya algo en ese incendio que le haga pensar a alguien que fue por un fallo eléctrico...

Me interrumpí al visualizar las impías llamas rojas, vi a Zayne, que en su forma de Guardián resultaba casi indestructible, quemado y casi muerto...

—Es probable que Fisher tenga gente colaborando con él en el departamento de bomberos —me explicó Zayne, sacándome de mi ensimismamiento—. Cuando los demonios se infiltran en círculos humanos, se convierte en una epidemia, en la que los demonios son la enfermedad. El primer humano al que corrompen se convierte en el portador y capta a otros. Como un virus que se propaga de un contacto a otro, y cuanto más se aleja la fuente del portador, más les cuesta a los humanos comprender para qué o para quién están trabajando en realidad.

—Pero el senador sabe que está colaborando con un demonio. Fue a ver al aquelarre y consiguió ese hechizo. —Fruncí el ceño—. Y también prometió partes del cuerpo de un Sangre Original... de mi cuerpo... a cambio. El muy imbécil.

Un leve gruñido hizo que se me erizara todo el vello del cuerpo y recorrí la cocina con la mirada para ver de dónde provenía el sonido. Nunca había visto un sabueso infernal y supuse que ese era el tipo de ruido que hacían, pero ese sonido venía de Zayne.

Abrí mucho los ojos.

—Eso no va a pasar. —Sus ojos destellaron con un intenso tono azul pálido—. Nunca. Puedo prometértelo.

Asentí despacio.

—No, no pasará.

Él me sostuvo la mirada y luego retomó la búsqueda en internet. Se me tensaron los músculos al mismo tiempo que una punzada de miedo se me clavaba en el pecho, seguida de la repentina certeza de que Zayne... moriría por mí. Casi lo había hecho ya y eso fue antes de que estuviéramos vinculados. Me había apartado de en medio cuando Aym se abalanzó sobre mí, y casi lo pagó con su vida. Aym poseía un talento espantoso para emplear el Fuego Infernal, que podía quemar todo lo que encontrara a su paso, incluido un Guardián.

Como mi protector, dar su vida por la mía formaba parte del trabajo de Zayne. Si yo moría, también lo haría él; pero si él moría protegiéndome, yo seguiría viviendo, y supuse que otro lo reemplazaría... Otro como Misha, al que se suponía que nunca deberían haber vinculado conmigo.

—No tengas miedo —comentó con la mirada fija en la pantalla del portátil.

Giré la cabeza bruscamente hacia él. El brillo de la pantalla iluminaba su perfil.

—¿Qué?

—Puedo sentirlo. —Se me tensaron los hombros cuando apoyó la mano izquierda en su pecho—. Es como si se me clavara un carámbano de hielo en el pecho. Y sé que no tienes miedo de mí ni por ti. Eres una tía demasiado dura. Tienes miedo por mí, y no hace falta. ¿Sabes por qué?

—¿Por qué? —susurré.

Zayne me miró entonces con expresión resuelta.

—Eres fuerte y eres una guerrera fantástica. Puede que yo sea tu protector en algunos casos, pero cuando peleamos soy tu compañero. Sé que no vas a dejarme con el culo al aire porque no sepas defenderte. Es imposible que me abatan contigo a mi lado y nadie te derrotará conmigo a tu lado. Así que quítate esos miedos de la cabeza.

El aire se me quedó atascado en la garganta. Era probable que eso fuera lo más bonito que alguien hubiera dicho sobre mí. Me dieron ganas de abrazarlo. Pero no lo hice y logré mantener las manos y los brazos quietos.

—Me gusta que digas que soy una tía dura.

Eso le provocó una sonrisa.

—No me sorprende ni lo más mínimo.

—¿Eso significa que por fin vas a admitir que te derroté y gané aquel día en la sala de entrenamiento de la comunidad?

—Vamos. No voy a mentir para que te sientas mejor contigo misma.

Me reí mientras me recogía el pelo, retorciendo la abundante melena.

—¿Vamos a patrullar esta noche?

Eso era lo que hacían los Guardianes para mantener a raya a la población demoníaca, pero no me refería a esa clase de patrulla. Nosotros estábamos buscando a un demonio en concreto y a una criatura a la que no sabíamos cómo llamar aparte del Heraldo.

Él hizo una pausa antes de responder.

—Había pensado que podríamos descansar esta noche. Relajarnos.

¿Relajarme con Zayne? Una gran parte de mí quiso aceptar la oferta al vuelo, pero el hecho de que lo deseara tanto suponía un indicio claro de que eso era lo que menos me convenía.

—Creo que deberíamos buscar al Heraldo —contesté—. Tenemos que encontrarlo.

—Así es, pero ¿una noche supondrá alguna diferencia?

—¿Conociendo nuestra suerte? Sí.

Una rápida sonrisa apareció y luego desapareció.

—¿Estás segura de que estás preparada? Ayer...

Me puse tensa.

—Ayer fue ayer. Estoy preparada. ¿Y tú?

—Siempre —murmuró. Luego añadió más alto—: Saldremos a patrullar esta noche.

—Bien.

Volvió a concentrarse en la pantalla.

—He encontrado algo. Es un artículo del pasado enero en el *Washington Post*, en el que Fisher habla sobre conseguir fondos para un colegio para niños con enfermedades crónicas. Cito: «Este colegio se convertirá en un lugar de alegría y aprendizaje, donde la enfermedad no define al individuo ni determina el futuro». Y luego el senador habla de que habrá personal médico *in situ*, junto con terapeutas y un centro de rehabilitación de última generación.

—No puede ser verdad, ¿no? ¿Que esté construyendo un colegio para niños enfermos? ¿Como un Hospital St. Jude demoníaco? —Asqueada, lo único que pude hacer fue clavar la mirada en las palabras que no podía ver con suficiente claridad para leerlas—. ¿Usar niños enfermos de tapadera? Venga ya, eso es llegar a un nivel de maldad completamente nuevo.

—Bueno, espera a oír esto. —Zayne se echó hacia atrás en el asiento, cruzando los brazos—. Fisher afirma que toda la propuesta y el plan son en honor a su mujer, que falleció tras una larga batalla contra el cáncer.

—Dios mío. No estoy segura de qué parte es peor.

—Todas son igual de horribles. —Zayne me miró—. El artículo confirma que Fisher ya ha adquirido los terrenos para el colegio, así que es interesante que Gideon todavía no haya encontrado ningún registro sobre esto. Hace que uno se pregunte por qué no resulta fácil encontrar esa información pública.

Tomé un sorbo de Coca-Cola.

—No me cabe en la cabeza que esto sea real. Que de verdad esté construyendo un colegio. Por qué lo haría, porque dudo muchísimo que sea para ayudar a nadie.

—Estoy de acuerdo. ¿Sabes cuál es la parte más retorcida? Un colegio como ese sería útil y no faltará gente dispuesta a participar. —Eso era aterradoramente cierto—. Se me ocurren un millón de motivos diferentes detrás de esto, sobre todo teniendo en cuenta los vínculos del senador con Bael y el Heraldo.

Y todos ellos (Bael, Aym, el Heraldo) llevaban de nuevo a Misha.

Que era el motivo por el que me urgía salir ahí fuera y encontrar a Bael y al tal Heraldo. Era esencial. No solo porque el

Heraldo estaba cazando a Guardianes y demonios, ni porque mi padre nos había advertido de que el Heraldo significaba una señal del fin de los tiempos, sino también porque era personal.

Misha había dicho que el Heraldo lo había elegido, y yo necesitaba saber por qué... por qué había sido elegido, por qué había accedido a participar en todo esto. Necesitaba saber por qué Misha había hecho lo que había hecho.

Necesitaba entender.

Al bajar la mirada, me di cuenta de que estaba apretando los puños con tanta fuerza que me estaba clavando las uñas romas en las palmas de las manos.

Estaba deseando que se hiciera de noche.

Tres

—Quédate aquí, Trin. Vuelvo enseguida.

—¿Qué...?

Me volví hacia donde se suponía que estaba Zayne, pero era demasiado tarde. El muy gilipollas ya había desaparecido entre la multitud de gente que había salido a disfrutar de la agradable noche en Washington, D. C., moviéndose más rápido de lo que podía captar mi vista.

Me quedé boquiabierta mientras observaba la mancha borrosa de rostros desconocidos. ¿De verdad me había dejado en la acera mientras él iba tras el demonio de nivel superior que percibí, como si fuera una novata o algo así?

Atónita, parpadeé como una idiota, como si Zayne fuera a reaparecer frente a mí.

Pues sí.

Eso era justo lo que había pasado.

—¡Tiene que ser una puñetera broma! —exclamé.

Un hombre, que estaba hablando por el móvil, me miró con el ceño fruncido. Lo que vio en mi cara, fuera lo que fuera, no solo hizo que se apartara un buen paso de mí, sino que cruzara la calle luego.

Probablemente fuera buena idea, porque iba armada y estaba lo bastante irritada como para lanzarle una daga de hierro a un desconocido.

No me podía creer que Zayne me hubiera dejado sin más, sobre todo teniendo en cuenta que ver a un demonio de nivel superior era algo bastante importante. Se trataba de los demonios más peligrosos que merodeaban por la Tierra. Se ocultaban adoptando una apariencia humana para poder moverse en círculos que incluían a algunas de las personas más poderosas e influyentes del mundo. Gracias a su habilidad para manipular a las personas, utilizaban el libre albedrío que Dios les había otorgado a los humanos en su contra. Los demonios de nivel superior suponían los adversarios más formidables en la eterna batalla para mantener el equilibrio entre el bien y el mal en el mundo, pero su presencia había escaseado desde que la criatura conocida como el Heraldo había aparecido en escena, meses antes de que yo llegara a la ciudad.

Ver o sentir a un demonio de nivel superior era un notición, pero resultaba aún más sorprendente de lo normal por dónde lo habíamos visto. Zayne y yo estábamos patrullando la zona de la ciudad donde habían visto al demonio Bael con el senador Fisher.

Existía la posibilidad de que este demonio pudiera conducirnos a Bael o de que pudiéramos usarlo para averiguar qué diablos planeaba hacer el senador de verdad con el colegio. Y, aunque este demonio no tuviera nada que ver con el Heraldo, de todas formas me serviría para descargar un poco de agresividad. Sin embargo, en lugar de participar en la caza con Zayne, estaba aquí plantada como si fuera un estorbo, y eso no molaba.

Era evidente que Zayne no comprendía que ser mi protector vinculado no significaba que pudiera dejarme (a mí, su Sangre Original) atrás mientras él se marchaba a rastrear demonios. De acuerdo, nuestro vínculo era reciente, así que no se lo iba a tener en cuenta por esta vez, pero aun así...

No me hacía ni pizca de gracia.

Sonó un claxon en la calle y alguien gritó. Me desplomé sobre un banco, soltando un suspiro de exasperación, mientras miraba a mi alrededor. Como mi maldita vista era tan borrosa, me costaba distinguir si las personas que pasaban por delante de mí eran humanos normales o muertos.

A menudo, los fantasmas y los espíritus (y había una diferencia enorme entre ambos) no solo me sentían, sino que sabían que podía verlos y comunicarme con ellos antes incluso de que me diera cuenta de que estaban ahí. Puesto que nadie me estaba molestando, supuse que los que me rodeaban pertenecían al equipo de los vivitos y coleando.

Coloqué una pierna sobre la otra con un gesto brusco, apoyé un codo en la rodilla y dejé caer la barbilla contra la palma de la mano. Por encima del olor de los tubos de escape percibí un aroma a carne cocinándose, lo que me hizo sentir hambre a pesar de que Zayne y yo habíamos picado algo hacía apenas una hora más o menos. El constante cosquilleo cálido en la nuca me avisó que había demonios cerca, probablemente fueran de nivel bajo como esbirros, así que no me planteaba hacer nada con ellos mientras no hicieran daño de forma activa a los humanos.

Como no conocía la ciudad, sumado a mi mala vista, deambular por ahí no sería muy buena idea, pero quedarme ahí sentada como un perro al que se lo hubieran ordenado hizo que mi irritación se multiplicara.

Las posibilidades de que le diera un puñetazo a Zayne en la garganta cuando volviera a aparecer se situaban en este momento entre el 60 y el 70 por ciento. Aunque seguramente eso fuera mucho más sensato que lo que solía querer hacer al ver a Zayne.

Me concentré en la bolita de palpitante calidez que notaba en el centro del pecho. Nunca había sentido eso con Misha, aunque, como no había otros Sangre Original con los que pudiera intercambiar impresiones, la ausencia de esta sensación no había significado una señal de alerta.

No obstante, otras personas habían empezado a intuir que algo no iba bien entre Misha y yo. Thierry, el duque que supervisaba a los Guardianes en la región de las tierras altas del Potomac, y su marido, Matthew, habían comenzado a sospechar que se había cometido un error en cuanto llegó Zayne. Para ser sincera conmigo misma, yo también me había dado cuenta de que estaba pasando algo. En cuanto vi a Zayne por primera vez percibí… algo. En este momento, podía sentir aquella bolita de calidez, pero no conseguía captar emociones a través de ella como había ocurrido ayer, cuando sentí la frustración de Zayne como si fuera la mía. Tal vez la distancia tuviera algo que ver con eso.

Teníamos que investigar todo aquello.

Mi mirada se deslizó sobre el gentío hasta el restaurante que tenía enfrente. No podía distinguir el nombre del local, pero sin duda era una hamburguesería. Si tenía que quedarme ahí esperando, bien podía darme el gusto de comer alguna delicia frita. Un gruñido de mi estómago me indicó que estaba a favor de esa idea.

No estaba segura de por qué siempre tenía hambre. Tal vez fuera por caminar tanto. Estaba quemando un montón de calorías y...

El teléfono me vibró en el bolsillo y lo saqué. Noté una opresión en el pecho al ver la guapa cara de mi mejor amiga mirándome. Jada me estaba llamando otra vez.

Sostuve el dedo sobre el botón de contestar. Debía contestar, porque sabía que era probable que Jada tuviera más preguntas sobre lo que había sucedido con Misha, pero yo no...

Noté un estallido de calor en la nuca, que me hizo levantar la cabeza de golpe. Aquella presión ardiente y hormigueante era un sistema de alarma codificado en mi ADN.

Había un demonio muy cerca.

Dejé que la llamada de Jada fuera a parar al buzón de voz y volví a guardarme el teléfono en el bolsillo mientras examinaba la concurrida acera. Los demonios que parecían humanos se mezclaban fácilmente entre la población. Lo único que destacaba eran sus ojos, que reflejaban la luz como los de un gato. Distinguir a un demonio entre una multitud de humanos no resultaba fácil para alguien con dos ojos que funcionaran como es debido; para mí era una experiencia muy frustrante. Entrecerré los ojos y obligué a mi vista a volverse un poco más clara.

No sirvió de nada.

No vi a nadie que claramente no fuera humano y estuviera alabando a Lucifer, pero seguía notando la presión ahí, instalándose entre los omóplatos. El demonio tenía que estar...

Allí.

Mi mirada se detuvo en un hombre rubio vestido con un traje oscuro que caminaba por la acera, con las manos en los bolsillos de los pantalones. Todo en él parecía normal y no estaba lo bastante cerca como para poder distinguirle los ojos, pero un sentido innato me dijo que se trataba del demonio.

Y no solo eso: un demonio de nivel superior.

Me invadió la certeza mientras plantaba las botas en el suelo. Antes de venir a D. C. a buscar a Misha, yo solo había visto un puñado de demonios, y nunca en una situación como esta, pero sabía que tenía razón.

Y, si era el segundo demonio de nivel superior que se detectaba en la misma zona en la que había estado Bael, eso tenía que significar algo.

Me había levantado del banco antes de darme cuenta de que estaba de pie. El demonio llegaría pronto al cruce y ya no podría seguirle la pista. Si esperaba a que Zayne regresara, lo perdería.

Zayne me había dicho que me quedara ahí, pero supuse que había sido más bien una sugerencia que una orden.

En cuanto tomé una decisión, rodeé rápidamente a un grupo de personas que estaban esperando para cruzar la calle y me situé detrás del demonio trajeado. Me mantuve cerca de los edificios para no chocarme con nadie, con la esperanza de que el demonio permaneciera bajo el resplandor de las farolas.

Cuando el semáforo para peatones se puso verde, el tipo trajeado se dirigió a la siguiente manzana. Un demonio que no cruzaba la calle de forma imprudente. Qué inesperado.

Lo seguí sin contar con ningún plan, pasando por delante de un banco y varias oficinas administrativas que ya habían cerrado, pero eso no me detuvo.

El demonio trajeado giró bruscamente a la derecha, desapareciendo de mi vista. Solté una maldición mientras aceleraba el paso y me di cuenta de que había entrado en un estrecho callejón poco iluminado entre dos edificios que contaban con docenas de pisos de altura. Vacilé en la entrada, escudriñando el pasadizo relativamente limpio. Estaba vacío…

Levanté la mirada.

—Joder.

Vislumbré una forma borrosa imitando a Spider-Man, trepando rápidamente por el costado del edificio. Eché un vistazo por encima del hombro, pero nadie señalaba con expresión atónita.

Menos mal. Aunque el público en general estaba al tanto de la existencia de los Guardianes, la gran mayoría de la gente no tenía ni idea de que los demonios eran reales. Por toda una serie de normas celestiales sobre el libre albedrío y la fe ciega, se suponía que los humanos no debían saber que, sin lugar a dudas, los actos que cometían en vida tenían consecuencias en el más allá.

La gente creía que los Guardianes eran una especie de cruce genético entre humanos y quién sabía qué. No me explicaba cómo se convencían a sí mismos de que eso era siquiera posible, pero la naturaleza humana exigía respuestas lógicas, aunque la respuesta fuera, de hecho, ilógica.

Para los humanos, los Guardianes eran como leyendas y piedras que habían cobrado vida, superhéroes que solían ayudar a la policía. Pero el objetivo de los Guardianes no era perseguir delincuentes.

Entré en el callejón, tropezando con adoquines desnivelados que no podía ver. A mitad de camino, divisé una escalera de incendios a más de un metro del suelo.

—Uf —mascullé.

Volví la mirada hacia la entrada del callejón y luego hacia la escalera de incendios, calculando la distancia entre el suelo y el rellano inferior.

Mi lado sensato exigió que regresara a donde Zayne me había dicho que esperara. No tenía ningún plan y, si alguien veía lo que me estaba planteando hacer, resultaría difícil de explicar.

Mi lado impaciente gritó «HAZLO» como si fuera un grito de batalla.

—Doble uf —gruñí cuando ganó este último.

Corrí por el callejón y salté por el aire rogando no darme de bruces contra el edificio, porque seguro que dolería.

Agarré el travesaño metálico con las manos. Me balanceé hacia delante, forzando los músculos de los brazos. Planté los pies en el costado del edificio y empujé con fuerza. Me balanceé hacia atrás, me giré mientras me soltaba y salté sobre el rellano.

Hice una mueca al oír el metal traqueteando cuando aterricé en la base de la escalera de incendios. Me quedé inmóvil un momento, esperando a ver si alguien empezaba a gritar, y, cuando no hubo nada más que silencio, me sentí un poco decepcionada de que nadie hubiera presenciado mi impresionante hazaña gimnástica.

La historia de mi vida.

Subí a toda prisa por la escalera de incendios, que debía incumplir unas cien normas diferentes. Viendo que solo contaba con la luz de la luna para guiarme, el instinto tomó el mando y no me permití pensar en que no podía ver dónde ponía las manos ni los pies. Si me permitía dudar, podría caerme, y estaba lo bastante alto como para terminar con un par de huesos rotos.

Un viento bochornoso atrapó los mechones de pelo sueltos que se me habían escapado del moño cuando llegué a la azotea. Apoyé las palmas de las manos contra la cornisa de cemento y examiné la zona. Por suerte, había focos brillantes instalados en tres casetas de mantenimiento diferentes, cada una de las cuales contaba con una antena enorme. No vi al demonio trajeado, pero estaba segura de que tenía que estar por allí. Podía sentirlo.

Pasé por encima de la cornisa. La brisa era más fuerte aquí arriba, algo que agradecí al sentirla deslizarse por mi piel empapada de sudor. Llevaba las dagas atadas a las caderas y mis dedos se contrajeron debido al deseo de desenvainarlas mientras caminaba por la azotea.

Avisté al demonio cerca de la segunda caseta. Se encontraba en la cornisa opuesta a la zona por la que yo había subido, agachado en cuclillas de una manera tan parecida a la de un Guardián que fruncí el ceño. Se había deshecho de la chaqueta del traje en algún momento y la camisa blanca ondeaba con el viento. El demonio parecía estar observando el mundo de allá abajo. ¿Estaba esperando a alguien? Tal vez estaba allí arriba esperando al demonio al que había seguido Zayne.

Puede que incluso a Bael.

Un plan tomó forma rápidamente, gracias a Dios. Pillar al demonio desprevenido, dominarlo y hacerle hablar.

Parecía factible y bien pensado.

Salí de detrás de la caseta, manteniendo las manos abiertas a los costados.

—¡Hola!

El demonio trajeado se giró rápidamente, poniéndose en pie con una gracia sobrenatural. Se encontraba sobre la estrecha cornisa y luego, un instante después, estaba a un metro de mí.

Una persona sensata habría experimentado cierto miedo en ese momento, pero eso no era lo que yo sentía.

Estaba lo bastante cerca de él como para darme cuenta de que era guapo, lo que no resultaba sorprendente. Los demonios casi nunca adoptaban la apariencia de alguien que no pudiera considerarse universalmente atractivo. ¿Qué escondía mejor una maldad pura y auténtica que una cara bonita?

El demonio frunció el ceño, mientras ladeaba la cabeza. Se me quedó mirando como si hubiera pedido un tierno filete adobado, pero en cambio hubiera terminado con una barata y plana hamburguesa de ternera. Me sentí un tanto ofendida.

Yo era carne de Angus 100% orgánica, muchas gracias.

Pero el demonio no se daba cuenta de eso porque, para él, mi aspecto era como el de cualquier humano común y corriente que se hubiera cruzado como un tonto en su camino… en una azotea.

El ceño se suavizó y, aunque no conseguí verle los ojos, pude sentir que me recorría con la mirada, como si me estuviera evaluando. Noté el momento exacto en el que me descartó.

Grave error.

El demonio trajeado sonrió.

—¿Qué haces aquí arriba, muchacha?

Me encogí de hombros, sorprendida de que no hubiera empleado el diminutivo «muchachita».

—Estaba a punto de hacerte la misma pregunta.

—¿En serio? —Se rio entre dientes. Ese sonido condescendiente me crispó los nervios—. Pareces un poco joven para formar parte de la policía oficial de azoteas.

—Y tú pareces lo bastante viejo como para no decir cosas como «policía oficial de azoteas».

El humor se desvaneció al mismo tiempo que una ráfaga de aire caliente recorría la azotea.

—Bueno, es evidente que no eres lo bastante lista como para intuir cuándo debes vigilar lo que dices.

—Es curioso que insultes mi inteligencia cuando no tenías ni idea de que te estaba siguiendo.

El demonio retrajo el labio superior soltando un gruñido que habría impresionado a un puma.

—¿Siguiéndome? Si eso es cierto, entonces has cometido el error más estúpido de tu vida.

—Bueno... —Alargué la palabra, retrocediendo un pasito. Procuré mantener cierta distancia entre nosotros para tenerlo en mi campo de visión central—. No creo que esto esté ni entre los diez errores más estúpidos que he cometido.

Lo oí soltar un bufido y, ajá, ya no me recordaba a un puma, sino a un león muy cabreado.

—Vas a suplicarme perdón. —Se colocó de cuclillas mientras contraía las manos como si fueran garras—. Y rogar que te mate.

Me puse tensa, pero planté una sonrisa en mi cara.

—Qué poco original. Siento vergüenza ajena. ¿Por qué no eres un poco más creativo?

El demonio trajeado me miró fijamente.

—¿Qué tal «vas a suplicarme que deje de morderte las entrañas» y «rogar que te lance de la azotea»? Eso sí que pinta una imagen nada agradable, ¿no te parece?

Él se limitó a parpadear.

—¿Por qué no lo intentas? —sugerí con amabilidad—. ¿Y vemos si sitúo este encuentro entre los veinte primeros puestos de mi lista de estupideces?

El demonio dejó escapar un gruñido agudo, como si fuera una mezcla entre un bebé berreando y una hiena rabiosa. Se me erizó todo el vello del cuerpo al oír aquel sonido, que debía ser uno de los más desagradables del mundo.

—Te voy a arrancar la lengua —juró—. Y luego te la volveré a meter por la garganta.

—¡Eso es! —Aplaudí con entusiasmo—. Eso ha estado mucho mejor...

El demonio trajeado se elevó en el aire, como yo esperaba, y estoy segura de que se pensaba que me resultaría tan aterrador que me mearía encima. Ojalá hubiera podido ver su expresión cuando me lancé al ataque, pero por desgracia iba a tener que conformarme con fingir que tenía cara de estar pensando «oh, mierda».

Me agaché y me deslicé por debajo de él mientras estiraba las manos y le agarraba las piernas. El impulso y la fuerza del demonio obraron a mi favor cuando tiré de sus piernas hacia abajo. Con fuerza. Más fuerza de la que pensaba. Lo solté y me puse en pie de un salto mientras él se estrellaba boca abajo contra la azotea a unos metros de distancia. El impacto sacudió la puerta de la caseta situada más cerca y provocó que las luces parpadearan. Un líquido oscuro salpicó la azotea... procedente de la cara del demonio.

Caray.

No me había dado cuenta de que era tan fuerte.

Desenvainé las dagas y me acerqué al demonio con paso amenazante. Contaba con un arma diferente... una mucho mejor. Mi gracia. Pero resultaba demasiado arriesgado emplearla aquí, en medio de la ciudad, a pesar de que me ardía en el estómago como si fuera ácido, exigiendo que la liberase.

Que la usase.

El demonio se colocó de espaldas, abandonando la fachada de su forma humana. El pelo rubio desapareció al mismo tiempo que su piel adquiría un tono naranja oscuro veteado con remolinos negros. Cuando levantó la mano, la sustancia negruzca que le manchaba la piel se deslizó hacia su palma, formando una esfera oscura.

Oh, no, ni de coña.

Me dejé caer hacia adelante y le clavé la rodilla en el abdomen mientras le apuntaba con el extremo afilado de una de las dagas a la garganta y, con la otra, al corazón. Cualquiera de las dos zonas tendría consecuencias mortales.

—Estas dagas están hechas de hierro —le advertí—. Sea lo que sea lo que pretendes hacer con esa horrible bolita, piénsatelo bien. No serás tan rápido como yo.

Al verlo abrir mucho sus ojos supernegros y sin pupilas, supuse que mi fuerza y genialidad en general lo habían dejado asombrado. No se imaginaba qué era yo, pero si lo supiera, estaría intentando devorarme con el mismo entusiasmo con el que yo me abalanzaría sobre una hamburguesa. Consumir mi gracia no solo le otorgaría al demonio un poder y una fuerza incalculables, sino que sería lo más cerca que podría estar nunca del cielo.

Yo era una Sangre Original y, en el gigantesco orden jerárquico de las cosas, este demonio de nivel superior era un gato sin uñas comparado conmigo.

La esfera oscura palpitó y luego se desvaneció dejando atrás un fino polvo de poder sin usar.

—¿Qué eres? —me preguntó con voz entrecortada.

—La policía oficial de azoteas —contesté—. Y tú y yo vamos a tener una pequeña charla.

 Cuatro

—Humana estúpida e insensata —soltó el demonio con tono despectivo—. Soy…

—¿No demasiado observador y poco creativo? Ya hemos dejado eso bien claro y es hora de pasar página. —Presioné contra su piel la daga con la que le apuntaba a la garganta y me pareció que el demonio dejaba de respirar—. Responde a todas mis preguntas y puede que no te empale a la azotea por el cuello.

Él me fulminó con la mirada; guardaba silencio.

Le respondí con una sonrisa.

—¿Trabajas con Bael?

El demonio ensanchó ligeramente los orificios de la nariz, pero permaneció callado.

—Te conviene cooperar y hacerlo rápido, porque tengo la paciencia de un bebé hambriento y un grave problema de impulsividad. No pienso antes de actuar. ¿Trabajas con Bael?

Echó los labios hacia atrás mientras hacía una mueca, dejando a la vista unos dientes irregulares como los de un tiburón, y me pregunté si tendría un poco de sangre de Trepador Nocturno.

—Bael no está en la superficie.

—No me vengas con chorradas. Está aquí. Lo he visto con mis propios ojos y lo han divisado en esta misma zona de la ciudad. Inténtalo otra vez.

El demonio gruñó.

Puse los ojos en blanco.

—¿Te das cuenta de que a menos que tengas información útil estarás muerto antes de que puedas encontrar un caramelo de menta? —Hice una pausa—. Y necesitas uno. Urgentemente. Porque te apesta el aliento.

—Eres una monada —me espetó—. Bueno, no tanto. Creo que me estás aplastando el diafragma con el culo.

—Es mi rodilla, idiota, y eso no va a ser lo único que acabe aplastado. —Para enfatizarlo, deslicé la rodilla por su vientre, deteniéndome justo debajo del cinturón—. Dime dónde está Bael.

El demonio me miró fijamente un momento y luego se echó a reír. Sus profundas carcajadas me zarandearon.

—Serás imbécil...

Le di la vuelta a la daga que tenía contra su garganta de modo que quedara con el mango hacia abajo y le asesté un puñetazo al demonio en un lado de la cabeza, interrumpiendo sus palabras. Un calor húmedo me salpicó la mano.

—¿Tu mamá demonio no te enseñó que, si no tienes nada amable que decir, es mejor que cierres la maldita boca?

El demonio maldijo mientras yo presionaba la otra daga con más fuerza contra su pecho, rasgando la fina tela de la camisa.

—Es... evidente que estás... loca si crees que... te voy a decir una mierda sobre Bael. No me da miedo morir.

—Pero ¿te da miedo Bael?

—Si sabes algo sobre Bael, entonces entiendes que esa pregunta es una estupidez como una catedral.

—¿Crees que él puede hacerte algo peor que yo?

Me invadió la ira y la necesidad de imponerme se apoderó de mí mientras me inclinaba para que nuestros ojos estuvieran a la misma altura. Sabía que no debería hacerlo. Era un error por cien motivos diferentes, pero dejé que un atisbo de mi gracia brillara. Las esquinas de mi vista, que por lo general eran sombrías y oscuras, se volvieron de un blanco brillante.

—Porque te aseguro que no es así.

El demonio abrió mucho los ojos y, cuando habló, percibí una mezcla de terror y asombro en su voz.

—Eres tú. Eres la nefilim.

Reprimí la gracia y la luz blanca se desvaneció.

—En primer lugar, el término *nefilim* está muy anticuado y, en segundo lugar, es evidente que has estado hablando con Bael, porque...

—Si todo el mundo supiera que hay uno de los tuyos en la ciudad, ya estarías muerta. —Entrecerró los ojos y una sonrisa perezosa se dibujó en su rostro con espirales anaranjadas y negras—. O algo peor. ¿Cierto? ¿Es verdad? ¿Lo que dicen sobre tu especie y la mía?

Hice una mueca con el labio mientras lo miraba. El demonio parecía estar al borde del orgasmo y eso me resultó bastante perturbador.

—¿Qué es verdad?

—Que si un demonio te devora...

Me moví, clavándole la rodilla en la ingle. El demonio gritó de dolor, flaqueando debajo de mí.

—Vale, voy a interrumpirte justo ahí. Dime dónde puedo encontrar...

—No fue Bael... —Inspiró hondo de forma entrecortada, jadeando por el dolor—. No fue Bael quien me habló de ti, pedazo de gua...

Le di otro golpe, esta vez en la mandíbula, asegurándome de que el mango de la daga participara.

—Más te vale que la palabra que estaba a punto de salir de tu boca fuera «guapa».

Tras escupir sangre y puede que un diente, el demonio enderezó la cabeza.

—Fue él.

Me invadió una sensación fría al mismo tiempo que era consciente de que la calidez palpitante de mi pecho se volvía más intensa.

—¿Quién?

—El que te vendió. ¿Cómo se llamaba? —El demonio se rio y le goteó saliva y sangre de las comisuras de la boca mientras dejaba caer los brazos a los costados—. Ah, sí. Misha. Lo curioso es que hace un par de días que no lo veo. Me pregunto cómo le irá. Aparte de estar muerto.

—¿Hablaste con Misha? —Me estremecí—. ¿Qué te dijo? ¿Qué le...?

—Lo mataste. ¿Verdad? Enviaste su alma al Infierno. Está ahí ahora, porque era tan malvado como yo.

Un escalofrío me sacudió.

—Estás mintiendo.

—¿Por qué iba a mentir?

—Se me ocurren un montón de razones —contesté, furiosa; pero incluso mientras las pronunciaba aquellas palabras sonaban falsas—. Cuéntame qué te dijo o...

—¿O qué? ¿Me matarás? Eres la nefilim. Ya estoy muerto —afirmó, aunque no supe a qué se refería. El demonio levantó la cabeza de la azotea, haciendo que le sobresalieran los gruesos tendones del cuello—. Lo mataste y ya es demasiado tarde. Ni te imaginas la clase de tormenta que se te viene encima.

Le volví a empujar la cabeza hacia abajo.

—¡Dime qué le hiciste!

—Fue elegido. —Soltó una carcajada que me heló hasta la médula—. El Heraldo al fin ha llegado y no hay manera de impedir lo que se avecina. Los ríos se teñirán de rojo. Es el fin de los tiempos, nena, y no puedes detener al Heraldo. Tú vas a formar parte de ello.

Abrí la boca, pero el demonio se movió de repente. No para apartarme de encima ni para atacar. Me agarró la muñeca de la mano que le apuntaba con la daga al corazón y luego se incorporó bruscamente al mismo tiempo que tiraba de mí hacia abajo.

Empalándose.

—Pero ¿qué diablos...? —exclamé.

Me levanté de un salto y retrocedí a trompicones mientras, del agujero en el pecho del demonio, brotaban unas llamas que envolvieron el cuerpo.

En cuestión de segundos, no quedó nada más que una marca de quemadura en la azotea.

Miré la daga, luego la mancha en el suelo y luego otra vez la daga.

—¡Por el amor de...!

La cálida bola que residía en mi pecho, junto al corazón, palpitó y, un momento después, algo gigantesco cayó del cielo y aterrizó con agilidad en la cornisa como si fuera un misil busca-Trinity muy cabreado.

Ay, mierda.

El Guardián se irguió cuan alto era. Las alas desplegadas medían más de ancho que el cuerpo de alto. Bajo la plateada luz de la luna, mechones de cabello dorado se agitaban entre dos imponentes y gruesos cuernos.

Zayne tenía un aspecto aterrador cuando pisó la azotea y se dirigió hacia mí con paso decidido, manteniendo la barbilla baja. Algunas personas podrían pensar que, en su verdadera forma, los Guardianes resultaban grotescos, pero yo no. A mí me parecía hermoso de una forma cruda y primitiva, como una cobra enroscada momentos antes de atacar.

En su forma de Guardián, la piel de Zayne era de color gris pizarra. Aquellos dos cuernos podrían perforar acero y piedra, al igual que esas garras extremadamente afiladas, y pensé, por lo que debía ser la enésima vez, que era una suerte que los Guardianes formaran parte del equipo de los buenos.

A medida que se acercaba, me di cuenta de que Zayne estaba enseñando los colmillos, que eran enormes. Lo conocía lo bastante bien como para saber que eso significaba que estaba muy muy enfadado. Sin embargo, aunque no le hubiera visto los colmillos, lo habría sabido. Podía sentir su ira, justo al lado de mi corazón. Me recordaba al olor del medicamento para el resfriado y suponía otra confirmación más de que este vínculo funcionaba en ambos sentidos, transmitiéndonos sentimientos el uno al otro.

Enfundé las dagas despacio y luego uní las manos. Trascurrieron unos segundos y luego solté lo primero que me vino a la mente.

—¿Sabes que me encantan los fuegos artificiales?

Vaya. Eso había sido inesperado, incluso tratándose de mí.

—Este sería un sitio increíble para verlos —añadí—. Ojalá hubiera descubierto este edificio antes del 4 de julio.

Zayne hizo caso omiso de eso.

—No estás donde te dejé.

Recorrí la azotea vacía con la mirada.

—Pues no.

—¿Qué parte de «quédate donde estás» no te quedó claro?

—¿La parte en la que pensaste que de verdad te haría caso? —sugerí.

Zayne se detuvo a un metro de mí.

—Trin…

—No. —Lo corté con un gesto de la mano—. Me dejaste sola.

—Te dejé sola unos minutos para poder averiguar quién era ese demonio antes de involucrarte. Ese es mi deber...

—Tu deber no es dejarme en la acera como un perro que no puede entrar en un restaurante.

—¿Qué? —El viento le agitó el pelo rubio, que le llegaba a los hombros, lanzándole varios mechones sobre los cuernos—. ¿Un perro...?

—Me dejaste atrás. Entiendo que todo esto de ser protector es nuevo para ti, pero dejarme atrás...

—Por lo visto no es buena idea, porque, cuando te doy la espalda cinco minutos, acabas en una azotea a varias manzanas de donde te dejé —me interrumpió—. ¿Y cómo has llegado aquí arriba? Mejor aún, ¿qué haces aquí arriba?

Me crucé de brazos.

—Corrí y salté.

—¿En serio? —contestó con tono seco, plegando las alas.

—Usé una escalera de incendios —agregué—. No me vio nadie. Y estoy aquí...

—Pero ¿qué diablos...? —Zayne se situó de repente a mi lado y clavó la mirada en el trozo de cemento chamuscado. Levantó la cabeza muy despacio—. Por favor, dime que no seguiste a un demonio hasta aquí.

—Odio que lo hayas preguntado con tanta educación, porque voy a tener que decirte algo que no quieres oír.

—Trinity. —Giró el cuerpo hacia mí—. ¿Te enfrentaste a un demonio?

—Sí, como pretendías hacer tú cuando te largaste corriendo. Lo divisé mientras te esperaba y, como me pareció que seguramente era algo relevante que hubiera dos demonios de nivel superior en la misma zona en la que había estado Bael, decidí que lo mejor sería ver qué estaba pasando.

Zayne abrió la boca.

—Sabes perfectamente que sé cuidarme sola. Tú mismo lo dijiste. ¿O era mentira? —Lo interrumpí antes de darle tiempo a decir algo que me recordara que había planeado darle un puñetazo en la garganta—. Soy una guerrera. Me entrenaron para esto y sabes que puedo defenderme, contigo o sin ti. Igual que yo sé que tú puedes defenderte sin mí. No debes dejarme al margen, porque no solo no mola, sino que es una pérdida de tiempo. No me quedaré ahí.

Zayne levantó la barbilla y transcurrió un largo y tenso momento.

—Tienes razón.

Me quedé asombrada.

—Ya lo sé.

—Pero también te equivocas.

Parpadeé, confundida.

—¿Cómo dices?

—Mantengo lo que te dije antes. No pongo en duda tu habilidad para defenderte. Te he visto en acción. No te pedí que te quedaras atrás mientras yo rastreaba al demonio para dejarte en el banquillo porque pensara que no podías desenvolverte.

—Entonces ¿por qué lo hiciste?

—Por lo que pasó con Misha.

Retrocedí al oír eso, no me pude contener y di un paso atrás mientras dejaba caer los brazos a los costados.

—Por eso —prosiguió Zayne—. Eso mismo. Tu reacción. Acabas de pasar por algo horrible, Trin, y...

—Estoy bien.

—Gilipolleces —me espetó y reprimí el impulso irracional de soltar una risita que sentía siempre que lo oía soltar una palabrota—. Los dos sabemos que eso no es verdad, y no pasa nada. Nadie en su sano juicio esperaría que estuvieras bien.

Pero la cuestión era que tenía que estar bien.

¿Acaso Zayne no lo entendía? Lo que había ocurrido con Misha era una auténtica putada, pero todo lo que eso me hacía sentir estaba archivado y bien guardado, e iba a seguir así por siempre jamás. Tenía que ser así. Me aguardaba un trabajo que hacer, un deber que cumplir.

Zayne suspiró.

—Creo que era bastante evidente que yo no quería patrullar esta noche. Que opinaba que deberíamos quedarnos en el piso. —Hizo una pausa—. Pero también entiendo por qué quieres estar aquí, haciendo algo, así que cedí.

Eso me resultó irritante.

—Como mi protector, no puedes decidir si ceder o no cuando se trata de...

—Como tu amigo, por supuesto que puedo intervenir cuando pienso que algo es mala idea. —Apretó la mandíbula—. Eso es lo que hacen los amigos, Trin. No te dejan hacer lo que te dé la gana, y si lo hacen, entonces no son tus amigos.

Pensé en Jada. Sabía que ella me habría sugerido lo mismo. Darme tiempo. Lidiar con lo que había ocurrido y procesarlo lo mejor posible.

Pero no había forma de procesar nada de esto.

Las alas de Zayne se agitaron, pero permanecieron plegadas.

—Yo quería que descansaras, porque me parecía buena idea que te lo tomaras con calma, porque tuviste que acabar con la vida de alguien a quien querías mucho.

Realicé una inspiración brusca y abrasadora.

—Y, si eso te parece mal, que así sea. Lo siento si te he hecho pensar que dudaba de ti, pero no me disculparé por tener en cuenta por lo que has pasado.

Tragué saliva con dificultad, deseando contraatacar, pero... sus palabras tenían sentido. Aparté la mirada, negando ligeramente con la cabeza.

—Estoy lista para estar aquí fuera.

Zayne no dijo nada.

—Estoy bien. No estaba distraída ni estuve en peligro. Evidentemente.

Me di la vuelta y tropecé con algo de inmediato, porque, por supuesto, Dios me odiaba. Recuperé el equilibrio y levanté la vista hacia Zayne.

Él alzó los brazos en un gesto de frustración.

—¿En serio?

Al bajar la mirada, descubrí lo que resultó ser un cable.

—No lo vi. Da igual. —Hora de cambiar de tema—. ¿Encontraste al demonio?

Zayne masculló algo que sonó como una maldición.

—Lo seguí, pero dobló una esquina hacia First Street y desapareció.

El nombre de esa calle no significaba nada para mí.

Él debió darse cuenta, porque me explicó:

—First Street puede llevarte hacia varios de los edificios del Senado. Eso no significa que el demonio se dirigiera hacia allí. ¿Qué pasó aquí?

Giré la cintura y observé la mancha carbonizada.

—Bueno, digamos que el demonio decidió acabar con todo él mismo.

—¿Cómo dices? —preguntó, moviendo la cabeza bruscamente hacia mí, con los labios de color gris apretados con fuerza.

—Se empaló a sí mismo con mi daga. —Me encogí de hombros—. Se mostró muy insolente y amenazador hasta que lo tumbé de espaldas. Quería hacerlo hablar, ¿sabes? Ver si sabía algo sobre Bael o el Heraldo.

—¿Hacerlo hablar?

Asentí con la cabeza, decidiendo que era buena idea guardarme el hecho de que le había mostrado al demonio qué era.

—He aprendido que puedo ser muy convincente.

Él abrió la boca, pero me apresuré a continuar.

—En fin, no quiso contarme nada sobre Bael, pero lo conocía… y a Misha.

Zayne se acercó más mientras yo volvía a fijar la mirada en la mancha.

—¿Como puedes estar segura?

Se me formó un nudo en el estómago.

—Mencionó a Misha, y debió darse cuenta de quién era yo basándose en las preguntas que le hacía. —Eso no era mentira exactamente—. Sabía que lo maté.

—Trin.

Alargó la mano hacia mí y sentí el roce de sus cálidos dedos contra el brazo. Una ráfaga de emoción descarnada y palpitante se arremolinó de inmediato en mi interior y me aparté de él.

—El demonio también sabía lo del Heraldo. Dijo más o menos lo mismo que mi padre. Que los ríos se iban a teñir de rojo y era el fin de los tiempos. —Omití la parte sobre el alma de Misha y que yo formaba parte de ello, porque no podía creerme la primera parte y la última no tenía sentido—. En realidad, no dijo nada útil antes de empalarse literalmente con mi daga. Fue rarísimo, pero creo que…

—¿Qué crees?

—No lo sé. Dijo que ya estaba muerto porque yo era la nefilim. —Me crucé de brazos—. Como si suicidarse fuera la única opción.

Zayne pareció meditarlo.

—¿Como si temiera que Bael o el Heraldo se enterarían de que había estado en contacto contigo y eso suponía su fin?

Asentí despacio.

—No tiene ningún sentido.

—Sí lo tiene si el demonio tuviera mucho miedo de lo que haría el Heraldo si creyera que había hablado. —Zayne desplegó las alas, creando su propia ráfaga de viento—. O si el demonio comprendió que, en cuanto descubrió lo que eras, no había escapatoria. Lo matarías de todas formas.

Cierto.

Lo habría matado sin dudarlo simplemente por sus patéticas amenazas, pero no me parecía que se tratara de eso. El demonio le tenía más miedo al Heraldo que a mí, y eso no presagiaba nada bueno.

Para nada.

Cinco

El resto de la noche transcurrió sin incidentes. No más demonios, solo violencia entre humanos. La patrulla terminó con un tiroteo en una discoteca frente a la que habíamos pasado, por lo visto a causa de una bebida derramada sobre la novia de alguien.

Era evidente que los humanos no necesitaban que los demonios los empujaran a hacer cosas horribles.

Pensé en eso después de regresar al piso de Zayne e ir cada uno por su lado: él se dirigió a la sala de estar y yo, al dormitorio. A veces me preguntaba por qué Dios se esforzaba tanto por salvar a los humanos y sus almas si ellos se mostraban tan dispuestos a malgastarlo todo.

Tenía que haber un equilibrio entre el bien y el mal. Por eso a algunos demonios, como los esbirros, se les permitía estar en la superficie. Se trataba de una prueba, sacaban de quicio a los humanos al destruir cosas al azar a su alrededor para ver si estallaban. Un arrebato de ira no significaba un billete al Infierno, pero todo lo que un humano hacía o pensaba se iba sumando y, desde la invención de las redes sociales, era de suponer que esas cuentas se estarían volviendo muy largas. Incluso algunos demonios de nivel superior tenían un propósito: relacionarse con los humanos para tentarlos a usar el libre albedrío para pecar y comportarse de un modo amoral. Esto solo suponía un problema cuando los demonios se pasaban de la raya al manipular de forma activa a los humanos o hacerles daño. Por supuesto, los demonios que no parecían humanos (y había un montón) no tenían permitido acercarse a estos, y entonces era cuando intervenían los Guardianes.

No obstante, la mayoría de los Guardianes mataban a todos los demonios con los que se cruzaban, incluso a los esbirros, y había sido así desde... bueno, desde el principio.

Pero Dios había creado a los Guardianes para proteger a las personas, para arriesgar sus vidas para ayudar a equilibrar la balanza a favor de la gloria eterna en lugar de la condenación eterna, y los humanos simplemente... seguían intentando destruirse unos a otros y a sí mismos, como si fuera algo innato. Algunos dirían que era por la naturaleza autodestructiva de Adán y Eva y la manzana, que la batalla se libraba cada día, en cada persona, y que ese era el mayor logro (o maldición) de la serpiente; pero, al fin y al cabo, los humanos elegían su propio camino.

Hoy en día, había muchas cosas negativas. Asesinatos y agresiones, robos y codicia, racismo y fanatismo, odio e intolerancia... Todo ello iba en aumento en lugar de mejorar, como si se acercara un punto crítico. ¿Eso era síntoma de que los demonios estaban haciendo un gran trabajo o los humanos estaban destinados y decididos a hacerles el trabajo a los demonios?

Eso hacía que algunos días me preguntara qué sentido tenía.

—Dios mío —murmuré mientras agitaba los brazos—. Qué pesimista.

Molesta con mis pensamientos, me coloqué de costado y cerré los ojos. Echaba de menos aquellas estrellas cursis que adornaban el techo de mi cuarto. Emitían un suave resplandor blanco en la oscuridad y me... reconfortaban. Era consciente de que sonaba raro.

Era una chica rara.

No tenía ni idea de cuándo se apagó mi cerebro y me quedé dormida, pero me pareció que solo habían transcurrido unos minutos cuando abrí los ojos y descubrí que la oscuridad había desaparecido de la habitación.

Me levanté de la cama de mala gana, con la sensación de no haber dormido nada, y emprendí mi rutina matutina. Me vestí con la misma rapidez con la que me había duchado, dejando que el pelo se me secara al aire, y estuve lista para salir del dormitorio, con las gafas en la cara, menos de quince minutos después de despertarme.

Vacilé antes de abrir la puerta, preparándome para ver a un Zayne adormilado y despeinado. Había vuelto a dejar la llave sin pasar otra vez, pero me negué a pensar en el motivo. Mis ojos tardaron un momento en adaptarse a la habitación más luminosa. Zayne no estaba en la isla de la cocina, así que eso significaba...

Mi mirada se deslizó hacia el sofá y, en efecto, allí estaba, incorporándose y...

Sus músculos se flexionaron bajo la piel dorada y se tensaron sobre los hombros desnudos cuando Zayne levantó los brazos por encima de la cabeza, estirándose. Arqueó la espalda y no supe si debería sentirme agradecida o decepcionada porque el sofá me bloqueara la mayor parte de la vista.

—No puedo apartar la mirada, aunque debería —comentó Cacahuete y di un brinco cuando apareció de la nada a mi lado—. Verlo me hace sentir que necesito pasar más tiempo en el gimnasio.

Enarqué las cejas.

Zayne se giró hacia donde yo estaba.

—Hola —dijo, con la voz ronca por el sueño, mientras se pasaba una mano por el pelo revuelto.

—Buenos días —murmuré y me sentí agradecida cuando Cacahuete se desvaneció. Levanté la mano para mordisquearme una uña.

—¿Has dormido bien? —me preguntó y asentí, aunque era mentira.

Cuando se puso de pie, aparté la mirada y me dirigí a la cocina a toda prisa, con la esperanza de no tener la cara tan colorada como me parecía. No me hacía falta echarle un vistazo al maravilloso pecho de Zayne.

—¿Quieres algo de beber?

—No, gracias —contestó—. Enseguida vuelvo.

Me estaba dando cuenta de que no era muy hablador recién levantado. Después de servirme un vaso de zumo de naranja, tomé un sorbo y luego lo dejé sobre la isla junto a los planos del colegio. El papel seguía desenrollado.

Oí la ducha y esperé que Cacahuete no estuviera en el cuarto de baño comportándose como un cerdo. Fui al sofá, encendí el televisor y puse un canal de noticias. A continuación, doblé la suave manta gris y la coloqué sobre el respaldo del sofá antes de regresar a la isla. Me terminé el zumo y ya había abierto una lata de refresco cuando Zayne salió por fin de la habitación. Una energía nerviosa me hizo morderme la uña del pulgar de nuevo mientras me preguntaba por qué él tardaba el doble de tiempo en ducharse que yo. Tenía el pelo mojado y peinado hacia atrás y, por suerte, estaba completamente vestido. Llevaba unos pantalones de nailon de color azul marino y otra sencilla camiseta blanca. Iba descalzo.

Tenía unos pies bonitos.

—¿Refresco de desayuno? —comentó mientras pasaba a mi lado, me cogía la mano y me la apartaba con suavidad de la boca.

Suspiré.

—Esto es el postre.

—Qué bien.

Se dirigió a la nevera. El aroma fresco que siempre lo rodeaba perduró. ¿Se trataba de algún tipo de gel de baño? No me lo parecía, porque ya había revisado los botes que había en la ducha.

Me giré.

—¿Tengo que recordarte la conversación de ayer sobre el agua?

—Por favor, Dios, no. —Abrió la nevera—. ¿Quieres huevos?

—Claro. ¿Puedo ayudar?

Zayne alzó la mirada mientras colocaba un cartón de huevos y una tarrina de mantequilla sobre la isla.

—¿No fuiste tú quien casi incendia la casa de Thierry intentando hacer pollo frito?

Resoplé.

—¿No fuiste tú quien dijo que me enseñaría a preparar un sándwich de queso fundido?

—Tienes toda la razón. —Cogió un huevo y me señaló con él—. Pero, primero, necesito alimentarme.

—Prioridades.

—Y la verdad es que no quiero que te encargues de los huevos. Aunque es difícil meter la pata con eso, sospecho que podrías conseguirlo, y luego sentiré vergüenza ajena.

—¿En serio? —refunfuñé con tono seco.

Él me dedicó una amplia sonrisa y estuve segura de que puse un poco de cara de tonta mientras lo miraba.

—¿Revueltos están bien?

—Por supuesto, chef Zayne.

Eso lo hizo reírse por lo bajo.

—Puedes sentarte en el sofá, ¿sabes? Seguro que es más cómodo que el taburete.

—Ya lo sé.

Probablemente fuera muy cómodo, pero él dormía allí y, por algún motivo, me parecía que ese era su espacio.

¿Cuánto tiempo podríamos seguir así? ¿Él durmiendo en el sofá, compartiendo una ducha entre los dos? Sin embargo, ¿adónde iríamos? Teníamos que quedarnos en la ciudad. Estaba el complejo de su clan, donde había sitio para nosotros; pero, aparte de Nicolai y Dez, su clan no sabía qué era yo, y debía seguir así. Además, me daba la sensación de que a Zayne no le haría gracia esa idea.

—Pensé que podríamos entrenar un poco después de desayunar —comentó, haciendo que volviera a prestarle atención—. No se me ha ocurrido nada en concreto que ayude con el tema de la vista, pero si Misha y tú practicabais a diario, nosotros también deberíamos hacerlo.

Me miré. Las mallas y la camiseta holgada que llevaba eran perfectas para entrenar.

—¿A menos que tengas algo mejor planeado?

Le lancé una mirada torva.

—Sí, he hecho planes con ese demonio que se empaló con mi daga. Va a resucitar y hemos quedado.

Zayne sonrió.

—En ese caso, ¿por qué no desenrollas las colchonetas? —Hizo una pausa—. Si te ves capaz.

—Me veo capaz —lo imité, saltando del taburete—, si tú te ves capaz de soportar la paliza épica que vas a recibir.

Eso lo hizo reír, tan fuerte que me volví para mirarlo.

—Te vas a arrepentir de esa risa, ya lo verás —mascullé y me dirigí con paso airado hacia las colchonetas.

Mientras él preparaba los huevos revueltos, levanté las colchonetas (que eran sorprendentemente pesadas) y las dejé caer al suelo con un fuerte golpe. Después de desenrollarlas y unir las dos grandes secciones, me limpié el sudor de la frente y me reuní de nuevo con Zayne en la isla de la cocina. En cuanto nos terminamos los huevos con mantequilla, me sentí con mucha más energía, como si anoche hubiera descansado de verdad.

Limpiamos y luego lo seguí hacia las colchonetas, estirando los brazos.

—Normalmente, hago un poco de calentamiento primero. —Al llegar a la colchoneta, Zayne se sacó un coletero elástico de la muñeca, se recogió el pelo y lo sujetó con una semicoleta que le quedaba mil veces mejor que cuando yo intentaba hacerlo—. Desde luego, correr un poco, al menos.

Fruncí el ceño mientras me agarraba el codo doblado y tiraba por delante del pecho hasta que noté cómo se estiraba el hombro.

—No me gusta correr.

Él se volvió hacia mí.

—Estoy asombrado.

—Ja, ja.

—He pensado que podríamos empezar con técnicas de bloqueo y derribos. —Allí de pie, con los brazos cruzados y los pies plantados con las caderas alineadas con los hombros, me recordó tanto a Misha que tuve que apartar la mirada—. Y luego pasar a tácticas defensi...

—Lo básico, ¿no? —Me crucé de brazos, imitándolo—. ¿Las cosas que aprendí al empezar a entrenar?

Zayne asintió con la cabeza.

—Cosas que siempre se pueden mejorar, por mucho entrenamiento que tengas a tus espaldas.

—Ya. ¿Y tú sigues practicando técnicas básicas de bloqueo? —le pregunté, enarcando las cejas.

Él no dijo nada.

—Voy a tomar eso como un no. ¿Qué te hace pensar que a mí me hace falta?

Ladeó la cabeza.

—Porque yo cuento con mucha más experiencia de campo que tú.

—Cierto —contesté, descruzando los brazos.

Zayne enderezó la cabeza y pude leer la confusión en su cara, como si hubiera esperado que la discusión durara más.

Sonreí.

Y, entonces, entré en acción. Me lancé hacia delante, deslizándome como si fuera a por una base en un partido de béisbol, planté las palmas de las manos sobre la colchoneta mientras giraba y extendí una pierna. Golpeé a Zayne en las piernas, derribándolo, y se desplomó como un árbol. Aterrizó de costado con un gruñido y luego se colocó de espaldas. Me incorporé, giré y coloqué las rodillas a ambos lados de sus caderas justo cuando él empezaba a sentarse. Lo sujeté por los hombros con las manos y me senté a horcajadas sobre su vientre, mientras lo inmovilizaba aprovechando mi fuerza… y la fuerza que obtenía de él. Pude notar la tensión en mis músculos, pero él no se movía.

Dediqué un segundo a disfrutar de su expresión de sorpresa y la sensación de placer puro y auténtico por haberlo vencido.

—Creo que no soy yo quien necesita practicar técnicas defensivas.

Él entornó los ojos.

—*Touché*.

—¿Eso es lo único que tienes que decir? —repuse mientras notaba cómo se elevaba su pecho.

Zayne levantó una comisura de la boca.

—¿Qué hacíais Misha y tú durante los entrenamientos?

—Luchábamos.

—¿Eso es todo? —preguntó, alzando las cejas.

Asentí.

—Luchábamos y no nos conteníamos. —Desplacé las manos hasta su pecho, sin hacer caso de lo caliente que lo notaba debajo de la fina camiseta—. Bueno, puede que Misha se contuviera un poco, pero luchábamos entre nosotros y luego yo practicaba con las dagas.

—Va a ser complicado practicar con las dagas aquí —comentó y asentí—. Pero creo que podríamos hacerlo en el complejo. Hay mucho terreno y muchos árboles que apuñalar.

—No sé si me gusta eso de apuñalar árboles, pero servirá.

—¿Y qué pasa con tus ojos? ¿El sol no será un problema?

Me encogí de hombros.

—El sol podría ser un problema. Igual que un día demasiado nublado, pero tampoco es que vaya a contar siempre con la iluminación ambiental perfecta cuando luche, así que supongo que es buena idea hacerlo en circunstancias molestas.

—Tienes razón.

Zayne parecía bastante cómodo debajo de mí, como si se estuviera tomando un descanso.

—¿Vas a poder luchar conmigo de verdad? ¿Sin tomártelo con calma? Porque no necesito que te andes con miramientos a la hora de golpear.

—¿Qué te hace pensar que no soy capaz?

—Bueno, ¿tal vez porque querías empezar con lo básico? Y eres un buen tío. La última vez que luchamos, no me atacaste de verdad. No con todas tus fuerzas.

—¿Y por eso pudiste vencerme?

Apreté los labios.

—Lo que tú digas. Necesito saber si puedes hacerlo en lugar de limitarte a quedarte ahí tumbado, como ahora mismo, porque, como dije, eres un buen tío.

Aquella media sonrisa se ensanchó.

—Puede que esté aquí tumbado porque me estoy divirtiendo.

Parpadeé, sorprendida.

—¿Qué…?

Sus manos se posaron en mis caderas y un ramalazo de asombro me desconcertó. Un instante después, me encontraba de espaldas y Zayne estaba encima de mí, con las rodillas clavadas en la colchoneta a ambos lados de mis caderas. Hice ademán de incorporarme, pero me agarró las muñecas y las sujetó contra la colchoneta.

El corazón me dio un vuelco y el pulso se me aceleró cuando se inclinó y luego se detuvo con la boca a escasos centímetros de la mía. El peso de sus manos en mis muñecas y la calidez de su cuerpo hicieron que me vinieran ideas sucias a la mente.

—No me gusta la idea de causarte dolor y eso va a pasar cuando entrenemos. Es inevitable. —Un mechón de pelo se le soltó de la coleta y le cayó sobre la mejilla. Mis dedos anhelaron volver a colocarlo en su sitio. Menos mal que no podía mover las manos—. Pero también sé que contenerme no te va a ayudar. No me va a ayudar. Sé lo que debo hacer como tu protector.

«Como tu protector.»

Por algún motivo, esas palabras se repitieron una y otra vez en mi cabeza, hasta que añadió:

—Y lo que dije era verdad. Estaba ahí tumbado porque me estaba divirtiendo, no porque sea un buen tío.

Separé los labios mientras un embriagador estallido de euforia se apoderaba de mí, aporreando el cajón del archivador llamado «ZAYNE». No estaba segura de cómo responder, ni si debería, porque seguramente sería mejor que no lo hiciera.

Zayne me soltó las muñecas y volvió a ponerse de pie. Estiró la mano hacia mí.

—¿Lista?

Pues vaya…

Exhalé de forma entrecortada al mismo tiempo que me sentaba y le daba la mano. Su mano se cerró alrededor de la mía, con calidez y firmeza, mientras me ayudaba a ponerme de pie con un mínimo esfuerzo por mi parte.

—Lista —contesté, dándome una buena bofetada mental.

Cuando nos situamos en posición en el centro de las colchonetas, pensé que tendría que empezar yo, pero me equivoqué. Él me atacó primero. Superé la sorpresa inicial y pasé por debajo de su brazo. Era rápida y ligera de pies, pero él también. Contraataqué, pero él amagó ir en una dirección para luego girar, estirando la pierna. Bloqueé la patada y, en ese momento, supe que Zayne no se estaba conteniendo porque noté el impacto del golpe por todo el brazo, lo que me obligó a retroceder un paso.

Y eso me hizo sonreír.

Era un poco retorcido, pero qué más daba.

Giré para evitar una brusca embestida que sin duda habría dolido y le asesté una patada lateral bastante brutal en la espalda.

Zayne gruñó, pero mantuvo el equilibrio sobre los antepiés mientras se volvía hacia mí.

—Ay.

—Lo siento. Pero no lo siento.

Me lancé hacia él, perdiendo la distancia que lo mantenía en mi campo de visión central, y él debió darse cuenta porque se movió a toda velocidad hacia la derecha. Contuve el aliento, que luego salió bruscamente de mi pecho. No pude moverme lo bastante rápido. Zayne me agarró por el hombro, haciéndome girar. Retrocedí a trompicones, debatiéndome entre la irritación y el respeto. Él había hecho lo que tenía que hacer. Encontró mi debilidad y fue a por ella.

Seguimos así, golpe tras golpe. Desvié la mayoría. Algunos no pude porque estábamos luchando demasiado cerca y él era demasiado rápido para conseguir alejarme. El sudor me cubría la frente y el corazón me latía con fuerza por el esfuerzo.

—Te he derribado cinco veces —le dije, pasándome el brazo por la frente mientras nos separábamos.

—Y yo te he tumbado sobre las colchonetas seis veces —respondió—. No es que lleve la cuenta.

—Ajá.

Lo ataqué, agachándome y apuntando a las piernas, porque había descubierto que esa era su debilidad.

Él lo vio venir y lanzó otro puñetazo, pero esta vez fui lo bastante rápida y me hice a un lado para poder ver el golpe. Le agarré el puño y se lo retorcí.

Zayne chasqueó la lengua con desaprobación y se liberó con demasiada facilidad, pero yo estaba preparada. Di media vuelta y me situé detrás de él. Apoyé el peso del cuerpo en un pie y balanceé los brazos trazando un arco bajo para impulsarme mientras saltaba usando el pie izquierdo y giraba en el aire con la pierna derecha estirada a menos altura de lo normal, asestándole una patada de mariposa en las rótulas.

Él cayó de espaldas al mismo tiempo que yo aterrizaba y me incorporaba para situarme sobre él.

—Ahora estamos empatados.

Sonreí de oreja a oreja a pesar del dolor que sentía en los antebrazos y las piernas.

Zayne se levantó.

—Te estás divirtiendo —dijo, apartándose aquel mechón de pelo de la cara.

—Pues sí —contesté con tono alegre.

—Tal vez demasiado.

Solté una carcajada mientras iba hacia él, pero me detuve de repente al darme cuenta de que había bajado las manos y me estaba mirando con una expresión bastante extraña en el rostro.

—¿Qué ocurre?

Él se mordió el labio inferior.

—Tu risa.

—¿Qué le pasa?

Una sonrisa hizo acto de presencia y luego se desvaneció mientras él negaba con la cabeza.

—No es nada.

—No. Sí es algo. ¿Fue rara? ¿Como una risotada? Cacahuete dice que suelto risotadas. Como una bruja.

—No. —La mitad de esa sonrisa reapareció—. No fue una risotada. Fue bonita. De hecho, fue una risa estupenda. Es que… no te he oído reír así muy a menudo.

Pasé el peso del cuerpo de un pie al otro.

—¿Ah no?

—No. —Volvió a apartarse el pelo de la cara—. Creo que la última vez que te oí reír así fue cuando saltaste entre aquellas azoteas y casi haces que me dé un infarto.

Sonreí. Le había dado un susto de muerte y él se me había echado encima, furioso y… Bueno, furia no era lo único que Zayne había sentido esa noche. Se me borró la sonrisa. Esa fue la noche que nos atacaron los diablillos, le extraje la garra del pecho y…

Aparté la mirada, dejando escapar un suspiro, y puse freno a esos pensamientos.

—Puede que vuelva a saltar de alguna azotea para que puedas oír esa risa.

—Por mucho que me guste ese sonido, eso sería totalmente innecesario.

—No sé yo. —Me dirigí hasta donde había dejado mi Coca-Cola y tomé un trago, deseando que estuviera más fresca—. Creo que voy a necesitar otra ducha.

—Y yo —coincidió mientras bajaba de las colchonetas.

Mi piel se sonrojó al pensar en el hecho de que solo había una ducha, los dos estábamos sudados y ahorrar agua era bueno para el medio ambiente.

Zayne se detuvo junto al sofá y apoyó la cadera contra el respaldo.

—¿Sabes lo que pienso?

Con buena suerte, lo mismo que yo. O puede que con mala suerte.

—No te atribuyes suficiente mérito.

Abrí la boca.

—Sí, sé que resulta impactante oír eso, ya que te atribuyes todo tipo de méritos. —Sonrió con suficiencia cuando cerré la boca de golpe—. Pero me situé a propósito en tus puntos ciegos y te las arreglaste bien.

Me puse las gafas y me senté en un taburete, procurando no sentirme demasiado complacida. El rostro de Zayne se volvió un poco más claro.

—Pero no a la perfección, y necesito ser perfecta.

—Nadie puede ser perfecto —me corrigió—. Pero podrías mejorar y creo que…

Se calló cuando le sonó el móvil. Contestó y luego frunció el ceño y apretó tanto la mandíbula que pensé que se había partido una muela.

—Maldita sea.

Me puse rígida.

—¿Qué pasa?

—Es Roth —soltó—. Está aquí, y trae compañía.

Seis

Roth.

También conocido como Astaroth, que resultaba ser el mismísimo Príncipe Heredero del Infierno.

—¿Sabe dónde vives? —le pregunté.

—Por lo visto —refunfuñó—. Y yo que creía que era un buen barrio.

Ahogué la risa mientras Zayne se acercaba dando grandes zancadas y colocaba el teléfono sobre la isla. No me preocupaba demasiado que Roth supiera dónde vivía Zayne ni que estuviera aquí. Sí, se trataba de un demonio (un demonio de nivel superior muy poderoso), pero no era el enemigo.

Al menos no el nuestro.

Zayne y Roth tenían una relación extraña.

En su mayor parte se debía al hecho de que un Guardián y un demonio mantuvieran una relación mínimamente amistosa era algo inaudito, porque... bueno, por motivos obvios. Uno representaba el cielo. El otro representaba el infierno. Los Guardianes cazaban demonios. Los demonios cazaban Guardianes. Así era el ciclo de la vida y resultaba bastante comprensible que fueran enemigos natos.

Salvo que ese no era el caso.

Zayne era el primer Guardián que había conocido que no consideraba que todos los demonios eran la encarnación del mal. Como a todos los Guardianes, me educaron para creer que su maldad estaba más allá de toda duda, pero gracias a Zayne me estaba dando cuenta de que los demonios eran... complejos y algunos parecían ser capaces de ejercer el libre albedrío, al igual que los humanos y los Guardianes.

No todos los demonios eran malvados de forma irracional. Aunque no estaba segura de si ser malvado «de forma racional» era mejor, pero estaba aprendiendo que el bien y el mal no eran conceptos inmutables. Que nadie, ni siquiera los Guardianes ni los demonios, nacía de una manera y se quedaba estancado en sus decisiones y acciones. Los demonios eran capaces de demostrar gran bondad y los Guardianes podían cometer actos de gran maldad.

Solo había que fijarse en… en Misha. Aunque los Guardianes nacían con almas puras (y si había una lista de todo lo bueno y sagrado que había en el mundo, ellos estarían sin duda en los primeros puestos), Misha había hecho cosas horribles. Había sido malvado. Eso era innegable.

Pero lo que eran Zayne y Roth no suponía el único motivo por el que resultaba extraño que mantuvieran una relación más o menos amistosa. Sino lo que tenían en común.

Layla.

En fin, supuse que eran una especie de «amienemigos».

Roth nos había ayudado, a Zayne y a mí, a reunirnos con el aquelarre de brujos responsable de lanzarles un hechizo a unos humanos, y no tenía por qué hacerlo. Otra cosa extrañamente poco demoníaca que hizo Roth fue que, cuando unos demonios de nivel superior nos tendieron una emboscada y casi morimos en la casa del senador Fisher, regresó para ayudar a Zayne después de poner a Layla a salvo. Tal vez lo había hecho por la complicada historia de Layla con Zayne, pero había regresado y eso significaba algo.

—Un momento. ¿Has dicho que trae compañía?

Él asintió con la cabeza.

—Así es.

Se me tensaron todos los músculos del cuerpo mientras Zayne se dirigía a la consola situada junto a la puerta y presionaba un botón al mismo tiempo que salía un zumbido del interfono.

—Subid —dijo por el altavoz, con la voz cargada de exasperación.

Por «compañía» ¿Roth se refería a Layla? ¿De verdad la traería aquí, sabiendo todo lo que había pasado entre ella y Zayne? Había sido el demonio quien me había contado la complicada historia de Zayne y Layla. Yo no tenía ni idea hasta que Roth me dio la noticia.

Aunque si la había traído, no me molestaba que Layla estuviera aquí. Ella siempre había sido amable conmigo... Bueno, no había desplegado precisamente la alfombra de bienvenida cuando la conocí. Todavía me parecía que era probable que quisiera comerme, pero parecía simpática y era evidente que estaba profundamente enamorada de Roth.

Puede que Roth hubiera traído a Cayman, un demonio negociante que intercambiaba almas y otras posesiones valiosas por una gran variedad de cosas a las que los humanos estaban dispuestos a renunciar. Incluso hacía tratos con otros demonios, así que fomentaba la igualdad de oportunidades. Ojalá fuera Cayman, porque era consciente de que estaba hecha un desastre, sudada y despeinada...

Sentí esa repentina presión caliente en la nuca y, un instante después, la puerta se abrió con suavidad. La primera persona que vi fue el príncipe demonio.

Roth personificaba muerte y pecado envueltos en un paquete guapísimo. Pelo negro peinado de punta. Pómulos altos y marcados. Boca sensual. Tan solo su cara podría ocupar un millar de portadas de revistas y, probablemente, provocar unas cuantas guerras.

—Pareces encantado de verme —comentó Roth con tono ligero y aquellos labios se curvaron formando una media sonrisa mientras miraba a Zayne.

El demonio era un poco más alto que el Guardián, pero no tan ancho.

—Reboso entusiasmo. Apenas puedo contenerme. —Zayne permaneció junto a la puerta y su tono era seco como una tostada quemada—. No estaba al tanto de que supieras dónde vivo.

—Siempre lo he sabido —respondió el demonio.

—Vaya, eso es... genial.

—Yo no lo sabía —dijo una voz conocida desde detrás de Roth—. Nunca me había contado que sabía dónde vivías.

Fijé la mirada en el interior del ascensor. Roth no estaba solo y estaba claro que no había traído a Cayman.

Quien habló fue ella. Layla. Y Dios, al verla, era fácil entender por qué Zayne se había enamorado tanto de ella. Por qué incluso un demonio como Roth se enamoraría. Aquella chica era una paradoja. Con su cabello rubio platino, ojos grandes y boca en forma de arco, contaba con una sorprendente mezcla de inocencia de muñeca y pura seducción grabada en cada una de sus facciones. Era la encarnación del bien y del mal, la hija de un Guardián y una de las demonios más poderosas del mundo, que por suerte estaba enjaulada en el infierno.

Yo sabía que no se trataba solo de que Layla tuviera un aspecto interesante. Tenía que ser así para que Zayne se hubiera enamorado de ella. Él era considerablemente menos superficial que yo.

—Me sorprende bastante que guardara el secreto —repuso Zayne. Era evidente que todo aquello le hacía gracia, puede que incluso estuviera un poco contento—. Veo que os acompaña alguien.

—No pudimos librarnos de ella —contestó Roth, que se volvió hacia mí al mismo tiempo que otra persona salía disparada del ascensor y prácticamente se abalanzaba sobre Zayne.

Él atrapó con facilidad a la chica alta y delgada vestida con vaqueros oscuros y una camiseta sin mangas de color azul violáceo. Ella le rodeó los hombros con los brazos y los de él se cerraron alrededor de la estrecha cintura de la desconocida.

¿Quién demonios era aquella tía?

Noté una sensación rara en las entrañas, como si se me congelaran, mientras observaba cómo Zayne inclinaba la cabeza y le decía algo a la chica que le hizo soltar una risa ahogada. ¿Qué le había dicho? Mejor aún, ¿por qué seguía abrazándola como si fueran grandes amigos que hacía mucho tiempo que no se veían y a los que no les importaba que uno de ellos estuviera supersudado?

—Hola.

Tardé un segundo en darme cuenta de que Roth me estaba hablando a mí. Le eché un vistazo al demonio y luego volví a centrarme en Zayne y la chica.

—Hola —respondí.

Roth se acercó sigilosamente a donde yo estaba sentada.

—Layla estaba preocupada por Zayne y quería…

—…comprobar con mis propios ojos que estaba bien —intervino ella—. Roth me diría que Zayne está bien aunque no lo estuviera, para que no me disgustara.

—Cierto —coincidió el demonio, sin una pizca de vergüenza.

—Y ese es uno de los motivos por los que hemos venido —concluyó Layla.

Habló en voz baja y sonaba tan aliviada que tuve que apartar la mirada de Zayne y la chica, que todavía parecían pulpos. Layla me estaba mirando. Sus ojos azules eran casi del mismo tono que los de Zayne, y eso era extraño.

—Está bien, ¿verdad? Lo veo bien.

Asentí con la cabeza, parpadeando como si saliera de un trance.

—Yo lo veo… perfecto.

Layla ladeó ligeramente la cabeza, juntando sus cejas de color castaño claro.

Caí en la cuenta de lo que había dicho.

—Quiero decir que está muy bien. En perfecto estado de salud. Sin problemas.

Roth se rio entre dientes mientras Layla asentía despacio.

Por fin, después de unos veinte años, el feliz reencuentro junto a la puerta concluyó. Estaba segura de que Zayne estaba sonriendo, a pesar de que no podía ver su rostro con claridad.

Lo sabía porque podía sentir esa sonrisa a través de la calidez de mi pecho. Alegría. Era como disfrutar del sol, y yo, desde luego, no sentía eso en ese momento.

Zayne se alegraba de verdad de ver a esta chica, incluso más que de ver a Layla.

—Esa es Stacey. —Layla me puso al corriente—. Es una amiga nuestra y conoce a Zayne desde hace… madre mía, desde hace años.

«Stacey.»

Ya había oído ese nombre.

Esa era Stacey… la chica de la que Roth me habló la misma noche que me soltó la bomba sobre Layla. Yo no conocía toda su historia, pero sí lo suficiente como para saber que había estado al lado de Zayne después de que este perdiera a su padre y a Layla y él había estado a su lado después de que ella también perdiera a alguien.

Eran amigos… pero también habían sido algo más. Esa fue la impresión que me dieron las palabras de Roth e incluso las del propio Zayne. Teniendo en cuenta aquel saludo, tal vez siguieran siendo algo más.

Me invadió una sensación incómoda, pero intenté hacerla desaparecer con todas mis fuerzas mientras plantaba una sonrisa en mi cara, rogando que no resultara tan extraña como me parecía. Se me revolvió el estómago. Puede que los huevos estuvieran en mal estado, porque sentí ganas de vomitar.

Zayne giró la cabeza hacia mí y me puse rígida al darme cuenta de que estaba captando mis emociones a través del vínculo.

Mierda.

Me puse a pensar en… llamas y alpacas, en que se parecían mucho, como si fueran un cruce entre ovejas y ponis peluditos. Las alpacas eran como gatos y las llamas eran como perros, ese era…

—Cuando me enteré de que habías resultado herido, tuve que venir a verte. —Stacey retrocedió un paso, pero luego golpeó a Zayne en el brazo con el puño más débil que había visto en mi vida. Dejé de pensar en llamas y alpacas—. Sobre todo porque no he sabido nada de ti desde hace una eternidad. Una eternidad.

—Lo siento. —Zayne se volvió de nuevo hacia ella—. He estado superocupado últimamente.

Ella ladeó la cabeza.

—Nadie en este mundo está tan ocupado que no pueda dedicar cinco segundos a enviar un mensaje en el que diga: «Hola, sigo vivo».

Puede que Stacey tuviera poca fuerza en los puños, pero también tenía razón, y eso me hizo pensar en Jada. ¿Qué excusa le iba a dar para no devolverle las llamadas?

—Es verdad. —Zayne la guio hacia al resto de nosotros—. Es una mala excusa. No la volveré a usar.

—Más te vale.

Stacey llegó al extremo de la isla de la cocina y, ahora que estaba lo bastante cerca, pude ver sus rasgos. El cabello castaño, que le llegaba hasta la barbilla, enmarcaba un rostro bonito. Y, entonces, se me quedó mirando de la misma forma en la que suponía que yo la miraba. No con hostilidad abierta, pero sin duda con una buena dosis de sospecha.

—Así que esta es ella —comentó.

Di un respingo y la lengua se me despegó del paladar.

—Depende de quién creas que es ella.

—Sí, esta es Trinity —intervino Layla—. Es la chica de la que te hablamos. Vivía en una de las comunidades de Guardianes más grandes de Virginia Occidental y vino aquí a buscar a un amigo suyo.

Miré a Roth, preguntándome qué más le habrían contado. Como qué era yo. De ser así, íbamos a tener un gran problema. Tal vez tendría que encargarme de silenciar a Stacey. Empecé a sonreír.

Roth me guiñó un ojo ambarino.

Mi sonrisa se transformó en un ceño. Volví a mirar a Stacey.

—Pues sí, esa soy yo.

—Siento lo de tu amigo —dijo ella después de unos segundos y percibí sinceridad en su voz—. Es una putada.

Incómoda, pues hace un instante estaba tramando matarla y eso me había hecho sonreír, murmuré:

—Gracias.

—Tengo entendido que has recibido entrenamiento para luchar como este grandullón. —Señaló a Zayne levantando un codo—. Qué pasada. No sabía que los Guardianes entrenaban a humanos.

—O los criaban —añadió Roth—. Como si fueran mascotas.

Clavé la mirada en el demonio, con los ojos entornados.

—No me criaron como si fuera una mascota, imbécil.

Al demonio se le dibujó una amplia sonrisa en la cara.

—Y los Guardianes no suelen entrenar a humanos. —Miré rápidamente a Zayne, que bajó la barbilla, y me dio la impresión de que él también intentaba contener la risa. Aparte del hecho de que Roth me había comparado con una mascota, esto era una buena noticia. Layla y él no se lo habían contado todo. Realicé una inspiración corta—. Lo mío fue... un golpe de suerte.

—Un golpe de suerte —repitió Roth en voz baja mientras me observaba—. Desde luego que sí.

Estaba a punto de demostrarle a ese cretino todo lo que había aprendido durante mi entrenamiento.

—Hay mucha gente con suerte por aquí últimamente.

La sonrisa de Roth creció un poco más.

—Bueno, ¿y cuándo vuelves a casa? —dijo Stacey.

Más que una pregunta, sus palabras eran una despedida. Una especie de «encantada de conocerte, pero ya es hora de que te vayas».

Qué maleducada.

—No se marcha —explicó Zayne, apoyándose en la isla—. Se va a quedar conmigo por el momento.

La habitación quedó tan en silencio que se podría haber oído el estornudo de un grillo. Si es que los grillos estornudaban. No tenía ni idea de si tenían senos nasales o sinusitis.

—Ah —respondió Stacey. No tenía cara de decepción ni se puso roja de enfado. No mostró ninguna emoción y se me solía dar bien leer a la gente.

Empecé a apartar la mirada de ella, pero algo extraño me llamó la atención. Había... una sombra detrás de Stacey, con forma de... ¿persona? Medía lo mismo que ella, puede que fuera algo más alta y un poco más ancha. Entrecerré los ojos mientras volvía a enfocar a la chica y... no vi nada. No había ninguna sombra.

Ella estaba empezando a fruncir el ceño...

...porque me había quedado mirándola fijamente.

Se me pusieron las mejillas coloradas mientras me dedicaba a examinar mi lata de refresco vacía, desechando la extraña sombra. Mis ojos hacían eso a veces: me hacían pensar que veía cosas cuando allí no había nada.

—Bueno, una vez aclarado eso, ¿de verdad habéis venido hasta aquí solo para aseguraros de que sigo vivo? —comentó Zayne, rompiendo el incómodo silencio—. No es que no me alegre de veros...

—Deberías estar encantado de vernos —lo interrumpió Roth.

—Sabemos que no estás encantado de verlo a él —añadió Stacey, esbozando una sonrisa.

—Pero más vale que te alegres de verme —repuso Roth.

—Por supuesto que me alegro de verte —contestó Zayne y lo dijo con una sonrisa—. Pero, como podéis comprobar, estoy bien. No hacía falta que os preocuparais.

—Necesitaba verlo. Necesitábamos verlo. —Layla estaba de pie al lado de Roth, entrelazando un brazo con él mientras se inclinaba hacia el demonio. Roth, que iba vestido todo de negro, y Layla, con ese cabello rubio platino y un bonito vestido largo de color rosa pálido y azul, representaban un gran contraste de luz y oscuridad—. Espero que no te cabree que hayamos venido.

Esperé la respuesta de Zayne conteniendo la respiración, porque, para ser sincera, no estaba captando gran cosa a través del vínculo, aparte de aquel momentáneo destello de felicidad cuando abrazó a Stacey. No estaba segura de si eso significaba que Zayne no estaba sintiendo nada lo bastante potente como para que yo lo sintiera o si se le daba mejor que a mí controlar sus emociones. Probablemente fuera lo segundo; pero sí sabía que, cuando Zayne y Layla habían hablado mientras Roth y yo nos reuníamos con los brujos, no parecía demasiado aliviado tras la conversación. Más bien parecía taciturno y... confundido, esa noche.

Zayne miró a Layla y tuve la impresión de que podría ser la primera vez que la miraba directamente desde que llegaron.

—No, no estoy cabreado —aseguró y le creí—. Solo sorprendido. Eso es todo.

Layla no pudo disimular la sorpresa y me pregunté si había esperado que Zayne dijera lo contrario. Una parte pequeña y decente de mi ser hasta se compadeció de ella mientras una sonrisita vacilante comenzaba a aparecer en su rostro.

—Bien —susurró Layla, parpadeando con rapidez.

Cuando Roth inclinó la cabeza para darle un beso en la sien, miré enseguida a Zayne. No hubo reacción. No percibí un estallido de celos o envidia a través del vínculo ni en su cara.

Zayne se limitó a esbozar una leve sonrisa y luego preguntó:

—¿Cómo te encuentras?

—Bien. —Layla carraspeó mientras se daba una palmadita en el vientre—. Solo un poco dolorida. Creo que ese maldito Trepador Nocturno pretendía destriparme.

El gruñido bajo que surgió de Roth fue sorprendentemente similar al sonido que había emitido Zayne.

—Creo que me alegro de no haber visto nunca un Trepador Nocturno —caviló Stacey, con los labios fruncidos—. Ese simple nombre ya me da repelús.

—Había una horda entera de ellos incubando en los antiguos vestuarios del instituto —soltó Layla como si tal cosa—. Fue hace un tiempo y Roth y yo los matamos a todos; pero, madre mía, esas cosas son una pesadilla.

Me vinieron a la mente un montón de preguntas sobre por qué habría una horda de Trepadores Nocturnos incubando en los vestuarios de un instituto humano.

—No me hacía falta saber eso. —Stacey se estremeció—. Para nada.

—Oye, solo te quedan un par de semanas de escuela de verano y luego obtendrás tu diploma. —Layla sonrió a su amiga—. Entonces, ya no tendrás que preocuparte por nuestra pequeña versión de una Boca del Infierno al estilo Buffy.

—Creo que tenemos más actividad demoníaca en ese instituto de la que tuvo Buffy en todas las temporadas —comentó Stacey.

Me pregunté a cuántos demonios, aparte de Roth y puede que Cayman, habría visto Stacey. Solo estaban al tanto de su existencia los humanos que se topaban por accidente con el mundo de los seres que acechaban en la oscuridad y lograban sobrevivir y a los que se les encomendaba mantener la verdad a salvo.

Stacey probablemente pensaba que yo era una de esas excepciones.

—¿Escuela de verano? —pregunté.

No tenía ni idea de si eso era normal en el mundo humano, ni tampoco estaba muy segura de saber siquiera lo que significaba.

—Acabé faltando a muchas clases a principios de curso. —Stacey se colocó un corto mechón de pelo detrás de la oreja y cruzó el otro brazo sobre el vientre—. Demasiadas para compensarlo, así que me toca ir a clase durante las próximas dos semanas.

—Pero le permitieron desfilar con su clase durante la graduación —me explicó Layla—. Estas clases no son más que un tecnicismo.

—¿Un tecnicismo? —Stacey se rio con suavidad—. Ojalá. Más bien parecen una especie de castigo cósmico. ¿Sabéis a qué huele ese instituto en verano?

—Pues no —respondió Roth—. Pero me muero por oírlo.

Stacey lo miró fijamente.

—Huele a desesperanza, a injusticia y como unas zapatillas viejas y mojadas que hubieran usado sin calcetines para recorrer todos los callejones de la ciudad.

Puaj.

—¿Sabéis?, solía pensar que me estaba perdiendo algo al no asistir a un colegio público, pero me equivocaba. —Zayne cerró los ojos un instante—. Del todo.

—Pues, en cierto sentido, yo echo de menos ese olor —murmuró Layla y todos la miraron con escepticismo. Ella se encogió de hombros.

—Bueno, ya nadie más conocerá ese olor y lo adorará como tú —dijo Stacey con una sonrisa.

—Ah, es verdad. Van a reformar el instituto o algo así en otoño. Ya era hora. Apuesto a que tanto las taquillas como el sistema de aire acondicionado están anticuados.

—Igual que la comida —intervino Roth.

—¿Cómo sabes cómo era la comida? —pregunté, confundida.

La sonrisa de Roth me recordó al humo.

—Recibí educación pública durante un breve período de tiempo.

Casi suelto una carcajada ante la absurda idea de que el Príncipe Heredero del Infierno asistiera a un colegio público.

—En fin… —Layla se volvió hacia mí—. Me salvaste el culo hace un par de noches. Dos veces.

Me puse tensa.

—En realidad no. Quiero decir que solo hice… lo que había que hacer.

Su pálida mirada sostuvo la mía.

—Sabes que no fue una minucia. Fue algo muy gordo y las cosas podrían haberse puesto peor de lo que ya estaban.

Eso era cierto. Me corté a propósito para atraer a los demonios que tenían rodeados a Roth y Layla. En cuanto olieron mi sangre, se habían abalanzado en masa sobre mí como si yo fuera un bufé libre para demonios, lo que le permitió a Roth sacar a Layla de allí.

—Te doy las gracias —concluyó ella.

Me dispuse a protestar, pero me di cuenta de que no tenía sentido, así que me limité a asentir con la cabeza.

—¿Esos son los planos que encontramos en la casa del senador? —preguntó Layla, cambiando de tema, mientras se soltaba de Roth y se acercaba a la isla para echarle un vistazo al papel.

—Pues sí —contestó Zayne.

Mientras él los ponía al corriente de lo que sabíamos, que en el fondo no era mucho, me recosté en mi asiento y escuché. Bueno, fingí escuchar mientras miraba con disimulo a Zayne… y a Stacey.

Acabaron situándose uno al lado del otro mientras Zayne empezaba a mostrarles los artículos que había encontrado sobre el senador Fisher. Stacey hizo muchas preguntas, como si hablar de senadores poderosos que estaban involucrados con demonios fuera algo habitual para ella. Y eso no fue lo único que hizo.

A Stacey le gustaba tocar.

Muchísimo.

Parecía una actitud juguetona. Un puñetazo en broma o una palmadita en el brazo, como si fuera algo que hiciera con bastante frecuencia. Un empujón con la cadera interrumpía los golpecitos de vez en cuando y Zayne respondía con una sonrisa rápida o sacudiendo la cabeza. Aunque yo no hubiera sabido que ya habían mantenido una relación íntima, y a pesar de que mi experiencia en ese campo era bastante limitada, aun así me habría dado cuenta. Se notaba que se sentían cómodos juntos, se comportaban con una naturalidad que indicaba que se conocían muy bien.

El sabor amargo que me quemaba la garganta se parecía mucho a la envidia, así que abrí apenas el cajón llamado «ZAYNE», metí ese sentimiento dentro y luego lo cerré de golpe.

Permaneció entreabierto, solo una rendija.

Apoyé el codo en la isla y la barbilla en la mano mientras observaba cómo los cuatro se apiñaban alrededor de los planos del edificio. Ahora sabía cómo se sentía Cacahuete en una habitación llena de gente sin que nadie le prestara ni pizca de atención. ¿Se regodeaba en la autocompasión como yo? Probablemente.

Aparté la mirada del grupo y la clavé en el suelo de cemento gris. Zayne les estaba hablando de los demonios de anoche, aunque omitiendo detalles, tal vez para que Stacey no hiciera preguntas.

Las gafas se me deslizaron por la nariz. Entorné los ojos. Había una pequeña grieta en el cemento y me pregunté si la habrían hecho a propósito. Hoy en día, demasiada perfección se consideraba algo malo, un defecto en sí mismo. ¿A qué era irónico?

¿Por qué diablos me había puesto a pensar en grietas en el suelo? Mi mente solía consistir en una sucesión continua de un pensamiento absurdo tras otro, pero esto era ridículo. Pese a todo, era mejor que…

—Eh —dijo la voz de Zayne y, a continuación, noté el peso de su mano en el hombro.

Levanté la cabeza tan rápido que mis gafas estuvieron a punto de salir volando. Los reflejos de Zayne funcionaron a la perfección. Atrapó las gafas antes de que se me cayeran y las enderezó.

—¿Estás bien? —me preguntó en voz baja.

—Sí. Por supuesto. —Sonreí al darme cuenta de que teníamos público—. Solo me distraje. ¿Me he perdido algo?

Zayne escrutó mis ojos mientras se le formaba un leve ceño en la frente.

—Están a punto de marcharse.

¿Cuánto tiempo me había pasado con la mirada fija en aquella grieta? Madre mía.

—Pero primero tienes que enseñarme tu apartamento —apuntó Layla.

Zayne encogió un hombro.

—Bueno, no hay mucho más de lo que ya estás viendo.

Layla se volvió hacia las puertas cerradas.

—Tiene que haber más. —Se dirigió hacia allí—. Enséñamelo.

A Zayne no le quedó más alternativa. Alcanzó a Layla justo cuando esta abrió la puerta del armario de la ropa blanca. Roth se encontraba solo unos pasos detrás de ellos y eso significaba…

Miré a mi derecha y encontré a Stacey sonriéndome con gesto tenso.

—Hola —la saludé, porque no tenía ni idea de qué más decir—. ¿No los acompañas?

Ella negó con la cabeza.

—No. Ya he estado aquí antes.

Mantener el rostro inexpresivo supuso un esfuerzo digno de un Oscar.

—¿Y no se lo contaste a Layla?

—Pues no. Zayne no quería que ella lo supiera y, sí, me pareció ridículo, pero aprendí hace mucho tiempo a no inmiscuirme entre ellos y su disfunción funcional. —Giró el cuerpo hacia mí, apoyando la cadera contra la isla—. Sabes que ya lo sé.

—¿Qué sabes?

Eché un vistazo y vi a Zayne y compañía desaparecer dentro del dormitorio.

—Que solo hay un dormitorio.

Me volví de nuevo hacia Stacey.

—Así es.

Sus ojos marrones se clavaron en los míos.

—Zayne es un tío estupendo.

Un calor punzante me invadió la piel.

—Es un tío increíble.

—Y no estoy segura de qué está pasando aquí, pero tengo la sensación de que Layla y Roth no están siendo del todo sinceros en cuanto a ti.

—Lo que sea que esté pasando aquí no es asunto tuyo —le informé, en voz baja.

—Vamos a tener que discrepar en eso, porque Zayne es mi amigo y le tengo mucho cariño, así que sí es asunto mío.

—Tienes razón. Vamos a tener que discrepar en eso.

Ella arqueó una ceja.

—Para que lo sepas, si le haces daño de alguna forma, tendrás que vértelas conmigo.

Me habría reído en su cara, pero en realidad me tomé esa amenaza con respeto. De verdad. Me alegraba que Zayne contara con una amiga así. También me irritaba un poco, pero sobre todo me alegraba.

Así que contesté:

—No tienes nada de qué preocuparte, Stacey. En serio.

—Ya lo veremos. —Dirigió la mirada más allá de mí mientras se apartaba de la isla—. ¿Cómo ha ido la visita?

—Corta —dijo Roth—. Muy corta.

—Sí. —Layla parecía un poco preocupada—. Es un piso bonito. El baño es una pasada.

Me pregunté si estaría pensando lo mismo que Stacey sobre el dormitorio. Ya no hacía falta que ninguna de las dos perdiera el tiempo imaginando que iba a pasar algo interesante en esa cama.

Por desgracia.

Mientras se producía una rápida serie de despedidas, bajé del taburete de un salto. Mi pobre culo se había quedado entumecido.

Zayne siguió a las chicas hasta la puerta del ascensor, pero Roth se quedó atrás. No me había dado cuenta de que estaba tan cerca de mí hasta que se situó en mi campo de visión central. Aquellos inquietantes ojos de color leonado se encontraron con los míos y, cuando habló, sus palabras estaban destinadas solo a mis oídos.

—Volveremos a vernos, muy pronto.

Siete

—¡Has intentado comerte al cachorrito!

Mi grito quedó ahogado por los cláxones que resonaban en una congestionada calle cercana mientras me lanzaba a la carrera por un estrecho callejón maloliente.

Aunque no sirviera de nada, procuré no respirar demasiado hondo. El olor rancio seguramente provenía de contenedores de basura desbordados y el hedor me impregnaba la ropa y me empapaba la piel.

A veces me parecía que toda la ciudad de Washington D. C. olía así, a humanidad olvidada y desesperación mezcladas con gases de tubos de escape y tenues matices de descomposición y podredumbre. A estas alturas, ya casi ni me acordaba del limpio aire de montaña de las tierras altas del Potomac y una parte de mi ser se preguntaba si volvería a olerlo alguna vez.

Una parte de mí aún mayor se preguntaba si quería hacerlo siquiera, porque ya no me sentiría en casa en la comunidad sin…

Sin Misha.

Noté una opresión en el corazón como si alguien hubiera metido la mano en mi pecho y lo hubiera apretujado con el puño. No podía permitirme pensar en eso. No lo haría. Todo lo relacionado con Misha estaba archivado en la categoría de «FRACASOS ÉPICOS» y ese cajón estaba bien cerrado.

En cambio, mientras corría por el callejón más apestoso de todo el país, me concentré en cómo mi noche había pasado de aburrida a eso. Tras el críptico mensaje de despedida de

Roth, Zayne y yo pasamos toda la tarde entretenidos en el apartamento y luego salimos a buscar al Heraldo.

Habíamos estado patrullando sin suerte la zona donde habíamos visto a los dos demonios. Las calles estaban tranquilas, a excepción de unos cuantos esbirros que trasteaban los semáforos, lo que, por algún motivo, en realidad me había dado ganas de reír. Aparte de provocar un pequeño choque que había causado un atasco, fue algo bastante inofensivo.

Vale, si yo hubiera sido alguno de esos dos conductores o de los que se quedaron atrapados detrás de los dos hombres que gritaban que ambos tenían el semáforo en verde, probablemente no me habría parecido tan divertido.

Mientras los esbirros ponían a prueba el aguante de los humanos, Zayne puso a prueba el mío preguntándome si estaba bien unos quinientos millones de veces. Como si fuera una frágil flor de cristal que estuviera a punto de romperse, y odiaba sentirme así, porque estaba bien. Perfectamente bien en todos los sentidos. No lo agobié con preguntas sobre Stacey y su anterior estatus de «más que amigos». Aunque Zayne hubiera captado algo a través del vínculo mientras Stacey estaba en su piso, solo había sido un momentáneo lapsus de control. Me estaba comportando con normalidad, así que no estaba segura de por qué estaba tan preocupado.

Cuando divisamos a los demonios feroces, agradecí la distracción. Hasta que olí ese callejón.

Solté una retahíla de palabrotas y me concentré en la tarea que tenía entre manos. Con mi visión estrecha y borrosa y el tenue brillo parpadeante de la única farola del callejón, no podía permitirme ninguna distracción con aquel imbécil devorador de cachorritos que parecía una especie de rata.

Si las ratas midieran casi dos metros de alto, caminaran sobre dos patas y tuvieran la boca llena de dientes afilados como cuchillas.

El cabrón de cola larga y su manada de feos demonios de nivel bajo acababan de intentar llevarse un perro que me recordó al alienígena azul de *Lilo y Stitch*.

¿Qué clase de perro era? ¿Un bulldog francés? ¿Tal vez? Ni idea, pero el demonio feroz había intentado agarrar a aquel cachorrito tan feo que resultaba mono y a su dueño, que llevaba un sombrero fedora y se había acercado demasiado al callejón donde la horda de demonios feroces estaba rebuscando comida.

Por suerte, el tío del fedora no había visto al demonio. No se me ocurría cómo habría podido explicarle qué era a un humano. ¿Una rata de alcantarilla mutante? Iba a ser que no.

El demonio había asustado al pobre cachorrito, haciéndolo chillar y caer de costado con las patitas rígidas. Y eso me puso directamente en modo asesino.

Intentar comerse a humanos ya era bastante malo, aunque fuera consecuencia del karma cósmico para el humano por llevar un fedora con la humedad de julio, pero ¿intentar zamparse lindos cachorritos de bulldog?

Eso era completamente inaceptable.

Conseguí clavarle una daga a ese cretino, ahuyentándolo y dispersando a la manada, y ahora huía usando sus dos musculosas patas traseras mientras Zayne perseguía al resto. El demonio se detuvo y se puso en cuclillas. Antes de darle tiempo a saltar, me impulsé en el suelo de cemento y me elevé en el aire.

Durante unos dos segundos.

Aterricé sobre el lomo sin pelo del demonio feroz y le rodeé el grueso cuello con los brazos mientras el ser dejaba escapar un chillido que me recordó muchísimo a un juguete masticable para perros.

El demonio se inclinó hacia delante y se estrelló contra el callejón con fuerza. El impacto me sacudió todo el cuerpo. A continuación se empinó, pero me aferré para evitar que me tirara.

—¡Ese cachorrito no te había hecho nada! —grité mientras me echaba hacia atrás, plantando las rodillas en el suelo... un suelo sospechosamente húmedo. No iba a pensar en eso. Le apreté el cuello más fuerte con el brazo—. ¡Un cachorrito! ¿Cómo te atreves?

El ser parloteó y chasqueó la mandíbula intentando morderme en vano.

Arranqué de un tirón la daga que le sobresalía del costado.

—Te vas a arrepentir...

El demonio feroz cayó de bruces sobre el callejón y dejó el cuerpo flácido. No estaba preparada para esa táctica, así que salí despedida por encima de su cabeza y aterricé de espaldas sobre lo que más valía que fuera un charco causado por la tormenta que cayó al anochecer.

—Puaj.

Allí despatarrada, percibí un tufillo a algo que decididamente no era lluvia.

Me iba a pasar diez horas en la ducha después de eso.

Un aliento caliente y fétido me golpeó la cara, provocándome arcadas, cuando el demonio se puso de pie a trompicones y se lanzó sobre mí. Se me revolvió el estómago. No debería haberme comido aquellos dos perritos calientes ni las patatas fritas... ni la mitad de aquel falafel. Por una vez, me alegré de ver mal. Bajo la tenue luz del callejón, los detalles más precisos de las facciones de la criatura no eran más que una masa borrosa de dientes y pelaje.

Me incorporé bruscamente y lo agarré por los hombros antes de que pudiera clavarme los dientes o las garras. El pelaje del demonio era áspero y le faltaban mechones y su piel resultaba resbaladiza y asquerosa en todos los sentidos. Tiré de él hacia atrás, aprovechando mi fuerza de Sangre Original, al mismo tiempo que sentía que la bolita de calidez y luz de mi pecho ardía con más fuerza a medida que Zayne se acercaba.

El demonio feroz se estrelló contra el suelo, agitando brazos y piernas. Me dejé caer hacia delante, sentándome a horcajadas sobre él, mientras le plantaba una mano en el pecho para impedirle levantarse.

Algo se apagó en mi mente. O tal vez se encendió. No lo sabía, pero no estaba pensando. Solo estaba actuando. Mi puño se estrelló contra la mandíbula del demonio. Un diente repiqueteó sobre el suelo del callejón mientras un estallido de dolor me recorría los nudillos. Asesté el siguiente golpe y otro diente salió volando. Me rebotó contra el pecho y...

El archivador mental perfectamente cerrado se abrió de par en par y las carpetas salieron disparadas en todas direcciones. Una rabia primaria se apoderó de mí, iluminando cada célula y fibra de mi ser igual que hacía la gracia cuando la empleaba. La furia bramó por mi interior como un tornado mientras agarraba al demonio por el cuello y lo levantaba del suelo, y luego le arreaba otro puñetazo en la cara una vez más.

La ira no era lo único que me corría por las venas, haciéndome sentir que tenía la sangre contaminada con ácido de batería. Notaba también una pena descarnada que se abría paso a través de la furia. Una desvalida tristeza que no estaba segura de si alguna vez se aliviaría.

El callejón, los sonidos de los coches y la gente, el espantoso olor, el mundo entero se fueron constriñendo, hasta que solo quedamos yo, ese demonio devorador de cachorritos y esa… esa ira, y un flujo continuo de imágenes que pasaban fugaces por mi mente.

Mi madre, muriendo en el arcén de un camino sucio, asesinada a manos de Ryker. Aym, burlándose de mí con sus dos cabezas. Yo, saliendo a toda prisa de la casa del senador sin pensar y como una idiota, como Aym sabía que haría… como Misha sabía que haría. Zayne, quemado y moribundo, todavía intentando luchar. Mi padre, llegando, sin mostrar ningún remordimiento por el error que se había cometido.

Las imágenes se arremolinaron, todas eran potentes e incontenibles, pero la que más destacaba, la que no podía dejar de ver, era la expresión del rostro de Misha. El destello de sorpresa en aquellos hermosos ojos azules, como si, por un segundo, le resultara imposible creer que yo fuera capaz de hacer lo que había que hacer.

Lo que tuve que hacer.

¿Cómo pudo hacer eso Misha? ¿A mí? ¿A sí mismo? ¿A nosotros?

Le asesté un puñetazo al demonio feroz en el hocico mientras la pena y la rabia daban paso a la culpa, que me clavaba sus repugnantes e implacables garras en el alma. No conseguía librarme de esa sensación. ¿Cómo era posible que no me hubiera dado cuenta de cómo era Misha en realidad? ¿Cómo pude estar tan absorta en mis propios problemas que no había visto esta maldad enconándose en él, que no me había dado cuenta…?

—Trin.

Oí aquella voz conocida, pero no me detuve. No podía. Mi puño se estrelló contra el hocico del demonio una y otra vez. Algo caliente y maloliente me salpicó el pecho.

—Tienes que parar.

—Intentó comerse un cachorrito. —Me tembló la voz al realizar una inspiración trémula y endeble—. Un cachorrito muy mono.

—Pero no lo hizo.

—Solo porque se lo impedimos. —Golpeé al demonio de nuevo—. Eso no implica que esté bien.

—No he dicho que lo estuviera. —La voz sonó más cerca y la calidez de mi pecho se propagó, haciendo retroceder los sentimientos sombríos y oleaginosos que se habían extendido como una mala hierba nociva—. Pero ya es hora de acabar con esto.

Yo también lo sabía.

Mi puño se estrelló contra la mandíbula del demonio feroz otra vez y unos cuantos dientes más cayeron al suelo.

—Trinity.

Levanté el puño de nuevo, vagamente consciente de que la cabeza del demonio parecía tener una forma rara bajo la penumbra del callejón, como si tuviera la mitad del cráneo hundida. No se resistía. Los brazos le colgaban flácidos a los costados y tenía la boca abierta…

El aroma a menta fresca eclipsó el hedor del callejón un momento antes de que un brazo cálido y fuerte me rodeara la cintura. Zayne me apartó del demonio tumbado. Por la cantidad de calor que desprendía, supe que aún seguía en forma de Guardián.

Aflojé los puños por reflejo mientras bajaba las manos y le agarraba el brazo. Tenía la firme intención de obligarlo a soltarme, pero el contacto piel con piel me turbó, como si se hubiera producido una descarga de electricidad estática entre nosotros, cortocircuitándome los sentidos. Experimenté una sensación de familiaridad, de muchas piezas móviles encajando por fin en su sitio mientras la calidez de mi pecho palpitaba al mismo ritmo que mi corazón, tomando el control. Le solté el brazo y mis dedos parecieron moverse por voluntad propia. Se deslizaron por su piel que parecía granito hasta llegar a las puntas de las garras.

Me concentré en eso, en la sensación de la piel de Zayne, mientras realizaba inspiraciones cortas y poco profundas. Necesitaba controlarme. Tenía que recoger aquellas carpetas y volver a guardarlas. Y eso fue lo que hice. Me visualicé corriendo por el callejón, agarrando a toda prisa carpetas de recuerdos y emociones. Las amontoné contra mi pecho y luego volví a meterlas a la fuerza en aquel archivador situado en las profundidades de mi alma.

—¿Trin? —dijo Zayne y la preocupación hizo que su voz sonara ronca.

—Estoy bien. —Me esforcé por recobrar el aliento—. Todo va bien. No me pasa nada.

—¿Estás segura?

—Sí.

Asentí con la cabeza para darle más énfasis.

—Si te suelto, ¿me prometes algo? —Hizo que le diéramos la espalda al demonio feroz, agitando el aire a nuestro alrededor con sus grandes alas—. ¿No volverás corriendo para empezar a pegarle al demonio como si fuera tu propio saco de boxeo?

—Te lo prometo.

Me retorcí entre sus brazos y, de inmediato, sentí una punzada de calor en el pecho, justo al lado del corazón. Ese calor fue descendiendo... y se acumuló debajo de mi ombligo. Me quedé quieta mientras mis sentidos intentaban comprender qué estaba sintiendo. Era como una frustración muy afilada que sabía a chocolate negro. Una mezcla de desesperación y complacencia.

Deseo.

Deseo prohibido para ser exactos.

Y estaba bastante segura de que esas potentes sensaciones no procedían solo de mí.

Me invadió la sorpresa al mismo tiempo que realizaba una inspiración brusca y estimulante. Nunca había captado eso a través del vínculo. Apreté los dedos contra la dura piel de Zayne mientras se me cerraban los ojos. A pesar de que estábamos fingiendo que la noche que nos besamos no había ocurrido nunca, ese recuerdo se adueñó de mis pensamientos a una velocidad récord.

El cajón llamado «ZAYNE» golpeteó con insistencia, transformando la rendija que había dejado abierta antes en una diminuta fisura, y mi corazón se apuntó sin dudarlo.

No hubo forma de impedirlo.

Me permití sentir.

Ocho

El tumultuoso estruendo de emociones hizo que se me acelerara el corazón y mis pensamientos se dispersaran. La anticipación y el anhelo arraigaron, extendiéndose por mi ser como una flor en busca del sol, y la sensación de «esto es lo correcto» hizo retroceder a las diminutas oleadas de miedo.

¿Qué haría Zayne si me giraba entre sus brazos, levantaba las manos y le abrazaba el cuello? ¿Se resistiría? ¿O vendría a mi encuentro? ¿Bajaría la boca hasta la mía y me besaría, sin importar que estuviera prohibido? Justo aquí, justo ahora, con un moribundo demonio feroz a menos de un metro de nosotros, mientras permanecíamos en un callejón apestoso rodeados de montones de basura.

Superromántico.

Pese a todo, un estremecimiento me recorrió la espalda, haciendo que se me cortara la respiración. Sentí calor. Muchísimo calor y de repente el mundo que nos rodeaba dejó de tener importancia. No importaba nada más allá del calor y los fuertes latidos de mi corazón.

El brazo de Zayne se apretó alrededor de mi cintura, acercándome a él de una forma increíble, hasta que no quedó espacio entre nosotros. Sentí cómo se movía detrás de mí, los suaves bordes de su pelo me hicieron cosquillas en un lado del cuello y luego noté el inverosímil y sumamente ligero roce de sus labios justo debajo de la oreja. El deseo hizo que se me tensaran todos los músculos del cuerpo de una manera casi dolorosa.

Fue la llamada de aviso que me hacía falta por una multitud

de razones. Si este deseo arrollador y acumulado de verdad provenía de Zayne, solo era consecuencia de una atracción mutua. Era evidente que nos atraíamos, pero no iba (no podía ir) más allá de algo físico.

Tardé un rato en calmar a aquel estúpido órgano que palpitaba en mi pecho, en poner freno a ese despropósito de deseos… pero lo logré.

Lo logré.

Abrí los ojos y le di un golpecito a Zayne en el brazo.

—¿Vas a dejarme en el suelo o piensas llevarme a cuestas el resto de la noche como si fuera un bolso sobrecargado?

—¿Prometes no ponerte a pegar al demonio otra vez? —Carraspeó y, cuando volvió a hablar, su voz ya no sonaba pastosa—. Porque no has aceptado.

Puse los ojos en blanco.

—Solo para asegurarme de que nos entendemos: ¿me estás diciendo que se supone que no debo perseguir a demonios devoradores de cachorritos?

—Puedes perseguirlos, siempre que prometas matarlos en cuanto los atrapes.

—Sinceramente, no entiendo cuál es el problema.

—¿En serio? —Bajó la cabeza de nuevo y, esta vez, aquellos suaves mechones de pelo se deslizaron por mi mejilla—. Lo que estabas haciendo era un poco agresivo.

—Cazar demonios requiere agresividad.

—Así no. No esa clase de violencia.

Estaba siendo lógico y eso me irritaba.

—Déjame en el suelo.

La vibración de su suspiro me recorrió el cuerpo una vez más.

—Quédate quieta.

Giré la cabeza bruscamente hacia él, alzando las cejas, pero antes de poder responder a eso de «quédate quieta», me soltó con mucha suavidad sobre mis pies.

Apartó el brazo de mi cintura, dejando una serie de estremecimientos a su paso. Di un respingo al notar el leve roce de la palma de su mano en la cadera.

Levantó la mano, desvelando que me había arrebatado una daga.

Guardián taimado.

Zayne plegó las alas y se dirigió con paso decidido hacia el demonio feroz. Sorprendentemente, el ser seguía vivo... gimiendo, pero respirando.

Aunque no por mucho tiempo.

Una rápida puñalada después, el demonio no era más que un montón de brillantes cenizas de color carmesí que se apagaron con rapidez.

Cuando Zayne se puso de pie, mirándome de frente, pude ver el resplandor de sus ojos azul pálido.

—Eso es lo que deberías haber hecho en cuanto acorralaste y derribaste al demonio.

Supuse que no me haría ningún bien mencionar que había saltado sobre el lomo del demonio como un gato rabioso.

—Gracias por la clase sobre lucha que no me hacía ninguna falta.

—Por lo visto sí te hace falta.

Extendí la mano y agité los dedos. Transcurrieron unos segundos y luego exhalé un profundo suspiro.

—La daga.

Zayne se acercó a mí despacio, cambiando a su forma humana por el camino. La camiseta negra que llevaba se le había desgarrado por la espalda y los hombros al transformarse y ahora parecía haber visto tiempos mejores.

Los Guardianes destrozaban un montón de camisetas.

Las alas de Zayne se plegaron en la parte posterior de sus hombros, ocultándose en unas estrechas hendiduras que no serían visibles para los ojos humanos, mientras sus cuernos se retraían tan rápido que fue como si nunca hubieran separado el cabello rubio que le llegaba hasta los hombros.

Dios mío, era guapísimo.

Y eso me irritó: Zayne y su... pelo y ojos bonitos... y su boca y todo lo demás.

Uf.

Agité los dedos de nuevo.

Se detuvo delante de mí, sosteniendo todavía mi daga.

—Ya sé que no estás acostumbrada a patrullar, Trin, así que no voy a sermonearte.

—¿Ah no? Porque parece que te estás preparando para soltar un sermón.

Al parecer, Zayne solo oía lo que le convenía.

—Una de las razones por las que despachamos rápido a los demonios es para que los humanos no los vean.

Al mirar a mi alrededor, no vi nada más que las formas oscuras de los contenedores y las sombras abultadas de las bolsas de basura.

—No lo vio nadie.

—Alguien podría haberlo hecho, Trin. Estamos cerca de la calle. Cualquiera podría haber venido hasta aquí.

—Esto se parece mucho a un sermón —señalé, ahogando un gemido.

—Debes tener cuidado. —Depositó el mango de la daga en la palma de mi mano—. Debemos tener cuidado.

—Sí, lo sé. —Enfundé la daga, asegurándome de que quedara otra vez oculta bajo el dobladillo de la camiseta—. Fui supercuidadosa.

—¿Fuiste supercuidadosa mientras dejabas inconsciente a ese demonio a puñetazos?

Asentí con la cabeza a la vez que el teléfono me vibraba contra el muslo. Cuando lo saqué del bolsillo de los vaqueros, la cara de Jada me sonrió desde la pantalla. El estómago me dio un vuelco mientras volvía a guardarme el teléfono rápidamente en el bolsillo. Por una vez, sí que tenía una razón para no contestar, porque dudaba mucho que a Zayne le gustara que respondiera una llamada en medio de ese sermón que no era un sermón.

Zayne tenía la cabeza ladeada cuando volví a mirarlo.

—Por no señalar lo evidente…

—Pero vas a hacerlo.

—Es completamente imposible que hubieras visto venir a un humano por este callejón. No creo que hubieras oído venir a Godzilla por el callejón.

La irritación me hizo apretar los labios, en parte porque lo primero que había dicho era cierto mientras que la segunda parte era ridícula, pero sobre todo porque eso era un sermón en toda regla.

—Aparte del riesgo a ser descubiertos, también matamos rápido porque es lo más humanitario —prosiguió Zayne—. Es lo más decente, Trin.

Un músculo me palpitó en la mandíbula mientras desviaba la mirada. Él tenía razón. Matar rápido era decente y humanitario. Teniendo en cuenta toda la sangre de ángel que me corría por las venas, ser decente y humanitaria debería resultarme fácil. Maldita sea, debería ser algo innato para mí.

Por lo visto, mi lado humano violento y destructivo estaba al mando.

—No puedes obcecarte con los motivos de la caza. Aunque el demonio quisiera merendarse un cachorrito —sentenció y lo miré bruscamente—. Hacerlo te deja distraída y vulnerable, más propensa a cometer errores y expuesta a ataques. ¿Y si no hubiera sido yo quien se te acercó por la espalda? ¿Y si hubiera sido un demonio de nivel superior?

—Lo habría sentido y también le habría dado una paliza —espeté—. Y luego hubieras tenido que apartarme de él.

Zayne dio un paso al frente.

—Puede que seas una tía dura donde las haya, pero si un demonio de nivel superior se te acerca por la espalda y no estás preparada, te aguarda mucho dolor.

La irritación dio paso a la ira mientras lo fulminaba con la mirada.

—Eres mi protector, Zayne, pero hablas como si fueras mi Guardián. No eres mi padre.

—Gracias a Dios —contestó, como si esa idea lo perturbara.

Se me ruborizaron las mejillas y cerré la boca de golpe.

—Sé que no recibiste un entrenamiento oficial, no como yo y otros Guardianes, pero sé que entiendes los conceptos básicos sobre qué debes hacer cuando te encuentras con demonios. Lo has demostrado.

—Thierry y Matthew me enseñaron lo básico. —Y Misha también, pero ninguno de ellos me había preparado para patrullar, porque a nadie se le ocurrió que terminaría haciendo eso. Pero conocía las normas. Más que nada porque las normas eran de sentido común—. Me contaron... cosas.

—¿Y les hiciste caso?

—Por supuesto —dije, ofendida.

Una risita profunda y ronca brotó de él.

—Ya, no quisiera sonar como un detector de mentiras, pero voy a tener que decir que eso es falso.

—Vale. Me costaba un poquito prestar atención, porque me distraigo con facilidad y sufro aburrimiento crónico. Como ahora mismo. Me aburro. Con esta conversación —añadí—. Así que estoy sufriendo.

—No tanto como sufro yo ahora mismo.

Fruncí tanto el ceño que pensé que la cara se me iba a quedar así.

—¿Quiero saber qué significa eso?

—Probablemente no. —Ahora estaba más cerca, a no más de treinta centímetros—. Lo entiendo.

—¿El qué?

La pálida mirada de Zayne atrapó la mía.

—Entiendo por qué tardas horas en quedarte dormida.

No estaba segura de querer saber cómo estaba al tanto de eso.

—Y entiendo por qué estás tan enfadada.

Inspiré bruscamente y me alejé un paso de Zayne, como si pudiera poner distancia física entre sus palabras y yo.

—No estoy... —Negué con la cabeza, pues no quería hablar de eso con él—. No estoy enfadada. De hecho, estoy hambrienta.

—¿En serio? —dijo con tono seco.

Arqueé una ceja.

—¿Por qué parece que no me crees?

—Tal vez porque te comiste dos perritos calientes del puesto de un vendedor ambulante hace menos de una hora.

—Los perritos calientes no llenan mucho. Todo el mundo lo sabe.

—También comiste patatas fritas y la mitad de mi falafel.

—¡No me comí la mitad! Solo le di un mordisco —protesté, aunque le había dado dos... o tres mordiscos—. Nunca había probado un falafel y sentía curiosidad. No hay de eso en las colinas de Virginia Occidental.

—Trin.

—Y moler a palos a ese demonio feroz de un modo indecente y poco humanitario quema muchas calorías. Ya he usado todo lo que comí y ahora estoy en déficit calórico. Me muero de hambre.

Zayne se cruzó de brazos.

—Me parece que las calorías no funcionan así.

No hice caso de eso.

—Podemos volver a aquel sitio y pedirte otro falafel —dije, pasando a su lado—. Puede que yo también pida uno. Así podemos dedicarnos al falafel juntos.

Zayne me agarró del brazo y me detuvo. La calidez de su mano y la impresión del contacto me resultaron perturbadores.

—Sabes que puedes hablar conmigo, ¿verdad? De cualquier cosa, en cualquier momento. Estoy aquí para ti. Siempre.

Se me formó un nudo en la garganta y no me atreví a mirarlo mientras sentía que los cajones empezaban a golpetear de nuevo.

¿Hablar con él?

¿De cualquier cosa?

¿Como de que no conocía a Misha de verdad? ¿Que no sabía que un hombre al que quería como a un hermano no solo me odiaba a muerte, sino que había orquestado el asesinato de mi madre? ¿Decirle que odiaba a Misha por todo lo que había hecho, pero de algún modo todavía lo echaba de menos? ¿Que quería creer con desesperación que había sido culpa del vínculo o que el demonio Aym o el tal Heraldo habían sido los causantes de que Misha hiciera cosas tan horribles? ¿Zayne creía que podía contarle que lo que más temía era que tal vez aquella oscuridad siempre había existido en Misha y yo nunca la había visto, porque siempre... siempre estaba pensando en mí misma?

O podría contarle lo eternamente agradecida que estaba de que el vínculo le hubiera salvado la vida, pero que detestaba lo que eso significaba para nosotros (que no podría haber un nosotros) y lo culpable que me sentía de ser lo bastante egoísta como para desear que no fuera mi protector. Contarle cuánto echaba de menos a Jada y a su novio, Ty, pero que estaba evitando sus llamadas porque no quería hablar de Misha. O que no tenía ni idea de lo que se esperaba de mí. Que se suponía que debía encontrar y enfrentarme a una criatura cuando no sabía qué aspecto tenía ni cuáles eran sus motivos, en una ciudad que me resultaba completamente desconocida. Confiarle que tenía miedo de que el deterioro de mi vista continuara empeorando hasta tal punto que perdiera la capacidad de luchar, de sobrevivir y de ser… independiente.

¿Debería hacerle partícipe de que me aterraba que lo mataran por mi culpa, como casi había ocurrido aquella noche en la casa del senador?

Negué con la cabeza, con el pulso acelerado como si hubiera estado corriendo un kilómetro.

—No hay nada que decir.

—Hay muchísimo que decir —me rebatió—. He intentado darte espacio. Lo necesitabas, pero tienes que hablar de esto. Créeme, Trin. He perdido gente. Alguna por la muerte. Otra por la vida. Sé lo que pasa cuando no dejas salir el dolor y la rabia.

—No hay nada de qué hablar —repetí, prácticamente susurrando. Entonces me volví hacia él, con el estómago revuelto—. Estoy bien. Tú estás bien. Podríamos estar a punto de comernos un falafel y estás retrasando el banquete frito.

Algo feroz destelló en aquellos pálidos ojos de lobo, volviéndolos luminosos durante un momento, pero luego Zayne me soltó el brazo y lo que fuera… se desvaneció.

Transcurrió un instante y luego dijo:

—Primero tendremos que pasar por mi piso.

Se me escapó un suspiro de alivio. El archivador de mi cabeza dejó de sacudirse.

—¿Por qué? ¿Para buscarte otra camiseta? —Me dirigí hacia la calle—. Deberíamos empezar a traer ropa de repuesto.

—Necesito una camiseta nueva, pero tenemos que regresar porque apestas y te hace falta una ducha.

—Caray. —Lo miré mientras acomodaba su paso al mío. Pude distinguir una media sonrisa en su rostro—. Vas a hacer que me sienta mal.

Cuando llegamos a la acera, miré a ambos lados antes de salir, para que no me arrollara alguien con prisa. Parpadeé con rapidez, intentando que mis ojos se adaptaran a las farolas, las luces de los coches y los escaparates iluminados.

No sirvió de mucho.

—Olerte me está haciendo sentir mal a mí.

—Dios mío —masculle.

—¿Qué tiene que ver Él con tu hedor?

—No parecía importarte cómo olía allá en el callejón —señalé—. Ya sabes, cuando me cogiste en brazos y me sujetaste como si me llevaras en una de esas cosas que usa la gente para transportar a los bebés.

—El olor me nubló el juicio.

Solté una carcajada y, bajo la luz más brillante de las farolas, ahora pude comprobar que había sin duda una sonrisa en su cara.

—Si eso es lo que necesitas decirte a ti mismo.

—Así es.

Apreté los labios, decidiendo que era mejor ignorar eso por completo. Zayne se mantuvo cerca de mí mientras nos dirigíamos a su apartamento, él en el lado situado más cerca de la calzada y yo con los edificios al alcance de la mano. Caminar así hacía que me resultara más fácil mantener a las personas vigiladas para no chocar con ellas. Nunca se lo había dicho a Zayne, pero él parecía haberse dado cuenta bastante rápido de que lo prefería.

—Por cierto, ¿en qué te revolcaste ahí atrás?

—Un charco de malas decisiones vitales.

—Ah. Siempre me había preguntado cómo olería.

—Ahora ya lo sabes.

A pesar de que mi ropa apestaba, otra carcajada me hizo cosquillas en el fondo de la garganta al mirarlo de nuevo. Su camiseta negra estaba hecha un desastre, pero los pantalones de cuero soportaron el constante cambio de humano a Guardián, y viceversa. Seguramente por eso se los ponía para patrullar.

Y no me quejaba de ello. En absoluto.

Supuse que entre mi olor y su aspecto casi sin camiseta estábamos llamando bastante la atención. Por otro lado, estaba segura de que la gente había visto cosas más raras en esa ciudad y, desde luego, había olido cosas peores. Me pregunté si alguien se habría dado cuenta de lo que era Zayne.

—¿La gente reconoce lo que eres? —le pregunté, manteniendo la voz baja.

—No estoy seguro, pero nadie me ha visto nunca en mi forma humana y me ha preguntado si soy Guardián. ¿Por qué?

—Porque no te pareces a otros humanos.

Yo sabía que los Guardianes casi nunca se transformaban en público. Era por privacidad y seguridad, ya que había gente por ahí, como aquellos fanáticos de los Hijos de Dios, que irónicamente creían que los Guardianes eran demonios y había que matarlos.

Zayne se apartó un mechón de pelo de la cara.

—No estoy seguro de si eso es un cumplido.

—No es un insulto.

Me pareció ver una sonrisita de complicidad antes de que volviera la cabeza para examinar la calle.

—¿Por qué no me parezco a otros humanos? —me preguntó—. Creo que paso desapercibido.

Resoplé. Como un lechón.

Qué sexi.

—No podrías pasar desapercibido ni aunque te cubrieras el cuerpo con una bolsa de papel.

—Bueno, en ese caso seguro que no pasaría desapercibido —respondió y percibí la sonrisa en su voz—. Ir por ahí con una bolsa de papel encima resultaría bastante llamativo.

La imagen de Zayne llevando nada más que una bolsa de papel se formó de inmediato en mi mente y sentí que se me sonrojaban las mejillas. Me odié por el simple hecho de poner esa idea en el universo.

—Tú tampoco pasas desapercibida —comentó y giré la barbilla bruscamente en su dirección.

—¿Porque apesto como supongo que huele un trasero mohoso?

Zayne se rio, fue un profundo sonido retumbante que me provocó pequeños e interesantes aleteos en la boca del estómago.

—No —dijo, deteniéndose en un cruce concurrido—. Porque eres preciosa, Trin. Tienes algo especial. Una chispa que proviene de tu interior. Una luz. No hay ni una sola persona por aquí que no pueda verla.

Nueve

Me encontraba en el centro de las colchonetas esperando a Zayne, sentada con las piernas cruzadas, y, en lugar de hacer estiramientos, estaba fantaseando con una vida diferente en la que estaba bien que él me dijera que era preciosa. De acuerdo, esa chispa o luz que según él todo Dios podía ver probablemente fuera mi gracia y no mis impresionantes atributos físicos.

—Tengo una idea —anunció Zayne mientras salía del dormitorio.

Mi mirada se posó en su mano, en la que sostenía una tira de tela negra. Alcé las cejas.

—¿Debería preocuparme?

—Solo un poco.

Sonrió, levantando la tela.

Cuando me di cuenta de que sujetaba una corbata, me dispuse a pedir más detalles, pero sonó el timbre del interfono.

—¿Estás esperando a alguien?

—No. —Zayne trotó hasta la puerta—. ¿Sí?

—Soy yo, tu nuevo mejor amigo para siempre —dijo una voz demasiado conocida a través del altavoz.

—Pero ¿qué diablos...? —masculló Zayne.

—¿Es quien creo que es? —pregunté, poniéndome de rodillas.

—Si estás pensando en Roth —contestó con un suspiro—, tendrías razón.

—¿Me estás ignorando? —La voz de Roth llegó a través del altavoz una vez más—. Porque, si es así, me voy a poner triste.

Eso hizo que me temblaran los labios. Supuse que las palabras de despedida de Roth el día anterior ejemplificaban el talento demoníaco de hacer que una frase normal sonara como algo que diría un asesino en serie.

Un momento después, sentí la advertencia de la llegada de Roth y luego se abrieron las puertas del ascensor.

—¡Eh! —saludó Roth, pero apenas pude verlo desde donde estaba sentada.

—¿Dos días seguidos? —dijo Zayne—. ¿A qué debemos el honor?

El demonio se rio entre dientes.

—Estoy aburrido. Ese es el honor.

—¿Y decidiste venir aquí?

—Estaba en el barrio, así que sí.

El Príncipe Heredero cruzó tranquilamente la sala de estar de Zayne como si fuera algo habitual. A medida que se acercaba, vi que sorbía algo de un vaso desechable blanco. Había unas letras rojas en la bebida, pero no pude distinguirlas. Cuando me vio, Roth me dedicó una amplia sonrisa.

—Hola, cara de ángel, pareces estar rezando. Espero interrumpir.

¿Cara de ángel?

—Lamento decepcionarte, pero no.

—Estábamos a punto de entrenar un poco. —Zayne siguió al demonio. Su expresión era una mezcla entre exasperación y renuente diversión—. Estamos algo ocupados.

—No paréis por mí.

Roth me guiñó un ojo mientras alzaba la mano libre y la giraba. Al lado del sofá, la enorme silla que nunca había visto usar a Zayne se dio la vuelta hasta quedar situada de frente a las colchonetas.

Vaya, aquella habilidad tan práctica me hizo sentir un poco celosa.

Roth se dejó caer en la silla y colocó una pierna sobre la otra. Tomó otro sorbo.

Zayne se lo quedó mirando como si no supiera qué decir. Supuse que yo tendría la misma expresión en la cara.

—¿Dónde está Layla? —preguntó Zayne por fin.

—Día de chicas con Stacey, puesto que es sábado —contestó. Caray, no me acordaba de que era fin de semana—. Van a ir a almorzar y luego de tiendas. O algo así. Lo que sea que hagan las chicas.

Se me formó una bolita de celos en el centro del pecho. «Lo que sea que hagan las chicas.» Pasábamos el rato. Compartíamos postres y aperitivos. Hablábamos de estupideces y nos contábamos nuestros momentos más profundos y sombríos. Nos recordábamos la una a la otra que nunca estábamos completamente solas. Eso es lo que hacían las chicas.

Echaba de menos a Jada.

—¿Sabes?, a Layla y Stacey les encantaría que las acompañaras —continuó Roth, casi como si me estuviera leyendo la mente—. Siempre y cuando Rocoso pueda perderte de vista durante unas horas.

Ya, bueno, no estaba segura de que salir, no solo con una, sino con dos chicas con las que Zayne se había enrollado, fuera mi idea de pasarlo bien.

—Trinity puede ir y venir como le plazca —respondió Zayne con tono seco—. Supongo que Cayman tampoco está disponible, ¿no?

—Pues no. Está trabajando. Ya sabes, intercambiando fragmentos de almas humanas por cosas frívolas. —Roth me miró meneando las cejas—. ¿Eso atenta contra tu sensibilidad angelical?

Encogí un hombro.

—No es que vaya por ahí convenciendo a los humanos para que lo hagan. Se lo buscan ellos solitos, así que tienen que apechugar con las consecuencias.

Roth inclinó el vaso hacia mí.

—Qué poco angelical por tu parte decir eso. Debería importarte. Debería ofenderte.

—A mí me ofende —masculló Zayne—. Esta visita inesperada.

—Las mentiras que nos contamos a nosotros mismos. —Roth nos miró a uno y luego al otro—. Qué suerte tengo. Voy a poder ver luchar a una Sangre Original y un Guardián... bueno, luchar de mentira, si es que vais a hacer algo más aparte de quedaros mirándome como si os sintieseis bendecidos por mi aparición.

Me mordí el labio para contener la risa, porque tenía la sensación de que eso solo fastidiaría al demonio y molestaría a Zayne.

Para ser sincera, me alegraba de ver a Roth. Puede que Zayne y él estuvieran atrapados en una extraña rivalidad y tuvieran diferencias fundamentales, pero seguían siendo amigos y, durante el tiempo que yo llevaba aquí, aparte de ayer, nadie había venido a visitar a Zayne. Ni siquiera miembros de su propio clan. Todo el mundo necesitaba un amigo, aunque dicho amigo fuera el Príncipe Heredero del infierno.

Me puse de pie con rapidez y me volví hacia Zayne.

—No tengo inconveniente en que nos vea entrenar.

Me dio la impresión de que Zayne quería decir que él sí lo tenía, pero se limitó a negar con la cabeza y se subió a la colchoneta.

—Bueno, ¿para qué es la corbata? —le pregunté y él la miró como si se hubiera olvidado que la llevaba en la mano.

—Me moría de ganas de hacer esa misma pregunta —comentó Roth—. ¿Sado, Rocoso? Me dejas patidifuso.

Me puse colorada mientras Zayne le lanzaba a Roth una mirada fulminante antes de volver a centrarse en mí.

—¿Recuerdas que querías aprender a no depender de tu vista durante una pelea?

—¿Por qué querrías hacer eso? —preguntó Roth.

—La vista de un Sangre Original no es como la de un Guardián o un demonio por la noche —le explicó Zayne—. Como casi siempre patrullamos de noche, puedes atar cabos.

No estaba segura de si Roth se lo creyó, pero le seguí la corriente a Zayne sin revelar demasiado. Asentí con la cabeza.

—Se me ocurrió que la mejor manera de practicar es obligarte a no usar la vista, por eso tengo la corbata. —Hizo oscilar la tela—. Siento decepcionarte, Roth.

—Entrenamiento con los ojos vendados. No es ni por asomo tan sexi como lo que me imaginaba, pero sigue siendo muy entretenido —fue el comentario que llegó del graderío compuesto por una sola persona.

—Buena idea. —Noté un remolino de expectación en el pecho—. Vamos allá.

—Esto va a ser divertido —opinó Roth.

—¿Podrías dejar de hablar? —le espetó Zayne mientras se acercaba a mí.

—No creo que pueda prometer eso.

Apreté los labios, estirando la mano hacia la corbata, pero Zayne se situó detrás de mí.

—Yo me encargo. Avísame cuando estés lista.

En otras palabras, avisarlo cuando estuviera preparada para quedarme completamente ciega. Me pregunté si se acordaba de cómo me asusté la noche que atacaron la comunidad y él plegó sus alas a mi alrededor, bloqueando todas las fuentes de luz.

Esperaba no volver a acojonarme así, sobre todo teniendo en cuenta que teníamos público.

Realicé una respiración corta al mismo tiempo que sacudía los brazos.

—Lista.

Un instante después, sentí el calor de Zayne en la espalda. Me quedé inmóvil cuando la corbata apareció en mi campo de visión. A medida que se acercaba a mi cara, bloqueando la mayor parte de la luz, el corazón comenzó a latirme con fuerza.

No me gustaba eso.

No me gustaba en absoluto.

Eso hizo que me resultara difícil no ponerle fin a todo cuando la corbata me tocó la cara y la oscuridad se apoderó de mis ojos. Me hizo falta una inmensa fuerza de voluntad para permitir que Zayne atara la corbata.

La tela era sorprendentemente suave y no del todo opaca. Podía ver formas borrosas delante de mí y, cuanto más miraba, podía ver con más claridad un diminuto puntito de luz.

¿Eso sería lo que vería cuando la enfermedad me hubiera pasado factura? ¿Nada más que formas y un puntito de luz?

El pánico me brotó en las entrañas y levanté la mano hacia la corbata, deseando arrancármela de la cara y quemar la tela.

«Esto es lo que querías.»

Decirme eso fue lo único que me impidió quitármela de un tirón. Podía lidiar con esto. Tenía que hacerlo. Solo necesitaba que mi corazón dejara de palpitar como si me fuera a salir del pecho y que el nudo que tenía en la garganta se aliviara.

Las manos de Zayne se posaron en mis hombros y me hicieron dar un respingo.

—¿Estás bien? —Habló en voz baja y no supe si Roth lo había oído—. Podemos intentarlo otro día.

«Otro día» en plan «nunca más» me parecía una idea maravillosa, pero otro día significaba encontrarme un día más cerca de volver a hacer todo eso de nuevo. Con el tiempo, me iba a quedar sin días.

Inspiré de nuevo y me concentré, inhalando y exhalando... Ay, Dios mío.

De pronto comprendí por qué Zayne quiso ponerme la venda. Había abierto dos agujeros minúsculos en la corbata y, de algún modo, los había alineado a la perfección con mis pupilas, pero el pánico me había impedido darme cuenta. No podía ver gran cosa con un campo de visión tan restringido, pero si me concentraba, todavía veía una pequeña cantidad de luz, como ocurriría seguramente cuando la retinosis pigmentaria siguiera su curso. Zayne debía haber estado investigando con el portátil y eso significó mucho para mí.

La emoción me obstruyó la garganta, pero aquellos agujeros casi insignificantes me ayudaron a respirar mejor.

—Estoy bien.

Zayne me apretó los hombros.

—Avísame si eso cambia.

Asentí con la cabeza.

—Rectifico —dijo Roth desde la banda—. Esto es sexi.

Zayne suspiró a mi espalda.

—Me pregunto qué pensaría Layla de eso.

Roth resopló.

—Probablemente querría probarlo.

—Gracias por contárnoslo —mascullé.

—De nada —respondió Roth—. Cara de ángel es mucho más educada que tú, Rocoso.

—Llámame cara de ángel una vez más y te demostraré lo educada que soy —le advertí mientras sentía que Zayne se movía a mi espalda.

—Eso daría más miedo si no estuvieras ahí plantada con los ojos vendados.

Zayne se rio con disimulo.

—Estoy delante de ti.

Antes de que me diera tiempo de decirle que podía verlo vagamente, Roth habló. Otra vez.

—¿Decirle dónde estás no va en contra del objetivo de todo esto?

—Cállate —dijimos Zayne y yo al unísono.

Una carcajada provino de la zona aproximada donde estaba sentado Roth.

—Sois tal para cual.

Para demostrarlo, ambos lo ignoramos y nos pusimos manos a la obra.

—Sin la vista, tienes que confiar en tus otros sentidos. Son igual de vitales en el combate cuerpo a cuerpo.

Yo no estaba muy segura de que eso fuera cierto, pero asentí de todos modos.

—Oído. Olfato. Tacto —continuó Zayne—. Todas esas cosas te revelarán el siguiente movimiento de tu adversario.

—Sobre todo si apesta —añadió Roth—. O es torpe y ruidoso.

Eso me hizo sonreír.

—Vas a tener que concentrarte mucho para hacer esto —prosiguió Zayne—. Y me refiero a mucho mucho.

Las comisuras de mis labios empezaron a inclinarse hacia abajo.

—Vale.

—No puedes permitirte distraerte. Todo lo que hay en esta habitación, sobre todo el estorbo inesperado, debe desaparecer.

—¡Oye! —protestó Roth—. Eso me ofende.

—Esta es mi cara de me importa un bledo —respondió Zayne.

Puse las manos en las caderas.

—Creo que sé cómo concentrarme, Zayne.

—Y yo creo que he pasado suficiente tiempo contigo como para saber que tienes el nivel de concentración de un cachorrito en su primer viaje en coche.

Roth soltó una carcajada.

Abrí la boca y luego la cerré. No podía refutar ese comentario.

—Considero esa afirmación un ataque personal.

Zayne soltó una risita sorda y retumbante.

—En cuanto te concentres, percibirás cosas que no habías notado antes. ¿Vale? Avísame cuando lo consigas.

Permanecí inmóvil unos segundos.

—Lista.

—¿Estás segura? —Zayne no sonaba convencido.

—Sí.

Me situé en posición, preparándome, mientras esperaba a que...

La mano de Zayne me golpeó el antebrazo y me sobresalté. Estiré el brazo y acabé rozándole el pecho con la mano, lo que significaba que él ya había efectuado su jugada. Nos separamos para intentarlo de nuevo y luego él se me echó encima una vez más. Zayne se movió una y otra vez y yo... yo me quedé allí, sin detectar ninguno de sus movimientos y prácticamente bloqueando aire. Lo peor de todo era que Zayne se estaba conteniendo a la hora de golpear.

—No te veo —me quejé, dejando caer los brazos—. Para nada.

—Ese es el objetivo —me recordó.

—Bueno, sí, pero... —me interrumpí, negando con la cabeza mientras abría y cerraba las manos.

—No puedes sentirte frustrada ya —dijo Zayne, que esta vez se mantuvo cerca, sin retroceder.

—No se trata de eso.

—Lo parece —intervino Roth.

—No es eso —repetí, volviendo la cabeza bruscamente hacia él.

Unos dedos me rodearon la barbilla y me hicieron girar la cabeza de nuevo hacia Zayne.

—Sí se trata de eso.

Quise protestar, pero no tenía sentido, porque sabía que él estaba captando mis emociones.

—Es que... no creo que pueda hacer esto.

—Sí puedes —afirmó y me pareció que había retrocedido—. Y lo harás.

Extendí el brazo y mi mano encontró aire vacío. Como suponía.

—Sabías que Zayne no estaba ahí —dijo Roth—. ¿Verdad?

Asentí, cerrando la mano alrededor de la nada.

—¿Cómo? —insistió el demonio.

—Pues... no pude sentir su calidez —admití, echando la mano hacia atrás, con la esperanza de que no sonara tan raro como me parecía.

—Con los demonios pasa lo mismo —me explicó Roth—. Emitimos mucho calor. Si puedes sentir eso, entonces sabes que hay uno lo bastante cerca como para tocarlo. Demasiado cerca. ¿Y si...?

Una sensación de calidez se deslizó por mi piel. Levanté la mano antes de que Roth siquiera pudiera terminar. Rocé con los dedos algo duro y cálido. El pecho de Zayne.

—Lo sentí acercarse.

—Bien.

Esta vez fue Zayne quien habló y pude sentir retumbar sus palabras a través de la palma de mi mano.

Sin previo aviso, Zayne me agarró del brazo y me hizo girar.

—Vuelve a ponerte en posición.

Hice justo eso, separando las piernas y clavando los pies en las colchonetas mientras levantaba las manos.

—¿Está cerca de ti? —me preguntó Roth.

Evalué la temperatura del aire que me rodeaba.

—No.

—Correcto —confirmó Zayne—. Concéntrate.

Inhalé hondo y luego exhalé despacio, concentrándome en el espacio que me rodeaba. No solo vigilando la temperatura, sino cualquier movimiento. No percibí nada... y entonces sentí un ligero cambio de movimiento a mi alrededor. Un soplo de aire cálido y esta vez no me quedé inmóvil.

Ataqué, sin acertar a nada.

—¡Maldita sea!

—Casi me das —dijo Zayne y a continuación noté un cosquilleo en la oreja izquierda. Me giré y lancé una patada, pero él se situó de pronto a mi espalda y su aliento me acarició la nuca—. Casi.

Me di la vuelta, intentando asestarle un codazo, pero en medio de una ráfaga de aire lo sentí moverse hacia... hacia mi derecha. Me giré rápidamente, pero encontré el espacio vacío una vez más. Dios, esto me estaba dando un poco de náuseas. Extendí la mano de repente y mi palma rebotó en Zayne.

—¡Ajá! —exclamé, tras hacer contacto. Débil, pero contacto al fin y al cabo.

—Casi —repitió Zayne.

Di un paso adelante, siguiendo el sonido de su voz, y no encontré nada. Frustrada, salté al sentir la ráfaga de aire y aterricé en precario equilibrio sobre los antepiés.

—Muy bien —murmuró Roth—. Eso habría sido una patada en las piernas.

Sonreí.

—No te pongas chula —me advirtió Zayne.

Un segundo después, quedó demostrado con total claridad por qué no debería hacerlo, porque no me acerqué ni a un kilómetro de él con el siguiente golpe. El nuevo puñetazo que lancé fue solo otro golpe de refilón, al igual que el otro y el otro.

—Casi —dijo Zayne, danzando a mi alrededor, mientras yo jugaba a ponerle el maldito puño al Guardián.

Un juego que se me daba fatal.

Y estaba empezando a odiar la palabra *casi*.

—Te estás desconcentrando —me advirtió Zayne—. Respira hondo y vuelve a concentrarte, Trin.

—Estoy concentrada.

Lancé una patada y esta vez ni me acerqué a él. La ira transformó mi sangre en ácido mientras me movía, buscando a Zayne a través de los agujeritos.

—Trin.

Su voz fue una advertencia en voz baja y supe a qué se refería.

El aire se agitó de nuevo a mi alrededor y arremetí con el brazo. Le di demasiado impulso al puñetazo, pero ya era demasiado tarde para dar marcha atrás. Me estiré demasiado y perdí el equilibrio. Zayne debió darse cuenta, porque sentí sus manos en los hombros. Ninguno de los dos consiguió recuperar el equilibrio, así que, cuando me caí, él me acompañó. Aterricé de espaldas con un gruñido, con Zayne encima de mí.

Intenté golpearlo de nuevo, ya que ahora sabía exactamente dónde estaba, pero él me agarró las muñecas y las sujetó por encima de mi cabeza antes de que pudiera hacer contacto.

—Te desconcentraste —me dijo.

La ira me invadió mientras levantaba las caderas y conseguía liberar una pierna.

—¡No es verdad!

—Sí —afirmó en voz baja. Ejerció presión hacia abajo y, cuando inhaló, su pecho presionó contra el mío. En medio de la oscuridad de la venda, lo único que yo podía sentir era a él y su cálido aliento contra mis labios. Dejé de luchar y no me atreví a moverme. Ni medio centímetro—. Te desconcentraste.

Abrí y cerré las manos en vano contra la colchoneta.

—¿Cómo lo sabes?

—Porque te frustraste. —Hablaba en voz baja y su tono seguía siendo increíblemente suave y amable teniendo en cuenta que me tenía inmovilizada—. Y eso pudo más que tú.

Apreté los labios para no negarlo.

Zayne me aflojó las muñecas. Deslizó la mano a lo largo de mi brazo y por encima de mi hombro. La ahuecó contra mi mejilla.

—Lo estabas haciendo muy bien.

—No, no es verdad. —El sudor me humedecía la frente—. Apenas conseguí acercarme a ti.

—Pero conseguiste acercarte. —Se movió un poco y me rozó el labio inferior con el pulgar—. Esta es la primera vez que lo intentas. No vas a hacerlo perfecto desde el principio. —Su pecho se elevó de nuevo contra el mío, haciendo que un cálido hormigueo me recorriera la espalda—. Tienes que darte tiempo.

—No sé si puedo hacer esto —admití en un susurro.

—Yo sé que puedes —insistió y la siguiente vez que espiré lo hice de forma temblorosa—. No tengo ni la más mínima duda.

Ojalá pudiera verlo. Sus ojos. Su rostro. Ver cómo me estaba mirando, porque si pudiera ver esa fe que él tenía en mí, entonces tal vez yo también podría sentirla.

El pulgar de Zayne se movió de nuevo, esta vez recorriendo mi labio inferior. Se me cortó la respiración al mismo tiempo que experimentaba una dulce avalancha de anticipación no deseada.

—¿Sí?

No tenía ni idea de qué me estaba preguntando, pero asentí con la cabeza, y luego ninguno de los dos se movió aparte del subir y bajar de nuestros pechos. Yo todavía tenía los brazos estirados por encima de la cabeza. Podía moverlos, pero no lo hice, y sabía que su boca aún estaba cerca de la mía porque su respiración me acariciaba los labios. Habría dado casi cualquier cosa por saber en qué estaba pensando Zayne en ese momento. Si sentía esa anticipación, si rebosaba anhelo por lo que no podía ser.

Tal vez sí fuera cierto que los otros sentidos se agudizaban cuando no podías ver, porque juraría que había una tensión en el aire que no estaba presente antes. Podía sentirla.

—¿Puedo hacer una pregunta? —La voz de Roth rompió el silencio. Joder, me había olvidado de que estaba allí. Y Zayne también, a juzgar por cómo se le tensaron los músculos contra mí. Cuando Roth habló de nuevo, cada una de sus palabras prácticamente rezumaba diversión—. Y es para un amigo. ¿Qué clase de entrenamiento estáis haciendo ahora exactamente?

Diez

El entrenamiento con los ojos vendados no podría haber terminado más rápido. Zayne se apartó de mí y me ayudó a levantarme. La corbata desapareció a continuación y, en cierto sentido, ojalá no lo hubiera hecho, porque preferiría no haber visto la expresión sonriente y extrañamente petulante de Roth.

Aunque no habíamos dejado de entrenar. Pasamos a luchar sin la venda y, por lo que supuse que sería aburrimiento, Roth había participado en la acción. El demonio hasta resultó útil, en su mayor parte. Luego llamó Layla y se esfumó del apartamento.

Simplemente se desvaneció en la nada.

Otra habilidad más que me gustaría tener.

Patrullar esa noche no había resultado emocionante para nada y yo me preguntaba cuánto tiempo íbamos a deambular sin rumbo fijo antes de encontrar algo (cualquier cosa) que nos condujera al Heraldo.

A la mañana siguiente, acababa de terminar de recogerme el pelo en una coleta y estaba a punto de reunirme con Zayne en las colchonetas para seguir entrenando con los ojos vendados cuando me sonó el móvil, que estaba sobre la mesita de noche. En cuanto vi el nombre de Thierry, casi dejo que salte el buzón de voz. Pero no pude ignorar su llamada.

Tenía un nudo en el estómago cuando contesté con un saludo que sonó como si hubiera recibido un puñetazo en el vientre en el preciso momento en que dije «hola».

—¿Trinity? —Se me encogió el corazón al oír la voz profunda de Thierry—. ¿Estás bien?

—Sí. Por supuesto. —Carraspeé—. ¿Qué pasa?

—¿Qué pasa? —repitió despacio—. Me parece que están pasando muchas cosas en este momento.

Cerré los ojos y me dejé caer sobre la cama, pues sabía a qué se refería. Misha. Las llamadas perdidas de Jada. Mi bienestar mental y emocional en general.

—Sí, están pasando muchas cosas.

Él dejó escapar un suspiro profundo y tan conocido que me provocó una punzada en el pecho. Lo echaba de menos. Echaba de menos a Matthew, a Jada, a Ty, a... Interrumpí ese pensamiento mientras Thierry hablaba.

—Sé que estás ocupada, pero tengo que hablar contigo. Ha habido novedades con respecto a tu futuro.

Abrí los ojos.

—Casi me da miedo preguntar de qué se trata.

—Es algo bueno.

—¿En serio?

—En serio —me confirmó con una risa suave—. Como sabes, servir como Guardián resulta económicamente lucrativo para aquellos que superan el entrenamiento y dedican sus vidas a luchar contra los que pretenden hacer daño.

Yo ya lo sabía. Estaba muy muy bien pagado. No tenía ni idea de dónde sacaban el dinero los Guardianes, pero me gustaba imaginarme a los alfas sobrevolándolos y dejando caer un montón de pasta al azar.

—Hasta que tu padre te convocó, nosotros cuidamos de tu madre y de ti, y os ofrecimos toda la estabilidad financiera que necesitarais.

Estaba empezando a pensar que me iban a cerrar el grifo, pero Thierry había dicho que eran buenas noticias, así que mantuve la boca cerrada.

—Eso ya no es necesario —continuó—. Te voy a enviar una captura de pantalla de la cuenta bancaria que se ha abierto a tu nombre en la que encontrarás toda la información necesaria para que puedas acceder a la cuenta en unos días, en cuanto se autorice la transferencia...

—Un momento. ¿Qué?

—Te van a pagar por todos los servicios que estás prestando —me explicó y su forma de expresarlo me hizo sentir que me hacía falta una ducha—. Y creo que te va gustar cuando lo veas.

—No lo entiendo. Nunca he tenido dinero. Ni siquiera una cuenta bancaria. Es sorprendente que sepa usar siquiera una tarjeta de crédito. ¿Cómo es que ahora tengo dinero?

—Tu padre quiere asegurarse de que tus necesidades estén cubiertas y no te distraigas con... ¿Cómo lo dijo? «Frívolos conceptos humanos como el dinero.»

Vale. Eso parecía algo que diría mi padre.

—¿Lo has visto?

—Por desgracia.

Una risita inapropiada me brotó de la garganta.

—¿Cuándo? Yo no lo he visto desde...

—Lo sé. —Todo rastro de humor se había desvanecido de su tono—. Estuvo aquí esta mañana, en toda su gloria. Quería asegurarse de que se transfirieran los fondos y que, mientras tanto, estuvieras atendida. Indicó que te dijéramos que comprobaras aquello que más aprecias y, sí, fue tan críptico como es angelicalmente posible.

¿Comprobar aquello que más apreciaba? De inmediato, mi mirada se dirigió hacia el ajado libro de tapa blanda de Johanna Lindsey, que era el favorito de mi madre. ¿Parecía... más grueso de lo normal?

—¿Sigues ahí? —preguntó la voz de Thierry, captando mi atención.

—Sí. Sí. —Carraspeé—. Lo siento. Es que esto me ha pillado por sorpresa.

—Como a Matthew y a mí. No esperábamos que tu padre tuviera en cuenta cosas como que necesitas dinero para comprar comida. —Casi podía imaginármelo frunciendo el ceño—. En realidad, estábamos planeando enviarte algo de dinero nosotros mismos, pero ya no será necesario.

—Gracias —murmuré, sin saber muy bien cómo responder.

En la comunidad, nunca había tenido que preocuparme por el dinero. Había sido una privilegiada en muchos sentidos y, darme cuenta de eso ahora, mientras miraba fijamente el libro, me hizo sentir un poco incómoda en mi propia piel.

—Trinity —empezó a decir Thierry y me puse tensa al reconocer ese tono—. No voy a preguntarte cómo estás. Ya lo sé, pero... lo siento. Debería haberme dado cuenta de que Misha no era tu...

—No pasa nada. —Tragué saliva con dificultad—. Hicisteis lo que creíais que teníais que hacer y yo... hice lo que debía. Todo va a ir bien.

Thierry se quedó callado. Demasiado callado.

Me froté la sien con los dedos.

—¿Cómo... cómo está Jada?

—Disgustada. Confundida. —Una pausa—. Te echa de menos.

—Y yo a ella —susurré—. Os echo de menos a todos.

—Lo sabemos. Y ella también. Y sabe que necesitas tiempo para procesarlo todo. Pero no olvides que la tienes aquí. Que nos tienes a todos aquí y te echamos de menos.

—Lo sé.

Thierry no me mantuvo al teléfono mucho más tiempo. Cuando colgué, me sentía un poco abatida y, a la vez, un poco feliz por haber escuchado su voz.

Me di cuenta despacio de que no estaba sola. Dejé el teléfono a un lado y levanté la mirada.

Zayne estaba de pie en la puerta.

—¿Todo va bien?

Asentí con la cabeza, sonriendo un poco.

—Era Thierry. Llamó para decirme que mi... que mi padre había pasado por allí para asegurarse de mi bienestar económico.

—Buenas noticias, entonces.

En otras palabras, probablemente se preguntaba por qué estaba captando tristeza a través del vínculo, pero no me sentí con ánimos para ofrecerle esa información mientras me inclinaba y cogía el libro. Lo noté diferente y, al darle la vuelta, vi que había espacios entre varias páginas.

—Creo que... mi padre ha estado aquí —dije, mirando a Zayne.

—¿En serio? —Se apoyó contra el marco de la puerta—. ¿Cuándo?

—¿Puede que anoche?

No me había fijado en el libro entonces. Lo sacudí y no me sorprendió demasiado ver que unos papeles verdes caían revoloteando sobre el edredón creando una interminable lluvia de dinero.

Zayne emitió un sonido estrangulado.

—Madre…

—Billetes de cien dólares —dije, con los ojos abiertos de par en par, mientras miraba fijamente las docenas y docenas de billetes. Era posible que hubiera uno metido entre cada página. Levanté la mirada con una sonrisa—. Supongo que yo pago la cena esta noche.

Pagué la cena, aunque acabé pasando un poco de vergüenza, porque Zayne había elegido ir a un Subway y tuve que usar un billete de cien dólares para comprar dos bocadillos.

Poco después de mi conversación telefónica con Thierry, la captura de pantalla que me había prometido llegó en un mensaje con toda la información necesaria. Yo nunca había visto tantos ceros después de un número y no me explicaba cuánto pensaba mi padre que costaban la comida y el alojamiento, pero era probable que se hubiera excedido en un par de cientos de miles de dólares más o menos.

—Estoy aburridísima —me quejé cuando ya llevábamos horas vagando por las calles.

—La mayoría consideraría que eso es algo bueno —contestó Zayne.

Le eché un vistazo y pude entrever su perfil bajo la tenue luz mientras él observaba el parque de la ciudad. Llevaba el pelo recogido otra vez en aquella coleta baja. Se encontraba en su forma humana y supuse que quien nos viera pensaría que éramos una pareja joven o unos amigos que habían salido a disfrutar de la noche.

Dudaba que el hecho de que ambos fuéramos vestidos de negro de la cabeza a los pies, como ladrones de la vieja escuela, llamara demasiado la atención.

Sin embargo, ver a Zayne con pantalones de cuero negro sí que llamaba mi atención.

Durante la última hora aproximadamente, habíamos estado explorando la zona donde habíamos divisado a los demonios de nivel superior la otra noche. Pero, aparte de unos cuantos esbirros, no nos habíamos encontrado con ninguno.

—Si estuviéramos aquí para mantener las calles libres de demonios y a los humanos a salvo, entonces supongo que estar aburrido sería algo bueno —cavilé—. Pero estamos buscando al Heraldo, así que una noche sosa me parece algo malo. No estamos más cerca de encontrarlo que ayer.

Zayne se detuvo debajo de una farola, justo fuera de la entrada del parque.

—¿Sabes qué pienso?

—No, pero apuesto a que me lo vas a decir.

Intenté subirme de un salto al muro de contención que flanqueaba la entrada. Era de piedra caliza y debía medir unos sesenta u ochenta centímetros de alto. Sin embargo, en cuanto mi bota tocó el borde, me di cuenta de que había calculado mal la altura. Empecé a inclinarme hacia atrás…

Zayne me agarró por las caderas y me ayudó a recobrar el equilibrio hasta que planté los pies encima del muro.

—No me explico cómo puedes saltar de una azotea a otra y trepar por una escalera de incendios, pero casi te abres el cráneo en un muro de contención de menos de un metro.

—Habilidad —musité, girándome para mirarlo de frente. Por una vez, no era yo la que debía levantar la vista—. Muchas gracias.

—No hay problema. Cuenta conmigo. —Mantuvo las manos en mis caderas, sujetándome con suavidad justo por encima de las dagas de hierro que llevaba ocultas debajo de la camiseta—. ¿Estás bien?

Asentí con la cabeza.

—Creo que sí.

—Quiero que estés segura —dijo con tono ligero, incluso burlón, mientras me miraba desde abajo—. No sería muy buen protector si acabaras rompiéndote un brazo cuando solo llevo un par de semanas en el puesto.

Me temblaron los labios.

—Sí, eso significaría que se te da fatal, pero creo que olvidas un factor importante.

—¿Y cuál es?

El peso de sus manos en mis caderas cambió, de algún modo se volvió… más pesado.

—Va a hacer falta más que una caída de un metro para que me abra el cráneo.

—No sé yo —respondió al mismo tiempo que un grupo de lo que sonaba como si fueran adolescentes cruzaba la calle, alejándose de nosotros mientras se gritaban unos a otros—. Han pasado cosas más raras.

—No tan raras.

Él ladeó la cabeza.

—Cuando era pequeño y estaba aprendiendo a volar, calculé mal un aterrizaje y me caí. Me rompí el brazo. Era apenas un metro, más o menos.

Era poco común que los Guardianes sufrieran fracturas de huesos por algo a lo que incluso era probable que un humano sobreviviera.

—¿Cuántos años tenías?

—Seis.

Me reí.

—Ya, bueno, yo no tengo seis años. No creo que vaya a romperme nada si me caigo.

—Entonces, ¿estás segura de que, si te suelto, no vas a caerte?

Me di cuenta de que sus pulgares se movían. Se deslizaban arriba y abajo despacio, justo por el interior de cada hueso de la cadera y ni siquiera estaba segura de si él era consciente de ello.

Pero yo sí.

Estaba completamente absorta, de hecho, y se me aceleró el pulso. Un acaloramiento embriagador me invadió y me temblaron un poco las piernas. No tenía nada que ver con mi equilibrio, sino con su forma de tocarme.

—¿Y si hacemos un trato? —sugirió.

—Eso depende del trato.

No me di cuenta de lo que estaba haciendo hasta que lo hice. Coloqué las manos sobre las suyas. No para apartarlas, sino para mantenerlas allí.

Zayne dio un paso adelante, se acercó todo lo que pudo teniendo en cuenta que yo estaba sobre una pared. Nuestros cuerpos no se tocaban, pero toda la parte frontal del mío se calentó como si fuera así.

—Si puedes mantener los pies en el suelo… ambos pies —añadió—, llenaré la nevera con todos los refrescos que puedas beber.

—¿En serio?

—En serio —repitió, y su voz sonó más profunda, más ronca.

—¿Incluyendo Coca-Cola?

—Incluso incluiré un par de cajas de cerveza de raíz.

—Umm. Cerveza de raíz. Las personas a las que no les gusta son monstruos. Es un trato muy bueno. —Incliné la cabeza, deteniéndome a unos centímetros de la suya. Bajo el suave resplandor amarillento de la farola, lo vi entornar los ojos y la mirada que me dirigió, aunque no se diera cuenta, aunque no significara nada, me derritió—. Pero puedo hacer todo eso por mi cuenta y mantener ambos pies bien lejos del suelo. No acepto el trato.

Zayne se rio entre dientes.

—En ese caso, se me va a tener que ocurrir un trato mejor.

—Pues sí.

Se mordió el labio inferior mientras me sujetaba las caderas con más fuerza. Ambas acciones provocaron una profunda sensación de contracción dentro de mí. Noté la tensión en los tendones de sus manos, la fuerza de sus brazos y cómo se le flexionaron los músculos de los antebrazos y los bíceps. Iba a alzarme. Tal vez para dejarme en el suelo. Tal vez para apretarme contra él.

Yo sabía que no debería permitirlo, porque aquel cajón llamado «ZAYNE» seguía entreabierto, pero no retrocedí para poner distancia entre nosotros. Esos pálidos ojos de lobo se encontraron con los míos y nuestras miradas conectaron. Nosotros conectamos. Zayne no se movió. Ni yo tampoco. No nos dijimos nada.

Resonó el claxon de un coche. Zayne dejó caer los brazos como si se hubiera quemado las manos. Me quedé inmóvil, debatiéndome entre mandar al diablo al claxon del coche y sentirme agradecida por la interrupción. Luego me volví de costado y respiré hondo con dificultad, inhalando gases de tubos de escape y el dulce aroma a limón de una magnolia situada cerca. Refrené mis hormonas y me aferré desesperadamente al sentido común.

Zayne avanzó unos pasos, con los puños cerrados a los costados. Se mantuvo cerca de la pared, al alcance de la mano, probablemente por si se me ocurría lanzarme, algo que sonaba genial en este momento. Aunque lo que dije antes era cierto. Una caída desde esa altura solo le haría daño a mi ego.

El silencio se prolongó e intenté percibir a través de la conexión qué estaba sintiendo Zayne, pero no conseguí dejar de lado mis propias emociones.

Alcé la mirada hacia el cielo oscuro y exhalé un largo y lento suspiro. Era hora de volver a centrarnos y pasar página. Podía fingir que se me daba bien hacer eso.

—Bueno… ibas a decirme qué pensabas, ¿no?

Zayne miró por encima del hombro, observándome colocar despacio un pie delante del otro como si estuviera sobre una barra de equilibrio.

—Estaba pensando en todo el tiempo que lleva aquí el Heraldo, en estas calles, cazando Guardianes y demonios, y ninguno de nosotros siquiera lo ha visto, que sepamos. Eso me hace pensar que podríamos pasarnos aquí todas las noches, buscando, y no encontrarlo.

Me detuve con un pie en el aire.

—¿Por qué crees que no lo encontraremos?

—Porque no creo que encontremos al Heraldo hasta que él quiera que lo encuentren.

Justo antes de la medianoche, noté de pronto un hormigueo caliente entre los omóplatos.

Nos habíamos marchado del parque para deambular por una zona del barrio de Capitol Hill que Zayne llamaba Eastern Market. Se trataba de una meca de restaurantes de los que brotaba un olor delicioso que hizo que me gruñera el estómago. Tomé nota mentalmente de empezar a patrullar aquí la próxima vez para poder probar algo de cada local.

Dejé de caminar y miré detrás de mí.

—Noto un demonio.

Zayne se detuvo, con la cabeza ladeada y la barbilla levantada. Me giré hacia la calle ancha y apoyé las manos en mis caderas. Todavía había gente paseando y un estruendo constante de sirenas provenía de todas direcciones, pero no estaba ni de lejos tan concurrido como a primera hora de la noche.

—Me da un poco de envidia lo rápido que puedes sentirlos —comentó Zayne mientras se dirigía al bordillo de la acera.

—Ya, bueno, tú puedes volar, así que... — Lo seguí, entrecerrando los ojos, pero no conseguí ver nada más allá de las farolas—. ¿Ves algo?

Él negó con la cabeza.

—Está cerca. Probablemente sea un esbirro, pero vayamos a comprobarlo.

Crucé la calle tras él, dejándome guiar por su formidable vista. No tenía ni idea de adónde íbamos ni podía leer los letreros de las calles, pero cuanto más caminábamos, más oscuras se volvían las aceras. Con la esperanza de que estuvieran en buen estado, me mantuve cerca de Zayne a medida que mi vista parecida a un túnel empeoraba con cada paso.

—¿Dónde estamos? —susurré mientras cruzábamos hasta otra calle arbolada, que estaba inquietantemente silenciosa.

—En Ninth Street. Al sudeste. No estamos demasiado lejos del astillero naval. No se suele ver mucha actividad demoníaca por aquí.

Supuse que a los demonios no les gustaban los marineros.

Había un montón de edificios oscuros y ventanas iluminadas a nuestro alrededor. Parecían bloques o edificios de apartamentos.

—Por cierto, voy a tener que posponer el entrenamiento de mañana hasta la tarde —dijo Zayne—. A menos que quieras levantarte temprano.

—No, paso. —Las hojas se agitaron sobre nosotros cuando lo que esperé que fuera un pájaro alzó el vuelo—. ¿Qué vas a hacer?

123

—Tengo cosas que... Espera. —Zayne levantó un brazo y me estrellé contra él. Bajó el brazo y avanzó sigilosamente por la calle, pasando por delante de un estrecho callejón, y luego se detuvo. Se arrodilló—. Mira esto.

Mis botas hicieron crujir la grava mientras me arrodillaba a su lado. Los dedos de Zayne estaban tocando parte de una alambrada rota.

—Solo... veo tus dedos.

Él maldijo en voz baja.

—Lo siento. No pensé...

—No pasa nada. —Le resté importancia con un gesto de la mano—. ¿Qué es?

—Sangre. Fresca. Bueno, más o menos.

Me puse de pie, mirando a mi alrededor.

—¿Qué significa eso?

—Está húmeda, pero es muy espesa. Qué raro. —Levantó la cabeza, observando los árboles situados al otro lado de la valla, y luego se puso de pie. Volvió a la acera, dirigió la mirada calle abajo y luego regresó—. Creo que sé lo que hay al otro lado de esta alambrada.

Alcé las cejas.

—¿Una enorme porción de *pizza*? ¿Con suerte?

Zayne se rio entre dientes mientras echaba a andar.

—Pues no. Es una antigua fábrica que se suponía que iban a convertir en apartamentos, pero la financiación fracasó hace varios años.

—¿Un edificio abandonado?

—Si no consideras ocupantes a los puñeteros demonios, entonces sí. —Se arrodilló de nuevo, agarró la parte rota de la alambrada y la apartó—. Vamos a echar un vistazo.

—Claro. ¿Por qué no?

Me agaché para pasar por la abertura y tuve la sensatez de esperar a que Zayne se reuniera conmigo, ya que literalmente no podía ver nada porque las ramas de los árboles bloqueaban toda la luz.

Mis pasos se ralentizaron y luego se detuvieron. La ausencia de luz me desorientó e hizo que se me acelerara el corazón. Eso era tan malo como la venda de los ojos. Quizá peor. Se me encogió el estómago mientras observaba los diferentes tonos de nada.

—Ten cuidado —me advirtió Zayne, avanzando—. Las ramas están muy bajas por aquí. Tengo que apartarlas.

—Gracias. Eh… —Respiré hondo y me dije que debía superarlo y pedir lo que necesitaba—. ¿Puedo apoyar la mano en tu espalda? ¿Es…?

Antes de poder terminar siquiera, la mano de Zayne rodeó la mía y, un segundo después, mi palma estaba pegada a su espalda. Dejé escapar un suspiro entrecortado mientras me aferraba a su camiseta y susurré:

—Gracias.

—No hay problema. —Se produjo una pausa—. ¿Lista?

—Lista.

Mi gárgola guía en prácticas me ayudó a esquivar árboles y ramas bajas que sin duda me habrían dejado inconsciente. Conté los pasos y me fijé en cuando Zayne reducía la velocidad para indicar una roca grande o una rama de árbol caída. Di cincuenta y dos pasos antes de que la densa oscuridad cambiara y comenzaran a aparecer formas bajo la plateada luz de la luna.

Nos adentramos en un jardín del que no se habían ocupado desde hacía años y cuyo césped me llegaba a las rodillas. Arbustos y malas hierbas invadían un camino de acceso que estaba cortado por la alambrada. Di un paso y me di cuenta de que los hierbajos se me habían pegado a las mallas.

Puf.

Solté la camiseta de Zayne, me agaché y me sacudí aquellos cabroncetes. Luego me incorporé para observar el edificio por primera vez.

Era… Podría haber sido encantador en sus buenos tiempos.

Ahora el gigantesco edificio parecía salido de una película de terror. Medía varios pisos de altura y tenía dos alas y un montón de ventanas tapiadas. Ni siquiera pude distinguir de qué color se suponía que era. ¿Gris? ¿Beis? ¿Polvoriento?

—Bueno…—dije, alargando la palabra—. Sin duda parece embrujado.

—En ese caso, serás útil, ¿no?

Le lancé una mirada asesina a su espalda mientras él se abría paso a través de aquel jardín que parecía una jungla hasta llegar al lateral del edificio. Se detuvo frente a una puerta cerrada con tablas y una cadena, y se volvió a mirarme.

—Todavía sientes al demonio, ¿no?

—Sí, señor.

—Sí, señor —repitió, sacudiendo la cabeza, mientras se dirigía a la ventana situada más cerca.

Agarró una de las tablas y tiró. La madera se agrietó y cedió. Apoyó la tabla contra el lateral del edificio.

Me acerqué para colaborar, agarré la siguiente tabla y luego tiré. La madera vieja se soltó y me dispuse a lanzarla a un lado.

Zayne me lo impidió.

—Las tablas todavía tienen clavos enganchados. Si volvemos a salir por donde entramos, no quiero que pises uno.

—Oh. —Consternada, coloqué la tabla con cuidado contra la pared—. Bien pensado.

—Soy así de útil. —Zayne quitó la última tabla y la colocó con sus compañeras contra la pared. A continuación, se estiró y se asomó por la ventana—. Todo despejado.

Me alegró oírlo, porque no dejaba de imaginarme algo salido de una peli de terror de la década de 1980. De esas que le encantaban a Cacahuete y en las que había un montón de decapitaciones rocambolescas.

Zayne se impulsó y desapareció a través de la ventana. Un nanosegundo después, su mano apareció de repente. Agitó los dedos.

—Vamos.

Puse los ojos en blanco.

—Aparta.

Oí un suspiro y luego su mano desapareció. Planté las manos contra el polvoriento cristal, luego salté por la ventana y aterricé con agilidad sobre un suelo de tablas que gruñó bajo mi peso. Al enderezarme, encontré a Zayne frente a mí a menos de un metro.

—Creída —dijo entre dientes.

Sonreí con suficiencia mientras miraba a mi alrededor. Faltaba gran parte del techo y, por lo visto, también el tejado o una pared interior, porque se filtraba bastante luz de luna. Había una maraña de silla rotas y tumbadas y grafitis en las paredes.

Salimos de la habitación en silencio y nos adentramos en un pasillo donde entraba menos luz de luna.

—Mierda —masculló Zayne—. Parece que gran parte del suelo está podrido.

Agarré la parte posterior de su camiseta, esta vez sin preguntar.

—Te sigo, adonde quiera que sea.

Dejamos atrás varias habitaciones con las puertas arrancadas de los goznes, pero no encontramos ni rastro del demonio salvo por la sangre que Zayne pudo ver.

Entramos en otro pasillo más amplio con ventanas que dejaban pasar más luz. Le solté la camiseta y eché un vistazo para comprender mejor lo que me rodeaba. Había otras habitaciones abiertas y el olor a humedad estaba empezando a...

Una visión vestida de blanco brotó de una pared. Bueno, en realidad no era una visión. Se trataba de una persona con... un uniforme blanco. Pantalones blancos. Blusa blanca. Incluso un extraño sombrerito. Una enfermera. Era una enfermera.

Que atravesó otra pared sin mirarnos, como si tuviera prisa.

Dejé de caminar.

—Eh... ¿no has visto eso?

Zayne miró por encima del hombro hacia mí.

—No.

—Ah. —Me quedé mirando el pasillo vacío—. ¿Qué dijiste que solía ser este sitio?

—Una vieja fábrica. ¿Por qué? Un momento. ¿Quiero saberlo?

Negué con la cabeza despacio.

—Probablemente no, pero creo que deberíamos ir por ahí —sugerí, señalando hacia la izquierda.

Nos dirigimos hacia donde había visto desaparecer a la enfermera fantasma y llegamos a una puerta de dos hojas, oxidada y amarilla. Zayne la abrió con cuidado, procurando hacer el menor ruido posible. Se me tensaron todos los músculos del cuerpo mientras me preparaba para ver al demonio.

Pero eso no fue lo que encontramos.

Se trataba de un saliente, de algo más de unos tres metros cuadrados. Una barandilla era lo único que nos separaba del amplio y abierto vacío que aguardaba abajo.

—Estoy muy confundida —dije, dirigiendo la mirada hacia atrás y luego hacia arriba, solo para confirmar que seguíamos en el primer piso—. No subimos ninguna escalera, ¿verdad?

—No. —Zayne mantuvo la voz baja mientras se acercaba sigilosamente a la barandilla y miraba hacia abajo—. Es una vieja piscina. Está vacía, pero debía estar situada en el sótano o en un nivel inferior al que entramos. Probablemente la usaran para hacer rehabilitación.

Me reuní con él y, al apoyar las manos en la barra de metal, me sorprendió descubrir que era firme. Estaba claro que eso no era un sótano normal, porque toda la pared occidental estaba llena de ventanas intactas, que permitían que la luz se extendiera por la decolorada piscina de cemento.

¿La enfermera fantasma había salido de aquí? No había ninguna habitación entre donde la había visto y aquí, pero eso no significaba nada. Podría haber venido de cualquier parte, pero...

Unos pasos resonaron por el espacio abierto. Zayne me agarró la mano de pronto y me hizo colocarme de rodillas. Giré la cabeza bruscamente hacia él, pero se llevó un dedo a los labios y luego hizo un gesto con la barbilla hacia la piscina.

Seguí su mirada. No vi gran cosa al principio y luego alguien se acercó arrastrando los pies hasta los escalones que llevaban a la parte menos profunda de la piscina. Seguramente fuera el demonio, pero...

Su forma de moverse tenía algo raro. Dio unos pasos y luego se estremeció de manera incontrolable, sacudiendo bruscamente la cabeza hacia la izquierda una vez y luego dos.

Hice que Zayne me soltara la mano, agarré las barras de la barandilla y me incliné hacia delante todo lo que pude. Mis ojos no funcionaban bien, pero pude ver lo suficiente como para saber que a este demonio le pasaba algo muy muy raro.

Entonces, se detuvo bajo un rayo de luz de luna y, aunque sus facciones solo eran una mancha borrosa, noté que le faltaba la nariz.

Y, cuando sacudió de nuevo la cabeza, algo se balanceó en su mejilla. Me di cuenta de que era piel suelta. Piel suelta y desprendida en parte. Estaba claro que lo que estábamos viendo no era un esbirro ni un demonio de nivel superior. Era algo...

Algo que solía ser un humano.

Once

Me sudaron las manos mientras observaba cómo la criatura se detenía en el centro de la piscina.

—¿Eso es… lo que creo que es?

Zayne se inclinó hacia delante, apretando el brazo contra el mío, y, cuando habló, su voz fue casi un susurro.

—Si crees que eso es lo que pasa cuando un impostor muerde a un humano, pues sí.

—Dios mío.

Me aferré a la barandilla con más fuerza. Ahora sabía por qué aquella pobre enfermera fantasma se había largado zumbando. Esa cosa de ahí abajo asustaba hasta a los fantasmas.

Los impostores eran demonios que se parecían a los humanos y se comportaban como ellos, salvo por su apetito insaciable, su increíble fuerza y el desagradable hábito de morder a la gente. Su saliva infecciosa se transmitía a través de un mordisco y, tres días después, el pobre infeliz al que habían mordido se convertía en un candidato a extra en *The Walking Dead*, incluyendo una tendencia a comerse cualquier cosa, incluidas otras personas, y una buena dosis de rabia incontrolable. Los llamábamos zombis. No era muy creativo, pero la palabra zombi y su significado ya existían mucho antes de que la cultura pop se apropiara de ellos.

—Nunca había visto ninguno, ¿y tú? —me preguntó Zayne. Negué con la cabeza.

—Ni siquiera he visto un impostor. O eso creo, al menos.

—Son poco comunes. —Su aliento me agitó los mechones de

pelo alrededor de la oreja—. Y, como puedes ver, si te muerden, estás en un buen lío, pero no suelen atacar a humanos.

Me volví hacia él.

—¿Porque solo pueden morder siete veces antes de morir?

Zayne asintió mientras se giraba de nuevo hacia la piscina.

—¿Qué está haciendo aquí este zombi, en un edificio abandonado?

—¿Turismo urbano? —sugerí.

Él se rio entre dientes.

—Tras ser mordido, al principio un humano va a sitios conocidos. Su casa. Su trabajo. Pero a ese tipo de ahí abajo ya le ha caducado hace tiempo la etiqueta de bocado fresco. A estas alturas, debería estar persiguiendo cualquier cosa viva.

Por ese motivo era importante acabar con los impostores en cuanto te encontrabas con uno. Lo único que necesitaban para provocar el caos era morder a un humano. Al igual que en las películas, el humano infectado le contagiaba entonces el virus demoníaco a otro humano mediante un mordisco, saliva… cualquier fluido corporal. Ya había ocurrido en el pasado, probablemente con más frecuencia de la que yo creía. A medida que la infección demoníaca se extendía, los zombis perdían la capacidad de llevar a cabo funciones cognitivas más allá de caminar y comer.

—Supongo que el plan es eliminarlo.

—Sí, pero quiero ver qué trama. Tiene que estar aquí por una razón, cuando…

Una puerta situada en el otro extremo de la habitación se abrió y el sonido de unos pies arrastrándose sobre las baldosas fue aumentando hasta convertirse en un fuerte zumbido. Me quedé boquiabierta.

Zayne se puso tenso.

—Santo…

—…apocalipsis zombi —terminé por él, con la mirada clavada en la masa de cuerpos que renqueaban y se estremecían. No emitían gemidos, eran más bien gruñidos ásperos y entrecortados en medio de chasquidos de dientes—. Tiene que haber una docena ahí abajo.

—Y más.

Inspiré hondo y me arrepentí de inmediato. El hedor resultaba abrumador, una mezcla de azufre y carne podrida dejada al sol que me provocó arcadas.

—Recuérdame que no vuelva a decir nunca que estoy aburrida.

—Ah, créeme, no te permitiré volver a decirlo. —Giró el cuerpo hacia mí—. Aquí está pasando algo. Nunca se agrupan así, y menos donde no hay comida.

Eso era algo en lo que se equivocaba la cultura pop. Los zombis no se movían en grupos. El motivo podía comprobarse aquí, viéndolos chasquear los dientes y gruñirse unos a otros ahí abajo mientras avanzaban a trompicones y se adentraban en la piscina vacía.

—Es como si estuvieran esperando algo —añadió Zayne—. Pero eso no tiene sentido.

Prácticamente nada de eso tenía sentido. Por ejemplo, ¿cómo daba la casualidad de que sentíamos a un demonio y acabábamos aquí, donde nos aguardaba una reunión de muertos vivientes y el demonio que habíamos sentido no aparecía por ninguna parte? Me invadió la inquietud. ¿Podrían habernos guiado hasta aquí a propósito?

—Zayne...

Noté una ráfaga de aire frío en la nuca. Giré la cabeza. La sensación gélida me recordó a cuando atravesaba por accidente un fantasma, pero esta vez no lo sentí por todo el cuerpo. El escalofrío se centró en el mismo punto que me ardía al sentir a un demonio, en la parte baja del cuello y entre los omóplatos.

—¿Qué pasa? —dijo Zayne, tocándome el brazo.

Me froté la nuca. Noté la piel normal, pero el frío seguía presente allí, provocándome un hormigueo.

—¿Notas algo raro?

—No. ¿Tú sí?

Lo miré a los ojos mientras dejaba caer la mano.

—Es extraño. Como un frío...

Un aullido gutural nos hizo girar bruscamente la cabeza hacia la piscina. Uno de los zombis se había adelantado y había echado la cabeza hacia atrás mientras chillaba. Tuve el presentimiento de que nos habían descubierto.

—Eh… creo que quieren saludarnos —murmuré.

—Maldita sea —gruñó Zayne—. Bueno, se acabó lo de esperar a ver qué hacen aquí. No podemos permitir que se marchen.

—¿Sabes?, estoy empezando a creer que no pretenden marcharse —dije, sin molestarme en bajar la voz, mientras otro chillaba—. Creo que están aquí por nosotros, pero como no poseen la capacidad de hacer planes, me parece que aquel demonio nos condujo hasta aquí.

—Creo que podrías tener razón. —Zayne se puso de pie—. Pero la cuestión sería por qué.

—No lo sé. Tal vez crean que no podemos eliminarlos. —Me asomé por encima de la barandilla—. ¿A qué altura calculas que estamos?

—Unos tres metros y medio desde aquí hasta el borde de la piscina. ¿Por qué?

—Perfecto. —Le dediqué una sonrisa—. Te echo una carrera hasta abajo.

Zayne se giró rápidamente hacia mí, gritando mi nombre, pero fui rápida. Salté por encima de la barandilla y me dejé caer hacia la nada. El aire rancio pareció impulsarme hacia abajo. Tardé varios segundos en caer, aunque aterricé sobre ambos pies. El impacto fue estremecedor, me provocó un estallido de dolor sordo en los tobillos que me subió por las piernas hasta las caderas, pero se desvaneció rápido. Me puse de pie, desenfundando las dagas.

—¡Hora de cenar! —exclamé.

Varios zombis se giraron hacia mí y los más frescos se acercaron a toda prisa a la pared de la piscina, trepando entre alaridos por el liso lateral. Entreví piel arrancada y gargantas desgarradas. Uno subió por el lateral hasta el borde de la piscina y bloqueó la mayor parte de la luz de la luna.

Probablemente debería haberme imaginado que ocurriría, pero… qué se le iba a hacer. Ya había visto suficiente para saber adónde apuntar. El zombi se lanzó hacia delante con una velocidad sorprendente, pero yo ataqué aún más rápido, hundiendo la daga en el centro del borrón con forma de cabeza. Un líquido pegajoso y maloliente se esparció por el aire cuando retiré la daga de un tirón. El zombi se plegó como una bolsa de papel, pero lo reemplazó otro enseguida.

Embestí hacia delante al mismo tiempo que Zayne aterrizaba en la parte profunda de la piscina, con las alas desplegadas. Se había transformado, lo cual estaba bien, porque supuse que los dientes de zombi no podrían atravesar su piel de Guardián.

Por otro lado, ¿en cuanto a mí? No tenía ni idea de qué pasaría si me mordían. Ni tampoco quería averiguarlo. Clavé la daga, bajo la garganta esta vez, porque este zombi era altísimo.

—Te lo juro por Dios, Trinity —gruñó Zayne mientras agarraba a un zombi por la cabeza.

Se oyó un húmedo sonido de desgarro y lo único que pude ver fue un cuerpo cayendo, sin una parte importante. Zayne lanzó la cabeza, que se estrelló contra el lateral de la piscina.

Esa era una forma de destruir el cerebro.

—No deberías jurar por Dios. —Bajé de un salto a la parte poco profunda de la piscina. Supuse que a Zayne le preocupaba que fuera a ponerme a aporrear a los zombis como había hecho con el demonio feroz—. El niño Jesús no lo aprobaría.

Zayne maldijo mientras arrojaba a un lado a otro zombi sin cabeza.

—Creo que tienes impulsos suicidas.

—Qué va. Solo quería ganarte.

Agarré por el pelo a un zombi que se dirigía arrastrando los pies hacia la parte profunda y tiré hacia atrás, pero no salió demasiado bien. Noté la extraña sensación de que algo blandengue se desgarraba y el zombi siguió caminando sin el pelo y la mayor parte del cuero cabelludo.

—¡Puaj! —Dejé caer el pelo, conteniendo una arcada—. No voy a poder olvidar esa sensación. Nunca. Jamás.

—Fuiste tú la que bajó de un salto, así que déjate de remilgos.

Me estremecí, sacudiendo la mano, y me tragué la bilis.

—Tenía el cuero cabelludo de ese zombi en la mano, Zayne. El cuero cabelludo.

Él se elevó en el aire y atrapó al zombi sin cabellera.

—¡Detrás de ti! —gritó.

Me giré al mismo tiempo que retrocedía de un salto. Resbalé

al pisar el pringue y perdí el equilibrio. Intenté recobrarme, pero estaba demasiado cerca de la zona inclinada del extremo profundo de la piscina. Al intentar apoyar el pie, no encontré nada. Choqué contra el cemento con un estruendo y bajé rodando por la piscina como un tronco. Cuando me detuve, estaba tendida de espaldas, con brazos y piernas extendidos.

Un cuerpo me cayó encima y, a juzgar por el hedor que inhalé a través de las fosas nasales, supe que era un zombi. Un segundo después, unos dientes chasquearon a unos centímetros de mi cara. Al tener tan cerca a la criatura, pude ver con claridad que tenía la mandíbula expuesta y le colgaba un ojo, unido por un hilo de tejido rosáceo y gelatinoso.

—Ay, Dios mío —gemí mientras lo agarraba por el cuello.

Hice una mueca de asco cuando los dedos se me hundieron en el tejido y el músculo. Levanté el otro brazo y hundí la daga en un lado de la cabeza del zombi. Un chorro de líquido me salpicó la cara y el pecho mientras aquel cabrón revivido se desplomaba.

—Odio los zombis —masculleé, quitándome el cadáver de encima.

—¿Estás bien? —me gritó Zayne.

—Sí.

Me senté y me giré hacia el extremo menos profundo, con los ojos entrecerrados. Vi a Zayne, pero todavía había cuatro zombis en pie entre nosotros. Tres de ellos se dirigían directos hacia mí.

Me levanté de un salto con un gemido y me puse manos a la obra. No fue difícil acabar con los zombis. No eran luchadores natos y estaba claro que la coordinación no era algo que reviviera con ellos, pero sin duda lo dejaban todo hecho un asco. Cuando acabé, estaba de pie en medio de un pringoso montón de restos.

—¿Has acabado por ahí? —pregunté, intentando ver algo a través de los rayos de luz de luna.

Zayne apareció donde la piscina empezaba a inclinarse hacia abajo.

—¿Estás bien? —repitió.

Supuse que eso significaba que no quedaban más zombis.

—Sí. No tengo ningún arañazo ni mordisco.

Zayne se giró de lado.

—Debía haber dos docenas, como mínimo.

—Qué raro, ¿no? Es imposible que tantos zombis vinieran paseando hasta este sitio. La gente estaría tan acojonada que lo oiríamos desde aquí.

—Sí —coincidió Zayne, que alzó las alas y luego las bajó—. Me cargué a doce. ¿Y tú a cuántos?

Fruncí el ceño.

—No los conté.

—Novata —se burló.

Le enseñé el dedo corazón.

—No hace falta ponerse borde. —El humor se había desvanecido de su voz cuando volvió a hablar—. Tengo que informar de esto.

Tenía sentido. Que tantos zombis se congregaran en un edificio abandonado cualquiera no era nada normal y suscitaba un montón de preguntas que requerían respuestas.

Observé lo que quedaba de los zombis y, puede que por primera vez en toda mi vida, no sentí hambre. Levanté la mirada mientras Zayne se sacaba el teléfono del bolsillo y, entonces, se me ocurrió algo.

—¿Qué digo cuando llegue el resto del clan? Les van a surgir preguntas. Caray, es probable que ya tengan muchas preguntas.

—Voy a llamar a Dez —me explicó, refiriéndose al otro único Guardián aparte de Nicolai que sabía qué era yo. Dez había acompañado a Zayne y al líder del clan a la comunidad—. Le pediré que te lleve de regreso a mi apartamento antes de que llegue el resto.

—¿Y si aparecen más zombis mientras esperas a que lleguen los otros?

—Puedo ocuparme de ellos. —Se acercó el móvil a la oreja—. Y los otros llegarán rápido.

Asentí con la cabeza, a pesar de que odiaba tener que salir pitando. Enfundé las dagas mientras él hablaba con Dez y recorrí la piscina con la mirada. Parecía una carnicería.

—Dez está de camino —me informó, mientras se guardaba el teléfono en el bolsillo—. Aunque pasa algo.

—¿A qué te refieres?

—Sonaba raro. —Bajó la mirada—. Déjame sacarte de aquí.

—Puedo salir…

—Hay cuerpos y sangre cubriendo prácticamente cada centímetro cuadrado de la piscina. Te vas a resbalar al pisarlo. —Zayne desplegó las alas y se elevó—. Y dudo que a Dez le haga mucha gracia que le manches el asiento del coche de sesos.

Fruncí el ceño.

—Ya estoy cubierta de sesos.

—Más motivo aún para no empeorarlo. —Se sostuvo en el aire por encima de mí, extendiendo los brazos—. Déjame sacarte de la piscina.

Él tenía razón, pero vacilé, porque sentía que necesitaba demostrar que podía hacer esto sin ayuda. Ya había necesitado su ayuda una vez esa noche. Di un paso, frustrada, y noté algo pegajoso bajo la bota.

—¿Qué pasa? —Las alas de Zayne se movieron sin hacer ruido. Cuando no respondí, se situó a mi otro lado—. Habla conmigo, Trin.

—Es solo que… ya tuve que depender de ti esta noche cuando no podía ver, y sé que puedo salir de aquí. Puede que me pringue, pero… —Abrí y cerré las manos mientras pensaba en lo mal que lo hice durante el entrenamiento con los ojos vendados—. Necesito ser independiente.

—¿Qué? —preguntó, con la voz cargada de confusión.

Clavé la mirada en lo que supuse que podrían ser unas costillas expuestas y me esforcé por encontrar las palabras para explicarlo.

—No quiero que tú ni nadie piense que no puedo ser… independiente, ni que necesito la ayuda de otros constantemente.

—No pienso ni por un segundo que aceptar ayuda cuando la necesitas signifique que no eres independiente.

—Ya, bueno, otras personas no estarán de acuerdo contigo.

Zayne aterrizó a mi lado, probablemente en la única zona despejada. Plegó las alas.

—¿Qué personas?

Solté una carcajada seca.

—¿Todo el mundo? ¿Te has fijado en cómo habla la gente de

otras personas con...? —Tragué saliva con dificultad—. ¿Con discapacidades?

Dios mío, decir eso fue más duro de lo que esperaba. «Discapacidad.» Qué palabra tan llena de connotaciones. No estaba segura de si la había pronunciado en voz alta alguna vez. Tal vez no lo había hecho nunca por lo que implicaba, que había algo diferente en mí, algo que había que tener en consideración.

Pero *discapacidad* no era una palabra mala, y no significaba eso. Solo significaba lo que significaba. Yo era una Sangre Original. Y una guerrera de la leche. Pero, a fin de cuentas, seguía teniendo una discapacidad. Y sabía que eso no me definía. Quién era no se reducía a eso. Solo era una parte de mí.

Sin embargo, me costaba pronunciar esa palabra.

Y me sentía mal por pensar así. Como si estuviera traicionando a otras personas con discapacidades al resultarme duro admitir que yo también tenía una.

Eso no cambiaba el hecho de que sentía que debía demostrar mi valía.

—¿Trin? —me llamó Zayne con voz suave.

Sacudí la cabeza.

—La gente espera que seas autosuficiente y fuerte todo el tiempo. Como si tuvieras que ser un brillante ejemplo de lo que significa superar la mierda de vida que te ha tocado o tu puñetero propósito fuera demostrar que cualquiera puede sobreponerse a la adversidad si eres lo bastante positivo. Incluso la gente que tiene los mismos dichosos problemas opina eso a veces.

—¿Thierry o Matthew te han dicho algo así? —exigió saber de un modo que hizo que me preocupara por ellos.

—En realidad, no. A ver, me enseñaron a no permitir que eso fuera un lastre. Igual que mi madre. Pero... —Hice ademán de restregarme la cara con las manos y luego me di cuenta de que estaban cubiertas de sangre de zombi—. Formé parte de un grupo de apoyo para gente con problemas de vista hace unos años. Era por internet y me interesaba saber qué opinaban otros, ya sabes, que estuvieran lidiando con algo parecido. La mayoría eran geniales, pero había algunas personas tan empeñadas en asegurarse de que todos oyeran sus opiniones y cómo se las arreglaban que nunca escuchaban a nadie más. Estaban tan ocupados diciéndonos a todos los del grupo cómo debíamos adaptarnos y sentirnos, o incluso cómo debíamos hablar de cómo nos sentíamos, o de los retos y... —Alcé las manos bruscamente—. Ni siquiera sé por qué estoy hablando de esto ahora. Estamos rodeados de zombis muertos y apestosos.

—No hay un momento más perfecto que ahora.

—Oh, se me ocurren muchos momentos más perfectos en los que no haya masa encefálica de por medio. —Planté las manos en las caderas—. Mira, es que no quiero ser...

Una carga. Una víctima. Un reto. Alguien por quien sentir lástima, a quien mimar o por quien preocuparse. Alguien a quien se trata como si fuera menos, aunque sea con la mejor intención del mundo.

Inspiré hondo.

—No sé qué decir. Es tarde. Estoy cansada y estoy cubierta de sesos.

—No pasa nada. Yo sé exactamente qué decir.

—Qué bien —masculló.

—En primer lugar, me importa una mierda lo que piense una persona cualquiera en internet que se autodenomine portavoz de los demás. Has demostrado cientos de veces que eres independiente y fuerte. Acabas de saltar de ahí —hizo un gesto hacia la barandilla— y ni lo dudaste. Ojalá no lo hubieras hecho, pero ese es otro tema. Que necesites mi ayuda una vez o dos o cinco en una noche no indica que estés perdiendo tu independencia.

—¿Y qué indica entonces?

El pecho de Zayne subió y luego bajó.

—Lo haces lo mejor que puedes, Trinity.

Inhalé bruscamente. Esas eran las mismas palabras que le dije cuando le conté lo de mis problemas de vista. «Estoy haciéndolo lo mejor que puedo.» Yo había dicho eso.

—Eres alucinante, y ni siquiera lo sabes.

Lo miré con los ojos muy abiertos.

—Y también eres frustrante de narices —añadió. Las comisuras de mi boca se inclinaron hacia abajo—. ¿Sabes?, muchas veces olvido que no puedes ver bien y, cuando me acuerdo, la verdad es que me impresiona que no necesites más ayuda, y no tienes ni idea de lo... lo maravillado que me dejas, que puedas hacer lo que haces en estas circunstancias. Que cumplas con tu deber y no te reprimas ni dejes que tu vista te limite. Así que, maldita sea, Trinity, no permitas que lo que otros piensen o digan ni siquiera tus miedos te frenen cuando necesites ayuda. No malgastes ni un maldito segundo preocupándote por eso. Déjame ayudarte... deja que cualquiera te ayude cuando lo necesites, y eso te hará aún más fuerte.

—¿Te... te dejo maravillado? —pregunté, apenas con un hilito de voz.

—¿Esa es la única parte que has oído de lo que te acabo de decir?

—Bueno, no. —Me balanceé sobre los talones—. Lo oí todo.

Zayne se inclinó hacia delante, desplegando las alas para mantener el equilibrio, y, aunque no pude verle los ojos, sentí la intensidad de su mirada.

—No dejas de asombrarme, Trinity. Creo que nunca dejarás de hacerlo. Así que, sí, me dejas maravillado.

Abrí la boca y luego la cerré. Una oleada de emoción me brotó en el pecho, tan potente que pensé que me haría flotar hasta el techo.

—Pero sigo pensando que deberías beber más agua.

Se me escapó una carcajada temblorosa.

—Eso es... muy bonito. No lo del agua, sino lo que has dicho. Gracias. —Me sonrojé mientras extendía las manos—. Vale. Puedes sacarme de aquí.

Zayne me miró fijamente, con el rostro semioculto entre las sombras.

—Me vuelves loco.

—¿Perdona?

—No lo dices en serio —contestó con un suspiro.

No me tomó las manos. En cambio, me rodeó la cintura con un brazo y me apretó contra él mientras se elevaba en el aire, como la noche que volamos tan alto como pudimos. Por instinto, apoyé las manos en sus hombros. El contacto de cuerpo completo me resultó tan estremecedor como el aterrizaje de unos minutos antes, porque Zayne estaba demasiado cálido y me gustaba demasiado tocarlo.

El viaje hasta el borde de la piscina fue rápido y, cuando aterrizamos, aparté las manos de sus hombros. Zayne no me soltó, al menos de inmediato. Me mantuvo pegada a él y no me atreví a levantar la cabeza para comprobar si me estaba mirando. Tampoco me concentré en el vínculo para ver si podía captar sus sentimientos más allá del repentino martilleo de mi corazón.

El pecho de Zayne se elevó contra el mío y su barbilla me rozó la coronilla.

—Prométeme algo.

—Lo que quieras —contesté, repitiendo sin querer lo que él me había dicho cuando le pedí un favor.

Su brazo se tensó a mi alrededor.

—Prométeme que, siempre que necesites ayuda, sea lo que sea, la pedirás.

Cerré los ojos, conmovida, y las palabras salieron de mi boca sin demasiado esfuerzo.

—Lo prometo.

—Bien —respondió y luego sentí sus labios contra mi frente.

Fue un beso tan casto, tan tierno, que no debería haberme desarmado, pero lo hizo. Ese beso me turbó hasta la médula, al igual que sus palabras. Casi deseé que retirara lo que había dicho, y el beso también, porque era más fácil así. Mucho más fácil. Pero todo aquello significó mucho para mí, probablemente demasiado.

Zayne se giró de repente y luego el brazo que me rodeaba la cintura se aflojó y me deslicé hasta sostenerme sobre mis propios pies. La fricción me asaltó los sentidos, y me hizo retroceder un paso.

—Lo siento —dijo, con voz ronca—. Había... restos en el borde.

—No pasa nada. —Miré a mi alrededor, evitando el contacto visual. Exhalé un largo suspiro mientras me limpiaba las manos en la parte externa de los muslos. Hora de volver a centrarse en lo importante—. Todo esto me da mala espina.

—Y a mí. Un demonio nos condujo directamente a este sitio donde, convenientemente, aguardaba una horda de zombis.

Me crucé de brazos, mirándolo. Seguía en su forma de Guardián.

—¿Hay demonios por ahí que pueden controlar a los zombis?

—No que yo sepa, pero lo único que haría falta es que un impostor muerda a un humano y luego traer más para que se infectaran.

—Algunos parecían estar a punto de convertirse en nada más que esqueletos.

—Se descomponen rápido. Los que tenían peor pinta podrían llevar aquí apenas unos días —me explicó.

Eso sonaba horrible. Personas secuestradas de las calles para convertirlas en muertos vivientes, abandonadas aquí donde ni siquiera tenían nada que comer. Bueno, a menos que hubiera indigentes aquí dentro, buscando refugio del calor y las tormentas.

Y eso era aún peor.

—Dez ha llegado —anunció Zayne.

Me giré al mismo tiempo que una parte de la pared se abría. Una puerta secreta se desplazó sobre sus bisagras oxidadas con un chirrido.

El Guardián de cabello oscuro estaba en su forma humana y me di cuenta de en qué momento vio el desastre en la piscina y alrededor de la misma porque se detuvo de golpe.

—No exagerabas.

—Por desgracia, no —contestó Zayne, situándose a mi lado.

—Hola. —Saludé a Dez con una mano cubierta de sangre—. ¿Habías visto alguna vez algo así? —pregunté, señalando detrás de mí... y a mi alrededor.

—Solo he visto cinco zombis en toda mi vida, y pasaron varios años entre cada uno. —Levantó una mano y se la pasó por el pelo negro—. ¿Has dicho que sentisteis a un demonio y os condujo hasta aquí, donde os estaban esperando estos pobres cabrones?

—Sí —confirmó Zayne—. Creemos que...

—¿... era una trampa? —lo interrumpió Dez y la inquietud regresó a lo bestia—. ¿No visteis al demonio?

—No. —Di un paso al frente—. ¿Qué te hace pensar que era una trampa? Porque nosotros estábamos empezando a pensar lo mismo.

Cuando Dez habló, su voz sonó tan cansada como la de un soldado agotado por la batalla.

—Porque, hace unos diez minutos, encontraron muerto a Greene. Destripado y colgando en el interior del maldito Eastern Market.

—¿Dónde? —preguntó Zayne mientras el estómago me daba un vuelco.

—En el andén de metro de Eastern Market —confirmó Dez—. Apenas a unas manzanas de aquí.

A juzgar por cómo me miraba Dez al subirme al asiento del copiloto del todoterreno, supuse que deseaba abrir una boca de incendios y pegarme un buen manguerazo, pero se contenía.

Mientras él rodeaba al trote la parte delantera del vehículo, clavé la mirada en la ventanilla. Lo único que vi fueron las formas imprecisas de los árboles, pero sabía que Zayne seguía en el edificio y, en cuestión de minutos, llegarían otros Guardianes para ayudar a limpiar el desastre y registrar el resto del edificio para asegurarse de que no quedaban más zombis.

Odiaba dejar a Zayne allí solo tras saber que habían asesinado a un miembro de su clan y justo donde habíamos estado.

No podía ser coincidencia que el demonio nos hubiera conducido a ese edificio abandonado. ¿El Heraldo estaba ahí fuera, acechando a Greene, y no nos habíamos enterado? ¿O Greene estaba en otra zona de la ciudad y lo habían traído aquí como si fuera un retorcido mensaje para hacernos saber que nos habían visto?

Que nos habían engañado.

El todoterreno se sacudió cuando Dez situó su largo cuerpo en el asiento del conductor. Al mirarlo, pude distinguir su perfil bajo la luz de la farola. Era joven, solo tenía unos cuantos años más que Zayne, aunque ya se había emparejado y tenía unos gemelos adorables que estaban aprendiendo a transformarse.

Muchos Guardianes crecían sin padres, tras perder a su madre en el parto o por ataques de demonios y a su padre en la interminable guerra. Las estadísticas no estaban a favor de los gemelos, pero esperé que a Izzy y Drake no les aguardara el mismo destino que a tantos otros.

—Siento lo que le ha pasado al Guardián —dije mientras Dez apretaba el botón de arranque.

Me miró, con su expresión oculta en el sombrío interior del vehículo, mientras se apartaba del bordillo de la acera.

—Gracias.

Quise preguntarle si Zayne lo conocía bien, pero eso me pareció desconsiderado.

—¿Llevaba mucho tiempo con el clan?

—Sí, llevaba aquí varios años —contestó Dez y se me encogió el corazón—. No se había emparejado, y supongo que eso es una bendición.

Qué triste tener que añadir eso, como si hiciera falta recordar que podría haber sido peor.

—Pero se le echará de menos igualmente.

—Por supuesto. Era un guerrero de la leche y un amigo aún mejor. Greene no merecía acabar así. —Suspiró—. Ni ninguno de los que fueron asesinados antes de que llegaras.

Se me formó un nudo en la garganta mientras me giraba de nuevo hacia la ventanilla, sin saber muy bien qué podía decir ni si podía decir otra cosa aparte de «lo siento». Hice ademán de morderme la uña, pero me detuve al recordar que tenía las manos cubiertas de sangre de zombi.

—Estuvimos allí mismo, hace menos de treinta minutos. Esa parte de la ciudad estaba prácticamente vacía y no sentimos nada más aparte de aquel demonio. De haberlo hecho o de haber sabido qué estábamos buscando…

—Pero no lo sabíais —concluyó Dez—. Estáis dando palos de ciego igual que nosotros, y no lo digo a modo de crítica. Sea lo que sea este ser, es astuto. Aguardó hasta que Zayne y tú os marchasteis.

Asentí con la cabeza a la vez que la inquietud me invadía la boca del estómago, extendiéndose como una hierba venenosa. El Heraldo no era simplemente astuto. Tuve el horrible presentimiento de que, aunque no teníamos ni idea de quién o qué era, él sabía exactamente quién y qué éramos Zayne y yo.

Todo mi cuerpo se incorporó de golpe al mismo tiempo que tomaba una bocanada de aire. La sangre me palpitaba tan rápido que pude percibir el torrente en los oídos mientras la desorientación se apoderaba de mí. Tardé un momento en darme cuenta de que me había quedado dormida después de ducharme.

Mierda, no pretendía quedarme frita. Quería estar despierta cuando regresara Zayne. No tenía ni idea de cuánto tiempo llevaba dormida ni si Zayne...

—¡Trinity!

El rostro fantasmal de Cacahuete apareció de repente a tan solo unos centímetros del mío, iluminado por el resplandor de la lámpara que había dejado encendida en la mesita de noche.

—Dios mío —balbucí, apretándome una mano contra el pecho—. ¿Por qué has hecho eso?

—Trin...

—A veces creo que intentas que me dé un infarto.

Me aparté de él. La irritación me zumbó por las venas como si fuera un avispero mientras mis ojos se adaptaban. Me di cuenta de que la puerta del cuarto, que había dejado abierta para poder oír llegar a Zayne, estaba cerrada; lo que significaba que lo más probable era que él hubiera regresado y la hubiera cerrado, porque dudaba mucho que lo hubiera hecho el fantasma.

—Cacahuete, lo digo en serio. La próxima vez que lo hagas...

—Escúchame, Trin, hay...

—...te voy a exorcizar para mandarte a la otra vida de una patada en el culo —le espeté—. Eso no está bien. Para nada.

—¡No te estaba viendo dormir ni intentaba asustarte! —exclamó Cacahuete, titilando.

—Lo que tú digas —mascullé y estiré la mano hacia el teléfono para comprobar la hora.

—¡Escúchame!

Gritó tan fuerte que, si otras personas pudieran oírlo, habría despertado a la mitad del edificio de apartamentos.

Nunca lo había oído gritar. Jamás. Me centré en él, lo miré de verdad y, para ser un fantasma, parecía asustado.

—¿Qué pasa?

Cacahuete se deslizó unos centímetros hacia atrás.

—Hay algo aquí... Hay algo en el apartamento.

Doce

Salí disparada de la cama como si tuviera un cohete pegado al culo.

—¿Qué?

Cacahuete asintió con la cabeza.

—Hay algo aquí.

—Tienes que darme más detalles. —Agarré una daga de la mesita de noche—. Ya.

—Lo vi en la otra habitación, cerca de la isla de la cocina. No debería estar aquí.

Ay, Dios mío, Zayne estaba ahí fuera.

¿Y si el Heraldo nos había seguido? Era posible, sobre todo si sabía que habíamos estado en el Eastern Market. No lo habíamos sentido, así que podría estar aquí sin que lo detectáramos. Eché a correr, abrí la puerta de golpe y entré en la habitación común, que estaba iluminada por la luz de la luna y el suave resplandor de las luces que había bajo los armarios de la cocina. Mi mirada recorrió rápidamente la isla de la cocina y se dirigió al sofá… Un momento. Había algo detrás de la isla. Bloqueaba una sección de la luz.

Avancé un paso, aferrando la daga con la mano, mientras entrecerraba los ojos. Se trataba de la forma de… una persona, pero no era sólida. Cada dos segundos, veía aparecer las luces de los armarios, como si la forma parpadeara…

—¿Lo ves? —preguntó Cacahuete a mi espalda—. No debería estar aquí.

Lo veía.

Bajé la daga despacio.

—Lo descubrí merodeando por aquí, mirando a Zayne —prosiguió Cacahuete, que se mantuvo detrás de mí como si yo fuera su escudo humano. Me acerqué lentamente al sofá—. Le pregunté qué estaba haciendo, pero no me quiso contestar. Me ignoró como si no pudiera verme, pero no es así para nada.

Bajé la mirada un instante al llegar al sofá y sentí tanto alivio que fue como un puñetazo en el centro del pecho. Zayne estaba allí, dormido. Estaba tumbado con un brazo detrás de la cabeza y el otro apoyado sobre el vientre. Tenía la cara girada hacia mí y un rayo de luz de luna le acariciaba la mejilla.

Volví a mirar hacia la cocina, mientras mis pulsaciones se estabilizaban. Zayne estaba bien, pero la forma borrosa seguía en la cocina y no se trataba del Heraldo ni de un demonio que hubiera logrado burlar mi radar interno.

Era un fantasma… o un espíritu.

Algo que habría estado bien que Cacahuete mencionara cuando me despertó, en lugar de provocarme un leve infarto.

En general, los fantasmas y espíritus eran benévolos, incluso los que podían interactuar con su entorno, como Cacahuete. Unos cuantos se quedaban bloqueados y se negaban a reconocer que estaban muertos, y su ira se enconaba, corrompiendo sus almas. Se convertían en espectros. Había que tener cuidado con ellos, ya que podían ser peligrosos y violentos.

Supuse que este fantasma me había visto en algún sitio y me había seguido hasta aquí. No sería la primera vez que un fantasma me sentía y luego me encontraba.

—Haz que se vaya —susurró Cacahuete.

Lo fulminé con la mirada y luego volví a centrarme en la visita inesperada. Puede que mi objetivo al venir aquí fuera encontrar al Heraldo, pero ayudar a fantasmas y espíritus era importante para mí. Para muchos de ellos, yo era su única oportunidad para transmitir un mensaje o conseguir ayuda para cruzar.

De entre todas las cosas que era capaz de hacer, ayudar a los difuntos a avanzar o comunicar el mensaje de un espíritu era el don más asombroso que tenía en mi arsenal. En mi opinión, al menos.

A medida que me acercaba a la isla, la forma cambió sin previo aviso. Apareció ropa. Una camisa blanca y negra de franela sobre una camiseta con palabras escritas se llenaron de repente con un pecho y brazos. Se formaron rasgos. Un rostro redondo y casi infantil. Un alborotado cabello castaño que parecía despeinado. Unas gafas encaramadas sobre una nariz recta. El chico tenía aproximadamente mi edad, año más o menos.

Y era un espíritu.

Lo supe de inmediato, porque su piel poseía un resplandor etéreo que me indicó al instante que el chico había visto la luz y había ido hacia ella. Pero nunca me había encontrado con un espíritu que fuera capaz de hacer lo que él acababa de hacer: pasar de ser una imprecisa forma negra a una aparición de cuerpo completo.

—No me cae bien —susurró Cacahuete—. No quiero que esté aquí.

El espíritu se centró en él.

—No eres muy simpático para ser un fantasma.

El aludido ahogó una exclamación.

—No soy Casper, idiota insolente.

—Qué curioso que menciones a Casper —contestó el espíritu, ladeando la cabeza—. ¿Sabías que, al principio, cuando crearon a Casper, era el fantasma de un niño que había muerto, pero luego a los creadores les preocupó que un niño muerto resultara demasiado siniestro, así que lo cambiaron para que siempre hubiera sido un fantasma y le añadieron padres fantasmas, porque les pareció que el hecho de que los fantasmas tuvieran bebés fantasmas era más fácil de explicar?

Me limité a parpadear.

—¿Qué? —preguntó Cacahuete, dándole voz a mi confusión.

—Eso mismo. —El espíritu hizo un gesto afirmativo con la cabeza—. A ver, en mi opinión, la idea de que los fantasmas nacen y pueden reproducirse es mucho más inquietante, pero ¿qué sé yo?

Vale.

No estaba segura de qué hora era, pero podía decir con certeza que era demasiado tarde o demasiado temprano para estas tonterías. Levanté la mano y agité la daga.

—Hola. ¿En qué puedo ayudarte?

Los ojos del espíritu se abrieron de par en par detrás de las gafas.

—¿Puedes verme?

—Qué pegunta más tonta —masculló Cacahuete—. Pues claro que sí.

Si pudiera darle una bofetada al fantasma, lo habría hecho.

—Esto… Sí. Puedo verte y oírte. ¿No estás aquí por eso?

—Joder —susurró el espíritu y luego se desvaneció.

Alcé las cejas mientras bajaba la daga. El espíritu no volvió a aparecer.

Cacahuete se deslizó hasta donde había estado el espíritu. Miró hacia abajo, flotando a un metro del suelo.

—No está escondido aquí detrás.

—Tiene que ser una broma —refunfuñé.

—¿Trin? —Me giré bruscamente al oír la voz de Zayne, ronca por el sueño. Se estaba incorporando y me miraba por encima del respaldo del sofá—. ¿Va todo bien?

Se me presentaron dos opciones. Contarle que había visto un espíritu en su piso, pero no poder decirle quién era ni por qué había venido. O no contarle nada en absoluto, porque tener un fantasma rondando por su apartamento ya suponía muertos de sobra.

—Te estuve esperando, pero debí quedarme dormida —solté. Mi boca tomó la decisión por mí mientras ocultaba la daga con habilidad detrás del muslo—. Salí para comprobar si estabas despierto y, al ver que no, me apeteció beber algo.

—Mentirosa —repuso Cacahuete—. Mentirosa, mentirosa, te va a crecer la nariz.

—Siento haberte despertado —añadí, dando un paso hacia un lado.

—No pasa nada. —Se pasó una mano por el pelo. En cuanto bajó el brazo, aquellos densos mechones regresaron a su sitio—. ¿Ya has bebido?

—Ajá.

También asentí con la cabeza y, cuando Cacahuete no hizo ningún comentario, eché un vistazo detrás de mí y comprobé que ya no estaba.

—¿Me estuviste esperando? —me preguntó Zayne, apoyando el brazo sobre el respaldo del sofá.

—Sí. Quería ver qué tal estabas. —Me acerqué, manteniendo las manos detrás de la espalda—. Si estabas bien.

—Siempre.

—¿Siempre? —repetí—. Dez me contó que Greene llevaba varios años con el clan. Lo conocías y ahora está...

—Está muerto. —Se volvió a apartar el pelo de la cara—. No hay nada más que decir.

—Hay mucho más que decir. —Sentí un dejo de tristeza a través del vínculo—. Lo cono...

—De verdad que no, Trin. —Se pasó una mano por la cara—. Así es la vida.

No estaba siendo desdeñoso ni desalmado. Estaba eludiendo la pérdida y el dolor que provocaba. Me resultaba comprensible.

—Lo siento, Zayne. Lo siento mucho. —Tragué saliva para aliviar el nudo que se me había formado en la garganta—. Ojalá pudiera hacer algo.

No podía distinguir su cara con claridad, pero me pareció ver una breve sonrisa.

—¿Vas a volver a la cama?

—Supongo que sí.

—¿En serio? Pareces estar completamente despierta —comentó y, vaya, esa era la pura verdad—. ¿De verdad te vas a volver a dormir o te quedarás ahí tumbada, con la mirada clavada en el techo?

—¿Eres adivino? —dije en broma. Más o menos.

Zayne soltó una risita mientras se giraba de nuevo.

—Ahora estoy despierto. Podríamos hacernos compañía el uno al otro. Ya sabes, hasta que uno, o los dos, vuelva a quedarse frito.

La oferta me cortó un poco la respiración. Qué patético. Debería bostezar fuerte y de manera molesta, pero Zayne acababa de perder a alguien y estaba dispuesta a hacer cualquier cosa para hacer que se sintiera mejor.

—Claro. —La daga prácticamente me quemaba la palma de la mano—. Eh... enseguida vuelvo.

Sin esperar una respuesta, fui a toda velocidad hacia el dormitorio, deslizándome descalza sobre el frío suelo de cemento. Coloqué la daga sobre la mesita de noche y regresé corriendo a la sala de estar. Me detuve de golpe al no ver a Zayne en el sofá. Eché un vistazo hacia la cocina, pero tampoco lo vi allí. Ni a Cacahuete. Ni a un espíritu desconocido.

¿Estaba despierta siquiera o era una especie de sueño raro?

—¿Zayne?

—Estoy aquí —llegó la respuesta de inmediato.

Me giré hacia el sofá con el ceño fruncido, lo rodeé despacio y allí estaba, tendido de costado con la mejilla apoyada en el brazo doblado. Había una almohada vacía junto a su codo.

Dio una palmadita en el espacio situado a su lado.

Mi mirada pasó de su cara al espacio vacío y luego de nuevo hacia él. Se me secó la garganta de pronto y deseé haber bebido algo. Noté la piel tirante y me dije que debía mantener la compostura. Zayne me estaba invitando a acostarme a su lado, no a acostarme con él.

—Hay suficiente espacio —me dijo—. Te lo aseguro.

Había suficiente espacio en el sofá para que cupiera un T-Rex, pero me quedé allí plantada, abriendo y cerrando las manos a los costados. No estaba segura de por qué me estaba comportando así. Esa no sería la primera vez que nos tumbábamos uno al lado del otro mientras no conseguíamos quedarnos dormidos. Había sido una breve costumbre hasta... hasta la noche que habíamos hecho más que hablar y dormir.

—¿Trin? —Empezó a incorporarse—. ¿Estás bien?

—Sí, estoy bien.

Me dejé caer sobre el sofá a su lado, aterrizando de espaldas con la elegancia de una vaca al desplomarse.

—Caray —murmuró.

—¿Qué pasa?

Junté las manos y las coloqué sobre el vientre. Nos separaban unos diez centímetros, pero aun así podía sentir la calidez de su cuerpo.

—Solo me sorprende que no te hayas roto la espalda con ese movimiento.

—Cierra el pico —mascullé.

Él se rio entre dientes.

Agité los pies y luego el culo, hundiéndome unos centímetros en el cojín.

—¿Sabes? Este sofá es más cómodo de lo que pensaba.

—No está mal.

Pero seguía sin ser tan cómodo como su cama.

—Me siento fatal por apropiarme de tu apartamento... tu baño. —Hice una pausa—. Tu cocina. Tu cama.

—No te preocupes por eso.

Fruncí el ceño mientras giraba la cabeza hacia él. No sabría decir si tenía los ojos abiertos o no.

—No es tan fácil. Yo podría dormir aquí y...

—Eso iría en contra de todos mis códigos. No va a pasar. ¿Qué te despertó?

El espíritu que había visto apareció en mi mente. Me estremecí mientras me preguntaba si regresaría o cuándo y qué quería. A veces, no volvían nunca.

—¿Tienes frío?

Zayne se estiró para agarrar la manta amontonada a su cintura. Agitó la mano y el suave tejido se elevó y luego cayó sobre mis piernas.

—Gracias —murmuré—. Me desperté sin más. No sé muy bien por qué. Siento mucho haberte despertado.

—No pasa nada. —Hizo una pausa—. Me pareció oírte hablar con alguien cuando me desperté.

—Debieron ser imaginaciones tuyas.

—Ajá.

Me temblaron los labios.

—Era Cacahuete.

Eso no era del todo mentira.

Zayne se movió a mi lado.

—¿Sigue aquí?

Cuando abrí los ojos, pude ver lo suficiente como para darme cuenta de que estaba mirando a su alrededor. Mi sonrisa se ensanchó.

—No está aquí ahora mismo.

—Ah. —Inclinó la cabeza hacia la mía. Cuando habló, pude sentir su aliento en la frente—. ¿Adónde va... cuando no está aquí?

—Esa es una buena pregunta. Espero que no esté molestando a esa niña que vive en algún sitio de este edificio. Lo que me recuerda que tengo que comprobar eso sin falta. —Suspiré, añadiendo de nuevo mentalmente eso a la lista de cosas que tenía que hacer ayer—. Cada vez que le pregunto adónde va, me da una respuesta ridícula. Por ejemplo, una vez me dijo que fue a la luna.

—Tal vez sea verdad. Tal vez los fantasmas pueden viajar a la luna.

Me reí mientras dirigía de nuevo la mirada al techo.

—Ya, no sé yo.

—Aunque sería guay.

—Sí, lo sería. —Se me cerraron los ojos—. De verdad que intenté esperarte despierta, por... por Green, y también porque quería saber si encontrasteis más zombis.

Zayne se mantuvo callado un momento.

—Comprobé cómo estabas cuando regresé. Estabas fuera de combate. Ni siquiera me oíste ducharme. No encontramos más zombis. Después de limpiar, fui al andén de Eastern Market. Ya habían bajado a Green. Lo encontró un policía, que seguía allí.

—¿Hablaste con él?

—Sí, pero no vio nada. —Dobló ligeramente las rodillas—. No había indicios de lucha ni rastros de sangre, y el policía estuvo en la zona todo el tiempo. Habría oído una pelea. Mataron a Green en otro sitio y luego lo llevaron allí por un motivo.

Procesé esa información.

—He estado pensando en eso. A Green lo... expusieron como a los otros Guardianes y demonios. Lo dejaron para que lo encontraran. No me parece ilógico pensar que el Heraldo está detrás de todo esto.

—Estoy de acuerdo.

—¿Encontraron los cuerpos de los otros Guardianes donde otros estuvieron minutos antes pero no vieron nada?

Él guardó silencio un momento.

—No que yo sepa. A la mayoría los encontraron en lugares públicos tremendamente concurridos. Ese andén está desierto a esa hora de la noche.

—Así que esto fue un mensaje. —Hice una pausa—. Para

nosotros. El Heraldo mató a Green y lo llevó a un sitio en el que acabábamos de estar, y el demonio tiene que estar colaborando con él.

—Sé adónde quieres ir a parar con esta idea. Que es posible que o bien el demonio o el Heraldo sepa quiénes somos… sepa qué eres.

Me coloqué de costado, frente a él. El pelo me cayó sobre la cara, pero no me lo aparté y mantuve los brazos doblados entre nosotros.

—¿Lo crees? —le pregunté.

—Creo que es posible.

—Eso significa que el Heraldo nos lleva ventaja —susurré—. Mucha ventaja.

—Es una ventaja, pero eso solo significa que tenemos que estar más alerta —afirmó y lo sentí moverse—. Quédate quieta. Voy a acercar la mano a tu cara.

Un instante después, sentí que sus dedos me rozaban la mejilla. El contacto no me sobresaltó. Zayne agarró los mechones de pelo y los apartó, colocándomelos detrás de la oreja. No retiró los dedos y me acarició la línea del pómulo con el pulgar. Un segundo después, dejó caer la mano.

—Gracias —murmuré.

—No hay de qué.

—Envidio un poco la vista de los Guardianes. Claro que, si mis ojos funcionaran perfectamente, todavía sentiría envidia.

—Sí, poder ver en la oscuridad tiene sus beneficios.

Se hizo el silencio entre nosotros mientras permanecíamos allí tumbados, cara a cara. No sé por qué me vino a la mente el siguiente pensamiento, pero así fue, y, por algún motivo, preguntar ciertas cosas en medio de la noche no resultaba tan difícil.

—Tengo una pregunta que no viene a cuento.

—¿Tú? No me digas…

Sonreí.

—¿Con qué frecuencia haces lo del… sueño profundo? Ya sabes, dormir convertido en piedra. Misha solía… —Inhalé bruscamente, sintiendo una opresión en el pecho—. Solía tomarse muchas siestas así, pero a ti no te he visto hacerlo todavía.

—Lo hago cuando lo necesito. Solía aprovechar un par de horas de vez en cuando. Dormía siestas como... sí, como él, si me sentía cansado o estaba herido, pero desde lo del vínculo no he tenido que hacerlo.

—Ah. Eso es bastante interesante.

—Es muy interesante y ojalá supiera a qué se debe, pero a menos que tu padre vaya a reaparecer con un manual para protectores, supongo que nunca lo sabré.

—Ya, mejor espera sentado.

—¿Alguna vez te...? —Suspiró—. La relación con tu padre... ¿te molesta que sea así?

—Nadie me había preguntado eso —dije al darme cuenta—. Caray. Ni siquiera sé cómo contestar.

—Inténtalo —me pidió con amabilidad.

—Pues... no sé. Ni siquiera pienso en él como mi padre. Thierry y Matthew ayudaron a criarme. Ellos son mis padres. Pero ¿me irrita que él no haya estado a mi lado? Sí. Y me cabrea que supiera que Misha era la elección equivocada y no hiciera nada. Ni siquiera pareció importarle un rábano. Como si no tuviera sentimientos o... —Me interrumpí, enfadada—. No importa.

Zayne me dio un golpecito en el brazo.

—A mí me parece que sí.

—No, no importa. En fin, probablemente sea algo bueno que no hayas necesitado hacer lo del sueño profundo. Siento la incontrolable necesidad de sacar de quicio a cualquier Guardián cuando está así.

—Es bueno saberlo, pero tu padre...

—De verdad que no quiero hablar de él. Además, tengo otra pregunta.

—Ojalá pudieras ver mi cara de sorpresa.

Eso me hizo sonreír.

—¿Por qué parece que no vive nadie en tu apartamento?

—¿Qué? —exclamó con una carcajada.

—Ya sabes a qué me refiero. —Separé las manos y levanté una—. Aquí no hay nada. Ni fotos ni nada personal. Ni desorden...

—¿Por qué es algo malo que no haya desorden?

—No lo es, pero es como si...

—¿Como si qué?

Zayne se movió de nuevo y sentí que me rozaba el brazo desnudo con los dedos.

Me costó ignorar el fogonazo de reconocimiento que me provocó al tocarme.

—Es como si, en realidad, no vivieras aquí. Sino más bien... estuvieras de paso.

Él no contestó. Permaneció callado un buen rato. Pensé que quizá se había dormido, pero luego dijo:

—Solo es un lugar en el que descansar, Trin.

Pensé en eso.

—Es... bastante triste.

—¿Por qué?

Me encogí de hombros.

—No lo sé. Deberías considerarlo un hogar.

—¿Echas de menos tu hogar?

Fruncí los labios. Sí. ¿No? Las dos cosas. ¿Y puede que ninguna?

—Algunos días —contesté, decidiéndome por el término medio.

—Es una respuesta extraña.

Lo era, pero...

—Echo de menos mis estrellas. Pero no estamos hablando de mí. Sino de ti.

Zayne soltó una risa baja.

—En ese caso, hazme una pregunta diferente.

Eso me sorprendió.

—Vaaale —acepté, alargando la palabra, mientras otra pregunta que no era asunto mío me llenaba la mente.

—Quieres hacer otra pregunta.

Volví la cabeza bruscamente hacia él.

—¿Cómo lo sabes?

—El vínculo.

—¿Qué? —exclamé, empezando a sentarme.

—Es broma. —Me agarró el brazo, riéndose, y me lo impidió—. Se te nota en la cara.

—¿En la cara? —pregunté, volviendo a tumbarme.

—Arrugas la nariz cuando estás pensando en algo que quieres decir e intentas no decirlo.

—¿En serio?

No tenía ni idea de si era cierto. Lo de la nariz. Todo lo demás era, como diría Cacahuete, verdad verdadera.

—En serio. Soy muy observador. —Colocó la mano en el espacio situado entre nosotros. Sus nudillos me rozaban el brazo—. ¿Qué quieres preguntar? Tengo el presentimiento de que va ser interesante.

Enarqué una ceja. Luego me dije que no debía preguntarlo. Mi cerebro no me hizo caso.

—Me pareció que te alegraste mucho de ver a Stacey.

En cuanto las palabras salieron de mi boca, me pregunté a qué velocidad podría bajarme del sofá y lanzarme de cabeza contra la pared más cercana. Había cosas mucho más importantes de las que podíamos hablar aparte de lo poco acogedor que era su piso y de amigas con derecho a roce.

—¿Estás segura de que eso era una pregunta? Porque sonó como una afirmación. Pero, sí, me alegré. Hacía tiempo que no la veía.

Apreté los labios, recordando la advertencia de la chica.

—Ella pareció alegrarse de verte.

—Supongo que sí. —Apartó la mano mientras se acomodaba en el cojín—. Stacey y yo solo somos amigos.

El resoplido que brotó de mí me recordó un poco a un jabalí huyendo de unos cazadores.

—Bueno, no creo que puedas decir que solo sois amigos. No es que me importe ni nada de eso. Ni sea asunto mío.

—Vale. Tienes razón. Fuimos más que amigos. No es que no lo supieras ya. Ni te importe.

Me coloqué de espaldas y crucé los brazos.

—No me importa en absoluto.

—Entonces, ¿por qué has sacado el tema?

—Porque soy una entrometida —admití. Luego me obligué a decir—: Parece simpática.

—Lo es. Espero que llegues a conocerla. Creo que te caería bien.

Yo no estaba tan segura de eso.

—No sabía que ella había estado aquí.

Zayne se quedó callado un momento.

—Hay muchas cosas que no sabes, Trin.

—¿Qué se supone que significa eso?

—Justo lo que parece.

Me puse tensa. Su tono no había sido frío ni nada de eso, pero tenía algo raro, y estaba claro que Zayne le estaba poniendo punto y final a la conversación. Y eso no suponía ningún problema, pero me hizo sentir como si… como si me hubiera propasado, y tal vez lo había hecho.

Y, Dios mío, ¿eso no dejaba ver con total y absoluta claridad lo incómoda que era nuestra relación? Había un aspecto casi profesional en lo nuestro, con eso del vínculo entre protector y Sangre Original. Éramos amigos, pero habíamos sido algo más brevemente, y una parte de mí sentía que seguíamos moviéndonos de puntillas alrededor de ese límite a pesar de que el límite era en realidad una pared. Y, aunque había archivado mis sentimientos por Zayne, yo seguía siendo un monstruito celoso cuando se trataba de Layla y Stacey. No tenía derecho a sentirme así, y Zayne era… bueno, era Zayne, y yo no tenía ni idea de qué opinaba él de todo esto.

—¿Cómo te sientes al saber que se suponía que Abbott debería haberme criado a mí? —solté—. ¿Que, si mi madre hubiera hecho lo que se suponía que debía hacer, quizá nunca habrías conocido a Layla?

—Eso es… —Zayne se movió como si intentara ponerse cómodo—. Eso es una pregunta difícil de contestar. No sé qué pensar, ni si pensar en ello tiene importancia siquiera, porque eso no fue lo que pasó. El pasado es el pasado, y lo que debió pasar no cambia eso. Pero si me estás preguntando si me arrepiento de esa serie de errores que condujeron a este momento…

Me quedé sin aliento.

—No estoy preguntando eso. Por supuesto que no te arrepientes. Yo nunca…

—La respuesta es no —me interrumpió—. Y sí.

Me quedé inmóvil.

—Si hubiera ocurrido lo que se suponía que debía ocurrir,

habríamos tenido años para entrenar y prepararnos juntos. No estaríamos intentando recuperar el tiempo perdido y tal vez yo no… —Se interrumpió y luego inhaló de forma audible—. Estaríamos más preparados que ahora y todo lo que pasó con Misha no habría ocurrido.

Me estremecí y el corazón me dio un pequeño vuelco.

—Pero no puedo arrepentirme de que mi padre acogiera a Layla —continuó—. Incluso teniendo en cuenta cómo resultó todo, no puedo arrepentirme. Y no lo hago.

Me permití asimilar eso.

—Lo entiendo.

Y era verdad. Lo entendía y me alegraba que eso no pareciera reconcomerlo.

Cuando Zayne no contestó, decidí que ya había cubierto mi cupo de preguntas que no venían a cuento durante al menos el próximo par de horas.

Seguramente debería levantarme, pero estaba cómoda y… echaba de menos eso.

Echaba de menos tener alguien con quien hablar.

Pensé en las llamadas de Jada. Tenía que llamarla sin falta.

—Echas de menos tus estrellas —dijo Zayne en medio de la oscuridad—. Las que tenías en tu casa, en el techo. Tardé un poco en darme cuenta de entender a qué te referías, pero me acuerdo.

—Sí —susurré—. Esas estrellas.

—Tengo una pregunta para ti. Una rápida.

Giré la cabeza hacia él.

—¿Cuál?

—Si saliste a comprobar si todavía estaba despierto, ¿por qué llevabas la daga?

Mierda.

—Ya sabes… —empecé.

—No, no lo sé.

Puse los ojos en blanco.

—Pues no estoy segura de por qué la cogí. Costumbre, supongo.

—Extraña costumbre.

—Sí, supongo.

—Después de una noche como esta, coger una daga no fue mala idea —sentenció, y no quedé del todo convencida de que eso significara que me creía.

Zayne se rio entre dientes.

—¿Qué pasa?

—No es nada. Es que estaba pensando en… estaba pensando en Greene. —Carraspeó—. Tenía problemas para dormir, estaba despierto por las mañanas y activo por las tardes, lo que puede ser normal para los humanos, pero no para nosotros. Yo solía verlo a menudo ya que llevaba los mismos horarios por Layla y sus clases. En fin, a los dos nos costaba mantenernos dormidos, así que acabamos viendo telenovelas.

—¿En serio? —pregunté, colocándome de nuevo de costado.

—Pues sí. *Days of Our Lives*.

—Estás de broma.

—No. —Se rio—. Estábamos muy metidos en el drama de los Deveraux y los Brady.

—Caray. —Solté una carcajada, aunque sonó apesadumbrada—. Siento mucho lo que le pasó.

—Y yo. —Soltó un profundo suspiro—. Greene era callado y, aparte de *Days of Our Lives*, se mostraba reservado, pero todos podíamos contar con él. Incluso se opuso a mi padre por todo lo que pasó con Layla. Lo que le pasó es triste. Está mal. Su vida no debería haber terminado así. La peor parte es que ahora su nombre solo es otro más en esta lista que no deja de aumentar. Lloraremos su muerte. Le echaremos de menos. Y luego su nombre se convertirá en la siguiente persona que hemos perdido. Luego la tercera y la cuarta, y tendremos que dejar de llorarlo para dejarle sitio a otro porque, después de un tiempo, no tienes suficiente espacio. No puedes seguir.

Zayne se pasó una mano por la cara.

—Sé que suena cruel. Tal vez como si ni siquiera me importara, pero… te acostumbras a la muerte. Te acostumbras demasiado. No te hace falta pasar por las siete etapas. Pasas directamente de la sorpresa a la aceptación.

Me invadió la tristeza mientras permanecía allí tumbada. Sabía de primera mano lo que era perder a un ser querido, pero mi situación también distaba mucho de las pérdidas casi semanales que sufrían algunos clanes. La tristeza que notaba en el pecho no provenía solo de mí. También brotaba de él, una pena teñida de ira y aceptación, y quise consolarlo. Quise aliviar los sentimientos que lo acosaban, pero no sabía cómo.

Así que hice lo único que se me ocurrió.

Me arrimé a él, descrucé los brazos y le pasé uno por encima del hombro. Él se quedó inmóvil, pero seguí retorciéndome para pegarme a su pecho. En cuanto lo conseguí, lo estrujé.

Zayne no se movió.

—Te estoy abrazando —le expliqué, con la voz amortiguada contra su pecho—. Por si no tienes ni idea de lo que hago.

—Me supuse que era eso. —Su voz sonó como cuando acababa de despertar—. O que estabas imitando a una foca.

Solté una breve carcajada, pero él permaneció rígido como una pared. Al comprender que mi incómodo abrazo había sido un fracaso, hice ademán de apartarme.

Zayne se movió entonces, rodeándome la cintura con el brazo. Agarró con los dedos la parte posterior de mi camiseta mientras me sujetaba allí. Entonces, unos segundos después, sentí que su cuerpo se relajaba contra el mío, pero no me soltó la camiseta.

Su pecho se elevó contra el mío.

—Gracias.

Trece

Mientras me despertaba poco a poco, todo me olió a nieve fresca e invierno. Sin embargo, sentía calor, casi demasiado. Me recordó a una vez que me había quedado dormida en el tejado junto a Misha mientras él dormía en su forma de Guardián. Fue a principios de verano, así que el sol no quemaba demasiado y el calor me había resultado sorprendentemente relajante.

Pero había acabado con una buena quemadura.

Estaba convencida de que no me había quedado dormida en un tejado. Empecé a moverme, pero solo pude desplazarme unos centímetros. ¿Estaba atrapada en un capullo de mantas? Ya me había pasado antes, daba vueltas y tumbos hasta que las mantas acababan enrolladas a mi alrededor como si fueran celofán.

Estiré las piernas y me quedé paralizada al notar otras piernas contra las mías.

Anoche…

Me había quedado dormida en el sofá con Zayne. No pretendía hacer eso. ¿Él se había dormido antes que yo? ¿O me había quedado frita pegada a él como ahora? Lo abracé, él me dio las gracias y luego… Ninguno de los dos había dicho nada después.

Dios, esperaba no haberme quedado dormida y haberlo atrapado contra el respaldo del sofá como…

El brazo que me rodeaba se apretó y Zayne dejó escapar un profundo sonido retumbante que sentí hasta las puntas de los pies.

Abrí los ojos de golpe y me encontré mirando un pecho cubierto con una camiseta blanca. Entonces me di cuenta de que no tenía la mejilla apoyada en una almohada, sino en un bíceps bastante firme.

Ay, Dios mío.

Hay pocas cosas en la vida más raras que despertar de repente en los brazos de alguien. Ni más maravillosas que cuando era en los brazos de alguien como Z...

Basta.

Interrumpí esos pensamientos y me concentré en qué hacer ahora. Eché la cabeza hacia atrás despacio y levanté la mirada.

Zayne seguía dormido.

Las densas pestañas le acariciaban las mejillas y tenía los labios ligeramente separados. Parecía tan... relajado. Vulnerable, incluso. Le recorrí el rostro con la mirada. Probablemente debería dejar de mirarlo mientras dormía, porque daba muy mal rollo, pero era muy poco habitual encontrarme tan cerca de él y sin obstáculos a la vista.

Zayne tenía una peca. Tres, de hecho, bajo el ojo derecho. Eran tenues, pero pude... pude verlas, y formaban un triangulito. ¿Tenía otras? Le examiné el rostro. No vi más, pero noté una leve sombra a lo largo de su mandíbula y barbilla. Nunca lo había visto con barba y me pregunté qué aspecto tendría si se la dejara crecer.

Probablemente estuviera más sexi. Parecía imposible, teniendo en cuenta que era tan guapo que rayaba en lo obsceno.

Durante un momento, hice algo muy estúpido y me permití... soñar.

Cerré los ojos, imaginándome cómo sería despertar en sus brazos y que él fuera mío y yo suya. Lo besaría y luego me acurrucaría más cerca de él y, si eso no conseguía despertarlo, haría algo para molestarlo y que se despertase. Mi imaginación completó lo que ocurriría a continuación. A Zayne, por ser como era, no le molestaría que le robara minutos o incluso horas de sueño. Se reiría y luego me dedicaría esa sexi sonrisa adormilada suya. Luego me colocaría debajo de él y me besaría. Y, por supuesto, en mi fantasía perfecta, no existiría algo como el mal aliento matutino. Así que ese beso sería largo y profundo, una lánguida caricia que conduciría a más besos. Apreté los labios, retorciéndome, mientras se me acaloraba la piel. La camiseta de Zayne desaparecería, igual que la mía, y luego no habría nada...

El brazo que me rodeaba me presionó de nuevo y, de repente, estábamos pecho contra pecho, cadera contra cadera. Abrí los ojos de golpe y miré a Zayne. Seguía dormido, pero su cuerpo... bueno, cierta parte de su anatomía había despertado sin lugar a dudas.

Ay, madre mía.

¿Podía captar lo que yo estaba sintiendo, aunque estuviera dormido? De ser así, eso sería muy muy irritante.

Hora de levantarme. Sin duda ya iba siendo hora, porque, de lo contrario, las cosas se iban a poner incómodas y yo ya me sentía incómoda a más no poder, así que tenía que evitarlo. Alcé la mirada, respirando hondo.

Unos ojos de color azul pálido se encontraron con los míos.

Demasiado tarde.

—Buenos días —murmuré.

Aquellas pestañas descendieron y luego volvieron a subir.

—Buenos días —contestó.

El pulso me latía con fuerza. Su brazo todavía me rodeaba, más relajado, pero seguía ahí.

—No pretendía quedarme dormida aquí.

—No me importó.

Ahora Zayne tenía los ojos entreabiertos y los dedos situados en mi espalda se deslizaban arriba y abajo con movimientos cortos y lentos.

—¿De verdad?

—Para nada. Fue agradable.

Ahora el corazón me repiqueteaba como un tonto.

—A mí también me gustó. Creo que hacía días que no dormía tan bien.

—Ni yo. —Giró la cabeza, bostezando como un león—. Está bien tener una compañera de sueños.

¿Compañera de sueños? ¿Como si fuera un animal de peluche?

Eso hizo que el repiqueteo se trastocara. Mi estúpido corazón cayó de bruces y una parte de mí se alegró. Porque debería ser más sensato.

¿Por qué estaba pensando en mi corazón como si fuera algo ajeno a mí sobre lo que no tenía control?

Me hacía falta ayuda.

También me hacía falta levantarme.

—Tengo sed —anuncié, porque ¿por qué no?

Me aparté y me coloqué de costado al mismo tiempo que Zayne levantaba el brazo y empezaba a incorporarse. Al moverse, el repentino cambio de peso sobre el cojín me lanzó contra él. Zayne se quedó inmóvil cuando nuestros cuerpos quedaron alineados en todas las partes interesantes que enfatizaban la gran diferencia entre las zonas blandas y duras.

Toda la cara se me puso colorada mientras intentaba apartarme de él. Rocé una zona muy sensible con la cadera.

—Voy a... —Di un respingo y, de algún modo, eso solo lo empeoró, porque Zayne gimió— ...levantarme y...

—¿Podrías dejar de moverte un segundo? —dijo con voz áspera, colocando una mano en mi cadera—. Quédate quieta. ¿Vale?

Cerré los ojos, maldiciendo entre dientes, e hice lo que me sugirió. Respiré hondo y luego me puse de pie a toda velocidad sin restregarme contra él como una gata callejera en celo. Me aparté del sofá, con la cara ardiendo.

—Lo siento —masculló Zayne—. Sobre todo, si te ha hecho sentir incómoda.

—No, no pasa nada. —«Incómoda» no era la palabra que yo elegiría. Al menos, del modo que él insinuaba. Lo miré por encima del hombro. Se estaba sentando e intenté mantener la mirada por encima de sus hombros—. Quiero decir que no es gran cosa. Ya sé lo que os pasa a los tíos por la mañana.

Zayne me miró, alzando las cejas, mientras le temblaban los labios.

—¿Ah, sí?

—Por supuesto. —Me obligué a reírme—. No hace falta formar parte de la brigada de los pitos para saberlo.

—¿Brigada de los pitos? —repitió, mordiéndose el labio inferior—. Entonces, vale.

Esbocé una sonrisa tensa y me crucé de brazos con la sensación de que debería haberme guardado ese comentario.

—Voy a cambiarme de ropa y podemos empezar a entrenar. —Me sentí orgullosa de lo firme y natural que sonó mi voz—. ¿A menos que quieras comer algo primero?

Zayne cogió su teléfono y maldijo entre dientes.

—Tengo que ducharme y salir de aquí en unos... treinta minutos o voy a llegar tarde.

—¿Tarde...? —pregunté, confundida.

—Te dije ayer que tenía cosas que hacer hoy. —Se puso de pie y empezó a rodear el sofá, con movimientos un tanto rígidos—. ¿Te acuerdas?

Ahora que lo mencionaba, sí.

—Se me había olvidado. ¿Qué tienes que hacer?

—Solo unas cosas. —Se dirigió al dormitorio, dándome la espalda en todo momento—. Es probable que tarde un par de horas, pero debería estar de vuelta a tiempo para que podamos entrenar un poco.

Descrucé los brazos despacio. ¿Por qué estaba siendo tan evasivo? Di un paso al frente mientras abría la boca, pero la cerré de golpe al recordar lo que me había dicho anoche.

«Hay muchas cosas que no sabes.»

Si Zayne quisiera que yo lo supiera, me lo contaría, y, si no era así, entonces no debía meterme en algo que no me incumbía.

Odiaba no meterme en lo que no me incumbía.

—Pero ¿qué vas a...? —Oí el chasquido de la puerta del cuarto de baño al cerrarse—. Vale. Me quedaré aquí esperando mientras tardas diez años en ducharte y luego me quedaré toda la tarde esperando hasta que termines de hacer lo que sea que vayas a hacer.

No obtuve respuesta.

Evidentemente.

Dejé caer la cabeza hacia atrás y gemí:

—Uf.

—Y que lo digas.

Solté un chillido y, al darme la vuelta, vi a Cacahuete junto a la isla de la cocina. El fantasma asintió con la cabeza.

—Veros es más incómodo que que te pillen hurgándote la nariz. Deberíais trabajar en ello.

Suspiré.

—Gracias por el consejo que no te he pedido.

—De nada. —Me dedicó un gesto de aprobación levantando los pulgares mientras se le transparentaba la mitad del brazo—. Y, por cierto... ¿que un tío tarde tanto en la ducha después de despertarse por la mañana? ¿Qué crees que está haciendo? ¿Lavándose el pelo dos veces y poniéndose acondicionador Herbal Essences? Pues no.

—Eh... —Abrí los ojos como platos—. Oh. ¡Oh!

—Déjalo disfrutar de la vida —dijo Cacahuete, y luego se desvaneció.

Miré bruscamente hacia el dormitorio y mi imaginación se desbocó muuucho durante unos 10,3 segundos. Luego, como no había otra cosa que hacer, me acerqué al sofá y me dejé caer de bruces encima.

—«Quisiste volar, y conociste la soledad» —cantó Cacahuete desde algún lugar del apartamento.

Debía hacer la colada. Supuse que podría encargarme de eso esta tarde, ya que estaba...

—«Sola otra vez.»

Cacahuete atravesó la pared del dormitorio y continuó cantando sobre mí... o una persona que estaba sola y era insegura e incapaz de ver el amor.

Lo miré, parpadeando despacio.

—Eres un cretino.

—«Pero ¡estás sola otra vez!» —me contestó cantando y desapareció a través de la pared.

Me había quedado sola otra vez desde que Zayne se había marchado hacía unos treinta minutos, a hacer «cosas», y no estaba segura de a qué debía dedicar la tarde. Era la primera vez que disponía de tiempo libre desde que había llegado allí.

Me recogí el pelo en un moño y me giré hacia la puerta abierta del dormitorio.

—Eh, Cacahuete, ¿sigues aquí?

—Sí —respondió—. ¿Qué pasa, calabaza?

—Ese espíritu de anoche... ¿te dijo algo?

—¿Aparte de llamarme Casper? —Se hizo visible en la entrada del dormitorio—. No. Solo estaba fisgoneando por el apartamento como Pedro por su casa.

—Qué raro—. Dirigí la mirada hacia la cama revuelta, frunciendo el ceño—. Supongo que me vio en la calle y me siguió hasta aquí.

—Entonces, ¿por qué alucinó al darse cuenta de que podías verlo?

Esa era una buena pregunta. Aunque los fantasmas y espíritus podían sentir que era capaz de comunicarme con ellos, a menudo se sorprendían cuando se lo confirmaba. Cuando los fantasmas y los espíritus experimentaban emociones intensas, solían perder su conexión con la conciencia que les permitía tomar forma y que los vieran.

Bueno, ahora no podía hacer nada sobre la extraña visita de anoche. En cambio, comprobé la lavadora, que estaba situada encima de la secadora en uno de los armarios de ropa blanca. Tras poner a secar mi ropa, recorrí la habitación con la mirada, deteniéndome en las ventanas tintadas.

Quería salir. Deambular. Explorar. Estar ahí fuera con otras personas. Observar y ver, antes...

Antes de que ya no pudiera ver más.

Me crucé de brazos mientras me invadía la indecisión. Ya había estado ahí fuera suficientes veces con Zayne como para estar bastante segura de poder moverme sin perderme demasiado, pero teniendo en cuenta mi vista, perderme era una idea aterradora. Tendría que depender de que unos desconocidos me ayudaran a leer los letreros de las calles o mi teléfono, si usaba una de esas aplicaciones de mapas, y la gente... bueno, no siempre se mostraba amable con los que necesitaban ayuda.

Pero podía recorrer al menos un par de manzanas, puede que un poco más. Podía hacerlo.

El estómago me dio un vuelco en cuanto ese pensamiento se formó. Empecé a mordisquearme la uña del pulgar. Anoche mismo le había dicho a Zayne que quería ser independiente, que necesitaba serlo, y, sin embargo, aquí estaba, asustada de salir sola.

Tal vez debería echarle un vistazo a esa niña a la que había estado visitando Cacahuete. Eso parecía algo más importante y fácil de hacer. Pero tenía que prepararme primero. Di media vuelta, me dirigí al cuarto de baño y me di una ducha de diez años. Mientras me envolvía con una toalla, un aviso de mensaje sonó en mi móvil. Regresé al dormitorio arrastrando los pies, pues había dejado el teléfono cargando sobre la mesita de noche, y lo cogí. Abrí el mensaje, sin reconocer el número.

«Soy yo, tu amigo y vecino, el príncipe demonio. Estoy a punto de llamarte.»

Abrí los labios en un gesto de sorpresa. Roth, el mismísimo Príncipe Heredero del infierno, me había enviado un mensaje.

¿Había una especie de guía telefónica universal del cielo y el infierno? Porque dudaba que Zayne le hubiera dado mi número.

Evidentemente, yo no tenía nada en contra de Roth, pero noté un pequeño nudo de incertidumbre en el estómago mientras clavaba la mirada en el teléfono.

Sonó de pronto en mi mano, sobresaltándome. Contesté con cautela.

—¿Diga?

—Zayne no está ahí, ¿verdad? —fue el saludo de Roth.

Fruncí el ceño mientras regresaba despacio al cuarto de baño.

—No, no está aquí. ¿Intentas ponerte en contacto con él?

—No.

Entonces, ¿por qué había preguntado por Zayne?

—¿Estás ocupada?

—Eh… —Miré a mi alrededor como si fuera a encontrar la respuesta ahí mientras sujetaba los dos extremos de la toalla para mantenerlos unidos. ¿Stacey y Layla habían quedado otra vez y Roth estaba aburrido de nuevo y necesitaba compañía?—. No especialmente. ¿Y tú?

Oí una risita profunda y áspera.

—Voy a estarlo. Y tú también.

—¿Ah, sí?

—Sí. Voy a ir a recogerte. Ahora tenemos planes.

—¿Ah, sí? —Parpadeé una vez y luego dos, observando mi reflejo borroso en el espejo del baño—. Acabo de salir de la ducha.

—Bueno, pues más vale que te vistas, porque dudo que a Layla le haga mucha gracia que vaya a recogerte y estés tan desnuda como el día que saliste de un huevito de Sangre Original.

Por supuesto que no había salido de un huevo, y él lo sabía.

—¿Está...?

Me callé, pues de pronto me vi incapaz de pronunciar su nombre mientras clavaba la mirada en el espejo. Apreté los ojos con fuerza.

«Layla.

Layla.

Layla.»

Noté un ramalazo de envidia mezclada con ira en el pecho, y odié sentirme así. Comportarme de forma tan tonta respecto a su pasado con Zayne.

Cuando volví a abrir los ojos, ella no había aparecido como si fuera una versión nueva, actualizada y totalmente personalizada de Bloody Mary.

Arrugué la nariz mirando mi reflejo. Me pasaba algo muy malo. Reconocía lo que era. El monstruo de ojos verdes. Envidia. ¿Y por qué la envidia era un monstruo de ojos verdes? ¿Por qué la gente decía «verde de envidia»? ¿Qué tenía de malo el color verde? ¿Se debía a que algunos billetes eran verdes? Tenía que buscarlo en internet, porque...

—¿Sigues ahí? —La voz de Roth me sacó de mi ensimismamiento, gracias a Dios—. ¿O me has colgado? Eso no estaría bien. Herirías mis sentimientos.

—Sigo aquí. ¿Está Layla contigo?

—No. Ella no puede participar en esto.

Me aparté del espejo, apretando la mano alrededor del teléfono. Cacahuete reapareció de repente a través de la pared, haciendo piruetas como una bailarina de *ballet* por el dormitorio y a través de la cama.

—¿Qué te hace pensar que yo quiero participar en lo que quiera que sea esto? —le pregunté.

—Porque me debes un favor y es hora de pagar.

Cuando pensé en explorar la ciudad, no era esto lo que tenía en mente.

Pero aquí estaba.

Apoyada contra una pared, entorné los ojos detrás de mis oscuras gafas de sol. Mientras esperaba a Roth, una marea constante de personas pasó frente a mí, todas ellas parecían tener prisa por llegar a donde quiera que fuesen. Como no tenía ni idea de qué estaba tramando Roth, decidí que era mejor que me recogiera en la acera.

Una gran parte de mí se estaba arrepintiendo, porque solo llevaba fuera un par de minutos y tenía la sensación de que me estaba derritiendo.

Tenía la frente cubierta de gotitas de sudor mientras permanecía a la sombra del edificio de Zayne. Aunque la camiseta sin mangas y los vaqueros que llevaba eran finos y me había recogido en un moño el abundante pelo todavía húmedo, estaba a punto de arrancarme toda la ropa.

En las tierras altas del Potomac hacía calor, pero gracias al aire de montaña y los campos abiertos siempre corría una brisa fresca. Aquí solo había corrientes calientes, apestosas y llenas de contaminación que pasaban entre los altos edificios.

Una energía nerviosa se propagó por mis venas mientras desviaba la mirada desde las aceras hasta la congestionada calle llena de taxis amarillos y coches negros. El cálido hormigueo en la nuca me avisó de la presencia de demonios, pero ninguno parecía encontrarse cerca.

Aunque estaba a punto de encontrarme cara a cara con uno.

Por un favor.

Un favor que le debía al Príncipe Heredero del infierno.

Mierda.

No me había olvidado del todo de que Roth había dicho que nos ayudaría a Zayne y a mí a encontrar a Misha porque quería que un Sangre Original le debiera un favor, pero no era algo que tuviera demasiado presente.

No tenía ni idea de qué podría hacer yo por él que el príncipe demonio no pudiera hacer por su cuenta. Roth poseía todo tipo de habilidades estupendas que me daban envidia y, de lo que quiera que se tratase, no me parecía que a Zayne le alegraría enterarse. Debería enviarle un mensaje, por si regresaba antes que yo y no me encontraba por ninguna parte, pero si lo avisaba, entonces Zayne me haría preguntas. Preguntas que era evidente que no podría contestar. No solo eso, seguramente intervendría y me impediría hacerle ese favor que Roth necesitaba de mí, fuera lo que fuese, y debía admitir que sentía bastante curiosidad.

La distracción y la evasión eran los dos mejores mecanismos que existían para sobrellevar los problemas. Me daba igual lo que afirmaran los psicólogos de todo el mundo.

Además, Zayne estaba ocupado haciendo cosas ultrasecretas, así que, qué más daba.

Solo esperaba que lo que fuera que quisiera Roth no consistiera en nada demasiado… malvado.

Cambié el peso del cuerpo de un pie al otro y me crucé de brazos mientras un caliente remolino de viento agitaba el doblodillo de mi larga camiseta, jugando con los bordes. Las finas y ligeras dagas de hierro que llevaba atadas a las caderas permanecieron ocultas. Puede que Roth fuera un demonio guay el noventa y nueve por ciento del tiempo, pero no era tonta. No es que necesitara las dagas cuando contaba con mi gracia, pero no iba a dejarla salir así a lo loco y montar una fiesta con ella.

Más bien le pondría fin a una fiesta con ella.

La masa borrosa de vehículos redujo la velocidad al mismo tiempo que un elegante coche con pinta de ser caro se detenía junto al bordillo y el calor que me hormigueaba por el cuello y los hombros aumentaba. Una ventanilla tintada bajó y oí:

—Hola, cara de ángel, ¿te llevo?

Puse los ojos en blanco. Me aparté del lateral del edificio y avancé poco a poco, procurando que no me arrollaran los humanos con prisa. Hice ademán de inclinarme para asomarme por la ventanilla, pero la puerta del coche se abrió sin que ninguno de los dos la tocara.

Efectivamente. Habilidades estupendas.

—Entra. —La voz de Roth flotó desde el sombrío interior del vehículo.

Vacilé.

—¿Qué tal «por favor»?

Obtuve por respuesta una siniestra risita.

—Esa palabra no forma parte de mi vocabulario.

Subí con un gruñido y recibí una ráfaga de aire frío. Roth estaba al volante, iba vestido todo de negro y tenía justamente el aspecto que cualquiera imaginaría que tendría un príncipe demonio.

Un dedo adornado con un anillo daba golpecitos contra el volante. Los anillos de Roth eran de plata y tenían algún tipo de inscripciones, pero no conseguí distinguirlas.

Recorrí el interior del coche con la mirada. Incluso con las ventanillas tintadas, me hacían falta las gafas de sol, pero el resplandor era menos desagradable de lo normal. Pude ver un emblema dorado en el volante.

¿Eso era un... Porsche? Santo cielo, ¿por qué había tantos botones en un coche?

—Ser un demonio debe estar bien pagado.

—Ser el Príncipe Heredero lo está —me contestó con una amplia sonrisa mientras se alejaba del bordillo.

—Bueno, ¿y qué está haciendo Layla?

—Ahora mismo está viendo un maratón de *Doctor Who* con Cayman. Y a mí no me va eso.

Se me formó una bolita de melancolía en el pecho. Ver maratones de películas y series. Yo solía hacer eso con mis amigos.

Echaba de menos a Jada.

—Suena agradable. ¿En qué consiste el favor?

—No te va la cháchara, ¿eh? —El Porsche se detuvo en un semáforo—. ¿Le dijiste a Zayne que ibas a salir conmigo?

—No. —Me reí—. Dudo que esto, sea lo que sea, le pareciera bien.

—¿Por qué? ¿Crees que no se fía de mí?

Crucé los brazos, sin decir nada.

Roth se rio entre dientes.

—Sabe que soy una mala influencia.

—Bueno, ¿ese favor es un ejemplo de que eres una mala influencia?

—Oh, desde luego. —El coche se puso en marcha de nuevo. Al otro lado de la ventanilla, los edificios eran manchas borrosas de color beis—. Necesito tu ayuda.

—Me lo imaginaba.

Me volví para mirarlo. Se le dibujó otra vez una leve sonrisa en la cara.

—¿Te acuerdas de Bambi?

De inmediato, pensé en la serpiente del tamaño de un Hummer que, al ver a Roth, se había comportado como un cachorrito abandonado al que le hacían falta mimos. Los familiares solían residir como tatuajes en el cuerpo del demonio que los controlaba, pero Bambi estaba ahora con aquel maldito aquelarre de brujos que deseé que acabaran pronto en una hoguera. Hice un gesto afirmativo con la cabeza.

—La serpiente gigante que está con Faye, la bruja.

Roth inclinó la cabeza.

—Bambi lleva mucho tiempo conmigo. No es que tenga favoritos, pero ella es… especial para mí. —Mantuvo la mirada fija en la carretera—. Cuando su clan le hizo daño a Layla, no pude curarla. Estaba muy grave y se estaba… —Apretó la mandíbula—. Se estaba muriendo, y eso significaba que yo haría cualquier cosa para salvarla.

Me mantuve callada y lo dejé hablar, a pesar de que Zayne en alguna ocasión ya me había contado la mayor parte de esta historia.

—Hay brujos buenos y brujos malos. El aquelarre de Faye venera a la madre de Layla, Lilith, así que seguro que puedes imaginarte en qué bando están.

El bando al que no le importó vender hechizos para usar en humanos que habían acabado masacrados. Mi ira fue en aumento, haciéndome hormiguear la piel.

—Supusimos que estarían dispuestos a ayudar a salvar a Layla para ganar puntos con Lilith —me explicó Roth—. Cayman fue a verlos y regresó con una cura. Hasta después no supe que habían exigido a Bambi a cambio.

—¿Saberlo habría cambiado algo?

—No —contestó sin dudar—. Podrían haberme pedido mi vida y la habría entregado por salvarla.

Ya me lo había imaginado, pero me sorprendió oírlo. Sus actos eran tan… impropios de un demonio.

—Podría haberme negado —añadió.

—¿Por qué no lo hiciste?

—Si lo hubiera hecho, Cayman habría muerto. Es un demonio negociante, cara de ángel. Su vida va ligada a su palabra.

Observé su perfil. Efectivamente, muy impropio de un demonio.

—En fin, quiero recuperar a Bambi y tú vas a ayudarme a conseguirlo.

Se detuvo en una plaza de aparcamiento.

Me lo quedé mirando, confundida.

—¿Cómo se supone que voy a ayudar?

Roth me sonrió y un escalofrío me recorrió el cuello.

—Vas a usar tus alucinantes habilidades de Sangre Original para eliminar a ese aquelarre.

Catorce

Mi gracia cobró vida como una chispa que se transforma en llama.

Esa era sin duda una petición muy propia de un demonio, pero, aun así, me quedé totalmente asombrada. Miré fijamente a Roth, estupefacta y convencida de que debía haberlo entendido mal.

¿De verdad acababa de pedirme que matara no solo a una persona, sino a un aquelarre entero? Malas personas. Malas personas que nos habían traicionado, pero… venga ya. No podía hablar en serio.

Roth soltó una carcajada que habría resultado encantadora si no hubiera ocurrido después de exigirme que matara a un aquelarre entero de brujos.

—Deberías verte la cara.

—No me hace falta verla para saber que lleva estampada «¿tú de qué vas?».

Roth se inclinó hacia mí. Me puse tensa y, por cómo se le ensanchó la sonrisa, me pareció que se dio cuenta.

—Casi se diría que has olvidado quién soy.

—No lo he olvidado.

Los músculos de la espalda se me pusieron rígidos.

—¿Estás segura de eso? —Una ceja negra se elevó—. Mucha gente olvida qué soy… quién soy, en el fondo de mi ser.

—¿En serio? —murmuré.

Él asintió con la cabeza.

—Confunden mi amor por Layla con una muestra de bondad que arraigará en mi interior como una semilla y de la que, con el tiempo, brotará una flor de pureza y luz.

—Nunca he pensado eso ni por un segundo.

—Pero muchos sí, es probable que incluso Rocoso. Igual que muchos otros demonios. Faye y su aquelarre lo piensan. ¿Sabes cómo lo sé?

—¿Una habilidad demoníaca supersecreta y extraespecial?

Roth soltó una carcajada que hizo que se me erizara el vello de los brazos, ya que aquel sonido me envolvió como humo y cenizas.

—Porque tuvieron que creer que soy un demonio que se ha transformado en algo blando y bueno para plantearse, aunque fuera por un segundo, traicionarme así.

—Ah —murmuré.

¿Se estaba... volviendo susceptible?

—Pero te voy a contar un secretito, amiga mía mitad ángel, porque tú tampoco entiendes del todo quién soy.

Me tocó la punta de la nariz con el dedo. Di un respingo, ya que no le había visto mover la mano.

—Cada célula y molécula de mi ser desea, necesita y anhela a Layla. Los humanos llaman a eso amor. Yo lo llamo obsesión. Supongo que es lo mismo, pero soy un demonio, Trinity. Soy brutalmente egoísta y hay muy pocas cosas que me importen de verdad. Aunque a veces realice actos al azar que se puedan considerar muestras de amabilidad, solo lo hago para que Layla sea feliz. Porque, cuando no es feliz, me dan ganas de hacerle cosas muy muy malas a lo que sea o quien sea que la haya disgustado.

Todo eso era bastante romántico. Y también superperturbador.

Me aparté de su mano.

—Vale. Gracias por sincerarte, pero...

—Pero, a fin de cuentas, soy el Príncipe Heredero del infierno. No te conviene meterte conmigo.

Apreté la mandíbula mientras sentía destellar la gracia en mi interior.

—Y, a fin de cuentas, yo sigo siendo una Sangre Original que puede reducirte a un montón de ceniza, así que no te conviene meterte conmigo.

—Cierto, pero ¿sabes qué más sé? —Se echó hacia atrás y colocó un brazo sobre el volante—. Puede que tengas un montón de sangre angelical corriéndote por las venas, pero tienes tan poco de santa como yo.

—¿Qué ese supone que significa eso? —exigí saber, sin hacer caso a la chispa de poder que brillaba en el fondo de mis entrañas.

Roth se me quedó mirando.

—A los ángeles se les prohibió hacer cochinadas con humanos hace mucho mucho tiempo. Por orden de ya sabes quién. —Señaló el techo del coche, refiriéndose a Dios—. Puede que te hayan creado para ayudar a combatir un gran mal que ha decidido venir a jugar con la Tierra; pero, por si empiezas a seguir el mismo camino que todos los Guardianes y considerarte mejor que un demonio, no olvides de dónde vienes. Surgiste de un acto de puro pecado.

—Sin ánimo de ofender, pero los Guardianes son mejores que los demonios en la comparativa de bueno contra malvado.

Roth ladeó la cabeza mientras me recorría el rostro con la mirada. Entonces se rio, soltó una profunda carcajada al mismo tiempo que negaba con la cabeza.

—Así que tú tampoco, ¿eh?

—Yo tampoco, ¿qué? —pregunté, enfadada.

—No tienes ni idea de cómo surgieron los Guardianes, ¿verdad? ¿Crees que Dios los creó para luchar contra la plaga de demonios que asolaba la Tierra?

—Pues… sí.

—Pues no —repuso, pasándose una mano por el alborotado pelo negro. Soltó una risita burlona—. Ni siquiera Layla tenía ni idea.

—¿Ni idea de qué? —Me aferré las rodillas, a punto de perder la paciencia—. ¿Sabes qué?, da igual. Contar historias está muy bien, y estoy cien por cien convencida de que eres el demonio más malvado que haya pisado jamás la faz de la Tierra y todos deberían temblar y gritar al verte, pero nada de esto tiene nada que ver con que me pidas que mate a un montón de brujos. Entiendo que te debo un favor, pero no creí que eso significara…

—Da igual que no supieras en qué consistía el favor. Hiciste un trato, cara de ángel.

—Ni siquiera sé por qué necesitas que te ayude con esto.

—Normalmente no me haría falta, pero el trato por Bambi se cerró por medio de Cayman. Si me retracto, él muere. Cayman me cae bien, pero a Layla le cae muy bien. Si muere, ella llorará. Y ya hemos aclarado lo que pasa cuando Layla se disgusta. Por suerte, el aquelarre todavía no se ha marchado de la ciudad, pero corre el rumor de que lo harán pronto. Tenemos que actuar ahora.

—¿Esperas que me los cargue a todos mientras tú juegas al *Candy Crush* en el móvil?

—Al *Candy Crush*, no. Probablemente juegue al *Scrabble*.

—¿Al *Scrabble*?

—Me gusta formar palabras. Pero sí, eso es lo que espero.

—Yo no mato personas, Roth.

—No creía que lo hicieras. Creía que matabas demonios que te atacaban y seres que deseaban hacerte daño a ti y a otros. A veces, eso incluye humanos. A veces, incluye Guardianes y... ex mejores amigos.

Todo mi cuerpo reculó.

—¿Sabes?, estabas empezando a caerme bien, pero eres un gilipollas.

Él encogió un hombro.

—Y, a veces, matas a brujos que te han traicionado. ¿O has olvidado que Faye le dijo a Aym que habíamos ido a verlos, poniendo en marcha una serie de acontecimientos que casi matan al Guardián del que estás enamorada?

Lo miré, boquiabierta.

—No estoy enamorada de Zayne.

Lo vi alzar una ceja.

—Error mío.

—Es la verdad —insistí. El corazón se me había acelerado por algún motivo—. Le tengo cariño. Eso es todo.

Roth se encogió de hombros.

—Aun así. La pregunta sigue siendo válida. ¿Has olvidado lo que hizo este aquelarre?

Inhalé aire en vano, cerrando con fuerza los puños.

—No, no lo he olvidado.

—En ese caso, estoy seguro de que tampoco has olvidado que, por ello, Layla resultó herida, y Zayne, el Guardián del que no estás enamorada pero al que le tienes cariño, casi muere.

—Por supuesto que no.

Se me aceleró el ritmo cardíaco cuando la imagen de Zayne herido se formó en mi mente. Nunca olvidaría el olor de su carne chamuscada.

—¿Y cómo es que Zayne no murió?

—¿No te lo contó?

No estaba segura de cuánto sabían Roth y Layla acerca del nuevo superestatus de Zayne.

—Fue tu padre, ¿verdad?

No respondí.

Transcurrió un momento de silencio mientras Roth miraba por el parabrisas.

—Zayne es ahora tu protector, ¿verdad? Vinculado y todo eso.

No tuve claro si solo lo había adivinado o era algo evidente, o si él sabía algo que yo ignoraba, pero me empezaron a sudar las manos contra las rodillas.

—Así es. Estaba… destinado a ello.

—¿Ah, sí?

Me solté las rodillas. No me apetecía contarle lo que me había dicho mi padre, y que Matthew me había confirmado, sobre Layla y yo.

—Sí —repetí.

La mirada de Roth se posó en la mía.

—Si tu padre no hubiera decidido vincular a Zayne contigo, ahora estaría muerto. Layla estaría destrozada, y estoy convencido de que tú estarías igual de destrozada o incluso más. —Hizo una pausa—. Aunque solo le tienes cariño.

Ignoré ese comentario, porque cedí en cuanto me imaginé perdiendo tanto a Zayne como a Misha. No estaba segura de haber podido recuperarme.

—Nos traicionaron, Trinity, y nos traicionaron a sabiendas de cuáles serían las consecuencias. Sí, quiero recuperar a mi familiar, pero también quiero que paguen. Y sé que tú también. Puedo oler la rabia en ti. Me recuerda a la cayena. Tú también quieres hacérselo pagar y, cara de ángel, a veces el ojo por ojo es lo correcto.

Aparté la mirada de él y la fijé en la ventanilla. No vi nada más que una borrosa mancha gris al otro lado de la calle; aunque mi vista fuera impecable, dudaba que hubiera visto algo en ese momento. Intenté sofocar la ira que el demonio podía oler, pero fue inútil. La rabia se entrelazó con mi gracia, quemándome de dentro afuera, exigiendo que la usara... o alimentara.

Esa rabia quería salir. No había terminado al matar a Misha. Había comenzado allí.

Roth tenía razón. Quería vengarme, porque Faye y cualquier otra persona que hubiera tomado parte merecían morir.

Layla había resultado herida.

Zayne casi había muerto. No estaba segura de si, de no habernos traicionado, esa noche se habría desarrollado de manera diferente, pero ellos habían desempeñado un papel importante en lo que había ocurrido y merecían sufrir consecuencias duraderas por esa noche.

Faye se merecía lo que fuera que le aguardaba, pero... buscar venganza no estaba bien.

Lo había aprendido a los seis años, cuando empujé a un niño en el parque que me había hecho caer para llegar al columpio. Mi madre me lo había enseñado. Me había hecho sentar y me había explicado que un error nunca se subsana con otro. Thierry había reforzado ese concepto numerosas veces cuando Misha y yo éramos más jóvenes y, cada vez que me derrotaba entrenando, yo respondía escondiéndole los zapatos, quitándole sus patatas fritas o galletas favoritas y comiéndomelas o tirándolas a la basura.

Dios, de pequeña había sido un monstruito.

Pero, en fin, matar a Faye y su aquelarre no era lo mismo que esconder los zapatos de Misha o tirar sus patatas fritas favoritas a la basura. Era más bien como lo que le hice a Ryker después de que asesinara a mi madre.

Lo maté.

De inmediato y sin remordimientos.

Nadie me había castigado por ello. Nunca le había dado vueltas al hecho de haberlo matado. Lo que hice no parecía tener importancia comparado con lo que él había hecho.

Pero esto no era lo mismo.

¿O sí?

Matar a Ryker había sido un acto de castigo inmediato. Los crímenes eran diferentes. Igual que matar... matar a Misha. Fue lo mismo. Tuve que hacerlo.

En el fondo del estómago, mi gracia ardía y palpitaba. Era la fuente de mi fuerza y mi poder. Un arma forjada a partir del mismísimo fuego del cielo me corría por las venas y quería que la usara. Para lo que Roth pedía. La confusión se apoderó de mí. ¿Mi gracia no debería rehuir una petición como esa? ¿O me equivocaba? Tal vez se suponía que debía hacer esto, no porque le debiera un favor a Roth, sino porque el aquelarre estaba vinculado de forma indirecta al Heraldo. Al ayudar al senador Fisher a obtener el hechizo para los humanos que habían atacado la comunidad en la que crecí, habían ayudado a Misha y Bael, que estaban conectados con el Heraldo.

Pensé en el Guardián que había muerto anoche. Y pensé en todos aquellos humanos inocentes a los que habían infectado y dejado pudrirse en el edificio abandonado. Los brujos no habían hecho nada de eso directamente, pero también formaban parte de ello.

Inspiré. El aire no fue a ninguna parte.

—¿Y si me niego? —pregunté, mirando por la ventanilla, sin ver nada.

Roth no respondió de inmediato. Una eternidad pareció extenderse entre nosotros.

—No creo que vayas a hacerlo, así que ¿para qué preguntarlo?

Me había equivocado en cuanto al aire que inspiré. Sí fue a algún sitio. Se me acumuló en el pecho. Noté una opresión mientras mi gracia palpitaba como un sofoco. Mis pensamientos se sucedían a toda velocidad al mismo tiempo que intentaba asimilar el hecho incuestionable de que... quería liquidar al aquelarre.

Quería hacérselo pagar.

Ni siquiera estaba demasiado furiosa con Roth por pedirlo.

Por supuesto que me irritaba. El muy cabrón estaba usando mi necesidad de venganza para que le hiciera el trabajo sucio, pero también comprendía su deseo asesino y comprenderlo disminuía mi indignación.

Hice el gesto de buscar el móvil, que llevaba guardado en el bolsillo de los vaqueros, y luego me detuve, preguntándome a quién iba a llamar. ¿A Zayne? Sí. Quería ponerme en contacto con él, ¿verdad que era raro? Tenía que ser cosa del vínculo, porque casi nunca se me ocurría pedirle consejo a alguien. Hacía lo que fuera sin hablar con nadie. Ni con Jada. Ni siquiera con Misha antes de... bueno, antes de que todo se fuera a la mierda con él. ¿Qué diría Zayne? No creí que aprobara esto.

Conociéndolo, se le ocurriría una alternativa menos mortífera.

Abrí los ojos y miré a Roth. El demonio me estaba observando con curiosidad, como si estuviera esperando a ver qué decía aunque ya había afirmado que no me negaría.

—¿Y si puedo conseguir que Faye libere a Bambi sin matarla?

Una comisura de sus labios se elevó dibujando una misteriosa media sonrisa.

—Bueno, ¿por qué no vemos cómo podrías lograrlo?

—¿Cómo van las cosas entre Rocoso y tú?

Fulminé a Roth con la mirada mientras recorríamos el pasillo bastante corriente del decimotercer piso del hotel donde solía pasar el tiempo el aquelarre de Faye.

—No pienso hablar de Zayne.

—¿Por qué no?

Enderecé las gafas de sol que llevaba encaramadas sobre la cabeza antes de contestar.

—La lista de razones sería más larga que el tiempo que tardaríamos en recorrer este pasillo.

—Hazme un resumen.

—La razón número uno es que no pienso hablar de Zayne contigo —sentencié.

—¿Por qué soy el Príncipe Heredero del infierno? —sugirió él, dirigiéndome una mirada de complicidad.

—No. —Me detuve—. Porque eres el novio de la chica de la

que está enamorado y hablar de cualquier tema personal relacionado con él me parece que está mal.

—Umm. —Roth dejó de andar—. ¿Está enamorado? ¿O estaba?

Clavé la mirada en sus ojos ambarinos.

—¿No fuiste tú quien, no hace mucho tiempo, me dijo que seguía enamorado de ella? ¿Que pasaría por encima de mí para salvarla?

—Pero no lo hizo, ¿verdad?

Eché la cabeza bruscamente hacia atrás.

—¿Qué?

—Aquella noche en la casa del senador. Cuando hirieron a Layla, Zayne no saltó por encima de ti para llegar hasta ella —señaló—. Permaneció en la batalla, luchando a tu lado... y eso fue antes de estar vinculado a ti. —Hizo una pausa—. Al menos, en el sentido metafísico.

Abrí la boca para decirle que hablaba sin saber, pero él tenía razón. Zayne no se había apartado de mi lado por Layla. ¿Qué significaba eso?

Nada.

—¿Te equivocabas? —lo reté— ¿Estás diciendo eso?

Roth se encogió de hombros.

—Sería la primera vez.

Resoplé.

—¿En serio? —dije.

Él sonrió.

—Mira, no significa nada de eso —le aseguré—. Pero, incluso si fuera así (y ese es un «si» tan grande como todo el continente de Norteamérica), no podemos estar juntos. Está prohibido entre los Sangre Original y sus protectores.

—¿Dónde está la diversión si no está prohibido? —Se metió las manos en los bolsillos, dio media vuelta y echó a andar—. ¿Vienes?

Hice una mueca en dirección a su espalda y me apresuré a alcanzarlo. Roth estaba tarareando una canción que me resultaba vagamente familiar y que iba a volverme loca hasta que averiguara cuál era.

—¿Tienes un plan? —me preguntó.

Casi se me escapa una carcajada.

—Por supuesto que sí.

Era más bien mentira. No tenía ningún plan aparte de, con suerte, acojonar a Faye con armar la de Dios es Cristo.

Un momento. ¿Los brujos creían en Jesucristo? Ni idea.

—Esto va ser un espectáculo interesante —comentó Roth—. Casi tanto como verte entrenar con Zayne.

Le lancé una mirada asesina mientras seguíamos una curva del pasillo. El restaurante apareció a la vista. Lo único que pude ver por encima de las ventanas con cristal tintado y las paredes del restaurante situado al final del pasillo fueron las tenues luces del techo.

¿Cuántas personas había dentro? ¿Todos eran brujos?

Roth se detuvo, levantando la mano derecha. Chasqueó los dedos y oí un estallido seco. Un olor a plástico quemado llenó el pasillo.

—La cámara —me explicó, haciendo un gesto con la barbilla hacia un rincón del pasillo—. Quiero asegurarme de que no haya pruebas, por si acaso.

Por si acaso...

Me estremecí.

—Solo recuerda que no puedes matarla mientras tenga a Bambi encima. Eso mataría también a Bambi. No lo hagas.

Roth estiró la mano hacia la puerta.

—Espera —dije, y él se volvió a mirarme—. ¿Esto podría ser algo que Faye decidió hacer por su cuenta...?

—A menos que actuaran a espaldas de la Bruja Suprema, el aquelarre es una democracia. No se toma ninguna decisión sin el apoyo completo de todo el aquelarre. No son simples cómplices.

Mierda.

Yo no sabía mucho sobre aquelarres, pero sí sabía lo poderosa que era la Bruja Suprema, la líder del aquelarre, y la locura que sería actuar a sus espaldas.

Matar a una bruja sería más fácil que lidiar con un aquelarre entero, si fuera preciso. Pensando en eso...

—¿Cuántos brujos hay en este aquelarre?

—La verdad es que no lo sé. —Me dio la espalda—. Cincuenta y pocos, tal vez.

¿Cincuenta y pocos?

¿Cincuenta?

Madre del amor hermoso. Quizá no estuvieran todos aquí. Dudaba que Roth esperase que les diera caza a todos. Eso llevaría demasiado tiempo y era imposible que pudiera conseguirlo antes de que Zayne regresara.

Sacudí la cabeza, un tanto horrorizada conmigo misma. Aquí estaba, pensando en todo el tiempo que me llevaría matar a cincuenta brujos o más.

¿Qué malas decisiones vitales había tomado que me habían conducido a este momento?

Entorné los ojos, clavando la mirada en la parte posterior de la camiseta de Roth. Ah, sí. Ahí. Justo ahí. Acceder a deberle un favor a un puñetero príncipe demonio. Esto era culpa de Zayne. Desde luego que sí. A ver, él me había presentado a Roth. Iba a darle un puñetazo en la garganta cuando lo viera.

Ahora que lo pensaba, ¿cómo había sabido Roth que Zayne no estaba en casa? ¿Fue cuestión de suerte o a eso vino lo de ayer? ¿Roth no estaba aburrido, sino que había venido con la esperanza de encontrar a Zayne ausente? Antes de poder preguntárselo, Roth abrió la puerta y se propagó el sonido de música *jazz*, junto con el zumbido de unas conversaciones. La misma mujer de cabello oscuro que estaba allí la última vez que habíamos venido se encontraba detrás del atril de recepción.

La mujer abrió la boca mientras la puerta se cerraba detrás de mí. Oí el chasquido de la cerradura y supe que había sido cosa de Roth.

—No nos esperan, Rowena. Ya lo sé. —Roth la detuvo levantando una mano antes de que ella pudiera hablar—. Y nos da igual.

La bruja cerró la boca de golpe y algo impío brilló con intensidad en sus ojos. Un brillo que no era del todo humano. Parecido al mío. Su mirada se posó en mí y luego se apartó, como si yo no tuviera importancia.

—Avisaré a Faye de que estáis aquí.

—Mejor quédate justo donde estás y sigue haciendo lo que quiera que hagas. Conocemos el camino.

Así era. A Rowena no pareció hacerle mucha gracia, ni pareció escuchar. Mientras pasábamos a su lado, la vi dirigir la mano hacia lo que supuse que era un teléfono, con movimientos rápidos y espasmódicos, como si su despliegue de impasible hastío fuera una fachada que se estaba resquebrajando.

Mientras nos abríamos paso a través de un laberinto de reservados y mesas, me fijé en que ahí había, como mínimo, unos veinte brujos aproximadamente. ¿No tenían trabajos?

Igual que había ocurrido la última vez, la conversación se interrumpió cuando pasamos entre sus mesas con paso decidido. Los tenedores se detuvieron a medio camino de las bocas. Las cucharas repiquetearon contra los cuencos. Las pajitas de plástico vacilaron delante de los labios.

Vaya, en este sitio no se preocupaban por el medio ambiente. Añadí eso a mi lista de razones por no sentirme mal si tenía que cargármelos a todos.

Mientras seguía a Roth, una parte de mí admitió que no me horrorizaba lo que podría ocurrir. Lo único que conseguía sentir era ira: ira por aquello en lo que el aquelarre había participado, lo que Misha había hecho y lo que eso significaba para Zayne y para mí, e ira contra Roth por esta maldita situación.

Y mi gracia.

Me bullía en las venas, haciendo que me hormiguearan los dedos y los labios. Y eso era raro, porque mientras peleaba contra los zombis no la había sentido ni una vez luchar para que la dejara salir, para que la usara. ¿Fue porque no estuve en peligro entonces, pero mi gracia sentía de algún modo que ahora sí lo estaba?

Ni idea.

Más adelante, vi la forma de una mujer levantándose de un reservado y, aunque sus facciones estaban borrosas, supe que se trataba de Faye.

—Siéntate —le ordenó Roth—. Debemos tener otra pequeña charla.

El cabello de Faye, oscuro y cortado recto, se balanceó alrededor de su barbilla cuando giró la cabeza, pasando la mirada del demonio a mí. Se llevó bruscamente la mano al brazo y apretó con los dedos una sombra oscura.

Roth gruñó, haciendo una mueca con el labio, y comprendí que, de algún modo, la bruja había impedido que Bambi se desprendiera de su piel como la familiar había hecho la última vez que habíamos estado aquí.

Y eso nos dejó con un príncipe demonio muy descontento. Los ojos de Roth destellaron con un brillante e intenso tono rojo antes de apaciguarse y adoptar un frío color ámbar.

Faye controló la expresión de su rostro y volvió a sentarse despacio.

—¿A qué debo el honor de esta inesperada visita?

—¿Honor? —La risa de Roth fue como seda envuelta en oscuridad mientras se sentaba frente a ella y se hacía a un lado para dejarme sitio—. Pareces sorprendida de vernos.

Me senté, manteniendo las manos en el regazo, mientras miraba a Faye, la observaba de verdad, de una forma que no lo había hecho la última vez.

Era joven, debía tener veintitantos años, y parecía una mujer normal con la que podrías cruzarte cualquier día por la calle. Era humana en su mayor parte, con la excepción de la sangre demoníaca cortesía de alguien de su familia que se había tirado a un demonio generaciones atrás. Eso era lo que les proporcionaba a los brujos sus habilidades y le permitía a Faye tener a Bambi como familiar. Estos brujos no tenían nada que ver con los humanos que se hacían llamar wiccanos. No es que los wiccanos tuvieran nada de malo. Simplemente, no poseían la misma clase de poder que los brujos natos.

—Por supuesto que estoy sorprendida —contestó Faye—. Después de todo, no sabía que ibais a venir, y ahora mismo estamos muy ocupados. Como os dije antes, vamos a irnos muy pronto. Todo el aquelarre.

—Pues no parecéis muy ocupados —señalé mientras Roth estiraba un brazo por encima del respaldo del reservado, comportándose como si estuviera acomodándose para echar una siestecita.

—Las apariencias engañan —contestó la bruja, dedicándome apenas una mirada.

Eso tenía gracia teniendo en cuenta que había accedido a ayudar al senador con el hechizo a cambio de partes del cuerpo de un Sangre Original... de mi cuerpo. Solo por eso debería matarla.

—Sí, las apariencias engañan —coincidí, sintiendo que la ira me recorría la piel como si fuera un millar de avispas cabreadas.

Faye esbozó una sonrisa tensa mientras cerraba un cuadernito negro situado frente a ella.

—¿En qué puedo ayudaros? —Le dirigió la pregunta a Roth. No a mí, porque era evidente que no me percibía como alguien con la más mínima importancia—. La última vez que estuvisteis aquí, os conté todo lo que sabíamos.

—¿En serio? —murmuró Roth.

La bruja asintió con la cabeza mientras se recostaba contra el reservado y colocaba las manos en el regazo.

—Dejémonos de gilipolleces —solté, pues no me apetecía que nos anduviéramos con jueguecitos—. Sabemos que le contasteis a Aym, o puede que a Bael, que habíamos venido a veros. O tal vez se lo dijisteis al senador Fisher. Quién sabe con quién hablasteis, pero sabemos que lo hicisteis.

Faye ensanchó ligeramente los ojos.

—No sé...

—No te hagas la inocente. —La voz de Roth sonó engañosamente suave—. Aym os traicionó, igual que vosotros nos traicionasteis a nosotros. Deberíais elegir mejores aliados.

Incluso con la tenue luz y mis ojos, me di cuenta de que se quedaba pálida, y eso me proporcionó un perverso placer.

—Y puedo asumir sin riesgo a equivocarme que, en cuanto nos viste, te diste cuenta de que las cosas no terminaron bien para Aym —añadí—. Ahora está bien muerto.

La bruja no dijo nada, y eso me enfureció aún más.

—Puede que yo no sepa mucho sobre los brujos, pero tenía la impresión de que se supone que no debéis poneros de parte del bien ni del mal. Pero, caray, os unisteis al equipo de los muertos, idiotas y malvados.

—¿Y en qué equipo estás tú? —Los oscuros ojos de Faye se posaron en mí—. ¿Teniendo en cuenta que te sientas al lado del Príncipe Heredero del infierno?

—Umm —murmuró Roth en el fondo de la garganta, como

si fuera un gato grande ronroneando—. Me encanta cómo dices «Príncipe Heredero».

La miré a los ojos.

—Como dijiste tú misma, las apariencias engañan.

La garganta de Faye se movió cuando tragó saliva. La bruja abrió la boca, la cerró y luego lo intentó de nuevo.

—No tuvimos otra alternativa.

—Siempre hay alternativa —dijo Roth—. Siempre.

—No lo entendéis. No fuimos a verlos. Ellos vinieron a vernos poco después de que llegarais. Esa misma noche...

—Me da igual —repuse. No reconocí mi propia voz ni lo que estaba invadiendo mi sistema. Era como si una personalidad completamente diferente se hubiera liberado y estuviera tomando el control—. No teníais por qué contárselo, pero lo hicisteis. Por eso, caímos en una trampa. Una trampa que vosotros ayudasteis a tender. Hubo heridos, Faye.

La bruja apretó los labios mientras le dirigía una mirada nerviosa a Roth.

—Layla —susurró el demonio—. Resultó herida.

Ahora Faye parecía estar a punto de ahogarse.

—Nunca haríamos nada que pusiera en peligro a la hija de Lilith. Nunca. Esa no era nuestra intención.

—A la hora de la verdad, las intenciones no significan nada. Es decir, podrías prenderle fuego a un arbusto y no tener intención de que se propague hasta el complejo de apartamentos de al lado, pero cuando ocurre sigue siendo culpa tuya. —Abrí las manos sobre el regazo—. ¿Cuál era vuestra intención? ¿Qué os ofrecieron por esta información?

Faye negó rápidamente con la cabeza, recorrió el comedor con la mirada y luego volvió a posarla en nosotros.

—De no habérselo contado, nos habrían masacrado a todos los que estábamos aquí.

—¿Qué os hizo pensar que no haríamos eso mismo cuando nos enteráramos? —le preguntó Roth.

Faye separó los labios.

—Creo que no pensó que sobreviviríamos —contesté, asintiendo con la cabeza cuando la bruja cerró los labios de golpe. Pensé en lo que Roth me había dicho en el coche, sobre que era un demonio grande y malo. Se me ocurrió algo—. Se arriesgaron a cabrearte en lugar de hacerlo a Aym y al senador Fisher y... —me giré hacia Faye— es imposible que creyerais ni por un segundo que, si Roth estaba involucrado, no lo estaría Layla. Así que, no solo apostasteis por el otro bando, sino que no pareció importaros el hecho de que Layla sea la hija de Lilith.

—Cierto —coincidió Roth—. Y eso no me hace ni pizca de gracia.

—Ahora bien, Aym era todo un incordio y hablaba demasiado, pero no daba tanto miedo.

La última parte no era del todo verdad. Aym no era un simple demonio de nivel inferior. Casi había matado a Zayne.

Roth me siguió la corriente y añadió:

—Y, aunque la presencia de Bael pueda impresionar a los... impresionables —dijo y dos manchas rosadas aparecieron en el centro de las mejillas de Faye—, él no soy yo.

—¿Con quién estabais colaborando de verdad? —pregunté. Fui consciente del silencio que nos rodeaba—. ¿Quién podría hacer que tu aquelarre y tú cometierais la estupidez de enfrentaros a nosotros?

—Solo hablamos con el senador, como os dije...

—Y también dijiste que no sabíais por qué quería el hechizo que convertía a humanos inocentes en carne de cañón —la interrumpí mientras el corazón me martilleaba en el pecho—. Pero no te creo. ¿Conocíais a Misha?

La bruja hizo una mueca con el labio.

—No tengo ni idea de quién es ese, y te convendría pensártelo bien antes de volver a hablarme así, humana. Podría maldecir a todo tu linaje con unas cuantas palabras.

Eso casi me hace reír. Casi.

—Misha era un Guardián que estaba colaborando con Aym y Bael.

—Vale. ¿Y qué? —Faye encogió un hombro y se centró en Roth—. No tratamos con Guardianes. Nunca.

No estaba segura de si me lo creía, pero Roth inclinó la cabeza y dijo:

—Los brujos no se fían de los Guardianes. Por el tema de matar de manera indiscriminada a todo lo que tenga sangre demoníaca. Pero debo decir que me voy a ofender muchísimo si de verdad pensasteis que era mejor arriesgaros a hacerme enfadar a mí antes que a Aym o Bael.

Faye inspiró y transcurrieron varios segundos.

—Al principio, solo hablamos con el senador. Eso no es mentira.

—¿Pero? —insistió Roth.

A la bruja se le tensaron los hombros.

—Pero no fue el senador quien vino después de que llegarais. Fue Bael. Y tienes razón. No nos arriesgaríamos a ofenderte antes que a él.

—¿Pero? —repitió Roth una vez más.

Faye hizo ademán de coger un vaso de agua, pero se detuvo y colocó la mano sobre la mesa.

—Os dije que el aquelarre se va a marchar de esta ciudad... Qué diablos, nos vamos a marchar de toda la costa. Durante los últimos meses, nuestra Bruja Suprema ha sentido que algo está creciendo. Algo en lo que no queremos participar. Ya os lo dije. —Jugueteó con el extremo de una servilleta—. Pensábamos que teníamos tiempo. Pero nos equivocábamos. Ya está aquí. El Heraldo.

Quince

El Heraldo.

Faye había confirmado lo que yo ya sospechaba. El aquelarre conocía la existencia del Heraldo y era posible que hubiera ayudado a esa criatura a sabiendas, ya fuera de manera directa o indirecta.

—¿Os habéis reunido con él? ¿Lo habéis visto? —le pregunté, porque, si podía ofrecerme alguna descripción, eso ayudaría.

La bruja negó con la cabeza.

—No. Ni siquiera sabemos qué es, pero cuando Bael llegó después de que os marcharais, supe que alguien nos había estado observando. Sabían que habíais estado aquí.

Roth se encogió de hombros.

—Pero no sabían qué nos contasteis. Se lo dijisteis y podríais haber mentido. Esto está empezando a aburrirme, Faye.

—Bael sabía que estábamos planeando marcharnos. Sabía… que habíamos sentido esta… esta gran agitación. Un desequilibrio que ninguno de nosotros había sentido antes. —Bajó la mirada mientras sus dedos se quedaban inmóviles sobre la servilleta—. Cuando Bael vino, nos dijo que no habíamos hecho un trato solo con el senador, sino con él, con este ser al que llamaba el Heraldo. Hasta entonces, no sabíamos que lo que habíamos estado sintiendo era el Heraldo.

—¿Nos traicionasteis porque os dijo el nombre de algo sobre lo que no sabíais nada? —Roth soltó una carcajada seca—. Mala elección, bruja.

—Sabíamos lo suficiente. —Faye se inclinó hacia delante, manteniendo la voz baja—. Nos mostró lo que es capaz de hacer el Heraldo. Habían matado a uno de los miembros de nuestro aquelarre que estaba en casa. Bael tenía fotografías. —Frunció la piel alrededor de los labios, que se le quedó blanca—. Paul. Mataron a Paul.

Yo no tenía ni idea de quién era Paul.

Por lo visto, Roth sí lo sabía y le daba igual.

—¿Y qué?

Faye se echó hacia atrás, enderezando los hombros. Tardó un momento en hablar.

—Nunca he… nunca he visto nada igual. Paul tenía los ojos abiertos en la foto, quemados. Cuencas vacías. Le faltaba la lengua… y las orejas… Parecía como si alguien le hubiera clavado punzones, pero estaba… estaba sonriendo. La expresión de su cara era relajada, como si fuera feliz. ¿Cómo podía ser posible? Su muerte fue brutal. ¿Cómo podía estar sonriendo?

Vaya, eso sin duda sonaba truculento.

—¿Por qué creéis que eso no es algo que Bael sea capaz de hacer? Supongo que quemar globos oculares no es muy difícil, ni convencer a alguien de que todo el proceso es agradable mientras se lleva a cabo. —Roth apartó el brazo del respaldo del sofá—. Puede que los demonios no sean capaces de convencer a grupos grandes de humanos para que hagan o sientan algo, pero ¿uno? Pan comido.

—Estamos protegidos contra la persuasión demoníaca —insistió Faye—. Ningún demonio puede romper ese hechizo.

Me dio la impresión de que Roth quería intentarlo, pero el método de la muerte no nos decía nada sobre el Heraldo.

La bruja se centró en Roth una vez más.

—Lamento que Layla estuviera en peligro. De verdad que sí, pero hicimos un trato con el senador y vosotros… os inmiscuisteis en ese trato y…

—Ah, sí. Todo el asunto del Sangre Original —la interrumpió Roth—. Os prometieron un Sangre Original a cambio de la ayuda de vuestro aquelarre.

—Trozos —le recordé al demonio—. Trozos de un Sangre Original.

—Sí. Eso fue lo que nos prometieron. Lo que aún nos deben —añadió Faye.

Alcé las cejas mientras la ira iba hirviendo a fuego lento casi hasta llegar a punto de ebullición.

—¿Todavía creéis que os van a entregar lo acordado?

—¿Y por qué no? —Faye cogió su vaso—. Nosotros cumplimos con nuestra parte del trato y no os he oído decir a ninguno de los dos que matarais a nadie más aparte de Aym.

Pude sentir que Roth empezaba a moverse, pero fui más rápida al inclinarme hacia la bruja.

—Puedo asegurarte al cien por cien que no van a poder cumplir su parte del trato.

Me dedicó una mirada desdeñosa, casi de desagrado, y comprendí que, a pesar de que ella era humana en su mayor parte, no le gustaban los humanos. No se consideraba uno de ellos.

Teniendo en cuenta que yo no dejaba de referirme a los humanos como «ellos», puede que yo tampoco lo hiciera.

—¿Y cómo ibas a saber tú eso? —me preguntó, con voz sarcástica.

Estaba mal. Era completamente peligroso y probablemente más que un poco estúpido, pero el hecho de que la bruja fuera incapaz de darse cuenta de lo cerca que estaba de que la mandara a la otra vida de una patada pudo más que yo.

Y me daba cuenta de que lo que hice a continuación sería mezquino.

Puede que yo no hubiera venido aquí deseando matar a una bruja, pero iba a hacerlo. En cuanto le mostrara lo que era, Faye sería un lastre… uno muy irritante. Ya nos había traicionado antes y, en cuanto supiera qué era yo, sin duda usaría esa información en su beneficio.

Quizá me sintiera mal por esto más tarde. Quizá la culpa se enconaría y se pudriría dentro de mí, porque seguro que podría haber una forma no violenta de manejar esto.

Pero en ese momento… me dio igual.

Permití que la gracia flotara hasta la superficie de mi piel. Las esquinas de mi vista se volvieron de un tono blanco dorado.

—Porque yo soy la Sangre Original que se os prometió.

Faye se atragantó con el agua y los ojos casi se le salieron de las órbitas mientras se echaba hacia atrás bruscamente contra el reservado. El vaso se le escapó de los dedos, chocó contra la mesa y, supuse que con la ayuda de Roth, se inclinó hacia la bruja. El agua salpicó y se le derramó sobre el regazo, pero ella no pareció darse cuenta mientras me miraba fijamente.

—Así es. —Le permití asimilar lo que acababa de admitir antes de hacer que la gracia se replegara. Reprimirla me resultó más difícil de lo que debería—. No va a pasar nunca.

—Dios mío —susurró Faye.

—Más o menos. —Apoyé los codos en la mesa y dejé caer la barbilla sobre las manos—. No solo traicionasteis a Roth, el Príncipe Heredero del infierno. También me traicionasteis a mí y, por eso, alguien muy importante para mí resultó gravemente herido. Debido a ello, tuve que… —Me interrumpí, pues sabía que lo que había ocurrido con Misha habría pasado con o sin la interferencia del aquelarre—. Metisteis la pata. Hasta el fondo.

—Tienes miedo de ella —comentó Roth con voz suave.

—Estoy aterrorizada —admitió la bruja.

Era probable que eso me convirtiera en una Sangre Original mala, pero las comisuras de mi boca se curvaron hacia arriba.

Faye dirigió la mirada bruscamente hacia un lado y luego separó los labios como si estuviera a punto de hablar.

—Ni se te ocurra —le advirtió Roth.

Lo miré, alzando las cejas.

—Estaba a punto de lanzar un hechizo —me explicó Roth—. ¿No es verdad? Probablemente algo patético que cree que nos dejará paralizados y nos hará chillar como gallinas. De lo que se ha olvidado es de que sus hechizos no funcionarán conmigo y, desde luego, no funcionarán con alguien que posee sangre angelical.

Faye apretó los labios mientras su pecho subía y bajaba. Transcurrió un largo momento.

—Hay más de veinte brujos aquí, todos ellos poderosos. Los hechizos no son nuestras únicas armas.

—¿Eso es una amenaza? —preguntó Roth.

—Si lo es, es que estás loca de remate —añadí—. Tal vez lo

estés. Bueno, esto es lo que va a pasar. Vas a liberar a Bambi y Roth del trato que hizo contigo.

—¿Qué? —exclamó ella con voz ahogada, dirigiendo sus ojos abiertos como platos hacia el demonio—. Hicimos un trato para salvar la vida de Layla. Si te retractas, tu demonio negociante pagará el precio.

—Él no te está pidiendo que lo liberes del trato —expliqué y no me hizo falta mirar a Roth para saber que estaba sonriendo—. Te lo estoy diciendo yo. Le vas a ofrecer devolverle a Bambi. Será elección tuya, así que gracias por ello. El trato quedará anulado.

—Eso son tecnicismos —farfulló la bruja mientras se le sonrojaban de nuevo las mejillas—. Él te ha pedido que lo hagas.

—Pero no soy yo quien te pide que lo liberes del trato. —La voz de Roth rezumaba suficiencia—. Y ya sabes que eso es lo único que importa.

Faye empezó a temblar de ira o miedo o probablemente de ambas cosas.

—¿Y si me niego? ¿Me mataréis? ¿Mataréis a todos los presentes? Porque eso es lo que pasará. Si me atacáis, me defenderán. —Inclinó la barbilla y una ráfaga de aire caliente le dio la vuelta a la servilleta y agitó los mechones de pelo que me rodeaban el rostro—. Me defenderé.

—¿Acabas de hacer eso? ¿Provocar que una brisa se deslice sobre la mesa? —Abrí mucho los ojos—. Qué miedo. Me ha dado tanto miedo que hasta estoy temblando.

Roth resopló.

—¿Y cuándo he dicho que te permitiría vivir después de que entregues a Bambi? —continué, con la barbilla todavía apoyada sobre las manos—. Eso es bastante insolente de tu parte.

Faye inhaló bruscamente.

—Después de todo, me querías muerta. De hecho, me necesitabas muerta para poder usar todos mis gloriosos trozos, que dudo que se emplearan para ayudar a nadie salvo a tu aquelarre y a ti. ¿Cómo diablos has podido pensar que saldrías de esto con vida?

—Esa es una pregunta muy buena —intervino Roth—. Y deberías hacerle caso y ponernos esto fácil. Libera a Bambi y anula el trato. Ya sabes qué decir. «Doy por concluido este trato negociado por el demonio Cayman y libero a esta familiar.» Eso es todo. Dilo.

—Doy…

Faye sacudió la cabeza y luego se estremeció. Se llevó la mano al brazo, a donde descansaba Bambi. Iba a liberar a la familiar a pesar de que era demasiado…

La bruja alzó las manos.

La mesa que nos separaba se estrelló contra Roth y yo, atrapándonos contra el reservado. Sentí una punzada de dolor en el vientre mientras Roth maldecía.

Vale. Estaba claro que eso no había sido una brisa.

Introduje los dedos entre la mesa y mi vientre al mismo tiempo que Faye se levantaba del reservado. El pelo negro se apartó de su cara mientras la bruja extendía los dedos. Se le sonrojó la piel y sus ojos oscuros llamearon de un tono castaño canela. Bajé la mirada. Efectivamente. Sus cómodos y prácticos zapatos negros de tacón flotaban a varios centímetros del suelo.

Faye estaba levitando.

Ojalá yo pudiera levitar.

—¿Eso es lo mejor que tienes? —se burló Roth y deseé que cerrara el pico, porque la mesa se me estaba clavando en las manos y estaba empezando a doler—. Tienes que hacerlo mejor.

—Ni siquiera he empezado a mostraros lo que puedo hacer —dijo Faye, cuya voz sonó espesa como el barro.

—Y tú tampoco has visto de lo que soy capaz —contestó Roth, que colocó las palmas de las manos sobre la mesa.

El aire se llenó de olor a azufre y la mesa se convirtió en polvo en menos de un nanosegundo. Todo lo que había sobre la mesa (el vaso, la vela de té, las servilletas…) desapareció. Incluso el librito que tenía Faye.

Vale. Eso sí que molaba un montón.

Me puse de pie a toda velocidad al mismo tiempo que la rabia de la bruja palpitaba como una onda de choque, propagándose por el restaurante, y mi gracia respondió, acudiendo a mi piel con un centelleo.

—Encárgate de ella. —Roth se giró hacia el comedor—. Yo me encargaré de ellos.

«Ellos» resultaron ser los otros veintitantos brujos que también estaban levitando.

Faye levantó una mano y el aire pareció vibrar por encima de su palma. Sus labios se movieron entonando un cántico rápido y quedo que no pude entender. Apareció una bola de fuego.

Me lancé a toda velocidad hacia un lado mientras la bola de llamas del tamaño de una pelota de béisbol se estrellaba contra el reservado donde había estado sentada. La madera se incendió, tragándose todo el reservado demasiado rápido, lo que me recordó al fuego que había usado el demonio Aym.

—¡Eso ha estado muy feo! —exclamé, girándome de nuevo hacia la bruja.

El instinto tomó el mando y pude sentir cómo la gracia me bajaba por el brazo, exigiendo que la usara. No podía. Todavía no. No, mientras Bambi siguiera sobre la bruja. Si la mataba, eso mataría también a la familiar.

Otra bola de fuego se formó encima de la mano de Faye al mismo tiempo que un chillido de dolor y una ráfaga de calor provenían de donde se encontraba Roth. La bruja dirigió rápidamente la mirada hacia nuestra derecha.

Me abalancé sobre ella y la golpeé en el vientre con el hombro. Gritó cuando la derribé. La bola de llamas se desvaneció mientras el cuerpo de la bruja rebotaba sobre el suelo de madera. Descendí con ella y le clavé una rodilla en el vientre. Ella soltó un áspero gruñido a la vez que blandía la mano hacia mí.

—Oh, ni de coña. —Le agarré el brazo por la muñeca y luego el otro—. Basta de trucos con fuego. Libera a Bambi.

Faye intentó apartarme de encima, pero no se había entrenado para luchar, por lo menos no físicamente. La sujeté con facilidad, inmovilizándole los brazos a la altura de la cabeza.

—¡Quítate de encima! —me gritó.

—No pienso hacerlo.

Hubo otra explosión de aire caliente, procedente de Faye esta vez, y el aire que la rodeaba empezó a distorsionarse. La piel se le calentó bajo mis manos y, joder, estaba a punto de incendiarse como la Antorcha Humana.

Oh, de eso nada.

La agarré por el cuello, cortándole el suministro de aire antes incluso de que ella se diera cuenta de que había tomado su último aliento.

—Ni se te ocurra.

Al desconcentrarse, el calor se evaporó de su cuerpo. La bruja echó los labios hacia atrás, pero no entraba ni salía aire. No, mientras yo siguiera clavándole los dedos en la tráquea. Tenía que soltarla o se iba a asfixiar, pero mi mano no se movió. La rabia me consumía, haciendo que se me erizara todo el vello del cuerpo. Era como aquella noche con los demonios feroces. La necesidad de romper piel y tejido se vio reemplazada por el deseo de aplastar los frágiles huesos de la garganta de la bruja. Podría hacerlo. Sería muy fácil.

Faye abrió los ojos como platos y la piel se le empezó a poner de un intenso tono rojo mientras abría la boca, intentando tomar bocanadas de aire que no llegaban.

«Para», me dije. «Tienes que parar o Bambi morirá.»

Obligué a mis dedos a relajarse y observé cómo la bruja inspiraba hondo varias veces. Me recorrió un estremecimiento. Maldije entre dientes y, al echar un vistazo hacia Roth, lo vi sujetando a un hombre a un metro del suelo. No quedaba nadie más. Nada salvo montones de ceniza y montones de...

Ay, Dios.

Se me revolvió el estómago y volví rápidamente la mirada de nuevo hacia Faye. La miré a los ojos y, estando tan cerca, pude ver el pánico detrás del azufre. Hacía que sus ojos parecieran esferas de frágil cristal.

Mis dedos se agitaron, aflojándose aún más. Faye nos había traicionado... me había traicionado. Me necesitaba muerta para poder usar trozos de mi cuerpo para hacer hechizos o lo que fuera. Acababa de intentar convertirme en una gran bola de fuego. Supe que ella tendría que morir en cuanto le mostré qué era. Quizá ya lo sabía cuando Roth vino a cobrarse su favor. Vaya, puede que ya lo supiera en el fondo de mi ser en cuanto comprendimos que nos había traicionado.

Pero Faye tenía miedo.

Pude verlo en sus ojos. Miedo y pánico. ¿Los ojos de Ryker estaban así? Todo había ocurrido tan rápido entonces, pero aunque hubiera visto el miedo en sus ojos, eso no me habría detenido. No, después de que matara a mi madre.

El asombro que vi en los ojos de Misha no me había detenido tampoco.

No me detendría ahora.

Faye se incorporó, liberándose. Me atacó, golpeándome en la mandíbula. Fue un puñetazo débil, pero captó mi atención.

Le sujeté los brazos con una mano y la situé en la misma posición que antes, con los brazos inmovilizados y rodeándole el cuello con una mano.

—Libera a Bambi ya —le ordené, clavándole los dedos en la garganta, ejerciendo la cantidad justa de presión contra su tráquea—. Di las palabras. Hazlo.

Faye jadeó mientras los ojos amenazaban con salírsele de las órbitas.

—Si lo hago, me matarás. No lo harás mientras la lleve encima.

Roth apareció a mi lado y se arrodilló.

—Solo para que lo sepas, si Bambi muere por tu culpa, alargaré tu muerte hasta que me supliques que le ponga fin. ¿Y cuando supliques? Les daré caza a todos los miembros vivos de tu familia y pagarán por tus transgresiones. Entonces, y solo entonces, después de que hayas visto morir por tu culpa a todas las personas que conoces y amas, acabaré con tu vida.

—¿En serio? —le pregunté.

Él no me contestó, pues seguía concentrado en Faye.

—¿Me entiendes?

La bruja chilló cuando aflojé la presión en su cuello.

—Estaré muerta, así que ¿por qué me habría de importar?

—¿En serio? —repetí, mirándola.

Faye inspiró hondo y luego dejó de forcejear contra mí. Su cuerpo se quedó flácido contra el suelo.

—Hazlo. Mátame. Pero nunca liberaré a la familiar.

—¿Por qué? —exigí saber.

—Si yo no puedo tenerla, nadie lo hará.

—¿Lo dices en serio? —Furiosa, le clavé los dedos en el costado, rompiéndole dos costillas como mínimo. Ella gritó—. Lo siento. Se me resbalaron los dedos.

—¿De verdad? —preguntó una voz desconocida.

Al levantar la mirada, casi me ahogo con mi propia respiración. Una ancianita estaba de pie entre dos mesas rotas, a unos treinta centímetros de nosotros. Y no solo era vieja. Aparentaba tener más de cien años. Mechones de cabello blanco como la nieve enmarcaban un rostro de piel oscura. Se encontraba lo bastante cerca como para permitirme ver que tenía las mejillas y la frente llenas de surcos y arrugas. Su camiseta de color rosa pálido llevaba escrito «LA MEJOR ABUELA DEL MUNDO» y hacía juego con unos pantalones tobilleros de lino rosado que cubrían su frágil cuerpo. Las zapatillas blancas de suela gruesa completaban el atuendo de miembro de una asociación de la tercera edad. La flanqueaban un hombre y una mujer que reconocí como Rowena, la encargada del puesto de recepción. No me explicaba cómo la anciana podía mantenerse en pie y no estaba a dos metros bajo tierra, pero aquellos ojos eran incisivos como una espada y su voz sonaba tan fuerte como cualquiera de las nuestras.

—La Bruja Suprema —me explicó con un murmullo Roth, al que se le puso todo el cuerpo tenso a mi lado—. Esto va a salir muy mal o un poco menos mal.

Genial.

Eso sonaba genial.

—¡Mira lo que han hecho! —chilló Faye, forcejeando contra mi mano, pero no la solté—. Mira lo que le han hecho al aquelarre.

—¿Lo que han hecho? —repuso la Bruja Suprema, alzando sus cejas blancas parecidas a orugas—. ¿No fuiste tú quien los condujo hasta aquí? ¿No fuiste tú quien, para empezar, negoció un trato con un demonio?

—¿Q... qué? —tartamudeó Faye. La confusión se reflejó en su cara, y yo sentía lo mismo.

La Bruja Suprema avanzó sobre unas piernas exageradamente delgadas.

—Cuando ofreciste el elixir a cambio de la vida de la hija de Lilith, lo hiciste fuera de los límites de este aquelarre. Ya te advertí entonces que toda acción, toda palabra diseñada para beneficiar a uno regresa multiplicada por tres.

Le eché un vistazo a Roth. Él estaba observando a la Bruja

Suprema con sus ojos ambarinos. A cada segundo que pasaba quedaba más claro que Faye y algunos miembros del aquelarre habían actuado a espaldas de la Bruja Suprema.

—Pero se trataba de la hija de Lilith y...

—Y querías un familiar, uno poderoso por el que no has trabajado ni te has ganado por tus propios méritos —la interrumpió la Bruja Suprema—. No interferimos con la naturaleza, y si la naturaleza exigía la vida de la hija de Lilith, que así sea.

Aunque me sorprendió un poco, Roth tuvo la sensatez de mantener la boca cerrada.

—Pero fuiste avariciosa y esa avaricia te condujo a hacer otro trato con otro demonio, y ahora has traído algo mucho peor hasta la puerta de nuestro aquelarre.

Debajo de mí, Faye dejó de luchar otra vez.

—¿Crees que no estaba al tanto de lo del hechizo para humanos? ¿Del trato que hiciste? —La carcajada de la Bruja Suprema me erizó el vello del cuerpo—. Parece que has conseguido lo que querías, aunque no como esperabas.

Lo sabía.

La Bruja Suprema sabía qué era yo.

—Y parece que aquellos que te siguieron también recibieron su recompensa multiplicada por tres. —La anciana giró la cabeza apenas unos centímetros—. Sabía que volvería a verte, joven príncipe.

Roth inclinó la cabeza.

—Es un honor, una vez más.

La Bruja Suprema se rio entre dientes, como si le resultara divertido.

—Siempre traes contigo... creaciones muy interesantes. Nunca pensé que vería a un Príncipe Heredero ni a una hija de Lilith, pero lo hice gracias a ti y ahora tengo a la hija de un ángel frente a mí. —Sonrió, mostrando unos dientes amarillentos—. Qué compañías más extrañas frecuentas.

—Hacen la vida interesante —contestó Roth, alzando la barbilla, y luego se puso de pie despacio.

Yo me quedé donde estaba.

—Seguro que sí. —La mirada acerada de la Bruja Suprema se encontró con la mía y el silencio se prolongó. Un escalofrío me recorrió la piel. Aquella mujer me miraba como si pudiera ver dentro de mí—. Tú no eres como ellos. No ves las cosas en blanco y negro. Ves los grises y todo lo que existe en medio, y no sé si eso es una fortaleza o una debilidad.

No supe cómo responder a nada de eso, así que decidí permanecer callada.

—Libera a la familiar, Faye. —La voz de la Bruja Suprema se endureció como el acero—. Ya.

Faye cerró los ojos, rindiéndose. No hubo súplicas. Ni trueques.

—Doy por concluido este trato negociado por el demonio Cayman y libero a esta familiar.

El aire se deformó detrás de la cabeza de la bruja y, durante un momento, pensé que mi vista me estaba jugando una mala pasada, pero entonces Cayman apareció allí.

El demonio llevaba el largo cabello negro apartado de su atractivo rostro. Hoy no vestía un mono corto, sino uno largo de terciopelo morado de aspecto *vintage*. En la mano derecha sostenía lo que parecía ser un… contrato.

Cayman bajó la mirada hacia la bruja y le sonrió.

—El trato acordado queda anulado. —Unas llamas envolvieron la gruesa hoja de papel, y no dejaron nada más que cenizas—. Bendita seas, zorra.

El demonio negociante nos dedicó a Roth y a mí un gesto levantando los pulgares y luego desapareció en una onda de aire.

Y entonces ocurrió.

Una sombra se desprendió del brazo de Faye, expandiéndose y ensanchándose con rapidez hasta que pude ver miles de gotitas. Se arremolinaron como un minitornado y cayeron al suelo, adquiriendo forma y consistencia. Bambi apareció con el aspecto de una serpiente del tamaño del monstruo del lago Ness… un monstruo del lago Ness bebé.

La familiar se lanzó hacia Roth, meneando el extremo posterior de su cuerpo como si fuera la cola de un cachorrito al saludar a su dueño tras una larga ausencia.

—Mi niña. —El rostro del príncipe demonio se suavizó por completo mientras colocaba la mano sobre la cabeza ovalada de la serpiente. La lengua bífida de Bambi se asomó a modo de respuesta—. Layla se va a alegrar mucho de verte.

Bambi se contoneó de alegría.

Tenían un aspecto extrañamente adorable…

Unas manos me empujaron por las caderas, echándome hacia atrás. Me caí de encima de Faye, que se puso de pie a toda prisa, respirando rápido. Se volvió bruscamente hacia la Bruja Suprema, con una mirada desenfrenada en los ojos. Los dos brujos silenciosos se habían movido para bloquearle el paso a Faye. Esta retrocedió un paso cuando me puse de pie. Se giró otra vez, y aferró algo con la mano.

Mi daga… Me había quitado una daga. Me preparé para el ataque, pero no vino a por mí y, en cuanto comprendí qué se proponía hacer, la furia estalló en mi interior.

Faye se abalanzó sobre Bambi, con el brazo en alto y la daga preparada para hundirla en el grueso lomo de la familiar. Era de hierro, que resultaba mortífero para los demonios, y no me paré a pensar.

Permití que la gracia saliera por fin a la superficie y di la bienvenida al estallido de fuerza mientras me lanzaba hacia delante y agarraba un puñado del pelo de Faye. La aparté de Bambi y Roth de un tirón y la lancé al suelo al mismo tiempo que unas llamas de color blanco dorado me brotaban del brazo derecho. Mi mano se cerró alrededor de la empuñadura caliente que se estaba formando contra mi palma. El peso de la espada me resultó agradable mientras el fuego chisporroteaba y silbaba en los bordes afilados de la espada.

—Ya sabes lo que tienes que hacer, Sangre Original —dijo la Bruja Suprema, alzando la voz—. Naciste para esto.

Esas palabras fueron como un puñetazo. «Nací para esto.» Era un arma de nacimiento. No era la hija de mi padre. Era la Espada de Miguel.

Alcé la espada y la blandí hacia abajo, golpeando a Faye en el hombro. Fue como si un cuchillo hendiera el aire. La espada no encontró resistencia, quemó hueso y sangre antes incluso de que pudiera derramarse en el aire. Fue cuestión de segundos.

Y Faye dejó de existir.

La gracia retrocedió, replegándose en mi interior, al mismo

tiempo que las llamas que rodeaban la espada parpadeaban y luego se apagaban. Volutas de humo y brillante polvo dorado danzaron en el aire mientras la luz volvía a penetrar en mi piel.

Retrocedí tambaleante, respirando con dificultad, con la mirada clavada en mi daga, que estaba tirada a unos centímetros de un montoncito de ceniza de color marrón rojizo. Reinaba el silencio. No había nada fuera ni dentro de mi mente. Solo un inmenso vacío en este momento de calma y lo único que sentía era...

Ira.

La ira seguía allí, acallada y un poco menos intensa, pero presente.

—Gracias —dijo Roth, rompiendo el silencio. Lo miré, despacio—. Gracias.

—Había... había que hacerlo —contesté y mi voz sonó débil.

Unos ojos color ámbar se encontraron con los míos.

—Así es.

—Era inevitable —afirmó la Bruja Suprema—. No elegimos bandos y las repetidas acciones de Faye podrían percibirse de ese modo. Aunque su ayuda te favoreció en el pasado, los actos egoístas disfrazados de regalos siempre se vuelven en tu contra. Siempre hay que pagar un precio —le dijo a Roth. Luego me habló a mí—. ¿Sabes lo que podría haber hecho Faye con solo una pizca de sangre de un Sangre Original?

Negué con la cabeza.

—Habría sido capaz de derrocarme y adquirir otro objeto deseado sin ganárselo. La sed de poder es una de las cosas más peligrosas, tan volátil como perder la fe. —Alzó su barbilla afilada—. No tienes nada que temer del aquelarre. Tu identidad está a salvo.

Asentí con la cabeza en señal de gratitud mientras volvía a posar la mirada en los restos de Faye. Me agaché, recogí la daga y luego la enfundé mientras me incorporaba, pensando en las palabras de la Bruja Suprema sobre lo que Faye había llevado hasta su aquelarre. Algo peor que demonios.

—¿Puedo hacerte una pregunta? —le dije.

Ella me miró con ojos astutos.

—Puedes hacer una.

¿Lo decía en sentido literal? No quise preguntarlo por si acaso fuera así.

—¿Sabes quién o qué es el Heraldo?

Aquellos ojos longevos se clavaron en mí y luego se dirigieron hacia Roth.

—¿Qué te dije la última vez que estuviste aquí, príncipe? Que lo que buscas está justo delante de ti.

Roth se puso tenso, pero no respondió. Yo no tenía ni idea de qué podría significar eso, ya que el Heraldo no estaba justo delante de nosotros. No tuve ocasión de hacerle más preguntas.

—Tenéis que iros. —La Bruja Suprema se dio la vuelta arrastrando los pies, pero se detuvo. Volvió la mirada por encima del hombro y la posó en mí—. Tengo el presentimiento de que volveré a verte, pero no con el príncipe. Me traerás algo que no he visto nunca. Un auténtico premio.

Eh...

Me quedé sin palabras. Ninguna en absoluto mientras observaba cómo el brujo la acompañaba a la salida del restaurante. Solo quedó Rowena, que estaba contemplando el desastre de una forma que me indicó que acababa de caer en la cuenta de que iba a tener que limpiarlo ella. Mi mirada regresó de nuevo a las cenizas.

—¿Un auténtico premio? —repitió Roth—. Me siento un tanto insultado porque no me considere un auténtico premio.

—Bueno, tampoco me considera a mí así, y soy en parte ángel, así que... —Tenía que dejar de mirar las cenizas de Faye de una vez—. ¿A qué se refería cuando respondió a mi pregunta?

Roth no contestó de inmediato.

—No estoy seguro. La última vez que dijo eso, creí que se refería a Layla, pero entonces se habría equivocado.

—La Bruja Suprema nunca se equivoca —le espetó Rowena.

Cuando levanté la mirada, vi que llevaba una aspiradora.

Iba a aspirar lo que quedaba de su aquelarre.

Eso era...

No supe qué decir.

—No sé a qué se refería —añadió Roth—. Pero estoy seguro de que un día, cuando ya sea demasiado tarde, resultará tremendamente evidente.

Un golpecito en el hombro captó mi atención. Me volví y ahogué un chillido de sorpresa.

La cabeza en forma de diamante de Bambi estaba a unos centímetros de la mía. Su lengua bífida de color rojo rubí asomó cuando abrió la boca.

Y me sonrió.

Dieciséis

Había perdido las malditas gafas de sol (y eran mis favoritas) en algún momento entre que me lanzaran una mesa y matar a una bruja. Por suerte, el sol estaba oculto detrás de densas nubes y, a juzgar por el color del cielo, parecía que seguiría así. Con todo, me dolerían los ojos, pero no sería tan grave.

Mierda.

—No quiero volver a casa… a casa de Zayne, digo —anuncié.

Era lo primero que decía alguno de los dos desde que salimos del restaurante, con Rowena mascullando entre dientes mientras empezaba a aspirar lo que quedaba de su aquelarre.

Cuando Roth no contestó, lo miré. Daba golpecitos con los dedos sobre el volante mientras recorría las congestionadas calles de la capital con más paciencia de la que supuse que tendría la mayoría de humanos. Bambi, que ahora era mucho más pequeña, se había acomodado en su brazo, con la mitad del cuerpo oculto por la camiseta. La serpiente tenía la cabeza escondida justo debajo del cuello de la prenda, pero cada par de minutos notaba la extraña sensación de que algo me observaba y, al mirar a Roth, podía ver la cabeza de Bambi en el cuello del demonio.

—Le gustas.

—¿Qué?

—A Bambi —me explicó Roth—. Intenta no perderte de vista mientras descansa.

Una vez más, me pregunté si Roth podía leer la mente. Aunque él aseguraba que no.

—Me… alegra oírlo.

—Deberías. Normalmente le gusta comerse a la gente.

Alcé las cejas.

—¿Has oído lo que dije?

—No quieres ir a casa. ¿Adónde quieres ir?

No tenía ni idea.

—Sorpréndeme.

—¿Te parece sensato?

Fruncí el ceño.

—¿Qué se supone que quiere decir eso?

—Deambular por la ciudad sin Zayne. —Al llegar a un semáforo en rojo, reclinó la cabeza contra el asiento—. Él cree que estás en su apartamento, esperando a que llegue.

—No necesito que me dé permiso para ir a ningún sitio ni necesito que nadie me haga de niñera. —No me podía creer que estuviera diciendo esto—. Puedo cuidarme sola. Estoy segura de que ya lo sabes.

—Sí. —Levantó la cabeza del asiento y el coche aceleró al atravesar el cruce—. Soy muy observador. ¿Lo sabías? Me fijo en las cosas.

—Eso es lo que significa *observador*. —Noté que se me arrugaba la frente—. Espero que estés observando mi expresión ahora mismo.

Eso le hizo soltar una risita.

—No ves muy bien, ¿verdad?

Abrí los labios al inhalar bruscamente.

Roth me dirigió una breve mirada de complicidad.

—Por eso estabas entrenando con los ojos vendados. Por eso te pones tensa o das un respingo cuando algo se te acerca demasiado a la cara. —Se produjo una pausa elocuente—. Por eso no viste que la bruja pretendía quitarte las dagas.

Lo único que pude hacer fue mirarlo fijamente mientras me preguntaba por qué, si se había dado cuenta de eso, no había intervenido.

—También llevabas gafas el otro día, y tengo el presentimiento de que se trata de algo más que simple mala vista. Y también está el hecho de que sé perfectamente que la vista de un Sangre Original sería mejor que la de un humano normal. Sería mejor que la de un Guardián o un demonio.

Aparté la mirada. Dios mío, ¿era tan evidente? Sacudí la cabeza de nuevo, llena de irritación y vergüenza a pesar de que la parte racional de mi ser sabía que no tenía motivos para sentir ninguna de esas dos cosas, pero Roth me estaba preguntando si era sensato que anduviera por ahí sola.

Mis anteriores temores resurgieron. Había un mundo grande y malo ahí fuera que yo no podía ver.

—No veo muy bien —masullé—. En realidad, no veo nada bien.

Él permaneció callado durante lo que me pareció una eternidad.

—Dios es irónico, ¿verdad? Qué típico de Él.

Hice una mueca con el labio.

—¿Por qué das por hecho que Dios es un «él»?

Roth soltó una carcajada.

—En realidad, Dios es un ser más allá del sexo biológico, pero llamar a Dios «eso» me parece ofensivo.

—¿Y por qué te preocuparía ofender a Dios?

—Solo porque no responda ante Dios no significa que no lo respete.

Roth era un demonio muy extraño.

Se le dibujó una sonrisa en la cara.

—El Jefe detesta el hecho de que Dios esté más allá de todo eso del sexo biológico, por eso siempre está cambiando de aspecto. No como los humanos que se identifican con un género diferente. El Jefe lo hace para parecerse más a Dios.

—¿Cuando hablas del Jefe, te refieres a… Satanás? —pregunté y me estremecí al decir ese nombre en voz alta.

Nadie que supiera sin lugar a dudas que Satanás era real pronunciaba ese nombre.

A Roth le temblaron los labios.

—El mismo. Pero, si Lucifer te oyera alguna vez usar el nombre que le pusieron tras expulsarlo del cielo, te destriparía.

—Pero… es un ángel. —Me invadió la confusión—. O lo era. Da igual. ¿Cómo puede cambiar su aspecto?

—Lo que condenó a Lucifer en el cielo es lo que le confiere poder en el infierno. Orgullo.

—¿Orgullo?

—Pues sí. Lucifer es básicamente la pequeña locomotora del cuento.

La imagen que provocó esa afirmación era algo que nunca podría borrar de mi mente.

—El Jefe se rige únicamente por el mantra «si creo que puedo, lo lograré». —Frunció los labios—. Si lo piensas bien, es como si fuera el primer orador motivacional. Bueno, el primero que además es un estafador, pero ¿no lo son todos?

—Eh…

—En fin, estoy divagando. Los textos se equivocaron en algunas cosas. Para empezar, Lucifer sigue siendo un ángel, lo que nos lleva a otra cosa que suele ser incorrecta. Cronologías cuestionables. Él fue el primero en ser expulsado del cielo y, puesto que Dios carecía de experiencia en cuanto a echar a patadas a un ángel de su majestuosa nube de superioridad moral, no le arrancó las alas a Lucifer. Sigue teniendo su gracia, que es tan oscura y retorcida como cabría imaginar.

Sinceramente, no quería imaginármelo.

—Por supuesto, Dios aprendió después de eso. Los demás que cayeron perdieron sus alas y su gracia.

Puede que aquellos ángeles caídos hubieran perdido su gracia, pero basándome en lo que había aprendido sobre ellos, hacían que los demonios, incluso los que eran como Roth, parecieran cachorros peluditos.

Roth me dirigió una mirada cargada de diversión.

—Menos mal que los Guardianes aniquilaron a los caídos hace eones, ¿eh?

—Sí. —No tenía ni idea de cómo habíamos acabado hablando de este tema. ¿Algo sobre que Dios era irónico?

Roth se rio entre dientes como si supiera algo que yo ignoraba.

—¿Puedes hacerme un favor, cara de ángel?

—¿Implica romperte la nariz cuando me llamas así? —dije con dulzura.

—No. Algo aún mejor.

—Teniendo en cuenta lo que acabo de hacer, no estoy segura de querer hacerte más favores.

—No es nada de eso. Quiero que le preguntes a Zayne qué

les pasó a los caídos. —Encogió un hombro—. O pregúntaselo a uno de los Guardianes que te criaron. Estoy deseando saber qué te contestan.

Yo ya sabía qué les había pasado a los ángeles que habían caído. Los mataron los Guardianes. Caray, por eso crearon a los Guardianes para empezar, porque ningún mortal podría enfrentarse a un caído. Qué chorrada.

—En fin, que acabaras con una vista de mierda parece una especie de acuerdo retorcido al que llegaron Lucifer y Dios.

Me quedé confundida ante la repentina forma de retomar el tema.

—¿Siguen... hablándose?

—No tienes ni idea.

Abrí la boca. Luego la cerré. Me estaba empezando a doler el cerebro.

—¿Por qué no usas tu gracia sin más? Veas bien o mal, nada que se te acerque sobrevivirá a eso. —Me estaba costando horrores seguir esa conversación—. ¿Por qué te estresas o te pones en peligro al intentar compensar la falta de vista de una forma diferente?

Esa era una buena pregunta, pero responder podría revelar demasiado. Roth era el puñetero Príncipe Heredero del infierno, pero...

Dios mío.

La verdad era que confiaba en él, y eso probablemente significaba que algo fallaba estrepitosamente en mi habilidad para tomar elecciones vitales razonables.

Pero Zayne también confiaba en él.

Bueno, eso podría cambiar si Zayne averiguaba lo de hoy. Algo que no iba a ocurrir nunca, jamás.

—Usar mi gracia puede cansarme.

Entonces me di cuenta de pronto de que no estaba cansada. Me toqué la nariz y la encontré seca. No había sangrado. Me quedé asombrada. ¿Era porque solo había usado la gracia un instante? ¿O a que estaba vinculada con el Guardián con el que debía estarlo?

Eso suponía una novedad bastante interesante. Algo asombroso, de ser así.

—No obstante, puedes blandirla cuando es necesario, cuando te falla la vista, sin sufrir ningún daño. ¿Verdad? No es que te desmayes en medio de una batalla.

—Me debilita, pero puedo sobreponerme si es necesario.

Aunque ahora no estaba tan segura de que ese fuera el caso, ya que no sentía ningún efecto por haberla usado antes.

—Entonces, tal vez hay una razón diferente por la que no la usas.

Lo miré fijamente.

—¿A qué te refieres?

—Te criaron Guardianes, ¿no?

—Y mi madre. Antes de que muriera.

—Pero te criaron siguiendo sus creencias y opiniones, sus ideas y convicciones —me explicó—. Si he aprendido algo de Layla es que los Guardianes son firmes defensores de que deben guiar a aquellos que no son como ellos para que se resistan a sus instintos naturales. Se les da bien convencer a otros de que no usar sus habilidades naturales es lo mejor para ellos.

No supe qué responder a eso porque Thierry, Matthew e incluso mi madre me habían instado a recurrir a la gracia solo cuando todo lo demás fallaba, habían insistido tanto en ello que resistir la llamada de mi don se había convertido en algo inherente. Pero lo habían hecho por una buena razón. Además del hecho de que me debilitaba, desvelaba mi auténtica naturaleza. Usar mi gracia siempre suponía un riesgo, pero…

—Ya hemos llegado —anunció Roth.

Aparté la mirada de él, sorprendida, y miré por la ventanilla. Vi un letrero marrón que no pude leer y un montón de árboles rodeando un amplio sendero.

—¿Dónde estamos?

—Rock Creek Park. Conecta más o menos con el zoológico. Hay un montón de senderos. Es adonde voy cuando… necesito un sitio al que ir.

Me costó imaginarme a Roth paseando por un parque, pero era la elección perfecta. Los árboles proporcionaban sombra y, aunque había personas haciendo *footing* o paseando perros, no resultaba ni por asomo tan agobiante como las aceras y las calles.

Me pregunté si Roth lo habría elegido por ese motivo.

—Gracias —dije, estirando la mano hacia la puerta del coche—. Supongo que ya nos veremos.

—Así es.

Asentí con la cabeza, abrí la puerta y salí al aire bochornoso.

—¿Cara de ángel?

Me giré con un suspiro y me incliné para poder ver el interior del coche.

—¿Qué quieres, Vástago Demoníaco del infierno?

Se le dibujó una sonrisa en los labios.

—Solo para que lo sepas, lo que yo sentía por Layla y lo que ella sentía por mí estaba prohibido. Eso no nos detuvo.

La indeseada chispa que brotó en mi pecho se parecía mucho a esperanza. Aquel estallido de deseo se vio eclipsado por la irritación, porque habíamos vuelto al tema de Zayne.

—Es bueno saberlo. Me alegro por vosotros, pero no está pasando nada de eso entre Zayne y yo.

—Casi me lo creo. Ambas partes de tu afirmación.

Alcé las manos en un gesto de frustración.

—¿Por qué te interesa tanto mi inexistente vida amorosa, Roth?

—Porque vi la forma en la que Zayne te miró, y sé cómo solía mirar a Layla. Fue diferente.

Fruncí bruscamente el ceño.

—Bueno, no estoy segura de cómo va a ser eso algo bueno.

—Lo diferente no es malo, Trinity. Lo diferente puede ser bueno.

—O puede no significar nada, como en este caso.

Empecé a incorporarme.

—Eh —me llamó de nuevo.

—¿Qué? —le espeté.

El príncipe demonio me sonrió, al parecer sin inmutarse ante mi irritación.

—Lo que hiciste hoy tenía que hacerse. No malgastes aire culpándote. No se habría malgastado contigo.

La puerta escapó de mi mano y se cerró en mi cara antes de que me diera tiempo a responder siquiera. Me enderecé y me aparté mientras Roth se alejaba del bordillo.

Las palabras de Roth me dieron vueltas en la mente una y otra vez mientras permanecía de pie junto a la concurrida calle durante varios minutos. Él tenía razón en cuanto a la última parte. Faye no habría dedicado ni un segundo a sentirse culpable si me hubiera recibido a trozos.

Me di la vuelta despacio y me adentré en el parque. Hacía más fresco allí, bajo el denso dosel de árboles. El ambiente seguía siendo húmedo y sofocante, pero soportable, mientras eché a caminar por el sendero sin pensar. Después de tanto caminar durante las patrullas nocturnas en busca del Heraldo, usar los músculos de las piernas no estaba precisamente en mi lista de tareas pendientes, pero esto era...

Era agradable y relajante.

Acompañada por el lejano murmullo de las conversaciones y el canto de las cigarras, me sumí en mis pensamientos. No sobre Zayne. No contaba con la capacidad mental para lidiar con nada de lo que Roth acababa de contarme sobre él. No, cuando acababa de matar a una persona a sangre fría.

Una persona que solo era humana en su mayor parte y que me quería (en realidad, me necesitaba) muerta. Que no habría sufrido por mí. Que habría usado mi muerte con fines viles.

Aun así... una persona a la que yo había matado.

No quería regresar al apartamento. No quería estar... atrapada allí con esos pensamientos. Necesitaba archivarlos antes de encontrarme con Zayne.

Caminé y caminé, dejando atrás canales imponentes, antiguas pendientes de roca e incluso una rústica cabaña de troncos que parecía estar a punto de desplomarse con la primera tormenta. Crucé un puente de piedra, asombrada de que aquella cosa siguiera en pie, y, mientras caminaba, repasé lo que había hecho.

Una parte de mi ser no conseguía creer que no se me hubiera ocurrido una forma diferente de actuar. Otra parte de mí sabía que debería haber mantenido la calma y no haber cedido a la ira que me había llevado a mostrarle a la bruja lo que era. Cuando lo hice, no hubo vuelta atrás. Y reconocí que esa no era la primera vez que mataba a alguien que no era un demonio.

Había matado a Ryker, y luego a Clay.

Y también a Misha.

En todos esos casos había actuado en defensa propia, pero aunque Faye me había atacado, había conseguido reducirla. No suponía una amenaza real para mi seguridad. Además, yo la había provocado y… para ser sincera conmigo misma, me había gustado darle su merecido.

Al llegar a un banco, me dejé caer sentada y levanté la mirada hacia los árboles. Ese lugar me recordaba a la comunidad, donde crecí. El aire olía más fresco allí. Me recosté y caí en la cuenta de que no sentía ningún demonio cerca.

Supuse que no les gustaban los parques.

Clavé la mirada en un cartel situado frente a mí, aunque no tenía ni idea de qué lugar de referencia anunciaba, y en lo único en que pude pensar fue en que, cuando Faye gritó, no me había estremecido, y, cuando acabé con su vida, no había sentido nada aparte de que se había hecho justicia.

Por eso necesitaba caminar. Esos eran los sentimientos que necesitaba aclarar. Las palabras de despedida de Roth habían sido potentes pero innecesarias, porque no sentía ni pizca de culpa. No estaba segura de si debería sentirme culpable o no y, en caso afirmativo, no sabía qué decía eso de mí.

O de lo que era capaz.

Diecisiete

No tenía ni idea de cuánto tiempo había transcurrido cuando empezó a sonarme el móvil. Pero tuve el horrible presentimiento de quién llamaba mientras sacaba el teléfono.

Zayne.

Debería haber regresado al apartamento antes de que él llegara, pero habría tenido que parar un taxi o averiguar cómo usar la aplicación de Uber, que apenas habría conseguido ver. Dos cosas que no había hecho nunca.

Probablemente debería haber pensado en eso antes de permitir que Roth me dejara ahí.

Descolgué e hice una mueca al decir con voz aguda y culpable:

—¿Sí?

—¿Dónde estás? —me preguntó Zayne. Su preocupación era tan evidente que pude imaginármelo caminando de un lado a otro—. ¿Estás bien?

—Sí, estoy bien. —Me sentí mal por hacer que se preocupara—. Totalmente bien. Estoy en Rock Creek Park.

—¿Que estás dónde? —dijo con la voz cargada de sorpresa.

—Es un parque cerca del zoo…

—Ya sé dónde está. ¿Cómo has llegado ahí?

—Ah, eché a andar… y acabé aquí.

—Esa es una caminata larguísima, Trin.

Observé pasar a una pareja que hacía *footing* vestida con mallas de licra a juego mientras me preguntaba a qué distancia estaba del apartamento.

—Sí, lo sé. Por eso estoy aquí sentada en un banco. —Crucé los tobillos—. Bueno, ¿te ocupaste de todo lo que tenías que hacer?

—Sí. —Zayne se quedó callado y, durante un segundo, pensé que la llamada se había cortado—. ¿Quieres que vaya a recogerte?

Una diminuta parte de mi ser estuvo a punto de decir que no, pero iba a tener que hacer frente a las preguntas de Zayne cara a cara tarde o temprano.

—¿Puedes? Porque eso sería genial.

—Estaré ahí en unos treinta minutos.

—Perfecto —contesté con tanto entusiasmo que esa única palabra podría haberse convertido en una ovación—. ¿Quieres que te espere en la entrada?

—Te encontraré en el parque. —Se hizo un instante de silencio—. Trin…

Un niño pasó a trompicones por delante de mí, persiguiendo la correa de un perro que medía el triple que el animal.

—¿Sí?

Él no respondió de inmediato.

—Nada. Llegaré en treinta minutos.

Zayne colgó y me quedé mirando el móvil, preguntándome que habría querido decirme. Era imposible que supiera lo que yo había hecho hoy. La distancia sin duda parecía silenciar el vínculo, así que, aunque él hubiera sentido mi ira, no habría bastado para preocuparlo, porque no había intentado ponerse en contacto conmigo.

Abrí las llamadas perdidas. Todas eran de Jada menos una, que era de Matthew. Me había llamado esa mañana, antes de que me despertara en el sofá con Zayne…

«Vi la forma en la que Zayne te miró ayer.»

—Basta —susurré.

Sostuve el pulgar en el aire, sobre el nombre de Jada. La echaba de menos. Necesitaba hablar con ella. Le debía una llamada, como mínimo. Me dispuse a escribir su nombre, pero se me revolvió tanto el estómago que pensé que me iban a dar arcadas. Estaba siendo ridícula. Necesitaba hablar con ella, pero no estaba preparada.

Abrí la aplicación de mensajes, escribí uno rápido y lo envié antes de poder acobardarme. Ni siquiera estaba segura de lo que había escrito, aparte de que sentía no haberme mantenido en contacto y que la llamaría pronto. Silencié el teléfono como la cobarde que era antes de volver a guardármelo en el bolsillo.

Levanté la mirada y me fijé en una pareja de ancianos que avanzaba lentamente, apoyándose el uno en el otro. El sol había asomado a través de las nubes y unos brillantes rayos de luz se filtraban entre las ramas de los árboles, como si siguieran a la pareja. Se dirigieron al banco situado frente al mío y su cabello gris casi parecía blanco bajo la luz del sol. El anciano se sentó primero, sosteniendo un bastón con la mano, y miró hacia su izquierda mientras la mujer permanecía de pie. Me pareció que la mujer le estaba hablando, pero él seguía mirando hacia otro lado. ¿Tal vez fuera duro de oído? ¿O tal vez…?

La forma de la mujer parpadeó y luego se estabilizó. Entorné los ojos y me di cuenta de que el resplandor que la rodeaba no se debía a la luz del sol.

Era un espíritu.

Probablemente fuera la difunta esposa del hombre. Estaba justo a su lado (lo había ayudado a llegar al banco) y él no tenía ni idea de que estaba ahí. Una humedad sospechosa se me acumuló en los ojos. Nunca había visto nada tan triste y tan bonito a la vez. Empecé a ponerme de pie justo al mismo tiempo que el espíritu se volvía hacia mí. Aunque no pude distinguir su cara, supe que la mujer era consciente de mi presencia. Los espíritus siempre me sentían. Podía ayudarla (a los dos), si eso era lo que ella quería. La mujer debía tener un men…

Un escalofrío me recorrió la nuca y se asentó entre mis hombros. Me giré y examiné la zona situada detrás de mí, pero no había nada salvo hierba y árboles. No había nadie allí plantado como un mirón, pero la sensación no se desvaneció. Me recordó a lo que había sentido en el edificio de los zombis.

Volví a mirar hacia la pareja. El espíritu ya no estaba y el anciano seguía mirando a lo lejos, ajeno al parecer a prácticamente todo. Me moví en el banco, incapaz de librarme del extraño escalofrío. Se me tensaron los músculos de la espalda.

No solo me sentía observada. Me sentía observada como un ratón de campo al que acecha un halcón. Era hiperconsciente de la situación y fui acercando la mano poco a poco a una de las dagas. Había algo cerca de mí.

Toqué el mango con los dedos… y, entonces, el frío se desvaneció, junto con la sensación de que me observaban.

Pero ¿qué diablos…?

Miré a mi alrededor otra vez. No había cambiado nada. Frente a mí, el anciano se puso de pie y echó a andar por el sendero arrastrando los pies y apoyándose en el bastón en lugar de hacerlo en su mujer.

Cuando noté que la cálida bola de mi pecho palpitaba con intensidad, todavía no le había encontrado explicación a lo que había sentido. Zayne debía de haber corrido con el coche como alma que lleva el diablo, porque me parecía que no habían pasado treinta minutos. Me senté más recta y miré hacia el puente. Entrecerré los ojos, pero solo veía manchas borrosas. Zayne debía estar cerca. Podía sentir su presencia…

Giré la cabeza bruscamente en la otra dirección y, bajo uno de los deslumbrantes rayos de luz, Zayne avanzaba dando grandes zancadas mientras su cabello dorado adquiría un efecto de halo a la luz del sol.

En su forma humana, él parecía más un ángel que yo. Era casi un calco de los ángeles guerreros de los murales que había en el techo del Gran Salón, allá en la comunidad. Hacía tiempo que no podía verlos con detalle, pero mis recuerdos eran claros. Mamá y yo solíamos sentarnos debajo, y ella se inventaba historias tontas y les ponía nombres como Steve y Bill.

Aunque no podía ver los ojos de Zayne, puesto que estaban ocultos detrás de unas gafas de sol plateadas, pude sentir que me estaba mirando.

«Sé cómo miraba a Layla.»

Un escalofrío completamente diferente me recorrió la espalda. «Déjalo ya.» Se me aceleró el corazón a la vez que sus pasos se volvían más lentos. Dos mujeres que pasaron haciendo *footing* casi se tropiezan con sus propios pies al ver a Zayne. Una sonrisa me tiró de los labios. No podía culparlas por ello.

—Hola.

Él habló primero, deteniéndose delante de mí. Respiré hondo y capté su aroma a menta fresca.

Lo saludé con la mano.

—Hola.

Le temblaron los labios.

—Debes de estar agotada.

Tardé un momento en comprender a qué se refería.

—No tanto. Fue un paseo agradable.

—Apuesto a que quemaste un montón de calorías. —Tenía las manos metidas en los bolsillos de los vaqueros—. Caminando tanto.

—Estoy muerta de hambre. —Esa era la primera verdad que decía—. Y estoy segura de que te sorprende oírlo.

Zayne se rio entre dientes.

—Para nada… Un momento. —Ladeó la cabeza—. ¿Dónde están tus gafas? El sol tiene que estar quemándote los ojos.

Ay, vaya, se había dado cuenta. A una parte de mi ser le pareció muy tierno que se hubiera dado cuenta y estuviera preocupado. La otra parte deseaba que no lo hubiera hecho, porque ¿cómo iba a explicarlo?

—Pues… se me cayeron al cruzar una calle. Tuve que correr y se me resbalaron… —Eso sonaba bastante creíble—. Cuando me di cuenta de que se me habían caído, ya las habían aplastado.

—Maldita sea. ¿Tienes otras en casa?

Asentí con la cabeza.

—Ojalá me hubieras dicho algo. Las habría traído. —Levantó la mano y se sacó sus propias gafas de sol—. Toma. Ponte estas.

Me quedé sorprendida.

—Gracias, pero ¿y tú?

—Mis ojos estarán bien. Los tuyos no. —Me las ofreció—. Acepta las gafas. Por favor.

Me las puse y me sentí como una tonta. Parpadeé y, de inmediato, vi y sentí la diferencia, a pesar de que no eran ni de lejos tan oscuras como las mías.

—Gracias.

—¿Puedo sentarme?

Asentí con la cabeza, preguntándome por qué había sentido que debía preguntar.

Se sacó las manos de los bolsillos y se sentó a mi lado, tan cerca que su muslo tocaba el mío.

«Fue diferente.»

Me odié a mí misma, y a Roth por meterme estos pensamientos en la cabeza.

—Gracias por venir a recogerme.

—No hay problema. —Cambió de posición, estirando las piernas mientras inclinaba la barbilla hacia atrás. El sol parecía acariciar su rostro con ternura—. Me sorprendió saber que habías llegado hasta aquí. Hace siglos que no estoy en este parque ni en el zoo.

—El zoo. —Di golpecitos con los pies—. Me gustan los animales. Pensé en buscar la entrada, pero no tenía ni idea de si costaba dinero. Probablemente podría haberlo averiguado, pero... —Me encogí de hombros—. También me gusta este sitio. ¿Sabes qué es lo raro? —continué divagando.

—¿Qué? —me preguntó mientras bajaba la barbilla y me miraba.

Contar con toda su atención me hizo sentir culpable y mareada y esperanzada... y amargada. Dirigí la mirada al suelo.

—No he sentido ningún demonio desde que llegué aquí.

—Es por el zoológico.

—¿Qué?

Mi atención regresó bruscamente hacia él. No me esperaba una respuesta real.

—Los animales pueden sentirlos, sobre todo los grandes felinos. Se vuelven locos cuando se les acercan demonios. Es poco frecuente encontrar un demonio por aquí.

—Ajá. —Entonces, estaba claro que lo que había sentido podría no haber sido un demonio. Aunque Roth afirmaba que le gustaba el parque—. Supongo que el zoo es un lugar bastante seguro.

—Más seguro que la mayoría al menos, incluso una iglesia.

Eso era muy retorcido, ya que muchos demonios podían pisar terreno sagrado.

—Resulta que... sentí algo mientras estaba aquí. —Decidí que si no iba a contarle lo de Faye, debería contarle esto—. Algo raro. Como una sensación fría en la que normalmente siento la presencia de un demonio. Fue exactamente igual, en realidad, pero fría en lugar de caliente. Ya lo había sentido antes.

Zayne me examinó el rostro con la mirada.

—¿Cuando estábamos en el edificio abandonado? Me preguntaste si sentía algo cuando estábamos allí.

—Sí, lo sentí entonces. Las dos veces, no parecía haber nada allí. No sé de qué se trata. —Me encogí de hombros—. Se parece a cuando atravieso por accidente a un fantasma o un espíritu, salvo porque esto se centra en una zona.

Él enarcó las cejas.

—¿Te refieres a… un punto frío? ¿Esas cosas son reales?

Me reí con suavidad.

—Pues sí.

Zayne apartó la mirada con un movimiento rápido y brusco de la cabeza.

—¿Ahora te preocupa haber estado atravesando fantasmas? ¿Puede que incluso a Cacahuete? —Le di un golpecito con el hombro—. No te preocupes. La gente atraviesa a los fantasmas constantemente. A los fantasmas les resulta tan raro como a ti.

—No estoy seguro de si saber eso me hace sentir mejor.

Sonreí.

—En fin, no sé si solo es una nueva sensación fantasmal u otra cosa.

—¿Crees que es algo malo?

El hecho de que se dejara guiar por mi opinión hizo que me gustara aún más, y no hacía falta que me gustara todavía más.

—No ha ocurrido nada malo cuando lo he sentido… Bueno, lo sentí antes de lo de la horda de zombis, pero no sé si las dos cosas están relacionadas o no. Ahora no pasó nada, aparte de que me acojoné un poco.

—Aunque podría estar relacionado. Sin duda es algo que hay que investigar. —Me miró—. Y…

Esperé.

—¿Y qué?

—¿De verdad estás bien?

Toda sensación de relajación que pudiera estar sintiendo salió volando por la ventana.

—Sí, por supuesto. ¿Por qué no iba a estarlo?

—Pues... —Se inclinó hacia delante, dejando caer las manos unidas entre las rodillas, y me puse tan tensa que pensé que se me iban a partir los huesos—. Estás aquí, sola, sentada en un parque.

—¿Eso tiene algo de malo?

Crucé una pierna sobre la otra mientras me recostaba.

—No. Pero sé que has... Han pasado muchas cosas y es la primera vez que lo haces.

—Y es la primera vez que me dejas sola en mitad del día durante un largo período de tiempo —señalé—. Tú tenías cosas que hacer y yo tenía la colada junto con Cacahuete, que se dedicó a cantar y bailar.

Zayne soltó una carcajada seca.

—Eso parece algo digno de ver.

—No lo es. Créeme —le aseguré—. Han pasado muchas cosas, pero estoy bien. —Era verdad. En su mayor parte—. Y fuiste tú quien perdió a alguien anoche. No yo.

—El simple hecho de que yo perdiera a alguien no borra todo por lo que has pasado, Trin —dijo con voz suave, demasiado suave.

Mientras a mí me preocupaba qué iba a decirle para ocultar lo que había hecho, no había tenido en cuenta que él pensaría que mi paseo por el parque tenía algo que ver con... Misha y todo eso.

—Simplemente me apeteció salir. ¿Sabes? Quería ver la ciudad de día —mentí. Bueno, era una mentira a medias. Sí quería ver la ciudad durante el día—. Y me pareció que hoy era un buen día, ya que estabas ocupado.

—Mierda. —Zayne se pasó una mano por el pelo—. Ni se me había ocurrido.

—¿El qué?

—Que querrías hacer eso. —Me miró por encima del hombro—. Hacer algo normal durante el día en lugar de solo comer y entrenar.

—Eh, esos son dos de mis pasatiempos favoritos —bromeé—. Y entrenar es importante. Más que ver la ciudad.

Zayne no sonrió cuando se echó hacia atrás y se giró hacia mí.

—No hay nada más importante que ver la ciudad.

Ladeé la cabeza, alzando las cejas por encima de las gafas de sol.

—La ciudad siempre va a estar aquí, Zayne. No es tan importante.

Me miró a los ojos.

—Pero tu vista no estará siempre.

Se me cortó la respiración.

—Ya sé que no vas a perder la vista mañana y puede que ni siquiera el año que viene, pero ¿por qué esperar y arriesgarse?

Me quedé muda.

Él echó un vistazo al cielo.

—Puesto que el sol se pondrá dentro de un par de horas, vayamos a comer algo y a patrullar temprano, para no regresar demasiado tarde. Mañana te enseñaré todo lo que conozco. Le dedicaremos todo el día.

Una desenfrenada masa de emociones me asaltó desde todas direcciones.

—Pero… pero debemos permanecer aquí fuera todo el tiempo que podamos esta noche. El Heraldo…

—…no es tan importante como tú.

Lo miré, boquiabierta.

—Es muchísimo más importante que yo, y que tú, y que mi vista y todo lo demás. Está matando Guardianes y demonios. Debemos encontrarlo y detenerlo antes de que pase a matar humanos. —Mantuve la voz baja—. Eso es lo único importante.

—Qué va. —Negó con la cabeza—. No es verdad. Tú, y que veas la ciudad, es muchísimo más importante.

El corazón me latió a trompicones mientras la masa de emociones se arremolinaba aún más. Miré fijamente a Zayne y comprendí que nadie me había antepuesto a mí a mi deber. Sí, mi vida se consideraba valiosa y la ponían constantemente por delante de la de los demás, pero nadie me había antepuesto a mí a aquello que estaba destinada a hacer, y eso siempre me había hecho sentir como si no fuera una persona, sino una cosa. Un arma. Era consciente de que nadie lo hacía a propósito (y menos aún Thierry, Matthew o mi madre), pero el entrenamiento siempre había tenido preferencia. Saber que un día mi padre me convocaría siempre había sido el futuro... el único futuro. Pero no para Zayne.

Resultaba muy extraño oír a un Guardián decir eso. Los Guardianes estaban destinados a luchar contra el mal y emparejarse para poder reproducirse. Cierto, tenían más vida que yo, pero también tenían un deber que cumplir a rajatabla.

Me dieron ganas de abrazarlo. De besarlo. Y también de darle un puñetazo, porque no me estaba ayudando en absoluto a mantener cerrado el cajón llamado «ZAYNE». ¡Casi parecía estar zarandeándolo! Y debería ser más sensato.

—Me lo estás poniendo tan difícil —mascullé.

—¿Qué te pongo difícil?

Lo fulminé con la mirada, irritada y cautivada, y cabreada por sentirme cautivada.

—Que no me gustes —admití.

Los labios de Zayne se inclinaron hacia arriba y se le dibujó una sonrisa grande y preciosa que me dejó sin aliento.

Me crucé de brazos y entorné los ojos.

—No sé por qué sonríes.

—Tal vez porque... —Se puso de pie y extendió la mano hacia mí—. Tal vez porque no intento ponértelo fácil, Trin.

Dieciocho

Para mi sorpresa, comer algo se convirtió en una auténtica cena en un asador frente al que habíamos pasado muchas veces mientras patrullábamos.

A juzgar por la cantidad de hombres con trajes oscuros y mujeres con faldas y pantalones de *sport* que disfrutaban de sus cenas, se trataba de la clase de sitio con un código de vestir tan selecto como sus bistecs. Algo que Zayne con sus vaqueros y yo con mi camiseta holgada estábamos infringiendo por completo, pero eso se pasó por alto en cuanto la encargada del puesto de recepción de clientes le puso la vista encima a Zayne. Creo que la joven ni siquiera sabía que yo estaba allí.

Y creo que la camarera, que era lo bastante mayor como para ser mi madre, tampoco se dio cuenta de que Zayne no estaba cenando solo.

Pero ¿a quién le importaba? A mí no, con la tripa llena de jugosa carne roja, espárragos a la parrilla y patatas fritas con trufas. No, cuando los segundos se transformaron en minutos que se convirtieron en horas mientras hablábamos de cosas humanas. Nada de Heraldo. Ni demonios. Ni deber. Todo eso quedó en segundo plano.

Aprendí que teníamos los mismos gustos en música. Zayne era un fan de los clásicos, como yo, y coincidimos en que la mitad de lo que sonaba ahora en la radio no era ni de lejos tan bueno como la música que había surgido entre mediados de la década de 1980 y principios de la de 2000.

Mientras me zampaba el entrecot más grueso que había visto

en mi vida y Zayne comía meticulosamente un solomillo magro, descubrí que él no había visto nunca ni un solo capítulo de *Juego de tronos*, algo que me propuse remediar lo antes posible. Le expliqué que, hacía poco, me había obsesionado con antiguas comedias de televisión de la década de 1990, como *El Príncipe de Bel Air* y *Los tuyos y los míos*. Su película favorita resultó ser *Parque Jurásico*, ¿quién iba a decirlo? Admití que yo no tenía una película favorita y que no conseguía entender cómo alguien podía elegir solo una, lo que condujo a una acalorada discusión.

No teníamos los mismos gustos en cuanto a películas y series de televisión.

—Apuesto a que podrías repetir citas de las quinientas pelis de *Fast & Furious* —dije, jugueteando con el dobladillo de mi camiseta—. De memoria.

Zayne se rio entre dientes mientras la llama de la vela decorativa danzaba.

—Soy de esos chicos que aprecian un buen chasis sin que importe la marca.

Me lo quedé mirando.

—¿Cómo dices?

Me sonrió mientras se inclinaba hacia delante, apoyando los antebrazos sobre la mesa.

—Es una cita de *Fast & Furious 4*. Y, para que lo sepas, lo dejé en la séptima.

—¿Hay siete películas?

Él abrió los ojos de par en par.

—Hay más de siete, jovencita inculta.

Resoplé, inclinándome hacia delante.

—No me van las pelis de acción.

—¿Y qué te va?

No tuve que pensar la respuesta.

—Me encantan las películas de terror divertidas.

—¿Películas de terror divertidas? Parece un oxímoron.

—En realidad, no. Hay muchas que dan miedo y asco y hasta bastante risa. Como las antiguas películas de *Scream*: eran inteligentes y divertidas. Igual que *La cabaña en el bosque*.

Zayne puso los ojos en blanco.

—«Inteligente» y «terror» también parece un oxímoron.

Me quedé boquiabierta.

—Creo que no podemos seguir siendo amigos.

Él soltó una carcajada mientras cogía su vaso de agua y luego tomó un sorbo.

—Solo era un decir.

—¿Y las pelis de acción te parecen inteligentes? —lo reté.

—Para nada. La mayoría atontan bastante. —Dejó el vaso sobre la mesa—. A diferencia de ti, yo reconozco los defectos inherentes a las cosas que me gustan.

Ahora fui yo la que puso los ojos en blanco.

—Y, a diferencia de ti, yo tengo buen gusto.

Zayne me sonrió y mis estúpidos pulmones se quedaron sin aire cuando su mirada atrapó la mía. Noté el pecho tan lleno como el estómago mientras nos mirábamos por encima de la titilante vela. Lo vi morderse el labio inferior, arrastrando los dientes sobre la carne, y enrosqué los dedos de los pies dentro de las botas.

«No intento ponértelo fácil.»

Esas fueron sus palabras (palabras que no podían significar lo que yo creía), pero cuanto más me sostenía la mirada, menos segura estaba. Hacía fresco aquí dentro, pero yo notaba la piel demasiado caliente. El corazón me latía a trompicones y, aunque había una pequeña parte de mí que se sentía tonta, como si estuviéramos fingiendo ser normales durante unas horas, esa era la mejor noche que podía recordar en mucho tiempo… y todavía nos quedaba mañana. Un día haciendo turismo y simplemente… pasando el rato. Me hacía tanta ilusión que deseaba acelerar el tiempo y, a la vez, pulsar la pausa para poder saborear la anticipación. Se parecía al hecho de que yo siempre disfrutaba más del día de Nochebuena que del de Navidad. Se trataba de la expectativa, de la emoción y el asombro ante lo que estaba por venir.

Cuando una garganta femenina carraspeó, aparté de golpe la mirada de la de Zayne para posarla en el origen del sonido. Era la camarera. ¿Cómo se llamaba? ¿Daisy? ¿Dolly? Su cabello rubio suelto tenía un aspecto superbrillante y con cuerpo… y bastante diferente de la coleta que lucía cuando entramos.

Zayne levantó la mirada con una sonrisa.

—¿Estamos abusando de la hospitalidad del local?

La respuesta normal debería haber sido que sí. Llevábamos aquí demasiado tiempo y no habíamos pedido postre. Ni siquiera habíamos mirado la carta de postres.

Esa, por supuesto, no fue la respuesta.

—Por supuesto que no, encanto. —La mujer unió las manos, creando un despliegue bastante abundante de un escote impresionante—. Podéis quedaros todo el tiempo que gustéis. Solo quería asegurarme de que no necesitabais nada más.

—Yo estoy bien así. —Zayne me miró—. ¿Trin?

Le eché un vistazo a mi Coca-Cola, que estaba por la mitad, y negué con la cabeza.

—No necesitamos nada. —Zayne dirigió la mirada hacia su teléfono, que estaba sobre la mesa. Había estado iluminándose de vez en cuando y me pregunté quién le estaría enviando mensajes. Él había respondido una vez—. En realidad, deberíamos pedir la cuenta. —Su mirada encontró el camino de regreso hasta mí—. ¿A menos que quieras postre?

—Dios mío. —Me reí—. Si lo hiciera, la siguiente parada sería Villa Siesta, población: yo.

Zayne me dedicó una sonrisa torcida.

—Solo la cuenta, por favor.

Enarqué una ceja mientras la camarera se alejaba a toda prisa, y Zayne me observó como si no tuviera ni idea de por qué lo estaba mirando. ¿Podía ser tan obtuso?

—¿Qué hora es?

—Casi las nueve.

—¿Qué? —exclamé.

No habíamos venido directamente aquí desde el parque. Habíamos regresado al apartamento porque él tenía que ir a ver al gerente o algo así, pero llevábamos aquí casi tres horas.

Zayne se recostó en la silla, encogiendo un hombro.

—El tiempo no existe cuando te diviertes.

Eso era cierto.

Sacudió bruscamente la cabeza.

—¿Sabes?, te mentí.

Alcé las cejas.

—¿Sobre qué?

—¿Recuerdas cuando me preguntaste si alguna vez había querido ser otra cosa aparte de Guardián? —me preguntó e hice un gesto afirmativo con la cabeza—. No sé por qué empecé a pensar en eso, pero no te dije la verdad. Creo que mentí porque la pregunta me pilló completamente desprevenido.

Me acordaba de que me había dicho que nadie se lo había preguntado nunca, y supuse que eso incluía a Layla.

—¿Qué querías ser?

Asintió con la cabeza.

—Cuando era niño, quería... quería ser médico. —Giró la cabeza y habría jurado por mi vida que se le sonrojaron las mejillas—. Traumatólogo.

—¿Traumatólogo? Caray. —No me pude contener—. Esa es una profesión magnífica para personalidades egoístas.

Soltó esa carcajada típica suya, que me hizo sonreír como una tonta.

—¿Me estás llamando ególatra?

—Jamás —bromeé—. ¿Qué te hizo querer ser médico?

—No lo sé. En realidad, sí. —Se pasó una mano por el pelo—. Todos los sábados por la mañana, mi padre solía llevarme a una heladería que hay en la ciudad. Es uno de esos locales de estilo retro que parece salido de otra época, y era una tradición que continué con Layla.

Esperé sentir la conocida oleada de celos y me sorprendí cuando lo único que sentí fue una punzada de tristeza. No por Layla. No porque esa podría (debería) haber sido yo, sino porque Misha y yo también teníamos nuestros pequeños rituales.

—En fin, una vez cuando estaba allí con mi padre, una mujer entró corriendo con un niño en brazos al que había atropellado un coche. Había sangre por todas partes y nadie se movió mientras la madre del niño gritaba pidiendo ayuda. Incluso papá se había quedado paralizado. ¿Puedes imaginártelo? ¿Que un inesperado accidente humano incapacitara a un Guardián como él?

—No —susurré, aunque tampoco conseguía imaginarme qué habría hecho yo.

—Y, entonces, una mujer salió de algún lugar del local y se hizo cargo. Sin miedo a la sangre ni a hacer algo mal. Sabía que había que inmovilizar la cabeza y el cuello del niño y consiguió que su corazón siguiera latiendo hasta que aparecieron los sanitarios. Yo tenía unos seis años, o puede que siete, y estaba fascinado. Oí que la mujer les decía a los sanitarios que era médica, antes de que se pusiera a hablar en jerga médica que sonaba como un idioma diferente.

Se inclinó hacia mí y vi la intensidad reflejada en sus ojos pálidos.

—No tengo ni idea de si el niño sobrevivió, pero en lo único que podía pensar era en lo asombrosa que era aquella mujer. Quise ser esa persona desconocida en la multitud que podía dar un paso al frente y salvar una vida. Así que quise ser médico.

—¿Se lo dijiste alguna vez a tu padre?

—No. —Se rio entre dientes mientras cogía su vaso, pero no se lo llevó a la boca—. No serviría de nada. Ya lo sabes. Me criaron y prepararon para ocupar... Sí, bueno, ya conoces esa historia. No es que se hubiera reído ni enfadado. Conociéndolo, me habría traído libros de medicina para que los leyera. Pero yo sabía que no estaba aquí para eso.

Asentí despacio, pues comprendía que con «aquí» no se refería a un lugar, sino más bien a un propósito.

—¿Sabes?, puede que no te hayas convertido en médico, pero eres esa persona.

Él frunció el ceño en un gesto de confusión.

—Esa persona desconocida en la multitud que puede intervenir y salvar la vida de alguien —le expliqué y me di cuenta de que me había inclinado hacia él—. Ya lo has hecho. Probablemente más veces de las que puedes contar. No eres médico, pero eres esa persona.

Zayne se quedó mirándome tanto rato que empecé a preocuparme de haber dicho lo que no debía.

—¿Estás bien?

—Siempre —murmuró y luego se mordió el labio inferior otra vez—. Es que nunca lo había visto de ese modo.

—Aquí me tienes. —Sonreí—. Siendo útil y eso, mostrándote toda una nueva forma de pensar.

—Siempre eres útil. —Cuando levantó sus densas pestañas, sentí que su mirada se clavaba en lo más profundo de mi ser—. Y ya me has mostrado una nueva forma de pensar.

Abrí la boca, aunque no tenía ni idea de qué iba a decir, pero Zayne cambió de tema.

—Estos últimos días he estado pensando en nuestra situación en cuanto al alojamiento. No podemos quedarnos allí, al menos no en ese apartamento. Necesitamos algo con dos dormitorios y dos baños. Esa es una de las cosas de las que me estuve ocupando hoy. Me reuní con el gerente de la propiedad para ver si tienen algún piso disponible.

Buscar un sitio más grande tenía sentido. Zayne no podía seguir durmiendo en el sofá y, aunque el horario matutino estaba funcionando, seguía siendo un poco incómodo. Pero me sentí extrañamente descolocada, porque no me lo había mencionado.

Zayne deslizó el dedo por la base de la vela.

—En el edificio, los contratos de alquiler son mensuales, así que, si nos mudamos, no nos estorbaremos.

Asentí, porque eso también tenía sentido. Lo nuestro, mientras yo viviera y él también, era algo permanente. Para siempre. Y era sensato y más seguro para nosotros vivir juntos. Por eso Misha y yo vivíamos en la misma casa en la comunidad.

No estaba segura de por qué me estaba comportando como si Zayne estuviera hablando en un idioma que yo no entendía.

Sacudí la cabeza con fuerza y me alivió comprobar que había recobrado el sentido común.

—¿Hay algún piso disponible?

—Hay dos, pero uno necesita muchas reformas, y eso me preocupa teniendo en cuenta que el edificio es nuevo. Quién sabe qué le hizo el anterior inquilino a ese sitio.

De inmediato, en mi mente apareció el escenario de un asesinato que requería limpieza de riesgo biológico... lo que era un claro indicio de que me pasaba algo malo.

—¿Y el otro piso?

—Actualmente está reservado, pero las personas todavía no han firmado el contrato, así que puede que se echen para atrás. Si lo hacen, es nuestro.

—¿Nuestro? —Solté una risa nerviosa—. Entonces, eso significa que quiero ayudar con el alquiler. Ahora tengo dinero. —Hice una pausa, visualizando todavía los ceros y sin acabar de creérmelo—. Tengo que pagar mi parte.

—Si eso es lo que quieres, eso es lo que haremos.

Sonreí y asentí de nuevo, porque ya no me sentía como una auténtica gorrona. Pero entonces se me ocurrió otra cosa y se me borró la sonrisa. Pensé en lo que me había dicho la noche anterior, sobre que su apartamento solo era un sitio en el que descansar.

—¿De verdad no piensas volver a vivir con tu clan nunca?

Él negó con la cabeza.

—No.

—¿Por mí y el vínculo?

—En cuanto me fui de allí, supe que no iba a volver. Quien era cuando vivía allí, entre esas paredes, bajo ese techo y con mi clan... Ya no soy esa persona, y no tiene nada que ver con ser tu protector.

Lo medité.

—¿Es por tu padre y... y lo que pasó con Layla?

—Sí, por eso, pero también hay demasiadas cosas con las que no estoy de acuerdo y en las que no quiero participar como antes. Y ellos lo saben. Muchos de ellos ya no se fían de mí y, evidentemente, yo ya no me fío tampoco de muchos de ellos. Marcharme era la mejor solución.

Se refería a su postura respecto a los demonios. Comprendí perfectamente que eso hubiera abierto una gran brecha entre los otros Guardianes y él, aunque Nicolai parecía tener una actitud más abierta.

Bueno, al menos Nicolai no escupía y se persignaba cuando se mencionaba el nombre de Roth. Aunque no estaba segura de si eso significaba que el líder del clan opinaba de modo diferente sobre los demonios.

También estaba convencida, sin lugar a dudas, de que, aunque Zayne prácticamente se había aislado del clan y lo había hecho en cuanto se había puesto de parte de Roth y Layla, estaría dispuesto a cubrir las espaldas a cualquiera de esos Guardianes.

Dolly Daisy, la camarera, regresó con la cuenta. Giró el cuerpo hacia Zayne, dándome la espalda, mientras apoyaba una cadera contra la mesa.

Le hice una mueca a Zayne que él no vio o ignoró.

—Tómate todo el tiempo que quieras. —La camarera colocó la carpeta con la cuenta sobre la mesa. Él la cogió de inmediato y la abrió—. Y, si necesitas cualquier cosa, avísame. Estaré encantada de ayudarte.

Zayne la vio en el mismo momento que yo. Hasta a mí me resultó inconfundible lo que había sobre la cuenta. Una tarjeta con un número escrito a mano con letras grandes y exuberantes, junto a un nombre que no pude leer. Lo único que faltaba era la huella de los brillantes y siempre impecables labios rojos de la camarera.

Madre mía de mi vida, no me podía creer lo que estaba presenciando.

¡La camarera acababa de darle su número de teléfono delante de mí! Durante un momento, simplemente me quedé atónita, y quise reírme, salvo porque... bueno, me sentí ofendida. Vale, esta mujer era lo bastante mayor para haberme parido, pero tenía muy buen aspecto para su edad y el maquillaje que llevaba, por lo que pude distinguir, le sentaba bien. Esta «señora» era un bombón, pero aunque yo le pareciera una basura, aquello había sido una audacia.

Reaccioné sin pensar... sin esperar a ver cuál sería la respuesta de Zayne. La impulsividad, como de costumbre, pudo más que yo.

—Hola —dije en voz alta—. ¿Daisy? ¿Dolly?

La mujer se volvió hacia mí, alzando una ceja con gesto inquisitivo.

—Me llamo Debbie, cielo. ¿Necesitabas algo?

—Bueno, no me llamo «cielo». —Le sonreí—. ¿Acabas de darle tu número de teléfono?

Ella abrió la boca.

—¿Mientras yo estoy aquí sentada, teniendo una cita con él? —continué. Las mejillas bronceadas de la mujer se sonrojaron mientras Zayne dejaba escapar un extraño sonido estrangulado. La camarera abrió la boca—. Estoy totalmente a favor del empoderamiento de la mujer, de abrazar nuestras necesidades sexuales y todas esas cosas positivas, pero intenta respetar a tus hermanas primero, y eso no ha sido nada respetuoso.

Debbie se quedó allí plantada, dejando caer los brazos a los costados. Miré a Zayne, que se cubría la boca con una mano mientras mantenía la mirada clavada en la mesa.

—¿Quieres añadir algo a la conversación? —Hice una pausa, entornando los ojos—. ¿Encanto?

—Oh, no. Creo que tú ya lo has dicho todo. —Bajó la mano y alzó la mirada. Le brillaban los ojos—. Puedes quedarte la tarjeta. No la voy a necesitar.

Debbie no cogió la tarjeta. Farfulló «perdonadme» entre dientes y salió pitando tan rápido como se lo permitieron los tacones.

—Bueno —dijo Zayne, captando mi atención—. Dudo que vuelva a hacer eso otra vez.

—Probablemente no. —Estiré la mano sobre la mesa y cogí la tarjeta—. ¿La quieres?

—No —contestó, riéndose en voz baja.

—¿Estás seguro? —La lancé hacia su lado de la mesa—. No me puedo creer que hiciera eso. No sabía quién era yo. Si era tu novia o no.

—Quizá pensó que eras mi amiga —sugirió, dirigiéndome una larga mirada de reojo—. ¿O tal vez mi hermana?

Lo miré con incredulidad.

—¿En serio?

Él se rio.

—Es broma.

Entorné los ojos de nuevo.

—Ja, ja.

—Aunque, hablando en serio, fue descortés, y estaba a punto de señalarlo antes de que tú lo hicieras con tanto descaro.

Se inclinó y sacó una cartera fina.

—Tengo dinero. —Hice ademán de sacar el fajo de billetes que había cogido antes de salir del apartamento—. Puedo pagar…

—Yo me encargo —contestó mientras dejaba varios billetes sobre la mesa, uno de ellos bastante grande.

—Ya estoy viviendo en tu piso, comiéndome tu comida y te he robado la…

—Yo pago, Trin. —Cerró la carpeta de la cuenta—. Es lo que hago en una cita.

Casi me atraganto con mi propia saliva. Gracias a Dios que no había bebido nada.

—¿Una cita?

Zayne asintió con la cabeza mientras empujaba la carpeta con un dedo largo hasta el extremo de la mesa.

—Esto es una cita, ¿no?

Ay, Dios mío.

La cara se me calentó más que mil soles.

—Mira, no le dije eso a Dolly...

—Debbie —me corrigió.

—... porque pensara que esto era una cita. Solo estaba demostrando algo.

—Ya lo sé.

—Y no es que crea que esto es una cita. —Me iba a morir. Aquí mismo. De vergüenza—. No dije eso para que pagaras la cena.

—Ya lo sé —repitió, poniéndose de pie—. Pero, si camina como un pato y grazna como un pato, debe ser un pato.

—¿Qué?

Me levanté a toda prisa.

—Esto parece una cita y transcurre como una cita. —Esperó a que yo rodeara la mesa—. Así que tal vez sea una cita.

—No es una cita —repuse entre dientes.

Mi mirada saltó de él al espacio estrecho, enrevesado y tenuemente iluminado que había entre las mesas.

—¿Por qué no? —me preguntó, caminando un poco por delante de mí.

—Porque no podemos tener citas —le informé. Golpeé el borde de una mesa con la cadera. Se me sonrojaron aún más las mejillas mientras me apresuraba a pedirles disculpas a las personas cuya mesa había hecho temblar—. Lo siento mucho.

Zayne se volvió y analizó la situación con rapidez. Sin mediar palabra, colocó las manos en mis hombros y me guio hasta situarme frente a él. Dimos un par de pasos antes de que él volviera a hablar.

—Sabes que te estoy tomando el pelo, ¿verdad?

Abrí la boca y luego la cerré. Por supuesto que él estaba bromeando. Y por supuesto que yo era una idiota.

—Te odio.

Me apretó los hombros, riéndose entre dientes.

—Qué más quisieras.

Ni se imaginaba cuánta razón tenía en eso.

Mantuve la boca cerrada mientras me guiaba hasta la salida del abarrotado restaurante y nos adentrábamos en el agradable aire nocturno. Dediqué un momento a estudiar lo que nos rodeaba. Había una antigua iglesia al otro lado de la calle y otros cuantos restaurantes y tiendas más.

Miré a Zayne mientras caminábamos, manteniéndonos cerca de los edificios. Tenía aquella estúpida y sexi sonrisa en la cara. Una energía nerviosa me bullía por las venas.

—No me puedo creer que estuviéramos tanto tiempo ahí dentro. Ya deberíamos llevar un buen rato aquí fuera.

—Puede ser, pero se nos permite tener vidas —contestó, aunque era probable que mi padre no estuviera de acuerdo con eso—. Hablando de tener una vida, ¿qué sitios quieres ver mañana?

—Pues… no lo sé. —Rodeé a un tipo que estaba hablando por teléfono y caí en la cuenta de que no había comprobado el mío desde que le había enviado el mensaje a Jada—. Me gustaría ver los dinosaurios.

—Están en el Museo de Historia Natural. Hay un montón de cosas guais allí. Muchos fósiles y artefactos. Incluso hay un pabellón de mariposas.

Eso sonaba bonito.

—Y me gustaría visitar el Museo del Holocausto. ¿Está cerca del otro?

—Sí, a unos quince minutos a pie. ¿Algún sitio más?

Asentí con la cabeza.

—El Museo Afroamericano… Ah, y el que tiene los cohetes y esas cosas.

—El Museo del Aire y el Espacio.

—Sí, ese. Y me gustaría ver algunos de los monumentos —añadí—. Probablemente también el Monumento a Washington.

—En ese caso, parece que pasaremos el día en la Explanada Nacional.

—¿Te parece bien? —Lo miré—. A ver, es probable que ya hayas visto estas cosas un millón de veces.

—Es perfecto y, de hecho, solo he estado en algunos de esos

sitios un par de veces y hace mucho tiempo —me explicó mientras examinaba las calles—. Es extraño cuando has vivido aquí toda tu vida. Quieres visitar los sitios, pero, como puedes ir en cualquier momento, lo pospones.

Supuse que eso tenía sentido.

—¿Cómo es la... la iluminación en los museos?

—Algunos son bastante brillantes, así que puede que te molesten un poco los ojos, y otros están oscuros. Si tienes cualquier problema en alguno de ellos, avísame.

Asentí, aliviada. Odiaba llevar gafas de sol en el interior porque me preocupaba, como una idiota, lo que pudiera pensar otra gente al verme. Como que me creía demasiado guay o algo así. Y, aunque sabía que no debería importarme lo que pensaran unos desconocidos, me hacía sentir incómoda. También me preocupaba no ser capaz de ver algunos de los objetos expuestos si no podía acercarme, pero esperaba que ese no fuera el caso. Aunque solo pudiera ver la mitad, sería maravilloso y...

Zayne soltó una maldición. Esa fue la única advertencia. Primero estaba caminando y, un segundo después, me elevaba en el aire.

Diecinueve

La calle se convirtió en una mancha borrosa mientras Zayne se movía a una velocidad alarmante. Oí un grito al mismo tiempo que él se giraba y nos apartaba de un estallido de voces enfadadas; a un chirrido metálico lo siguió el sonido de la carne al chocar contra algo sólido. La luz de las farolas se atenuó cuando Zayne entró en un callejón y entonces mi espalda acabó pegada contra una pared mientras él me rodeaba, bloqueando mi cuerpo con el suyo. Unas carcajadas y el suave sonido de unas ruedas metálicas sobre el cemento ahogaron el caos de mi corazón desbocado.

—Pero ¿qué demonios...?

Levanté la cabeza y vi el contorno del perfil de Zayne detrás de su pelo. Sentí el ligero hormigueo de la presencia de un demonio cerca, pero eso era normal en D. C.

—Unos chicos con monopatines y patines saliendo de este callejón como unos idiotas suicidas. Uno de ellos se estrelló contra un tío que estaba saliendo de un taxi.

Bueno, eso explicaba los gritos que oía.

El tono de Zayne era duro.

—Van a hacerse daño o a hacerle mucho daño a otra persona, con suerte lo primero. Gilipollas.

—Yo ni siquiera... —Aparté la mirada de su perfil y la posé en mis manos, que descansaban sobre su pecho—. No los vi.

—Lo sé. Se acercaron desde un lado, demasiado rápido para que los vieras. —Bajó la mirada hacia mí—. Eran como una pandilla de patinadores.

—Qué miedo.

Su rostro estaba en sombras, pero vi aparecer una leve sonrisa.

—Probablemente causen más daños y dolores de cabeza que una horda de esbirros.

—Probablemente. —Mi corazón había ralentizado el ritmo, pero seguía latiendo con fuerza, y eso no tenía nada que ver con la pandilla de patinadores. Apenas nos separaban unos dos centímetros. Realicé una inspiración corta—. Claro que es probable que los humanos causen más daño que la mayoría de los demonios.

—Cierto —dijo, inclinando la barbilla.

Inspiré otra vez, más hondo, y mi pecho rozó el suyo. Un escalofrío me recorrió la piel. ¿Zayne se había acercado más? Seguramente fuera hora de poner cierta distancia entre nosotros. Pero no dije eso. Ni tampoco me aparté. Mis manos permanecieron donde estaban y pude sentir cada inspiración que él realizaba, largas y lentas, y no demasiado regulares.

—Gracias.

Mi propia voz me sonó extraña. Más ronca. Más intensa.

—¿Por qué?

Dejé caer la cabeza hacia atrás contra la pared mientras examinaba su expresión entre las sombras.

—Por la cena. No te lo agradecí. Así que gracias.

—Que te lo pasaras bien fue agradecimiento suficiente.

Mi corazón dio un saltito de alegría.

—Siempre dices lo correcto.

—Digo lo que pienso. No sé si eso está bien o mal.

Él se había acercado más mientras hablaba. Sus muslos tocaron los míos. Sus caderas se encontraron con mi vientre y supe que él estaba captando lo que yo sentía. Noté un estallido de calor en las mejillas, pero una clase diferente de ardor me invadió la piel cuando un sonido sordo y bajo brotó del fondo del pecho de Zayne. No había ni un solo centímetro entre nuestros cuerpos y sentí ese sonido en cada parte de mi ser. Hundí los dedos en su camiseta mientras el poco aire que logré introducir en mis pulmones escapaba despacio.

—Trin.

Pronunció mi nombre con un bajo y áspero gruñido de advertencia.

De deseo.

Deslicé los dedos por su pecho, deteniéndome al llegar al vientre firme. «¿Por qué no?» Esa era la pregunta que me daba vueltas por la mente. ¿Por qué no podía ponerme de puntillas y coger lo que quería, lo que sospechaba que él también quería? En un sentido físico, estaba segura de que él sentía lo mismo. No se podía negar que nos atraíamos. Eso no significaba que Roth tuviera razón. Que Zayne me mirara de manera diferente ni que… que yo estuviera enamorada de él. Solo significaba que lo deseaba.

Nadie nos había explicado por qué estaba prohibido que un Sangre Original y su protector mantuvieran una relación. Tal vez esa norma tuviera sentido cuando había más Sangre Original, pero ahora solo estaba yo, y no me cabía en la cabeza por qué tendría que ser un problema.

Por fin había encontrado a alguien que me gustaba (mucho), alguien que me interesaba más allá de la atracción física, y no podía tenerlo.

La vida era injusta y el corazón era cruel, ¿verdad?

El aliento de Zayne me acarició la mejilla. Lo único que me haría falta hacer era girar la cabeza un poquito a la izquierda y nuestras bocas quedarían alineadas. Él no me había soltado ni había puesto distancia entre nosotros, y conocía las normas. ¿Quizá estuviera pensando lo mismo que yo?

¿Qué mal podría causar un beso?

¿Solo uno?

Giré la cabeza. Los labios de Zayne me rozaron la línea de la mejilla y se detuvieron a menos de dos centímetros de la comisura de mi boca. Fue como si todos los nervios de mi cuerpo se encendieran a la vez y algo más pesado, más picante, me invadió los sentidos, brotando de aquella cálida bola de luz de mi pecho.

«Zayne.»

Él era el denso peso que notaba en el pecho, junto al corazón, y que se iba mezclando con la misma sensación que se había asentado en la parte baja de mi vientre.

Dios, provenía de él de verdad. Zayne estaba sintiendo lo mismo que yo. Había algo entre nosotros, más que solo un vínculo entre protector y Sangre Original, y fuera lo que fuera me hizo sentir mareada y acalorada, como si me hubiera pasado todo el día sentada al sol.

No lo vi moverse, pero no di un respingo cuando me rozó la mejilla con los dedos y colocó el pulgar en mi mandíbula. Me hizo inclinar la cabeza hacia atrás aún más. La anticipación me recorrió la piel. En ese momento, deseaba un beso con tanta intensidad como necesitaba el aire que respiraba. Todas las partes de mi ser estaban de acuerdo. Quería sentir sus labios contra los míos una vez más. Quería notar el sabor de su aliento en la punta de mi lengua. Quería mucho más.

Había una vocecita traviesa en el fondo de mi mente que me retó a provocar que la misma frustración y necesidad que yo estaba sintiendo se arremolinaran dentro de él, a tensar al máximo el límite que nos separaba.

—Sea lo que sea en lo que estés pensado, para —dijo Zayne y su voz sonó como si estuviera llena de grava.

—Pues apártate.

No se apartó.

Y no dejé de pensar en que besarlo era como ser alcanzada por un rayo y en lo que sentía al estar entre sus brazos, piel contra piel. Los músculos se me licuaron de una forma que me resultó tan placentera como dolorosa.

Zayne apoyó la frente contra la mía y noté que su pecho se expandía al realizar una inspiración entrecortada.

—Compórtate —me pidió.

Las comisuras de mis labios se inclinaron hacia arriba.

—Eso intento.

—No lo estás intentando con suficientes ganas.

Se me cerraron los ojos al mismo tiempo que apartaba las caderas de la pared y, entonces, se me cortó la respiración cuando Zayne me rodeó la cadera con la otra mano.

—Tú tampoco lo estás intentando.

—Tienes razón. No lo estoy intentando, y debería hacerlo. Deberíamos ser más sensatos.

—Ser sensato está sobrevalorado —murmuré.

Él se rio entre dientes.

—Se supone que deberíamos estar patrullando. Cazando al Heraldo. No haciendo esto.

Esto.

Fuera lo que fuera esto.

—Es cierto —admití—. Pero empezaste tú. No yo.

—No sé yo.

—No puedes culparme de esto —protesté—. No, cuando eres tú el que me está sujetando. Esto es culpa tuya.

—Puedo sentirte. —Su voz apenas era un susurro, pero me tensó los nervios—. El calor. El deseo. Puedo sentirte. Y me cuesta resistirme.

Se me secó la boca.

—Y yo puedo sentirte a ti. ¿Lo habías pensado? Porque a mí también me cuesta resistirme.

—Vale. —Su cálido aliento se deslizó de nuevo sobre mis labios—. Digamos que los dos tenemos la culpa.

—Más bien es culpa tuya en un sesenta por ciento y mía en un cuarenta, pero bueno.

Su risita sonó áspera y seductora.

—Tenemos que mantenernos concentrados.

Cierto.

Y lo que Zayne había dicho hacía unos segundos era verdad. No lo de que los dos teníamos la culpa, sino lo de ser sensatos. No teníamos ni idea de cuáles serían las consecuencias si decidíamos estar juntos, pero estaba convencida de que no sería nada agradable. Esa norma la habían creado los arcángeles, que formaban la orden más alta y más poderosa de entre todos los seres angelicales. Incluso supervisaban a los alfas, que eran los responsables de comunicarse con los Guardianes.

Los arcángeles no solo tenían fama de ser estrictos y de la vieja escuela, sino que solían ser de la variedad del Antiguo Testamento, lo que significaba que seguían la ley del ojo por ojo, literalmente. Quién sabía qué clase de castigo nos impondrían, ya que contaban con eones de experiencia a sus espaldas en cuanto a repartir castigos como si fueran caramelos y cada noche fuera Halloween.

Experimenté un estallido de miedo que me heló la piel, pero

no por mi propia seguridad. Teniendo en cuenta que los arcángeles solían excederse al aplicar eso de que el castigo debe ser acorde con el delito, podrían hacerle daño a Zayne.

Incluso podrían matarlo.

Mientras el miedo transformaba mi sangre en lodo, pensé en mi padre, en que no se inmutó al enterarse de lo que había ocurrido con Misha y su muerte. El corazón me dio un vuelco. Dudaba que mi padre interviniera en caso de que fueran a castigarnos, aunque Zayne estuviera destinado a ser mi protector.

Era probable que estuviera exagerando con toda esa parte de matar a Zayne. Me necesitaban para encontrar al Heraldo, y me necesitaban en plena forma para hacerlo, y eso significaba que necesitaban a Zayne vivito y coleando, así que tal vez teníamos la sartén por el mango. Tal vez...

Un chillido se abrió paso entre el lejano murmullo de coches y gente. Nos separamos de golpe. Me aparté de la pared tambaleándome y me giré hacia la entrada del callejón. Otro chillido hendió el aire, seguido de gritos.

—Pero ¿qué demonios...? —Zayne me agarró la mano—. Vamos.

Echó a correr y, con él guiándome, pude mantener el ritmo con facilidad mientras llegábamos a la acera y esquivábamos grupos de personas.

Otro grito me disparó la adrenalina. Más adelante, una pequeña multitud de personas que estaban en las aceras invadió la calle y bloqueó el tráfico. Zayne redujo la marcha mientras yo me esforzaba por ver qué estaba pasando. El hormigueo en la nuca me indicó que había demonios por los alrededores, pero no estaban cerca. Así que... ¿violencia entre humanos?

Un destello de luz me llamó la atención, seguido de otro. Tardé un segundo en darme cuenta de que la gente estaba... Tenían los teléfonos en la mano y estaban sacando fotos de algo...

—Dios santo —murmuró Zayne, que me apretó la mano y luego la soltó.

—¿Qué...?

Seguí su mirada hasta el edificio frente al que se encontraban todos mientras el lejano zumbido de las sirenas se iba acercando.

El edificio era una iglesia, una de esas antiguas de piedra, la misma iglesia que vi cuando salimos del restaurante. Había algo colgado de uno de los campanarios… algo grande con alas. Un momento… no estaba colgado. Más bien clavado.

La inquietud hizo que se me formara una bola de plomo en el estómago. Di un vacilante paso hacia delante y entrecerré los ojos.

—¿Qué es?

Un gruñido brotó del fondo de la garganta de Zayne e hizo que se me erizara el vello de la nuca.

—Es un Guardián —me dijo.

Veinte

Zayne se transformó tan rápido que dudé que ninguna de las personas que estaban cerca de nosotros se hubiera dado cuenta de que el enorme Guardián con alas parecía humano un segundo antes.

—Quédate aquí —me ordenó y, por una vez, no me cabreé por ello.

No, cuando había un Guardián muerto colgando de una iglesia.

No, cuando deberíamos haber estado patrullando en lugar de cenando en un bonito restaurante y haciendo lo que fuera que estuviéramos haciendo en aquel callejón. No era ilógico llegar a la conclusión de que, si hubiéramos estado haciendo lo que se suponía que debíamos hacer, tal vez habríamos visto quién hizo esto. Podríamos haber atrapado al Heraldo o a quienquiera que fuera responsable.

Esta era la segunda vez que un Guardián aparecía muerto donde acabábamos de estar.

Con una ráfaga de viento, las potentes alas de Zayne lo elevaron en el aire. Oí exclamaciones ahogadas mientras las personas situadas delante de nosotros se daban la vuelta y estiraban el cuello para observarlo volar hacia la iglesia. Más luces brotaron de los teléfonos a medida que Zayne se convertía para mí en nada más que en una forma borrosa con alas.

Estaba segura de que, en menos tiempo del que yo tardaría en deletrear «falafel», habría fotos del Guardián muerto circulando por todas las redes sociales. ¿Cómo lo llamaban? Pornografía trágica.

La gente estaba enferma.

—¡Dios mío, es enorme! —exclamó un hombre que se encontraba cerca, con la voz llena de asombro—. Caramba, no sabía que fueran tan grandes.

—¿Nunca habías visto ninguno? —preguntó otro tío.

Al girarme, distinguí a dos hombres de mediana edad, ambos vestidos con pantalón de *sport* oscuro y camisa blanca. Los dos llevaban al hombro bolsos de cuero como los de los mensajeros y una especie de chapa colgando del cuello. Oficinistas. Tal vez trabajaran en el Capitolio.

El tío con el pelo más claro negó con la cabeza.

—No tan de cerca.

—Todos son grandes —contestó el otro tío, toqueteando la pantalla del teléfono que sostenía—. Como luchadores dopados.

—Sí, y alguien clavó a ese cabronazo ahí arriba como si nada. Lo crucificó, joder. —El hombre de pelo oscuro sacudió la cabeza—. Piénsalo.

—La verdad es que no quiero, tío.

Miré hacia donde Zayne estaba bajando al Guardián de la iglesia y luego de nuevo hacia los hombres.

—¿Perdonen? —dije y los dos se volvieron hacia mí—. ¿Vieron lo que le pasó al Guardián?

—¿Al que está ahí colgado? —me preguntó el rubio mientras unas parpadeantes luces azules y rojas llenaban las aceras. La policía había llegado—. No. Íbamos hacia el metro y alguien gritó. La gente empezó a señalar hacia lo alto de la iglesia.

El otro hombre sacudió la cabeza.

—Sí, fue raro. Pasó de repente. Esa cosa apareció ahí arriba en un abrir y cerrar de ojos. No vi nada… Joder, hay otro. ¡Mirad!

Desplacé la mirada hacia donde señaló. Recortándose contra el nublado cielo nocturno, la sombra más oscura de otro Guardián se dirigió hacia Zayne y la iglesia. El alivio aflojó parte de la tensión que me agarrotaba los músculos del cuello. No tenía ni idea de quién era el Guardián muerto, pero tenía que ser alguien a quien Zayne conocía y con el que probablemente había crecido o pasado años, como Greene. Agradecía que contara con refuerzos, porque yo no era de gran ayuda sin alas y plantada en la acera.

—Joder —repitió el rubio—. Todavía me cuesta creer lo grandes que son esas cosas.

—No son cosas —le espeté, ganándome miradas de recelo de los dos hombres—. Son Guardianes.

—Lo que sea —masculló uno de ellos.

Los dos me dieron la espalda y levantaron sus teléfonos para hacer una foto.

Me hizo falta un montón de autocontrol que no sabía que poseía para resistir el impulso de arrancarles los móviles de las manos y aplastarlos de un pisotón. Supuse que hoy ya había tomado suficientes malas decisiones vitales para que me duraran hasta la próxima semana, como mínimo. Realicé una inspiración corta y examiné la multitud. Alguien tenía que haber visto cómo había llegado ahí arriba el Guardián. A menos que quienquiera que hubiera hecho eso pudiera moverse tan rápido que el ojo humano no pudiera detectarlo. Muy pocos demonios de nivel superior eran tan poderosos. Roth lo era, pero ¿podía moverse tan rápido? ¿Ser capaz de crucificar a un Guardián en una iglesia en una calle concurrida sin que nadie viera nada?

Una vez más, lo que fuera que había hecho eso se encontraba por aquí mientras patrullábamos… bueno, donde se suponía que deberíamos estar vigilando. Ese ser podría estar aquí ahora mismo, y no nos dábamos cuenta.

—Mierda —masculló, cada vez más frustrada. ¿Dónde estaba este…?

El roce de unos dedos gélidos en la nuca hizo que un escalofrío me bajara por la espalda. Se me erizó todo el vello del cuerpo a la vez que la respiración se me atascaba en el fondo del pecho. Se trataba de esa sensación otra vez. Me giré rápidamente y observé a las personas situadas cerca de mí. Todas tenían la mirada levantada hacia la iglesia. Todas me parecieron humanas. No había nadie sospechoso.

Levanté la mano y me restregué la base del cuello con los dedos. Noté la piel caliente, pero esa sensación fría seguía ahí.

Un momento.

Uno de los presentes no parecía nada normal.

Cerca de un camión blanco de reparto aparcado, el cuerpo de una mujer parpadeaba una y otra vez como si fuera la imagen de un televisor viejo con mala señal. Llevaba un uniforme militar de color azul oscuro y, aunque no distinguí heridas visibles, su rostro tenía el pálido aspecto demacrado de la muerte. Se trataba de un fantasma... y estaba mirando fijamente algo o a alguien.

El fantasma se desvaneció y luego reapareció en la acera, dándome la espalda. Me invadió la sorpresa. El fantasma no sabía que yo estaba allí, y eso era raro.

Se me ocurrió algo mientras la observaba deslizarse entre los espectadores como si tuviera un objetivo. No podía estar segura de que la ancianita del parque me hubiera visto. Había mirado hacia mí, pero entonces noté esa sensación fría.

Rodeé a la gente hasta llegar al borde del grupo de espectadores. El fantasma se encontraba a menos de un metro por delante de mí cuando su forma empezó a parpadear con rapidez. Abrí la boca, preparada para hacer como si estuviera hablando sola.

La mujer fantasma se sacudió, agitando sus brazos etéreos y arqueando la espalda como si hubieran tirado con fuerza de una cuerda invisible que tuviera atada a la cintura. Un segundo después, se desvaneció.

Me detuve de golpe. Tanto los fantasmas como los espíritus tenían la irritante costumbre de desaparecer sin más. Eso no era ninguna novedad, pero la forma en la que se había sacudido el cuerpo de esta mujer, como si la hubieran atrapado...

Algo grande y oscuro se movió en los extremos de mi campo visual, captando mi atención. Me giré, pero no vi nada salvo una pared de ladrillo. Seguí mirando y transcurrieron los segundos sin que pasara nada.

No tenía ni idea de si había visto algo. Podría haber sido una persona, un extraño juego de luces de un coche al pasar o el resultado de los esfuerzos de mi mente por compensar los vacíos en mi visión periférica. Incluso podría haber sido un fantasma o un espíritu. Quizá ese chico que me había seguido hasta el piso de Zayne. O absolutamente nada. Con mi vista, ¿quién sabía?

Pero la gélida conciencia que me presionaba la nuca había desaparecido, lo que suponía una... coincidencia muy rara.

—Trin.

Di media vuelta. Zayne había vuelto a cambiar a su forma humana, algo que supe que habría hecho lejos de las miradas indiscretas de los humanos. Lo recorrí con la mirada. Había unas manchas oscuras esparcidas por los restos hechos jirones de su camiseta.

Sangre. Sangre de Guardián.

—¿Quién era? —le pregunté, dejando de lado lo que acababa de ocurrir.

Zayne tenía la mandíbula apretada cuando contestó:

—Morgan. Se trasladó a nuestro clan hace un año. —Agarró algo que sostenía en la mano mientras dejaba escapar un gruñido bajo y retumbante que rogué que ninguna de las personas que nos rodeaban hubiera escuchado—. Era nuevo en la zona, pero estaba bien entrenado y era muy capaz de arreglárselas. Dez lo va a llevar de regreso al complejo.

Una parte enorme y horrible de mi ser se sintió aliviada al saber que el que estaba ahí arriba no era Dez, pero el alivio fue efímero. No sabía nada de Morgan. Podría tener familia... pareja e hijos. Y, aunque no fuera el caso, estaba segura de que otros lo echarían de menos y llorarían su muerte.

—Lo siento. —Tragué saliva con dificultad mientras alzaba la mirada hacia la de Zayne—. Lo siento mucho.

Él asintió con la cabeza y se acercó más, levantando la mano.

—Esto es lo que usaron para clavarlo a la iglesia.

Abrió la mano. Sobre su palma había dos pinchos largos y estrechos, que desde luego no eran de los que se usaban normalmente en jardinería. Esos emitían un tenue resplandor dorado. Yo no conocía ningún tipo de metal ni piedra que brillara así.

—¿Qué son?

Hice ademán de tocarlos, pero Zayne cerró la mano, envolviéndolos.

—Ni idea —contestó. Su pecho se alzó cuando respiró hondo—. No he visto nada parecido en toda mi vida.

Me encontraba de pie en un rincón del despacho de Nicolai, intentando no estorbar a los Guardianes que entraban y salían. Varios me lanzaron miradas de curiosidad o desconfianza al darse cuenta de mi presencia, arrinconada como alguien que no encajaba. Ver a una completa desconocida en el corazón del complejo de D. C. mientras lidiaban con la pérdida de otro Guardián más tenía que resultar desconcertante.

Jasmine, la mujer de Dez, me había contado que el Guardián Morgan se había emparejado, pero había perdido a su mujer en el parto poco antes de trasladarse al complejo de D. C.

Mi mirada se fijó en los pinchos, que estaban situados en el centro del escritorio de Nicolai, brillando con suavidad. Eso era algo que no se veía todos los días.

—Sea lo que sea este metal, consiguió matar a Morgan de una punción en la nuca —estaba diciendo Zayne—. Cuando lo extrajimos, nos dimos cuenta de que había cortado el tallo cerebral por dentro.

Hice una mueca. Eso debió ser muy… pringoso, y resultaba sin duda sorprendente. Aparte de las garras y los dientes de los demonios y el fuego infernal, yo no conocía ningún tipo de arma que pudiera perforar con tanta facilidad el cráneo de un Guardián.

—Tiene algo escrito. No tengo ni idea de qué idioma es —añadió Gideon mientras se arrodillaba para situarse a la misma altura que el escritorio.

Yo había visto a Gideon brevemente la noche que regresamos aquí procedentes de la casa del senador, pero nunca nos habían presentado de manera oficial. Pero sí estaba enterada de que era el especialista en tecnología y seguridad de los Guardianes de este complejo. Por lo visto, también era una especie de erudito, porque Zayne y Nicolai se habían quedado mirándolo fijamente como si hubiera admitido que coleccionaba espeluznantes muñequitas de porcelana.

—¿Qué pasa? —preguntó Gideon mientras levantaba el extremo más grueso del pincho con unas pinzas de cocina—. No conozco todos los idiomas del mundo.

—Estoy asombrado —contestó Zayne con tono seco—. Creía que lo sabías todo.

—Bueno, esto pasará a la historia. —Gideon sacudió la cabeza, observando el pincho—. Se parece al arameo antiguo, pero no es igual.

Alcé las cejas. ¿Arameo antiguo? Eso databa de uno de los primeros períodos de lenguaje escrito de los que se tenía constancia y no era algo a lo que uno oyera referirse a menudo.

Nicolai, que era el líder de clan más joven del que yo había oído hablar, deslizó el pulgar por el incipiente pelo rojizo que le cubría la barbilla. Me miró por primera vez desde que habíamos llegado. A diferencia de los otros Guardianes, no había desconfianza en su mirada, pero sí cautela.

—Supongo que no has visto un arma como esta, ¿no? —me preguntó Nicolai.

Negué con la cabeza.

—Nunca.

Volvió a centrarse en Gideon, sin apartar el dedo de la barbilla.

—¿Crees que puedes averiguar qué dice y de dónde puede haber salido?

Gideon hizo un gesto de asentimiento con su cabeza morena mientras dejaba el pincho de nuevo sobre la tela blanca.

—Puede que tarde un par de días, pero debería conseguirlo.

—Bien. —Nicolai bajó la mano y se cruzó de brazos—. Porque me gustaría mucho saber qué clase de metal brilla.

—Y a mí —murmuró Zayne. Carraspeó—. Me parece que mataron a Morgan en otro sitio y luego lo transportaron hasta la iglesia para exhibirlo. Como a Green.

—Ninguna de las personas que había en la calle vio qué ocurrió. —Aporté información útil en lugar de servir de tanta ayuda como una planta—. Les pregunté a unos cuantos que estaban por allí y me dijeron que el Guardián apareció en la iglesia en un abrir y cerrar de ojos.

Gideon me estaba mirando con curiosidad, probablemente preguntándose qué hacía en la calle con Zayne. Como él no tenía ni idea de qué era yo, no me sorprendió su interés.

—Ningún demonio es tan rápido —dijo Nicolai—. Ni siquiera los demonios de nivel superior más poderosos. Ni siquiera Roth.

Me puse tensa al oír mencionar al Príncipe Heredero del infierno. Dios, durante la última hora aproximadamente, hasta me había olvidado de lo que Roth y yo habíamos hecho. Caray, ahora eso parecía haber ocurrido hacía una semana, pero ¿eso me convertía en una persona horrible? Noté un peso en los hombros.

—Hemos llegado a la conclusión de que, sea lo que sea el tal Heraldo, no es un demonio. —Zayne me miró—. No tenemos ni idea de qué podría estar detrás de esto.

—Lo que significa que no tenemos ni idea de qué estamos cazando —añadí, apartándome poco a poco de mi rincón—. A Greene... lo dejaron en una zona en la que acabábamos de estar, igual que esta noche. Creo que los lugares se eligieron a propósito.

—¿Tú qué opinas? —le preguntó Nicolai a Zayne mientras Gideon fruncía el ceño.

—Opino lo mismo que Trinity. —Zayne se cruzó de brazos—. Es como si se estuviera burlando de nosotros.

—¿Y ninguno de los dos visteis nada? —inquirió Nicolai.

—Cenamos en el restaurante situado enfrente de la iglesia y luego estuvimos patrullando. Solo habíamos recorrido una manzana cuando oímos los gritos.

Nicolai frunció el ceño.

—¿Cenando?

—Eso he dicho —contestó Zayne.

Nicolai apretó la mandíbula.

—¿Alguno de los dos notasteis algo que pareciera fuera de lo normal?

Zayne negó con la cabeza, pero pensé en la sensación que había notado y el fantasma que había visto. No estaba segura de si estaba relacionado con el Heraldo, pero era algo.

Le eché un vistazo a Gideon, pues no estaba segura de lo que podía decir delante de él, y decidí ofrecer la menor cantidad de información posible.

—Bueno, yo vi un fantasma.

Gideon giró la cabeza bruscamente hacia mí.

—¿Un fantasma?

Asentí con la cabeza y acabé mirando a Zayne.

—Es probable que no tenga nada que ver con el Heraldo, pero el fantasma se estaba comportando de forma extraña.

—¿Ves fantasmas? —me preguntó Gideon, hablando despacio.

—Y espíritus —contestó Zayne mientras descruzaba los brazos y giraba el cuerpo hacia mí—. No me habías dicho nada de esto.

El tono de su voz me aguijoneó la piel.

—Bueno, estábamos bastante ocupados regresando al complejo porque había que ocuparse de un Guardián muerto.

—Un momento. —Gideon se me quedó mirando fijamente—. ¿Puedes ver fantasmas y espíritus?

—Sí, no es para tanto…

—¿Que no es para tanto? —Gideon soltó una carcajada seca—. ¿Te das cuenta de que eso significa que tienes un ángel posado en alguna rama de tu árbol genealógico?

Sí, había uno justo en la cima de mi árbol genealógico. Era un arcángel y se llamaba Miguel. Ese Miguel.

De algún modo, me las arreglé para mantener el rostro inexpresivo. Me hizo falta un esfuerzo impresionante, porque por lo general mi cara no sabía ocultar mis pensamientos.

—Eso tengo entendido.

—Caray. —Gideon miró a Nicolai, que parecía estar sonriendo… o haciendo una mueca—. Nunca había conocido a nadie que pudiera ver a los muertos. Vaya, nos habrías venido muy bien hace unos meses cuando tuvimos un espectro rondando por aquí. Nos habrías ahorrado a todos un montón de problemas y… —Se interrumpió, sacudiendo ligeramente la cabeza—. Sin duda, habrías resultado útil.

—¿Cómo se estaba comportando el fantasma? —intervino Zayne antes de que me diera tiempo a preguntar por aquello.

—El fantasma no sabía que yo estaba allí, y eso es raro. Estaba concentrado en algo, pero, antes de poder descubrir de qué se trataba, se sacudió y luego desapareció.

—Tal vez ese fantasma pudo sentir al Heraldo —sugirió Nicolai, apoyándose contra un lado del escritorio.

—Es posible —contesté, sobre todo porque cualquier cosa era posible a estas alturas—. Tanto los fantasmas como los espíritus tienen la costumbre de desaparecer sin más, así que podría no ser nada, pero...

Pero no estaba segura de si podía decir lo que había sentido también sin tener que explicárselo a Gideon.

Por suerte, Gideon cambió de tema.

—Por cierto, todavía no he encontrado nada sobre dónde está situado ese colegio que planea construir el senador, y he escarbado hondo... incluso en el ámbito estatal. Sigo buscando, pero me pregunto si el terreno se habrá comprado a nombre de otra persona o empresa.

—Y el senador no ha estado en la ciudad desde antes del incendio, cuando lo vieron con Bael —nos recordó Nicolai—. Sus asistentes se han estado encargando de todo mientras él se ocupa de una inesperada emergencia familiar en su estado natal.

Resoplé.

—Más bien una inesperada emergencia demoníaca.

Nicolai sonrió y comentó:

—Algunos hemos empezado a preguntarnos si el senador seguirá vivo.

—Teniendo en cuenta la experiencia previa con demonios como Bael, si el senador ya no es útil, puedes apostar a que nos enteraremos de que ha sufrido un prematuro accidente que ha acabado con su vida —comentó Zayne.

—Espero que no. —Los tres me miraron—. Bueno, entonces sería un punto muerto. Literalmente.

—Bien pensado. —Gideon envolvió los pinchos con cuidado—. Accederé a las cámaras de las calles y de las tiendas cercanas para ver si captaron algo esta noche. Con suerte, nos mostrarán algo. Lo que tal vez no haya sido visible para el ojo humano podría haber quedado grabado.

—¿Cómo con los fantasmas? —sugerí.

Gideon asintió con la cabeza.

Sonreí, pensando en con qué frecuencia la gente descartaba imágenes fantasmales grabadas pensando que eran un truco raro de la cámara. Estaba dispuesta a apostar una caja de cerveza de raíz a que la gente grababa pruebas de la existencia de fantasmas más a menudo de lo que querrían saber.

—Cuéntame lo que encuentres —dijo Zayne—. Aunque no sea nada.

Gideon hizo un gesto afirmativo con la cabeza, bajando la mirada hacia el bulto que sostenía en las manos.

—Lo que sí puedo deciros es que estos pinchos no fueron creados por humanos, y nunca he visto a un demonio usar algo así. —Levantó la vista—. Hace que uno se pregunte de dónde han salido, ¿verdad?

Veintiuno

En cuanto la puerta se cerró detrás de Gideon, me volví hacia Nicolai y Zayne.

—Si los humanos no crearon esos pinchos ni tampoco los demonios, eso no deja muchas opciones.

—Exacto —coincidió Zayne, observándome.

Me crucé de brazos y sentí una extraña tensión en el pecho. Se me ocurría un posible origen... pero eso no tenía ningún sentido.

—Nunca he visto armas angelicales.

—Yo sí. Ambos —contestó Zayne, echándole un vistazo a Nicolai—. Los alfas llevan espadas. No como la tuya. La tuya es especial.

La mía era superespecial.

—Las espadas de los alfas parecen estar hechas de una extraña mezcla de hierro y oro —me explicó Nicolai—. Al menos, por lo que hemos podido ver. Ninguno de nosotros ha llegado a sostener una.

—¿Sabéis qué es lo más retorcido? —Cambié el peso del cuerpo de un pie al otro—. Soy en parte ángel y el único ángel que he visto es mi padre, pero vosotros veis a los alfas constantemente.

—Ya, bueno, ninguno de nosotros ha visto un arcángel —repuso el líder del clan.

—Salvo yo —le recordó Zayne.

—Y eso te hace único, ¿verdad? —Nicolai se apartó de la cara un mechón de pelo castaño, que le llegaba a los hombros, mientras Zayne esbozaba una sonrisita de suficiencia—. Nunca he visto un ángel que llevara algo parecido a eso y, además, ¿por qué tendría este Heraldo algo que ha sido forjado en el cielo?

Esa era una buena pregunta.

—Tal vez se los robó a un ángel —sugerí, encogiéndome de hombros—. A ver, si no los crearon humanos ni demonios, ¿qué nos queda? ¿Extraterrestres?

Zayne alzó las cejas.

—Pues sí. Los extraterrestres son la siguiente conclusión razonable.

—¿Conocéis una raza o especie de la que yo no estoy al tanto, pero todos los demás sí? —pregunté.

—Sí, todo el mundo sabe que hay otra especie ahí fuera y tú eres la única que no se ha enterado. —Percibí diversión a través del vínculo, lo que me irritó. La sonrisa de Zayne se ensanchó un poco—. Es más probable que sea un arma angelical que no hemos visto nunca. Y, sí, siempre tengo algo de valor que añadir.

Uf.

Lo que Zayne había dicho era lo más probable.

Pero...

El estómago me dio un pequeño vuelco.

—Pero eso significaría que el Heraldo se apropió de ellos y eso significaría...

—¿Extraterrestres? —preguntó Zayne.

—Voy a darte un puñetazo. Fuerte —le solté—. Como estaba diciendo, eso significaría que el Heraldo fue capaz de matar a un ángel. ¿Y qué puede hacer eso?

—Bueno, el familiar de Roth se comió a un alfa una vez, así que matar ángeles no es algo insólito —caviló Zayne—. Y, sí, presenciar eso fue tan inquietante como cabría imaginar.

La imagen de aquella serpiente que hacía que las anacondas parecieran unas debiluchas se formó en mi mente. Bambi resultaba aterradora, pero recordé lo feliz que se puso al ver a Roth. Como un cachorrito entusiasmado y además... me sonrió.

Por matar a Faye.

—Y mató al otro alfa quemándolo —continuó Zayne—. Tambor convirtió a ese ángel en poco más que cenizas en cuestión de un nanosegundo.

Me lo quedé mirando.

—No estás hablando de Bambi, ¿no?

Se le dibujó un amago de sonrisa.

—Roth tiene varios familiares. Uno es un dragón —me explicó y recordé ver el brillante tatuaje de color azul y dorado que llevaba Roth—. Es una larga historia, pero, sí, Tambor se dio un buen festín ese día.

—Caray —susurré, preguntándome cómo era posible que Roth siguiera vivo después de eso—. ¿Y no te preocupa que el familiar de Roth matara a dos ángeles?

Zayne levantó la vista y me miró a los ojos.

—Los alfas fueron allí para matar a Layla.

—Ah.

Aparté la mirada. Su falta de preocupación tenía sentido, porque era probable que esa fuera la única circunstancia en la que a Zayne no le importaría que mataran a un ángel.

—Ya veo adónde quieres ir a parar con esto —apuntó Nicolai—. Pero todavía no conocemos todos los hechos para empezar a dejarnos llevar por el pánico y suponer que este Heraldo puede derrotar a los ángeles.

—No me estoy dejando llevar por el pánico. Solo señalo la posibilidad de que podríamos enfrentarnos a algo que no hemos visto nunca hasta ahora. Y no es un extraterrestre. —Le lancé una mirada a Zayne—. Pero, sin duda, es algo que puede acabar con los seres más poderosos jamás creados.

—Ella tiene razón. —Zayne cogió un pequeño objeto redondo que había sobre el escritorio de Nicolai—. Pero también es verdad que no lo sabemos todavía. Estos pinchos podrían ser algo muy antiguo que simplemente no habíamos visto nunca. Y, aunque el Heraldo lograra hacerse con un arma de origen angelical, eso no significa que el ángel fuera derrotado. Podría haberse encontrado los pinchos. Necesitamos una pista.

—Quizá encontréis una la próxima vez que estéis cenando —sugirió Nicolai.

Simplemente parpadeé.

—¿Qué se supone que significa eso, Nic? —preguntó Zayne—. Porque más vale que no signifique lo que yo creo.

Necesitamos comer. Eso es lo que estábamos haciendo. Y podemos comer cuando y donde nos dé la real gana.

Nicolai miró fijamente a Zayne durante un buen rato y luego se apartó del escritorio.

—Tenemos que hablar de otro asunto urgente. Algunos de los otros han empezado a hacer preguntas sobre Trinity.

La tensión se propagó desde Zayne hasta mí a través del vínculo y la sentí deslizarse por mi piel.

—Y les dijiste que no es de su incumbencia —afirmó. El tono de advertencia de su voz hizo que cada palabra sonara como un puñetazo verbal—. ¿Verdad?

Me giré despacio hacia él, alzando las cejas. El puesto de líder del clan por sí mismo exigía respeto, aunque dicho líder no se lo hubiera ganado. Zayne lo sabía, y no solo porque todos los Guardianes lo sabían, sino porque su padre había sido el líder, y porque él debería haber sido el líder del clan ahora. El título se transmitía a un heredero mayor de edad, y Zayne era mayor de edad.

Simplemente lo había rechazado.

Nicolai apretó de nuevo la mandíbula y yo estaba convencida de que iba a recordarle a Zayne con quién estaba hablando, pero su expresión se suavizó tras varios segundos tensos.

—Puedo decirles todo lo que quiera, pero eso no cambia el hecho de que tienen preguntas. —Se sentó detrás del escritorio y desplazó la mirada hacia mí—. No resulta fácil mantener en secreto lo que eres. Estás viviendo con Zayne y patrullando con él. Esas dos cosas llaman la atención.

—Ya lo sé. —Apoyé las manos en el respaldo de la silla—. Pero debemos mantenerlo en secreto.

—¿Alguno de los dos ha pensado en el hecho de que, en algún momento, uno de los otros Guardianes te verá en acción? —preguntó Nicolai—. En cuanto te vean luchar, van a saber que no eres humana. Y si te ven usar tu gracia...

—¿De verdad crees que no se me ha ocurrido? —le espetó Zayne, dejando de nuevo el objeto redondo sobre la mesa. Me di cuenta de que era un brillante pisapapeles negro—. Sabes perfectamente que los Guardianes no patrullan en grupos ni en la misma zona a menos que esté pasando algo. Si tenemos el suficiente cuidado, podemos evitar cruzarnos en el camino de otro Guardián.

—Solo podéis tener cuidado hasta cierto punto. Sé que usaste a Dez para sacarla de aquel almacén antes de que llegaran los otros. No será siempre tan fácil.

—Puede que se complique, pero así es la vida —dijo Zayne—. Me da igual que sea fácil o no. Eres el líder del clan. Asegúrate de que no se enteren durante el máximo tiempo posible. Es demasiado arriesgado que se sepa.

Supuse que no era buen momento para recordarle a Zayne que, actualmente, había dos demonios y una mitad demonio que sabían exactamente qué era yo.

¿Y eso no lo decía todo?

Confiaba más en esos demonios que en su propio clan. Vale, él no sabía que Roth conseguiría averiguar mi secreto, pero no había reaccionado así cuando el demonio lo descubrió y les reveló qué era yo a Layla y Cayman. Si Nicolai se enteraba, ni se me ocurría qué haría... qué pensaría todo el clan.

También sería muy mal momento para contarles que la Bruja Suprema, Rowena y otro brujo desconocido lo sabían.

—Me sorprende que recuerdes que soy el líder de este clan —dijo Nicolai con voz suave—. Estaba empezando a pensar que lo habías olvidado.

—No lo he olvidado. —Zayne lo miró a los ojos—. Ni por un segundo.

Nicolai torció el labio formando una aterradora parodia de una sonrisa parecida a la que le había visto usar a Thierry más veces de las que me apetecía recordar. Era un indicio de que estaba a punto de estallar.

—¿Hay algún motivo para preocuparnos de que algún miembro de nuestro clan ponga a Trinity en peligro?

Levanté la mano.

—Quiero dejar claro que, si estoy en peligro, puedo defenderme sola.

Los dos me ignoraron, como se estaba volviendo habitual en mi vida cuando la gente hablaba de mí como si yo no estuviera presente.

—No quieres que responda a eso —repuso Zayne.

—Sé que tienes problemas con el clan, Zayne, y lo entiendo. En serio. —Nicolai se recostó en la silla—. Pero ¿de verdad crees que yo permitiría que alguien de mi clan usara lo que es Trinity contra ella?

—Nadie creyó que mi padre permitiría que su clan le hiciera lo que le hicieron a Layla. —Zayne plantó las manos sobre el escritorio—. ¿Verdad?

Inspiré bruscamente. Ay, Dios, estaban a punto de recorrer un camino doloroso, un sendero que llevaba directamente hasta Layla. Hora de intervenir.

—Había un Guardián allá en mi casa que descubrió lo que era. —Se me revolvió el estómago, porque este era uno de mis caminos dolorosos—. Nadie sabía que Ryker creía que un Sangre Original le haría daño a un Guardián. Parece una locura, ¿verdad? Ni siquiera mi madre, a la que él acabó matando cuando fue a por mí, lo sospechó nunca. Puede que Misha lo orquestara todo, pero Ryker ya tenía esas creencias mucho antes de que Misha pudiera explotarlas.

Zayne se acercó a mí en silencio mientras hablaba y no quise pensar en lo que estaría sintiendo a través del vínculo. Era un batiburrillo de dolor y culpa, tristeza y furia. Sus pálidos ojos azules se mantuvieron fijos en mí mientras se dirigía a Nicolai.

—Me encantaría creer que todos los miembros de este clan son sensatos y lógicos y no se creerían ni por un segundo que Trinity supondría una amenaza para ellos, pero no lo sabemos. Lo último que ninguno de nosotros necesita es tener que mirar por encima del hombro por si nos ataca un Guardián mientras intentamos encontrar al Heraldo.

El silencio se prolongó. El tictac del reloj del despacho parecía una bomba. Los brillantes ojos azules del líder se desplazaron hasta mí.

—¿Por eso te atacaron en la comunidad del Potomac cuando estábamos allí?

Se refería a Clay. Negué con la cabeza.

—No. Él simplemente… —Recordé lo que me había dicho Misha, consciente de que Zayne me estaba observando—. Eso no tuvo que ver con lo que soy. Pero Ryker no era el único que creía que yo era peligrosa. Había otros que opinaban que había que matarme. Se… encargaron de ellos. —Deslicé los dedos por el respaldo de la silla—. Sinceramente, no sé por qué un Guardián opinaría eso, pero algunos lo hacían. Podría haber más que piensen así.

—¿No sabes por qué? —me preguntó Nicolai. Su voz estaba cargada de genuina incredulidad.

Fruncí el ceño, desconcertada.

—Pues no. Ni idea.

La atención de Zayne volvió a centrarse en el líder del clan.

—¿Por qué iba un Guardián a tenerle miedo a un Sangre Original?

—Un Sangre Original adquiere fuerza de un Guardián…

—Eso funciona en ambos sentidos —lo interrumpió Zayne—. El protector obtiene fuerza del Sangre Original. No es como si ella fuera un parásito.

Un parásito.

Caray.

Nunca lo había visto de ese modo, pero ahora esa idea se me había quedado grabada en la mente para obsesionarme con ella más tarde.

—No estaba sugiriendo eso. —Los dedos de Nicolai daban golpecitos sobre el brazo de la silla, siguiendo un ritmo lento y constante—. Simplemente, no resulta del todo sorprendente que a algunos les preocupe lo que es Trinity.

—Sorprendente o no, es fundamental que mantengamos lo que es en secreto. —Zayne volvió a centrar la conversación—. Necesito que accedas a hacerlo, Nic.

—Haré lo que pueda, pero tenéis que prepararos para cuando el clan descubra la verdad.

—Nunca he dicho que no estuviera preparado. Lo estoy. —Zayne se movió de modo que su cuerpo bloqueó el mío. Miró de frente al líder de su clan, el hombre sentado en el puesto que se suponía que debía ser suyo—. Era Guardián, pero ahora soy protector. Su protector. Si alguno de ellos tan siquiera hace una pregunta sobre Trinity de un modo que me preocupe en lo más mínimo, será lo último que haga ese Guardián.

Veintidós

—¿Te parece que eso era necesario? —le pregunté apenas salimos del despacho de Nicolai y llegamos al pasillo vacío.

—¿El qué?

Zayne echó a andar por el estrecho pasillo bien iluminado con numerosos apliques. Era tarde y en el enorme complejo reinaba un silencio que me recordó a la casa en la que crecí.

No hice caso a la punzada que sentí en el pecho mientras me apresuraba para seguir el ritmo de sus largas piernas.

—Lo que le dijiste a Nicolai ahí dentro. Ya sabes, al líder de tu clan.

—Ya sé quién es Nicolai, Trin. Como le dije a él, no he olvidado ni por un segundo con quién estaba hablando.

—Pues no lo parecía.

Zayne encogió uno de sus grandes hombros mientras entrábamos en una cocina silenciosa, amplia y acogedora que conseguía albergar una mesa en la que podría sentarse un equipo entero de fútbol americano.

—Nicolai debía saber que no dudaré en eliminar cualquier amenaza contra ti, sin importar de quién venga.

Abrió la puerta blanca de vaivén y doble hoja que conducía a una cocina más pequeña en la que había electrodomésticos de acero inoxidable de pared a pared. Supuse que la comida se preparaba aquí. En circunstancias normales, me preguntaría por qué necesitaría alguien dos cocinas, pero había muchos Guardianes en el complejo.

—Aunque te lo agradezco, no puedes ir a por alguien solo

porque haga preguntas sobre qué o quién soy... —Me tragué un chillido cuando él se giró bruscamente hacia mí—. ¿Hola?

Zayne bajó la barbilla y una cortina de pelo rubio se deslizó hacia delante, rozándole la mandíbula.

—Soy tu protector. Nadie, ni demonio ni Guardián ni humano, va a ponerte en peligro.

Lo miré a los ojos.

—Eres mi protector, no mi perro Guardián rabioso que muerde a cualquiera que se acerque demasiado.

—Ah, haré mucho más que morder —contestó, lo que me hizo poner los ojos en blanco—. Mi trabajo es mantenerte a salvo, y no pienso quedarme esperando a que las preguntas se conviertan en problemas.

—Pero ya están haciendo preguntas —señalé—. Y Nicolai tiene razón. Al final, van a acabar enterándose. ¿Tal vez... tal vez estamos equivocados? Tal vez debemos contárselo al clan. Correr ese riesgo.

—Ese no es el riesgo que deberíamos correr ahora mismo. Como le dije a Nic, no nos hace falta estar mirando por encima del hombro. Mi clan no se enterará. No, si yo puedo evitarlo.

Planté las manos en las caderas.

—¿Y qué vas a hacer, Zayne?

—Lo que haga falta. No permitiré que te hagan daño. —Se golpeó el pecho con el puño y luego lo mantuvo allí, sobre su corazón—. Ese fue el juramento que hice.

Dos mitades de mi ser se declararon una guerra sin cuartel. Una parte de mí hervía de irritación. No solo porque la advertencia de Zayne era innecesaria y podría dañar aún más su relación con el clan, sino también porque era perfectamente capaz de cuidarme sola, muchas gracias. No necesitaba que él se pusiera en plan He-Man con otros Guardianes sin un buen motivo.

La mitad más estúpida de mi ser experimentó un revoloteo de mariposas en mis partes femeninas, porque Zayne estaba dispuesto a interponerse entre una bala y yo, por así decirlo, incluso a enfrentarse a su clan para hacerlo.

Esa parte era una completa idiota, por el motivo que había tras aquel juramento. El vínculo hacía que se sintiera así (dispuesto a interponerse delante de un tren en marcha por mí) en cuanto a su clan y él. No era lo mismo que lo había llevado a besar a Layla aunque conocía el peligro o lo que le había permitido mantenerse al margen y observar cómo un familiar se zampaba a unos alfas porque la habían amenazado o intentar mantener una relación con la mitad demonio aunque sabía que su clan nunca lo apoyaría.

Zayne necesitaba protegerme. Pero había querido proteger a Layla. Y había una diferencia enorme entre necesitar y querer. Sentí una punzada en el pecho, aunque no me estaba comparando con Layla por celos o amargura. No había competencia entre nosotras. Se trataba solo de… la simple diferencia de que, aunque Zayne y yo compartíamos cenas maravillosas y él me decía cosas amables y tiernas, había una diferencia entre necesitar hacer algo y querer hacerlo.

Él ladeó la cabeza.

—¿Eh? —Me recorrió la cara con la mirada—. ¿Qué pasa?

Clavé la vista en la puerta revestida de acero ante la que nos habíamos detenido.

—No pasa nada.

—Parece que siempre te olvidas de que puedo percibir lo que estás sintiendo.

—Créeme, no lo he olvidado. —Era hora de cambiar de tema—. ¿Cómo vamos a regresar a tu piso? —Habíamos llegado al complejo en el coche de otro Guardián que había aparecido poco después de que Dez se marchara con el cuerpo de Morgan—. ¿Vamos a volar otra vez?

Zayne tardó un buen rato en responder. El silencio me tensó los nervios, lo que me obligó a volver a mirarlo. En cuanto nuestros ojos se encontraron, no pude apartar la mirada. No pude introducir suficiente aire en mis pulmones con la leve inspiración que realicé.

—Estás triste —me dijo en voz baja—. Noto… una pesadez en el pecho. Puedo sentirlo, Trin.

Cerré los ojos, pensando que me hacía muchísima falta aprender a controlar mejor mis emociones.

—Habla conmigo —susurró en medio del silencio.

—Estaba… estaba pensando en Misha. —Era mentira, otra más que había dicho hoy, y tampoco era algo de lo que quisiera hablar. Pero era mejor que la verdad—. Solo era un recuerdo al azar. No importa.

Su mano me tocó el hombro, y eso me sorprendió. El peso era ligero, pero pude sentir la calidez de su mano a través de la tela de mi camiseta, marcándome la piel.

—Pero sí importa.

Exhalé de forma entrecortada, sin decir nada.

—Sé que lo echas de menos. —Me rodeó el hombro con los dedos—. Incluso con todo lo que hizo, todavía lo echas de menos. Lo entiendo.

¿En serio? Puede que las cosas fueran tensas entre su padre y él antes de que muriera, pero no es que su padre lo quisiera muerto o hubiera intentado traicionarlo. O hubiera orquestado la muerte de su madre. Aunque su padre sí había ido a por Layla.

—Ya sé que nunca podré reemplazarlo. No seré lo que él era para ti.

Abrí los ojos de golpe, apretando los puños.

—Eso es algo bueno. Nunca querría que te parecieras a él. Todo lo que tenía que ver con él era mentira, Zayne. No lo conocía de verdad.

Él bajó las pestañas, ocultando aquellos ojos extraordinarios.

—Pero hay buenos recuerdos, Trin. En lo que se convirtió no cambia eso, y no van a desaparecer por lo que Misha acabó haciendo.

—Claro que sí. —Me aparté de su mano. Necesitaba espacio antes de que todo lo que tenía que ver con Misha saliera a la luz—. Porque ¿y si él había sido así siempre y todo fue una farsa?

—Eso no lo sabes.

—Da igual. Empañó esos recuerdos, Zayne. Hizo que no fueran reales.

Dejó caer la mano al costado.

—Son reales mientras te pertenezcan.

Inhalé bruscamente. Sus palabras me golpearon con fuerza en el pecho. Cuando volví a mirarlo, descubrí que me estaba observando, con expresión severa.

Dio un paso hacia mí, levantando los brazos como si estuviera a punto de abrazarme, pero se detuvo antes de hacerlo.

Me invadieron el alivio y la decepción. Se puso tenso y luego se giró hacia la puerta de acero.

—Venga. Vámonos a casa.

A casa.

Suspiré y esperé hasta que él abrió la puerta. Un leve olor a gases de tubo de escape se extendió por la cocina mientras Zayne encendía una luz, dejando a la vista una enorme zona en la que había varios vehículos. Le dio un manotazo a un botón de la pared y la puerta del garaje se abrió con un traqueteo. Una brisa cálida y bochornosa se adentró en el lugar.

Cerré la puerta detrás de mí y oí cómo la cerradura encajaba en su sitio de forma automática.

Zayne agarró un juego de llaves de la pared y rodeó las rejillas de dos todoterrenos mientras se dirigía hacia algo cubierto con una lona.

—No te dan miedo las motos, ¿verdad?

—Pues… nunca me he subido a una, pero no lo creo. A ver, no debería —razoné mientras lo observaba agarrar un recorte de tela beis y apartarlo a un lado, dejando al descubierto una moto negra que tenía pinta de ser rápida… muy rápida—. ¿Es tuya?

Él asintió, y colocó las manos en el manillar.

—Sí, aunque hace tiempo que no la saco.

Intentaba asimilar el hecho de que Zayne tuviera una moto y que eso me resultara tan… sexi. Solo era un medio de transporte, no era para tanto, pero me estaba acalorando un poco.

—Siempre me propongo volver en ella cuando vengo aquí —me explicó mientras giraba algo en la parte central de la moto al mismo tiempo que levantaba un pie y lo colocaba en una de las palancas de cambio.

Levantó la pata de cabra con el pie y enderezó la barra. Las luces de seguridad se encendieron, iluminando a Zayne y la moto mientras la empujaba hacia el camino de acceso.

—¿Puedes coger dos cascos? Están en el estante a tu derecha. Lo siento. No hay rosados.

—Me hacía mucha ilusión ponerme un casco rosado con orejas de gatito.

Hice lo que me pidió y cogí dos cascos integrales negros. Pesaban más de lo que esperaba, pero supuse que eso era algo bueno cuando querías algo entre el pavimento y tu cráneo al ir a cien kilómetros por hora o más.

La puerta del garaje se cerró detrás de mí mientras me reunía con Zayne en el camino de acceso. Me detuve y volví la mirada hacia todas aquellas ventanas oscuras. La mayoría de los Guardianes estarían ahora en las calles, pero regresarían a casa pronto.

—¿No echas de menos estar aquí en absoluto?

Zayne negó con la cabeza mientras pasaba un pesado muslo por encima de la moto y se sentaba de un modo que indicaba que ya había hecho esto cientos de veces. Sujetó uno de los manillares para mantener la moto en equilibrio al mismo tiempo que estiraba la otra mano y cogía uno de los cascos que yo sostenía.

—Estos tienen micrófonos incorporados, así que si necesitas decirme algo, puedo oírte.

—Qué guay. —Me quedé mirando el casco que tenía en las manos y luego miré a Zayne de reojo, pensando en aquellos Guardianes que estaban ahí fuera patrullando... en Morgan y Greene y todos los otros a los que no conocí—. Siento mucho lo de Morgan. No me acuerdo de si ya te lo había dicho, pero, por si acaso no, lo siento.

—Gracias. —Zayne volvió la mirada hacia la mansión—. Lo que dije antes no ha cambiado. Otro nombre en la lista a quien llorar. Pero no pensaba que otro reemplazaría al último tan rápido.

—Yo tampoco —admití.

Se me revolvió el estómago cuando mis pensamientos pasaron al parque y la cena y nosotros en ese callejón mientras...

—Creo que sé en qué estás pensando. —Inclinó la cabeza hacia el cielo, mostrando el cuello. Estaba nublado, así que no pude ver ninguna estrella—. Si es así, yo estoy pensando en lo mismo.

Aferré el casco con más fuerza. No me apetecía decir en qué estaba pensando.

Zayne cerró los ojos, con la cabeza todavía echada hacia atrás, mientras sostenía el casco entre sus grandes manos. Me pareció que él tampoco quería dotar de vida a esas palabras. Abrió los ojos.

—Ponte el casco y sube para que podamos irnos de aquí.

Me coloqué el casco y a continuación, después de pasar unos segundos intentando averiguar cómo subirme a la parte trasera de la moto sin parecer una idiota, trepé como pude en el asiento detrás de Zayne. Cuando levanté la mirada, él llevaba puesto su casco.

Tocó algo situado en el lateral de su casco, esperó unos segundos, y luego estiró la mano hacia el mío y presionó algo en el lateral. Su voz se oyó de pronto dentro del casco.

—Vas a tener que agarrarte a mí.

Me mordí el labio y coloqué las manos en sus costados, intentando ignorar lo dura que era esa zona. No estaba segura de por qué me había resultado tan fácil aferrarme a él como un pulpo salido en aquel callejón hace unas horas, pero ahora me resultaba tan difícil como intentar recorrer un laberinto en la oscuridad.

Hubo una pausa.

—Vas a tener que agarrarte más fuerte. —Percibí diversión en su voz y eso me hizo poner los ojos en blanco—. Y arrímate más o, cuando esta Ducati arranque, vas a salir volando del asiento.

—Yo diría que, si pasa eso, será culpa tuya —repuse, pero apoyé las manos planas contra sus costados—. Y, si me acerco más, voy a acabar montada en tu espalda como si fuera una mochila.

—Nunca creí que oiría esa frase —bromeó a través del micrófono.

—De nada.

Lo oí reírse entre dientes por el micrófono y, de repente, sus manos se posaron en las mías. Tiró hasta que mis muslos quedaron pegados contra sus caderas y mis brazos le rodeaban la cintura.

—¿Quieres ir rápido? —me preguntó y me pareció que su voz sonó más profunda, más áspera.

La calidez del centro de mi pecho ardía con fuerza.

Recorrí el camino de acceso con la mirada, pero no pude ver gran cosa a través del protector facial tintado.

—Claro.

—Bien. —Su mano se deslizó sobre las mías, que estaban unidas sobre su abdomen—. Agárrate.

El motor cobró vida debajo de nosotros, con un ronroneo que me subió por las piernas. Empecé a echarme hacia atrás y entonces la moto se puso en marcha, recorriendo el camino de acceso a toda velocidad. Me tragué un grito de sorpresa.

El corazón se me aceleró y me aferré a Zayne como si me fuera la vida en ello. Casi pensé que era así mientras el viento soplaba a nuestro alrededor y el rugido del motor ahogaba todos los demás sonidos. Esperé que él pudiera ver adónde iba, porque lo único que yo veía era una mancha borrosa de oscuridad y velocidad.

Me invadió el miedo, que aumentó cuando llegamos a una curva del camino y juraría que nos inclinamos de lado mientras Zayne aceleraba; sin embargo, a medida que la moto se enderezaba y mi corazón latía más despacio, me recordó a aquella noche que él me había ayudado a volar.

Esto se parecía mucho a eso.

Las ráfagas de viento. La sensación de ingravidez. El vacío que la velocidad y la oscuridad traían consigo. Ir en la parte trasera de la moto resultaba liberador, y quise disfrutarlo sin el virulento ardor de la culpa. Culpa que no había sentido por Faye, pero que amenazaba con devorarme ahora. Aunque yo no lo había dicho en voz alta ni Zayne tampoco, lo que quedó sin decir entre nosotros no desapareció. Por muy liberador que fuera sentir el viento tirando de mí, eso no cambiaba la verdad.

Esa noche habíamos perdido de vista nuestro objetivo. Nos habíamos entretenido demasiado en ese restaurante y aún más en ese callejón. El Heraldo lo sabía y Morgan era un mensaje para decirnos que sabía lo que ni Zayne ni yo queríamos admitir.

Habíamos metido la pata… y alguien había muerto.

Veintitrés

Tras ponerme una larga camiseta sin mangas que me servía de camisón porque era demasiado grande para usarla como ropa normal, salí del cuarto de baño y me metí bajo las mantas. Sabía que no me dormiría, aunque era tarde y estaba agotada mental y físicamente. Estaba demasiado nerviosa, tenía la mente ocupada con un centenar de motivos diferentes.

El día de hoy había sido por momentos maravilloso y luego horrible, y había experimentado de todo desde la apatía al horror. Aunque había mucho que procesar (lo que le había hecho a Faye, cómo me había sentido en la cena con Zayne y la pena y la culpa que rodeaban la muerte de Morgan), sabía que Zayne también estaba sintiendo muchas de esas sensaciones.

Quería ir a verlo, pero no estaba segura de si era sensato. Dejé caer la cabeza hacia un lado y me encontré mirando la antigua novela romántica de mi madre. Todavía me costaba creer que mi padre hubiera estado aquí sin que yo lo supiera. Empecé a mordisquearme la uña del pulgar. No es que no agradeciera el dinero, pero habría… habría estado bien verlo. Tenía preguntas que hacerle. Muchas preguntas. Necesitábamos saber más acerca del Heraldo y por qué se había referido a él como si fuera a provocar la destrucción humana a escala apocalíptica. Por lo que sabíamos, el Heraldo no había atacado a humanos. Quería que mi padre me confirmara mis sospechas sobre los pinchos: que eran de origen angelical.

Apagué la lámpara de la mesita de noche y luego me acurruqué, colocándome las mantas bajo la barbilla. Cuando cerré los ojos, el primer pensamiento que me vino a la cabeza fue: ¿y si Zayne y yo no hubiéramos ido a cenar? ¿Y si no hubiéramos estado distraídos el uno con el otro en aquel callejón?

¿Morgan seguiría vivo? ¿O lo habrían matado y luego expuesto en otro sitio? No había ni una sola parte de mi ser que dudara que lo habían crucificado a modo de mensaje para nosotros.

«Estoy justo delante de vuestras narices.»

Eso decía el mensaje.

Lo que me costaba entender era ¿por qué no se había dejado ver el Heraldo? ¿Qué intentaba conseguir? Era como si estuviera esperando, aunque no tenía ni idea a qué.

Un golpecito en la puerta interrumpió bruscamente mis pensamientos. Me quedé sin aliento mientras me incorporaba sobre un codo.

La puerta se entreabrió y apareció un fino rayo de luz.

—¿Estás despierta? —me preguntó Zayne.

—Sí. ¿Y tú?

En cuanto las palabras «y tú» salieron de mi boca, me pregunté si había períodos de tiempo en los que mi cerebro no funcionaba como era debido.

Zayne no señaló lo ridícula que era mi pregunta. La puerta se abrió y vi el contorno de su cuerpo. Me recorrió un escalofrío de reconocimiento.

—¿Quieres compañía?

Todo sentido común se evaporó allí mismo, en la oscuridad.

—Sí —susurré.

Zayne entró y entrecerró la puerta. El corazón me martilleó en el pecho mientras él cruzaba la habitación en penumbra. Vaciló al llegar a la cama y luego se tumbó a mi lado. Inspiré y noté el sabor del invierno en la punta de la lengua.

Ninguno de los dos habló durante un buen rato.

Él rompió el silencio.

—Esta noche metimos la pata.

Cerré los ojos. No debería sorprenderme que él tuviera el valor de pronunciar esas palabras primero.

—Lo sé.

—Pero no me arrepiento. De la cena —añadió—. Ni de nada de lo que pasó después, en el callejón.

Giré la cabeza bruscamente hacia él y abrí los ojos.

—No pasó nada en el callejón.

—Pero estuvo a punto.

No conseguí introducir suficiente aire en mis pulmones mientras observaba su perfil en sombras.

—Si no hubiéramos oído los gritos, habría pasado algo. Incluso después de que dije que lo único que deberíamos estar haciendo era buscar al Heraldo, iba a pasar —continuó—. Lo sabes. Y yo también.

Aparté la cabeza con la garganta seca. A una gran parte de mi ser le costaba creer que Zayne estuviera hablando de forma tan abierta. No estaba segura de si debería sentirme emocionada de que lo reconociera o preocupada por adónde podría conducir.

Sufrimiento.

Porque, aunque sus palabras llevaran a alguna parte, nosotros no podíamos ir a ninguna parte, y, hasta con mi falta de experiencia, yo sabía que sentirse atraído físicamente por alguien no lo era todo o más bien nada.

Pero le debía sinceridad a Zayne. Me la debía a mí misma y, en la oscuridad, era más fácil llegar hasta ahí.

—Lo sé.

Entonces oí su siguiente inspiración. Fue larga y profunda.

—Estás bajo mi piel y en mi sangre. No consigo sacarte.

Se me tensaron todos los músculos del cuerpo. No dije ni una palabra. No pude.

—Tal vez no sería así si no lo hubiéramos empezado aquella noche… si no te hubiera besado. O tal vez habría acabado llegando a este punto con el tiempo. —Su voz sonaba más profunda, más áspera, como cuando estábamos en la moto—. Porque no es solo tu sabor lo que me tiene como loco. Eres tú. Toda tú. No solo el recuerdo de tu boca contra la mía ni lo que sentí al abrazarte así. Es tu forma de hablar y reír, cuando te ríes de verdad. Es tu forma de luchar y que nunca te echas atrás. —Dejó escapar una suave carcajada—. Incluso cuando peleas conmigo. Cuando estoy seguro de que solo discutes conmigo por discutir. Eres toda tú.

La última parte no suponía una sorpresa para nada. Solía

llevarle la contraria solo para fastidiarlo, y en el fondo estaba convencida de que a él le divertía. Pero ¿el resto de lo que había dicho? Notaba la piel entumecida y, al mismo tiempo, hipersensible.

—Así que, sí —añadió—. Me encuentro en un constante estado de distracción, y esta noche metimos la pata. No es culpa tuya. No estoy diciendo eso. Yo debería ser más sensato. Debería ser capaz de hacer esto... con profesionalidad.

Encontré mi voz.

—No es solo culpa tuya, Zayne. Yo... siento lo mismo. Pero no puedo expresarlo con tanta elocuencia como tú. —Sacudí ligeramente la cabeza—. También estoy distraída, y sé cuál es mi deber. Sé qué se supone que debo hacer. Metimos la pata. No tú. Los dos.

—Entonces, ¿qué hacemos?

—Tal vez si no nos resistiéramos tanto, no supondría una distracción —contesté, resoplando.

—En realidad, estaba pensando justo eso.

—¿Qué? —Giré la cabeza de golpe hacia él—. Solo estaba bromeando.

—Yo no.

En la oscuridad, pude sentir su mirada sobre mí.

—¿Lo... lo dices en serio?

—Sí —respondió y aquella simple palabra me descolocó—. Ya sé que se supone que no deberíamos hacerlo, pero eso no cambia esto.

Ay, Dios, así era. Daba igual lo que me dijera a mí misma una y otra vez, no lo cambiaba.

—Entonces, opinas... ¿qué? ¿Si dejamos de resistirnos a la atracción que sentimos, las cosas serán más fáciles?

Cambió de posición para situarse frente a mí.

—Parece una locura, ¿verdad? Pero fingir que no existe nada entre nosotros no está funcionando. Esta noche es la prueba.

Había pensado que ceder haría que empeorara mucho más, pero mi cuerpo y mi corazón ya se habían apuntado a la idea de Zayne. El entumecimiento se había desvanecido de mi piel, que ahora me hormigueaba, y notaba las extremidades más pesadas.

—No podemos estar juntos —susurré—. Hay normas.

—Ni siquiera sabemos por qué existen.

—Pero existen.

—Algunas normas solo existen para controlar a alguien —me dijo, hablando en voz tan baja como yo—. Yo, más que nadie, lo sé muy bien.

Supuse que se refería a la norma que le habría impedido cortejar a Layla antes de que Roth apareciera en escena. La norma que le impediría sentar la cabeza con alguien que no fuera una Guardiana.

—Algunas normas deben romperse.

—Estas no —repuse, incluso mientras me colocaba de costado, dejando apenas unos centímetros entre nosotros.

—Se rompen normas todos los días. —Me rozó la mejilla con los dedos y, cuando di un respingo, no tuvo nada que ver con no haberlo visto moverse, sino con el hecho de que me tocara—. Yo ya he roto más normas de las que puedo contar. Seguro que esta no puede ser más grave que colaborar con demonios. —Puede que tengas razón. —Mis sentidos se concentraron en sus dedos, que me recorrían la línea de la mandíbula. La lógica seguía luchando por imponerse—. Pero, si no podemos arriesgarnos a que tu clan averigüe lo mío, ¿cómo vamos a arriesgarnos a sufrir las consecuencias que pueda tener esto, sean cuales sean?

—¿Te lo estás planteando?

Ahogué una exclamación cuando su dedo me rozó el labio inferior.

—No he dicho eso.

—Entonces, ¿qué estás diciendo?

—Digo…

Perdí el hilo de mis pensamientos cuando sus dedos se deslizaron por mi barbilla, me bajaron por el cuello y llegaron al hombro. Sus dedos dejaron una estela de estremecimientos a su paso.

—¿Qué decías?

Su voz estaba cargada de diversión y algo más denso, más intenso.

—Decía que tengo un problema de impulsividad y suelo lanzarme a hacer cosas sin meditarlas bien.

—No me digas.

Me temblaron los labios.

—Y me paso la otra mitad del tiempo pensándolo todo demasiado.

—Nunca me habría imaginado eso.

—Tú tienes que ser el razonable en esto.

—No puedo hacerlo, Trin. —Jugó con el finísimo tirante suelto de mi camiseta—. Estoy harto de ser razonable, lógico y, sobre todo, responsable.

Cooperé en la caricia sin querer, levantando el hombro mientras su dedo se deslizaba bajo el tirante.

—No estás ayudando en nada.

—Pues no.

El estómago me dio un vuelco mientras anhelaba que Zayne hiciera algo. Cualquier cosa. Seguir tocándome o alejarse. Cuando su mano se quedó inmóvil, pero no se apartó, me acerqué más a él, deteniéndome solo cuando sentí su aliento constante contra mis labios.

Sus dedos dieron paso a la palma de su mano, que me sujetó con más fuerza.

—Te deseo, Trinity.

Una veloz presión me invadió el pecho y lo único que pude decir fue su nombre, que simbolizó a la vez una plegaria y una maldición.

Zayne me tumbó de espaldas y se colocó encima de mí, soportando la mayor parte del peso de su cuerpo con el brazo, mientras su mano se apartaba de mi brazo hasta acunarme la cara. Me moví con él, apartando las mantas con los pies y estirando los brazos hacia él. Hundí una mano en su pelo al mismo tiempo que le tocaba la cara con la otra, disfrutando de la sensación de la barba que empezaba a salirle en la mandíbula.

Zayne apoyó la frente contra la mía y compartimos la siguiente inspiración.

—Pase lo que pase, esto valdrá la pena —afirmó, y sonó como una promesa—. Esto es lo correcto, digan lo que digan.

Vacilé, con los dedos en sus mejillas, mientras intentaba examinar su rostro en la oscuridad. Si lo hacíamos, ¿podríamos volver atrás? ¿Sería peor? ¿O mejoraría en cuanto saciáramos esta necesidad? ¿Ocurriría solo una vez o todas las noches serían como esta? Se me enroscaron los dedos de los pies al pensarlo y el latido que noté en las entrañas, la respuesta puramente física, fue casi doloroso.

Fronteras. Normas. Límites. Si lo manteníamos en el terreno físico, entonces esto significaba que no estábamos juntos de verdad. «Semántica», susurró una voz que sonó sorprendentemente sensata. Pero ¿lo era? La gente lo hacía constantemente sin permitir que crecieran los sentimientos. Podíá hacerlo. Podíamos hacerlo.

Y quería hacerlo. Estaba preparada. Preparada para más que besos y caricias. Estaba preparada para Zayne, para todo de él y todo lo que eso implicaba. El corazón se me aceleró al pensarlo. Estar preparada era una decisión enorme, monumental. Necesitábamos algunas cosas, como condones. Puede que no en plural. Probablemente solo uno, pero nos hacía falta, porque no tenía ni idea de si era posible que fabricáramos un bebé. Pero estaba preparada, ¿y no era eso algo muy extraño, estar tan segura de repente? ¿Haberme despertado hoy sin plantearme siquiera el tema de perder la virginidad y sin embargo estar tan totalmente segura que quería gritarlo?

—¿Quieres hacerlo? —me preguntó Zayne.

Dios, lo deseaba muchísimo… lo deseaba a él. Tanto que me daba un poco de vergüenza.

—Sí.

Un estremecimiento le recorrió el cuerpo y ladeó la cabeza. Su cálido aliento me rozó los labios…

—Nada de besarse. —Le tiré del pelo con la mano cuando se quedó inmóvil encima de mí—. Besarse… besarse hace que esto sea «más». —Mi lógica tenía muchos fallos, pero tenía sentido para mí. Y no solo porque hubiera visto *Pretty Woman*, sino porque besarse era… Era hermoso cuando era lo correcto, y sería demasiado hermoso con él—. Nada de besarse.

Su pecho se elevó contra el mío y luego Zayne se colocó de costado.

Apreté los labios para contener el repentino impulso de llorar y lo miré. Quise retractarme de esas palabras, pero no pude. Tenía que ser así…

Zayne se acomodó a mi lado y me rodeó la barbilla con los

dedos. Durante un sobrecogedor momento, pensé que iba a ignorar la nueva norma que acababa de establecer.

—Podemos trabajar con eso —dijo.

Me relajé y luego me puse tensa cuando arrastró el pulgar por mi labio inferior.

—Tengo... demasiadas ansias de cualquier cosa. —Su pulgar se desplazó por mi barbilla y luego a lo largo de la línea de la mandíbula—. O tal vez es que estoy desesperado por hacer cualquier cosa que me permitas.

Una horrible e insidiosa parte de mi ser salió a la superficie e hizo brotar de mi boca unas palabras que nunca pensé que me atrevería a pronunciar.

—Podría ser más fácil.

—¿El qué?

Sus dedos regresaron a mi barbilla.

—Esto —contesté, exhalando de manera brusca—. Podrías hacerlo literalmente con cualquier otra, y sería más fácil.

Los dedos de Zayne se quedaron inmóviles.

—Tienes razón. Podría serlo. Sin normas. Sin complicaciones. —Empezó a moverse de nuevo, trazando la línea de mi garganta—. Sería mucho más fácil.

Pensé en la camarera.

—No es que te falten candidatas dispuestas.

—Es verdad.

Abrí los ojos de repente.

—Entonces, ¿por qué yo?

—Buena pregunta.

No estaba segura de que me gustara esa respuesta, pero entonces sus dedos llegaron al cuello de la camiseta. Separé los labios cuando las puntas de sus dedos descendieron por mi cuello y más abajo, entre mis pechos, y luego aún más abajo, sobre la pendiente de mi vientre. Sus dedos volvieron a ascender por la parte inferior de mi caja torácica. Aquella horrible e insidiosa voz volvió a esconderse en el agujero del que había salido, gracias a Dios.

Zayne aplanó la mano y su pulgar tiró de mi camiseta, siguiendo la curva de mi cuerpo, hasta que arqueé la espalda y se me escapó un gemido entrecortado. Su suave pelo me rozó la barbilla cuando sus labios siguieron la misma senda que habían recorrido sus dedos.

—Espero que esto no cuente como besarse —susurró contra la fina tela de mi camiseta.

¿Contaba?

—No... no lo creo.

—Me alivia oírlo.

Empezó a moverse de nuevo. Su boca se deslizó sobre mi camiseta hasta donde su pulgar trazaba lentos y perezosos círculos.

Sujeté la parte posterior de su camiseta con el puño. No tenía ni idea de cuándo había vuelto a agarrarlo, pero era evidente que lo había hecho. Mis piernas se movieron inquietas, apretándose, a medida que la fina tela de la camiseta se humedecía bajo la boca de Zayne.

Su mano se desplazó hasta donde el dobladillo de la camiseta se había subido hasta la mitad de mi vientre, dejando un montón de piel expuesta ante la perfecta visión nocturna de un Guardián. Los callos que tenía en la palma de la mano crearon una fricción única mientras me levantaba la prenda poco a poco.

—¿Sí? ¿No?

—Sí —jadeé.

La camiseta dejó paso al aire fresco. No estoy del todo segura de qué clase de magia consiguió pasarla por encima de mi cabeza y sacármela, pero, con el aliento de Zayne contra mi piel, no me importó.

—¿Y qué hay de esto? —me preguntó—. ¿Se considera besarse? Me parece que podría serlo.

—No —dije, sintiendo que los límites se desdibujaban, pero me dio igual.

—Umm.

Sus labios se apretaron contra mi piel y pensé que, sin duda, esta era la tortura más exquisita del mundo. Perdí todo sentido del tiempo y es posible que su camiseta empezara a desgarrarse bajo mi mano.

Despacio, fui consciente de que su mano se abría y se cerraba en mi cintura, la cadera y luego en la piel desnuda del muslo. Uno de sus dedos se introdujo debajo de la estrecha franja de algodón que me cubría la cadera y su pulgar se deslizó por el elástico, descendiendo lo bastante como para hacerme echar la cabeza hacia atrás de golpe.

Zayne levantó la cabeza.

—Quiero… quiero tocarte. ¿Quieres que lo haga?

—Sí.

No hubo ni medio segundo de vacilación.

Y tampoco lo hubo por su parte. Solo podía distinguir el contorno de Zayne, pero supe que me estaba mirando. Pude sentir la intensidad de su mirada mientras deslizaba la mano bajo las bragas, que ahora recordé que estaban cubiertas de diminutos tiburones. En la lejana parte de mi cerebro que seguía funcionando, me pregunté si él podía verlos.

Entonces, Zayne arrasó esa pequeña parte funcional de mi cerebro con la primera caricia suave como una pluma. Todo mi cuerpo se irguió mientras una exclamación ahogada escapaba de mi boca. Habíamos hecho muchas cosas la noche de los diablillos. Yo estaba completamente desnuda y los dos habíamos llegado al orgasmo, pero no habíamos hecho esto. Él no había hecho esto. Nadie salvo yo había llegado ahí, y no se había parecido en nada a esto. Cada pasada de sus dedos se volvió más audaz y corta hasta que…

Me quedé sin respiración. Todos mis pensamientos se desperdigaron a la vez que Zayne emitía un sonido que no hizo más que aumentar la sensación de plenitud. Antes me había equivocado, porque perdí el sentido de todo. Mis caderas se movieron al ritmo de su mano y me invadió una enloquecedora y tensa avalancha de sensaciones. Dije algo. Me pareció pronunciar su nombre al mismo tiempo que levantaba una pierna.

—Zayne…

La tensión aumentó a niveles imposibles mientras abría los ojos de par en par.

Zayne emitió aquel sonido otra vez, un gemido gutural.

—Puedo verte. Cada aliento que tomas. Tus labios separados. Lo abiertos que tienes los ojos y lo sonrojada que tienes la piel. La luz que hay dentro de ti. La chispa. Puedo verla y es preciosa. Tú eres preciosa.

Tal vez fueran sus palabras o lo que estaba haciendo con la mano, o tal vez fue solo porque era él y éramos nosotros; en cualquier caso, tropecé en un borde y caí en las palpitantes olas que parecían llegar de todas partes.

En algún momento fui consciente de que Zayne había apoyado la frente contra la mía y de que su mano estaba ahora en mi cadera, agarrándome con fuerza, pero sin resultar doloroso para nada.

Abrí los ojos despacio y, de nuevo, deseé poder verle la cara. Solté por fin su pobre camiseta y le toqué la mejilla. Él levantó la cabeza apenas unos centímetros. Todo su cuerpo parecía increíblemente rígido y, entonces, ladeó la cabeza de tal forma que supe lo que venía a continuación.

—Nada de besarse —le recordé—. Besarse hace que esto signifique más de lo que es.

Zayne levantó la cabeza. Estiré la mano hacia él y rocé la cintura de sus pantalones con los dedos. Me agarró la muñeca.

Me quedé inmóvil y levanté la mirada, deseando poder verle la cara.

—Quiero…

—Lo sé. Quiero que me hagas todo lo que quieras, pero no.

—¿No? —repetí como una tonta.

Mis sentidos estaban demasiado descontrolados para empezar siquiera a descifrar la información que iba o venía a través del vínculo.

—No —repitió—. Porque eso haría que esto significara más de lo que puede para mí.

Oír mis propias palabras saliendo de su boca me resultó desconcertante. Lo que estaba diciendo no parecía justo. ¿Él podía hacérmelo, pero yo no podía ofrecerle lo mismo? Y quedaban más cosas. Estaba preparada, incluso después de todo lo que acababa de experimentar. Sabía que había más, y quería que él sintiera lo que yo sentía.

—Zayne —empecé a decir, pero él se tumbó de espaldas. Transcurrió un momento y luego se levantó de la cama. Me senté—. ¿Adónde vas?

—A ningún sitio. —Se apartó de la cama y luego se detuvo—. Buenas noches, Trinity.

Me quedé boquiabierta por la confusión mientras él salía del cuarto. Desapareció con un breve destello de luz procedente de la sala de estar, cerrando la puerta tras él, y yo me quedé allí sentada, preguntándome qué diablos acababa de pasar.

¿Había hecho algo malo? ¿Me había equivocado en algo? Debía de ser así, teniendo en cuenta que Zayne había pasado de ir a toda máquina a no solo pisar el freno, sino que se había bajado del coche y se había marchado. Pero estaba segura de que no había hecho nada malo.

Ni siquiera fui yo quien lo empezó.

Liberé las piernas de la manta y me levanté rápidamente de la cama. Me dirigí hacia la puerta, pero me di cuenta de que estaba sin camiseta, así que regresé a la mesita de noche y busqué a tientas hasta que encontré el interruptor. Una luz dorada inundó el dormitorio. Encontré mi camiseta al pie de la cama, me la puse con movimientos bruscos y luego me dirigí a toda prisa a la puerta y la abrí de golpe. Zayne se encontraba junto a la isla de la cocina, bebiéndose una botella de agua como si se estuviera muriendo de sed.

—¿Qué pasa? —exigí saber.

Él me miró mientras bajaba la botella.

—Se te olvidaron los pantalones.

—Casi se me olvida la camiseta. Que tú me quitaste. ¿Qué acaba de pasar ahí dentro? Todo iba bien. Genial, de hecho. Perfecto. Y, entonces, te largaste sin más…

—Supuse que lo preferirías así.

—¿Qué? —Me lo quedé mirando—. ¿Por qué ibas a pensar eso? No tiene sentido.

—¿No tiene sentido? —Soltó una carcajada, pero sonó rara. Dio otro sorbo—. Conseguiste lo que necesitabas, ¿verdad? No sé de qué te quejas.

Me quedé anonadada.

—¿Cómo dices?

—Tienes razón. Fue genial y perfecto. Luego dejó de serlo. —Se dirigió hacia el sofá—. Y, si no te importa, me gustaría dormir un rato.

—Y una mierda. Ni siquiera sé por qué se te ocurriría decir algo así. ¿Conseguir lo que necesitaba? Colega, no fui yo quien empezó esto. Fuiste tú. —El corazón me palpitó con fuerza mientras algo sombrío y oleaginoso se extendía por mi pecho—. No lo entiendo. ¡Eres tú el que quería dejar de pensar en mí!

Zayne resopló, negando con la cabeza.

—Yo no dije eso.

—Y yo no dije...

Cacahuete apareció de repente, flotando a través de la pared interior. Me echó un vistazo, allí de pie en camiseta y bragas, y luego a la expresión furibunda de Zayne.

—Ni de coña.

El fantasma dio media vuelta y desapareció de nuevo en la pared.

Zayne siguió mi mirada hasta la pared.

—¿Ese fantasma está aquí?

—Ese fantasma tiene nombre —le espeté—. Y no. Ya no. —Me crucé de brazos y lo miré a los ojos, intentando contener mi enfado—. Esto parece un horrible error de comunicación. No sé qué te pudo dar la impresión de que...

—¿De que esto significa más para mí que solo correrme? —me interrumpió. Abrí los ojos como platos—. Sí, ya veo que no se te había ocurrido.

—¡No tengo ni idea de a qué viene esto! —grité y luego hice una mueca, esperando que sus vecinos no pudieran oírme. Me obligué a bajar la voz—. Te dije que te deseaba. Te lo demostré y...

—Y hubo un error de comunicación. —Se giró hacia mí, con sus pálidos ojos centelleando— Cuando dijiste que nada de besarse, no comprendí a qué te referías con «más». De haberlo sabido, no habría pasado nada de eso.

Me incliné hacia delante mientras la sensación oleaginosa se propagaba.

—¿Todo esto es porque no te permití besarme? ¿Estás de broma?

Zayne ladeó la cabeza, alzando las cejas.

—Caray, Trinity. Tu memoria selectiva no es una de tus mejores cualidades.

—¿Memoria selectiva? Te dije que nada de besarse porque...

—Haría que significara más de lo que es. Tus palabras. No las mías.

Inspiré bruscamente. Ay, Dios mío, sí que había dicho eso. Descrucé los brazos. Ahora el corazón me martilleaba contra el pecho.

—No quería decir…

—Mira, ya he sido el pasatiempo de alguien cuando se aburría o quería atención. Ya he estado ahí, lo he hecho y debería haber tenido el maldito sentido común de no volver a repetirlo.

Todo mi cuerpo dio un respingo. No solo por sus palabras. Comprendí que la densa sustancia pringosa que se propagaba por mis venas provenía de él. Enfado. Decepción. Y, lo peor de todo, vergüenza. Sentí su vergüenza mientras daba otro paso hacia mí.

—Puede que lo que estábamos haciendo ahí dentro no signifique nada para la mayoría de la gente, pero sí para mí. Significa muchísimo para mí, así que no voy a seguir ese camino de nuevo —dijo, recorriéndome con la mirada—. Por muy tentador que sea ese camino.

Levanté las manos, parpadeando para contener una humedad repentina, al mismo tiempo que me invadía el horror. Dios, no era de extrañar que se sintiera así. Zayne había sido franco conmigo, me había hablado con sinceridad y me había dicho que me había metido bajo su piel y en su sangre y yo… yo no le había explicado por qué había dicho lo de nada de besarse. No le había contado mis temores acerca de los alfas y lo que podrían hacer. No le había dicho…

No le había dicho la verdad. Aunque sabía que no debería y estaba haciendo todo lo que estaba en mi mano para impedirlo, me estaba enamorando de él. Que puede que ya lo estuviera. No dije nada aparte de que lo deseaba. Incluso me había dicho a mí misma que, si lo manteníamos en un terreno puramente físico, todo iría bien, pero tuve que marcar esos límites. Simplemente no le había dicho por qué.

Realicé una inspiración entrecortada. Necesitaba explicarme, aunque no sirviera para arreglarlo.

—No pretendía hacerte sentir así. No estaba pensando en ti…

—Por supuesto que no. —Apartó la mirada mientras la botella de agua crujía en su mano—. Eso es lo tuyo, ¿verdad? Pensar siempre en ti.

Se me heló la piel. Le había dicho eso junto a la casa del árbol, después de todo lo que había pasado con Misha. Le había dicho que era una egoísta, y que Misha tenía razón. Y Zayne me había dicho que eso no era cierto.

Retrocedí un paso e intenté respirar a través de lo que estaba brotando de mí, pero estaba muy enraizado y sobrepasó mis sentimientos por Zayne.

—Maldita sea —gruñó, lanzando la botella de agua sobre el sofá. Rebotó en el cojín y cayó al suelo con un ruido sordo. Zayne se pasó una mano por el pelo, apartándoselo de la cara—. Tenemos que acabar con esta conversación.

Me quedé allí plantada, con los brazos a los costados.

—No sé en qué estaba pensando esta noche. Por qué te dije nada de eso. —Sonaba muy cansado—. Lo de esta noche fue un error y tenemos que olvidarnos de todo esto.

—Sí —me oí susurrar.

Me miró a los ojos, apretando la mandíbula. Sonrió, pero no se parecía en nada a las sonrisas que yo conocía.

—La buena noticia es que creo que ya no tenemos que preocuparnos de estar distraídos, porque esto... esto no va a volver a ocurrir.

Veinticuatro

Los siguientes días fueron una mierda por muchas razones.

Evidentemente, la visita a los museos se había cancelado, no solo por lo que había ocurrido entre Zayne y yo, sino porque no parecía correcto después de la muerte del último Guardián. Sin embargo, eso no impedía que me invadiera una oleada de decepción cada vez que pensaba en esos planes.

Buscar al Heraldo cada noche había sido un muermo: un aburrimiento incómodo y tenso. No encontramos nada ninguna noche, ni siquiera un demonio feroz. Supuse que eso no eran exactamente malas noticias, ya que no habían matado a ningún Guardián, pero significaba que no estábamos más cerca de encontrar al Heraldo.

También significaba que había un montón de tiempo muerto sin tomarnos el pelo, nada de discusiones en broma ni largas charlas sobre su clan o si yo echaba de menos la comunidad. Él no se mostraba antipático conmigo: era distante y completamente inalcanzable mientras entrenábamos y buscábamos al Heraldo. Todo era puramente… profesional entre nosotros y, aunque eso ayudaba durante el entrenamiento con los ojos vendados, me hacía sentir muy muy triste. Abatida, en realidad.

No conseguía captar nada de él a través del vínculo. Y había una parte diminuta y egoísta de mi ser que se sentía agradecida, porque quería olvidarme de aquella viscosa sensación de vergüenza que era resultado de mis propias acciones, intencionadamente o no.

Zayne estaba presente todos los días, pero no lo estaba, y me pregunté si todo iba a ser así a partir de ahora. Estábamos vinculados hasta la muerte, que, con suerte, tardaría mucho tiempo en llegar.

Eso también suponía mucho tiempo para echar de menos la naturalidad que había entre nosotros, la camaradería y la diversión que solíamos experimentar simplemente al hacernos compañía. Era mucho tiempo para llorar la pérdida de todo lo que había hecho que Zayne se convirtiera en lo que significaba para mí: más que mi protector, más que solo mi amigo.

Parecía ser un poco tarde para comprender que fingir no había impedido que mis sentimientos por él crecieran. Ni tampoco mi estúpido y defectuoso archivador mental. Lo único que había conseguido hacer era camuflar mis emociones. Aquel cajón llamado «ZAYNE» se había abierto de par en par y todo lo que sentía por él se había desparramado por todas partes. Revisaba ese desorden cada noche después de regresar al piso.

Nunca le expliqué a Zayne qué pretendía con la norma de nada de besarse ni qué me llevó a establecerla. Nunca le dije que él era todo lo contrario a un pasatiempo. Que él y yo no éramos él y Layla. Que lo que yo sentía por él no tenía nada que ver con el aburrimiento ni con buscar un alivio físico, sino con desear demasiado de lo que no podíamos tener.

Zayne no sacó el tema. Se convirtió en algo que nos negábamos a reconocer, pero que suponía un muro entre nosotros. La semana posterior a la que ahora me refería como la noche Trinity es idiota (TEI, para abreviar), desperté todavía sufriendo, pero resignada. Tal vez esto fuera lo mejor. No podíamos estar juntos.

Y no lo estaríamos.

Me retorcí el pelo húmedo e introduje una horquilla en la masa, cogí mi teléfono y luego me puse las gafas. Cuando entré descalza en la sala de estar, Zayne se encontraba en el sofá. No levantó la mirada cuando me dirigí a la cocina.

—Buenos días —murmuré mientras abría la nevera y sacaba un refresco.

Él farfulló más o menos lo mismo. Me senté en la isla, suponiendo que ya me avisaría cuando quisiera empezar a entrenar.

—Gideon viene de camino —comentó después de un largo momento de silencio—. Dice que tiene novedades para nosotros.

Miré por encima del hombro hacia la parte posterior de su cabeza.

—¿Ha descubierto qué son los pinchos?

—No lo sé. Supongo que lo averiguaremos en unos minutos.

Se puso de pie y desapareció en el dormitorio sin decir otra palabra.

Sentí una opresión en el pecho. Así era más o menos como transcurría ahora cada mañana. Me di la vuelta y empecé a morderme la uña del pulgar mientras clavaba la mirada en mi teléfono. Jada no me había devuelto el mensaje después de que me pusiera en contacto con ella en el parque. No estaba segura de qué pensar acerca de eso. Me sentía culpable, como una mala amiga, porque era una mala amiga. Había sido egoísta, justo como Misha me había acusado de ser, justo como Zayne me había recordado que era.

Me coloqué las gafas encima de la cabeza, desbloqueé el móvil y escribí un rápido mensaje en el que decía: «Siento no haber estado en contacto contigo. Te echo de menos.»

Lo envié sin esperar una respuesta rápida, así que cuando vi aparecer la burbujita y luego desaparecer antes de reaparecer, me dio un vuelco el estómago. Unos segundos después, llegó la respuesta de Jada.

«Yo también lo siento.»

Se me rompió el corazón. La burbuja regresó. Jada seguía escribiendo.

«Sé q has tenido q lidiar con mucho. Intento ser comprensiva, pero también ha sido duro para todos nosotros. Necesitaba hablar contigo. No solo d Misha. Necesitaba asegurarme d q estabas bien. Eso es lo q hacen las amigas. No me dejaste estar a tu lado. Estoy intentado q eso no me afecte, pero es así.»

Cerré los ojos con fuerza y apreté los labios. Me ardía la garganta. Dios, había metido la pata. Solo había pensado en lo que yo no quería hacer y no en lo que Jada podría necesitar, tanto como alguien que había crecido con Misha como alguien que era mi amiga.

Abrí los ojos y me tragué ese nudo que tenía en la garganta mientras me decía que debía decirle eso a Jada. No podía limitarme a quedarme aquí sentada pensándolo. Yo no tenía telepatía ni ella era adivina. Empecé a escribir, con manos temblorosas.

«Tienes razón. Te dejé de lado cuando no debería haberlo hecho y solo pensé en mí misma. Lo siento. No sé qué decir salvo que lo siento y sé que eso no arregla que haya sido una amiga de mierda. Pero lo siento.»

Transcurrieron varios minutos, que me parecieron toda una vida, antes de que Jada respondiera.

«Lo sé. Llámame cuando estés lista y sé q no estás lista xq escribiste en lugar de llamar. Hablaremos entonces.»

El hecho de que Jada me conociera lo bastante bien como para echarme en cara el último mensaje me dio ganas de llorar. No porque hubiera herido mis sentimientos, sino porque eso demostraba lo bien que me conocía. Ella sabía que, aunque me había dado cuenta de lo pésima amiga que había sido, todavía no estaba preparada para cruzar ese puente.

Dejé el teléfono sobre la isla y apoyé la cara en las manos. ¿Qué me pasaba? Ni que fuera incapaz de decir lo que me venía a la mente cada cinco segundos, así que ¿por qué no podía hacerlo cuando más importaba? ¿Por qué estaba eligiendo la salida cobarde? Porque eso era lo que estaba haciendo. Era el polo opuesto a mi personalidad. Podía perseguir a demonios de nivel superior, saltar de edificios y discutir sobre cualquier cosa desde el consumo de agua a cuál era la mejor película de Marvel, pero me quedaba muda como una tumba cuando llegaba el momento de enfrentarme a temas personales reales.

Cuando necesitaba enfrentarme a mí misma.

Me restregué la cara con los dedos, como si frotarme las mejillas y los ojos fuera a aportar alguna claridad a la situación.

No lo hizo.

Me di cuenta despacio de que ya no estaba sola. Levanté la cabeza y dejé caer las manos sobre el frío granito mientras dirigía la mirada hacia donde se encontraba Zayne, justo en la entrada de la sala de estar.

Me dio la impresión de que iba a decir algo, pero luego se

limitó a pasar de largo y sacar una botella de agua de la nevera. Se hizo un silencio incómodo. Por suerte, fue breve, ya que poco después se oyó el zumbido que anunció la llegada de Gideon.

Gideon no llegó con las manos vacías ni solo. Para mi sorpresa, la hermana pequeña de Jasmine venía con él. El reluciente pelo negro de Danika le caía suelto alrededor de los hombros. Ver a una Guardiana fuera de una comunidad o un complejo era algo inaudito.

—Espero que no os importe que me uniera —dijo Danika mientras pasaba al lado de Zayne, dándole un golpecito en el hombro. Cuando él le dedicó una amplia sonrisa, sentí una punzada de dolor en el pecho, pues había echado de menos esa sonrisa—. Estaba aburrida y los gemelos están pasando los horribles dos, así que necesitaba salir de allí cuanto antes.

—¿Los gemelos no tienen más edad? —preguntó Zayne.

—Estoy aprendiendo que los horribles dos no empiezan y terminan en un año concreto. —Danika me miró—. Deberías ver la cara que tienes ahora mismo.

Parpadeé y luego me bajé las gafas. Pude ver su rostro con más detalle.

—Lo siento. Es que no estoy…

—¿… acostumbrada a ver a una potencial reproductora ahí fuera en el mundo grande y malo? —Sonrió mientras se situaba al otro lado de la isla—. Lo sé. Los Guardianes de todo el mundo se están revolviendo en sus tumbas. Me da igual, y Nicolai tiene el sentido común de no intentar detenerme.

Me interesaba mucho confirmar si Nicolai y ella estaban juntos, pero no era de mi incumbencia.

—Bonito apartamento —comentó Gideon, acercándose. Llevaba un portátil, que colocó sobre la isla mientras miraba a su alrededor—. Muy… industrial.

Oculté una sonrisa detrás de los dedos.

Gideon recorrió el espacio abierto con sus brillantes ojos azules, sin perder detalle.

—¿Un dormitorio?

—Estamos a punto de conseguir uno de dos dormitorios en el piso de abajo —contestó Zayne, y me aparté la mano de la boca—. Te alegrará saber que es igual de industrial que este.

—¿El apartamento está disponible? —le pregunté.

Zayne me miró.

—Sí. El gerente me lo dijo ayer por la tarde. Podremos mudarnos a finales de la próxima semana.

—Ah. —Clavé la mirada en el portátil de Gideon, intentando no sentirme herida por el hecho de que no me lo hubiera mencionado. No es que no hubiera tenido tiempo mientras permanecíamos sentados en silencio antes de que aparecieran Gideon y Danika—. Es una buena noticia.

—¿Has tenido que compartir el baño con este tío? —Danika señaló a Zayne con un gesto de la barbilla—. Ay, Dios mío, eso es injusto.

Eso me hizo sonreír. Aquella chica me caía bien.

—Ha ido bien. De momento.

—Me parece que estás siendo amable —repuso ella mientras sus ojos azul cielo danzaban—. A estos tíos se les cae más el pelo que a nosotras.

Se me escapó una carcajada de sorpresa.

—¿Sabes qué? Me he dado cuenta. Hay un montón de pelo rubio por todas partes.

—Ya, piensas eso porque no has visto todo el pelo castaño oscuro que hay literalmente encima de todo —comentó Zayne y, antes de poder averiguar si estaba bromeando o comportándose como un cretino, se volvió hacia Gideon—. ¿Qué tienes para mí?

—Para nosotros —masculé entre dientes.

La sonrisa de Danika se volvió más amplia.

—Dos cosas —dijo el aludido, sentándose en el taburete—. Los pinchos siguen brillando, por si os interesaba saberlo.

—Los he visto. —Danika se sentó en la isla de un salto y se giró a medias sobre el trasero para mirarnos de frente—. Los pinchos brillantes dan mal rollo.

—Y que lo digas —coincidí.

—No he encontrado nada que me indique qué tipo de idioma tienen escrito —continuó Gideon—. Eso me lleva a creer que o bien es anterior a todo registro idiomático conocido o es un idioma que no hemos visto nunca.

—O no es un idioma en absoluto —sugirió Danika y, cuando la miramos, se encogió de hombros—. A mí me parecieron simplemente arañazos y círculos. Podría ser solo algún tipo de dibujo.

—Tienes razón. —Zayne se apoyó contra la isla—. Podría tratarse de lo que sugiere Gideon o algún tipo de dibujo.

—O podría ser de origen angelical. —Yo seguía creyendo que esa era la respuesta. Danika me miró, con expresión pensativa—. A ver, ¿alguien ha visto escritura angelical alguna vez?

—¿Existe siquiera la escritura angelical? —preguntó Zayne.

—Yo no la he visto —respondió Gideon mientras abría el portátil.

Enarqué una ceja, pensando que se podría decir lo mismo de mí.

—Solo porque no hayamos visto algo no significa que no exista.

—Tú también tienes razón en eso —dijo Danika.

La joven ladeó la cabeza mientras me miraba. Me pareció captar un atisbo de especulación.

Miré la pantalla que estaba abriendo Gideon, comprendiendo que debería mantener la boca cerrada en ese momento. El simple hecho de estar aquí presente mientras hablaban de esto resultaba sospechoso.

—Pude acceder a las cámaras de seguridad que hay alrededor de la catedral y, aunque no conseguí entrever siquiera a ese ser, sí encontré algo interesante.

Me sentí decepcionada mientras Zayne se situaba al otro lado de Gideon. Captar al Heraldo con una cámara, aunque solo fuera de manera fugaz, habría sido un avance.

—¿Veis esto? —Gideon señaló la pantalla. Se trataba de una grabación en blanco y negro sorprendentemente nítida de la calle y la iglesia. Se podía ver la mitad del campanario—. Mirad aquí arriba, a la derecha.

Miré, sin poder distinguir qué estaba señalando.

—21.10 —murmuró Zayne—. Lo veo.

Gideon apretó «Play».

—La cámara está fuera de Morton's. Fijaos bien cuando llegue a las 21.11.

Me mordí la uña del índice, retorciéndome, cuando me azotó una oleada de culpa. Ese era el restaurante en el que habíamos cenado.

De repente, la grabación de vídeo se llenó de un brillante e intenso destello blanco, como si hubiera estallado una bomba y la explosión se prolongara.

—Un momento. —Zayne se inclinó hacia delante doblando la cintura—. ¿Qué es eso?

—No lo sé. Dura unos treinta segundos y entonces... —La grabación de vídeo volvió a la normalidad—. Y, entonces, ahí... sí, ahí está Morgan.

Inspiré bruscamente. Pude distinguir lo suficiente del cuerpo grande, con los brazos extendidos, para saber lo que estaba viendo.

—Muéstrales las otras —lo instó Danika.

—Conseguí grabaciones de District, Chase Bank y una tienda. —Tecleó en el ordenador y nos mostró otra grabación. Esta era una vista lateral de la iglesia—. Pasa lo mismo.

Y así fue.

En todas las grabaciones de vídeo pasaba lo mismo. La pantalla se volvía blanca durante treinta segundos y, cuando la imagen regresaba, el Guardián estaba clavado a la iglesia.

—Es una especie de interferencia. —Gideon se echó hacia atrás—. Afectó a todas las cámaras desde las que se veía la iglesia. Ninguna de las cámaras que registraban en otras direcciones se vieron afectadas. Las comprobé todas.

Zayne soltó un suspiro bajo, enderezándose.

—No sé qué pensar.

—Ni yo, así que me picó la curiosidad. —Gideon levantó la mirada hacia Zayne—. Comprobé las grabaciones del Eastern Market, de las cámaras que enfocaban el andén en el que encontraron a Green. El andén se veía desde dos cámaras, y lo mismo. Una luz intensa que cegó toda la pantalla durante unos quince segundos.

—¿Es posible que alguien le hiciera esto a la grabación? —preguntó Zayne—. ¿Que la saboteara?

—En la grabación del Eastern Market es posible, pero estas de la iglesia no están monitorizadas y ya sabes que, como se trata de un Guardián, la policía no habría solicitado las grabaciones.

Zayne asintió con la cabeza.

—La policía no se involucraría a menos que se lo pidiéramos.

—Exacto. Y comprobé si había manipulaciones o cortes en la grabación. No encontré pruebas de nada de eso. La interferencia vino de fuera de la grabación.

—¿Qué podría causar eso? —pregunté.

—¿Un extraterrestre? —sugirió Danika.

Una lenta sonrisa me tiró de los labios mientras levantaba la mirada hacia ella.

—Me gusta tu forma de pensar.

El tono de Zayne era anodino cuando dijo:

—No empecemos otra vez con la conversación sobre extraterrestres. Por favor.

Danika entornó los ojos.

—Mirad, soy un creyente. Ni por un segundo me creo que Dios creó la Tierra y a la humanidad y lo dejó ahí —comentó Gideon—. Así que no digo que sea imposible, pero revisé todos los libros sobre demonología, incluida la *Llave menor*, y no he encontrado ni un solo demonio que pueda hacerle eso a una grabación sin destruirla.

Como había hecho Roth. Él no había provocado una interferencia en el hotel. Había destruido la cámara directamente. Esto era diferente.

Entonces caí en la cuenta de lo que había dicho Gideon.

—¿La *Llave menor*? ¿Esa *Llave menor*? ¿La auténtica?

Gideon me miró con sincero interés.

—Si estás pensando en la *Llave menor de Salomón*, entonces sí.

—Madre mía —murmuré.

La *Llave menor* era una especie de biblia demoníaca que contenía un montón de conjuros con los que se podría invocar a prácticamente cualquier demonio del mundo. Menos mal que estaba en manos de los Guardianes.

—No sé qué es este ser, pero sea lo que sea, cuenta con armas que no hemos visto nunca y habilidades que ni siquiera podemos entender. —Gideon cerró el portátil—. Y, aunque no sirva de mucha ayuda, todos estamos en alerta máxima. Incluso más ahora.

La conversación pasó a otros temas de Guardianes y luego se prepararon para marcharse, rumbo a una tienda para comprarle una tele nueva a Jasmine. Dijeron algo acerca de que uno de los gemelos había tirado al suelo la otra. Todavía me sorprendía que Danika saliera así. Era peligroso para ella y la admiré muchísimo por no permanecer en su jaula de oro.

Gideon le hizo señas a Zayne y se apartaron a un lado. Los observé, preguntándome qué le estaría diciendo a Zayne.

—Eh —susurró Danika. La miré. Se bajó de la isla y aterrizó con agilidad sobre las chanclas. Se inclinó para acercarse a mí—. Tengo que preguntarte algo.

Me preparé, pues supuse que iba a ser sobre el hecho de que Zayne y yo compartiéramos un apartamento de un solo dormitorio.

—¿Qué pasa?

Su mirada pasó de mí a un punto situado a mi espalda y luego dijo en voz baja:

—¿Qué eres?

Vale. Eso no me lo había esperado.

—Sé que no puedes ser solo una chica que se crio con Guardianes. Nadie en el clan se lo cree.

Los músculos se me pusieron tensos mientras la miraba a los ojos. Eso no era buena señal, pero tampoco era algo inesperado. No me explicaba cómo esperaba evitar Zayne que su clan se enterase.

No sentí nada aparte de curiosidad en ella, pero eso no significaba que fuera hora de compartir confidencias.

—Solo soy una chica que se crio con Guardianes.

—¿En serio? —dijo bajando la voz mientras alargaba las palabras.

—Me entrenaron para luchar. Eso es lo único que tengo de especial.

—Qué interesante. —Danika arrugó la nariz—. Nunca había oído hablar de humanos entrenados para luchar, porque podrías ser una asesina entrenada, pero aun así serías un ratón de campo comparada siquiera con un demonio de nivel inferior. Y no eres un ratón de campo.

—¿Danika? —la llamó Zayne—. ¿Qué estáis susurrando?

Ella se enderezó, alzando las cejas.

—¿Qué estáis susurrando vosotros?

—Nada —contestó Gideon, colocándose el portátil debajo del brazo.

—Ah. —Danika me guiñó un ojo—. Nosotras estábamos hablando de menstruaciones, calambres, sangrado...

—Vale. —Zayne levantó las manos mientras yo ahogaba una carcajada—. Siento haber preguntado.

La Guardiana se apartó de la isla.

—Espero volver a verte pronto. Haz que Zayne te traiga de visita. O déjalo aquí. Eso sería aún mejor.

—Gracias —masculló él.

Danika lo ignoró.

—Estoy segura de que Izzy está deseando volver a lanzársete encima.

Sonreí al oír eso, deseando poder visitarla. De algún modo, no creí que eso fuera a ocurrir pronto. Les dije adiós con la mano mientras entraban en el ascensor.

—Esperad —les pidió Zayne mientras cogía rápidamente sus llaves, que estaban en la encimera, junto a los fogones—. Os acompaño a la salida.

Gideon sostuvo la puerta del ascensor.

—Claro.

Entonces me di cuenta de que Zayne no iba vestido para entrenar como yo. Llevaba vaqueros y una camiseta de color azul pálido que era casi del mismo tono que sus ojos.

Me giré en el taburete, apoyando un pie en el suelo.

—¿Vas a salir?

Él asintió con la cabeza mientras se acercaba al sofá y cogía su móvil.

—Tengo cosas que hacer. Tardaré un rato en volver.

Se me formaron preguntas en la punta de la lengua. Quería saber qué cosas y quería saber por qué no me había contado lo del apartamento antes que a nadie. Quería hablar de lo que Gideon había descubierto. Quería hablar, para que pudiéramos (para que yo pudiera) sentir que éramos un equipo y no lo que quiera que fuéramos ahora.

Salvo que, para cuando abrí la boca, él ya había entrado en el ascensor y las puertas se estaban cerrando detrás de él y los otros Guardianes.

Eché los labios hacia atrás mientras una ira abrasadora inundaba mi sistema. Estiré la mano hacia mi teléfono, medio tentada de lanzarlo contra la pared, pero logré contenerme.

Me pasé los siguientes minutos dando vueltas alrededor del sofá. Luego me rendí y busqué algo de comer. Lo único que teníamos eran huevos, aguacates y mayonesa.

—Dios mío —gemí, cerrando la nevera de un portazo.

Si Zayne estaba por ahí comiendo cualquier cosa que no se anunciara en una dieta baja en carbohidratos, iba a darle una buena paliza.

Me alejé de la cocina con paso airado y decidí que ya era hora de localizar una de esas empresas que te llevaban la compra a casa. Iba a comprar un montón de comida alta en calorías, que engordara y sin el más mínimo valor nutricional y a llenar toda la cocina con esa mierda. Los armarios de Zayne estarían abarrotados de patatas fritas y Cheetos, *pizzas* congeladas y bolsas de patatas se amontonarían en el congelador, todos los tipos de refrescos llenarían la nevera y le iba a sustituir todo el aceite de coco por la manteca de toda la vida. Abrí mi portátil, sonriendo para mis adentros, e hice justo eso. Y, cuando dos horas después llegaron bolsas y bolsas de pura comida basura, hice lo que había planeado regodeándome.

Estaba deseando ver la cara que ponía Zayne.

Después de dejar la bolsa de pan blanco sobre la encimera, cerca de los fogones, me dirigí al sofá mientras me zampaba otra patata frita salada...

Me detuve de golpe cuando un conocido hormigueo de reconocimiento me bajó por la espalda. Me giré hacia la zona de la cocina, pensando que era Cacahuete.

Lo que vi no fue mi fantasmal compañero de cuarto, que llevaba desaparecido desde anoche. Bajé la bolsa de patatas, que se arrugó en mis manos.

Se trataba del espíritu que apareció la noche que mataron a Greene. Se encontraba en el mismo sitio que lo había visto la última vez, detrás de la isla y delante de los fogones.

El espíritu había regresado.

Veinticinco

—Tú —dije.

La curiosidad sustituyó al recelo por ver al espíritu de nuevo en el apartamento de Zayne.

—Puedes verme —contestó el espíritu—. Tengo muchas preguntas sobre cómo puedes verme.

Como la mayoría, así que no era sorprendente.

—Puedo ver gente muerta. Eso es lo único que necesitas saber.

El espíritu ladeó la cabeza.

—¿Como el niño de *El sexto sentido*?

Hacía siglos, Jada me obligó a ver esa peli porque le pareció que sería divertido.

—Sí, como él. Bueno, ¿cómo te llamas?

—¿Y tú?

Enarqué una ceja mientras me metía otra patata frita en la boca.

—¿Me has seguido hasta aquí y no has oído cómo me llamo?

—No te estaba siguiendo —contestó. Pero, antes de que yo pudiera hacer ninguna pregunta, continuó hablando—. Al principio, ni siquiera pretendía venir aquí, pero luego regresé… —Sus palabras se apagaron mientras su cuerpo se desvanecía y volvía a aparecer— … y vi a ese fantasma superantipático. Necesito tu ayuda.

Siempre necesitaban ayuda.

El espíritu se desvaneció de nuevo y desapareció por completo. Abrí la boca, pero ahogué una exclamación cuando apareció directamente delante de mí.

—Dios mío. —Retrocedí a trompicones y choqué contra el sofá mientras extendía los brazos. La bolsa se me escapó de los dedos y los trocitos de manjar salado se derramaron por el suelo—. ¡Mis patatas!

—¡Lo siento!

El espíritu intentó agarrarme el brazo. No sirvió de nada, porque su mano lo atravesó, dejando a su paso un rastro de aire frío.

Recobré el equilibrio antes de darme de bruces contra el suelo.

—Oh, mierda. Lo siento mucho. En serio. —Apartó la mano y la miró con el ceño fruncido—. No pretendía asustarte.

—No deberías aparecer y desaparecer así. —Me arrodillé y recogí lo que seguramente también sería mi cena. La norma de los cinco segundos—. Da mal rollo.

—¿Por qué? Ya sabes que estoy muerto. Eso no debería darte miedo.

—No me das miedo, pero eso no significa que lo de andar yendo y viniendo no me sobresalte. —Tras salvar todas las patatas fritas y volver a guardarlas, enrollé la parte superior de la bolsa y la coloqué en la encimera—. En fin, supongo que tienes un mensaje con el que necesitas que te ayude, puesto que has cruzado.

—¿Cómo sabes...?

El espíritu se esfumó sin previo aviso y me encontré mirando el espacio vacío de nuevo.

Unos segundos después, el espíritu empezó a adquirir forma. Su alborotado cabello castaño asomó primero y, a continuación, el rostro infantil. Aparecieron los hombros delgados, al igual que la cintura, pero ¿más allá de eso? Pude ver la isla de la cocina donde deberían haber estado las piernas.

—Dios, odio que pase eso. —Se estremeció—. Me hace sentir como si estuviera hecho de viento.

—Me lo imagino —murmuré, procurando no quedarme mirando la parte inferior ausente de su cuerpo. Sabía que los espíritus podían ser... susceptibles con ese tipo de cosas—.

Mira, puedo ayudarte, pero tienes que decirme qué necesitas antes...

—¿Antes de que vuelva a desaparecer? Lo sé. Por eso reboté antes. Cuanto más tiempo paso aquí, más me cuesta quedarme. No puedo controlarlo.

Asentí con la cabeza.

—Es porque se supone que no deberías estar aquí, durante mucho tiempo al menos.

—Lo sé. Es lo que Ellos me dicen cada vez que me pillan marchándome. «Has avanzado», me dicen. Y está bien comprobar cómo le va a la gente que me importa, pero no demasiado, porque podría quedarme... atrapado.

Tuve el presentimiento de que «Ellos» eran quien fuera que controlaba las idas y venidas de las almas. Probablemente un ángel de la Segunda Esfera. Eran como el Departamento de Recursos Humanos del cielo.

—¿A qué te refieres con que podrías quedarte atrapado?

—Podrían impedirme volver a entrar o algo así. No fueron muy específicos —me explicó, y eso no me sorprendió en absoluto.

—Vale. En ese caso, pongámonos manos a la obra. Dime cómo te llamas y qué necesitas de mí, y tal vez pueda ayudarte.

—No puede haber ningún «tal vez...» —Bajó la mirada hacia su cuerpo y sonrió—. Eh, mis piernas han vuelto. Genial. Por cierto, ¿sabías que las medusas muertas todavía pueden picarte si las pisas?

Estaba empezando a plantearme seriamente que, cuando la gente moría, desarrollaba un grave caso de trastorno de déficit de atención. Yo debería saberlo, ya que era muy probable que también lo padeciera.

—No, no lo sabía.

—Lo siento. —Se encogió de hombros—. Tengo la costumbre de soltar datos que no vienen a cuento cuando estoy nervioso.

—Sí, eso no venía a cuento de nada.

—En fin, necesito tu ayuda —repitió—. Por favor, no digas que no. Eres mi única esperanza.

Ladeé la cabeza.

—No soy tu Obi-Wan.

Una sonrisa bobalicona se dibujó en su cara.

—¿Acabas de hacer una referencia a *Star Wars*? Me caes bien. Mira, llevo semanas intentando hacerle llegar el mensaje, pero... bueno, me está costando contactar con ella. —Había una ternura en su voz que me resultó adorable—. La quiero con todo mi corazón, pero, caray, no es la persona más observadora del mundo.

Sumé dos más dos.

—¿Necesitas hacerle llegar un mensaje a tu novia?

Se le borró la sonrisa mientras su mirada se volvía ausente.

—¿Novia? Era casi... era casi eso.

Su tono áspero me rompió el corazón. Puede que solo fueran un puñado de palabras, pero estaban llenas de tanto sufrimiento y potencial inalcanzado que hicieron que me ardiera la cuenca de los ojos.

Dios, podía comprenderlo perfectamente.

El espíritu apartó la mirada.

—Necesito que le des un mensaje. Eso es todo.

Le eché un vistazo a la puerta.

—Quiero ayudarte, de verdad que sí, y no estoy diciendo que no vaya a hacerlo, pero tienes que entender algo. Si le digo lo que sea que quieres que le diga, es probable que no me vaya a creer. Basándome en experiencias previas, pensará que estoy loca.

—No, qué va. Ella... Bueno, ha experimentado cosas raras en su vida. Puede que no tan raras como ver gente muerta, pero sin duda rarezas extremas. —Se acercó, parpadeando de nuevo—. Por favor. Es importante. Ya sé que es pedir mucho, pero no puedo...

—¿Dejarme en paz hasta que te haga de médium o encontrar auténtica paz hasta que esto esté resuelto? —Miré de nuevo hacia la puerta, mordisqueándome la uña del pulgar—. ¿Dónde está esa chica? ¿Y cómo se supone que voy a encontrarla? No conozco esta ciudad para nada.

—Puedo enseñártelo. No está lejos de aquí.

Vacilé, porque esto no era como cuando Roth me dejó en un parque. ¿Y si el cielo volvía a absorber al espíritu y yo me quedaba ahí fuera, incapaz de ver gran cosa? Un aleteo de energía nerviosa me inundó el pecho.

¿En qué estaba pensando? Podía hacerlo. Era independiente y, si este espíritu desaparecía y me dejaba sola, me las arreglaría. Igual que me las había arreglado cuando Zayne me dejó en la acera y seguí al demonio de nivel superior. No había vacilado entonces. Y no iba a vacilar ahora.

Era una Sangre Original, y era una tía dura, y este espíritu necesitaba mi ayuda.

—Vale —dije, levantando la barbilla—. Hagámoslo.

El alivio invadió los rasgos del espíritu, que se lanzó hacia mí con los brazos abiertos como si fuera a abrazarme, pero se detuvo y dejó caer los brazos a los costados.

—Gracias. No tienes ni idea de lo que esto significa para mí.

Me hacía una idea de lo importante que era y por eso lo estaba ayudando.

—Me llamo Trinity, por cierto. ¿Vas a decirme cómo te llamas tú?

Me dio la impresión de que estaba a punto de ofrecerme la mano a modo de saludo, pero recordó que no iba a funcionar.

—Soy Sam... Sam Wickers. Encantado de conocerte, Trinity.

Caminar por la calle al lado de un espíritu era superraro, pero no era la primera vez que conversaba con uno en público. Allá en la comunidad, normalmente iba acompañada de Misha o Jada, así que no parecía que estuviera hablando sola.

No contaba con ese lujo hoy, pero era creativa.

Sam me miró con extrañeza cuando me puse las enormes gafas de sol oscuras. Estaba nublado y tenía pinta de que se pondría a llover en algún momento del día.

El espíritu habló por fin cuando saqué unos auriculares del bolsillo frontal del bolso, que había cogido del dormitorio antes de salir. Los enchufé al teléfono y me los coloqué en las orejas.

—¿A qué vienen los auriculares? —me preguntó mientras caminábamos por la concurrida acera hacia Fourteenth Street. Bueno, yo caminaba. Él se deslizaba unos centímetros por encima de la acera manchada—. ¿Me vas a ignorar y ponerte a escuchar música? Espero que no, porque soy muy hablador. Irritantemente hablador.

Mantuve la mirada concentrada para asegurarme de no chocar con nadie. Hablar también me impedía acojonarme ante la posibilidad de acabar superperdida.

—Escuchar música sería de mala educación.

—Sí, así es.

—Los auriculares hacen que parezca que estoy hablando por el móvil. —Levanté el cable, agitando el micrófono—. Puedo hablar contigo sin que la gente crea que estoy hablando sola.

—Oh. Caramba. Qué lista. —Mantuvo el ritmo a mi lado—. Debes tener mucha experiencia con este tipo de cosas.

—Más o menos.

Una brisa bochornosa sopló por la acera, lanzándome el pelo a la cara y trayendo consigo el intenso olor a gases de tubo de escape.

—¿Qué clase de experiencia?

Miré hacia él, percibiendo un interés sincero en su voz. Las palabras brotaron hasta la punta de mi lengua, pero este chico (este pobre chico muerto) no me conocía. Era probable que no tuviera ni idea de que se había metido en el apartamento de un Guardián. Así que ¿cómo podría explicarle qué había ocurrido las anteriores veces que había hecho cosas como esta?

—Tengo una pregunta para ti —dije, en cambio.

—Tendré una respuesta.

Me aparté el pelo de la cara.

—Has… avanzado, ¿verdad? ¿Viste la luz y entraste en ella?

Esa pregunta hizo que algunas de las personas con las que me crucé me miraran raro, pero qué se le iba a hacer.

—¡Eso es! Quise preguntártelo cuando lo mencionaste antes, pero desaparecí. ¿Cómo lo sabes? ¿Que vi la luz y fui hacia ella?

—Hay una diferencia entre fantasmas y espíritus —le expliqué, manteniendo la voz baja—. Los fantasmas están atrapados. No saben que están muertos, o se niegan a aceptarlo, y suelen tener el mismo aspecto que cuando murieron. Tú no tienes ese aspecto ni te comportas así y además posees un… resplandor. Una luz celestial, supongo.

—¿Ah, sí? —Se miró el brazo—. No puedo verlo.

—Está ahí. —Pensé en que Sam tenía un aspecto diferente al principio—. Cuando los espíritus han avanzado y regresan para comprobar cómo les va a sus seres queridos o hacer lo que sea a lo que dediquen su tiempo los espíritus, tienen un aspecto normal salvo por el resplandor. Pueden parecer más jóvenes de lo que eran cuando murieron o tener la misma edad. Pero, la primera vez que te vi, fue como si… como si no tuvieras rasgos.

—Tal vez aparecí con un aspecto diferente porque… cuando morí, no crucé de inmediato. No pude.

Llegamos a un cruce atestado de gente esperando para pasar.

—¿Sigo recto o giro?

—Sigue recto. Solo dos manzanas más.

Asentí con la cabeza y empecé a mordisquearme el pulgar de nuevo.

—¿Por qué no pudiste cruzar de inmediato? ¿No querías o…?

Sam permaneció callado mientras cruzábamos la calle. Bajé la mirada, pero no pude ver el bordillo entre las piernas de la gente. Supuse que…

Los dedos de mi pie derecho se estrellaron contra el bordillo, provocándome una intensa punzada de dolor en el pie. Tropecé, pero recobré el equilibrio.

—Mierda.

—¿Estás bien? —preguntó alguien que no era Sam.

—Sí.

Miré a mi derecha y vi que un hombre mayor con traje me estaba hablando.

—Deberías prestarle atención a dónde vas y no a quién le hablas por teléfono —me aconsejó y luego siguió caminando, sacudiendo la cabeza.

—¡Gracias por el consejo que nadie te ha pedido, cretino! —gritó Sam en vano—. Tal vez debería empujarlo contra ese vendedor de perritos calientes.

—¿Puedes hacer eso?

—Por desgracia, no. —Suspiró con tristeza—. No he averiguado cómo convertirme en un *poltergeist* y mover cosas.

Había pocos espíritus o fantasmas que pudieran interactuar con su entorno, pero me guardé esa información mientras inspiraba a pesar del espantosamente horrible dolor que sentía en el dedo.

—Creo que me acabo de romper el pie.

Sam se acercó a mí flotando, intentando evitar atravesar a una anciana con gabardina.

—¿Sabes por qué duele tanto golpearse un dedo del pie? Es porque cuentan con un montón de terminaciones nerviosas que le proporcionan información sensorial al sistema nervioso central. Así que, cuando te golpeas un dedo, ese dolor se envía al cerebro más rápido. Además, hay poco tejido en esa zona para amortiguar el golpe.

—No me puedo creer que sepas eso.

—Como te dije, sé un montón de cosas. Aunque no estoy seguro de para qué me van a servir ahora —contestó, metiéndose las manos en los bolsillos de los vaqueros—. Como estoy muerto...

—Tengo un dato raro para tu colección.

—Soy todo oídos.

Una sonrisa me tiró de los labios.

—No creo que los *poltergeists* sean en realidad fantasmas o espíritus. Hay pruebas que indican que la actividad asociada a los *poltergeists* se debe a una acumulación de energía procedente de una persona viva.

—¿En serio?

Asentí con la cabeza.

—Esa persona manipula los objetos que la rodean sin saberlo. Por lo general, se trata de alguien que está pasando por algo muy intenso.

—Caray. No sabía eso. —Sam se quedó callado un momento—. En realidad, sí fui hacia la luz al principio, pero me quedé... atrapado y me dirigí a otro sitio.

—¿Otro sitio?

No me contestó.

Lo miré, sintiendo brotar la inquietud.

—Espera un momento.

—¿Qué pasa? —me peguntó con el ceño fruncido.

Me detuve al lado de un bar, manteniendo la espalda cerca de la pared de ladrillo.

Sam también se detuvo. La confusión se reflejaba en su expresión.

—¿Qué haces?

—Mira, quiero asegurarme de que el mensaje que quieres transmitirle a esa chica, sea cual sea, no es algo cruel ni retorcido. Si pretendes molestarla, no pienso hacer esto.

—¿Qué te hace pensar...? —Abrió mucho los ojos cuando lo atravesó un hombre que estaba haciendo *footing*. Se desvaneció como volutas de humo antes de volver a unirse—. Permíteme volver a intentarlo. ¿Qué te hace pensar que se me ocurriría buscar a alguien para decirle algo horrible?

—Porque las personas son gilipollas, y algunas incluso más cuando mueren. Algunos fantasmas, incluso espíritus, se aburren y les gusta asustar a la gente o jugar con sus mentes.

—¿En serio?

La sorpresa que percibí en su voz era sincera, o al menos eso me pareció.

—Y dijiste que fuiste a otra parte al principio —añadí—. Solo se me ocurre otro sitio, y no acabas allí por accidente.

—¿Te refieres al infierno? No fui allí por accidente. Estaba atrapado allí, y no fue culpa mía. Evidentemente, no tendría un resplandor celestial si se supone que tendría que estar allí —argumentó. Él tenía razón, pero me estaban empezando a entrar serias dudas sobre ese asunto—. Es una larga historia, pero yo no era esa clase de persona cuando estaba vivo y no lo soy ahora. No estoy aquí para hacerle daño a nadie, y menos a ella. Intento salvar su vida y las vidas de otros.

Veintiséis

Un escalofrío me recorrió la piel. No esperaba que Sam dijera algo tan puñeteramente intenso.

—¿Qué significa eso?

—Significa que tengo que darles un mensaje antes de que sea demasiado tarde.

—¿Demasiado tarde para qué?

—Vamos —dijo, en lugar de responder, apretando la mandíbula en señal de impaciencia—. Casi hemos llegado.

Mientras inhalaba el grasiento aroma a comida frita que llegaba de algún lugar cercano, me aparté de la pared y seguí a Sam. Me di cuenta de que había dicho «darles» en lugar de «darle», pero el espíritu se deslizaba a toda velocidad y tuve que esforzarme por seguirle el ritmo con toda la gente que abarrotaba la acera.

Avanzamos otra manzana y entonces San se detuvo fuera de una heladería. Parecía un lugar supermono, por lo que pude ver al asomarme por la amplia ventana. Suelos a cuadros blancos y negros. Reservados y taburetes rojos y una cola que casi llegaba hasta la puerta.

A mí no me iban demasiado los helados, pero cuando la puerta se abrió y me llegó un olor a crema de chocolate caliente y deliciosos conos de barquillo, me apeteció de pronto un gran cuenco de helado de chocolate cubierto de muchísimo sirope.

—Ella está aquí —anunció Sam, que atravesó directamente la pared, dejándome afuera.

Mientras intentaba deshacerme de la sensación de inquietud, usé la puerta como una persona viva normal y entré en la heladería. Me envolvió el aroma a crema de chocolate caliente y vainilla. Me levanté las gafas de sol y miré a mi alrededor. Había reservados bordeando las paredes y cuadros enmarcados colgando por todas partes. No conseguí distinguir los detalles, pero parecían versiones *pop art* de algunos de los monumentos de la ciudad.

Me mantuve cerca de la puerta, ya que el local estaba muy concurrido. El corazón empezó a martillearme con fuerza. Había muchísimas personas, algunas haciendo cola, otras pasando el rato en los reservados, devorando sus helados. Al examinar los rostros, no estuve muy segura de que unos cuantos estuvieran vivos. Las luces de la heladería hacían que me resultara difícil fijar la vista mucho tiempo.

Durante unos segundos, perdí de vista a Sam mientras toqueteaba el cable conectado a los auriculares, pero entonces reapareció a mi lado, situándose delante de la puerta.

—¿Está aquí? —le pregunté.

—Está ahí mismo. —Señaló la zona situada a la izquierda de la barra de helados—. En ese reservado.

Miré hacia donde me señalaba y vi… una chica de pelo castaño, que le llegaba hasta la barbilla, sentada de frente hacia la entrada. Algo en ella me resultó familiar. Me acerqué un poco, parpadeando rápido como si eso fuera a suavizar el resplandor de las brillantes luces fluorescentes. Dio otro paso y las facciones borrosas de la chica se aclararon un poco. Reconocí su bonito rostro y el abundante flequillo.

—Joder —susurré—. Es Stacey. La conozco… bueno, nos han presentado. —Entonces caí en la cuenta—. A eso te referías cuando dijiste que no me habías seguido. La estabas siguiendo a ella.

Sam era lo que vi cuando Stacey vino al apartamento con Roth y Layla. Él era la sombra extraña que vi detrás de ella y eso significaba…

—¿Conoces a Zayne? —le pregunté.

—Sí, pero eso da igual. Tienes que hablar con ella.

—¿Que da igual? Por supuesto que no da igual. —Un padre y su hija pasaron a nuestro lado y se pusieron a la cola mientras yo continuaba fingiendo que hablaba por teléfono—. ¿Por qué no me lo contaste?

—Porque no sabía quién eras. —Sam seguía mirando fijamente a Stacey—. Ni por qué estabas en su apartamento. Cuando me di cuenta de que podías verme, no estaba seguro de si me podía fiar de ti… hasta que supe que me ayudarías.

Me lo quedé mirando, atónita. Su repentina aparición no era coincidencia. Sam conocía a Zayne y era amigo de Stacey. Era…

De pronto, recordé lo que Zayne me había contado sobre Stacey. Que había perdido a alguien, igual que él. Eso había creado un vínculo entre ellos y ahora supe sin ninguna duda que ese espíritu (Sam) era la persona a la que había perdido Stacey. Yo no tenía ni idea de qué le había pasado, pero, basándome en la mínima información que me había ofrecido, tuve el presentimiento de que no fue una muerte natural.

Ay, Dios, todo esto tenía «mala decisión vital» escrito por todas partes. Si Sam me hubiera dicho quién era (quién era para Stacey y que conocía a Zayne), le habría exigido saber con exactitud cuál era el mensaje antes de acceder a ayudarlo. Por supuesto, primero me habría puesto en contacto con Zayne, no solo para decirle que el espíritu de Sam estaba por aquí, sino también para averiguar qué le había pasado.

Ahora que lo pensaba, ¿por qué no me había preguntado Sam por qué estaba viviendo con Zayne? No me había hecho ni una sola pregunta sobre quién era o cuál era mi relación con todo esto.

—Tío… —dije.

—Todo va bien. —La mirada de Sam volvió a posarse en mí—. En serio. Vamos a hablar con ella.

—Tienes que contarme qué está pasando.

Sam se giró hacia mí.

—Esto no puede esperar. No lo entiendes. Me estoy quedando sin tiempo.

Lo miré fijamente.

—¿No sientes la más mínima curiosidad por saber quién soy? —susurré—. ¿Qué soy?

—Supuse que, como estás con Zayne, eres buena gente. —Su

mirada regresó hacia donde Stacey estaba sentada—. Sé qué es Zayne.

—Pero dijiste que el motivo por el que no me contaste quién era Stacey fue que no me conocías. No te fiabas de mí...

—Mentí. ¿Vale? —Levantó los brazos bruscamente y uno de ellos atravesó el pecho de un hombre que pasaba a nuestro lado. El hombre se detuvo, con el ceño fruncido, y luego siguió caminando, sacudiendo la cabeza—. Sé qué eres. En cuanto comprendí que podías verme, supe qué eres, y sabía que, si estabas con Zayne, tenía que significar algo, pero no sabía si eras... si eras de los buenos.

—¿Qué? —Me lo quedé mirando, boquiabierta—. Vale. Tienes que contármelo todo y tienes que sacar tiempo...

—¿Trinity?

Levanté la cabeza de golpe al oír la voz de Stacey. Me estaba mirando y había empezado a levantarse. Mierda.

—Fíjate. —Sam intentó agarrarme el brazo, pero su mano lo atravesó—. Te ha visto.

Todos mis instintos me estaban diciendo que esto iba a acabar muy mal, pero ya era demasiado tarde para salir huyendo. Maldiciéndome mentalmente a mí misma y también a Sam, me dirigí de mala gana al reservado. Al acercarme, vi que los dedos de Stacey se movían a toda velocidad sobre la pantalla de su teléfono. Realicé una inspiración corta mientras echaba un vistazo a la superficie de la mesa...

¿Eso que había junto al helado situado delante de Stacey era un... paquete de regaliz?

Pues sí.

Madre mía, ¿quién comía regaliz con helado? Era lo más asqueroso del mundo.

—No esperaba verte aquí.

El denso flequillo le cayó sobre la frente mientras dejaba el teléfono sobre la mesa y recorría el local con la mirada.

—Lo mismo digo —murmuré y las cejas de Stacey desaparecieron bajo su flequillo.

Exhalé con fuerza y miré a Sam, que estaba sentado junto a ella.

—Esto te va a sonar muy raro, pero...

—Estoy acostumbrada a las cosas raras. ¿Estás... estás bien? Pareces un poco pálida...

Se interrumpió, frunciendo el ceño, mientras miraba hacia donde estaba sentado Sam.

Sus caras estaban separadas apenas por unos centímetros, el muslo de él presionaba el de ella, pero Stacey no podía verlo y eso... eso estaba matando a Sam. Por muy cabreada que yo estuviera con el espíritu, pude ver que observaba a Stacey con un dolor descarnado en la mirada.

—Me ha sentido, ¿verdad? —La expresión afligida de Sam se alivió—. Caray. Me ha sentido.

No pude responderle, así que dije:

—¿Tú estás bien?

—Sí. —El ceño de Stacey se suavizó mientras se frotaba los brazos con las manos—. Es que... no sé. Lo siento. ¿Estabas diciendo algo sobre que esto era raro?

—No pasa nada.

Me obligué a mostrar una sonrisa relajada que esperé que no resultara tan rara como me lo parecía a mí. Empecé a hablar... y sentí un estallido de calidez en el pecho.

Zayne.

Estaba cerca. Mierda. Si yo lo sentía, entonces él también me estaba sintiendo y probablemente se estaría preguntando qué diablos hacía paseando por la ciudad. A pesar de cómo estaban las cosas entre nosotros ahora mismo, desde luego que tenía pensado contarle estas novedades. Solo esperaba que no flipara.

—¿Trinity?

Stacey alzó las cejas cuando me centré en ella.

Respiré hondo.

—Tengo que decirte algo. Va a sonar como una auténtica locura, y es probable que no me creas.

Se le dibujó una media sonrisa.

—Vale.

—Veo... —Esta siempre era la parte más incómoda—. Veo... espíritus.

Stacey abrió la boca, pero no dijo nada, lo que hizo sonreír a Sam.

—Esa es su cara cuando no sabe qué responder. Conozco esa cara muy bien.

—Sí, me lo imagino —masculló y Stacey arrugó la nariz—. Ya sé que esto parece de locos, pero hay alguien aquí que quiere hablar contigo. Por lo visto, lleva un tiempo por aquí, intentando llamar tu atención.

Stacey miró hacia mí y luego alrededor como si estuviera esperando a que alguien interviniera, y eso era una reacción habitual y también significaba que era hora de hacer de tripas corazón.

—Se trata de… de Sam. Y quiere hablar contigo.

Se quedó lívida tan de repente que temí que se fuera a desmayar. Pero lo único que hizo fue mirarme fijamente.

—Conoces… conoces a Sam, ¿no? —le pregunté y me sobresalté al sentir que el pulso de mi pecho se intensificaba.

—Sí. Lo conocía. ¿Zayne te habló de él?

—No. —Miré al fantasma—. En realidad, está sentado justo a tu lado.

Stacey giró la cabeza hacia la izquierda tan rápido que me pregunté si se habría desgarrado un músculo.

—Estoy aquí —dijo Sam, y repetí sus palabras.

Ella no dijo nada. Simplemente clavó la mirada en el lugar donde Sam estaba sentado durante tanto tiempo que empezó a preocuparme que se hubiera desmayado sentada y con los ojos abiertos.

¿Eso era posible?

Añadí eso a mi lista de cosas que buscar luego en internet.

El estómago me dio un vuelco al ver que las mejillas de Stacey se teñían de motas rojas. Levantó la mirada hacia mí.

—¿Esto es una especie de broma?

—Dile que no es una broma —me pidió Sam sin ninguna necesidad.

—No es una broma. Ya sé que puede parecerlo, pero Sam está aquí de verdad. En realidad, lleva un tiempo por aquí —repetí—. Y quiere que te diga algo. Parece ser muy importante…

—Santo cielo. —Stacey movió la mandíbula inferior mientras se inclinaba contra la mesa, hacia mí—. Pero ¿a ti qué te pasa? ¿Cómo puedes hacer algo así? ¿Es por Zayne?

—¿Qué? —Di un respingo—. Esto no tiene nada que ver con él...

—¿Porque hubo algo entre nosotros hace tiempo? ¿Y eso te cabrea?

—Ay, Dios mío, no. En serio. No me pasa nada. Lo juro. Puedes preguntárselo a Zayne. O incluso a Layla. Ellos saben que puedo hacer esto. No me lo estoy inventando. —Me volví hacia Sam, sintiendo que me ponía más colorada—. Creo que ya es hora de que me des tu mensaje.

—Sé que hay un montón de cosas raras en el mundo sobre las que no sé mucho, pero no soy idiota. Tienes que irte ya —dijo Stacey en voz baja—. Ya mismo.

Sam soltó una maldición.

—Dile que no puede volver a ese instituto.

Me invadió la confusión.

—¿Qué clase de mensaje es ese?

—¿Estás fingiendo hablar con él? —Colocó las manos sobre la mesa, levantando la voz. No me hizo falta mirar a mi alrededor para saber que era probable que la gente estuviera empezando a mirarnos—. Joder, ¿va en serio?

—Sí. —Centré mi atención en ella—. Sam está aquí, y no tengo ni idea de por qué dice que no puedes volver al instituto, pero eso es lo que está diciendo.

Stacey soltó una carcajada que sonó áspera y retorcida.

—¿De verdad crees que te voy a creer? Si fuera verdad, ¿por qué no ha mencionado nadie tu pequeño talento?

—Porque no es de tu incumbencia —le espeté.

—¿Cómo dices? —preguntó, abriendo mucho los ojos.

—Mira, no me lo estoy inventando. Sam...

Inspiré bruscamente cuando la calidez de mi pecho llameó con intensidad.

Oh, no.

Oh, no, no.

Ni hablar.

—¡Zayne! —lo llamó Stacey, poniéndose de pie a toda velocidad—. Ven a llevarte a tu chica.

Se me cayó el alma a los pies. Inspiré, pero el aire se me quedó atascado por la incredulidad y la confusión crecientes.

Sam estaba diciendo algo, pero no podía oírlo por encima de los fuertes latidos de mi corazón. Stacey tenía la mirada clavada en un punto situado detrás de mí, con los ojos castaños muy abiertos, y ella también estaba diciendo algo, pero sus palabras no tenían sentido.

Dirigí la mirada hacia la mesa (la mesa que no estaba destinada a una sola persona) y pensé en lo que había dicho Sam, al hablar en plural en lugar de hacerlo en singular. Noté mi respiración rara en el pecho a medida que todo empezaba a encajar en su sitio. Zayne no me había dicho qué iba a hacer hoy. Solo que tenía cosas que hacer.

Igual que tenía cosas que hacer la última vez que había hecho planes y, aparte de reunirse con el gerente del edificio, no me había dicho de qué se trataba.

Me giré, despacio.

En medio de la masa de caras y cuerpos borrosos, lo vi con la camiseta azul pálido que llevaba cuando salió del apartamento, separando la multitud como si fuera una especie de Moisés sexi.

Retrocedí un paso y, al recorrer con la mirada esta mona y pequeña heladería, me di cuenta de que conocía este sitio. Esta era la heladería a la que solía llevarlo su padre, una tradición que Zayne había mantenido con Layla al crecer. Este lugar era importante para él.

Y nunca me había traído aquí.

Este lugar era importante para él y, sin embargo, nunca lo había compartido conmigo. Pero ¿se había cabreado porque yo había dicho que un beso significaba más? Un beso podía ser cualquier cosa o nada, pero compartir una parte de tu pasado con alguien significaba muchísimo.

Aunque una parte racional de mi mente admitía que Zayne no tenía que llevarme a ningún sitio ni tenía que contarme nada, el dolor lacerante de mi pecho parecía muy real. Me sentía... traicionada. Una sensación de ardor brotó en el fondo de mi garganta y fue ascendiendo, haciéndome arder los ojos.

Me asaltó el impulso de salir pitando y se me tensaron los músculos para hacer justo eso. Quería espacio... necesitaba distancia para controlar lo que estaba sintiendo mientras observaba cómo los pasos de Zayne se ralentizaban. Su expresión de sorpresa fue evidente, como si me hubiera sentido y no pudiera creerse que yo estuviera aquí.

Me estaba entrometiendo.

Noté calor en las mejillas al mismo tiempo que se me revolvía el estómago. Ay, Dios, ¿en qué me estaba entrometiendo exactamente? Zayne afirmaba que Stacey y él solo eran amigos, y los amigos quedaban para tomar helado constantemente, pero los amigos no ocultaban eso.

Mi cerebro estaba sufriendo un cortocircuito como si hubiera un cable suelto en algún lugar entre mis sinapsis. Bajo una densa capa de vergüenza había... decepción.

Ni celos.

Ni envidia.

Decepción.

Zayne inspiró y algo se reflejó fugazmente en su cara.

—¿Qué estás haciendo aquí?

Mis emociones eran demasiado caóticas para captar nada a través del vínculo, pero su forma de pronunciar esas palabras me dijo todo lo que necesitaba saber. No se alegraba de verme allí.

—Se presentó sin más. Creí que estaba contigo, pero me dijo... —La voz de Stacey, pastosa y áspera, atrajo mi mirada—. Dice que Sam está aquí.

Sus palabras me sacaron de golpe de la espiral de emociones.

—¿Sam? —Zayne se situó en mi línea de visión—. ¿Qué está pasando, Trinity?

—Estoy aquí. —El espíritu en cuestión habló desde donde seguía sentado al lado de Stacey—. Diles que estoy aquí.

El corazón me martilleaba con fuerza y mis músculos seguían tensos, preparados para huir, pero me mantuve inmóvil. No había hecho nada malo. Bueno, probablemente debería haberle exigido más respuestas a Sam antes de acceder a ayudarlo, pero solo estaba haciendo lo que debía. No era culpa mía que me hubiera conducido a la reunioncita de Zayne.

—Trinity —me suplicó Sam, y lo miré. El resplandor dorado que lo rodeaba se estaba desvaneciendo—. No me queda mucho tiempo. Puedo sentirlo. Intentan hacerme regresar.

«Céntrate.

Este es tu deber.»

Dejé a un lado todo lo que estaba sintiendo. Todavía me ardía la cara, igual que la garganta y los ojos, pero ignoré todo eso. Tenía un trabajo. Tenía un deber. Me centré.

—Sam está aquí. —Detesté lo ronca que sonó mi voz—. Ya lo había visto en el apartamento una vez —continué, sin mirar a Zayne ni a Stacey—. Pero desapareció antes de poder decirme quién era. Siguió a Stacey cuando vino con Roth y Layla, pero entonces no me di cuenta de que estaba con ella.

—Así es —dijo Sam, asintiendo con la cabeza.

—Acaba de confirmar eso —expliqué.

Mientras nos observaba, Stacey parecía estar a punto de desmayarse o sufrir una crisis de nervios.

—¿Zayne…?

—¿Es verdad? —me preguntó Zayne, tocándome el brazo—. ¿Sam está aquí de verdad?

Aparté el brazo de golpe, asombrada de que pusiera en duda mi palabra, al mismo tiempo que me recorría una nueva oleada de dolor.

—¿Por qué iba a mentir sobre eso, Zayne?

Él se me quedó mirando.

—No lo harías.

—No jodas —le espeté mientras el dolor daba paso al enfado. Me dieron ganas de coger el helado de Stacey y tirárselo a Zayne a la cara. En cambio, señalé el reservado—. Siéntate.

Cuando vaciló como si no fuera a hacerme caso, me volví hacia él, abriendo mucho los ojos. Zayne apretó los labios, pero se dejó caer en el asiento y se deslizó por el reservado, dejando espacio libre. No me apetecía nada sentarme a su lado, pero ya estábamos llamando la atención más que de sobra y Sam se estaba quedando sin tiempo.

Me arranqué los auriculares de las orejas, me los metí en el bolsillo y luego me senté, con la espalda rígida.

—Hasta que llegamos aquí, no tenía ni idea de que Sam me estaba trayendo hasta Stacey. Se lo calló convenientemente.

El espíritu tuvo la decencia de parecer avergonzado.

—Y, como Zayne puede confirmar —le dije a Stacey—, yo no sabía quién era Sam. Nadie me había hablado de él. Si alguien lo hubiera hecho, tal vez me habría dado cuenta de quién era de inmediato.

Ella me miró fijamente.

—¿Esto es real? —Sus ojos muy abiertos se posaron en Zayne—. ¿Puede verlo?

—Trinity puede ver fantasmas y espíritus. —Zayne dejó caer el brazo sobre la mesa, junto al paquete de regaliz—. Si dice que Sam está aquí, es que está aquí.

—No puedo... —Miró hacia donde estaba sentado Sam, sacudiendo la cabeza—. Dime que aspecto tiene.

Eso hice y Stacey se apretó la palma de la mano contra la boca.

—Pero podrías haber visto una foto suya en internet. Eso no significa nada.

—Está diciendo la verdad —insistió Zayne con suavidad, ahorrándome tener que preguntar por qué demonios iba a ponerme a buscar una foto de Sam.

Stacey dijo algo, pero no pude entender las palabras amortiguadas. Bajó la mano y apretó el puño, colocándolo sobre el corazón.

—¿Sam?

—Estoy aquí —dijo el espíritu, estirando la mano hacia ella, pero se detuvo—. Siempre he estado aquí.

Repetí sus palabras y Stacey arrugó la cara.

—Lo siento. No sé qué me pasa. Es que... Lo siento. Dile que...

—Puede oírte.

—¿Puede oírme? Vale. Supongo que eso tiene sentido. —Las lágrimas se deslizaron por sus mejillas mientras me miraba primero a mí y luego a Sam—. Te echo de menos —susurró, apartando la mano del pecho y llevándosela a la barbilla.

—Yo también te echo de menos —contestó Sam y lo repetí.

—Oh, Dios. —Los delgados hombros de Stacey temblaron—. Lo siento tanto. Yo...

Zayne emitió un sonido de angustia mientras estiraba el brazo sobre la mesa. Colocó su mano, que era mucho más grande, sobre la de ella.

—No pasa nada —le dijo—. No pasa nada.

Pero sí que pasaba.

Por lo general, sería más considerada con las emociones que causaban este tipo de situaciones, pero en este momento me importaba una mierda y no teníamos mucho tiempo.

—Necesita decirte algo...

—A los dos —me corrigió Sam y lo miré entornando los ojos—. Sabía que iban a verse hoy.

Un espíritu lo sabía y yo no.

—Solían venir aquí una vez a la semana después de... bueno, después de todo lo que pasó —añadió.

Genial.

Eso era estupendo.

Mantuve la mirada clavada en Sam mientras abría y cerraba las manos.

—Tiene un mensaje para ambos. ¿Algo relacionado con un instituto?

Sam asintió con la cabeza y luego se giró hacia Stacey.

—No puede volver a ese instituto. Está pasando algo allí. No es seguro.

—Vas a tener que darme más detalles, Sam. Necesito saber por qué no es seguro.

—¿Está diciendo que el instituto no es seguro? —inquirió Zayne.

—Hay un montón de... almas allí. Demasiadas. Es como si se estuvieran congregando para algo —me explicó Sam. Su forma parpadeaba ahora más rápido—. He estado echándole un ojo a Stacey desde... bueno, desde que pude, y no ha sido siempre así.

—¿Qué quieres decir con que se están congregando almas allí? —le pregunté y Zayne se inclinó hacia delante.

—Almas. Gente muerta que no ha cruzado...

—¿Fantasmas? —sugerí y, cuando él hizo un gesto afirmativo con la cabeza, le eché un vistazo a Stacey, que estaba mirando fijamente a Sam, pero no lo veía—. ¿Hay muchos fantasmas allí? ¿Cuántos?

Los ojos de Stacey se abrieron aún más.

—¿En el instituto?

El espíritu asintió.

—Más de cien. Intenté contarlos un día, pero desaparecen y están confusos. Dan vueltas por allí como locos. Es como si estuvieran atrapados.

—Los fantasmas están atrapados en el instituto —repetí—. Más de cien.

—¿Cómo puede pasar eso? —preguntó Zayne.

—Se puede convocar a espíritus y fantasmas a un sitio —expliqué.

—¿Como usando una güija? —sugirió Stacey y dejó escapar una carcajada nerviosa y que sonó húmeda.

—Pues sí. En realidad, esas reuniones funcionan en las circunstancias correctas. Pero casi nunca consigues contactar con quien crees que te estás comunicando. A menos que sepas cómo… canalizar a un espíritu en concreto, y ni siquiera yo puedo hacer eso.

Stacey se me quedó mirando.

—Las venden en las jugueterías.

A su lado, Sam se rio.

—Dios, echaba de menos ver esa expresión en su cara. —Se le dibujó una sonrisa—. ¿Sabías que el vendedor de las güijas se mató de una caída mientras supervisaba la construcción de una fábrica de güijas?

Lo miré con el ceño fruncido.

Él se encogió de hombros.

—Da bastante mal rollo, si lo piensas.

—¿Cómo pueden quedarse atrapados los fantasmas? —preguntó Zayne.

—No lo sé. Seguro que hay hechizos para conseguirlo, pero no sé por qué alguien querría hacerlo. Un fantasma atrapado, o incluso un espíritu, podría convertirse en un espectro. Podría tardar meses o años, pero estar atrapado seguramente lo corrompería —expliqué, horrorizada ante la posibilidad de que pudiera ocurrir algo como esto—. ¿Cómo era posible que pasara esto en un instituto?

—Es la Boca del Infierno —murmuró Stacey—. Layla y yo no bromeábamos cuando lo dijimos.

La ignoré.

—¿Los fantasmas están poniendo a la gente en peligro?

—Alguien se cayó por la escalera hace una semana. Uno de los fantasmas lo empujó —me contó Sam.

Cuando repetí eso, Stacey se recostó contra el reservado.

—Es verdad que un chico se cayó por la escalera. El martes pasado. No sé los detalles, pero lo oí comentar.

—He oído susurros —continuó Sam y entonces desapareció y regresó con una forma más transparente—. Y, sí, estoy siendo literal. Oigo susurros cuando estoy allí... sobre que no falta mucho tiempo y que algo se acerca. He intentado encontrar la fuente, pero, cuando los vi, supe que no podría acercarme más. No puedo seguir regresando allí. Quiero hacerlo, quiero mantenerla a salvo, pero tengo... tengo miedo de que, si sigo regresando, me verán y sabrán que no soy como los otros.

Un escalofrío me bajó por la espalda.

—¿Qué está diciendo? —me preguntó Zayne, apartando la mano de la de Stacey—. ¿Trin?

—¿Quiénes son? —Tragué saliva—. ¿Sabes quién susurra?

La forma borrosa de Sam se giró hacia mí.

—Gente sombra.

Veintisiete

Gente sombra.

Dos palabras que nunca esperé oír en voz alta. Se me puso la carne de los brazos de gallina.

—Oh, Dios —susurré.

—¿Qué ocurre? —Zayne me tocó el brazo y esta vez no me aparté—. ¿Qué está pasando?

Con el pulso acelerado, hice un brusco gesto negativo con la cabeza y me concentré en Sam. Debía sacarle toda la información posible antes de que se desvaneciera.

—¿Les has oído decir qué se acerca?

—No.

Aunque Sam no pudo confirmarlo, tuve el presentimiento de que yo ya lo sabía. Y había otra cosa que necesitaba saber. Me incliné hacia delante.

—¿Cómo supiste qué era yo?

—Porque hay alguien allí, en el instituto, que puede hacer lo mismo que tú —contestó, y otro potente escalofrío me bajó por la espalda—. Lo he visto hablando con… Oh, vaya. Está pasando…

Lo miré, pues sabía a qué se refería. Lo estaban obligando a regresar.

—¿Puedes decirme qué aspecto tiene, Sam? Necesito…

—Intentaré regresar lo antes posible. —Se volvió hacia Stacey y, lo que pude ver de su cara, hizo que se me partiera un poco el corazón—. Ojalá hubiera tenido las agallas para decirte lo que sentía por ti. Ojalá… ojalá hubiéramos tenido más tiempo. Dile eso. ¿Por favor? Dile que sí la quería. —Levantó un brazo, que era más transparente que sólido, y le tocó la mejilla. Stacey inspiró bruscamente—. Lo ha sentido. Dile que fui yo. Y dile que quiero que sea feliz. Que necesita ser feliz.

Sin previo aviso, el espacio situado al lado de Stacey quedó vacío. Sam se había ido y tuve el presentimiento de que no iba a volver de inmediato.

—Mierda —mascullé.

—¿Qué? —Stacey se llevó los dedos a aquella zona de su mejilla—. ¿Qué acaba de pasar?

—Lo sentiste cuando te tocó la mejilla —le expliqué y luego le conté lo que Sam había dicho sin mirarla mientras hablaba. No quería ver las emociones que se reflejarían en su cara—. Ahora se ha ido, pero dijo que intentaría regresar. No sabe cuándo.

Ni si podría volver.

Me guardé esa parte, porque el mensaje que había transmitido Sam daba a entender que no estaba del todo seguro. Había estado regresando demasiadas veces.

—Perdona. —Zayne me dio un golpecito en el brazo—. ¿Puedes dejarme salir?

Me levanté del reservado y me hice a un lado mientras él se situaba donde había estado sentado Sam. Le rodeó los hombros a Stacey con un brazo, apretándola contra él mientras le hablaba.

Dirigí la mirada hacia el paquete de regaliz, apretando los labios. Era una intrusa en un momento tremendamente íntimo entre dos.

—¿Cuándo? —La voz de Stacey sonó ronca cuando habló de nuevo—. ¿Cuándo podrá volver?

—No lo sé. Tengo el presentimiento de que lo intentará, pero… —Clavé la mirada en el caramelo que en realidad nunca había probado, porque siempre me había parecido asqueroso—. Pero los espíritus no deben visitar a los vivos repetidamente.

—¿Por qué no? —quiso saber ella.

—Porque avanzar no es solo el proceso de cruzar. Es un viaje continuo para los… los difuntos y, si las visitas son continuas, a aquellos que se quedan atrás les cuesta pasar página

—expliqué, dejando caer las manos en el regazo—. A aquellos que han muerto les cuesta encontrar la paz cuando siguen atrapados en las vidas de los vivos. Los espíritus pueden ir y venir a su antojo, pero hay normas. Controlan sus viajes. Por lo que dijo Sam, ya llevaba mucho aquí. Llevaba un tiempo intentando llamar tu atención.

—Oh, Dios. —Se le quebró la voz—. Si lo hubiera sabido, habría hablado con él. Habría hecho algo. Lo que sea. Pero no lo sabía.

—Era imposible que lo supieras. No pasa nada —le aseguró Zayne—. Seguro que Sam lo entendía. Nunca te echaría la culpa.

Algunas personas eran más perceptivas a seres como los espíritus y los fantasmas, pero Zayne tenía razón, Stacey no tenía forma de saber que Sam estaba allí.

—Dios. Es que… no esperaba esto hoy. Se suponía que solo íbamos a ponernos al día comiendo helado y puede que dar un paseo agradable. ¿Sabes? Como solíamos hacer. —El helado situado delante de Stacey se parecía más bien a sopa cuando ella cogió el paquete de regaliz—. Incluso te traje esto. Recuerdo que te gusta ponerlos en tu helado.

Hice una mueca.

¿Zayne le ponía regaliz al helado? Levanté la mirada. Él seguía rodeando a Stacey con el brazo, pero sus ojos estaban posados en mí. El pálido tono azul transmitía de todo menos frialdad. Aparté la mirada y la clavé en los relucientes discos de vinilo enmarcados de la pared.

—No pasa nada. —Esas estaban resultando ser tres de las palabras favoritas de Zayne—. Volveremos a intentarlo, lo antes posible.

No pensé ni sentí nada en respuesta a eso.

—Sí —contestó Stacey, pasándose la palma de la mano por debajo de los ojos—. ¿Prometido?

—Prometido.

—Bien. Porque, después de esto, me va a hacer falta comida reconfortante que no se haya derretido. —Carraspeó—. Bueno, ¿qué está pasando en el maldito y embrujado instituto local salido del infierno?

—¿Estás segura de que quieres hablar de eso? —le pregunté—. ¿Después de todo lo de Sam?

—Está segura —contestó Zayne y me mordí la uña del pulgar—. Stacey puede con esto.

La aludida se rio de nuevo y su risa sonó más fuerte. Luego cogió su vaso de agua y tomó un sorbo.

—Si supieras todo lo que he visto y experimentado, no me preguntarías si estoy segura. Me ocuparé de... de Sam luego, probablemente cuando esté sola y tenga un paquete de Skittles a mano. Es evidente que lo que Sam intentaba decirme es importante. Tenemos que ocuparnos de eso.

Sentí sorpresa, seguida rápidamente de respeto por su habilidad para dejar de lado una avalancha de emociones y priorizar. Dios, Zayne tenía razón. Stacey y yo probablemente nos llevaríamos bien... si no fuera por él.

—Te dijo algo que te asustó. —Zayne se movió y apartó el brazo de Stacey—. ¿Qué te dijo?

—¿Aparte del espeluznante detallito de los más de cien fantasmas atrapados? —repuse.

—¿Más de cien? —Stacey dejó escapar un suspiro bajo—. Sí, aparte de ese espeluznante detallito.

—Dijo que hay gente sombra allí —les conté, manteniendo la voz baja.

—¿Gente sombra? —repitió ella—. ¿Quiero saber qué es eso?

—Probablemente no. —Miré a Zayne. Un músculo le palpitaba en la mandíbula—. ¿Sabes lo que son?

—Supongo que algún tipo de fantasma o algo así, ¿no?

Solté una carcajada seca.

—No exactamente. Nunca he visto ninguno. Lo único que sé es lo que mi madre me contó algo sobre ellos. Son como espectros, pero nunca fueron humanos en primer lugar. Son como las almas de demonios muertos.

—Oh, Dios —susurró Stacey.

—No lo entiendo. ¿Almas de demonios? —Zayne apoyó los antebrazos sobre la mesa—. ¿Cómo es eso posible? No tienen almas.

—Eso creemos —lo corregí, pensando en Roth—. Pero dije que son «como» almas. Más bien su esencia. —Por cómo me estaba mirando Zayne, me di cuenta de que esto era algo que nunca se le había pasado por la cabeza—. ¿Qué creías que pasaba cuando morían los demonios? ¿Que dejaban de existir sin más?

—Suponía que regresaban al infierno.

—Así es, pero están muertos y, a menos que alguien con mucho poder les vuelva a dar forma corpórea, no dejan de existir sin que los destruyan, y solo se me ocurre un grupo de personas con esa habilidad.

—¿Ángel? —sugirió Zayne.

Asentí con la cabeza.

—Si te refieres al ángel Azrael, sí, él podría hacerlo.

—Un momento. ¿Qué? —La mirada de Stacey iba saltando entre nosotros—. ¿Os referís al ángel de la muerte? ¿El tío al que conoció Layla?

Alcé las cejas. Layla había conocido al ángel de la muerte. ¿Cómo había pasado eso?

Zayne asintió con la cabeza.

—Él no es el único que puede destruir a la gente sombra —añadí, mirando a Zayne a los ojos, y vi en qué momento se dio cuenta de lo que me era imposible decir. Con la espada de Miguel, yo podría destruir a la gente sombra igual que un ángel—. Pero esos seres son intrínsecamente malvados. Es decir, peores que cuando eran demonios vivitos y coleando empeñados en destruir. Es decir, que, si ves una persona sombra, te das media vuelta y echas a correr en la dirección opuesta. Son poderosas y vengativas, maliciosas y mortíferas.

Zayne estiró la mano hacia el paquete de regaliz y sacó una fibrosa tira de caramelo.

—Supongo que parecen sombras, ¿no?

Ladeé la cabeza.

—Sí. Parecen sombras de contornos de personas. Como su propio nombre indica.

Él mordió la tira de cereza y azúcar, mirándome.

—¿Y están en mi instituto? —preguntó Stacey.

—Eso dice Sam, y eso no es todo.

—¿Ah, no? ¿Fantasmas atrapados y gente sombra no son suficientes obstáculos entre mi diploma y yo? ¿Tiene que haber más?

Me temblaron los labios.

—Sam dice que hay alguien allí que puede comunicarse con los fantasmas y la gente sombra. —Miré de nuevo a Zayne—. Alguien como yo.

—¿Y qué eres tú exactamente? —Stacey me miró fijamente y luego se volvió hacia Zayne. Los ojos hinchados arruinaron un poco la mirada dura que estaba intentando lanzar—. ¿Alguien podría ponerme al corriente? Porque no es solo una tía que se crio con Guardianes.

Fruncí el ceño.

—Soy la tía que se crio con Guardianes.

—¿Que también puede comunicarse con los muertos? —me retó—. ¿Como otros humanos normales?

—Nunca he dicho que fuera una humana normal. —Sonreí—. Como tú.

Ahora fue ella la que entornó los ojos.

—¿Pudo decirte qué aspecto tenía esa persona? —intervino Zayne, cambiando de tema—. ¿Alguna información sobre quién es?

—Lo único que me dijo antes de que se le acabara el tiempo fue que era un tío.

—Así que no sabemos si es un alumno, un profesor o solo una persona cualquiera deambulando por el instituto. —Zayne se terminó el caramelo con un último chasquido frustrado de su mandíbula—. Lo único que sabemos es que alguien está reuniendo fantasmas y atrapándolos en el instituto, y que hay gente sombra implicada.

Como no estaba segura de cuánto sabía Stacey, elegí mis siguientes palabras con cuidado.

—Eso no es lo único que sabemos. Estoy convencida de que está relacionado con lo que están buscando todos.

La mano de Zayne se detuvo de repente a medio camino de la bolsa.

—¿Eso crees?

Asentí con la cabeza.

Él maldijo entre dientes mientras cogía otra tira de caramelo.

—A estas alturas, no sé si eso es buena noticia o mala.

—Buena —decidí—. Es una pista.

—No tengo ni idea de qué estáis hablando. —Stacey tomó un sorbo de agua—. No me gusta sentirme excluida.

Zayne le dedicó una breve sonrisa.

—Luego te lo cuento.

¿Ah, sí? Levanté una ceja cuando él volvió a mirarme.

—Tenemos que ir a ese instituto —dije.

—Estoy de acuerdo.

—Bueno, no vais a poder hacerlo durante el día, porque siempre hay gente por allí, y ahora mismo están haciendo reformas por la tarde y por la noche. —Stacey dejó el vaso vacío sobre la mesa—. Menos los fines de semana.

¿Qué día era hoy? Lunes. Así que eso no suponía esperar demasiado, pero yo quería ir ahora, comprobar si tenía razón... si esto estaba relacionado con el Heraldo.

¿Podría ser que Sam nos hubiera proporcionado la primera pista real? Mierda, era casi demasiado conveniente, tanto que también me resultaba inquietante pensar en que, si Sam no hubiera seguido a Stacey cuando vino al apartamento de Zayne, no sabríamos lo que estaba ocurriendo en el instituto.

Te hacía preguntarte por la interferencia cósmica.

Al mirar hacia el otro lado de la mesa, vi que Zayne se había terminado el segundo regaliz. No me podía creer que de verdad los comiera con helado. El mismo tío que le quitaba el pan a los sándwiches de pollo a la plancha.

Le faltaba un tornillo.

Y a mí me faltaba otro, porque no saber que él comía helado con regaliz hizo que me doliera el pecho.

Qué estupidez.

Miré a Stacey y a Zayne, los observé allí sentados, uno al lado del otro, él mucho más grande y ancho que el diminuto cuerpo de ella. Hacían buena pareja, aunque solo fueran amigos que habían sido algo más en el pasado, y las cosas serían más fáciles para ellos si querían volver a ser algo más. Sí, se suponía que los Guardianes no salían con humanos, pero Zayne hacía todo tipo de cosas que se suponía que los Guardianes no debían hacer. No pasaba lo mismo con nosotros.

Hora de ponerme en marcha.

—Espero que... te ayude saber que es evidente que Sam

se preocupa por ti y quiere asegurarse de que estés a salvo —anuncié con incomodidad, centrándome en Stacey—. Sé que probablemente te haga sentir bien y horrible a la vez saber que ha estado por aquí, pero cuando hayas tenido tiempo para meditarlo, creo... (o, al menos, espero) que te parezca algo bueno. Él quiere que seas feliz y, si puedes hacer eso, estarás haciendo lo mejor para ti y para él.

—¿Crees...? —Stacey bajó la mirada mientras jugaba con la cuchara que sobresalía de la sopa de helado—. ¿De verdad crees que volverá?

—Sí. —No estaba segura de si eso iba a ser algo bueno a largo plazo. Reprimí un suspiro—. En fin, siento haber interrumpido vuestra reunión. No era mi intención, en serio. —Miré a Zayne mientras me levantaba del reservado—. Hasta luego.

Él apretó la mandíbula sin parar mientras me despedía de ellos con un breve gesto de la mano. Durante un instante, sentí lo que transmitía el vínculo, y eso me hizo retroceder y darme la vuelta lo más rápido que pude. Enseguida salí al aire caliente y eché a andar. El aroma a crema de chocolate fundido y vainilla me siguió.

Ira.

Lo que había sentido era una ira burbujeante y me había dejado un sabor a pimienta en la garganta.

Zayne estaba enfadado, pero ¿por qué? ¿Por la reunión estropeada? ¿Por haberme presentado allí? ¿Por la inesperada aparición de Sam y cómo había afectado a Stacey? ¿Porque había fantasmas y gente sombra merodeando por el instituto? ¿Por toda la situación, incluyendo lo que había pasado entre nosotros? Las opciones eran ilimitadas.

Qué más daba. A fin de cuentas, al menos teníamos una pista.

No estaba segura de adónde iba. De regreso al apartamento, supuse, pero no tenía ni idea de si sabría volver allí. La verdad era que, en ese momento, me daba igual. Me limitaría a seguir caminando y caminando, intentando poner la mayor distancia posible entre aquella maldita bolita de calidez de mi pecho y yo. Por suerte, mi camino estaba despejado cuando llegué al cruce. Nunca me...

Oí un claxon. El sonido me resultó ensordecedor mientras giraba rápidamente la cabeza hacia la izquierda. El coche estaba justo ahí, en mi punto ciego. Los frenos actuaron en medio de un chirrido de neumáticos. Era demasiado tarde. El coche no conseguiría parar a tiempo.

Alguien gritó, pero no fui yo, porque me vi incapaz de emitir ningún sonido. En aquellos segundos que se alargaron una eternidad, supe que el coche iba a atropellarme. No me mataría, pero sin duda iba a doler. Incluso podría romperme algún hueso y, Dios mío, que me escayolaran todo el cuerpo era justo lo que me faltaba hoy...

Una banda de acero me rodeó la cintura y tiró de mí hacia atrás. Me estrellé contra una superficie dura y cálida que olía a invierno. Mis pies se elevaron del suelo cuando me hicieron darme la vuelta. Un instante después me encontraba mirando...

Mirando la camiseta de color azul pálido de Zayne, mientras el conductor gritaba y luego se alejaba a toda velocidad, haciendo sonar el claxon. Levanté la mirada y unos furiosos ojos pálidos se encontraron con los míos.

—¿Estás loca?

Sentí retumbar las palabras cuando las pronunció, porque prácticamente me tenía aplastada contra su pecho. Intenté levantar las manos para apartarme, pero tenía los brazos inmovilizados a los costados. Estaba atrapada contra él y su cuerpo desprendía calor como un horno.

Mierda.

—Trin...

—Suéltame.

Estaba segura de que estábamos llamando la atención, teniendo en cuenta que nos encontrábamos en medio de una acera.

Él me fulminó con la mirada.

—¿Qué estabas haciendo?

—He dicho que me sueltes. —Mi siguiente inspiración fue como tragar fuego—. Ya.

Zayne respiró hondo, pero me soltó, apartando los brazos mediante un largo roce que me enfureció y frustró por media docena de razones diferentes.

Retrocedí un paso.

Pero no llegué muy lejos.

Su mano salió disparada y me rodeó la muñeca. Me agarraba con fuerza, aunque no me dolía en absoluto.

—¿Adónde crees que vas?

—A cualquier sitio menos aquí.

Zayne soltó una carcajada áspera.

—Oh, no lo creo.

Sin añadir otra palabra, me llevó de regreso a la heladería mientras una pareja de ancianos con cazadoras a juego nos observaba. Mantenían las cabezas juntas mientras nos miraban con nerviosismo. No intervinieron. Nadie lo hizo. Supuse que se debía a que era hora punta en la capital del país y la gente simplemente quería llegar a casa antes del anochecer.

Menudos ciudadanos útiles y preocupados.

Tiré de mi mano.

—Zayne...

—Todavía no —me dijo, entrelazando los dedos con los míos—. Aquí no.

La mano que rodeaba la mía era firme y me resultaba irritante seguir el paso de sus largas piernas. Eché un vistazo a su cara.

—No entiendo por qué ahora eres tú el que está de mal humor.

—¿Ah, no? Sabes perfectamente que no debes cruzar una calle sin mirar. Podrías haber resultado herida, Trin. ¿Y luego qué?

Intenté liberar mi mano de nuevo. No hubo suerte.

—Pero no me he hecho daño. Mira, te estropeé tu cita y no...

—Todavía no —me interrumpió con tono cortante.

Empecé a fruncir el ceño.

—Pero...

—Trinity, lo digo en serio. No quiero oírte decir ni una sola palabra ahora mismo.

Se me atravesó delante, casi haciéndome tropezar. No lo hice, porque él me enderezó antes de que me cayera.

—Pero ¡me hiciste una pregunta! —señalé—. ¿No querías una respuesta?

—En realidad, no.

Ahora estaba frunciendo el ceño de verdad mientras él me hacía entrar en un callejón frente al que pasé de camino a la heladería. Zayne se detuvo junto a una escalera de incendios, lejos de la concurrida acera, y se volvió hacia mí. La luz situada encima de nosotros parpadeó, proyectando sombras extrañas sobre su rostro.

—¿Vas a soltarme ya? —exigí.

—No lo sé. ¿Vas a volver a ponerte a jugar en medio del tráfico?

—Oh, sí. Es uno de mis pasatiempos favoritos, así que no prometo nada.

La mirada que me lanzó me indicó que no estaba impresionado. Realicé una inspiración corta y me dispuse a intentar explicarle lo que había ocurrido, pero él abrió la boca y se me adelantó.

—Tienes que dar muchas explicaciones —me espetó, mirándome fijamente.

No debería haber dicho eso.

—¿Yo tengo que dar explicaciones? ¿Yo?

—¿No eres tú quien se presentó aquí de repente y luego salió corriendo a la calle?

—Haces que suene como si lo hubiera hecho a propósito, que no es el caso, y tampoco salí corriendo. —Aunque me habían dado ganas—. Salí caminando.

—Como si eso fuera diferente. —Abrió mucho los ojos mientras inclinaba la cabeza—. Estuviste aquí fuera Dios sabe cuánto tiempo, sola y desprotegida.

—Oh, como si te importara —solté.

Esa era una respuesta muy típica, pero qué más daba.

—¿En serio? ¿Piensas eso?

—¿Teniendo en cuenta cómo te has comportado los últimos días? Sí.

—Dios, ni siquiera debería sorprenderme que pienses eso.

Lo miré, boquiabierta.

—Tienes que relajar ese mal genio.

—¿Que tengo que relajarme?

—Evidentemente. Eso es lo que he dicho. —Tiré de nuevo de mi mano. Estaba harta de esta mierda de ir de la mano. Me liberé simplemente para recordarle quién era la fuerte aquí—. Por si estás confundido, no tengo que contarte nada de lo que hago, así que más te vale cortar todo ese rollo de que no sabías dónde estaba. Esto no funciona así. Para nada. En segundo lugar, puedo protegerme sola...

—Menos al cruzar la calle, por lo visto —contratacó.

—¿Sabes qué? Vete a la...

Me interrumpí, retrocediendo un paso.

Se le dibujó una sonrisita de suficiencia en los labios.

—Termina la frase si eso te hace sentir mejor.

En lugar de hacer solo eso, levanté la mano y le enseñé el dedo.

Él alzó una ceja.

—¿Eso te ha hecho sentir mejor?

—Sí.

Zayne apartó la mirada, apretando los labios, y respiró hondo con dificultad.

—No me dijiste la verdad la noche que estabas en la cocina.

Mis oídos debían estar engañándome o el Señor me estaba poniendo a prueba. O ambas cosas.

—¿Cómo dices?

—Por eso tenías la daga. —Se volvió de nuevo hacia mí—. No estabas buscando algo de beber. Sam estaba allí y no me lo dijiste...

—¡Y tú no me dijiste que ibas a ver a Stacey! —grité tan fuerte que la gente de la calle tenía que haberme oído—. Se te olvidó mencionar eso cuando me hablaste de las «tareas» que tenías que hacer, así que no te quedes ahí plantado echándome el sermón. Y tampoco es la primera vez, ¿verdad? Eso es lo que estuviste haciendo el día que me fuiste a buscar al parque. La noche que nos... —Me interrumpí—. La noche que mataron a Morgan.

Su mirada se posó bruscamente en la mía.

—Almorcé con ella ese día. No te lo conté...

—Me da igual. —Y, en aquel desagradable momento, era toda la verdad—. Me da igual el motivo.

Zayne dio un paso hacia mí.

—¿Estás segura de eso, Trinity?

Me puse tensa.

—Segurísima. Solo señalo la hipocresía.

—En ese caso, estoy deseando verte la cara cuando la hipocresía se vuelva en tu contra.

—Ah, te crees muy listo. —Empecé a darme la vuelta, pero me detuve—. No te conté lo de Sam porque, esa noche, no tenía ni idea de quién era. Desapareció antes de poder conseguir que me dijera cómo se llamaba y pensé que solo era un espíritu cualquiera que me había visto y me había seguido. Ya ha pasado antes. Y no saqué el tema porque supuse que te daría mal rollo enterarte de que había otro muerto en tu apartamento.

Zayne miró hacia la calle, cruzándose de brazos.

—No sabía que me traía hasta Stacey hasta que la vi. De haber sabido quién era Sam, me habría puesto en contacto contigo. No soy idiota.

Giró la cabeza hacia mí.

—No he dicho que lo fueras.

—En ese caso, supongo que malinterpreté el comentario sobre jugar en medio de la calle. —Me aferré a la ira como si fuera mi manta favorita—. ¿Y se puede saber qué haces aquí ahora?

—¿Qué se supone que significa eso?

—¿En serio? —Mi tono fue tan seco que un desierto parecería un destino húmedo en comparación—. Tienes «tareas» que hacer, y todo el asunto de Sam parece haber afectado mucho a Stacey. Así que deberías estar ahí dentro, donde te necesitan. No aquí fuera, dándome la brasa.

Las fosas nasales de Zayne se agitaron y sus pupilas cambiaron, estirándose.

—Tienes razón. Tenía tareas que hacer hoy, ¿y eso de ahí dentro? —Apuntó hacia la calle con un dedo—. Sí que ha afectado mucho a Stacey, porque, cuando Sam murió, ella ni siquiera lo supo. Ninguno de nosotros lo supo, porque un maldito Lilin asumió su forma y fingió ser él de todas las formas posibles.

Abrí mucho los ojos. Un Lilin era el hijo de Lilith, pero no se parecía en nada a Layla. Un Lilin era una criatura demoníaca que tenía terminantemente prohibido estar en la superficie, porque podía arrebatar almas con solo rozar a un humano, creando espectros como si le dieras de comer a un mogwai después de medianoche. Y ahora entendía a qué se refería Sam al decir que no había cruzado cuando murió. Le habían arrebatado su alma y estaba...

Ay, Dios mío.

—No lo sabía —susurré—. No sé nada de estas personas...

—Estas personas son mis amigos —contestó, e inhalé bruscamente—. ¿Y por qué iba alguien a contártelo? No preguntaste a quién había perdido Stacey, a pesar de que lo mencioné.

Di un respingo.

—Creí que no querrías que preguntara.

—Sí, y me pregunto qué te haría pensar eso.

Me quedé boquiabierta.

—Eso es una gilipollez. Intenté preguntar la noche que hablamos en el sofá y me dijiste que había muchas cosas que yo no sabía.

—Estabas haciendo preguntas sobre el hecho de que Stacey ya había estado en mi piso. No estabas haciendo preguntas sobre ella. Sino sobre nosotros. Hay una gran diferencia.

Un hormigueo me recorrió la piel mientras sus pupilas volvían a encogerse hasta el tamaño normal. No supe cómo responder a eso. Me sentía como si me hubiera dado un planchazo en el agua.

—No te dije que iba a verla porque pensé que no querrías oírlo. Puede que me equivocara. No. Me equivoqué. Debería haberte dicho que iba a verla entre las otras tareas que tenía que hacer hoy. Todo parece evidente a posteriori. —Me fulminó con la mirada—. Stacey es mi amiga, y últimamente no he sido muy buen amigo para ella. De eso se suponía que iba este día. De eso iba el otro día. Eso es todo. Nada más. Da igual lo que ella y yo soliéramos hacer o dejar de hacer.

Me empezó a picar la cara.

—No me debes una explicación...

—Por lo visto, sí. Así que esto es lo que necesitas saber. Stacey pensaba que le estaba diciendo que lo quería al chico que conocía desde hacía años, pero no era así. Nunca pudo decírselo a Sam —me explicó, haciéndome estremecer—. Y ese chico estaba en el infierno hasta que Layla lo liberó. Stacey lo supo, en cuanto nos dimos cuenta de que no se trataba de Sam. Ella no pudo hacer una mierda al respecto, así que, sí, enterarse de que él estaba aquí la ha afectado mucho.

»Y, después de lo que pasó ente nosotros, no me puedo creer que me eches nada en cara —continuó—. No quieres que haya nada serio entre nosotros, así que debería darte igual lo que estuviera haciendo con ella o con cualquiera. Fue tu elección.

—¿Elección? —Solté una risa áspera—. No tienes ni idea, así que, por favor, sigue ahí plantado, haciéndome sentir mal cuando tú eres el que eligió no contarme lo de Stacey. ¡Y menuda cara tienes! —Di un paso hacia él. La ira y la frustración formaron una embravecida tormenta en mi interior y las emociones pudieron más que yo—. No tuve elección. Tuve que trazar un límite, porque, si lo que fuera que estaba pasando entre nosotros se volvía más que algo físico, no tengo ni idea de qué podría pasarte. Está prohibido, así que tracé el límite en besarse, porque eso sí hace que signifique más para mí. Me atacaste por eso, me hiciste sentir que te estaba usando como hizo Layla. Proyectaste tu bagaje emocional sobre mí, pero trajiste a Stacey a esa heladería. Sé qué sitio es. Es adonde te llevaba tu padre. Es importante para ti, y no te has planteado ni una vez llevarme allí.

—Es una maldita heladería, Trinity.

—Oh, no intentes quitarle importancia como si ese lugar no significara nada para ti. ¿Si fuera cualquier otra persona? Claro. Sé cómo va. ¿Me consideras una persona horrible por excluirte de algo que te parece importante, pero tú puedes hacérmelo a mí?

Un músculo le palpitó en la mandíbula mientras apartaba la mirada.

—Supongo que estás conteniendo el impulso de decir que no es lo mismo, ¿no?

—¿Igual que el hecho de que no me contaras lo de Sam no es lo mismo? —replicó—. ¿O cuando te niegas a decirme la verdad cuando sé que no estás bien? ¿O cuando sé que no me estás contando toda la historia sobre algunas cosas?

—Ay, Dios mío. —Sacudí la cabeza, y no sé por qué admití lo que dije a continuación. Fue como si la situación se hubiera descontrolado y yo me dejara llevar—. ¿Sabes qué?, te mentí.

¿Aquel día en el parque? No salí a dar un paseo. Había ido a ver al aquelarre de brujos con Roth.

Zayne me clavó una mirada penetrante.

—Roth quería que lo ayudara a recuperar a Bambi y pensé que sería una buena oportunidad para intentar sacarles más información —continué, apretando los puños a los costados—. Maté a esa bruja, Faye. Así que, sí, a los dos se nos da genial mentir sobre lo que es importante, ¿verdad? Los dos somos hipócritas. ¿Saber eso te hace sentir mejor? Debería. Ahora que sabes de lo que soy capaz, deberías estar encantado de que trazara ese límite.

Él continuó mirándome.

—Te equivocas. A mí se me da mejor guardar secretos que a ti.

—¿De verdad? —lo reté.

—Sabía lo de Roth y el aquelarre —contestó, dejándome efectivamente sin palabras y sin petulancia—. Sabía que te pidió ayuda. Y sé que no querías matarla ni a ninguno de ellos. También sé que no mataste a esa bruja hasta que atacó a Bambi y la Bruja Suprema te dijo que lo hicieras.

—Vaya —murmuré, y eso fue lo único que pude decir.

—Roth me llamó después de dejarte en el parque.

Me quedé atónita. ¡Aquel cabrón demoníaco me había dicho que no se lo contara a Zayne!

—No le pareció prudente que estuvieras sola por ahí —prosiguió y casi me caigo de culo—. He estado esperando a que me lo contaras, y supongo que ya lo has hecho.

No supe qué decir.

—Y ahí está. La expresión de tu cara que estaba esperando ver cuando la hipocresía se volviera en tu contra. Lástima que no lo esté disfrutando tanto como pensaba. ¿Y sabes qué? Sí que debería estar ahí dentro con Stacey, porque eso es lo que hace un amigo. En cambio, estoy aquí contigo.

El picor regresó, mezclado con el ardor.

—No te pedí que salieras.

Zayne sacudió la cabeza mientras se mordía el labio inferior.

—¿Sabes regresar al apartamento?

—Puedo arreglármelas…

—¿Sabes o no sabes regresar al apartamento, Trinity? ¿Te has bajado siquiera una aplicación en el móvil que te ayude? ¿Puedes ver los letreros de las calles? ¿Prestaste atención cuando Sam te trajo aquí?

Cuando no contesté (cuando no pude contestar), añadió:

—No puedo dejarte deambular por ahí, así que, independientemente de si me quieres aquí o yo quiero estar aquí, aquí estoy.

El ardor y el picor se convirtieron en un nudo que apenas pude tragar. Toda mi ira palpitó, se disipó y regresó convertida en algo completamente nuevo. Me dolía el pecho, pero la piel me ardía de vergüenza y los hombros se me encorvaron bajo el repentino peso mientras clavaba la mirada en el suelo de piedrecitas del callejón.

«Una carga.»

Eso era ese peso. Una carga de deber y una carga de tener que recibir ayuda. Zayne tenía razón. Ni siquiera tenía Google Maps en el teléfono. Mierda, no podría leer las estúpidas indicaciones aunque lo tuviera. Él lo sabía, y estaba aquí por eso y porque era mi protector vinculado.

No porque yo fuera una amiga que necesitaba ayuda.

No porque quisiera o necesitara estar aquí.

Y esa sí que era una diferencia enorme. Incluso aunque las cosas no se hubieran complicado tanto entre nosotros, era probable que esta situación de ahora hubiera ocurrido de todas formas.

—Quiero volver al apartamento —dije, sintiéndome muy pesada—. Me gustaría volver.

—Por supuesto. —Su voz sonó monótona—. Es tu mundo, Trinity.

«Es tu mundo.»

¿No había dicho Misha algo parecido? Me giré hacia la calle, entrecerrando los ojos detrás de las gafas de sol.

—Puedo usar un Uber si me… si me ayudas a ver la aplicación y… —El calor me inundó las mejillas—. Y me ayudas con el coche cuando llegue. No puedo ver las matrículas y algunas…

—Entendido —me interrumpió con tono cortante y, cuando miré por encima del hombro, ya había sacado su teléfono.

Apenas unos segundos después, anunció—: El coche llegará en menos de diez minutos.

Y eso fue lo único que dijo.

Veintiocho

Unos dos años atrás, Misha y yo tuvimos una pelea enorme. Jada, Ty y otros Guardianes iban a salir de la comunidad para pasar el día en uno de los pueblos cercanos y había patatas fritas con queso de Outback de por medio, así que, por supuesto, yo quería ir con ellos. Thierry rechazó mi petición por alguna razón estúpida y, como conocía mi tendencia a no hacer caso de sus órdenes, llegó al punto de situar Guardianes en todas las posibles salidas de la casa. Misha me había dicho que no iba a ir y que estaría trabajando en algo con Thierry. Me había mentido y había ido con el grupo y, aunque acabé averiguando que esa mentira no fue su mayor crimen, entonces había sido el fin del mundo para mí. Era consciente de que mi ira y mi disgusto se debían a que me sentía excluida y pensaba que la vida en general era injusta; de todas formas, Misha me había mentido en lugar de admitir sin más que quería ir con los otros. Aun así, me habría sentido celosa, pero solo le habría dicho «que te diviertas». Los dos éramos culpables, aunque yo cargué con la mayor parte de la culpa. Chillamos y nos gritamos antes de retirarnos a nuestros respectivos cuartos, cerrando de un portazo. La mañana siguiente teníamos que entrenar, y quise disculparme, pero seguía demasiado enfadada y herida para llegar a eso, así que toda la sesión resultó increíblemente incómoda y la conversación fue forzada durante el resto del día.

Eso se parecía mucho a cómo estaba transcurriendo esa noche con Zayne.

Él no había regresado al apartamento hasta casi la hora de

salir y lo único que me dijo al pasar a mi lado en la sala de estar fue que le parecía buena idea comprobar la zona que rodeaba el instituto.

Puede que hubiéramos intercambiado tres frases completas desde entonces, lo que no suponía una gran diferencia respecto a los últimos días.

Así que, qué divertido.

Mientras caminábamos por las aceras empapadas de lluvia hacia Cumbres en la Colina, que era como se llamaba el instituto, me sentí casi igual que con Misha después de nuestra pelea aunque, a diferencia de entonces, cuando no me explicaba por qué me estaba comportando como una cobarde, me pareció que ahora sí lo entendía. Y quería disculparme. Era fanfarrona y beligerante cuando tenía un buen día y no me achicaba ante una pelea, pero detestaba profundamente pelearme con alguien que me importaba. El problema era que, como aquel día con Misha, seguía furiosa y dolida y me faltaban como un millón de kilómetros para estar lista para disculparme.

Pero la culpa no era solo mía.

Podía entender, ahora que había tenido tiempo para darle vueltas a lo que había ocurrido de manera obsesiva, por qué Zayne no me había contado que iba a ver a Stacey. Había sentido mis emociones cuando ella vino al apartamento y había adivinado el motivo que había detrás de mis preguntas sobre ella. Probablemente había querido evitar herir los sentimientos que había sentido en mí o evitarlos en general. Pero eso no significaba que no debería haber sido sincero, igual que Misha. La sinceridad habría supuesto un palo en ese momento, pero habría resultado mucho más fácil lidiar con eso que descubrir una mentira diseñada para ocultar una herida. Al contrario de lo que creía Zayne, su mentira no se asemejaba en nada a que yo no le hablara de lo que parecía ser un espíritu cualquiera en su apartamento.

Nadie podría convencerme de lo contrario.

Y ¿en cuanto al hecho de que él ya sabía desde el principio lo que había pasado con el aquelarre? No podía cabrearme con él por no decírmelo, porque yo se lo había ocultado, pero seguía sin entender por qué no se había encarado conmigo. ¿De verdad estaba esperando a que yo se lo contara?

No me parecía que estuviera muy contento ahora que lo había hecho.

Un relámpago surcó el cielo nocturno, un arco irregular de luz que iluminó el estoico perfil de Zayne. Llevaba el pelo recogido, todo salvo aquellos mechones más cortos. Se los había colocado detrás de las orejas.

La única vez que le habría agradecido que no fuera sincero fue cuando me dijo que preferiría estar con una amiga que lidiando conmigo.

Que ayudándome.

Eso se lo podría haber guardado.

—Quieres decir algo. —Zayne interrumpió el silencio—. Dilo de una vez.

Aparté la mirada bruscamente, sonrojándome porque me había pillado mirándolo.

—No tengo nada que decir.

—¿Estás segura de eso, Trin?

«Trin.»

Al menos habíamos vuelto a utilizar apodos y no nombres formales.

—Sí.

Él no respondió.

—¿Y tú tienes algo que decir, Zayne?

Ni siquiera intenté disimular el tono malicioso de mi voz.

—No.

Un trueno resonó como el disparo de un cañón apuntando al cielo. Había dejado de llover a cántaros hacía como una hora, pero se avecinaba otra tormenta. Acabar empapada y posiblemente electrocutada sería el modo perfecto de concluir ese día.

Era evidente que esa noche no iba a ver ninguna estrella.

—Me pregunto qué les pasa a los Guardianes cuando los alcanza un rayo —comenté mientras adelantaba a Zayne en un cruce.

—Probablemente lo mismo que a un Sangre Original.

Puse los ojos en blanco y me aseguré de que no vinieran coches antes de cruzar. No pensaba repetir lo que había ocurrido antes. Avancé y mis pasos se volvieron torpes al llegar al bordillo antes de lo que pensaba. Ojalá Zayne no lo hubiera visto, porque bien sabe Dios que no me gustaría…

—¿Trin?

—¿Qué? —le espeté.

—¿Vas al instituto conmigo o a otro sitio? —me preguntó. Su tono rebosaba diversión como si fuera miel espesa—. Solo es por curiosidad, ya que pareces tener otros planes en mente.

Me detuve en medio de la calle, inspiré bruscamente e hice todo lo posible por no gritar. Di media vuelta y descubrí que Zayne había girado a la izquierda en el cruce. Regresé a la acera con paso indignado y lo adelanté caminando prácticamente a marcha rápida. Me di cuenta de que la acera ya no seguía un trazado plano, sino una pendiente bastante empinada. Oí una risita profunda y retumbante a mi espalda.

—Me alegro de que te haya parecido gracioso —repuse, entornando los ojos cuando el perfil de los árboles dio paso a una extensión abierta de césped—. Porque te va a parecer muy gracioso cuando te parta la cara.

—Eres increíblemente agresiva.

Más adelante, vi un edificio de dos plantas con las luces de la planta baja encendidas.

—Y tú eres increíblemente irritante.

—Y tú sigues yendo por el camino equivocado.

Me detuve.

Dios tenía que estar poniéndome a prueba.

Me di la vuelta y vi que Zayne estaba cruzando el césped. Fruncí el ceño, mirando en la dirección a la que se dirigía. No pude distinguir demasiado del enorme edificio situado delante de mí, pero me pareció un colegio.

—¿Eso de ahí no es el instituto?

—Sí. —Siguió caminando—. Pero no creo que quieras ir directamente hacia la puerta principal, ¿no? Hemos venido a explorar el lugar, no a anunciarle nuestra llegada a quienquiera que esté trabajando en este momento.

Dios mío, iba a hacerle un placaje y tirarlo al suelo, y no en plan divertido.

—¿Y no se te ocurrió decir nada? —protesté, emprendiendo el trote para seguir el ritmo de sus larguísimas zancadas.

Una bandera se sacudió alrededor de su mástil, emitiendo chasquidos.

—Pues sí. —Redujo la velocidad—. Durante un segundo.

—Imbécil —masculé, manteniéndome unos pasos detrás de él y a un lado.

El terreno era blando y suave en ciertas zonas, como si hubieran colocado la tierra hacía poco tiempo.

—¿Cómo dices? —Zayne miró por encima del hombro, con el rostro oculto en la penumbra—. No te he oído bien.

Claro que me había oído, solo quería que lo repitiera. Ni hablar.

—¿Adónde vamos?

—A comprobar este lado del terreno. Hay un pequeño barrio justo detrás del instituto y quiero ver si captamos algo.

Lo único que yo sentía era el zumbido bajo y constante de actividad demoníaca cerca.

—Lo único que yo capto es tu actitud combativa.

Zayne se rio. Se rio tan alto que me pregunté si nos habrían oído.

—Eso no pretendía tener gracia.

—Pero me hizo reír.

Se detuvo de repente, extendiendo un brazo, y casi me quedo colgada de esa extremidad como si fuera una tendedera.

—Madre mía —dije, ahogando una exclamación, mientras retrocedía un paso a trompicones.

—Ten cuidado —me advirtió—. Cuesta verlo, pero el césped termina aquí y hay seis escalones estrechos.

Sí, sin duda no me habría dado cuenta. Aunque tropezar y caerme por esos escalones solo habría herido mi orgullo. La palabra *gracias* me quemó la lengua, pero no la pronuncié mientras bajaba los escalones con cautela.

—No sé si puedo sentir a una persona sombra —dije al mismo tiempo que un relámpago hendía el cielo de nuevo—. Como no son demonios vivos, no sé cómo va eso.

—Con nuestra suerte, probablemente no.

Zayne examinó lo que comprendí que era un pequeño y estrecho aparcamiento que seguramente estuviera destinado a los profesores.

Al otro lado de una valla temporal, había aparcados varios camiones y furgonetas de colores más claros a lo largo de la parte posterior del edificio, bloqueando las entradas que pudiera haber allí. Las palabras «Construcciones Al Rohde e Hijos» estaban escritas con grandes letras mayúsculas de color rojo en las furgonetas, iluminadas por las luces de la entrada lateral. A medida que nos acercábamos, pude oír el golpeteo constante de los martillos y...

—Por cierto, hablé con Roth esta tarde —anunció Zayne mientras empezábamos a cruzar el aparcamiento—. Quiere explorar el instituto con nosotros el sábado.

—Genial —murmuré—. Es lo opuesto a un amuleto de la suerte, así que ¿por qué no?

Un trueno silenció el canto de las cigarras y mis pasos se ralentizaron y luego se detuvieron. Miré detrás de mí. El viento continuaba azotando la bandera y las ramas de los árboles que salpicaban el césped. Se me erizó la piel de los brazos mientras me esforzaba por oír... qué, no tenía ni idea. Era un murmullo bajo. ¿Puede que incluso el viento?

—¿Trin? —La voz de Zayne sonó cerca—. ¿Sientes algo?

—No. En realidad, no. —Me giré de nuevo hacia el instituto y levanté la mirada hacia las ventanas oscuras. La piel erizada se me propagó por todo el cuerpo a medida que me recorría un leve escalofrío—. Solo es una sensación rara.

—¿Cómo qué?

Encogí un hombro. No estaba segura de si era algo, pero tenía la sensación de que cientos de ojos invisibles nos observaban. Podría tratarse de los fantasmas que Sam había dicho que estaban atrapados. Podrían estar en esas ventanas y yo no podría verlos.

—No lo sé. Solo es una sensación rara. Puede que este instituto sí sea la Boca del Infierno.

Zayne permaneció callado.

Lo miré.

—Eso sí pretendía tener gracia.

—¿Ah, sí?

—¿Te cabrearías mucho si te lanzara de una patada contra uno de esos camiones?

—Bastante, para serte sincero.

—Vale. —Asentí con la cabeza—. Voy a hacer cálculos a ver si vale la pena hacer que te cabrees más de lo que ya estás.

—No estoy cabreado.

—¿Oh, de verdad? —Fue mi turno de reír—. Te he visto contento. Y esto no es estar contento.

—Tampoco he dicho que estuviera contento —repuso. Levanté los brazos en un gesto de frustración—. Si no recuerdo mal, hay puertas aquí atrás, en el lateral. Voy a ver si se puede acceder o si hay alguna ventana cubierta con tablas. Para trazar el mapa de la zona para el sábado por la noche.

—Que te diviertas.

Zayne se volvió hacia mí.

—¿No vienes?

—No. Es probable que haya escombros y porquería por todas partes —señalé—. Tropezaría con todo y me caería.

—Entonces, ¿qué vas a hacer? —me preguntó, dando un paso hacia mí.

—Jugar en medio del tráfico.

Él emitió un sonido que parecía un cruce entre una carcajada y una maldición.

—Suena divertido. Solo intenta que no te atropellen y te maten. Procura sobrevivir a la noche.

—Que me atropellara un coche no me mataría —dije, lanzándole esas palabras a modo de respuesta.

Zayne levantó la mano y me pareció que tal vez me había hecho una señal con el pulgar hacia arriba antes de rodear la valla.

—Capullo —mascullé, dirigiendo la mirada hacia las ventanas oscuras.

Por supuesto que no iba a jugar en medio del tráfico. Mientras Zayne buscaba un buen punto de entrada para el sábado, yo quería averiguar qué estaba sintiendo y puede que oyendo. Además, probablemente me rompería una pierna y alertaría a todo el mundo de nuestra presencia si intentara abrirme paso por una obra en marcha en medio de la oscuridad.

Alcé la mirada hacia las ordenadas hileras de la segunda planta. Podrían ser solo insectos, pero la sensación… sí, la sensación era rara, y no me pareció que tuviera nada que ver con el hecho de que era consciente de lo que podría haber dentro.

El aire era más denso aquí, como sopa. El golpeteo constante de los martillos me hizo preguntarme si los obreros habrían notado algo. Herramientas que desaparecían. Voces incorpóreas. Personas que veían por el rabillo del ojo, pero que desaparecían cuando se fijaban en esa zona. Se experimentarían esas cosas si solo hubiera un fantasma en un sitio, pero ¿más de cien? Dios mío.

¿Por qué los atraparía alguien aquí? Y, si esto estaba relacionado con el Heraldo, ¿qué querría de los fantasmas? ¿Y la gente sombra? La trama se estaba complicando, pero el problema era que yo no tenía ni idea de qué iba la maldita historia.

Otro destello de luz surcó el cielo, iluminando las ventanas durante un segundo. Era probable que cualquier otra persona hubiera podido ver si había algo en aquellas ventanas, pero solo eran manchas borrosas para mí. Un trueno siguió al relámpago de inmediato y, entonces, una enorme y gorda gota de lluvia me cayó en la nariz. Ese fue el único aviso antes de que el cielo se abriera y la lluvia cayera a raudales.

Solté un profundo suspiro, empapada hasta los huesos en cuestión de segundos. La lluvia era bastante caliente, así que por lo menos eso era algo.

Me estaba planteando las ventajas de meterme debajo de una de las furgonetas, cuando sentí que unos dedos gélidos se deslizaban por mi nuca. Giré la cabeza bruscamente, esperando ver a alguien con las manos congeladas y ni idea en absoluto de lo que se consideraba correcto socialmente, un fantasma o un abominable hombre de las nieves.

No había nadie detrás de mí. Examiné el césped, esforzándome por ver a través de la cortina de lluvia. Era imposible que alguien me hubiera tocado y hubiera desaparecido tan rápido. La sensación fría seguía allí, acomodándose entre mis hombros, presionando. Se trataba de la misma sensación brutalmente fría que sentí la noche que encontramos a los zombis.

Me di la vuelta y regresé a los escalones. En lugar de subirlos, salté y aterricé en la gruesa hierba. El escalofrío seguía presente y la sensación de que me observaban se intensificó.

Había alguien ahí fuera.

Lo supe en los huesos y en la sangre. Mi gracia crepitó en el fondo de mi ser mientras daba un paso adelante. Ahí. Junto a uno de los árboles.

En medio de la lluvia y la oscuridad, una sombra más densa se separó de la base del árbol. ¿Era una persona? ¿Un fantasma? ¿Una persona sombra? No pude distinguirlo. Por culpa de la distancia y la lluvia.

Entorné los ojos y pude ver que se encontraba a algo más de un metro del árbol. Avancé y entonces el instinto tomó el mando. Aceleré el paso hasta ir al trote y luego corriendo al mismo tiempo que llevaba la mano hacia una de las dagas, por si acaso...

El terreno suave y blando se hundió bajo mis pies y, durante un angustioso segundo, me quedé paralizada. Qué estúpida, qué increíblemente estúpida, porque eso fue un segundo de más. El terreno cedió debajo de mí, tragándome, antes de que me diera tiempo a gritar.

Trozos de tierra y hierba cayeron conmigo mientras me desplomaba hacia la nada. Sentí pánico, pero lo sofoqué mientras cruzaba los brazos y doblaba las piernas, preparándome lo mejor que...

... me estrellé contra el suelo duro. Se me escapó el aire de los pulmones al mismo tiempo que una llamarada de dolor me recorría la pelvis y me bajaba por la pierna izquierda. Me golpeé la cabeza con algo y unos destellos me cegaron mientras otro estallido de dolor me brotaba en la parte posterior del cráneo y luego me bajaba a toda velocidad por la espalda. El repentino impacto me dejó inmóvil de la impresión. Me quedé allí tendida de costado, con las piernas todavía dobladas, mientras respiraba con la mandíbula apretada y mantenía los ojos cerrados con fuerza.

«Joder.»

Debí caer unos tres metros o más. La distancia explicaba el latido intenso y constante que notaba en la pierna y en la cabeza. Esa clase de caída le habría provocado graves daños a un humano. Aflojé la boca, inspiré hondo y estuve a punto de atragantarme por el abrumador olor a tierra húmeda y fértil. La presión helada seguía entre mis hombros y, dondequiera que hubiera caído, era un lugar increíblemente fresco, había unos cinco o seis grados menos.

Al abrir los ojos, vi… nada. Nada salvo una completa y absoluta oscuridad.

El pánico brotó en mi interior mientras me ponía de pie de golpe y retrocedía a toda prisa hasta que choqué contra algo duro y sólido. Me invadieron las náuseas a la vez que notaba una punzada de dolor en las sienes.

Vale. Puede que sí me hubiera hecho daño.

—Mierda —gemí.

Me llevé una mano a la sien mientras comprendía que me encontraba contra una pared. Giré la cintura, haciendo una mueca al moverme, y apoyé la mano contra la superficie húmeda y viscosa. Una pared de piedra… una viscosa y mohosa pared de piedra.

¿Dónde diablos había caído?

Me esforcé por ver cualquier cosa, pero solo había negra oscuridad. ¿Ese sitio estaba a oscuras? ¿O se trataba de mis ojos? ¿Habían elegido este momento para abandonarme? El pánico se propagó. No. ¡No! La RP no funcionaba así y mi cráneo era lo bastante grueso como para proteger todos los nervios y células cerebrales responsables de la vista. Lo sabía perfectamente, así que solo necesitaba calmar mi corazón… y mi respiración, porque hiperventilar no me iba a servir de nada. Tenía que buscar una salida… Mi teléfono. Podría usar la linterna del teléfono para ver y Zayne debía haber sentido mi pánico. Por una vez, agradecí el vínculo que podía sentir en mi pecho. Zayne me buscaría.

Con suerte, no en una calle cercana.

Me dispuse a sacar el teléfono, rogando que no hubiera sufrido daños en la caída, porque eso no molaría nada. Necesitaba luz. Necesitaba poder ver…

Un golpe suave resonó no demasiado lejos de mí. Me quedé inmóvil, procurando no respirar demasiado fuerte ni demasiado profundo mientras clavaba la mirada en la nada. ¿Qué era ese…?

Otro sonido apenas audible captó mi atención. Un golpe más suave y luego otro más, un sonido que me recordó a…

Entonces comprendí de qué se trataba y el estómago me dio un vuelco al mismo tiempo que la gracia ardía en mis entrañas.

No estaba sola.

Veintinueve

El sonido de pasos cesó mientras permanecía completamente inmóvil. Sabía sin ninguna duda que había alguien conmigo.

Aunque no tenía ni idea de qué era ese alguien.

Porque no se trataba de Zayne, y ningún humano podría haber realizado ese salto con tanto sigilo y sin hacerse daño, pero tampoco sentía a un demonio. ¿Podría ser otro Guardián? En ese caso, ¿por qué no decía nada?

Mientras examinaba la oscuridad, solo pude oír el repiqueteo constante de la lluvia y el retumbar de los truenos. No había más ruidos, ni siquiera el sonido de una respiración, pero pude sentirlo. Todos mis sentidos eran hiperconscientes de esa presencia.

Necesitaba ver.

Unos escalofríos me recorrieron los brazos mientras me llevaba la mano despacio y con cuidado al bolsillo trasero. Rodeé el teléfono con los dedos. Contuve el aliento, con el corazón aporreándome el pecho al ritmo de la lluvia, y lo saqué. Si el teléfono funcionaba todavía, cuando apretara el botón, se iluminaría, alertando a lo que fuera que estaba aquí abajo conmigo. Era un riesgo que debía correr.

En medio de la oscuridad, encontré el botón del teléfono. El pequeño destello de luz que vi cuando apareció mi pantalla de inicio me produjo alivio y preocupación, junto con una punzada de dolor en los ojos ante el repentino brillo. No se produjo ningún movimiento mientras deslizaba el pulgar por la parte inferior de la pantalla. Le dediqué una breve mirada al teléfono y entrecerré los ojos hasta que conseguí enfocar el pequeño icono de la linterna. Apreté el botón y dejé escapar un suspiro áspero.

Una intensa luz blanca salió del teléfono. Seguí el embudo de luz hasta... otra reluciente pared situada aproximadamente a un metro y medio de mí. Había algo grabado en la piedra. No pude distinguir qué era, pero me di cuenta de que me encontraba en un túnel.

Sujeté el teléfono con la izquierda al mismo tiempo que dirigía la otra mano hacia la daga. Mis dedos se cerraron alrededor del mango mientras seguía la luz con la mirada. Vi piedra de un tono verde grisáceo, trozos de hierba y tierra...

Me cayó un peso sobre el brazo, tan rápido que se me escapó el móvil de la mano y solté un chillido. El teléfono cayó al suelo y, antes incluso de poder sentir vergüenza por el gritito, el túnel se sumió de nuevo en la más completa oscuridad.

El instinto afloró con un rugido a la vez que la gracia clamaba en mi interior. Me lancé hacia delante, desenfundando la daga y blandiéndola, hendiendo solamente el aire. Me eché hacia atrás, jadeando, mientras me pegaba a la pared. Me puse tensa, preparándome para un golpe que no podría ver para esquivarlo. Arremetí de nuevo con la daga al mismo tiempo que cogía la otra, sin acertar a nada.

—¿Dónde estás? —grité—. ¿Dónde diablos estás?

Me respondió el silencio.

El pánico se propagó, invadiendo mi conciencia como un veneno nocivo mientras me esforzaba por recordar el entrenamiento con los ojos vendados con Zayne. Aguardar el cambio en el aire: la temperatura, el movimiento que ocurriría a mi alrededor. Habría un aviso de que había algo cerca. Mi mirada se desplazó desenfrenadamente de un lado a otro. Todo a mi alrededor estaba frío y el aire era demasiado denso, demasiado estancado. No sentía nada salvo el sudor que me salpicaba la piel húmeda y pegajosa. Una lejana parte de mi cerebro sabía que me estaba dejando llevar por la histeria, pero no conseguí dominar el pánico. La completa y absoluta falta de luz tuvo un efecto aterrador en mí, abrió una caja de Pandora de miedo e indefensión. Embestí con la daga, lo que únicamente provocó un susurro de aire.

Una risita suave, el chasquido de una lengua, contestó, deslizándose sobre mi piel.

Todo mi ser se concentró en la dirección de aquel sonido de desaprobación. Había sonado... justo delante de mí. Desde mi posición en el suelo, me encontraba en extrema desventaja. Me puse de pie, apoyando el peso del cuerpo sobre la pierna izquierda...

Alguien me agarró el tobillo y dio un tirón hacia delante y hacia arriba. Caí con fuerza de espaldas y el impacto me dejó sin aire en los pulmones. Lancé una patada con la otra pierna, pero la fuerte sujeción tiró de mí y me arrastró, adentrándose en el túnel y alejándose del sonido de la lluvia.

Me senté, blandiendo ambas dagas. Me soltaron el tobillo de repente y una risita muy baja y muy masculina resonó a mi alrededor. Mi cuerpo entró en acción a toda velocidad. Me puse de pie a toda prisa, sin hacer caso al sordo estallido de dolor. Aferré las dagas, jadeando y...

Noté el tacto de algo frío y húmedo que se apretó contra mi cara, un contacto sólido deslizándose por mi mejilla. Carne. Era el tacto de la carne. Ahogué una exclamación y extendí los brazos al mismo tiempo que levantaba la rodilla derecha, lanzando una patada. El gruñido me indicó que mi pie había entrado en contacto con quienquiera que estuviera aquí abajo. Empecé a avanzar, siguiendo el sonido, cuando algo duro y afilado (un codo) me golpeó debajo de la barbilla, empujándome la cabeza hacia atrás. El dolor me hizo perder el equilibrio. Una mano me agarró por la muñeca, retorciéndomela de manera brusca. Mis dedos se abrieron por reflejo y la daga cayó incluso a la vez que yo lanzaba un ataque con la otra. Ocurrió lo mismo. Otra mano me agarró la otra muñeca. La daga cayó y repiqueteó contra el suelo de piedra.

Me eché hacia atrás y me preparé para usar la sujeción contra mi atacante. Un peso se estrelló contra mí antes de poder levantar las piernas. Era el peso de un cuerpo (un pecho y un torso duros e increíblemente fríos), que me presionó contra la pared. El contacto de cuerpo completo supuso un impacto para mi sistema. Intenté apartarlo de un empujón, pero el peso me mantuvo inmóvil mientras las manos que me rodeaban las muñecas me levantaban los brazos, sujetándolos encima de mi cabeza.

Noté un estallido de terror en el estómago mientras me estiraban los brazos, haciendo que se me arqueara la espalda. La sangre se me convirtió en lodo en las venas cuando un aliento gélido se deslizó por mi mejilla, seguido del roce de unos labios más secos y suaves.

Dejé de forcejear. Un millar de horribles escenarios diferentes pasaron a toda velocidad por mi mente, cada uno más inquietante que el anterior, mientras me obligaban a permanecer en una posición indefensa en la que no podía defenderme, no podía hacer nada para impedir lo que fuera que sucediera a continuación...

No.

No estaba indefensa. No me habían capturado. No me había quedado sin ningún arma... Tenía un arma que ya debería haber usado a estas alturas. Un arma con la que me habían entrenado una y otra vez para que solo la empleara como último recurso. La comprensión llegó con la potencia de un balazo en el cerebro.

Esos años de entrenamiento estaban equivocados.

Y hacerles caso había sido mi mayor debilidad. No mi vista. Ni mis sentimientos ni mi miedo. Nunca debería permitir que las cosas llegaran al punto de necesitar un último recurso. Nunca debería encontrarme en una posición como esta cuando podría haberlo impedido.

El terror dio paso a la rabia, transformando ese lodo de mis venas en fuego. Mi gracia cobró vida y la aproveché. Las comisuras de mi vista llamearon con una luz blanca y dorada.

Fuera quien fuera ese cabrón, estaba a punto de llevarse la sorpresa de su vida.

El agarre en mis muñecas cambió hasta que una mano se me clavó en el hueso. La otra me agarró por el cuello, tirando de mí hacia delante mientras me seguía sujetando. Los músculos se me estiraron tanto que estaban a punto de desgarrarse.

—Es un poco tarde para usar tu gracia. —La voz tenía un claro acento sureño, un profundo tono nasal que habría resultado encantador en cualquier otra situación. No se me pasó por alto que él sabía qué era yo—. Eso debería haber sido lo primero que usaras, cariño.

—¿De verdad acabas de llamarme «cariño»? —gruñí y sentí un intenso calor que me subía por el brazo.

—¿Cómo debería llamarte? ¿Sangre Original?

—¿Qué tal tu peor pesadilla?

—¿Qué tal no? Porque eso sería mentira, cariño. En realidad, yo soy tu peor pesadilla.

Me soltó de repente y me tambaleé hacia delante antes de recobrar el equilibrio. Mi gracia llameó en la palma de mi mano. El mango se formó al mismo tiempo que mis dedos se cerraban alrededor de su peso. Las llamas se deslizaron por toda la espada, derramando un resplandor dorado por el túnel.

Pude ver a aquel tío.

De pie frente a mí, vestido completamente de negro, con el pelo tan rubio que parecía blanco y la piel de un tono alabastrino que resultaba casi traslúcido. Solo pude atisbar su cara, pero vi que sus facciones eran todo ángulos perfectos, aunque el gesto sarcástico de sus labios convertía la belleza asimétrica en algo demasiado cruel y frío, como un joven tallado en hielo y nieve.

La espada de Miguel escupió fuego cuando la levanté en alto, más que preparada para acabar con la vida de ese tío sin vacilación.

—Bonito juguete —bromeó, extendiendo el brazo derecho—. Yo también tengo uno.

El asombro ante lo que vi me hizo perder el control de mi gracia, que parpadeó con intensidad y luego estalló convirtiéndose en brillante ceniza.

—Imposible —susurré.

Una luz dorada teñida de azul le había bajado por el brazo, adquiriendo la forma de una larga y estrecha lanza de fuego.

Gracia. Aquel tío tenía gracia.

—¿Esto te parece imposible? —me preguntó, con tono casi burlón—. Creías que eras la única, ¿verdad? Tu asombro es casi palpable. —Chasqueó de nuevo la lengua y luego su gracia se replegó, sumiendo el túnel en la oscuridad una vez más—. Cariño, hay muchas cosas que no sabes.

La ráfaga de aire fue la única advertencia antes de que sus manos se cerraran a ambos lados de mi cabeza.

—Pero aprenderás muy pronto.

No tuve tiempo para mentalizarme o prepararme. Noté un espantoso estallido de dolor en la parte posterior del cráneo cuando mi cabeza se estrelló contra la pared, y luego ya no sentí nada.

Nada en absoluto.

Una caricia suave y cálida en la mejilla me guio lejos de la oscuridad. Recobré el conocimiento, jadeando, en una habitación muy iluminada que me hizo daño en los ojos. Empecé a sentarme y parpadeé para aliviar el ardor que sentía en los ojos hasta que pude ver unas paredes de color amarillo claro con molduras oscuras.

—Trin. —Zayne apareció allí de repente y me colocó una mano con suavidad en el hombro—. Tienes que quedarte tumbada. Jasmine volverá pronto.

Quise hablar, pero noté la lengua pesada y torpe mientras él volvía a empujarme con suavidad contra un grueso cojín o almohada.

—Quédate quieta, por favor.

Los rasgos de Zayne estaban un tanto borrosos mientras mis ojos intentaban acostumbrarse al resplandor. Tenía unos húmedos mechones de pelo pegados a las pálidas mejillas y la camiseta que llevaba estaba hecha jirones y le colgaba de los hombros. Se había transformado en su verdadera forma en algún momento y sus pupilas seguían estiradas verticalmente.

—¿Dónde...? —La cabeza me palpitó, y solo lograba respirar de forma poco profunda—. ¿Dónde estoy?

Los pálidos ojos de Zayne me recorrieron la cara.

—Estás en el complejo. —Se sentó a mi lado en la cama—. Cuando te encontré, no te... no te despertabas y te sangraba la cabeza. Mucho. —Un músculo le palpitó en la mandíbula—. ¿Cómo te sientes?

—Bien. —Hice ademán de tocarme la cabeza, pero Zayne fue más rápido y me atrapó la mano con suavidad—. Creo.

—¿Crees? —Sacudió ligeramente la cabeza y luego añadió en voz baja—. Tus muñecas.

Mi mirada siguió la suya hasta las marcas azuladas y de un violeta más intenso que me recorrían la parte interna de las muñecas. Todo lo que había pasado empezó a cobrar forma. Me invadieron varias emociones: el miedo y la ira se arremolinaron juntos, seguidos rápidamente por la incredulidad.

Zayne me miró bruscamente a los ojos.

—Parecen marcas de dedos.

Porque lo eran. Me las quedé mirando, con la mente todavía confusa.

—Caí a través del suelo hasta una especie de túnel.

—Te sentí… a través del vínculo. —Colocó mi mano sobre mi regazo y tardó unos segundos en apartar sus dedos de los míos—. Pánico e ira. Salí del instituto lo más rápido que pude, pero no te vi. El vínculo… —dijo, llevándose la mano al pecho—. Me condujo hasta ti, pero tardé demasiado en encontrarte.

—Caí en una especie de túnel. ¿Estaba sola cuando me encontraste?

—Cuando llegué hasta ti, sí. —Se puso de pie y se le endureció la voz—. ¿Qué pasó, Trin? La herida de la cabeza podría deberse a la caída, pero no los otros moretones.

Me miré. Joder. Tenía manchas de sangre seca en los brazos y el pecho. Mi camiseta estaba teñida de oscuro y la notaba húmeda en algunas zonas, debido a la lluvia o a más sangre. ¿La herida de la cabeza era muy grave?

Eso daba igual en ese momento.

Levanté la mirada y seguí a Zayne mientras pasaba junto a la cama. A medida que el embotamiento se disipaba de mi mente y mi cuerpo, pude sentir su ira a través del vínculo, y ardía como el sol.

—Hay otro Sangre Original.

Zayne se detuvo y luego se giró despacio hacia mí.

—¿Qué?

—Eso es lo que había en el túnel conmigo. Es un Sangre Original, como yo, y creo que él es lo que he estado sintiendo. ¿Ese frío extraño y la sensación de que me observaban? Creo que es él. —Fijé la mirada en mis muñecas—. Un Sangre Original es el Heraldo.

El asombro se propagó por su cara y a través del vínculo.

—Tú eres la única.

Solté una carcajada y luego hice una mueca, ya que eso provocó que me doliera la cabeza.

—Ya, pues por lo visto no.

Zayne apareció de inmediato a mi lado, con las facciones contraídas de preocupación. Me resultó extraño verlo tan preocupado después de días de mostrarse distante y molesto conmigo.

—Tiene sentido —dije en cuanto dejé de sentir que mi cabeza era un huevo cascado—. Explica por qué los Guardianes no han sentido al Heraldo y un Sangre Original puede derrotar a un Guardián o a un demonio de nivel superior. No explica la interferencia en las grabaciones de vídeo, pero vi su gracia. Él tiene una lanza parecida a mi espada y era rápido. —Hice una pausa—. Y, por su acento, parecía ser del sur del país.

—¿Te dijo algo?

—Nada que valga la pena. —Cerré los ojos—. ¿No lo viste?

—No oí ni vi a nadie salvo a ti. —Un momento después, sentí que sus dedos me rozaban la mejilla. Cogió un mechón de pelo y me lo apartó de la cara—. Y estuviste desaparecida unos veinte minutos.

—Creo que él... No sé. Podría haberme matado después de dejarme inconsciente, pero no lo hizo. Si tú no lo ahuyentaste, entonces...

—Entonces, esto fue un mensaje. Por fin se ha dejado ver.

Abrí los ojos y vi que la expresión de Zayne era absolutamente asesina. Lo que estaba a punto de contarle no iba a ayudar.

—Estaba en el instituto, observándonos. Lo vi junto a los árboles. No me di cuenta de qué era cuando empecé a ir hacia él, y luego el suelo cedió sin más.

—Estoy seguro de que no fue una coincidencia. —Zayne me miró a los ojos—. Te quería allí abajo, sola.

Eso no se podía discutir.

—Tenemos que volver allí. Ya mismo. Había algo escrito en las paredes y él podría seguir allí...

—No vamos a ir a ninguna parte ahora mismo.

—Estoy bien. Mira. —Levanté los brazos—. Estoy perfectamente.

—Trin, has estado inconsciente casi una hora...

Abrí mucho los ojos. Desde luego, parecía mucho tiempo.

—Pero ya estoy despierta y en perfectas condiciones.

Él se me quedó mirando como si intentara caminar con una pierna rota.

—Creo que no te das cuenta de lo graves que son tus heridas.

—Creo que puedo distinguir si estoy herida o no.

Sus ojos de color azul pálido centellearon con intensidad cuando se inclinó hacia mí, plantando las manos a ambos lados de mis hombros.

—Creo que tú, precisamente, no puedes distinguirlo. Te dejaron inconsciente. Tienes hematomas por todo el cuerpo, y lo sé porque estaba aquí cuando Jasmine te examinó. Sangraste tanto que empapaste lo que queda de mi camiseta.

Cuando dijo eso, me di cuenta de que Zayne tenía todo el pecho cubierto de manchas color óxido, que asomaban entre la ropa desgarrada.

—También has empapado de sangre la almohada y las toallas que te colocamos debajo de la cabeza. —Se mantuvo cerca, enjaulándome como si planeara mantenerme en la cama—. Jasmine cree que te has abierto la cabeza y ahora mismo está reuniendo lo necesario para ocuparse de ti, así que no, no vamos a largarnos a ver un puñetero túnel, ni siquiera una película. Te vas a quedar aquí mismo.

—Pero ¿y si quiero ver una película, Zayne? —le espeté, aunque se me revolvió el estómago.

¿Podría tener la cabeza abierta? ¿Iban a tener que afeitarme el pelo?

Vale, eso probablemente era lo último que debería preocuparme.

A Zayne le temblaron los labios y parte del calor desapareció de su mirada.

—Bueno, pues no estás de suerte. Aunque te permitiera levantarte de la cama, todos los cines están cerrados. Son casi las dos de la madrugada.

Me crucé de brazos, consciente de que mi expresión era hosca a más no poder. Solo porque un golpe me hubiera dejado fuera de combate no significaba que estuviera gravemente herida.

—Tenemos que volver allí.

—Y lo haremos. Pero no ahora. —Transcurrió un momento de silencio—. Me asusté.

Mis ojos se dirigieron de golpe hacia los suyos y me quedé atrapada, incapaz de apartar la mirada.

—Cuando te vi así, desangrándote sobre el maldito suelo, y no pude despertarte, me asusté, Trin.

El corazón me dio un vuelco.

—¿Porque pensaste que podrías morirte?

—Sabes perfectamente que ese no es el motivo —dijo en voz baja.

Un millón de cosas diferentes que necesitaba decir acudieron a la punta de mi lengua. No sabía por dónde empezar, pero dio igual. La puerta se abrió y, mientras Zayne se apartaba, vi que Jasmine entraba a toda prisa en la habitación portando una bandeja con vendas, toallas, cuencos y relucientes objetos plateados. Llevaba el largo cabello negro recogido y apartado de la cara y se había puesto una especie de bata. Se detuvo de golpe.

—Estás despierta.

—Sí.

Supuse que Danika entraría detrás de su hermana, pero no fue así.

—Se despertó hace unos diez minutos —añadió Zayne—. Y ya piensa que puede levantarse de la cama.

—Estoy segura de que le aconsejaste que era mala idea —contestó ella mientras dejaba la bandeja sobre el soporte que había cerca de la cama.

—Más bien me lo ordenó —mascullé.

Zayne me fulminó con la mirada.

—Siento haber tardado tanto en coger lo necesario de la enfermería. Habría sido más fácil tratarla allí.

Jasmine rodeó rápidamente la cama.

—Nadie más tiene que verla ahora mismo. Solo tú —dijo Zayne.

Ella no contestó mientras se sentaba junto a mí, al otro lado de la cama.

—Quiero examinarte mejor la cabeza, ya que es la preocupación más urgente. No pude echarle un buen vistazo cuando te trajo.

—Vale. —Me estaba preguntando qué se creía que iba a hacer con aquellos instrumentos—. ¿Necesitas que me siente?

—¿Y si solo giras la cabeza hacia Zayne? Eso debería valer.

Hice lo que me indicó.

—Vale, voy a necesitar que te pongas de costado. ¿Puedes hacerlo?

—Sí...

Zayne me interceptó cuando empecé a rodar. Me colocó una mano en el hombro y otra en la cadera y me hizo girar de lado como si fuera un tronco. Me sostuvo en esa posición. Fruncí el ceño, y pensé que estaba siendo un poco dramático.

—Zayne, ¿puedes pasarme esa linterna de bolsillo?

Unos brazos se movieron sobre mi cabeza mientras yo clavaba la vista en lo que comprendí que era el ombligo desnudo de Zayne.

—¿Cómo va la hemorragia? —preguntó él.

—Déjame ver...

Jasmine me apartó el pelo. Su suave inspiración me preocupó.

—¿Qué pasa? —Miré a Zayne a los ojos—. ¿Me asoma el cerebro o algo así?

—Justo lo contrario. —Jasmine sonaba demasiado nerviosa para que eso fuera algo bueno—. La piel está...

—¿Qué? —pregunté, empezando a girarme hacia ella, pero Zayne me lo impidió—. ¿Me falta piel?

Zayne frunció el ceño mientras dirigía la mirada más allá de mí.

—¿Qué ocurre, Jasmine?

—¿Esto te duele? —preguntó ella, en cambio, y entonces sentí sus dedos justo debajo de la coronilla, presionando con suavidad.

La punzada de dolor me hizo estremecer.

—No es demasiado agradable, pero sí soportable.

—Eso está bien —murmuró Jasmine. Estuvo toqueteando un poco más y luego se echó hacia atrás, soltándome el pelo—. Solo hay un pequeño corte. No creo que ni siquiera requiera puntos. Las heridas en la cabeza sangran mucho, pero esperaba más daños.

Eso probablemente explicaba la bandeja llena de terrorífico instrumental médico y también demostraba que Zayne estaba reaccionando de forma exagerada. Hacía falta más que un golpe en la cabeza para justificar todo esto, aunque el golpe lo hubiera asestado un Sangre Original.

Jasmine pidió una de las gasas estériles y, cuando Zayne se la pasó, limpió la zona. Yo seguí mirando aquel ombligo, pensando que era bastante mono.

—Asombroso —murmuró Jasmine—. Estuviste un buen rato inconsciente, así que temí que hubiera hinchazón, y la inflamación podría haber indicado problemas graves, pero la hemorragia se ha detenido y la hinchazón es mínima.

Esperaba que Zayne pudiera verme la cara ahora mismo.

—Aun así, es posible que haya más daños más allá de lo que puedo ver —continuó, limpiándome la cabeza un poco más con la gasa—. Haría falta hacer un TAC y una resonancia magnética para descartar si hay algo más grave que una conmoción.

Abrí la boca.

—Pero tengo el presentimiento de que te vas a negar —añadió—. Ya puedes colocarla de espaldas.

Zayne lo hizo, gracias a Dios, y lo miré con cara de pocos amigos. Él me ignoró.

—¿Estás segura de que no necesita puntos?

—¿Intentas infligirme dolor? —Lo fulminé con la mirada—. ¿Te acuerdas de la última vez que tuvieron que darme puntos...?

—No lo he olvidado —contestó él con tono frío.

—No hacen falta puntos. Debería, pero no —contestó Jasmine mientras lanzaba las gasas ensangrentadas en una papelera.

—¿Qué recomiendas? —le preguntó Zayne.

Su mano seguía en mi cadera y no sabría decir si él era consciente de ello o no.

—¿Podemos ser sinceros un momento? Estamos los tres solos y, si queréis consejo médico sólido y fundamentado, tenéis que ser sinceros sobre algo.

Miré a Zayne, con los ojos entornados, y dije:

—¿Qué quieres saber?

—¿Eres humana?

—Vaya, esa es una pregunta un tanto ofensiva. —Me senté y, cuando Zayne intentó impedírmelo, la mirada que le lancé debería haberle quemado las retinas. Sentí dolor al incorporarme, pero nada grave—. No me voy a desmayar si me siento.

—Una parte de mí desearía que pasara, porque así al menos estarías...

—Si dices «callada», te enseñaré con todo detalle lo bien que estoy —le advertí.

Las comisuras de sus labios se alzaron de un modo que me recordó a cuando algo le parecía divertido, pero tenía que tratarse de otra cosa.

—Iba a decir que así al menos estarías quieta.

—Ah. —Pues vaya—. Vale.

Miré a Jasmine, que tenía los labios apretados como si estuviera conteniendo una sonrisa o una mueca.

—Y, respondiendo a tu pregunta, soy humana.

Ella se inclinó hacia mí.

—Ningún humano sangra como si estuviera a punto de sufrir una hemorragia cerebral masiva y es capaz de sentarse y discutir como tú aproximadamente una hora después. Lo que yo creo es que tienes la piel increíblemente resistente y la cabeza dura...

—Pues... —dijo Zayne, alargando la palabra.

—La otra opción es que resultaste gravemente herida, pero posees cierto nivel de curación acelerada que te permite curarte en menos de una hora —continuó y, para ser sincera, yo no conocía la respuesta. Antes, cada vez que sufría una herida, siempre me aplicaban cuidados médicos de inmediato—. Lo que sí sé es que cualquiera de esas dos cosas significaría que no eres humana, y no es que Zayne exagerara al traerte aquí. No es así.

—No estoy de acuerdo con la última parte. —Suspiré—. Pero soy humana. En parte.

—No eres parte demonio —dijo ella.

—No, no lo es —confirmó Zayne—. Dez lo sabe. Igual que Nicolai, pero no puedo...

—Soy una puñetera Sangre Original.

Estaba harta de mentir y, además, ¿qué sentido tenía? Su marido lo sabía y había otro Sangre Original por ahí fuera. Mierda, que yo supiera, podría haber una asociación entera, con sus propios equipos de béisbol.

Zayne me dirigió una larga mirada.

—¿En serio, Trinity?

Me encogí de hombros y luego hice una mueca de dolor, que provocó que él pareciera estar a punto de obligarme a tumbarme de nuevo.

—¿Eres... eres mitad ángel? —susurró Jasmine, llevándose una mano al pecho—. Y eso... —Dirigió la mirada bruscamente hacia Zayne—. ¿Eres su protector?

—Sí. Estamos vinculados por siempre jamás —murmuré.

—Dios mío, nunca creí... Es decir, pensaba que no quedaban más Sangre Original.

—Ya, igual que nosotros —masculló Zayne. La confusión se había adueñado del rostro de Jasmine, pero él añadió—. Esto es algo que intentamos mantener en secreto.

Cuando Zayne me miró, respondí alzando las cejas.

—No diré nada. A ver, por supuesto que voy a hablar con Dez, porque dijiste que ya lo sabe, pero con nadie más. —Dejó escapar una pequeña carcajada—. Tengo tantas preguntas.

—Estoy seguro, pero, ahora que sabes qué es Trinity, ¿puedes decirnos qué crees que deberíamos hacer? —preguntó Zayne, haciendo que volviéramos a centrarnos, como siempre.

—Bueno, como tiene sangre angelical no estoy segura, pero no creo que tengas que preocuparte de que le explote un vaso sanguíneo en el cerebro —contestó Jasmine, haciéndome arrugar la nariz—. Pero, en cuanto a lo de quedarse inconsciente, es probable que su lado humano sufriera una conmoción seria. Probablemente debería tomárselo con calma durante un par de días.

¿Un par de días?

No estaba segura de cómo Zayne consiguió que Jasmine saliera de la habitación ni cuanto tardó, porque me pasé el tiempo preparándome para la enorme batalla que sabía que se avecinaba.

Cuando nos quedamos solos y él se volvió hacia mí, dije:

—No voy a tomármelo con calma durante un par de días. Por fin hemos averiguado qué es el Heraldo y esos túneles tienen que ser importantes. Ni de coña me voy a pasar días en la cama cuando estaré bien en unas horas.

—No tienes ni idea de si estarás bien en unas horas. —Se sentó en la cama—. ¿Alguna vez has estado una hora inconsciente?

—Bueno, no, pero sé que no necesito estar postrada en la cama.

—¿Qué tal cuarenta y ocho horas...?

—Doce.

—Veinticuatro.

—No —protesté.

Me dio la impresión de que él tenía ganas de estrangularme, pero se estaba resistiendo. Gracias a Dios, porque era probable que eso tuviera como resultado «tomármelo con calma» más tiempo.

—Mañana. Te lo tomas con calma todo el día y, también, la noche. Y ya está. Además, podría venirte bien ese tiempo, porque tienes que hacer las maletas y tienes la ropa desperdigada por todo el cuarto. Nos mudamos al nuevo apartamento el jueves.

Caray. Había perdido la noción del tiempo.

—¿Y si vamos a los túneles mañana, durante el día, a echar un vistazo y, si nos encontramos con alguna situación potencialmente peligrosa, yo me quedo sentada o echo a correr lo más rápido que pueda en otra dirección?

Zayne exhaló ruidosamente por la nariz.

—Y me quedaré en casa por la noche, guardando mi ropa, que no está tirada por todo el cuarto.

—Eso es mentira. —Se pasó la mano por el pelo—. No me puedo creer que hayas podido decir eso sin reírte, pero vale. Ese es el trato, pero voy a llamar a Roth. Quiero refuerzos por si el Heraldo aparece otra vez.

Asentí con la cabeza, pensando que, si el Heraldo aparecía, no necesitábamos refuerzos. Solo a mí y mi gracia.

—¿Sabes?, lo que pasó hoy ha sido una bendición.

—No tengo ni idea de cómo puedes decir eso.

—Porque, todo este tiempo, pensaba que mi vista era mi debilidad. Que sería lo que me dejaría fuera de combate. Y, es cierto, no me gusta pensar en mis ojos como una debilidad y detesto sentir que ni siquiera puedo considerarlos eso, pero me equivocaba. Eso no es en lo que debería haberme centrado.

Zayne ladeó la cabeza.

—¿A qué te refieres?

—Mi entrenamiento. La creencia de que no debería usar mi gracia hasta que no me quedara más remedio. Esa es mi debilidad. Es difícil borrar todo ese entrenamiento. Cuando caí en ese túnel, debería haber usado mi gracia de inmediato, pero no lo hice, y él me sacó ventaja. No solo eso: me echó en cara no haber usado mi gracia. —Me miré las manos—. Nunca permitiré que eso vuelva a ocurrir.

Treinta

Puesto que existía una pequeña posibilidad de que pudiera tener una diminuta conmoción, Zayne insistió en tratarme como a una humana que estaba en su lecho de muerte.

Tras llegar al apartamento, me duché mientras él esperaba fuera del cuarto de baño con la puerta entreabierta. No estaba segura de si esperaba que me desmayara y me abriera la cabeza otra vez contra la mampara, pero a cada minuto que pasaba me sentía más fuerte y el latido que notaba en la parte posterior de la cabeza se había aliviado. Sin embargo, lavarme la sangre del pelo con champú no fue una experiencia agradable, ya que hizo que el corte me ardiera como si una avispa hubiera intentado aparearse con mi cabeza.

Después, Zayne me había convencido para que fuese a la sala de estar y me puso una botella de agua en la mano. No quería dejarme sola en el dormitorio, durante las próximas horas al menos, y, en el fondo me alegraba de contar con su compañía y el suave y parpadeante resplandor del televisor. Después de la completa oscuridad del túnel, no me veía capaz de relajarme ni por un momento en aquel dormitorio sin encender todas las luces.

Las cosas no eran tan cáusticas entre nosotros como antes de caerme en el túnel, pero no era tan tonta como para pensar que eso significaba que todo iba bien. Con todo, me gustó poder sentarme a su lado sin querer arrancarle la cabeza de un mordisco como si fuera una mantis religiosa.

Me quedé dormida en algún momento y Zayne no intervino.

Desperté horas después con la luz del sol entrando a raudales por las ventanas y la suave manta rodeándome los hombros. El gesto me pareció muy dulce e hizo que el corazón me doliera más que la cabeza.

Pero desperté sola y no como la última vez que había dormido en ese sofá, cómoda y calentita, acurrucada contra Zayne. Me senté, tragándome un suspiro, y me envolví con la manta como si fuera una capa. Descubrí que Zayne no había ido muy lejos. Se encontraba delante de la nevera, con una mano en la puerta y la otra en la cadera mientras negaba con la cabeza.

Me había olvidado por completo de lo que hice el día anterior.

—Eh... —murmuré, levantándome despacio del sofá.

Zayne me miró por encima del hombro. Me encontraba demasiado lejos de él para distinguir su expresión cuando dijo:

—¿Cómo te sientes?

—Bien. Casi perfecta.

Hubo una pausa.

—¿Puedo saber por qué parece que el pasillo de comida basura de un supermercado vomitó dentro de la nevera y todos los armarios?

Me temblaron los labios y me esforcé por mantener la cara inexpresiva.

—Me... dio hambre ayer y pedí comida a través de una de esas empresas de reparto a domicilio.

Zayne cerró la puerta de la nevera y colocó un cartón de huevos sobre la isla, junto a lo que parecía ser su bote de aceite de coco.

—¿Y también te dio sed?

Encogí un hombro.

—Porque ni siquiera sabía que hubiera tantas variedades de Coca-Cola —añadió.

—Hay un montón de clases diferentes: lima, cereza, vainilla, normal, sin azúcar, con azúcar de caña...

Zayne colocó una sartén sobre el fogón.

—Tardé unos diez minutos en encontrar el aceite de coco.

—¿En serio?

Abrí mucho los ojos, ofreciéndole mi mejor cara de sorpresa.

—Pues sí. Por algún motivo, estaba escondido detrás de los tazones y una tarrina de manteca —comentó mientras cascaba un huevo a la perfección sobre la sartén—. Manteca de verdad.

—Qué raro.

—Y que lo digas. —Cascó otro huevo—. Estoy preparando el desayuno. Huevos con tostada. —Otra pausa—. A menos que quieras terminarte esa bolsa de patatas fritas o el paquete de galletas con pepitas de chocolate.

Bajé la barbilla, incapaz de seguir ocultando la sonrisa.

—Huevos con tostada me parece perfecto.

—Ajá.

Me tapé la boca con los bordes de la manta para ahogar una risita. Él levantó la mirada y, aunque no pude verla, sentí su expresión cómica.

—Hablé con Roth. Se reunirá con nosotros dentro de unas dos horas.

—Genial.

El desayuno fue casi normal. El silencio que se hizo entre nosotros mientras comíamos huevos con tostada (Zayne no se comió la tostada porque no compré pan integral ni de coña) fue mucho menos tenso que los últimos días. Cuando terminé, enjuagué mi plato y me excusé.

Tenía que hacer una llamada.

Cerré la puerta del dormitorio detrás de mí, cogí el teléfono y llamé a Thierry. Contestó al segundo tono.

—Trinity.

Su voz profunda fue como un bálsamo para mi alma, y eso hizo que lo que necesitaba preguntar y decir resultara aún más duro.

No me iba a andar con rodeos.

—Hay otro Sangre Original.

—¿Qué? —exclamó con voz ahogada y, a menos que Thierry fuera un actor experto, su asombro fue real.

Me senté en la cama.

—Pues sí. Me encontré con él ayer.

—Cuéntame que pasó —dijo, y oí cerrarse una puerta en su lado de la línea telefónica.

Le expliqué con rapidez por qué estábamos en el instituto y el enfrentamiento en el túnel. No oculté que había resultado herida.

—No tengo ni idea de cómo se llama ni con quién está emparentado, pero él me conocía. Tiene que ser el Heraldo. —Realicé una inspiración corta—. ¿Sabías que esto podía ser posible? ¿Que había otro?

—Por supuesto que no —respondió enseguida—. Tu padre siempre hablaba como si fueras la única, y no hemos tenido motivos para poner eso en duda.

—Dudo que él no lo supiera. ¿Por qué no nos... no me lo diría?

—Ojalá lo supiera, porque no veo en qué ayudaría ocultarte a ti o a cualquiera de nosotros esa información. No saberlo te hizo vulnerable.

También podría haberme matado.

—¿Qué edad aparentaba? —me preguntó Thierry.

—Más o menos como yo, puede que mayor. No estoy segura. Lo que no entiendo es por qué existe siquiera. A mí me creó mi padre para usarme a modo de arma definitiva en una batalla... esta batalla. ¿Cómo puede haber otro y cómo puede ser... malvado? Porque está claro que no es un amigo.

Thierry permaneció callado tanto tiempo que se me formó una pesada bola de inquietud en el estómago.

—¿Qué pasa? —pregunté, agarrando el móvil.

Su profundo suspiro me llegó a través del teléfono.

—Hay muchas cosas que nunca te contamos, porque Matthew, tu madre y yo no creíamos que fueran relevantes.

—¿A qué te refieres con «muchas» y qué tiene eso que ver con lo que está pasando?

—No es que supiéramos que había otro Sangre Original, pero sí sabíamos por qué los Sangre Original eran cosa del pasado —me explicó—. Es el motivo por el que algunos Guardianes que conocen la historia recelarían de cualquier Sangre Original. Y por el que resultó tan fácil convencer a Ryker para que se volviera contra un Sangre Original.

El estómago me dio un vuelco. No esperaba que surgiera su nombre.

—Vas a tener que explicarme esto, porque se supone que los Sangre Original y los Guardianes son amiguitos del alma. Los Guardianes son los protectores de los Sangre Original y ¿a Ryker le daba miedo lo que yo podría hacer...?

—Le daba miedo en qué podrías convertirte —me corrigió Thierry.

—¿Qué?

—Ojalá tu padre te hubiera explicado esto. Deberías oírlo de su boca.

—Ya, bueno, como bien sabes, a mi padre se le da casi tan bien compartir información como a ti ahora —solté, impacientándome—. No nos mantenemos en contacto ni cenamos juntos los domingos. Puedo contar con unos pocos dedos las veces que lo he visto en persona.

—Ya lo sé. Es que... —Hubo un momento de silencio—. Ojalá estuvieras aquí para poder hablar cara a cara. Para que entiendas por qué nunca creímos que esto pudiera suponer un problema para ti. Que eres buena, hasta la médula.

La inquietud se intensificó a medida que asimilaba esas últimas palabras.

—Los Sangre Original solo son mitad ángel. Tu otra mitad es humana y, por eso, tienes libre albedrío. Puedes elegir hacer grandes cosas con tus habilidades o causar un daño increíble con ellas.

—No soy Spider-Man —mascullé.

—No, pero eres más poderosa que cualquier Guardián o demonio. Debido al lado humano de un Sangre Original y la naturaleza de su creación, son más proclives a ser... corrompidos, más proclives a ceder ante la seducción del poder.

De inmediato, pensé en lo que había dicho Roth sobre que yo había nacido de un gran pecado.

—¿Porque se supone que los ángeles no deben llevarse a humanas al huerto?

—Es una forma de expresarlo. «Los pecados de los padres recaen sobre los hijos.»

—Eso es arcaico y ¿cómo sabemos que es verdad?

—Porque, como ocurrió con la corrupción de la humanidad debido a los actos que se originaron en el Edén, el alma de un

Sangre Original es más oscura que la de un humano y no tan pura como la de un Guardián.

Recordé lo que había dicho Layla al ver mi aura... mi alma. La había descrito como luz y oscuridad a la vez, y yo no le había prestado mucha atención.

—Existe equilibrio en un Sangre Original igual que existe un equilibrio en el mundo, pero esa balanza se puede inclinar.

Estaba atónita.

—Así que, básicamente, ¿estás diciendo que puedo volverme malvada?

—Para nada, Trinity. Nada más lejos. Eres buena. Siempre has sido buena, y tomamos medidas para evitar que te sintieras tentada por tus habilidades.

Pero ¿era cierto?

Era egoísta y tenía tendencia a cometer actos mezquinos y de violencia apenas contenida. No era muy buena amiga y la lista de los defectos de mi carácter medía un kilómetro. Solo había que fijarse en lo que le había hecho a Faye. No había sentido remordimientos.

—Los Sangre Original se rebelaron contra los Guardianes —me explicó Thierry, sacándome de mi ensimismamiento—. Ocurrió hace siglos y gran parte de la historia se perdió en el tiempo. Lo único que sé es que tuvo que ver con un vínculo y, como resultado, murieron muchos Guardianes. Los vínculos entre los Guardianes y los Sangre Original se rompieron y, después de eso, los Sangre Original se extinguieron.

—No... no sé ni qué decir. —El asombro me había embrollado los pensamientos—. Salvo que deberíais haberme contado todo esto. Alguien debería habérmelo contado.

—Tienes razón —admitió con voz pesada—. Deberíamos haberlo hecho, pero nunca pensamos que sería un problema...

—¿Porque soy un paradigma de un ser humano decente?

—Porque eres buena, y también nos aseguramos de que no dependieras de tu gracia ni la usaras demasiado.

Inspiré bruscamente.

—La gracia es algo maravilloso. Es tu ascendencia angelical dejándose ver. Pero también es el arma más mortífera que han conocido la tierra, el cielo y el infierno, y esa clase de poder es peligroso —prosiguió—. Puede resultar tentador. No queríamos que te acostumbraras a él.

La habitación pareció inclinarse a pesar de que estaba sentada.

—Pero os equivocasteis. Entiendo lo que intentabais evitar, pero os equivocasteis.

—Trinity...

—Enseñarme a usarla solo como último recurso hizo que anoche acabara inconsciente durante más de una hora. Debería haberla usado de inmediato y eso resultó ser una gran debilidad que este otro Sangre Original captó de inmediato. Ahora tengo que deshacer años aprendiendo a hacer todo lo demás antes de usar mi gracia. Os equivocasteis.

Thierry tardó un buen rato en responder y, cuando lo hizo, el remordimiento que percibí en su voz era tan intenso como la frustración que yo sentía.

—Tienes razón, y lo siento. No deberíamos haberte obligado a ir en contra de tu naturaleza, aunque esa naturaleza pudiera cambiar.

Apoyada contra una pared de cemento, me ajusté mis nuevas gafas de sol. Las patas me quedaban sueltas, así que se me resbalaban constantemente por la nariz.

—Me siento como si estuviéramos merodeando —comenté.

Estábamos esperando a Roth, y supuse que también a Layla, cerca de la esquina de la calle que llevaba al instituto.

—Es probable que sea porque, técnicamente, estamos haciendo justo eso —contestó Zayne.

Lo miré mientras jugaba con la punta de la gruesa trenza que había conseguido hacerme antes de salir del apartamento. Zayne se encontraba a medio metro más o menos de la pared, vestido como si fuera a patrullar, igual que yo, aunque se suponía que yo no iba a participar en nada. Por suerte, él había tenido el sentido común de encontrar mis dagas y recuperarlas. Las llevaba atadas a las caderas, aunque, si las cosas se ponían feas, no iba a usarlas.

Ya no.

Suspiré mientras pasaba el peso del cuerpo de un pie al otro.

Le había contado a Zayne mi llamada telefónica al venir aquí en coche. Él se había quedado tan estupefacto como yo.

¿Podría volverme malvada?

Esa pregunta me venía una y otra vez a la mente. Cada vez que ocurría, pensaba en el otro Sangre Original y en lo que yo había hecho.

Lo que estaba segura que era capaz de hacer.

Una energía nerviosa me corrió por las venas mientras intentaba dejar esos pensamientos a un lado.

Zayne me miró. Un rayo de sol volvió sus facciones borrosas.

—¿En qué estás pensando?

El vínculo que nos unía resultaba tan conveniente como molesto.

—Estaba intentando no pensar en lo que me dijo Thierry.

Se giró hacia mí.

—No eres malvada, Trin. Nunca te vas a volver malvada.

Le agradecía que tuviera fe en mí, sobre todo después de lo que había pasado entre nosotros.

—No sé si debería preocuparme que supieras en qué estaba pensando exactamente.

—No debería preocuparte que acabes siendo como el otro Sangre Original.

Un camión de correo pasó por delante de nosotros con un gran estruendo.

—La cuestión es que no sabemos nada sobre ese Sangre Original y por qué hace lo que hace, pero yo… yo maté a esa bruja.

—La bruja que nos traicionó y que era responsable de las muertes de innumerables humanos —repuso, acercándose más.

—Ya lo sé, pero ella…

—¿Qué? —insistió con voz suave.

Cerré los ojos con fuerza detrás de las gafas de sol.

—Estaba asustada. No quería morir, incluso después de saber que iba a ocurrir en cuanto llegó la Bruja Suprema, y no… no sé si me importó o no. A ver, me di cuenta de que estaba asustada; pero hubo un momento, antes de que liberara a Bambi, en que quise matarla. —Abrí los ojos y me sentí como si estuviera cubierta de suciedad—. Tenía la mano en su cuello, y quise matarla.

—Yo quise matarla.

Giré la cabeza bruscamente hacia él.

—¿De verdad te sorprende tanto? Entregó hechizos que no solo mataron a humanos, sino que también pusieron en peligro a Guardianes. Lo hizo para usar trozos de tu cuerpo —me recordó—. No me quita el sueño saber cómo acabaron las cosas para ella. Lo único que me gustaría es que no te preocuparas por eso.

—Sí —susurré—. A mí también.

Zayne levantó la mano despacio, la estiró y volvió a subirme las gafas por el puente de la nariz.

—El hecho de que te estés poniendo en duda a ti misma y tus reacciones demuestra que no eres malvada.

—¿Tú crees?

—Lo sé.

Eso me hizo sonreír mientras apoyaba la cabeza con cuidado contra la pared. Sus palabras consiguieron hacerme sentir un poquito mejor. Solo esperaba poder aferrarme a ellas. Poder creerlas.

—¿Estás cansada? —me preguntó después de un par de minutos.

—¿Aparte de cansada de aburrirme? No.

—Avísame si te cansas de otra cosa que de aburrirte —dijo y luego añadió— o de mí.

Me temblaron los labios.

—No estoy segura de poder prometer nada sobre la última parte.

—Intenta resistirte.

Me aparté de la pared, con la sensación de que debería decir algo. Ser sincera.

—No creo que pudiera aburrirme nunca contigo.

La sorpresa se propagó por el vínculo como una ráfaga de aire fresco.

—Cabrearme, eso ya es otro tema —me corregí.

—Bueno, nunca esperaría tal cosa.

Me acerqué un poco más a él.

—¿Te... te aburre tener que cargar conmigo?

Él ladeó la cabeza mientras se me acaloraban las mejillas.

—No sé cómo se te ocurre pensar que algún momento contigo podría ser aburrido. Me llenaste toda la cocina de comida basura y me escondiste el aceite de coco.

—Acusaciones injustas —protesté y luego me reí un poco—. Vale. Te escondí el aceite.

Su risita me hizo sentir aún más ardor en la cara.

—No considero nuestra relación como tener que cargar el uno con el otro, Trin —dijo y el aire se me quedó atascado en el pecho—. Las cosas han sido...

Sentí un caliente escalofrío de advertencia que me indicó que había un demonio cerca, y eso interrumpió con eficacia lo que fuera que Zayne estaba a punto de decir. Reprimí un suspiro de decepción y me aparté. Unos segundos después, Roth y Layla doblaron la otra esquina, dirigiéndose hacia nosotros como la personificación de la luz y la oscuridad. Cruzaron la calle, cogidos de la mano, y noté un pequeño fogonazo de envidia en el pecho cuando la feliz pareja se reunió con nosotros.

Yo quería eso.

Le eché un vistazo a Zayne. Quería eso con él.

—Hola, siento llegar tarde —dijo Layla, esbozando una sonrisa mientras se acercaban.

El cálido viento levantó algunos mechones pálidos de su coleta y se los lanzó a la cara.

—Yo no —repuso Roth.

Puse los ojos en blanco a la vez que Zayne resoplaba.

Layla hizo caso omiso de ese comentario y me miró.

—Zayne nos puso al día. ¿El Heraldo es otro Sangre Original?

—Pues sí —contesté, asintiendo con la cabeza.

—Justo cuando piensas que eres algo único y especial. —Roth sonrió de oreja a oreja—. Descubres que solo eres uno más del montón.

Lo miré, arqueando una ceja.

—Por lo menos, ahora ya sabemos a qué nos enfrentamos.

—Pero todavía hay un montón de preguntas sin respuesta.

Como los pinchos relucientes y las marcas extrañas, la interferencia de vídeo o qué estaba pasando con las almas atrapadas.

—¿Creéis que encontraremos algo en el túnel? —preguntó Layla.

—Había algo escrito en las paredes. No pude distinguirlo, pero los túneles tienen que ser importantes, ¿no? —Pasé la mirada de uno al otro—. Es decir, ¿cuántas ciudades tienen túneles subterráneos?

—Un montón, en realidad —respondió Roth, que llevaba el pelo negro alborotado y de punta—. Pero, en D. C., la mitad de los túneles los crearon administraciones gubernamentales para introducir y sacar a gente importante de la ciudad en secreto. La otra mitad... bueno, probablemente tengan orígenes más demoníacos.

—Ajá —dije.

Todos los días se aprendía algo nuevo.

—Hemos estado en algunos de ellos. —Layla miró a Roth—. Hace ya un tiempo, pero dan muchísimo mal rollo. El hecho de que esté dispuesta a comprobarlos de nuevo demuestra mi dedicación a la raza humana.

—O que tienes tendencia a tomar malas decisiones vitales —comentó Roth.

—Eso también —admitió ella con un suspiro.

Sonreí, sintiéndome muy identificada con eso.

—¿Tú sabías lo de los túneles?

Zayne asintió.

—Sé que existen. Todos los Guardianes lo saben, pero no conozco muchos de los puntos de entrada o salida ni con qué conectan, ni tampoco sabía que había uno cerca del instituto.

—No creo que nadie tenga un mapa —opinó Roth—. Y supongo que un gran número de pobres infortunados idiotas han entrado en ellos y nunca se los ha vuelto a ver.

—¿Dónde te caíste? —me preguntó Layla, mirando hacia la colina que conducía al instituto.

—Puedo mostrároslo. —Me encaminé hacia la acera—. No costará encontrar un agujero en el suelo del tamaño de Trinity.

Empezamos a subir por la colina. Zayne iba en cabeza, seguido de cerca por Roth. Layla se situó a mi lado y acomodó su paso al mío.

—Stacey me lo contó —dijo cuando la miré—. Que viste... viste a Sam.

—Así es. —No estaba segura de qué decir—. Siento lo que

le pasó. No conozco toda la historia, pero sí lo suficiente para decir que lo siento.

Layla apartó la mirada y le temblaron los labios antes de que los apretara. No habló hasta que empezamos a cruzar el césped.

—¿Parecía... estar bien?

Me detuve, tocándole el brazo. Ella se volvió hacia mí, con la tristeza reflejada en el rostro.

—Cruzó, hacia la luz, y eso significa que está en un lugar bueno, con gente a la que conoce y quiere. Está más que bien.

—Pero ha regresado...

—Los espíritus pueden regresar. Se supone que no deberían hacerlo demasiado, pero está preocupado por Stacey. Creo que, en cuanto se solucione todo en el instituto, se sentirá más en paz y no estará por aquí tan a menudo —le expliqué—. Pero siempre estará aquí con vosotros. Aunque suene a cliché, sé que es cierto. Sam está más que bien.

Layla movió los labios en silencio, cerrando los ojos, y luego se lanzó hacia delante y me dio un abrazo que me dejó allí plantada, manteniendo los brazos a los costados con incomodidad.

—Gracias —susurró—. Gracias por decirme eso.

Agité los dedos.

—Solo es la verdad.

Ella me dio un apretón.

—Y significa muchísimo.

Cuando se apartó, me sonrió y luego se dio la vuelta.

—¿Qué pasa? —gritó.

Al seguir su mirada, descubrí que Zayne y Roth estaban a unos metros de distancia, observándonos.

—Nada. —Roth tenía las manos en los bolsillos—. Es que veros metiéndoos mano ha sido bastante sexi.

Zayne giró la cabeza bruscamente hacia él.

El príncipe demonio se encogió de hombros.

—Mirad, solo estoy siendo sincero. Soy un demonio. No sé por qué alguno de vosotros esperaría menos de mí.

—Menos mal que lo quiero —masculló Layla mientras avanzaba con paso airado. Me puse en movimiento—. Y lo quiero con todo mi ser, pero no... no se le da bien tratar con la gente.

Eso me hizo reír. Miré a Zayne, que nos observaba con una

expresión casi perpleja en la cara. Como no tenía ni idea de a qué se debía, me dirigí hacia la arboleda, aminorando el paso.

—Estaba por aquí. —Examiné el terreno, pues no quería volver a caerme por otro agujero—. Pasó bastante rápido, pero…

Roth estaba a mi derecha.

—Yo no veo nada.

—Ni yo. —Zayne se había alejado más, con la cabeza inclinada—. Y tienes razón, el agujero estaba justo por aquí.

—Pero ¿qué demonios…? —murmuré, frunciendo el ceño.

—Eh —dijo Layla—. ¿Es posible que el agujero… se arreglara?

Me di la vuelta. Se encontraba más o menos un metro por detrás de mí, a unos centímetros de donde yo acababa de pisar.

—Eso sería raro, pero a estas alturas cualquier cosa es posible.

Layla mantenía la mirada fija en el suelo mientras levantaba un pie despacio y luego el otro.

—¿Has encontrado algo? —preguntó Roth, regresando hacia nosotras.

—No lo sé. El suelo tiene algo raro aquí.

—¿Cómo si estuviera blando? —Cuando ella asintió, levanté las manos—. Probablemente deberías apartarte. El suelo estaba así donde me caí.

Layla se arrodilló y colocó las manos sobre el césped. Arrancó trozos de hierba sin esfuerzo.

—Sí, creo que sin duda el agujero se volvió a cerrar.

—En ese caso, me parece que deberías apartarte —le aconsejó Zayne, situándose a mi lado.

—Tenemos que llegar ahí abajo, ¿no? —dijo ella, levantando la barbilla—. A menos que alguno de vosotros conozca una entrada cerca que conduzca a los túneles.

Miramos a Roth.

—No conozco ninguna entrada cercana.

—Entonces, tenemos que bajar por aquí —afirmó Layla, poniéndose de pie.

—¿Qué vas a hacer? —le preguntó Zayne—. ¿Saltar sobre el suelo?

—Suena bien.

—Enana —dijo Roth—, no creo que eso sea sensato.

—¿A qué profundidad crees que caíste? —me preguntó Layla y se lo dije—. No es para tanto. A ver, sé que va a pasar, así que puedo prepararme.

—¿De verdad vas a ponerte a dar saltos? —repitió Zayne, que miró a Roth como si esperase que el demonio interviniera.

Layla hizo justo eso.

—Pues sí —contestó mientras saltaba.

—Eh... —murmuré, preguntándome qué pensarían los transeúntes al vernos aquí a los cuatro mientras Layla saltaba de nuevo.

—Ah. Un momento. El suelo se está ablandando más. —Miró a Roth y saltó otra vez—. Me parece que...

Desapareció antes de que Roth pudiera intervenir. Se la tragó la tierra.

—Bueno —comenté—. Nadie dijo que fuera una mala idea.

Roth se puso de rodillas junto al agujero.

—¿Layla? ¿Estás bien?

Hubo silencio y luego llegó la respuesta amortiguada.

—¡Funcionó a la perfección! —Una pausa—. Y puede que sea como medio metro más hondo de lo que calculaste, Trinity.

Levanté las manos.

—Hace frío aquí abajo y está muy oscuro. Apenas puedo ver nada, pero sin duda es un túnel.

—Aparta —gritó Roth—. Voy a bajar.

Zayne y yo observamos cómo se metía en el agujero y, cuando lo oímos aterrizar con un golpe seco, nos miramos el uno al otro.

—Son tus amigos —le dije.

Él se rio entre dientes mientras avanzaba y se detuvo junto al agujero, con la mano extendida.

—Déjame bajarte.

Le lancé una mirada dura.

—Puedo saltar sin problemas ahora que estoy preparada.

—Sé que en circunstancias normales podrías. Pero prometiste tomártelo con calma, y tomárselo con calma no es saltar desde tres metros.

Abrí la boca.

—Y estabas cojeando.

—¡Claro que no!

—Claro que sí —protestó—. Un poco. Te vi.

—Claro que estabas cojeando —gritó Layla desde el agujero.

—Nadie te ha preguntado —respondí también a gritos.

—Trin —prácticamente gruñó Zayne—. Déjame ayudarte.

Una parte de mí quería negarse, aunque me daba cuenta de que estaba siendo ridícula. Pero me acerqué a él dando fuertes pisotones, algo que no pasó desapercibido, porque Zayne me sonrió de un modo exasperante al agarrar su mano. Cuando me acercó a su pecho, intenté no pensar en lo cálido, maravilloso y correcto que era estar tan cerca de él. Intenté no sentir nada en absoluto mientras él me elevaba unos treinta centímetros del suelo y me rodeaba con el otro brazo. Intenté no inhalar su aroma a menta fresca e intenté con todas mis fuerzas no pensar en lo que había sentido la última vez que estuvimos tan cerca.

—Agárrate —me indicó, con la voz más áspera que antes, y, antes de poder atribuir eso a lo que él pudiera estar sintiendo, saltó.

El rancio olor a moho pareció alzarse y atraparnos. El aterrizaje fue fuerte, pero no brusco, y, cuando Zayne se enderezó, me di cuenta de que esta vez el túnel no estaba oscuro. Había un suave resplandor anaranjado.

Zayne me dejó en el suelo y deslizó las manos por mi espalda al soltarme. Me estremecí mientras me giraba hacia el origen de la luz.

—Antorchas. —Roth tenía justo eso en la mano, un grueso palo aproximadamente la mitad de largo que un bate de béisbol—. Están repartidas cada medio metro o así.

—No las vi la última vez —admití.

Layla cogió una y la inclinó hacia la de Roth. Brotaron chispas de la parte superior y las llamas aumentaron. Se la pasó a Zayne.

—¿Caíste aquí?

—Eso creo. —Al girarme, vi las paredes de piedra de color gris verdoso—. Pero acabé moviéndome un poco, no estoy segura de en qué dirección.

Zayne acercó la antorcha a la pared.

—No veo nada escrito.

—Puede que no sea esta sección.

—Aquí hay un montoncito de tierra —dijo Roth, que se encontraba como a un metro a nuestra derecha—. Este podría ser el sitio en el que cayó, pero tampoco hay nada escrito por aquí.

Las comisuras de los labios se me inclinaron hacia abajo mientras me acercaba a una pared y luego a la otra. No había nada.

—No lo entiendo.

—Sigamos avanzando. Es posible que llegaras más lejos de lo que crees —sugirió Zayne, manteniendo la antorcha cerca para que yo pudiera ver.

Seguimos caminando, dejando atrás un par de pasillos que se bifurcaban formando otros túneles.

—Ojalá no haya ningún DAF aquí abajo —comentó Layla.

—¿DAF? —repetí.

Roth suspiró.

—¿Nunca has visto *La princesa prometida*? ¿Diablillos de aspecto feo? ¿En plan roedores de aspecto gigantesco?

Miré a Zayne, que se limitó a negar con la cabeza.

—Nunca he oído hablar de los DAF.

—Parecen demonios feroces bebés —nos explicó Layla, deteniéndose—. Son igual de feos y dan más mal rollo cuando son más pequeños. Viven en túneles.

—Oh, genial —murmuré.

—Hay una puerta aquí —anunció Layla—. Parece sellada.

Ella tenía razón. No había pomo ni cerradura y, cuando la empujó, no cedió.

—Aquí hay otra. —Roth inclinó la antorcha hacia su derecha—. Nos vamos a encontrar un montón de puertas y es probable que sea mejor que sigan cerradas.

—Aquí abajo tiene que haber unos diez grados menos. —Zayne levantó la mirada hacia el techo mientras dejábamos atrás otra abertura más que conducía a un pasadizo oscuro—. ¿Sientes algo?

—No. No siento nada.

—Eso no significa que no vayamos a encontrar nada —razonó él.

—Pero es que no lo entiendo. —Pasamos más puertas hechas de piedra y difíciles de ver—. Sé que vi algo escrito en esas paredes.

—¿Podría haber sido tierra? —me preguntó Roth.

—No lo creo, pero, mierda, no lo sé. Estaba segura de que esto nos conduciría a algo.

Zayne me tocó el brazo.

—Y así fue. Descubriste quién es el Heraldo.

—Sí, pero…

Me resultaba difícil explicar la decepción que estaba sintiendo. No sabía qué había esperado encontrar, pero un interminable laberinto de túneles no entraba en mis planes.

—Apuesto a que uno de estos túneles lleva directamente al instituto. —Roth se detuvo y luego retrocedió mientras miraba al este y al oeste—. Probablemente dé a la antigua zona del gimnasio y los vestuarios inferiores.

—¿Dónde estaban los Trepadores Nocturnos? —preguntó Zayne, y me estremecí.

—Eso explicaría muchas cosas, por ejemplo, cómo entró ese zombi en el cuarto de las calderas aquella vez —comentó Roth—. Nunca averiguamos cómo entró en el instituto sin que lo vieran.

—Dios, no me lo recuerdes —gimió Layla—. Todavía no he superado emocional ni mentalmente esa experiencia y los ojos colgantes.

Hice una mueca.

—Tiene que haber un centenar de puertas y túneles diferentes que parten de aquí abajo —dije—. ¿Cómo diablos vamos a encontrar el que conecta con el instituto?

—No hace falta. —Zayne levantó su antorcha hacia el techo—. Al menos, no ahora mismo. No nos hacen falta estos túneles para entrar en el instituto. Cuando los obreros no estén aquí el sábado, podemos entrar por la puerta principal. O por otra puerta. Ventana. Lo que sea.

—Ah, sí. Bien pensado. Claro —contesté.

Zayne me sonrió y luego siguió examinando el techo en busca de las malditas marcas.

—Sería beneficioso descubrir cuál conecta con el instituto

y destruirlo. Puede que eso no impida que los espíritus y los fantasmas entren y salgan —caviló Roth—. Pero impedirá que lo hagan demonios y el Heraldo. Haré que alguna de mi gente lo investigue, encuentre la entrada y la vuele por los aires.

—¿Tienes gente? —Alcé las cejas—. Mira qué bien.

—Soy el Príncipe Heredero. Tengo legiones de demonios a mi servicio.

—Ah —murmuré—. Pues superbién, entonces.

Continuamos avanzando por el sinuoso y retorcido túnel, recorriendo una distancia parecida a la de varios campos de fútbol americano, hasta que me detuve. Me sentía exasperada, tenía frío y me estaba empezando a dar un poco de claustrofobia.

—No vamos a encontrar nada —sentencié. Los demás se detuvieron y se volvieron hacia mí—. No entiendo por qué no hay nada escrito en las paredes. No sé si mis ojos me engañaron o qué, pero está claro que podríamos seguir caminando para siempre y morirnos aquí abajo antes de encontrar al Heraldo.

Más adelante, Roth miró a Layla.

—Detesto decirlo, pero es probable que tengas razón.

—Pero podemos seguir —insistió Layla—. Quién sabe qué encontraremos aquí abajo.

—Probablemente, un montón de murciélagos gigantes moradores de las cavernas —dije, apoyando la mano contra una pared—. Y...

Ocurrió algo.

Un zumbido vibrante brotó bajo la palma de mi mano. Giré la cabeza bruscamente hacia la pared. Un tenue resplandor dorado parpadeó y luego se deslizó por las paredes y el techo con un rápido destello antes de desvanecerse. Ahora las marcas estaban allí, pero, si hubiera parpadeado, no me habría dado tiempo a ver el breve destello dorado.

—Pero ¿qué demonios...?

—Caray. —Zayne se acercó con la antorcha—. ¿Hizo eso la última vez?

—No. A ver, no que yo me diera cuenta, pero todo estaba completamente oscuro cuando toqué la pared y me... —Miré a Zayne—. Me estaba entrando pánico.

—Es comprensible —murmuró, acercándose más a la pared—. ¿Veis esto, chicos?

—Sí —contestó Layla—. Parece… un idioma muy antiguo o algo así. ¿Esto es lo que viste?

—Exacto.

—Todos hemos tocado estas paredes, ¿verdad? —Layla tenía la nariz prácticamente pegada a la pared—. Y no pasó esto.

Todos las habían tocado menos yo, lo que planteaba la pregunta de por qué respondía ante mí. Aparté la mano despacio mientras Roth se dirigía hacia nosotros. Las marcas no se desvanecieron, por el momento al menos.

—Son iguales que las marcas que hay en esos pinchos —dijo Zayne, alzando la antorcha.

Iba a tener que fiarme de su palabra al respecto. Fijé la mirada en los garabatos tallados en la piedra. Parecían palabras separadas formando frases.

Roth se había quedado inmóvil detrás de nosotros.

—¿Tenéis pinchos con estas palabras escritas?

Lo miré. El resplandor de la antorcha que sostenía Layla proyectaba una luz parpadeante sobre el rostro del demonio.

—¿Conoces este idioma? ¿Sabes que estas marcas son en realidad palabras?

—Sí. Y lo vuelvo a preguntar: ¿tenéis pinchos con palabras como estas escritas?

—No sé si son las mismas palabras exactamente, puesto que no sabemos leerlo —contesté—. Pero, cuando los encontramos, los habían utilizado para clavar a un Guardián a una iglesia. También brillan.

—Por supuesto que brillan. —Roth maldijo. Me puse tensa—. Sé qué es esto y sé por qué brillan vuestros pinchos.

—¿Qué es? —pregunté.

—Es escritura angelical —contestó Roth, mirándome fijamente—. Y eso significa que tenéis dagas de ángel en vuestro poder.

Treinta y uno

Idioma angelical.

¡Yo había acertado!

Me duró poco la petulancia por haber tenido razón cuando caí en la cuenta de que la confirmación también significaba que el Heraldo tenía armas angelicales en su poder.

—Esperad un momento. —Layla se cruzó de brazos—. ¿El Heraldo dejó esos pinchos allí sin más?

—Eso parece —contestó Zayne mientras examinaba la escritura de la pared.

—Eso no tiene sentido. —Roth se giró hacia nosotros—. Nadie deja dagas de ángel tiradas por ahí. Esos trastos pueden matar casi cualquier cosa. En realidad, nada de casi. Pueden matar cualquier cosa, incluido otro ángel. Si ese Sangre Original dejó esos pinchos, o bien es extremadamente descuidado o tenía un motivo.

—No parece ser descuidado —murmuré, con la mirada clavada en las tenues marcas.

—Si no se las encontró, ¿cómo diablos pudo un Sangre Original quitarle esas dagas a un ángel? —preguntó Layla—. Sé que los Sangre Original son la leche y que los ángeles no son exactamente invencibles, pero ¿llegar a desarmar o incluso matar a un ángel?

—No a cualquier ángel, enana. —Roth inclinó la cabeza—. Los arcángeles son los únicos que llevan dagas de ángel y dudo que uno se las entregara a su vástago mitad angelical.

—Nadie sabe a ciencia cierta lo que los Sangre Original pueden hacer o no —dijo Zayne—. Hace demasiados años que no son más que un mito.

—Ni siquiera sé si comparto las mismas habilidades con este otro, aparte de que él puede ver espíritus y fantasmas. Eso es algo propio de los ángeles, pero este tema no es algo que podamos buscar en internet o sobre lo que podamos leer en un libro.

—Pensé en lo que Thierry me había contado esa mañana—. Creo que nuestra historia se ha olvidado a propósito. Se ha borrado.

—No sería la primera vez —comentó Roth, observando a Zayne.

Él miró al demonio con expresión dura. No supe a qué venía eso, pero carecía de importancia en ese momento.

—¿Puedes leerlo? —le pregunté a Roth.

—No soy precisamente un experto en idioma angelical. Cualquiera pensaría que a ti se te daría mejor esa tarea. Se parece al arameo.

Al menos Gideon no andaba desencaminado.

—Reconozco algunas palabras. —Roth avanzó unos pasos y luego se detuvo—. Creo que es una especie de hechizo. No como los de los brujos… más bien una barrera de protección angelical.

—¿Qué clase de barrera? —preguntó Zayne, sosteniendo la antorcha cerca de la pared.

—Una trampa —contestó Roth, retrocediendo—. Creo que es una barrera para atrapar almas, impidiéndoles entrar en estos túneles. Me empiezo a preguntar si habrá una barrera de protección similar escrita dentro del instituto.

Se me erizó todo el vello del cuerpo.

—En ese caso, impediría que las almas salieran del edificio.

—Dios mío —murmuró Layla—. No puede salir nada bueno de esto.

—Desde luego que no —coincidió Roth.

Layla descruzó los brazos.

—A Stacey le quedan unas dos semanas aproximadamente de escuela de verano.

—¿Ha regresado? —pregunté, sorprendida.

—Tiene que hacerlo o no conseguirá su diploma —me explicó Layla—. Le dije que simplemente podía sacarse el diploma equivalente, pero no quiere hacer eso. Está en clase ahora mismo. ¿Sam te dijo si Stacey estaba en peligro directo? ¿Si los fantasmas la acosaban o algo así?

Negué con la cabeza.

—No. Solo que empujaron a un chico por la escalera y que se estaban enfadando cada vez más. Cuanto más tiempo estén atrapados, más empeorarán.

—Existen hechizos para echarlos del instituto. —Layla miró a Zayne—. Ya los hemos usado con espectros. Un exorcismo, básicamente.

Él asintió.

—Así es. Cuando entremos en el instituto el sábado por la noche, podemos expulsarlos.

Levanté la mano.

—Eso me supone un ligero problema. ¿Sabéis lo que ocurre cuando exorcizas a un espíritu? No lo expulsas simplemente de una casa o un edificio. Lo envías al olvido. No tiene la oportunidad de avanzar. Con un espectro, es comprensible. Son una causa perdida. Pero aquí dentro podría haber espíritus y fantasmas buenos, y no se merecen eso.

—¿Corremos ese riesgo? ¿No hay también gente sombra aquí dentro? —argumentó Layla.

—Sí, y un exorcismo los enviaría de regreso al infierno, pero no puedes elegir a quién exorcizar y a quién no. Afectará a todo espíritu o fantasma que haya aquí. —Me giré hacia Zayne—. No podemos hacer un exorcismo sin más. Tenemos que idear un plan diferente.

Él permaneció callado un momento.

—Las dos tenéis razón. No sería justo para los que están atrapados, pero también es un riesgo.

Lo fulminé con la mirada.

—Eso no ayuda.

—No creí que fuera a ayudar, pero no estoy seguro de qué quieres que diga. Puede que no tengamos otra opción.

Experimenté un estallido de ira mientras apartaba la mirada de Zayne. Me negaba a creer que esa fuera nuestra única opción. Estaba mal.

—Aunque me encantaría quedarme aquí a escucharos discutir, creo que los tres os estáis olvidando de algo muy importante —dijo Roth—. Estos túneles cuentan con protecciones y apuesto a que todo el instituto también. Un exorcismo no funcionará.

Él tenía razón.

Layla maldijo entre dientes mientras se apartaba.

—Entonces, ¿qué hacemos? Porque supongo que eso también significa que Trinity no puede entrar ahí y hacerlos avanzar.

—Eso nos deja solo una opción —anunció Zayne—. Tenemos que eliminar las barreras de protección.

En ese momento, todos estuvimos de acuerdo en que ya habíamos visto suficiente. Cuando Zayne me sacó de allí, me alegré de estar al aire libre, aunque oliera ligeramente a gases de tubo de escape.

Mientras cruzaba el césped en dirección a la acera, agradecí encontrarme bajo la brillante y cálida luz del sol. Notaba la piel y los huesos helados como si hubiera pasado horas en una cámara frigorífica.

Eliminar las barreras de protección angelicales parecía un buen plan, pero ninguno de nosotros sabía cómo lograrlo. Ni siquiera Roth, que cualquiera podría pensar que sabría algo acerca de eludir protecciones angelicales. La única persona que se me ocurría era mi padre.

Conseguir que me diera esa información era tan probable como que yo renunciara para siempre a la comida frita y los refrescos.

—Me pondré en contacto con Gideon —estaba diciendo Zayne cuando llegamos a los árboles que bordeaban la acera—. Para ver si conoce alguna forma de hacerlo.

—Yo también preguntaré por ahí. —Roth dejó caer un brazo sobre los hombros de Layla—. Con cautela y sigilo. —Miró hacia la calle—. Y, para que lo sepáis, tengo gente vigilando por si aparece Bael. Todavía no lo han visto.

—Ni al senador Fisher —respondió Zayne.

Un camión blanco pasó de largo, camino del instituto. Era como uno de los que había visto aparcados fuera la noche anterior.

—Eh. —Me giré hacia Zayne—. Ese camión. ¿Qué nombre tiene escrito?

Él miró hacia allí, con la cabeza ladeada.

—Dice: «Construcciones Al Rohde e Hijos». Ese es el nombre de la constructora que está trabajando en el instituto. No me fijé anoche.

—Yo lo vi, pero se me olvidó. Tenemos que ver si podemos averiguar algo sobre ellos.

Zayne ya había sacado el teléfono y estaba llamando a Gideon. El Guardián contestó enseguida y, mientras Zayne le contaba lo del túnel, el instituto y la constructora, yo me subí a la acera y miré hacia el instituto.

—La Boca del Infierno —dije—. ¿No lo llamasteis así Stacey y tú?

—Sí —contestó Layla—. Y solo lo decíamos medio en broma.

Aunque la piel se me estaba derritiendo bajo el intenso sol, un escalofrío me recorrió la espalda.

—Puede que tengáis razón. No en que sea una Boca del Infierno al estilo *Buffy*, pero algo parecido.

—Gideon ya se ha puesto con ello. Lo del idioma angelical lo dejó alucinado. Creo que se puso en plan friki en cuanto se dio cuenta de que tenía en su poder auténticas armas angelicales —dijo Zayne con una amplia sonrisa—. Quiere que vayamos al complejo a hablar con él sobre los planos que encontramos en la casa del senador. Cree que puede haber encontrado algo.

—Eso son buenas noticias —contesté.

Nos vendría de perlas recibir buenas noticias.

—Mantenednos informados —dijo Roth mientras emprendíamos el camino de regreso al cruce—. Sobre todo, si esas malditas dagas desaparecen. En cuanto los otros comprendan lo que tienen en su poder, quiero saber si algún Guardián decide que podría usarlas.

Zayne asintió con la cabeza.

—¿Puedes hacerme un favor? —le pidió Layla a Zayne cuando llegamos a la esquina de una calle.

—Claro.

No pude evitar fijarme en lo mucho que habían progresado desde la primera vez que los había visto juntos. Eso era bueno, pensé, sonriendo.

—Cuando veas a Stacey luego, ¿puedes intentar convencerla

para que se mantenga alejada del instituto? —le pidió y se me heló la sonrisa en la cara—. Puede que a ti te haga caso.

Zayne me miró antes de responder.

—Sí, hablaré con ella.

Ojalá Zayne hubiera usado la moto, porque al menos entonces podría fingir que no lo oía. Desgraciadamente, íbamos en su Impala y yo tenía problemas de vista, no de oído.

—Iba a contarte lo de Stacey —me dijo, a medio camino del complejo.

Me mordisqueé la uña del pulgar, mirando por la ventanilla.

—No tienes por qué contármelo.

—Ya sé que no —contestó, y yo hice una mueca en dirección a la ventanilla, sin tener muy claro qué le hacía pensar que confirmar eso ayudaba—. Iba a contártelo porque me apetecía.

—Ah —murmuré, concentrándome en las personas y los edificios borrosos—. Guay.

Era evidente que no se creyó que me pareciera guay.

—Al final, ella y yo no pudimos hablar ayer.

—Es comprensible. —Me resultaba un tanto sorprendente que la reunión en la heladería apenas hubiera ocurrido ayer. Parecía haber pasado una semana—. Os arruiné los planes.

—Eso no es lo que estoy diciendo —me corrigió—. Es que con todo lo que pasó con Sam y...

—No tienes que explicarte. Estoy segura de que ya aclaramos eso —dije, mordiéndome el pulgar—. De todas formas, me viene bien, porque tengo que hacer las maletas.

—No intento explicarme. Simplemente se me había olvidado con todo lo que ha pasado entre ese momento y que Layla lo mencionara. —Hizo una pausa y luego sentí sus dedos en la muñeca, lo que me provocó una descarga de reconocimiento. Me apartó la mano de la boca—. No estaba intentando ocultártelo.

Mi mirada descendió mientras él me bajaba la mano hasta la pierna. Sus dedos permanecieron justo debajo de los moretones que ya se estaban borrando.

—Te lo prometo —añadió—. No estaba intentando ocultarlo.

Dirigí la mirada hacia él. Estaba concentrado en la carretera y no supe si creerle o no. Todo lo que Zayne me hacía pensar y sentir distorsionaba mis instintos cuando se trataba de él. Quería creerlo, pero saber que iba a volver a verla también hizo que notara un agujero en el pecho y un peso en el estómago.

Los celos eran una mierda.

—Te creo. —Aparté la mano mientras volvía a mirar por la ventanilla. Los edificios habían dado paso a árboles y supe que nos encontrábamos cerca del complejo—. Espero que Gideon haya encontrado algo.

—Sí —contestó él después de unos cuantos segundos—. Yo también.

No hablamos más después de eso y llegamos al complejo unos diez minutos después. Gideon nos recibió en la puerta y nos condujo al estudio de Nicolai.

El líder del clan no estaba allí, pero Danika estaba de pie detrás del escritorio, con las palmas de las manos apoyadas sobre la reluciente madera de color rojo cereza. Delante de ella había dos grandes hojas de papel casi transparente y, apoyados sobre el escritorio, había otros dos papeles enrollados.

Danika nos sonrió y le devolví el gesto saludándola con la mano.

Porque yo era así de idiota.

—Tengo algo interesante que mostraros, chicos. —Gideon cruzó la habitación mientras Zayne cerraba la puerta detrás de nosotros—. Algo que ojalá hubiéramos sabido antes. ¿Ese instituto al que fue Layla? ¿Cumbres en la Colina? Es la pieza que faltaba.

—¿Qué has encontrado? —preguntó Zayne mientras llegábamos al escritorio.

Bajé la mirada, pero no fui capaz de distinguir qué estaba viendo.

—Lo que ha estado tramando nuestro senador. —Gideon se inclinó sobre el escritorio—. Pero, primero, estoy buscando formas de romper una barrera de protección angelical. —Soltó una carcajada áspera—. Eso va a llevar bastante tiempo y no estoy seguro de si es posible.

La mirada de Gideon se encontró con la mía y luego se dirigió hacia Danika.

—Nunca había visto escritura angelical, así que eso es genial. Lo que no es genial es que el Heraldo haya tenido en su poder dagas de ángel y haya sido capaz de crear una barrera de protección angelical. Los únicos seres que yo daría por hecho que podrían hacer eso son un ángel o alguien con un montón de sangre de ángel.

Clavé la mirada en los papeles, procurando mantenerme inexpresiva. No tenía ni idea de cómo leer escritura angelical, pero este otro Sangre Original (el Heraldo) sí podía y no me quedó más remedio que asumir que eso significaba que su padre angelical se había implicado mucho más que el mío.

—¿Qué es todo esto? —preguntó Zayne a la vez que señalaba los papeles, cambiando de tema con habilidad.

—La capa superior son los planos del edificio de Fisher, que encontrasteis vosotros, y debajo está el instituto, que es el diseño antiguo que encontré en los registros públicos. Como podéis ver, los planos del senador encajan dentro de la planta del instituto.

—Ya lo veo. —Zayne deslizó los dedos sobre los contornos—. Las mismas líneas.

—Pero eso no es todo. —Danika cogió el papel enrollado situado más cerca de ella—. Gideon consiguió los planos de reforma del instituto.

—Fue gracias al nombre de la constructora —explicó el aludido mientras levantaba la hoja superior y sacaba la de abajo—. Conseguí colarme en sus servidores en cuestión de diez segundos, y esto es lo que encontré. —Le dirigió una amplia sonrisa a Danika—. ¿Quieres hacer los honores?

Danika desenrolló el papel y lo extendió sobre los planos del senador para el misterioso colegio. Vi el nombre de la empresa escrito en la parte superior.

—Decidme lo primero que os llame la atención.

Entorné los ojos, intentando enfocar las líneas y los cuadrados borrosos.

—Maldita sea, son los mismos planos —dijo Zayne—. Fíjate en esto, Trin. —Deslizó el dedo por una forma rectangular—. Esa es la cafetería y estas son las aulas. —Continuó señalando zonas—. Es el antiguo instituto de Layla.

—Eso no es todo —anunció Danika, que miró a Gideon alzando las cejas.

—Bueno, la primera vez que busqué la empresa Al Rohde e Hijos no pude encontrar gran cosa salvo una página web cutre con una sección de trabajos previos bastante dudosa e información de contacto. No había nada en internet acerca de los dueños, pero escarbé un poco y encontré a nombre de a quién está registrada la empresa.

—Natashya Fisher. —Danika se apartó del escritorio—. Como la difunta esposa del senador Fisher.

—Evidentemente, descubrir que estos planos de reforma coinciden con los del senador ya nos indica que el senador está relacionado con el instituto, pero eso ayuda a confirmarlo.

Miré fijamente el nombre de la empresa, y no sé por qué destacó entonces o qué me hizo verlo, pero fue como si las palabras se mezclaran delante de mí y entonces lo vi.

—Joder. El nombre de la empresa. Al Rohde. Puede que sean imaginaciones mías, pero ¿con esas letras no se puede escribir también «Heraldo»?

—¿Qué? —Danika bajó la mirada y luego dio un respingo—. Dios mío… —Cogió un lápiz y un trozo de papel del escritorio y escribió el nombre de la empresa y luego «Heraldo» debajo. Conectó las letras rápidamente—. Tienes razón.

—Es un anagrama. —Zayne soltó una carcajada brusca—. Bien visto, Trin.

Me encogí de hombros, sonrojándome.

—Bueno, ya sabemos que están todos conectados, no es gran cosa.

—Sí es gran cosa. Es otra prueba más de que vamos por el buen camino.

—Zayne tiene razón —coincidió Gideon—. Debería haberme dado cuenta. En cuanto lo sabes, es bastante evidente.

—No puedes ser siempre el empollón de la clase —comentó Danika.

—No estoy de acuerdo. —Gideon cogió el otro rollo de papel y lo desplegó sobre los planos—. Todo esto me hizo pensar: ¿qué demonios pasa con ese instituto? Antes de esto, ya teníamos demasiada actividad demoníaca allí. Es el mismo lugar en el que crearon al Lilin. Ahora el senador va a «reformarlo», está lleno de fantasmas y espíritus atrapados y, además, hay túneles que pasan cerca o debajo de él con barreras de protección angelicales. Es imposible que todo eso sea coincidencia.

—Tiene que ser la Boca del Infierno —murmuré, observando el papel que había desenrollado Gideon.

Lo único que vi fueron cientos de líneas, algunas de colores más fuertes que otras.

—No es una Boca del Infierno, pero desde luego hay algo ahí. —Gideon rodeó el escritorio para situarse junto a Danika—. Lo que estáis mirando es un mapa de líneas ley: líneas intangibles de energía. Se alinean por todo el mundo con puntos de referencia o lugares de culto importantes. Los humanos creen que es pseudociencia, pero es real. Estas líneas son puntos de navegación directos que conectan zonas a lo largo del mundo.

—He oído hablar de ellas. —Zayne arrugó el ceño—. En un programa de la tele en el que investigaban sitios embrujados falsos.

—Eh. —Le lancé una mirada dura—. ¿Cómo sabes que eran falsos?

Zayne sonrió.

—Ocurren muchas cosas extrañas a lo largo de las líneas ley. Grandes acontecimientos históricos para la humanidad, lugares donde la gente afirma experimentar más actividad de espíritus —intervino Danika—. Zonas donde los Guardianes suelen encontrar que la población de demonios es más grande de lo habitual.

—A menudo, los conjuros y los hechizos son más poderosos y, por lo tanto, funcionan mejor a lo largo de las líneas ley. Señalan zonas poderosas y cargadas de energía —continuó Gideon—. ¿Y esta de aquí? —Deslizó el dedo a lo largo de una línea roja más gruesa y luego se detuvo sobre un punto rojo—. Esta es la misma línea ley que va desde Stonehenge hasta la isla de Pascua… ¿Y este punto? —Dio un golpecito con el dedo—. Esto es un nudo, y no solo rodea Washington, D. C., sino que se encuentra casi encima de la zona en la que está Cumbres en la Colina.

Joder.

—Tal vez por eso al Heraldo le interesa este instituto —dijo Zayne, mirándome—. No es un lugar al azar.

—Tendría sentido si lo que quiera que está planeando va a requerir un montón de energía de tipo celestial y espiritual. Esa clase de poder, si lo maneja alguien que sepa cómo controlarlo, podría transformar una bola de papel arrugado en una bomba atómica, y eso hace que casi cualquier cosa sea posible.

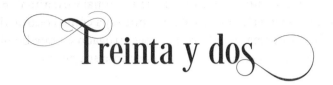

Treinta y dos

—Se te da fatal doblar ropa —señaló Cacahuete, que se encontraba flotando cerca del techo.

—Gracias —mascullé, preguntándome cómo lograría meter toda esta ropa en la maleta. Miré al fantasma—. ¿Qué estás haciendo ahí arriba?

—Meditando.

—Qué bien.

Doblé una camiseta sin mangas mientras mi mente le daba vueltas, sin prisa pero sin pausa, a aquello en lo que había estado intentando no pensar desde que Zayne se marchó del apartamento.

¿Qué estaba haciendo con Stacey? ¿Habían vuelto a quedar en la heladería? ¿Habían ido a ver una película o a ese asador al que Zayne me había llevado?

Sacudí la cabeza mientras lanzaba la camiseta dentro de la maleta. Daba igual, y eso era lo mejor. Zayne se merecía tener algo de vida aparte de ser mi protector, con quien él quisiera. Con el tiempo, el dolor de mi pecho se desvanecería y llegaría a considerarlo nada más que mi protector o mi amigo. Puede que entonces incluso yo encontrara a alguien con quien… pasar el tiempo.

Si vivíamos lo suficiente.

Lo que habíamos descubierto hoy era la leche, pero también nos había proporcionado más preguntas que respuestas y no podía desprenderme de la sensación de que se nos estaba escapando algo.

Algo enorme.

Todavía no sabíamos qué planeaba hacer el Heraldo en el instituto, cómo implicaba el plan a los espíritus atrapados ni por qué el Heraldo no solo tenía dagas de ángel, sino que también había sido capaz de usar una barrera de protección angelical para atrapar a los espíritus. Algo no tenía sentido, porque, aunque su padre angelical fuera el padre del año, ¿por qué un arcángel le enseñaría a un Sangre Original cómo crear protecciones angelicales? No se me ocurría una respuesta para eso.

Mientras tanto, Zayne probablemente estaba comiendo helado y regaliz.

Cogí unos vaqueros y los doblé con movimientos bruscos.

—¿Qué te han hecho esos vaqueros? —preguntó Cacahuete, descendiendo hasta situarse a mi lado.

—Existir.

—Alguien está de mal humor.

Encogí un hombro.

—¿Dónde está Zayne?

—Salió.

—¿Por qué no estás con él?

—Porque tengo que hacer la maleta —contesté, pues no quería hablar del tema.

—Seguro que él tarda diez minutos en guardar sus cosas —comentó, echándole un vistazo al armario—. Es muy organizado.

No dije nada.

—Y tú eres la persona más desorganizada que he visto en mi vida.

Le lancé una mirada asesina. Probablemente hubiera funcionado si no estuviera ya muerto.

El fantasma me dedicó una amplia sonrisa y, como su cabeza era más transparente que sólida, parecía una espeluznante calabaza de Halloween.

Echaba de menos Halloween.

—¿Sabes?, ayer seguí a Zayne al nuevo apartamento. Pasó por allí antes de subir aquí.

No me lo había contado, pero eso explicaba dónde había estado después de que yo regresara al apartamento en un Uber.

—¿Cómo es?

—Bonito. Dos dormitorios. Dos baños. La cocina y la sala de estar son iguales. —Cruzó las piernas mientras bajaba hasta el suelo—. En realidad, el apartamento está más o menos debajo de este.

—Qué guay. —Solo me sentía un poco celosa de que Cacahuete hubiera visto el nuevo piso y yo no—. Supongo que los de la mudanza vendrán mañana a llevarse el sofá y esas cosas. Dejarán la cama para el final.

—¿En serio? —dijo, alargando las palabras—. Entonces, ¿dónde dormirá Zayne?

Buena pregunta. El estómago me dio un vuelco, aunque sabía que no iba a ser conmigo.

—No lo sé. Tal vez se quede en el nuevo apartamento.

—Se sentiría muy solo.

Me encogí de hombros.

—El nuevo apartamento se parece al de Gena, pero el de ella tiene tres dormitorios y un estudio —comentó el fantasma—. Pero creo que nadie entra en el estudio.

Gena.

Ostras, me había olvidado otra vez de esa niña.

—Háblame de ella —le pedí mientras doblaba otra camiseta.

—No hay nada que contar.

Lo miré.

—Podrías decirme cómo la conociste.

—Bueno, me dediqué a entrar y salir flotando de los apartamentos, echándoles un vistazo a los inquilinos, viendo cómo vive la gente guay.

Arrugué la nariz.

—Estaba en la cocina de Gena, mirando los imanes que tienen en la nevera (por cierto, os vendrían bien unos imanes), y ella me vio y me saludó.

—¿No alucinaste al darte cuenta de que podía verte?

—¿Aluciné al saber que tú podías verme?

Bajé la camiseta que había cogido.

—Pues claro que sí. Te pusiste a gritar como si estuvieras poseído.

—Ah. Sí. —Soltó una risita—. Es verdad.

Sacudí la cabeza mientras formaba una bola con la camiseta y la lanzaba dentro de la maleta.

—Bueno, ¿y en qué apartamento vive?

—¿Por qué quieres saber eso?

—Porque me gustaría conocerla.

—No quiero que la conozcas.

—¿Qué?

Me sentí un tanto ofendida.

—Porque es probable que la asustes, y ya tiene bastante con lo que lidiar.

Me apoyé contra los pies de la cama.

—¿Con qué tiene que lidiar? ¿Deberes y padres?

—No tienes ni idea.

Lo miré fijamente.

—Pues cuéntamelo.

—Las cosas son… complicadas entre su familia y ella. —Se dejó caer de espaldas y se hundió a medias en el suelo—. Y eso es lo único que puedo contar.

Le miré con el ceño fruncido.

—¿Por qué no puedes contar nada más?

—Porque le prometí a mi amiguita que no hablaría con nadie de lo que me contó. Y yo cumplo mis promesas.

—Pero no soy una persona cualquiera —razoné—. Soy… ¡Mierda!

Cacahuete se había hundido por completo en el suelo y supe que tardaría un rato en volver.

El hecho de que no quisiera contarme nada sobre la niña o sobre su familia era preocupante. Volví a añadir averiguar más sobre ella a la lista por tercera vez, preocupada de que le estuviera pasando algo malo o estuviera haciendo algo que no debería.

Me levanté de la cama de un salto cuando oí que se abría la puerta principal. Era tarde. Como si hubiera anochecido después de lo habitual. No esperaba que Zayne estuviera fuera tanto tiempo.

Esquivé la maleta, que por fin había logrado llenar, salvo por la ropa para los siguientes días, mientras me decía a mí misma que no debía salir, porque parecería que lo había estado esperando. Y eso era cierto.

Rodeé el frío pomo de la puerta con los dedos.

Pero mi mente estaba llena de preguntas.

Como, por ejemplo, ¿qué habían hecho? ¿Habían disfrutado de una cena romántica entre amigos a la luz de las velas? ¿Habían ido al cine después o a dar un paseo? ¿O habían regresado a casa de Stacey? Porque eran casi las once, así que era imposible que se hubieran limitado a ir a cenar. ¿Habían pasado horas poniéndose al día o enrollándose? Yo no había sentido nada... raro a través del vínculo, pero eso no significaba nada, ya que la distancia lo debilitaba. Y, a pesar de que Zayne insistía en que solo eran amigos, Stacey era muy guapa y ya se habían liado en el pasado. Había cierto nivel de atracción entre ellos, físico y emocional, y Zayne no había...

Él no podía estar conmigo.

Probablemente ni siquiera quisiera estar conmigo ahora.

Se me formó un nudo en el estómago. Debía comportarme como si nada. Me dije eso mientras abría la puerta del dormitorio con tanta fuerza que casi la arranco de los goznes.

Vaya forma de hacer como si nada.

Mi estrecha vista recorrió la sala de estar, deteniéndose en la forma borrosa de Zayne. Se encontraba detrás del sofá, como si se hubiera detenido allí de repente.

Me miró fijamente.

Le devolví la mirada y el silencio se alargó entre nosotros hasta que no pude soportarlo más.

—Hola.

Él estaba demasiado lejos para distinguir si sonreía, pero su voz sonó como si lo estuviera haciendo cuando habló.

—Hola.

Entrelacé los dedos para resistir el impulso de saludarlo con la mano como una tonta.

—Has vuelto.

—Así es. —Dio un paso adelante y luego otro—. No estaba seguro de si seguirías despierta.

¿Y esperándolo? Qué vergüenza. ¿Era tan evidente?

—Estaba a punto de irme a dormir y me dio sed.

Era una mentira como una casa, pero por lo menos iba en pijama.

Salí del dormitorio, diciéndome que debía limitarme a ir a la nevera, coger una botella de agua y luego regresar.

Eso no fue lo que hice.

—¿Te lo has pasado bien?

—Sí —contestó y luego hubo una pausa—. Supongo.

—¿Supones? —Me crucé de brazos—. Has regresado bastante tarde, así que yo diría que sí te lo has pasado bien.

Zayne ladeó la cabeza.

—No es tan tarde.

—Y... —Cambié el peso del cuerpo de un pie al otro—. ¿Qué hicisteis?

Se apoyó contra el sofá, agarrando el respaldo con las manos.

—Fuimos a cenar y luego a la Explanada Nacional. Simplemente estuvimos paseando y hablando.

La irritación cobró vida de pronto en mi interior e intenté sofocarla, pero la cuestión era que yo quería pasear por la Explanada Nacional con él y no hacer nada más que hablar y reír como la gente normal, como habíamos planeado antes de que todo se fuera a la mierda.

Tenía que coger algo de beber e irme a la cama. Eso era lo que tenía que hacer sin falta.

Así que, en lugar de hacer eso y mantener la boca cerrada, dije:

—Parece una cita encantadora.

Zayne enderezó la espalda.

—¿Cita?

Me encogí de hombros.

—A ver, no es que yo haya tenido muchas. —O más bien ninguna, pero qué más daba—. Pero eso es lo que me parece.

—No fue una cita, Trin. Ya te lo dije. Las cosas no son así entre Stacey y yo, ya no.

—¿Ah, no? —La irritación estaba dando paso a la ira... y los celos. Y, ay, Dios, tenía que controlarme, porque las cosas tampoco eran así entre nosotros—. Da igual. De todas formas, no me importa.

—Pues parece que te importa muchísimo.

—Te equivocas.

—Ya, me parece que no. Estás celosa.

Abrí la boca al mismo tiempo que el calor me inundaba y me recorría las mejillas. No me podía creer que me lo hubiera echado en cara.

—No estoy…

—Ni te molestes en negarlo. Puedo sentirlo. —Sacudió la cabeza mientras se apartaba del sofá—. ¿Sabes?, no me puedo creer que de verdad pienses que lo de esta noche fue algo parecido a una cita.

Enderecé la espalda.

—¿Por qué no iba a pensarlo? No tienes pareja. Ni ella tampoco. Hubo algo entre vosotros en el pasado. No entiendo por qué te parece una conclusión tan descabellada.

—¿No? —Dio otro paso hacia mí y sus facciones se volvieron menos borrosas. Sin duda estaba frunciendo el ceño—. ¿De verdad crees que, después de todo lo que ha pasado entre tú y yo, tendría una cita con otra?

Descrucé los brazos despacio.

—Lo que pasó entre nosotros no importa.

Él alzó las cejas de golpe.

—¿No importa?

Negué con la cabeza, a pesar de que era otra mentira más, porque lo que pasó entre nosotros sí importaba.

Siempre importaría.

—No puede importar —añadí, diciendo por fin la verdad.

Zayne sacudió la cabeza, curvando los labios en una sonrisa que parecía una mueca cruel, y apartó la mirada.

—No sé quién te crees que soy, ni quiero saberlo, pero déjame decirte algo, Trin. —Su mirada volvió a posarse en la mía—. Ni de coña voy a andar por ahí tirándome a cualquiera solo porque no puedo tener a la persona que deseo.

Me quedé sin aliento.

Zayne se encontraba ahora apenas a unos treinta centímetros de mí.

—Puede que algunas personas se comporten así, pero yo no. Deberías saberlo.

Sí, debería.

Una parte de mí lo sabía perfectamente, en el fondo... la parte lógica de mi ser a la que casi nunca le hacía caso. La misma parte de mi ser que, por lo visto, me había dejado colgada en ese momento.

—Y, si crees que soy capaz de hacer algo con quien sea, entonces es evidente que no has estado prestando atención.

Tragué saliva con dificultad mientras retrocedía un paso, alejándome de él, y luego otro.

—Me vuelves loco —dijo, entornando los ojos—. Con solo mirarte ahora mismo, me doy cuenta de que todavía hay una parte de ti que no tiene ni idea.

—Eh...

Eso fue lo único que pude decir. Zayne se movió tan rápido que ni siquiera pude seguirlo, probablemente no habría podido ni aunque mi vista fuera buena. Se encontraba frente a mí y, de repente, sus manos estaban en mi cintura. Me levantó en el aire y, en un abrir y cerrar de ojos, mi espalda acabó presionada contra la fría pared de cemento.

Luego su boca se estrelló contra la mía y no hubo nada lento ni vacilante en este beso, en la forma en la que sus labios se movieron contra los míos, y mis labios se separaron para él. El sonido que escapó de su garganta me calentó la piel y simplemente reaccioné como quería hacer desde hacía tiempo, como necesitaba. Le devolví el beso. Y aquel beso fue... Ay, Dios, fue increíble, porque yo no quería suavidad ni dudas. Quería esto. Duro. Rápido. Crudo. Zayne me besó como si se estuviera ahogando y yo fuera aire, y me pareció que nunca me habían besado así. Ni siquiera él. Ni siquiera sabía que te podían besar así.

—Lo siento —dijo—. Se me había olvidado que besarse estaba prohibido.

Me había quedado sin palabras.

—Solo porque se supone que no debo desearte, no significa que haya dejado de desearte —añadió—. Solo porque lo que siento por ti físicamente se supone que no debería significar más, no significa que haya dejado de desearte. Eso no ha cambiado.

Sus palabras fueron una sorprendente mezcla de calidez y frialdad, y luego su boca se fundió de nuevo con la mía. Yo llevaba mucho tiempo queriendo oírle decir eso. Lo necesitaba, porque me gustaba, me reconfortaba y me parecía lo correcto. Pero sus palabras también trajeron consigo un ramalazo de fría realidad.

Se suponía que Zayne no debería estar haciendo esto.

Ni yo tampoco.

Todo esto parecía «más».

—¿Deseas esto? —me preguntó con voz pastosa—. ¿Eso no ha cambiado?

—No —admití—. Nunca.

Su boca se posó de nuevo sobre la mía. Sus besos eran como largos sorbos de agua, y yo quería más. Quería demasiado. Interrumpí el beso e incliné la cabeza hacia atrás contra la pared mientras el corazón me palpitaba con fuerza.

—Las normas…

Zayne me siguió, recuperando la escasa distancia. Sus labios rozaron los míos, haciendo que un brusco estremecimiento me recorriera la espalda.

—A la mierda las normas.

Abrí mucho los ojos al mismo tiempo que una carcajada me hacía cosquillas en el fondo de la garganta.

—Zayne.

—¿Qué pasa? —Apoyó la frente contra la mía mientras me apretaba más fuerte las caderas con las manos—. Seguir las normas nunca me ha beneficiado en el pasado. Lo único que he hecho durante toda mi vida ha sido cumplir las normas.

Su piel se calentó bajo mis manos mientras lo miraba.

—Estoy bastante segura de que colaborar con demonios es lo contrario a cumplir las normas.

—Exacto. Cuando por fin infringí esas normas, en su mayor parte, solo han surgido cosas buenas de ello. —Me pregunté a qué se refería con «en su mayor parte»—. Hubo otras normas que ojalá no hubiera seguido nunca. Normas que solo servían para controlarme.

—Pero mi padre…

—Me da igual. No pasó nada la última vez que nos besamos ni cuando hicimos más cosas. No pasó nada antes del vínculo ni pasó nada después. Los dos seguimos aquí.

—Sí, pero eso no significa nada.

—¿Cuántas normas existen que no tienen ningún sentido en absoluto? —razonó Zayne y no pude responder, porque había muchas normas ridículas. Él se rio entre dientes y aquel sonido retumbó a través de mí—. No me puedo creer que tú estés defendiendo cumplir las normas. Suele ser al revés.

Me temblaron los labios.

—¿Tal vez sea el mundo al revés?

—Tal vez...

Sus manos se tensaron sobre mis caderas y luego me levantó más alto. El instinto me hizo agarrarme a sus hombros y rodearle la cintura con las piernas. Nuestros cuerpos quedaron alineados de un modo muy interesante... y entonces Zayne se apretó contra mí, cortándome la respiración.

—Y tal vez, a veces, cumplir las normas no es lo correcto.

—Tal vez —repetí. Con la piel hormigueándome por el contacto, deslicé una mano por un lado de su cuello, hasta su mandíbula. La barba incipiente me rozó la palma mientras le examinaba el rostro con la mirada. Tan cerca, cada detalle de sus facciones era sorprendentemente nítido—. Tal vez tengas razón.

Una comisura de su boca se alzó.

—Siempre tengo razón. ¿Todavía no te has dado cuenta?

Una sonrisa me tiró de los labios y luego se desvaneció al mismo tiempo que el corazón me martilleaba en el pecho con un anhelo que me hizo sentir que la piel estaba a punto de abrírseme. Zayne estaba justo aquí, donde quería tenerlo, donde había pasado incontables momentos deseando que estuviera. Y, ahora que estaba aquí, me parecía imposible y, sin embargo, inevitable.

Su mano se deslizó por mi costado, deteniéndose justo debajo del pecho. Todas las células de mi cuerpo parecieron sufrir un cortocircuito como si yo fuera un cable con corriente.

Deseaba a Zayne.

Era algo físico, sí. Mi cuerpo ardía por él... por sus caricias, por su mera presencia. Cada día que pasábamos juntos, me resultaba cada vez más difícil ignorar la necesidad casi incontenible, pero era más que un deseo físico. Era él, todo lo que tenía que ver con Zayne. Su humor e inteligencia. Su necesidad de proteger a aquellos a quienes otros no consideraban dignos de proteger. La forma en la que a veces me miraba como si yo fuera el ser más importante jamás creado. Incluso era la forma en que yo sabía que había querido a Layla, había sufrido al perderla, pero aun así quería que ella fuera feliz con Roth. Eran los momentos. Cuando una risita se convertía en una carcajada auténtica. Cuando se dejaba llevar y abandonaba el papel de Guardián y protector para ser simplemente Zayne. Era aquella cena y las noches en las que estuvo a mi lado para hacer retroceder las pesadillas. Eran los momentos en los que me ayudó a olvidar a Misha.

Y todo eso… me aterrorizaba, porque me estaba… me estaba enamorando de él, y eso estaba prohibido. Y, aunque no lo estuviera, era arriesgado, porque él había querido muchísimo a Layla y no estaba segura de si eso significaba que él era capaz de volver a sentir esa clase de amor.

Pero Zayne me deseaba.

Podía sentir cuánto me deseaba, a través del vínculo y en la forma en la que su cuerpo temblaba contra el mío, y me di cuenta de que él había dejado de luchar contra eso.

Así que yo… dejé de luchar.

Dejé de pensar y preocuparme.

Nuestros labios se encontraron. El beso fue duro y profundo y, cuando la punta de mi lengua tocó la suya, me perdí en el sonido bajo que retumbó en el fondo de su garganta.

Zayne me apretó contra la pared, acunándome la cara con la mano mientras me besaba, meciendo las caderas contra las mías. Atrapada como estaba entre la pared y él, no pude escapar del torrente de sensaciones que me provocaba cada balanceo de sus caderas. Gemí contra su boca y el poco control que pudiera quedarle a Zayne se hizo añicos.

Me apartó de la pared con un potente movimiento y se giró. Su boca no se separó nunca de la mía mientras caminaba de espaldas. De algún modo, conseguimos llegar al dormitorio. Me tumbó de espaldas y solo entonces su boca abandonó la mía. Sus labios descendieron por mi cuello mientras sus manos se deslizaban debajo de mi camiseta. Cerró los dedos alrededor de la tela mientras levantaba la cabeza. Una pregunta llenó sus luminosos ojos, la cruda necesidad brotaba de cada centímetro de su rostro.

—Sí —le dije.

Sus pupilas se contrajeron y luego sé estrecharon hasta formar franjas verticales.

—Gracias a Dios —contestó.

Me habría reído, pero no me quedaba suficiente aire en los pulmones. Levanté los brazos y los hombros y Zayne me quitó la camiseta y la tiró a un lado. Se echó hacia atrás y me miró fijamente mientras su pecho subía y bajaba con tanta fuerza que estiraba la tela de su camiseta.

Colocó la palma de su mano sobre mi vientre, justo encima del ombligo.

—Ya he dicho esto antes, pero siento la necesidad de decirlo una y otra vez. Eres preciosa, Trinity.

Me sentía preciosa cuando me miraba así, cuando pronunciaba mi nombre así, pero luego su mano se movió y en lo único que pude pensar fue en sus caricias. Su mano ascendió por mi caja torácica y luego siguió subiendo. Apreté el grueso edredón con los dedos mientras su pulgar trazaba enloquecedores círculos alrededor de una zona muy sensible.

A continuación, su boca sustituyó a su mano y me arqueé hacia él, jadeando, al mismo tiempo que le rodeaba las caderas con las piernas, moviéndome contra él con impaciencia.

Zayne se tomó su tiempo. Me dejó sin aliento hasta que por fin trazó una ardiente senda con los labios y la lengua por el centro de mi vientre, entreteniéndose alrededor del ombligo, y luego siguió bajando. Se liberó con facilidad de mis piernas y se apartó mientras tiraba de mis pantalones cortos.

Levanté las caderas y, con un movimiento rápido, me despojó de toda la ropa. Toda. Un rubor embriagador me recorrió el cuerpo, y él lo siguió con la mirada.

—Dios, Trin —dijo con voz gutural, casi irreconocible.

Me temblaban las manos cuando me incorporé sobre los codos.

—Esto no es justo.

—¿Ah, no? —repuso mientras seguía mirándome fijamente.

—Tú todavía tienes toda la ropa puesta.

—Pues sí. —Sus pestañas se alzaron—. ¿Quieres hacer algo al respecto?

—Sí. Por supuesto.

Asentí con la cabeza por si acaso no lo había dejado claro verbalmente.

Zayne esperó.

Me senté, agarré su camiseta y tiré. La tela se estiró y se rasgó, cediendo antes de que me diera cuenta de lo que había hecho.

—Maldita sea. —Solté la prenda. La tela destrozada se abrió, dejando ver la firme piel dorada—. ¿Lo siento?

—No te preocupes. —Soltó una risita—. Ha sido muy sexi.

Sonreí.

Zayne lanzó la camiseta al suelo. Dirigí las manos hacia sus pantalones y conseguí desabrocharle el botón y bajarle la cremallera antes de que él me agarrara las muñecas.

—Todavía no.

—¿Por qué no?

—Porque hay algo en lo que llevo pensando sin parar y que me muero por hacer —contestó, sujetándome las muñecas. Se inclinó y me inmovilizó las manos contra la cama. Cubrió mi boca con la suya y luego empezó de nuevo. Me besó hasta dejarme sin aliento, sin sentido, hasta que, cuando me soltó las manos, ni siquiera podía moverme, pero luego siguió aquella senda otra vez, deteniéndose en mis pechos y luego en mi ombligo antes de descender más y más.

Abrí los ojos de golpe al sentir sus labios contra la cara interna del muslo. Verlo allí casi me hace perder el control y la sensación de su lengua contra mi piel, acercándose cada vez más, me privó de la capacidad de hablar.

Yo no había hecho esto nunca.

Evidentemente.

Un millón de pensamientos se agolparon en mi mente, amenazando con hacer añicos la pasión; sin embargo, cuando Zayne se detuvo y me atravesó con aquellos ojos al levantar la mirada hacia mí, me…

Me encontró.

—¿Puedo? —me preguntó.

El calor me quemaba por dentro. Lo único que pude hacer fue asentir con la cabeza y luego Zayne dijo algo que sonó como una plegaria.

El primer roce de su boca transformó mis músculos en fuego líquido.

Brotó un sonido de mí del que seguramente me avergonzaría más tarde, pero en ese momento me dio igual. Lo único que existía en este mundo era Zayne y lo que me estaba haciendo. Ni siquiera fui consciente de lo que yo misma hacía hasta que me aferré a su hombro con una mano y le agarré un puñado de pelo con la otra. Me moví contra él, todo lo que pude teniendo su mano sobre el vientre, sujetándome mientras... se daba un festín.

Perdí todo sentido de mí misma, de control, y fue glorioso. Sin preocupaciones. Sin vergüenza. Sin miedo. Solo todo lo que Zayne estaba extrayendo de mí con cada pasada y cada incursión y...

De repente, fue demasiado: la tensión, la rigidez que sentía en el fondo de mi ser. Un líquido torrente de sensaciones puras fluyó y palpitó a través de mí. Le clavé los dedos en el hombro mientras echaba la cabeza hacia atrás, jadeando, mientras el orgasmo me azotaba. Cuando Zayne se apartó de mí y levantó la cabeza yo estaba temblando y estremeciéndome. Colocó una mano junto a mi cadera y mis ojos tardaron un momento en enfocarlo.

—Zayne —jadeé intentando recobrar el aliento.

Una lenta sonrisa se dibujó en sus labios.

—Creo que te ha gustado. —Bajó la cabeza y me dio un beso en el vientre—. A mí me ha gustado.

—Sí. —Tragué saliva, con el corazón acelerado. Aflojé las manos—. Pero eso no es todo.

—No. —Aquellos labios rozaron una curva turgente mientras su pelo me hacía cosquillas por un lado de las costillas—. No es todo, pero puede serlo.

Deslicé las manos por sus brazos mientras una anticipación nerviosa iba reemplazando la saciada languidez.

—¿Y si... y si lo quisiera todo?

Zayne levantó la cabeza. Sus rasgos casi resultaban severos. No habló.

—¿Quieres eso? —susurré.

—Dios. Sí. —Su voz sonó áspera—. Por supuesto.

Realicé una inspiración corta mientras el corazón me daba un brinco.

—Estoy preparada.

—Yo también —dijo, y supe lo que significaba eso para él. Supe lo que significaba para mí. Lo sentí todo cuando me besó de nuevo—. Espera un momento.

No supe muy bien qué hacer cuando él se apartó y se puso de pie, con los vaqueros colgando indecentemente bajos mientras se dirigía a una cómoda. Simplemente me quedé allí tumbada, doblando las piernas, mientras él abría un cajón.

—¿Un condón? —pregunté, sonrojándome.

Y eso era una estupidez. Si no podía decir «condón», entonces probablemente no debería estar haciendo algo para lo que se necesitaba un condón.

—Sí. —Zayne se giró sosteniendo un paquetito entre los dedos—. Ya sé que ninguno de los dos puede transmitir enfermedades, aunque hubiéramos estado con alguien, pero...

—Embarazo —susurré, alzando una ceja. El hecho de que no se me hubiera ocurrido pensarlo resultaba alarmante, sobre todo porque no estaba segura de que eso pudiera ocurrir—. ¿Es posible?

—No lo sé. No eres completamente humana —dijo, regresando a la cama. Lanzó el paquetito sobre el edredón y, por algún motivo, sentí ganas de reír—. Así que probablemente sea mejor no arriesgarnos.

—Sí.

Asentí con la cabeza, porque, venga ya, un bebé no solo sería una idea horrible en ese momento, sino que era muy probable que yo resultara ser la peor madre del mundo.

Incluso yo podía admitirlo.

Zayne sonrió y se llevó las manos a los pantalones. Pensé que tal vez debería apartar la mirada, pero no pude. Ni aunque un chupacabras cruzara la habitación bailando claqué.

Cuando sus pantalones cayeron al suelo, tuve la corazonada de que yo también me habría desplomado si hubiera estado de pie. La primera vez que nos habíamos besado (que habíamos hecho algo), la habitación estaba a oscuras y ninguno de los dos estaba de pie. Yo no había visto a Zayne.

Lo vi ahora, y se me secó la boca. Me sentí un poco mareada y acalorada... muy acalorada.

—Si sigues mirándome así —comentó mientras apoyaba una rodilla en la cama y luego una mano junto a mi hombro—, esto te va a resultar muy decepcionante.

—No veo cómo. —Alcé la mirada hasta su cara—. En absoluto.

Él se rio mientras se acomodaba a mi lado, colocando la mano sobre mi vientre.

—Porque se acabaría bastante rápido.

—Ten fe —bromeé—. Puedes con esto.

Y eso hizo.

Empezando de nuevo como si fuera la primera vez que me tocaba, se volvió a familiarizar con los valles y las curvas de mi cuerpo por medio de sus manos y sus labios. Hasta que mi respiración no se convirtió en jadeos cortos y poco profundos no cogió aquel paquetito y luego, después de un momento, se colocó encima de mí, sosteniendo su peso con un brazo mientras la parte inferior de su cuerpo se alineaba con la mía.

Supe que había llegado el momento. Se había acabado lo de pisar el freno o apartarse, aunque sabía que, si lo hacía, él se detendría. Pero eso no era lo que yo quería.

Zayne me miró fijamente, con los ojos muy pálidos y, al mismo tiempo, muy brillantes. Abrió los labios y pensé... pensé que quizá iba a decir algo, pero luego me besó mientras colocaba la mano entre nosotros.

Noté un pinchazo, una sensación de presión y plenitud. Aquella sensación me dejó sin aliento, al igual que a Zayne. Él se quedó inmóvil encima de mí, mientras le temblaban los brazos y el cuerpo.

Esperando.

Esperando hasta que le dijera que todo iba bien y, cuando lo hice, se movió de nuevo y, en un instante, no quedó espacio entre nuestros cuerpos. Experimenté una punzada aguda y ardiente que me hizo abrir mucho los ojos.

—Lo siento —susurró Zayne. Me besó en la mejilla izquierda y luego en la derecha. Depositó otro beso en la punta de mi nariz y luego sobre mi frente húmeda—. Lo siento.

Levanté las manos temblorosas y las deslicé por su espalda, notando que los músculos se le ponían rígidos y tensos.

—No pasa nada. Es… normal.

—Ojalá no fuera así. —Apretó la frente contra la mía—. No quiero que sientas dolor.

El dolor formaba parte de la vida. A veces dejaba cicatrices, físicas y mentales. A veces conducía a algo peor y, a veces, como ahora, me pareció que podría ser un paso necesario hacia algo asombroso.

—No es para tanto —le dije, y era verdad.

Más que nada me sentía incómoda mientras su corazón latía contra el mío.

Y, poco a poco, fue mejorando. Durante unos minutos, no pensé que eso sería posible, pero ocurrió, y cuando me moví con cautela, la brusca exhalación de Zayne sonó como un tipo diferente de dolor.

—Trinity —dijo con voz entrecortada mientras yo levantaba las caderas una vez más. Entre el sonido de mi nombre y la interesante fricción, la situación estaba haciendo mucho más que mejorar—. Intento darte tiempo.

—Ya he tenido suficiente tiempo.

—Vale. —Abrió los ojos—. Intento darme tiempo para que esto no termine antes de empezar.

Una sonrisa me tiró de los labios y luego una risa desenfrenada brotó de mí. Me moví para levantar los brazos y rodearle los hombros con ellos. Lo besé en la mejilla.

—¿Te he dicho que me vuelves loco?

—Tal vez.

Entonces, como sentía que un extraño atolondramiento se había apoderado de mí, le mordisqueé el lóbulo de la oreja.

El control de Zayne se hizo añicos y supe que ya se había dado suficiente tiempo. Empezó a moverse. Y yo también. Manos. Brazos. Bocas. Caderas. Piernas. Entrelazados, no parecía haber un final ni un comienzo, y todo se arremolinaba alrededor de la forma en la que estábamos unidos y esa profunda e inexplicable tensión.

Cuando Zayne perdió todo sentido del ritmo y arqueó la espalda, ocurrió. Ese momento. La ráfaga de puro placer bramó a través del vínculo, procedente de él, y de mí, envolviéndonos en una interminable sucesión de oleadas. No éramos dos. Éramos uno.

Como si siempre hubiera estado destinado a ser así.

Treinta y tres

El sexo no cambió nada y lo cambió todo.

No se trataba de que de pronto yo fuera diferente, aunque sí sentía que había cambiado. Que una pequeña parte oculta que era solo para mí nunca volvería a ser la misma. Era una sensación agradable. También era una sensación extraña, y no supe qué pensar de ella.

Resultaba aún más extraño, pensé, mientras yo yacía en la cama y Zayne se dirigía a la cocina, que, cuando me levanté esta mañana, no tenía ni idea de que iba a ocurrir esto.

Una parte de mí todavía no acababa de creerse que hubiera ocurrido. Que lo habíamos hecho y a ninguno de los dos lo habían aniquilado ni prendido fuego. Mi padre no había llegado (gracias a Dios) mientras Zayne y yo seguíamos en la cama después, con los brazos y las piernas enredados, explorándonos el uno al otro de una manera diferente y menos apresurada, pero aún más intensa.

La sonrisa de mi cara se ensanchó mientras me acurrucaba debajo del edredón. Notaba una deliciosa pesadez en las extremidades y, en cuanto cerré los ojos, sentí a Zayne, como si siguiera aquí conmigo. Me di la vuelta, con las mejillas ardiendo, planté la cara en la almohada y me quedé así, ahogando una risita.

Después de unos minutos, oí que Zayne me preguntaba:

—¿Qué estás haciendo?

—Meditando —contesté, repitiendo lo que había dicho Cacahuete horas antes.

Él se rio.

—Interesante técnica.

Levanté la cabeza y me coloqué de costado. Él se había puesto un pantalón de chándal, y eso era todo, así que lo único que vi al principio fue su pecho.

Y eso estuvo bien.

Más que bien.

Entonces vi lo que llevaba en las manos.

Me senté tan rápido que casi me hago daño.

—Tienes galletas —dije—. Galletas y refresco.

—Sí. Me dio hambre. Supuse que tú también tendrías.

—Yo siempre tengo hambre. —Levanté una mano, agitando los dedos—. Pero ¿tú vas a comer galletas y a beber refresco?

—Me pareció que esta era la noche perfecta para la gula. —Me estaba observando con los ojos entornados—. Lo siento, ¿de qué estamos hablando? Me he distraído.

Al bajar la mirada me di cuenta de que el edredón se había amontonado alrededor de mi cintura.

—Oh. —Me cubrí el pecho con el brazo—. Lo siento. —Agité los dedos de nuevo—. ¿Galleta?

—Yo no lo siento. —En lugar de entregarme una de esas maravillosas galletas con trocitos de chocolate de dos colores que le había pedido, las colocó en la mesita de noche junto a las dos latas de refresco—. Hazme sitio.

Hice lo que me indicó. Me subí la manta y me deslicé hacia delante. La cama se hundió detrás de mí cuando Zayne se acomodó, apoyado contra el cabecero. Empecé a girarme, pero él me rodeó la cintura con un brazo y tiró de mí hacia atrás para situarme entre sus piernas. Mi espalda desnuda quedó presionada contra su pecho y, cuando se estiró para coger las galletas, me llamó la atención el hecho de que esto era infinitamente más íntimo que cualquier otra cosa que hubiéramos compartido.

—Toma. —Me ofreció la galleta—. Avísame cuando quieras la bebida y te la paso.

—Gracias —susurré.

Le di un mordisco y luego otro. Oí que la bolsa se arrugaba cuando Zayne sacó una galleta para él. Después de unos minutos, me relajé contra su pecho.

—Mientras cogía estas cosas se me ocurrió algo —dijo. Me gustó estar tan cerca mientras hablaba, porque podía sentir sus palabras—. Espero con toda mi alma que Cacahuete no estuviera por aquí.

Me reí y casi me atraganto con la galleta.

—Si estaba, no me di cuenta.

—Esa no es la confirmación que estaba buscando.

Sonreí al sentir sus labios deslizándose por mi hombro y dije:

—No creo que estuviera aquí. Es imposible que a estas alturas no hubiera dicho algo.

—¿Tienes sed? —Cuando asentí, cogió la lata de refresco, abrió la anilla y me la ofreció. Otra galleta acabó en mi otra mano. Se movió detrás de mí, recostándose de nuevo contra el cabecero—. Podría dormirme así.

—¿En serio?

Fui alternando entre la galleta y la Coca-Cola.

—Sí —contestó mientras me apretaba la cintura con el brazo.

Sonreí.

—Creo que yo también.

—Sin la galleta y la Coca-Cola.

—Dormiría abrazada a ellas.

Él soltó una risita, y eso me gustó aún más, pero luego bajó la cabeza hasta mi cuello y se acurrucó allí, haciendo que un pequeño y travieso escalofrío me bajara por la espalda. Sin normas, Zayne se mostraba tierno y le gustaba tocar y abrazar. A una parte de mí no le sorprendió descubrirlo. Después de todo, era Zayne, pero me quedé un poco sorprendida… gratamente sorprendida. Nunca pensé que yo sería de esas personas que disfrutaban con las caricias o los besos fortuitos, la forma en la que me abrazaba tan pegada a él, pero así era. Y no solo disfrutaba estando con él, lo…

Noté una punzada fría en el estómago mientras tragaba el último trozo de chocolate. No solo me gustaba todo esto. Había una emoción mucho más fuerte que ahora me parecía aún más peligroso reconocer.

Todavía no había pasado nada, pero eso no significaba que no hubiera una consecuencia esperándonos pacientemente a la vuelta de la esquina. Daba igual lo correcto o hermoso que pareciera lo que acabábamos de compartir, estaba prohibido y, por mucho que esperaba que Zayne tuviera razón, que esta norma fuera solo un método de control, temía que pudiera estar equivocado.

Aparte de eso, nuestras vidas eran... Bueno, cualquiera de los dos podría palmarla mañana. Este Sangre Original (el Heraldo) era letal. Zayne podría morir y yo...

—Eh —me dijo en voz baja, acariciándome el brazo con la mano.

Cerré los ojos, intentando detener el bombardeo de miedos, pero fue como si se hubiera abierto una compuerta.

La Coca-Cola desapareció de mi mano y acabó en la mesita de noche. Unos dedos fríos y húmedos me rodearon la barbilla, haciéndome girar la cabeza hacia la de Zayne.

—¿Qué pasa?

—Nada —contesté sonriendo, pues no quería estropearlo.

Su mirada me examinó el rostro.

—Habla conmigo, Trin.

«Habla conmigo.»

¿Cuántas veces me había dicho eso? ¿Cuántas veces me había escaqueado, porque hablar significaba dotar de aliento y vida a los miedos? Siempre había sido más fácil mantener todo eso bien escondido, pero lo más fácil no era siempre lo mejor.

No era siempre lo correcto.

—Es que... me da miedo que vaya a pasar algo —admití—. Que esto tenga consecuencias.

—Podría tenerlas, Trin.

Inspiré bruscamente.

—Se supone que debes decir algo que me tranquilice. No asustarme más.

—Lo que se supone que debo decir es la verdad. —Me acarició el labio inferior con el pulgar—. Mírame.

Abrí los ojos y, de inmediato, su mirada pálida me atrapó.

—Te estoy mirando.

—Pase lo que pase, lo afrontaremos juntos. No te besé sin considerar que podía haber un riesgo. No compartí contigo lo que acabamos de compartir creyendo que no podía pasar nada. —Sus ojos examinaron los míos—. Sabía que era arriesgado para nosotros... y hay un nosotros. Y también sé que vales la pena correr el riesgo. Que valemos la pena correr el riesgo.

Una onda de placer danzó alrededor de mi corazón.

—Siempre dices lo correcto.

Zayne me sonrió.

—Sabes que eso no es verdad.

—Dices lo correcto, como mínimo, el noventa y cinco por ciento de las veces. —Me estiré para tocarle la mandíbula—. Juntos —susurré—. Me gusta cómo suena. Mucho.

Su mano ascendió para acunarme la mejilla.

—Me alegra oírlo. De lo contrario, las cosas se volverían mucho más incómodas e irritantes para ti.

—¿Y eso?

—Porque no pienso dejarte marchar en un futuro cercano —contestó, moviéndose increíblemente rápido. Antes de darme cuenta, estaba de espaldas y él se había colocado encima de mí. Sus labios rozaron los míos mientras decía—: Así que me alegra saber que estamos de acuerdo.

Entonces me besó y, sí, desde luego que estábamos de acuerdo.

Zayne estaba encaramado en el parapeto de uno de los hoteles situados no demasiado lejos del Triángulo Federal. En su forma de Guardián, con las alas plegadas hacia atrás, tenía un aspecto temible.

Yo me había pasado todo el día esperando que las cosas se volvieran raras entre nosotros o que un alfa apareciera de repente a infligirnos un castigo.

No había pasado ninguna de las dos cosas.

Bueno, me había sentido un poco... tonta cuando me desperté esta mañana, enredada con él, y de vez en cuando a lo largo del día. No estaba segura de qué se suponía que debía hacer. ¿Despertarlo o ingeniármelas de alguna manera para levantarme de la cama sin despertarlo? De repente, me había preocupado muchísimo el aliento matutino. Zayne se despertó antes de que pudiera decidirme y me besó en la mejilla antes de levantarse. Se metió en la ducha antes que yo. Más tarde, cuando pasó a mi lado, apoyó los labios en un lado de mi cuello en lugar de tirarme con suavidad del pelo o jugar con mis gafas, lo que supuso un agradable cambio de comportamiento, pero me había dejado ruborizada y tartamudeando. El entrenamiento había comenzado con normalidad, pero, cuando uno tiró al otro sobre la colchoneta, terminamos quedándonos allí, besándonos, acariciándonos, hasta que Cacahuete entró flotando en la habitación y luego volvió a salir, gritando algo sobre sus ojos.

Cuando empezamos a patrullar, me pregunté si sería raro cogerle de la mano mientras caminábamos. No me había atrevido a hacerlo.

Pero no nos habíamos pasado todo el día entrenando o metiéndonos mano. Habíamos hecho planes sobre el Heraldo. Yo había aceptado que Zayne tenía razón hacía días, cuando dijo que no encontraríamos al Heraldo hasta que él quisiera que lo encontraran. En cuanto volviera a aparecer, teníamos que hacerle hablar, porque, si lo liquidábamos, no sabríamos qué estaba pasando con Bael, el senador y aquellos espíritus atrapados en el instituto. Y, si el Heraldo era quien había colocado aquellas barreras de protección, era probable que él fuera el único capaz de romperlas. Así que teníamos que dejarnos ver.

Teníamos que estar alerta.

Y teníamos que ser pacientes.

Eso último no formaba parte de mis habilidades.

Bajo la atenta mirada de Zayne, yo estaba caminando por la estrecha cornisa del edificio como si fuera una barra de equilibrio. Me pareció que sufrió unos cuatro infartos distintos cada vez que di un paso en falso.

—¿De verdad tienes que hacer eso? —me preguntó.

—Sí.

—La respuesta correcta sería no.

Sonreí de oreja a oreja y giré como una bailarina de *ballet*, provocando que Zayne soltara una brusca maldición.

—Estoy practicando. Eso es lo que hago.

—¿Practicar para qué? ¿Batir un nuevo récord mundial por cuántas veces puedes hacer que se me pare el corazón?

—Además de eso, me ayuda a trabajar en mi equilibrio cuando no puedo ver.

—¿Y no puedes hacer eso cuando no estés a unos cien metros de altura?

—Pues no. Porque no puedo meter la pata cuando estoy aquí arriba. Allí abajo, no pasaría nada malo si me caigo.

—Ese sería el objetivo —contestó con tono seco.

—Deja de preocuparte tanto. Sé cuánto mide esto exactamente de ancho. Veinte centímetros. —Regresé con cuidado hacia Zayne y me detuve como a medio metro. Bajé la mirada, pero no pude ver la superficie de la cornisa ni la forma de mis botas—. La cornisa es como mi campo de visión. Bueno, salvo porque aquí los bordes son rectos y no como un círculo irregular donde las cosas a veces están claras y otras borrosas. Todo lo demás es... —Levanté los brazos—. Sombras. Es extraño, porque a veces ni siquiera es negro. Es más bien gris. Qué sé yo. Podrían ser las cataratas.

—¿Crees que se podrían extraer?

—¿Mis ojos?

—Las cataratas —dijo con un suspiro.

Sonreí de nuevo.

—El último médico al que fui dijo que, en realidad, me estaban protegiendo las retinas en cierto sentido y que, hasta que no causen un verdadero problema, quería posponer el hablar de cirugía. Operar a personas que padecen RP conlleva muchos más riesgos, y más posibles efectos secundarios.

—Detesto pensar en qué podría considerarse un «problema real».

Resoplé, pensando que, aunque me había adaptado lo mejor que podía a la visión restringida, las cataratas solían sacarme de quicio.

—Si causan mucho dolor u obstruyen por completo mi visión central, supongo.

—Pero una vez me dijiste que te duelen los ojos.

—Sí, pero es soportable. Es más bien una molestia y es probable que no tenga nada que ver con las cataratas. Es decir, no directamente. Aunque creo que debería ir a que me revisen los ojos. —Eché la cabeza hacia atrás y miré hacia el cielo. Tardé un momento en ver el lejano y tenue resplandor de una estrella y luego otra—. Tuve edemas una vez antes. Podría volver a pasar.

—¿Edemas maculares? ¿La hinchazón detrás de las retinas? —me preguntó, sorprendiéndome una vez más con la investigación independiente que había realizado—. Eso podría ser lo que hace que te duelan los ojos. Tenemos que pedir cita. Llama a Thierry y averigua si el médico al que te llevaron podría remitirte a alguien que esté más cerca, como el Wilmer Eye Institute en Baltimore. Forman parte del Johns Hopkins.

Estaba claro que había investigado bien.

—Solo debemos tener cuidado —continuó—. Mientras no hagan pruebas genéticas...

—No se enterarán de que no soy completamente humana. —Bajé los brazos y me fui acercando poco a poco a Zayne—. Pero ¿te imaginas que hicieran las pruebas? ¿La expresión en las caras de los genetistas cuando le echaran un vistazo a mi ADN?

Se rio.

—Probablemente pensarían que eres un extraterrestre.

—Pensaba que no creías en los extraterrestres.

—Nunca he dicho eso. Solo dije que no era probable que esos pinchos pertenecieran a extraterrestres.

—Y yo dije que esos pinchos podían pertenecer a ángeles —señalé—. Solo para recordarte que tenía razón.

Él resopló.

—He estado pensando en los pinchos. Resultarían mortíferos contra cualquier ser con sangre angelical. Con tu gracia y los pinchos, estaríamos mejor preparados.

—Buena idea.

—Por supuesto que fue buena idea. Se me ocurrió a mí —contestó. Puse los ojos en blanco mientras una brisa cálida me rodeaba la nuca desnuda—. Por cierto, se me olvidó contarte que no logré convencer a Stacey de que no regresara al instituto.

Esperé sentir una oleada de celos, pero apenas noté una pizca de esa desagradable emoción. Dado que eso suponía una enorme mejora, decidí no leerme la cartilla.

—Puede que esté a salvo. Sam no dio a entender que estuviera en peligro inmediato.

—Sí.

Bajé de la cornisa de un salto y casi suelto una carcajada debido a la oleada de alivio que me llegó a través del vínculo. Me dirigí hacia el otro lado de Zayne.

Por poco pierdo un ojo cuando casi choco con su ala.

Por suerte, él sintió lo cerca que me encontraba y la levantó antes de que me golpeara.

—Estás preocupado por ella.

—Sí —admitió. Al estar ahora tan cerca de él, pude distinguir su perfil a la luz de la luna—. Ya ha pasado por demasiadas cosas.

—Es verdad —coincidí—. Con suerte, cuando entremos en el instituto, podremos evaluar la situación. Tiene que haber una forma de sacar a los espíritus y los fantasmas de allí.

Zayne clavó la mirada en la calle situada más abajo y pensé que, si alguien lo veía, creería que habían colocado una gárgola de piedra.

—Sé que quieres ayudarlos.

Me puse rígida.

—Lo haré.

—Pero no puedes ayudarlos a cruzar mientras esas barreras de protección sigan ahí, Trin.

La ira me fue ensombreciendo el humor, que hasta entonces era bueno.

—Bueno, tú tampoco puedes exorcizarlos con las barreras de protección ahí, así que podemos llegar a un acuerdo. Eliminamos las barreras y así podré hacer avanzar a los fantasmas que necesiten irse y los espíritus que estaban atrapados. Puedo ocuparme de la gente sombra el sábado por la noche y apuesto a que, en cuanto me deshaga de ellos, los fantasmas y los espíritus puede que se calmen.

Zayne asintió con la cabeza.

—Estaba pensando en algunos de los libros que mi padre solía tener en la biblioteca. Hay uno enorme y antiguo sobre ángeles. Probablemente sea buena idea ir allí esta noche a cogerlo. Puede que Gideon ya lo haya revisado, pero…

—Pero no estaría de más —contesté, mostrándome de acuerdo.

—Así es. Y creo que también hay otro camino que podemos tomar.

—Como… —Di un respingo cuando un gélido escalofrío se

deslizó por mi nuca y se instaló entre mis omóplatos como si una mano me presionara la piel—. Está aquí.

Zayne se bajó de la cornisa con un movimiento fluido.

—¿Dónde?

—Cerca. Tenemos que hacerlo salir. —Mantuve la voz baja mientras me giraba hacia Zayne. En las sombras, su piel gris se camuflaba, pero su mirada pálida resaltaba mucho. Un plan tomó forma rápidamente—. Tenemos que separarnos.

—No me gusta esta idea —gruñó.

—A mí tampoco. —Coloqué una mano sobre su pecho. El calor de su piel me resultó cálido contra la palma de la mano—. Pero la última vez no se mostró hasta que nos separamos, y tenemos que hacerle hablar. Iré a la siguiente azotea. Tú vete a otro lado y escóndete hasta que aparezca.

—Trin...

—Puedo cuidarme sola y esta vez no permitiré que me saque ventaja —prometí—. Sabes que puedo con esto.

Movió las alas en un gesto de irritación, pero dijo:

—Lo sé.

Encontré su mirada y luego me estiré para colocar la otra mano sobre la dura superficie de su mandíbula. Dos simples palabras acudieron a mi lengua, pero no pudieron liberarse. Hice lo que sabía que sí podía hacer. Guie su cabeza hacia la mía, le di un beso suave y rápido y luego volví a apoyarme en los pies. Di un paso y me giré.

Zayne me agarró del brazo y me acercó de nuevo a su pecho. Se me escapó una exclamación de sorpresa, pero se vio sofocada enseguida por la presión de su boca sobre la mía. El roce de su lengua y la sensación casi prohibida de las puntas de sus colmillos contra mis labios casi hizo que se me licuaran los músculos. Zayne me levantó hasta que las puntas de mis botas eran lo único que tocaba la azotea mientras me besaba como si fuera un hombre que acababa de despertar de un sueño profundo, y no hubo ni una parte de mi ser que no lo sintiera.

Sin ninguna duda, esta clase de beso era «más».

Cuando apartó su boca de la mía, tuve que recordar que había cosas que hacer. Cosas importantes.

—El hecho de que puedas besarme cuando tengo este aspecto…—Su voz era como papel de lija—. Me… me desarma, Trin. Lo digo en serio.

Mi corazón se hinchó y luego se encogió, debatiéndose entre la sobria belleza de sus palabras y la incredulidad.

—Puedo besarte cuando estás así porque eres hermoso así.

Zayne se estremeció mientras presionaba su frente contra la mía, abrazándome fuerte durante otro segundo demasiado breve, y luego me dejó sobre mis pies, apartando las manos con una larga caricia.

—Te estaré vigilando.

Retrocedí un paso, pasándome las manos por los costados.

—Mirón.

—Ten cuidado —gruñó, ignorando mi comentario.

—Siempre.

Di media vuelta y me largué lo más rápido que pude, pues debía admitir que, si no me ponía en marcha, tuviera o no un deber que estaba predestinada a cumplir, haría algo increíblemente irresponsable y completamente impulsivo. Me quedaría y encontraría el modo de demostrarle a Zayne que era igual de hermoso para mí en su verdadera forma que en su piel humana.

Puesto que sabía exactamente dónde estaba la cornisa y la distancia entre los edificios, salté justo cuando toqué la pared baja con el pie. Los breves segundos de ingravidez fueron tan asombrosos como el beso de Zayne. Aterricé en cuclillas y examiné la azotea iluminada. Entre los focos y la luna llena, podía ver bastante bien.

Me incorporé y me acerqué a la cornisa que daba a la calle de abajo, sintiendo todavía la fría presión en la nuca. Me subí al parapeto de un salto, me arrodillé y esperé mientras los coches recorrían la calle estrecha y las risas y los gritos de la gente de abajo se desvanecían y quedaban en segundo plano.

—¿Dónde estás? —le dije a la noche, sabiendo en los huesos que él vendría.

No tuve que esperar mucho tiempo.

Unos minutos después, sentí que aumentaba la intensidad del frío. Mi gracia bulló y luego chisporroteó. Me mantuve inmóvil, conteniendo la respiración, hasta que escuché el golpe que hizo al aterrizar sobre la azotea.

Él habló primero.

—La última vez que te vi, estabas inconsciente.

—Por si no lo sabes —dije, mirando al frente—, no está bien noquear a una chica y marcharte sin despedirte.

—Podría haberte matado, cariño, pero has despertado mi curiosidad.

El apelativo afectuoso me hizo apretar tanto la mandíbula que me dolió.

—Podría. Habría. Debería. —Entonces me incorporé, giré sobre los talones y salté a la azotea. Él estaba de pie en el centro y su cabello era casi del color de la luz de la luna. Iba vestido todo de negro como la última vez y tenía un aspecto de otro mundo—. ¿Por qué sientes curiosidad?

—¿Y por qué no? Eres como yo.

—No me parezco en nada a ti. Yo no me doy un aire al abominable hombre de las nieves.

—No, tú eres como un volcán, siempre a punto de entrar en erupción.

—Gracias —contesté—. ¿Por qué tu cuerpo desprende tanto frío?

—Porque mi alma es fría.

—Vaya, qué cliché tan decepcionante. —Me detuve y me preparé por si me atacaba—. No solo eres maleducado, también eres muy poco creativo.

—Soy muchas cosas. —Ladeó la cabeza—. Y no sabes ninguna de ellas.

—Te sorprendería lo que sé.

—Lo dudo. —Se rio entre dientes—, Porque, si lo supieras, no estarías ahí plantada, cautivándome con tu charla.

—¿Te estaría matando? —sugerí—. Porque estaría encantada de hacerlo si quieres.

—No. Estarías huyendo. —Dio un comedido paso hacia delante, luego se detuvo y giró la cabeza hacia la izquierda—. Me preguntaba cuándo ibas a aparecer.

Los elegantes arcos de unas alas surgieron al otro lado de mi interlocutor mientras Zayne, que había caído de la nada, se incorporaba diciendo:

—No me perdería esta fiesta por nada.

—Protectores. Los leales sabuesos de los Sangre Original —dijo el desconocido con un atisbo de sonrisa.

—No es un perro —contesté con desdén.

—No son nada leales —añadió como si yo no hubiera hablado—. Una vez tuve un protector. Era de mi edad y nos criaron juntos. Era mi mejor amigo. Un hermano.

—La verdad es que no me importa. Solo soy sincera.

Él giró la cabeza hacia mí mientras Zayne mantenía la distancia entre ellos.

—Lo maté. Le arranqué el corazón directamente del pecho. No quería hacerlo. Pero no me quedó más remedio.

—Buena historia, tío. —Las alas de Zayne descendieron—. Perdona si sueno repetitivo, pero a mí tampoco me importa.

—Pero ¿no queréis conocerme? ¿Saber cómo es posible que haya otro Sangre Original? ¿Cómo me llamo? ¿O cuánto tiempo llevo observando? ¿Esperando? —Hizo una pausa—. Habéis sido muy traviesos.

—No estoy segura de qué parte de «No me importa» te resulta confusa, pero déjame repetirlo. No me importa cómo te llames ni quién sea tu padre. —Sentí que la gracia rugía a través de mí—. Lo único que quiero saber es cómo romper las barreras de protección que tienen atrapados a los espíritus en ese instituto…

—¿No quieres saber nada sobre Misha? —me interrumpió.

Mi corazón flaqueó.

—Lo que me dijo sobre ti… Yo que tú no haría eso —dijo al captar el sigiloso avance de Zayne por la espalda—. Me siento benévolo, protector. No pongas a prueba mi humor.

—Yo siento instintos asesinos —gruñó Zayne—. Por favor, pon a prueba mi humor.

—Si me obligas a matarte, tengo la sensación de que todo se irá a pique muy rápido.

—El hecho de que creas que puedes matarme demuestra cuánto se han ido ya a pique las cosas —replicó Zayne—. Puede que seas un Sangre Original, pero tocaste a Trinity, y eso por sí solo ya me da fuerza más que suficiente para romperte todos los patéticos huesos del cuerpo, uno por uno. Aunque no te mataré.

—No. No lo harás.

—Solo te obligaré a arrodillarte sobre las rótulas destrozadas, para que ella pueda asestar el golpe mortal.

Dios mío.

Me dieron ganas de besar a Zayne en ese momento.

—Hablando de asestar golpes mortales —contestó el otro Sangre Original, centrándose en mí—. Es interesante que tú y yo podamos marcar matar a nuestros protectores en nuestra lista de experiencias compartidas.

—Me da igual lo que tengas que decir sobre Misha —le aseguré y casi me lo creí—. Quiero saber cómo romper las barreras de protección.

—Los celos son algo horrible —dijo él, en cambio—. Ese fue el pecado de Misha. La envidia. Le dijeron que era especial, y se moría por creerlo. Literalmente.

Me puse tensa.

—Es una emoción tan humana. —Se encogió de hombros—. Quiero que sepas cómo me llamo.

—Yo solo quiero que respondas mi maldita pregunta —le espeté.

—Me llamo Sulien...

—¿En serio? —Zayne soltó una carcajada—. ¿*Sullen*?* ¿Te llamas así?

El aludido suspiró.

—No se escribe como tú crees.

—Te pega ese nombre —opiné—. Pareces la clase de tío que toca la guitarra, pero solo se sabe unos cuantos acordes, y se pone poético hablando de la chica a la que quiere, aunque ella no sabe que existe. Taciturno, deprimido y frío. El alma de la fiesta, vamos. ¿Por eso quieres provocar el fin de los tiempos? ¿Porque tienes que aguantar llamarte Sulien?

—En realidad, nunca he querido a nadie. Ni siquiera a mi protector —respondió Sulien—. Y no voy a provocar el fin de los tiempos. Solo me he apuntado a la fiesta.

—Ajá —masculló Zayne—. Bueno, Sulien, ¿dónde se ha estado escondiendo Bael?

---

* En inglés, *sullen* significa «taciturno». (*N. de la T.*)

—En algún lugar donde esté a salvo.

—¿A salvo de qué? —preguntó Zayne.

—De aquellos que desean hacerle daño. Como vosotros.

Arqueé una ceja.

—¿Estás protegiendo a un demonio?

Sulien se rio entre dientes.

—Es curioso que tú precisamente preguntes eso, pero estoy protegiendo el plan.

—¿Qué plan? —exigí saber.

—Por el que Misha murió.

Sentí una opresión en el pecho.

—Hablando de Misha, él era exactamente como me acabas de describir, pero nunca viste ese lado de él. Eso significaría haber pensado en él en lugar de en ti misma.

La pulla dio en el blanco.

—Me da la sensación de que no lo conocías en absoluto —continuó Sulien—. Que él sí te quiso en algún momento.

—Más te vale cerrar el pico —le advirtió Zayne.

—Pero luego todo se convirtió en odio. Por eso pudiste matarlo. Conmigo no te será tan fácil, porque no te odio, Trinity. No siento nada por ti, pero tú me odias.

Las esquinas de mi visión se volvieron blancas al mismo tiempo que una luz dorada me bajaba por el brazo y la espada tomaba forma con rapidez. Unas chispas enfurecidas y sibilantes hendieron el aire.

—Tienes razón. Te odio.

—Toda esa rabia... —Sulien suspiró como si eso lo complaciera—. Será tu perdición.

Zayne se abalanzó hacia él, pero Sulien se agachó y se apartó con un giro. Me lancé hacia delante, pero él era rápido, se movía a la velocidad del rayo. Primero se encontraba entre Zayne y yo y, un instante después, estaba en la cornisa.

—No puedo romper las barreras de protección —dijo—. Porque yo no las coloqué allí.

—Gilipolleces. —Avancé con paso amenazante, sosteniendo la espada a un lado, mientras Zayne se incorporaba extendiendo las alas—. Sé qué eres. Eres el Heraldo.

Sulien soltó una carcajada que sonó como si cayera hielo.

—Yo soy la herramienta de castigo y tú, el arma de destrucción. Esas son nuestras etiquetas y los papeles que debemos desempeñar.

—¿Siempre hablas como si hubieras perdido todo contacto con la realidad? —le preguntó Zayne—. Madre mía. Y yo que creía que a los demonios les gustaba oírse hablar.

Sulien resopló.

—Me sentía benévolo. Deberías haber preguntado por qué he reunido a todas esas almas. Deberías haber preguntado por qué no te he matado. Deberías haber preguntado cuál es el papel final que tú desempeñas. Pero sé que volveré a verte, Trinity, y, cuando ocurra, sería aconsejable que vinieras sola.

Antes de que yo pudiera hacer nada (hablar, ir a por él o inspirar otra vez), Sulien se inclinó hacia atrás y cayó de la cornisa hacia la noche.

Treinta y cuatro

Grité mientras Zayne volaba hacia delante y aterrizaba en la cornisa, con las alas en alto. Me acerqué corriendo al borde al mismo tiempo que mi gracia se replegaba.

Una carcajada surgió de abajo, entre la oscuridad, mientras me subía de un salto a la cornisa, situándome al lado de Zayne. No pude ver a Sulien, pero comprendí que había aterrizado en un balcón situado unos tres o cuatro metros más abajo. Volvió a saltar, brincando de balcón en balcón, hasta llegar al suelo. Escudriñé la oscuridad con la mirada y divisé luces en los balcones. Me preparé para saltar.

El brazo de Zayne me rodeó la cintura.

—No lo hagas.

—Pero…

—No podemos ir tras él —argumentó—. Ahora no. Eso es lo que él quiere, y no vamos a dárselo.

—Yo quiero perseguirlo —razoné, agarrándole el brazo.

Zayne me alejó de la cornisa y luego me soltó. Me giré hacia él mientras el instinto me exigía apartarlo de un empujón y largarme. Él debió sentirlo, porque extendió las alas, creando un obstáculo efectivo.

—Ya lo perseguiste antes. Y te condujo a ese túnel. No le permitiremos que vuelva a conducirnos a ningún sitio.

Frustrada porque él tenía razón y porque saber eso no sofocó el instinto de ir tras él, apreté los puños y me tragué un grito.

—Está jugando con nosotros.

—Tienes razón —gruñó Zayne—. Y por eso no vamos a seguirle el juego. Así no lo venceremos.

—¿Y cómo lo venceremos, Su Omnisciencia? No sabemos dónde encontrarlo ni tenemos forma de rastrearlo si no podemos perseguirlo. —Me di la vuelta y caminé por la azotea con paso airado—. Durante todo este tiempo, nos hemos limitado a esperar a que aparezca...

—Ese fue el plan que acordamos.

—Pero aquí no somos nosotros quienes están al mando. —Me detuve y respiré hondo varias veces, inhalando el cálido aire nocturno. La presencia del otro Sangre Original había desaparecido por completo—. Si esto es una historia, nosotros no hacemos avanzar la trama, colega.

—Esto no es una historia y, aunque lo fuera, a veces obligar a que ocurran cosas no solo es poco realista, sino increíblemente estúpido. Así que, ¿sabes qué?, reescribiremos la historia.

¿Qué?

Me di la vuelta al ver que me había seguido.

—Esta conversación me tiene completamente perdida.

Zayne echó las alas hacia atrás.

—¿Recuerdas que te dije que se me había ocurrido una idea? ¿Antes de que apareciera el gilipollas de Sulien?

Me temblaron los labios.

—Has dicho «gilipollas». Cacahuete se sentiría muy orgulloso.

—Me alegra saberlo. Hay otra forma, si no podemos derribar esas barreras de protección. Algo que sin duda liberará a los que están atrapados allí y eliminará las barreras.

—¿Qué? ¿Insecticida antihechizos de ángel?

—No sabía que eso existía. Me pregunto si podemos comprarlo en Amazon.

—Ja, ja. Esa era mi risa entusiasmada de «has dicho algo ingenioso», por si no lo sabías.

La expresión de Zayne se mantuvo indescifrable, pero sentí su intensa diversión.

—Podemos encontrar la forma de derribar esas protecciones y luego encontrar la manera de eliminar los túneles y ese instituto, si es necesario.

Parpadeé una vez y luego dos.

—¿Tú, un Guardián, estás sugiriendo que hagamos saltar por los aires los túneles y el instituto?

—Eso es justo lo que estoy sugiriendo.

Hacer estallar cosas probablemente (vale, indudablemente) era un delito, así que debería ser el último recurso, pero era una idea muy buena. Algo que ahora parecía increíblemente evidente.

Nos pasamos el resto de la noche debatiendo la logística de hacerlo, y eso fue una conversación que me alegré de no mantener por teléfono (estaba convencida de que tendría como resultado que Seguridad Nacional y el FBI se presentaran en la puerta).

No volvimos a ver a Sulien ni a ningún demonio, y, cuando regresamos al apartamento sin sofá, habíamos decidido que probablemente tendríamos que involucrar a Roth. El fuego infernal no derribaría barreras de protección angelicales, así que íbamos a tener que emplear el clásico método humano de la destrucción masiva.

Materiales explosivos.

Para mi sorpresa, los Guardianes no tenían nada de eso almacenado, así que supusimos que Roth sería nuestra mejor opción fuera del mercado.

A ver, me decepcionaría que Roth no tuviera acceso a algún explosivo.

Esa noche no fue como la anterior, pero tampoco fue como ninguna otra noche. Zayne y yo, bueno, estábamos juntos. Éramos pareja y, aunque parecía que nos conocíamos desde hacía años en lugar de meses, todo seguía siendo nuevo. No quise dar por sentado que se acostaría conmigo, tanto en el sentido literal como figurado.

Así que, mientras me cepillaba los dientes y me preparaba para meterme en la cama, repasé todas las posibles formas no incómodas en las que podría abordar el tema. Terminé poniéndome de los nervios para cuando Zayne hizo lo mismo.

Todo por nada.

Porque, cuando salió del cuarto de baño, con el pantalón del pijama colgando bajo de sus esbeltas caderas y el pelo húmedo alrededor de la cara, me preguntó:

—¿Quieres que me quede contigo?

Asentí con la cabeza antes de dejarme caer en la cama y hacerme a un lado. Él se metió en la cama con mucha más elegancia, dejando encendida la lámpara de la mesita de noche.

Me tumbé, sin saber muy bien qué hacer. ¿Debería iniciar la diversión? ¿Se esperaba que lo hiciera yo? ¿O él? No me parecía que estar juntos significara practicar sexo cada vez que acababas en una cama con tu pareja. No es que no me apeteciera, pero me sentía... bueno, un poco dolorida. No tanto como para encogerme de dolor, pero... diferente.

Ojalá pudiera llamar a Jada para preguntárselo.

—¿Te importa que apague la luz? —me preguntó Zayne.

—No —contesté, esperando que no hubiera sonado tan similar a un chillido como se lo pareció a mis oídos.

La cama se movió y la luz se apagó. Luego sentí otro movimiento cuando Zayne se giró hacia mí. Como había hecho en la azotea, me agarró por la cintura, pasando el brazo por debajo de mi espalda, y me apretó contra su cálido pecho.

—¿Estás cómoda así? —fue su siguiente pregunta.

—Sí. —Zayne desprendía calor y olía a menta fresca y me gustó cómo una de sus manos encontró la mía en la oscuridad. Nuestros dedos se entrelazaron—. ¿Vas a... dormirte?

—En un rato. —Hubo una pausa—. Anoche no dormimos mucho.

Me sonrojé en medio de la oscuridad.

—No fue culpa mía.

—Yo diría que ninguno de los dos tuvo la culpa. O la tuvimos ambos.

—Pero tú sacaste las galletas y eso me dio energía.

Él se rio y, unos segundos después, sentí su boca contra mi sien, depositando un beso rápido allí. Empezó a hablarme de la primera vez que había visto a Roth y cómo había tenido que esforzarse por mantener su forma humana en público. Escuché, riéndome de los evidentes intentos de Roth de provocarlo para que se transformara. Me contó que, a su pesar, tanto a Nicolai como a Dez había acabado cayéndoles bien el príncipe demonio, por no decir que confiaban plenamente en él, y su propia historia con Danika. Que su padre quería que Danika y él se emparejaran, pero que él siempre la había considerado más bien una hermana.

Por fin, me confirmó que Danika y Nicolai sí eran pareja. Los dos decidimos que era probable que a Nicolai le estuviera costando más lidiar con ella que dirigir el clan, porque no se parecía a ninguna otra Guardiana que yo conociera. Me habló de la primera esposa de Nicolai, que había muerto en el parto, y Zayne admitió que, después de pasar una hora en una habitación con los gemelos de Jasmine, no estaba seguro de querer tener hijos algún día. Haría la excepción de adoptar cuando fueran lo bastante mayores como para transformarse. Yo me había reído, recordando que le había oído decir a Matthew una vez que se plantearía adoptar si el niño estuviera «adiestrado». A mí casi me dio algo, porque, sí, enseñar a un niño a usar un orinal tenía que ser uno de los círculos del infierno.

Hablamos hasta que nos pesaron los ojos y las pausas entre las respuestas se volvieron más largas. El tema del Heraldo no surgió ni una vez, ni nada relacionado con nuestro deber, y, mientras permanecíamos acostados juntos en la oscuridad, no hubo un mañana del que preocuparse, ni presiones ni temores.

Y eso fue mejor que cualquier cosa que yo pudiera haberme esperado. Que cualquier cosa que pudiera haber querido o necesitado. Solo nosotros y palabras y nuestros dedos entrelazados.

Esos minutos que se alargaron fueron sencillamente… «más».

Recibimos de improviso una noticia que estábamos esperando, justo antes de salir del apartamento para ir a patrullar… del apartamento inquietantemente vacío. Los de la mudanza habían venido esa mañana: un pequeño ejército que embaló con rapidez la cocina, las colchonetas y el saco de boxeo y todo lo que había en el dormitorio. Habíamos planeado pasarnos por el nuevo piso antes de salir, pero eso no iba a ocurrir en ese momento. La primera vez que yo lo viera sería esa noche y, por suerte, Cacahuete ya sabía dónde encontrarnos. Se lo recordé por la mañana y él respondió que las paredes no significaban nada para él y que él era un fantasma «en libertad».

«Señor, dame paciencia.»

El teléfono de Zayne sonó mientras yo estaba de pie en el lugar donde solía estar el sofá, entrelazando tres secciones de mi pelo para formar la trenza con el aspecto más patético del mundo.

—¿Qué pasa, Dez? —respondió Zayne mientras pasaba a mi lado, inclinándose para darme un beso rápido en la frente—. ¿Qué? ¿En serio?

Se puso rígido y toda mi atención se centró en él mientras se volvía de nuevo hacia mí.

—Vale. Gracias. —Una pausa—. Sí, os mantendré informados. Gracias de nuevo.

—¿Qué ocurre? —le pregunté en cuanto colgó.

Zayne sonrió.

—El senador Fisher ha regresado a la ciudad.

—¿En serio? —Eso no era lo que me esperaba—. La verdad es que estaba empezando a creer que ese tipo estaba muerto.

—Bueno, pues está vivo y se ha registrado en el Condor, en una de las *suites* federales. —Me dijo el número de piso y de habitación—. Dez me contó que tiene guardias de seguridad con él. Lo más probable es que estén apostados fuera de la *suite*, en el pasillo privado y dentro con él.

—Bueno, podemos encargarnos de ellos. Vamos a ir ahora.

—Sí, pero, si solo son empleados del Gobierno haciendo su trabajo, no nos interesa hacerles… demasiado daño. Necesitaremos refuerzos. —Revisó los contactos de su teléfono—. Puesto que sin duda va a haber humanos allí.

—¿Roth?

Yo sabía que Roth podía jugar con las mentes humanas, borrando recuerdos a corto plazo o reemplazándolos por algo diferente.

Zayne asintió a la vez que se llevaba el teléfono a la oreja. Mientras él hablaba con Roth, me apresuré a terminar la trenza con la que estaba intentando domar mi pelo. Me quedó supertorcida, pero me mantendría el pelo apartado de la cara. Procuré no emocionarme demasiado con la noticia, porque quién sabía lo que nos encontraríamos al llegar allí, pero el senador podría decirnos dónde estaba el Heraldo. Podría decirnos qué diablos estaba planeando el Heraldo y podría decirme qué había dicho Misha...

No.

Daba igual lo que hubiera dicho Misha o por qué había hecho lo que hizo. Tenía que olvidarme de eso, porque averiguarlo no era la prioridad ahí.

Exhalé de manera brusca y dejé caer las manos mientras Zayne colgaba.

—Roth no está disponible, pero enviará a Cayman. Se reunirá con nosotros allí.

—Genial. —Me pregunté qué llevaría puesto Cayman hoy—. ¿El plan?

Zayne se dirigió a la isla de la cocina, donde había una bolsita con llaves.

—Entrar y hacerle hablar, de una forma u otra. Descubrir dónde encontrar al Heraldo y qué está pasando con el instituto.

—¿Y si no habla?

Sacó las llaves mientras me miraba a través de las pestañas.

—Los humanos son... frágiles, Trin, y, por lo que he aprendido, los humanos que conspiran para hacer el mal siempre son los más débiles, porque es la debilidad inherente lo que los condujo a hacer el mal. Encuentra la debilidad y explótala. Se irán de la lengua más rápido que una cuenta anónima de Twitter.

Ladeé la cabeza.

—Tienes experiencia, ¿no? ¿Haciendo hablar a humanos?

—Pues sí. No me gustó, pero lo he hecho y volveré a hacerlo sin dudarlo.

Me invadió la sorpresa mientras intentaba imaginarme a Zayne amenazando a un humano con violencia y puede que incluso llevando a cabo la amenaza. No conseguí visualizarlo.

—Veo que estás sorprendida. —Se le dibujó una sonrisa irónica—. Hay muchas cosas que no sabes, Trin. Ya te lo dije antes.

Así era.

—No pensé que te refirieras a que eras en secreto un experto interrogador.

—A todos nos han adiestrado para obtener la información necesaria —me explicó. Yo ya lo sabía, pero se trataba de Zayne—. ¿Por qué crees que yo no sabría cómo hacerlo?

—Ya sé que tu adiestramiento es muy completo, pero es que me sorprende que tú... que lo hicieras, porque eres... qué sé yo. Eres intrínsecamente bueno.

Su pálida mirada era penetrante.

—Nadie es intrínsecamente bueno, y menos los Guardianes.

El estómago me dio un vuelco.

—Thierry básicamente dijo que yo lo era y que por eso creía que no me volvería como... como Sulien.

—No sabemos lo suficiente sobre Sulien para saber por qué es como es y, aunque estoy de acuerdo en que no tienes nada de qué preocuparte, ni tú ni yo somos intrínsecamente buenos.

—Tienes razón —dije después de un momento.

Me observó.

—¿Te preocupa saber esto de mí?

¿Me preocupaba? No. Esa era la verdad, estuviera bien o mal. Negué con la cabeza.

—Solo me sorprende.

Aquella extraña media sonrisa apareció.

—Es algo que hay que hacer, pero siempre viene bien conocer las razones que llevaron un humano a donde está. Puede que saberlo no cambie el resultado, pero la empatía hará que sea más fácil.

Pensé en Faye y en los miembros del aquelarre. Habían hecho lo que hicieron por codicia.

—¿Por eso no te importó que matara a Faye?

—Yo no diría tanto como que no me importó, pero tenía que hacerse. Y habría ocurrido con el tiempo, pero al menos así se evitó más daño.

Asentí despacio.

—Matar es... No sé. Es...

—Nunca es fácil. Se supone que no debe ser fácil, independientemente de las circunstancias.

—Sí. —Me acerqué hasta donde se encontraba, junto a la isla—. ¿Y el senador? Cuando haya hablado, ¿qué vamos a hacer?

Zayne no respondió de inmediato.

—Lo decidiremos cuando crucemos ese puente.

Tuve el presentimiento de que ya sabía qué íbamos a encontrarnos al otro lado del puente.

Inspiré y luego dejé salir el aire despacio. Eso formaba parte de quién era yo. Siempre lo sería. Ya lo sabía.

—Supongo que es bueno que este aspecto de quiénes somos me haga sentir rara.

Zayne me tocó la mejilla, atrayendo mi mirada hacia la suya. No dijo ni una palabra mientras bajaba la cabeza, deteniéndose a apenas un par de centímetros de mi boca durante un momento indeleble. Luego me besó. Sus labios ejercieron una presión suave y prolongada contra los míos.

—Me preocuparía si no fuera así.

Eso me hizo sonreír mientras él se enderezaba.

—¿Listo?

—¿Caminar? ¿Impala? ¿Moto? —me preguntó, sosteniendo las manos sobre las llaves.

—A estas alturas ya deberías saber que siempre voy a elegir la opción que no implique caminar —dije, enrollando un coletero alrededor del extremo de la gruesa trenza. Cuando me sonrió, sentí un aleteo de felicidad en el vientre, y eso me resultó extraño después de nuestra conversación—. Moto.

Su sonrisa se volvió más amplia mientras rodeaba con los dedos la llave que estaba sola.

—Ya sabía yo que me gustabas por algún motivo.

Treinta y cinco

Viajar en moto fue mucho menos difícil que en coche, aunque me dio un tanto de miedo mientras Zayne zigzagueaba entre el tráfico como si estuviera compitiendo para batir su propio récord personal de cuántas veces podían los coches tocar el claxon.

Me encantó (el aire en la piel y el viento que me tiraba de la trenza, cómo mis muslos se ajustaban a los suyos y lo que sentía al abrazarlo tan fuerte), pero lo que era más importante, me encantó que, cada vez que nos deteníamos, él bajaba la mano y me acariciaba la rodilla o me la apretaba.

Y también el hecho de que no estuviéramos caminando.

Eso también me encantó muchísimo.

Zayne consiguió un sitio para aparcar cerca del enorme hotel, que ocupaba casi una manzana entera y parecía que lo hubieran transportado desde Francia.

—El hotel es precioso —dije mientras caminábamos por la acera.

—Y antiguo. Creo que lo construyeron en el siglo XIX.

Mantuvo una mano en la parte baja de mi espalda mientras me guiaba alrededor de un grupo de turistas que estaban sacando fotos a las diminutas gárgolas y a los desagües tallados bajo muchas de las ventanas.

Suspiré.

—Este sitio va a estar superembrujado.

Él se rio entre dientes.

—Simplemente ignóralos hasta que acabemos.

—Eso se dice muy fácil —masculé.

—Ya está aquí —anunció cuando nos acercamos a la entrada.

Cayman se encontraba bajo un toldo azul y no lo habría reconocido de no haber sido por Zayne. Iba vestido con un traje negro (un traje negro con pinta de ser caro) y mocasines. Auténticos mocasines de cuero. Llevaba el cabello oscuro recogido en una pulcra coleta y, cuando nos vio, enarcó sus cejas negras.

—Te queda bien —le dije.

—Supuse que debería vestirme acorde con la ocasión. —Nos echó un vistazo—. Es evidente que vosotros no lo habéis hecho.

Miré mis mallas negras y mi camiseta gris. Zayne llevaba pantalones de cuero. Supuse que deberíamos haber pensado en cómo encajaríamos. O no.

—No hemos venido a desfilar por una pasarela —comentó Zayne.

—Pero, si lo hicieras, me compraría entradas de primera fila —bromeó Cayman y yo sonreí—. ¿Estáis listos?

Cuando Zayne asintió con la cabeza, el demonio se hizo a un lado y abrió una de las pesadas puertas. Salió una ráfaga de aire frío que hizo retroceder al calor. Una vez dentro, supe de inmediato que iba a tener que dejarme las gafas de sol puestas. Me sentí abrumada por las brillantes y deslumbrantes luces que brotaban de las arañas de cristal y el esplendor del grandioso vestíbulo. Yo ya había visto algunas obras de arte y diseños caros (a saber cuánto habría costado el Gran Salón, allá en la comunidad), pero esto era de locos. Todo parecía estar hecho de mármol u oro y sentí el repentino impulso de volver a salir corriendo para limpiarme los pies.

—Esperad aquí —nos indicó Cayman—. Tengo que conseguir una llave del piso.

Cayman se acercó tranquilamente al mostrador de registro y se inclinó, captando la atención de un joven. No supe qué le dijo, pero, en menos de un minuto, regresó hasta nosotros con una tarjeta llave de hotel asomando entre dos dedos.

—Qué rapidez —comenté.

—Tengo una voz mágica. —Me guiñó un ojo—. Seguidme.

Pasamos junto a un estanque de carpas japonesas y a través de una gran cantidad de columnas flanqueadas por numerosas palmeras en macetas. En medio de la frondosa flora verde, vi una mujer que caminaba de un lado a otro, aferrando con las manos una voluminosa falda de color violeta, y que sin duda era un fantasma.

Llegamos a un grupo de ascensores. Cayman nos condujo al último, pasó la tarjeta y luego entró.

—Vamos, niños —nos llamó—. No hay tiempo que perder.

Miré a Zayne, arqueando una ceja, pero él se limitó a sacudir la cabeza mientras entrábamos en el sorprendentemente estrecho ascensor. Una suave música *jazz* brotaba de unos altavoces ocultos.

Cayman pulsó el botón del trigésimo piso.

—Supongo que, en cuanto estas puertas se abran, nos recibirán de una manera muy poco divertida. Puedo ocuparme de ellos...

—En otras palabras, ¿matarlos? —lo interrumpí.

Él me miró.

—Pues... sí.

—¿Y si Zayne y yo los dejamos inconscientes o los incapacitamos de algún modo y tú te ocupas de sus recuerdos? —sugerí—. Eso es lo que necesitamos.

El demonio negociante hizo un mohín.

—Eso no es tan divertido.

—No estás aquí para divertirte —señaló Zayne.

—¿Según quién?

—Dios —suspiró Zayne, estirando el cuello de un lado a otro.

—Bueno, Dios no es mi jefe. —Cayman puso sus ojos dorados en blanco—. Pero, en fin. Haré lo que me pedís, aunque no prometo nada sobre los recuerdos que deje atrás. Creo que les daré una nueva obsesión con BTS, que han sustituido oficialmente a 1D en mi lista de cosas favoritas.

Abrí la boca, pero el ascensor se detuvo con suavidad. Zayne se situó delante de mí al mismo tiempo que las puertas se abrían.

—Tres a la derecha, dos a la izquierda. Habitación 3010. Yo iré a la derecha.

—Disculpe —dijo una profunda voz masculina en cuanto Zayne salió al pasillo—. Necesito ver algún tipo de...

Un ruido sordo interrumpió sus palabras cuando Zayne lo empujó con fuerza contra una pared.

Salí disparada, dirigiendo mi estrecha vista hacia la derecha, mientras un hombre vestido con un traje negro se apartaba de la pared, llevándose la mano a la cintura.

—De eso nada.

Lo agarré por el hombro y lo hice girar, luego lo sujeté por la nuca. Le estampé la frente contra la pared y dejé caer su cuerpo mientras me lanzaba hacia delante a toda velocidad. Oí que otro cuerpo se desplomaba detrás de mí, seguido rápidamente de un grito que supuse que se debía a que Zayne había llegado hasta su tercer hombre.

El tipo situado delante de mí había agarrado su arma, pero yo fui más rápida. Lancé una patada mientras giraba y lo golpeé en la sangradura. El arma salió volando por los aires mientras el hombre gruñía. Zayne atrapó el arma al mismo tiempo que yo sujetaba al tipo por el hombro y usaba su propio peso en su contra para derribarlo. El chasquido de la parte posterior de su cabeza contra el suelo me indicó que iba a tener un dolor de cabeza de campeonato cuando despertara.

—Bien hecho —dijo Zayne, lanzándole el arma a Cayman, que se había arrodillado junto al segundo hombre.

—Tú tampoco lo has hecho nada...

Apareció otro hombre, que abrió la boca como si se estuviera preparando para dar la voz de alarma. Me incorporé de un salto y le di un codazo debajo de la barbilla, haciéndole cerrar la mandíbula y echar la cabeza hacia atrás. Zayne lo atrapó mientras caía y le tapó la boca con la mano a la vez que hacía un gesto brusco con la barbilla, señalando hacia mi derecha.

Al levantar la mirada, descubrí que nos encontrábamos frente a la puerta 3010. Me giré y le hice señas a Cayman.

El demonio se acercó a toda prisa y sustituyó la mano de Zayne por la suya mientras miraba fijamente los ojos muy abiertos del hombre.

—Hola. ¿Has encontrado a Jesús, nuestro Señor y Salvador y colega psicodélico en todos los sentidos?

Despacio, me volví hacia el demonio, que sonrió de oreja a oreja. Levanté la mirada, articulando en silencio: «Pero ¿qué diablos...?», Zayne simplemente levantó una ceja y me indicó con un gesto que permaneciera en silencio mientras él agarraba a uno de los hombres inconscientes y se lo echaba al hombro.

Caray.

Zayne era muy fuerte.

Las facciones del hombre que estaba en el suelo se habían relajado, como si estuviera colocado. No emitió ningún sonido cuando Cayman lo arrastró fuera de la vista de la puerta, hasta lo que parecía ser un lavadero o un trastero. Despejaron el pasillo en cuestión de un momento y Zayne regresó para situarse al lado de la puerta que se abría mientras Cayman permanecía atrás. Cuando Zayne me miró a los ojos, asentí con la cabeza.

Llamó a la puerta y, un segundo después, esta se entreabrió.

—¿Wilson? —preguntó una voz masculina.

Zayne abrió la puerta empujándola con el hombro, haciendo retroceder al hombre.

—El senador está en el sofá —dijo al mismo tiempo que rodeaba el cuello del hombre con un brazo y ejercía la cantidad justa de presión para hacer que se durmiera.

Me adentré en la habitación con paso decidido, asimilándolo todo, mientras Cayman entraba detrás de mí y cerraba la puerta sin hacer ruido. La habitación era grande, casi del mismo tamaño que todo el apartamento de Zayne, y había un montón de azul y dorado en las paredes y la moqueta, lo que me hizo parpadear. Mi mirada recorrió unas fotografías enmarcadas, dejó atrás una puerta, pasó sobre un juego de mesa y sillas de comedor y llegó hasta un sofá de color azul regio y el hombre mayor que se estaba levantando de él.

El senador Fisher parecía el estereotipo de un viejo congresista normal y corriente cuya capacidad para ser útil a las personas a las que representaba había caducado hacía mucho tiempo. Llevaba el pelo canoso recortado y la piel pálida le formaba arrugas en las comisuras de la boca y los ojos y surcos en la frente. Lucía en la ropa los colores de Estados Unidos: traje azul marino, corbata rojo brillante y camisa blanca. Era un anuncio ambulante de patriotismo y privilegios, que se fundían formando una retorcida bolita de maldad bien oculta.

—¿Qué significa esto? —exigió saber mientras se llevaba la mano al bolsillo y sacaba un teléfono—. No sé quiénes sois, pero estáis cometiendo un terrible...

—¿Error? No tan grande como el que has cometido tú. —Le arrebaté el teléfono de la mano—. Siéntate.

Me miró entornando sus ojos llorosos antes de dirigir la mirada con nerviosismo hacia donde Cayman le estaba susurrando al hombre que Zayne había derribado.

—Escúchame bien, jovencita. No sé qué creéis que estáis haciendo, pero soy senador de los Estados Unidos y...

—Y yo soy Frosty, el muñeco de nieve. Siéntate. Ya.

Él se me quedó mirando. Sentí que Zayne se acercaba mientras las mejillas del senador se llenaban de manchas y luego palidecían.

—Revisa el ático —le dijo Zayne a Cayman.

El demonio hizo una reverencia y prácticamente echó a correr.

Impaciente, le di un empujón al senador por los hombros y lo obligué a sentarse en el sofá. La sorpresa que le hizo ensanchar los ojos me proporcionó cierta satisfacción.

—Gracias por sentarte. —Le dediqué una sonrisa radiante—. Tenemos preguntas y tú tienes respuestas importantes. Así que vamos a mantener una pequeña charla y, si eres listo, no nos lo vas a poner difícil. ¿Ves a este rubio grandullón que hay detrás de mí?

El senador Fisher apretó los labios, asintiendo con la cabeza.

—Es tan fuerte como sexi, y su *sex-appeal* es algo fuera de serie. —Me senté en el borde de la mesita de centro, justo enfrente del senador—. Y acabo de enterarme hoy de que se le da sumamente bien romper huesos.

—Nivel experto —murmuró Zayne.

—Pero no queremos llegar a eso. Aunque ten en cuenta que no querer llegar a eso no significa que no se llegue a eso. ¿Entendido?

El senador nos miró a uno y luego al otro.

—Esto no va a quedar así.

—Memorables últimas palabras. —Cayman volvió a entrar en la sala de estar y se dejó caer en la silla situada al lado del sofá—. Qué aburrido. El ático está despejado. No hay más equipos de seguridad ni prostitutas, vivas o muertas.

Lo miré con el ceño fruncido.

El demonio se encogió de hombros.

—Deberías ver las cosas que he encontrado en las habitaciones de hotel de algunos políticos. Podría escribir unas memorias superventas.

Pues vale.

—¿Quiénes sois? —exigió saber Fisher, enderezándose las solapas de la chaqueta.

—Solo tu amigo y vecino, el Guardián —contestó Zayne—. Oh, y el demonio y la Sangre Original.

La rapidez con la que aquel hombre se quedó lívido fue prueba suficiente de que sabía exactamente a quién se enfrentaba. Su mirada se centró en mí.

Sonreí de nuevo. Me levanté las gafas de sol y me las coloqué encima de la cabeza al mismo tiempo que hacía uso de mi gracia, solo un poco, y dejaba asomar su brillo. Fisher inhaló bruscamente mientras su pecho subía y bajaba con rapidez.

Desde la silla, Cayman comentó:

—Eso de brillar da muchísimo mal rollo.

Solo a un demonio le parecería que daba mal rollo.

Volví a contener mi gracia.

—¿Sabes quiénes somos? —le preguntó Zayne—. ¿Ahora?

—En realidad no soy Frosty, el muñeco de nieve —le dije a modo de pista.

Me dio la impresión de que a Fisher podría reventarle una arteria en cualquier momento.

—Sí, lo sé. —Tragó saliva y carraspeó—. En ese caso, vosotros también sabéis quién soy yo.

—Si piensas que le tenemos aunque sea una pizca de miedo al Heraldo, estás muy equivocado —le aconsejé, echándome hacia atrás—. Vas a ayudarnos.

—No puedo —contestó, apoyando las manos en las rodillas—. Más vale que me matéis de una vez, porque no puedo ayudaros.

Suspiré y me levanté de la mesita de centro mientras decía:

—Supongo que va a ser por las malas.

Zayne no ocupó mi sitio. En cambio, cogió una silla del juego de comedor y luego apartó la mesita de centro de una patada. Las patas pequeñas y gruesas dejaron arañazos profundos en el suelo de madera.

—Qué sexi —opinó Cayman.

Desde luego que sí.

Zayne colocó la silla delante del senador y se sentó.

—¿Dónde está el Heraldo?

Fisher negó con la cabeza mientras yo me situaba donde había estado Zayne.

—¿Dónde podemos encontrar al Heraldo? —insistió Zayne mientras se inclinaba hacia delante, situando sus ojos a la misma altura que los del senador.

Silencio.

Zayne agarró la mano del senador. El hombre intentó resistirse, pero fue como si un conejo luchara contra un lobo.

—¿Sabes cuántos huesos tienes en la mano? Veintisiete. ¿En la muñeca? Ocho. Tres en cada uno de los dedos. Dos en el pulgar. Cada mano cuenta con tres nervios y, como estoy seguro que sabes, la mano de un humano es increíblemente sensible. Veamos, puedo romperte cada uno de esos huesos de manera individual —continuó con voz suave mientras le daba la vuelta a la mano del hombre—. O puedo hacerlo todos a la vez. Creo que sé qué hay que hacer, y lamento que no parezcas ser más sensato.

Se oyó un chasquido que me hizo estremecerme para mis adentros mientras el senador gritaba, encogiendo el cuerpo.

—Ojalá tuviera palomitas —comentó Cayman.

Zayne ladeó la cabeza.

—Eso ha sido solo un dedo. Tres huesos. Quedan muchos más. ¿Dónde está el Heraldo?

Dios Santo, Zayne era como el Chuck Norris de los Guardianes.

Con el pecho agitado, Fisher gimió, cerrando los ojos con fuerza.

—Dios mío.

—La verdad es que no creo que él te vaya a ser de mucha ayuda —repuse con tono seco.

Otro chasquido me hizo girar la cabeza bruscamente hacia Zayne.

—Eso ha sido el pulgar. Así que son dos huesos más.

—No sé dónde encontrar al Heraldo. Por Dios —dijo el senador jadeando—. ¿De verdad creéis que me lo diría? ¿Él? No es tonto.

—Entonces, ¿cómo te pones en contacto con él? —le pregunté.

—Nunca lo hago. —Tembló, meciéndose ligeramente, mientras Zayne hacía girar su mano de forma lenta y metódica. Le agarró el dedo corazón—. Lo juro. Nunca lo hago. Solo vino a verme una vez.

—¿En serio? ¿Solo has visto al Heraldo una vez? —Zayne negó con la cabeza—. Creo que no he hablado lo bastante en serio…

—Es Bael —gimió Fisher—. Es Bael con quien suelo hablar.

—Umm… —Me crucé de brazos—. Tenías razón antes.

—Te lo dije —murmuró Zayne, sonriéndole casi con simpatía al senador.

—¿En qué anda metido el bueno de Bael? —Cayman cambió de posición y dejó caer las piernas sobre el brazo de una de las sillas—. Hace siglos que no veo a ese gamberro. ¿Ha estado luciendo su capa de invisibilidad como si fuera Harry Potter? ¿Propagando su maraña de mentiras? Supongo que sí, teniendo en cuenta que es el rey del engaño. Trabajas para uno de los demonios más antiguos que ha conocido esta tierra, nacido en los abismos del infierno. Qué compañías tan interesantes frecuentas. Cabría pensar que eso te haría pararte a preguntar si estás en el bando correcto de lo que sea que estén planeando.

—Eres un demonio —dijo el senador con voz entrecortada—. ¿Me vas a sermonear sobre estar en el bando correcto?

Cayman le dedicó una media sonrisa.

—A veces, el bando correcto de la historia lo componen aquellos que menos te lo esperas.

—¿Dónde está Bael? —le pregunté.

—Bien lejos de aquí —respondió el senador—. Está muy lejos, escondido. Puedo daros un número de teléfono al que he llamado otras veces, pero eso no os servirá de nada. Ahora no.

Tal como había dicho Sulien. Di un paso adelante, frustrada.

—¿Por qué se mantiene lejos?

—No lo sé.

—Fisher —suspiró Zayne—. Pareces saber muy poco. Qué decepción.

—Espera...

Un grito interrumpió sus palabras cuando Zayne le rompió otro dedo.

Y, entonces, el senador Josh Fisher se vino abajo.

Solo ocho huesos. Minúsculos. Dolorosos, pero minúsculos en comparación con otros más grandes e igual de frágiles.

—Quiero a mi mujer —gimió, arrugando el rostro y encorvando el cuerpo sobre el costado, alejándose todo lo posible mientras Zayne seguía sujetándole la mano—. Quiero a mi mujer. Eso es todo. La quiero. No puedo hacer esto sin ella. Ella es lo único que siempre he deseado. —Unos sollozos incontrolables brotaron de aquel hombre—. La he querido desde el día en que entró a mi clase de Economía en Knoxville. Ella lo es todo para mí, y haría cualquier cosa por volver a verla. Por abrazarla. Por recuperarla. Eso es lo único que siempre he deseado.

Descrucé los brazos, intercambiando una mirada con Zayne. Cuando le soltó la mano, lo único que hizo el senador fue acurrucarse más. Me removí, incómoda ante aquel dolor crudo y visible. Este hombre había conspirado con un demonio y unos brujos, provocando que mataran a humanos inocentes y Guardianes. Estaba conectado con el Heraldo, que quería provocar el fin de los tiempos, así que era un cabrón (de los grandes); pero, a menos que fuera un actor consumado, se estaba derrumbando bajo una clase de dolor mucho mayor que unos dedos rotos.

—¿Qué tiene que ver ella con Bael, Josh? —le preguntó Zayne, usando su nombre de pila y con una voz tan amable que resultaba fácil olvidar que acababa de romperle los dedos.

Fisher no respondió durante varios minutos, se limitó a sollozar, hasta que, por fin, dijo con voz ronca:

—El Heraldo escuchó mis plegarias y vino a mí.

Di un respingo a la vez que Cayman bajaba las piernas de la silla y se inclinaba hacia delante.

—Parecía un ángel. —Los ojos del hombre se abrieron entonces, de par en par y con la mirada perdida—. Hablaba como un ángel.

Comprendí perfectamente que pudiera confundir a Sulien con un ángel, pero ¿pensar que él y su acento hablaban como uno? Por otro lado, Fisher era de Tennessee. Tal vez creía que todos en el cielo hablaban como Matthew McConaughey en un anuncio de coches.

—¿Qué te dijo? —le pregunto Zayne con una voz muy suave.

El hombre tembló.

—Que él... Que podría asegurarme lo que más deseaba. A Natashya.

Ay, Dios mío.

Tuve el horrible presentimiento de hacia dónde se dirigía esto.

—Me dijo que vendría a verme un hombre y que debía ayudarlo con lo que necesitaba, y que ese hombre era un cordero con piel de lobo —susurró—. Creí que era un sueño, pero entonces apareció ese hombre. El cordero con piel de lobo.

¿Se refería a un demonio fingiendo ser malo?

—¿Bael? —lo animó Zayne a seguir—. ¿Un hombre que no era un hombre en absoluto? —Cuando Fisher asintió, Zayne unió las manos bajo la barbilla—. ¿Sabías lo que es?

—Al principio no, pero con el tiempo... sí.

Quise preguntarle si no le había parecido que eso era... qué sé yo, una maldita señal de alarma muy clara, pero permanecí en silencio.

—¿Qué quería de ti? —siguió interrogándolo Zayne.

—Acceso al instituto. No sé por qué. Nunca me lo dijo y yo no pregunté. No... no quería saber. —El hombre seguía temblando—. Solo quería a mi Natashya.

La ira desplazó toda compasión que yo hubiera sentido.

—¿Y no se te ocurrió que podría ser algo malo que un demonio quisiera acceder a un instituto?

Zayne me lanzó una mirada de advertencia antes de volver a centrarse en el senador, que no respondió, solo lloró más fuerte.

—¿Alguna vez entraste en el instituto?

—No. Nunca. Solo monté la empresa, hice unas cuantas llamadas y pude comprarlo. Ya se estaba construyendo un nuevo colegio para sustituirlo. Eso es todo.

«Planes para un colegio para niños con discapacidades», quise gritar, pero mantuve la boca cerrada con fuerza.

—Y, cuando me dijo que debía reunirme con ellos... con los brujos, me indicó qué decir y... lo hice.

Tuve que cubrirme mi propia boca con la mano para evitar hablar.

—Bael me prometió que me devolvería a Natashya. Que, en cuanto tuvieran lo que querían, yo la tendría a ella —divagó mientras su cuerpo se estremecía—. Y lo hice. Fui en contra de todo en lo que creía, y lo hice. Sabía que estaba mal, que el hechizo mataría, pero tenéis que entender que... ella lo es todo para mí.

—Un momento —intervino Cayman—. ¿Bael te dijo que podía devolverle la vida a tu mujer?

—El Heraldo y Bael me lo prometieron.

—Nadie tiene ese poder —aseguré, sacudiendo la cabeza. La mirada desenfrenada del senador se desplazó hacia mí. Dejó de temblar—. Tu mujer está muerta. Es probable que haya cruzado. No la pueden traer de vuelta.

—Eso no es verdad. —Los labios de Fisher se retrajeron, mostrando los dientes—. No es verdad.

—Bael no puede concederte ese favor. Y me da igual quién sea el Heraldo, pero él tampoco puede —dijo Cayman, poniéndose de pie—. Aparte del que está al mando allá arriba, solo hay otro ser en este mundo que puede hacer tal cosa y solo lo ha hecho una vez. Terminó mal, así que dudo que vuelva a hacerlo. Y menos aún por un humano. Sin ánimo de ofender.

Comprendí de quién estaba hablando.

—¿Te refieres a Ángel? Pero él no puede traer a alguien de entre los muertos y menos si... —Miré al senador—. ¿Cuándo murió tu mujer?

El hombre posó la mirada en sus dedos, que se estaban hinchando.

—Hace tres años, diez meses y diecinueve días.

Qué... exactitud.

—Está supermuerta —señalé—. En plan, superpodrida y supermuerta.

—Eso da igual —repuso Cayman, dejándome atónita. Y, por lo visto, incluso a Zayne, porque se volvió hacia el demonio—. Ángel puede hacer cualquier cosa con un alma y eso es lo único que necesitas para reanimar un cuerpo.

Abrí mucho los ojos.

—¿Tienes... su cuerpo?

Cuando el senador no respondió, el estómago se me revolvió. No estaba segura de querer saber dónde estaba guardado el cuerpo no demasiado fresco de la difunta, si no estaba en su tumba.

—No necesitas el cuerpo —nos explicó Cayman—. Solo necesitas el alma.

Lo miré, boquiabierta.

—Eso... eso no es posible —dije.

No me lo podía creer. Después de toda la gente muerta que había visto, eso sencillamente no podía ser posible.

Cayman sonrió.

—Todo es posible, sobre todo cuando eres Azrael, el ángel de la muerte.

»Pero, como dije antes, solo lo ha hecho una vez, y si le preguntas si se puede hacer, mentirá al principio, pero puede liberar un alma, puede destruirla y luego... —Hizo una pausa simplemente para añadir un efecto dramático—. Puede traer de vuelta a los muertos.

No supe qué decir.

Cayman se acercó al sofá y luego se arrodilló para que los ojos del senador estuvieran a la misma altura que los suyos.

—También puedo asegurarte que Azrael nunca llegaría a un acuerdo como ese. Literalmente, no hay nada que nadie pueda ofrecerle. Te mintieron.

El hombre no se movió.

Zayne bajó las manos.

—Ella era tu debilidad. La encontraron —dijo, repitiendo lo que me había dicho antes—. La explotaron.

Mi mirada se posó sobre el senador.

—Lo triste es que la habrías vuelto a ver. Si ella había sido buena y tú eras bueno, la habrías visto cuando murieras. Te habrías reunido con ella, te habrías quedado con ella por toda la eternidad. Pero ¿ahora? —Negué con la cabeza—. Ya no podrás.

Él cerró los ojos con fuerza.

—Me lo prometieron —susurró—. Me lo prometieron.

Suspiré, sintiendo un peso en el pecho, debatiéndome entre odiar a este tipo y compadecerlo. ¿Cómo podría sentir ambas cosas? No era un buen hombre. Tal vez lo hubiera sido en algún momento, pero había hecho la vista gorda ante todo lo malo para conseguir lo que quería y yo no...

Una frialdad me llenó la boca del estómago mientras miraba a Zayne, pensando que no quería saber nunca lo que era llegar al punto al que había llegado el senador, donde haría cualquier cosa para traer de vuelta al amor de mi vida.

Yo, que casi nunca rezaba, rogué entonces no saber nunca qué se sentía en esa situación.

Jamás.

Treinta y seis

Dejamos al senador convertido en un hombre destrozado con más heridas mentales y emocionales que físicas. No había nada más que sonsacarle aparte de angustia.

No había sido una pérdida de tiempo, a pesar de lo que dijo Cayman, porque ahora sabíamos cómo un hombre como el senador Fisher se había visto envuelto en esto. Pero saberlo me dejó con el corazón apesadumbrado y pensamientos distraídos mientras patrullábamos, con la esperanza de hacer salir al Heraldo del escondite en el que se hubiera vuelto a meter.

Era trágico lo que el amor podía llevar a hacer a una persona.

Zayne puso fin a la patrulla antes de lo habitual y, por una vez, no me quejé ni me sentí culpable por no recorrer hasta el último rincón de la ciudad. Encontrar al Heraldo era primordial, pero tenía la sospecha de que, en cuanto entráramos en el instituto el sábado (dentro de dos días), Sulien aparecería. Y, cuando entráramos en ese instituto, sabríamos exactamente a qué nos enfrentábamos.

Tuve el presentimiento de que haríamos saltar por los aires algunas cosas poco después.

Mientras regresábamos hacia donde estaba aparcada la moto, dije:

—He estado pensando en algo. ¿Por qué crees que tienen escondido a Bael? Lo mantienen protegido. ¿No te parece raro?

—¿Si lo protegieran demonios? No. Pero ¿el Heraldo, que es un Sangre Original? Sí. —Cuando llegamos a la moto, deslizó la mano por la parte baja de mi espalda y, sentir ese peso ahí, fue incluso mejor que cogernos de la mano—. He intentado idear diferentes escenarios, pero lo único que sabemos es que necesitan a Bael vivo para este plan, sea lo que sea.

Suspiré, levantando la mirada hacia el cielo. Con todas las luces de los edificios cercanos, no pude ver si había estrellas.

—Me pregunto qué hizo que Sulien se volviera así. No sabemos qué está planeando, aparte de ayudar a provocar el fin del mundo, pero es evidente que se trata de algo increíblemente malvado. Dijo que nunca ha querido a nadie, así que sabemos que su caso no es como el del senador.

Zayne pasó una pierna por encima de la moto y se sentó.

—Estamos colaborando con demonios —respondió, volviendo la mirada hacia mí. El resplandor de una farola cercana se reflejó en su rostro, creando sombras bajo sus mejillas—. No solo porque vemos un lado diferente de algunos demonios, sino también porque creemos que lo que hacemos es por un bien mayor.

Comprendí a dónde quería llegar.

—¿Y crees que él colabora con demonios porque cree que lo que quiera que esté planeando es por un bien mayor?

—Es posible. A lo largo de la historia, las personas han hecho cosas muy retorcidas porque creían en algo… porque creían que tenían razón. Pasa lo mismo con los Guardianes. No creo que exista ningún ser que no haya hecho nada malo creyendo que era por la razón correcta.

Asentí con la cabeza, pensando que, siempre que alguien creía que lo que estaba haciendo estaba bien, era casi imposible convencerlo de lo contrario.

Me subí a la moto y le rodeé la cintura con los brazos. Él bajó la mano y me apretó la rodilla a modo de respuesta, y luego nos pusimos en marcha.

El trayecto de regreso al apartamento fue rápido, pero aproveché el tiempo para… distanciarme de lo que había ocurrido con el senador y de todo lo que tuviera que ver con el Heraldo. Pensé que quizás Zayne estuviera haciendo lo mismo. Necesitábamos hacerlo, para forjar un poquito de tiempo que nos perteneciera a nosotros, a nuestras vidas, y, para cuando Zayne se detuvo en el garaje, junto a su Impala, estaba lista para ser… normal. Durante un ratito.

—¿Preparada para ver el nuevo apartamento? —me preguntó mientras nos dirigíamos hacia las puertas del ascensor.

—En realidad, me había olvidado de eso —admití, riéndome, mientras entrábamos.

—Caray.

—Y que lo digas.

Sonrió mientras el ascensor subía.

—Se parece mucho al otro. Tiene la misma distribución y todo eso. Solo que hay dos dormitorios.

Me apoyé contra la pared opuesta, inclinando la cabeza hacia atrás.

—¿De verdad son necesarios dos dormitorios ahora? —broméé.

—Espero que no. —Se acercó a mí con paso decidido y colocó las manos a ambos lados de mi cabeza—. Pero será maravilloso tener dos cuartos de baño.

—Cierto.

—Porque estoy harto de que uses mi gel de baño.

—No lo hago a propósito.

—Ajá. —Bajó la cabeza—. Creo que simplemente te gusta oler como yo.

Seguí sonriendo.

—Probablemente sea buena idea tener un segundo dormitorio, porque estoy segura de que, en algún momento, me voy a enfadar y echarte de la cama.

—Más temprano que tarde —coincidió—. Pero no me eches para siempre.

—No tienes que preocuparte por eso. —El ascensor se detuvo y me estiré para besarlo. Luego pasé por debajo de su brazo y entré en nuestro nuevo apartamento—. ¿Vienes conmigo?

Cuando Zayne se apartó de la pared y me siguió, me di la vuelta de nuevo. El apartamento era prácticamente el mismo, salvo porque estaba al revés. La cocina estaba a la izquierda y la sala de estar, a la derecha. Las ventanas daban a una calle diferente, pero el sofá y los muebles estaban colocados igual que antes. Menos… Cuando entrecerré los ojos, me di cuenta de que había un pasillo corto donde estaba la puerta del dormitorio en el otro apartamento.

Zayne avanzó dando grandes zancadas y se giró de modo que iba caminando de espaldas.

—¿Puedo enseñarte el piso?

—Por supuesto.

Sonrió, tomándome de la mano.

—Creo que ya te haces una idea de la cocina y la sala de estar.

—Sí, eso lo tengo claro.

Soltó una risita mientras se giraba, tirando de mí hacia el pasillo.

—Las partes interesantes están por aquí. A la derecha hay un aseo y la puerta de dos hojas que hay al lado es el lavadero.

—Qué cosas tan emocionantes —bromeé.

—Tú espera. —Me llevó más adelante y abrió la puerta de la izquierda. Introdujo la mano y encendió la luz—. Este es el dormitorio número dos. Por ahí hay un cuarto de baño.

Miré alrededor.

—La habitación está… completamente vacía.

—Qué observadora.

Lo fulminé con la mirada.

—Solo tengo una cama —me explicó—. Tuve que pedir otra, además de muebles.

—Un momento. —Le tiré de la mano—. Yo debería pedir los muebles… pagarlos.

—Pero este no es tu cuarto. Es el mío, para cuando te enfades conmigo.

—Pero…

—Este es tu cuarto —anunció, abriendo la otra puerta.

Zayne no encendió las luces, pero había un suave resplandor blanco que provenía de algo. No del baño, que supuse que estaba en algún lugar entre las sombras, ni de una lámpara en la mesita de noche. Era demasiado tenue para eso. Confundida, miré hacia arriba…

—Ay, Dios mío —susurré, sin dar crédito a lo que estaba viendo.

Liberé mi mano y entré en el dormitorio, echando la cabeza hacia atrás todo lo que pude mientras observaba el techo.

El techo que emitía un suave resplandor blanco gracias a las estrellas fosforescentes desperdigadas por toda la superficie.

Había estrellas en el techo.

Estrellas.

—¿Cómo? —susurré mientras levantaba las manos y luego las apretaba contra mi pecho—. ¿Cuándo hiciste esto, Zayne?

No me explicaba cuándo habría tenido tiempo.

—El día que le contaste a Stacey lo de Sam —respondió—. Regresé aquí y las pegué. Intenté colocarlas formando una constelación, pero fue más difícil de lo que esperaba. Y decidí inventarme una. Así que esta es la Constelación Zayne.

Abrí la boca, pero me quedé sin palabras mientras las observaba. Cuando empezaron a desdibujarse, me di cuenta de que tenía los ojos llorosos.

—¿Hiciste esto cuando estabas cabreado conmigo? ¿Antes de... antes de hacer las paces?

—Si. Supongo que sí. —Parecía confundido—. ¿Está tan mal?

Me giré hacia él despacio. Pude distinguir su silueta en la entrada. El corazón me palpitaba con fuerza y me temblaban las manos.

—¿Hiciste esto cuando no nos hablábamos? ¿Cuándo yo creía que tal vez me odiabas?

—Nunca te odié, Trin. ¿Estaba cabreado? Claro. Pero yo nunca...

Eché a correr a toda velocidad y me lancé hacia él. Me atrapó con un gruñido que se convirtió en una carcajada mientras le rodeaba el cuello con los brazos y la cintura con las piernas. Lo apreté tan fuerte como la presión que notaba en mi pecho y hundí la cara contra su cuello.

—Supongo que te gusta —comentó, rodeándome con los brazos.

—¿Gustar? —Mi voz sonó amortiguada contra su cuello—. ¿Gustar? Es perfecto y asombroso. Es precioso. Me encanta. Es «más».

Zayne respondió, pero no supe qué dijo, porque sucedió algo. Algo se resquebrajó dentro de mí, se abrió de par en par, y una oleada de emoción brotó tan rápido y tan de improviso que no pude evitar que me invadiera por dentro.

Se liberó por medio de un sollozo que fue en parte risa. No

había muros. Ni estúpidos archivadores. Nada entre todo lo que sentía y yo. Nada entre todo lo que era Zayne y yo.

Que era «más».

Muchísimo «más».

—Eh. Eh. Trin. —Su mano me rodeó la nuca, enredándose en la trenza suelta—. No pasa nada.

No era así.

Sí era así.

Zayne me llevó a la cama y se sentó conmigo en su regazo, todavía aferrada a él como si fuera un mono araña desquiciado. Mis dedos se cerraron a lo largo de las puntas de su pelo, aplastando los suaves mechones entre mis manos.

—Maldita sea, Trin, no pretendía hacerte llorar —murmuró contra un lado de mi cabeza—. Es que dijiste que echabas de menos las estrellas de tu cuarto, allá en tu casa, y quise... quise darte estrellas que pudieras ver todas las noches.

«Ay, Dios. Ay, Dios.»

Eso me hizo llorar más fuerte, tanto que Zayne comenzó a mecernos mientras deslizaba una mano arriba y abajo por mi espalda, murmurando palabras sin sentido, hasta que recobré la compostura y me moví para apoyar la frente en su hombro.

—Ya lo sé. Sé que no pretendías hacerme llorar. Esto no es culpa tuya. Me encantan las estrellas. Me encanta que hayas hecho esto. Lo que pasa es que...

Lo que pasaba era que lo que había hecho era amable, dulce, atento, hermoso y tan significativo como él.

Y lo que pasaba era que yo ya sabía que Zayne me tenía cariño (que era más que una amiga para él) y sabía que había empezado a sentir todo eso antes del vínculo. Y ya sabía que yo le tenía cariño y había empezado a enamorarme de él mucho antes de la noche anterior... pero esto era muchísimo «más».

—¿Trin? —Me guio la cabeza hacia atrás, deslizando el pulgar por mi labio inferior—. ¿Qué está pasando dentro de esa cabecita tuya?

—Tengo... tengo miedo —admití en un susurro.

Sus ojos de color azul pálido se endurecieron.

—¿Miedo de qué? ¿De mí?

—No. Nunca. —Realicé una inspiración corta—. Tengo miedo de… Tengo miedo de nosotros. Tengo miedo de lo que significa esto. Tengo miedo de que se supone que no debemos ser esto. Tengo miedo de perderte. Tengo miedo de cuánto…. de cuánto ha crecido lo que siento por ti. Tengo miedo.

El pecho de Zayne se elevó contra el mío cuando respiró hondo y luego aquellas densas pestañas descendieron, ocultándole los ojos. Sus dedos se extendieron contra mi mejilla.

—Yo también.

Di un respingo.

—¿Ah, sí?

Su mano se curvó alrededor de la parte posterior de mi cabeza y los dedos se enredaron en mi pelo.

—¿Quieres saber la verdad?

¿Sí? ¿No?

Interpretó mi silencio como un sí.

—Me aterra. Cada aspecto de ello, Trin. ¿Sentir lo que siento por ti, querer lo que quiero de ti? —Su voz era profunda y áspera, y me hizo estremecer—. Ha habido momentos en los que deseé sentir esto por cualquier otra menos tú.

Un momento.

¿Qué?

Parpadeé.

—Vale. Eso no me lo esperaba.

—Escúchame. —Me apretó la trenza con los dedos—. Lo que siento me aterra, porque se supone que no debo sentir esto y bien sabe Dios que ya he recorrido ese camino. No estaba deseando precisamente repetir la historia.

Cerré la boca con fuerza.

—Pero es más que eso, Trin. Va mucho más allá de mi pasado —prosiguió, mirándome a los ojos—. Es por quién eres. Sales ahí todas las noches y arriesgas tu vida. Cazas la clase de demonios a los que los Guardianes expertos les tienen pavor. Estás buscando algo que puede matar demonios y Guardianes en segundos. Me aterra que te pase algo y eso no tiene nada que ver con lo que implica para mí.

Vale. Entendía eso perfectamente.

—Tú estás haciendo lo mismo, Zayne. Ni me atrevo a pensar en que pudiera pasarte algo… —Me interrumpí, pues no quería seguir por ese camino—. Ojalá fueras un humano que va a la universidad y está estudiando para ser veterinario.

Él enarcó las cejas.

—Vale, tal vez no quiera que seas humano. Los humanos son demasiado fáciles de matar, pero ya entiendes lo que quiero decir.

Una lenta mueca le curvó los labios.

—Sí. —Ladeó la cabeza—. Así que tengo miedo, pero lo que siento... lo que quiero, sigue ahí. Siempre está ahí y, cuando no estamos juntos, lo único que quiero hacer es volver contigo. Al principio, creía que era el vínculo, pero no es eso. Es algo completamente diferente. —Su boca me rozó el pómulo, acercándose a mis labios—. Y saber eso... saber lo que siento por ti parece... me parece lo correcto. Ni loco pienso darle la espalda a eso, aunque me aterre.

»Necesito que entiendas algo. —Su mirada atrapó la mía, la retuvo—. Sé que lo que siento por ti no se parece en nada a lo que sentí por Layla. En nada. Y me di cuenta de algo la noche que Stacey y yo hablamos.

Esa fue la noche que él y yo habíamos pasado al siguiente nivel. Habían pasado solo... ¿cuánto?, dos días de eso, pero parecían semanas.

—¿Qué? —susurré.

—No... no sé si alguna vez estuve enamorado de ella. La quiero. Lo sé, pero creo que estaba enamorado de la idea de ella y nosotros. Y creo... no, sé que la parte más difícil, con lo que he estado lidiando desde entonces, es darme cuenta de que nunca habría funcionado entre nosotros, y que yo no podía verlo. —La mano que me rodeaba la trenza se deslizó hasta la parte baja de mi espalda—. Siempre querré a esa chica. Nunca dejaré de hacerlo, pero no estoy enamorado de ella.

El corazón me latía con fuerza y, cuando inspiré, sentí que el aire no iba a ninguna parte.

—¿Y Stacey te ayudó a comprender todo esto?

Se le dibujó aquella media sonrisa monísima.

—Sí, prácticamente me lo echó en cara. Me dijo algunas cosas que necesitaba oír... cosas que yo ya había estado pensando.

Vale.

Noté que algo se hinchaba en mi pecho, amenazando con elevarme directamente hasta el techo estrellado.

Tal vez no debería cabrearme tanto porque se hubiera quedado hasta tan tarde con ella.

Pero...

Siempre había un pero.

Respiré hondo de nuevo. Necesitaba decir esto. Necesitaba sacármelo de dentro, porque podía sentir cómo se interponía entre nosotros. Las normas no nos iban a detener. Los peligros a los que se enfrentaba cada uno de nosotros no iban a suponer un obstáculo.

—Tengo miedo de que se me rompa el corazón.

Sus ojos se encontraron de nuevo con los míos.

—Yo también.

Inspiré bruscamente.

—No podría... Si te pasara algo, porque estamos juntos, yo...

La mano que había en mi mandíbula mantuvo mi mirada pegada a la suya.

—Sé que mi vida está ligada a la tuya, que si algo te pasa, me ocurre a mí también, pero eso no evita que me aterre perderte de algún modo. Haré cualquier cosa para llegar hasta ti si sucede algo. No habrá nada que me detenga —admitió—. Una parte de mí entiende por qué el senador hizo lo que hizo. Mierda, no una parte. Todo mi ser lo entiende, ¿y saber lo que sería capaz de hacer si te perdiera? Sí, eso también me da miedo.

Un estremecimiento me bajó por la espalda.

—¿Si mi vida no estuviera ligada a la tuya y te pasara algo? Si te apartaran de mí, no habría nada que me impidiera recuperarte. Iría hasta los confines de la Tierra. Negociaría con todo lo que tengo —afirmó—. Sé que eso está mal. Sé lo mal que podría salir, pero lo haría. Y no se debe al hecho de que, si tú murieras, yo también lo haría. Tras la muerte, nada me mantendría lejos de ti. Lo juro.

Estaba mal. Probablemente saldría mal, pero susurré:

—Yo haría lo mismo. —Y esa era la verdad—. ¿Si te mataran? —Incluso pensarlo dolía—. Haría cualquier cosa para traerte de regreso.

—Así que, ¿sabiendo eso? Ni de coña voy a permitir que ninguna norma nos mantenga separados. Ni el miedo a que resultes herida ni, por supuesto, el miedo a que me hieran a mí. Soy muchas cosas, Trin, pero un cobarde no es una de ellas. —Sus ojos examinaron los míos— Y tú tampoco eres una cobarde.

—No —susurré—. No, no lo soy.

Aquella media sonrisa se convirtió en una sonrisa en toda regla. Fue la clase de sonrisa que me rompió el corazón y lo reparó en cuestión de unos latidos. Fue la clase de sonrisa que estaba llena de promesas y posibilidades y… por supuesto que no, yo no era una cobarde. Exhalé, enredando los dedos en su pelo.

—¿Por qué surge esto ahora y no hace dos noches? —me preguntó.

Porque entonces todavía había muros. No me había dado cuenta hasta ahora, hasta que esos muros desaparecieron.

—Porque me has dado estrellas y eso significa que esto es… esto es «más».

Me acarició la mejilla con el pulgar.

—No sé qué significa «más» para ti, pero significa que te quiero, Trinity Lynn. Que estoy enamorado de ti.

No supe quién se movió primero, quién besó a quién. Estábamos separados, y luego ya no. Fue tierno y suave, como podría haber sido nuestro primer beso, y había algo más poderoso en ese beso, y puede que ese fuera nuestro primer beso real. Deslicé las manos hasta sus mejillas y abrí mi boca a la suya.

Y entonces se volvió infinitamente «más».

Era amor lo que yo sentía por él, amor lo que hizo que se me formaran un montón de nudos diminutos y retorcidos en las entrañas. Era amor lo que me recorría por dentro, aunque las palabras nunca llegaran a salir de mis labios.

Era amor lo que alimentó la necesidad de darle algo tan hermoso como las estrellas que él me había dado, y solo se me ocurrió una cosa, algo de lo que Jada me había hablado una vez.

Me escurrí de su regazo, agarré su camiseta y tiré. A él no le hicieron falta muchas instrucciones, levantó los brazos y me permitió quitarle la camiseta, y, cuando dirigí las manos a sus pantalones, se levantó y se quitó las botas. Se desnudó. Lo ayudé. Más o menos. Más bien lo distraje durante el proceso, e hice temblar sus fuertes piernas. En realidad, me distraje a mí misma, aprendiendo y explorando por el camino, depositando besos contra su cadera.

Entonces, solo cuando me puse de pie, me quité la parte inferior de la ropa y la aparté de una patada mientras miraba a Zayna a los ojos.

—Te deseo.

—Eso es evidente —contestó, y sus ojos brillaron mientras estiraba las manos hacia mí.

—Quiero que seas quien eres de verdad —añadí, agarrándome el dobladillo de la camiseta. Zayne abrió la boca y luego la cerró. No fue precisamente la respuesta que yo buscaba—. Eres mi protector. Eres un Guardián. Te deseo. A ti.

Zayne se dejó caer sentado en el borde de la cama.

—¿Sabes lo que significa eso?

Sí, sabía lo que significaba.

Era lo que hacían los Guardianes cuando se emparejaban, según Jada, y se parecía bastante a lo que ocurría entre humanos, pero se trataba de algo que solo compartían con sus parejas. Para un Guardián, suponía una verdadera expresión de amor y, aunque yo no podía hacerlo, sabía lo que significaba que lo hiciéramos juntos.

Entonces se me ocurrió que tal vez eso hiciera que las cosas fueran demasiado en serio. Zayne me quería. Podría mirar al techo cada día y ver su amor, pero eso podría ser demasiado, demasiado pronto. La vergüenza se apoderó de mi piel.

—No tienes que hacerlo —me apresuré a decir—. Solo fue… Da igual. Es una tontería y es demasiado pronto. ¿Podemos olvidarlo?

—No. —Sus pupilas se estiraron verticalmente—. No es una tontería ni es demasiado pronto. Es que… —Una expresión de asombro se reflejó en sus rasgos mientras sacudía la cabeza—. Me maravillas.

Una clase diferente de rubor se apoderó de mí, pero entonces Zayne se puso de pie y me mostró quién era de verdad.

Prácticamente dejé de respirar cuando me tendió la mano.

—Para siempre —dijo.

—Para siempre —contesté.

Coloqué mi mano en la suya y, mientras sus dedos se cerraban alrededor de los míos, Zayne regresó a la cama y se sentó. Sentí que no me entraba aire en los pulmones cuando coloqué una rodilla a cada lado de sus piernas.

Sus ojos estaban muy abiertos, pálidos y luminosos, cuando levantó la mirada hacia mí. Sus uñas afiladas engancharon la tela de mi camiseta mientras la levantaba y me la quitaba. Estiré las manos y desenganché con torpeza los diminutos corchetes del sujetador. Zayne bajó la cabeza con cuidado y sus dedos persiguieron los tirantes mientras se deslizaban por mis brazos y pasaban por mis muñecas para luego caer al suelo. Le toqué las mejillas, pegando las palmas de las manos contra su piel, y guie su mirada de nuevo hacia la mía. Incliné la cabeza, bajé la boca y lo besé. Su sabor se me quedó grabado en la piel, su tacto mientras deslizaba una mano por su pecho, sobre los músculos tensos de su vientre e incluso más abajo, se me quedó tatuado, y el sonido de su gemido resonó como una plegaria.

Hubo una pausa para coger protección y luego me levanté ligeramente solo para volver a bajar despacio mientras mi respiración se mezclaba con la suya. Zayne no me metió prisa ni movió ni un músculo. Estaba segura de que no lo haría hasta que lo hiciera yo, siempre paciente mientras me adaptaba, y, cuando me moví, no se pareció a nada que hubiera sentido antes.

—Trin —gimió, con las manos en mis caderas, clavándome las uñas en la piel con suavidad. Me rodeó la cintura con el brazo, controlando su fuerza, y me atrajo hacia su pecho—. Para siempre —repitió.

Susurré esas palabras de nuevo contra sus labios. No eran simples palabras, sino una promesa. Un vínculo diferente. Para siempre parecía mucho tiempo, sobre todo a nuestra edad, y para los humanos incluso podría parecer una tontería, pero nuestros para siempre no estaban garantizados y de lo que se trataba era de lo que sentíamos el uno por el otro. No significaba que las cosas serían fáciles. Ni siquiera significaba que mañana no nos sacaríamos de quicio mutuamente. Lo que significaba era que, pasara lo que pasase, lo nuestro era para siempre.

Sus alas nos rodearon, formando un capullo que bloqueó toda la luz. El miedo a la repentina oscuridad no hizo acto de presencia. No, cuando cualquier cadena que lo estuviera reteniendo pareció romperse y su cuerpo se lanzó contra el mío. No, cuando había toda esta tensión dentro de mí, de él. Le agarré los hombros, clavándole los dedos en la piel dura. Éramos como cables tirantes, estirados al máximo, y luego la tensión se liberó en medio de una maravillosa oleada que nos sacudió a ambos.

Fue como esperar a que pasara una tormenta. La frente de Zayne descansaba contra la mía, su respiración era igual de corta y rápida. Me pareció que había transcurrido una eternidad antes de sentir moverse el aire cuando sus alas se elevaron y su piel se ablandó contra la mía.

—Ha sido... No me lo esperaba. Yo... —Realizó otra inspiración brusca. Parecía haberse quedado sin palabras—. No creo que sepas lo que... eso ha significado para mí. Siempre he... Dios mío, solía preocuparme mi aspecto real. Supongo que a una parte de mí todavía le preocupa.

—No tienes ningún motivo. —Me eché hacia atrás para poder verle la cara. Un sonrojo le cubría las mejillas—. Como te dije antes, eres hermoso en ambas formas. Y, para que te suene aún más cursi, se debe a lo que hay aquí. —Presioné una mano contra su pecho—. Dices que hay una luz en mí, pero tú eres mi luz.

Zayne recuperó el espacio que nos separaba y me besó.

—Ahora nunca te librarás de mí.

—No querría hacerlo.

—Te recordaré que lo has dicho. —Su sonrisa tenía un aire somnoliento—. ¿Sabes?, eres perfecta para mí.

Me invadió una especie de atolondramiento mientras me balanceaba hacia delante, colocaba las manos sobre sus hombros y...

Me detuve. Noté algo raro en sus hombros. Había tres surcos cortos en su piel. De los que brotaban unas brillantes y diminutas gotitas rojas. Sangre.

La confusión reemplazó a la efervescente calidez.

—Creo... creo que te he arañado.

—¿Eh? —Bajó la vista, siguiendo mi mirada—. Pues sí.

Eran arañazos... arañazos que yo había causado. Aparté las manos bruscamente y me las apreté contra el pecho.

—Ay, Dios mío.

—No pasa nada. —Me dedicó una amplia sonrisa—. Te lo aseguro.

Un aire frío se propagó por mi pecho mientras observaba su piel... la piel que le había desgarrado con las uñas, y eso no tenía sentido. En absoluto. Mi mirada asombrada se dirigió a su cara. A Zayne se le borró la sonrisa.

—Trin, no pasa nada...

—Sí, sí que pasa. —Me aparté a toda prisa de él, me puse de pie y retrocedí hasta que choqué contra la cómoda—. No debería haber podido hacer eso. Las uñas no pueden atravesar tu piel, ni siquiera en tu forma humana, pero no estabas... Eso no debería haber pasado.

—Es... —Noté por su expresión que lo había comprendido. Su mirada saltó hacia la mía—. Maldita sea.

Treinta y siete

La piel de Zayne ya no era dura como la de un Guardián, ni siquiera después de cambiar de nuevo a su forma de Guardián y luego otra vez a su forma humana. Su piel era prácticamente humana.

Lo que significaba que era vulnerable a las armas. Cuchillos. Dagas. Balas. Garras. Dientes. Lo sabíamos porque él había cogido una de mis dagas y se había hecho un corte en la palma de la mano antes de que yo pudiera detenerlo.

Seguía siendo un Guardián, con la fuerza y la potencia de un Guardián, pero por lo demás era básicamente humano. Así de importante era su piel de piedra. Protegía un montón de cosas importantes, como cada una de las venas y órganos de su cuerpo.

Yo sabía por qué había ocurrido esto. Y, en el fondo, Zayne también. Esta era la consecuencia que me había estado temiendo.

—¿Por qué pasa esto ahora y no antes? —preguntó, sentándose en el sofá.

Nos habíamos trasladado a la sala de estar un poco después de que él se hubiera acuchillado la palma de la mano. La herida no se había curado, pero el sangrado se había reducido lo suficiente como para poder retirar el trapo con el que se había envuelto la mano. El corte era fino y estaba cubierto de gotitas de sangre. Igual que los arañazos que había en su hombro todavía desnudo…. arañazos que habían dejado mis uñas prácticamente humanas.

Aparté la mirada de las heridas y seguí desgastando el suelo. Caminaba de un lado a otro por delante de él, vestida con su camiseta, que casi me servía de vestido.

—Creo que... sé por qué. Es por mí.

—Trin...—Levantó la cabeza al mismo tiempo que cerraba la mano—. Esto no es solo culpa tuya.

—No digo que lo sea. —Me mordisqueé el pulgar—. A lo que me refiero es que creo... no, sé que antes me estaba conteniendo. Aunque sabía que me estaba... me estaba enamorando de ti. Que ya lo había hecho, pero no me estaba permitiendo sentirlo de verdad ni reconocerlo.

—¿Y anoche lo hiciste?

Asentí mientras seguía caminando de allá para acá.

—No sabemos si ese es el motivo.

Me detuve y lo miré.

—Creo que podemos suponer sin temor a equivocarnos que ese es justo el motivo. Tal vez teníamos razón al principio. O más bien yo. Que el sexo o algo físico no era lo que estaba prohibido. Era el sentimiento.

—Amor —me sugirió en lugar de la palabra *sentimiento*—. Es amor, Trin.

Mis pies se pusieron en marcha de nuevo.

—Eso —susurré.

Él se quedó callado y luego dijo:

—No es para tanto.

—¿Qué? —casi grité, acelerando el paso—. Por supuesto que es para tanto, Zayne. Te pueden matar...

—Siempre me han podido matar. Eso no es ninguna novedad.

—Ahora pueden matarte muchísimo más fácil —señalé—. No lo minimices como si no tuviera importancia. Es algo enorme, Zayne. Es la razón por la que deberíamos haber luchado contra esto. Es la prueba de que solo porque sientas que algo es lo correcto...

Me agarró por la cintura cuando pasé junto a él y me sentó en su regazo.

—No. No significa eso, Trin. Solo significa que es lo que es, y tenemos que lidiar con ello. Eso es todo.

Mi mirada descendió hacia donde su mano ilesa me rodeaba la muñeca. Notaba su piel igual, increíblemente cálida.

—¿Cómo puedes hacer que parezca que no tiene importancia?

—Porque no cambia nada. —Presionó su frente contra la mía—. No disminuye lo que siento por ti y sé perfectamente, después de lo que me acabas de dar, que no disminuye lo que sientes por mí.

Él tenía razón, y me odié un poco por eso.

—Esto podría ser temporal —continuó—. No sabemos nada aparte del hecho de que tendremos que adaptarnos. Juntos. Eso es lo único que podemos hacer.

Sacudí la cabeza contra la suya.

—No entiendo cómo puedes estar tan tranquilo.

—No es que no esté preocupado. Lo estoy, pero ya te lo dije. Conocía los riesgos que entrañaba esto.

Sabíamos que había riesgos, pero no teníamos ni idea de cuáles eran, y eso suponía una gran diferencia. Aparté la cabeza, pensando en todo lo que teníamos que hacer... lo que habíamos planeado hacer.

—No quiero que vayas a ese instituto conmigo.

—Trin...

—No, hasta que sepa qué hay allí dentro. Dijiste que tenemos que adaptarnos, y así es como nos adaptamos. Tú das un paso atrás.

—No me refería a eso.

—¡Me da igual! —Me giré en sus brazos, con el corazón martilleándome en el pecho, y coloqué las manos en sus mejillas—. Me da igual lo que creas que puedes hacer, pero si este es nuestro... nuestro castigo, entonces así es como nos adaptamos. Tenemos que ser aún más cuidadosos, y ser cuidadosos significa que tú das un paso atrás hasta que sepamos a qué nos enfrentamos.

—¿Crees que me voy a quedar aquí sentado, leyendo un libro, mientras tú estás ahí fuera luchando contra el Heraldo?

—Empezar a desarrollar el hábito de leer no es algo malo. Podrías organizar un club de lectura.

—Trin. —Sus ojos pálidos centellearon—. Soy un guerrero

entrenado. Sé cómo evitar que me arañen, muerdan o apuñalen. No soy débil.

—Eres la persona más fuerte que conozco, pero no eres invencible.

—Nunca lo fui. Y tú tampoco lo eres. Cuando me enteré de lo de tu vista, ¿crees que no me morí de miedo al imaginar todas las formas en las que podría afectarte?

Me quedé callada.

—Me sentí así. Todavía me siento así. Eres mitad humana, Trin. Tu piel es vulnerable a todo tipo de heridas, pero me recuerdo que estás entrenada. Cuentas con tu gracia. Sabes cómo luchar y salir de una situación si las cosas se ponen feas. Tengo que recordarme eso todos los días. Estoy ahí para protegerte, pero no para detenerte. ¿Vas a intentar detenerme?

Deslicé los dedos por sus mejillas y luego exhalé bruscamente.

—No espero que te quedes aquí sentado sin hacer nada. Solo espero que... tomes decisiones sensatas. Como hago yo.

Arqueó las cejas.

—Como intento hacer yo. Puedes venir al instituto conmigo, pero te quedarás fuera hasta que sepamos qué está pasando —transigí—. Y tienes razón. Es probable que resulte más fácil herirme a mí que a ti, incluso ahora, pero yo he tenido toda mi vida para aceptar mis limitaciones. Tú no has tenido ni un minuto para enfrentarte a las tuyas.

Zayne se inclinó hacia delante, acortando la distancia que nos separaba, y me besó con suavidad.

—Solucionaremos esto, con limitaciones y todo.

—¿Prometido? —susurré, pues necesitaba esa confirmación, necesitaba saber que este no era el comienzo de algo horrible.

—Prometido. —Me abrazó—. Recuerda, Trin. Para siempre.

—Lo recuerdo.

Y así era. Nunca lo olvidaría.

Más tarde, después de que Zayne me convenciera para volver a la cama y se quedara dormido, hice algo que había hecho tan pocas veces antes que podía contarlas con los dedos de una mano. Cerré los ojos y despejé la mente de todo salvo mi padre. Lo llamé. Lo invoqué. Le recé, esperando que apareciera y deshiciera lo que habíamos hecho. Le rogué que devolviera a Zayne a su estado anterior. Incluso le ofrecí algo que me rompería el corazón en diminutos pedazos irregulares que nunca podrían repararse.

«Renunciaré a él», supliqué en silencio. «Le obligaré a renunciar a mí. Desharé el para siempre. Cualquier cosa. Haré cualquier cosa.»

Pero, como todas las veces anteriores, no hubo respuesta.

Treinta y ocho

Cuando Zayne y yo nos reunimos con Roth y compañía el sábado por la noche, yo estaba hecha un manojo de nervios. Mi gracia estaba a punto de saltar a la mínima. Si alguien miraba siquiera a Zayne de mala manera, estaba preparada para hacerlos papilla.

Humanos y no humanos.

Menos a los animales. Más le valía a Zayne correr rápido si un perro intentaba morderlo o algo así.

Su piel no había recuperado su cualidad parecida a la piedra y tuve que luchar contra todos mis instintos para no encerrarlo en el armario o algún sitio por el estilo. Él se comportaba como si esta nueva situación no le cambiara la vida por completo. No parecía afectarlo en absoluto y yo no conseguía entenderlo.

Supuse que eso cambiaría enseguida la primera vez que lo arañara un demonio.

Pensar en eso me aterraba, porque, dependiendo de dónde lo hirieran las garras, podría ser grave o incluso mor...

—Trin. —Zayne se apartó de la pared de hormigón. Estábamos esperando en el mismo lugar que la última vez, en la esquina de la calle que conducía al instituto—. Te estás alterando.

Miré con el ceño fruncido hacia su posición aproximada, ya que solo era una mancha borrosa por la ausencia de luces.

—No es verdad.

—Puedo sentirlo. —Suspiró—. ¿Por qué pareces olvidarlo continuamente?

—Quizá porque intento olvidarlo.

Él se rio, acercándose más. Capté el aroma a menta fresca y luego sentí su mano en la parte baja de mi espalda.

—No te preocupes. Estaré bien.

Sí, iba a estar bien quedándose aquí fuera, a una distancia segura y prudente.

—Aquí vienen —anunció—. Roth, Layla y... Cayman.

—No sabía que fuera a venir.

—Supongo que nos echaba de menos.

Esbocé una sonrisa al mismo tiempo que distinguí las formas borrosas de tres personas que se dirigían hacia nosotros. Iban vestidos como ladrones, pero, a medida que se acercaban, el cabello de Layla destacó como un rayo de luz de luna hasta que pasaron debajo de la farola.

Roth fue el primero en hablar.

—Supongo que todavía no os habéis enterado.

—¿De qué? —preguntó Zayne, que mantuvo la mano en la parte baja de mi espalda mientras nos guiaba lejos de la pared hacia la acera.

—Hace unos treinta minutos, encontraron al senador Josh Fisher en la acera, delante del Condor —dijo Cayman—. Y no se limitó a tumbarse. Bajó unos treinta pisos.

Abrí mucho los ojos.

—Joder.

—Y que lo digas. Toda la calle está bloqueada ahora mismo —añadió Layla—. Hay equipos de reporteros y coches de policía cada cinco metros.

—¿Creéis que se suicidó? —pregunté—. ¿O...?

—¿... el Heraldo le hizo una visita? —terminó Zayne—. Las dos cosas son posibles.

—Sobre todo, teniendo en cuenta que estaba completamente destrozado —dijo Cayman y tuve que estar de acuerdo.

Era posible que el senador hubiera llegado a aceptar que el Heraldo y Bael le habían mentido y que nunca volvería a ver a su mujer. Teniendo en cuenta las cosas en las que había participado, era muy posible que hubiera decidido quitarse la vida, pero...

—El Heraldo podría haber averiguado que estuvimos allí. Y eliminarlo.

—Es posible —opinó Zayne.

—Bueno, a ver, ¿a quién le importa? —preguntó Cayman. Miré hacia él, que se encontraba detrás de Roth—. Era un tipo malo y, de todas formas, las cosas no iban a terminar bien para él.

—Tener tacto —explicó Roth— es algo que Cayman no ha aprendido nunca.

—Sobre todo porque tener tacto suele significar fingir que algo te importa cuando no es así —respondió el aludido—. Mirad, lo único que digo es que yo no le lanzaría un chaleco salvavidas a ese tipo si nuestro barco se estuviera hundiendo.

Zayne se frotó la frente mientras sacudía la cabeza.

—Bueno —dije—. Eres un demonio, así que...

—También mataría a Hitler de bebé —anunció Cayman—. Sin problemas.

—Madre mía —murmuró Zayne entre dientes.

—También mataría al Heraldo de bebé —añadió Cayman.

—¿En serio? —Layla frunció los labios—. ¿Un bebé? Pero ¿y si existiera la posibilidad de que pudieras hacerlo cambiar?

Zayne dejó caer la mano mientras exhalaba con fuerza, pero todavía parecía estar a punto de sufrir un aneurisma.

—Algunas personas no pueden cambiar —apuntó Roth—. El mal es su destino.

—Pero ¿un bebé? —Layla se estremeció—. Eso sería difícil.

—En realidad, no —aseguró Cayman, encogiéndose de hombros cuando ella abrió mucho los ojos.

—¿Es necesario mantener esta conversación ahora mismo? —preguntó Zayne.

—No, yo estoy de acuerdo —intervine, y Zayne suspiró de nuevo—. Sabiendo lo que ha estado haciendo el Heraldo, retrocedería en el tiempo y me lo cargaría.

Layla se quedó callada y luego asintió con la cabeza.

—Sí, yo también mataría al Heraldo de bebé.

Roth se cruzó de brazos.

—Ya sabéis que yo lo haría.

—Qué sorpresa —masculló Zayne.

—Yo lo haría, pero, claro, para mí no supone ningún problema matar a unos cuantos bebés, porque soy un demonio.

—Cayman hizo una pausa cuando todos nos volvimos de nuevo hacia él—. Oh, ¿me he sincerado más de la cuenta?

—Solo un poco —contesté, levantando el índice y el pulgar.

—¿Y tú, Zayne? —preguntó Roth—. ¿Matarías al Heraldo de bebé?

—Sí —dijo, y me imaginé que una vena empezaba a palpitarle en la sien—. Lo haría. Ahora que todos estamos de acuerdo en que mataríamos al Heraldo de bebé, ¿podemos ponernos en marcha?

—Claro. —Cayman sonrió—. No sé vosotros, chicos, pero este momento compartiendo confidencias me hace sentir que somos un equipo de verdad que puede lograr cosas. Como Los Vengadores, pero más malvados.

—Entonces, ¿más o menos como Tony Stark? —sugirió Layla.

—¡Tony Stark no es malvado! —exclamó Cayman, haciéndome dar un brinco—. ¿Por qué sigues diciendo eso? Él es el único que intentó establecer límites. Lo que pasa es que tiene zonas morales grises, eso es todo.

—¿Sabes que no es una persona real? —le pregunté—. ¿Verdad?

Cayman se giró bruscamente hacia mí.

—¿Cómo te atreves?

—Bueno. Vale. —Zayne señaló la acera—. En serio.

El plan era entrar por el lateral del edificio, donde habíamos visto aparcados los camiones de obra.

—Creo que deberíamos comprobar la zona de los vestuarios del sótano, ya que estamos seguros de que los túneles conducen ahí —sugirió Roth—. Es donde estaban el Lilin y los Trepadores Nocturnos la última vez. Podemos acceder a través del gimnasio.

—Parece un buen plan —contestó Zayne y echó a andar por la acera.

—¿Qué? —Lo agarré del brazo, deteniéndolo—. ¿Qué quieres decir con que «parece un buen plan»?

Su rostro quedaba ensombrecido bajo el resplandor de la farola.

—Justo lo que parece.

—Zayne, ya hablamos de esto —dije, manteniendo la voz baja.

—Sí, así es. Voy a tener cuidado y…

—¡Eso no es lo que acordamos!

—¿Qué acordamos exactamente? —preguntó, liberando el brazo.

—Que te quedarías fuera hasta que supiéramos a qué nos enfrentábamos.

—Eso no es lo que yo acordé.

—Tienes que estar de coña. —Retrocedí un paso, abriendo y cerrando las manos a los costados—. Creía que habíamos acordado…

—Acordamos resolver esto juntos. Eso no significa que aceptara quedarme aquí fuera.

—Así que, ¿vas a entrar ahí, donde podría haber demonios y fantasmas cabreados y gente sombra, que son mucho más peligrosos que la mayoría de los fantasmas? —Era consciente de que el trío nos estaba observando—. ¿Y si el Heraldo está ahí?

—¿Lo sientes?

—No, pero eso no significa que no esté ahí o que no vaya a aparecer…

—¿Mientras yo estoy fuera?

—O podría estar en ese instituto y todavía no lo siento. Ninguno de nosotros puede notar si hay más demonios por los alrededores, porque, hola, ¡hay varios aquí mismo con nosotros, escuchando nuestra conversación!

—Yo solo soy en parte demonio —murmuró Layla—. ¿Por qué estáis discutiendo por esto? Estoy confundida.

—Yo estoy fascinado —repuso Cayman.

Le di la espalda a Zayne. No quería decir lo que estaba pasando, pero ellos necesitaban saberlo.

—Su piel ya no es como la de un Guardián. Es como la de un humano.

—Como la tuya —dijo Zayne detrás de mí.

Ignoré ese comentario.

—Y no ha tenido tiempo para averiguar qué significa eso ni cómo trabajar con ello.

Layla dio un paso hacia nosotros.

—¿Cómo es eso posible?

—Es una larga historia —contesté, ya que no me apetecía

nada entrar en nuestros asuntos superpersonales—. Pero quiero que se mantenga apartado hasta que sepamos qué hay dentro.

—Todavía puedo luchar —afirmó Zayne.

—Sí, es verdad. Ya lo hemos hablado, pero en cuanto se den cuenta de que tu piel es tan suave como el culito de un bebé, van a aprovecharlo —razoné.

—Ella tiene razón, tío —dijo Roth, desviando la mirada hacia Zayne.

—¿Tú te mantendrías al margen mientras Layla entra ahí? —exigió saber Zayne.

—Bueno, mi piel nunca sería tan suave como el culito de un bebé, así que no.

Levanté las manos, exasperada, mientras fulminaba a Zayne con la mirada.

—No puedes entrar ahí.

—Un momento —intervino Layla, volviéndose hacia Roth—. Si ocurriera algo que te hiciera más vulnerable, ¿de verdad te pondrías en peligro por una atrasada necesidad de cavernícola de protegerme? ¿Incluso cuando es evidente que no necesito que me protejas?

Roth abrió la boca.

—Piensa bien cómo vas a responder a esa pregunta —le advirtió, levantando una mano—. Porque tú y yo vamos a pasar una noche muy incómoda si dices que sí.

Roth cerró la boca.

—Entiendo perfectamente por qué no quieres que entre ahí —me dijo Layla—. Yo tampoco querría que Roth lo hiciera, si algo lo hubiera vuelto más vulnerable. No estás equivocada en esto, pero ¿tú? —Señaló a Zayne—. Tú estás equivocado.

—¿Cómo dices? —respondió Zayne mientras yo sonreía.

—¿Te parecería bien que Trinity entrara ahí si la situación fuera al revés?

—En realidad, la situación…

—No es lo mismo —lo interrumpí, lanzándole una mirada dura—. Conozco mis limitaciones. Sé cómo esquivarlas. Tú no conoces todavía tus limitaciones.

Un músculo palpitó en la mandíbula del Guardián.

—No podrías, Zayne. No te parecería bien que ella hiciera

eso. Lo que es más, estarías tan distraído preocupándote por ella que tú también serías vulnerable —continuó Layla—. ¿Quieres que le pase eso a ella? ¿Que se distraiga mientras lidia con la gente sombra y quién sabe qué más?

Zayne apretó los labios mientras negaba con la cabeza. Su mirada, con los ojos entornados, me encontró.

—No. No quiero que se distraiga.

—En ese caso, no puedes entrar ahí —dijo Layla, suavizando la voz—. Sé que te matará quedarte aquí fuera, pero eso es mejor que resultar herido o ser la causa de que la hieran a ella.

—Está bien —masculló él, aunque no sonó como si le pareciera bien ni por asomo.

El alivio me invadió con tanta potencia que casi me echo a llorar y él debió sentirlo a través del vínculo, porque ensanchó un poco los ojos. Me acerqué y le rodeé la cintura con los brazos mientras levantaba la mirada hacia él.

—Gracias.

Un suspiro lo hizo estremecer mientras apoyaba las manos en mis mejillas.

—Detesto esto —dijo en voz baja—. No soporto la idea de no estar ahí dentro contigo. Soy tu protector. Esto me parece... mal.

—Ya lo sé. —Mi mirada escrutó la suya en la oscuridad—. Pero estaré bien. Y tú estarás bien. Solo necesitamos tiempo para adaptarnos a esto. Patrullar. Cazar. No hemos tenido tiempo para eso todavía.

—No seas lógica —dijo, bajando la cabeza—. Ese no es tu trabajo. Es el mío.

Antes de que me diera tiempo a señalar que tenía derecho a ser lógica de vez en cuando, Zayne me besó, y no fue un beso rápido y casto. Sus labios persuadieron a los míos para que se abrieran y, en cuanto el beso se volvió más profundo, el mundo que nos rodeaba se desvaneció. Me incliné más hacia él y, cuando el sonido que escapó de su garganta retumbó a través de mí, enrosqué los dedos de los pies.

—Bueno, ahora sabemos por qué Zayne se ha vuelto de repente tan suave y prácticamente inútil —comentó Cayman con tono seco—. Fijaos en la parejita feliz.

—Todavía puedo matarte. —Los labios de Zayne rozaron los míos una vez más antes de levantar la cabeza y dedicarle una mirada asesina al demonio negociante—. Sin problemas.

Cayman ahogó una exclamación.

—Me siento ofendido.

Eché un vistazo por encima del hombro y mi mirada encontró a Layla. No estaba segura de qué esperaba ver cuando la mirara, pero lo que vi fue felicidad. La versión triste que reconocí y yo misma había sentido, hace mucho tiempo, cuando me di cuenta de que a Misha le interesaba otra. No se trataba de que yo quisiera estar con él, ni de que no quisiera que estuviera con otra, pero Misha había sido mío en cierto sentido, y luego ya no lo era. Supuse que Layla sentiría lo mismo.

Las emociones eran raras.

—¿Esa fue la consecuencia? —preguntó Roth, maldiciendo entre dientes—. ¿Te enamoras y te debilita?

—Por lo visto. —Zayne apoyó las manos sobre mis hombros—. Qué retorcido, ¿verdad?

—Más que retorcido —respondió Roth—. Es extremadamente...

—¿Inteligente? —sugirió Cayman y empecé a preguntarme si hoy tenía ganas de morir—. ¿Qué pasa? Tiene sentido. El amor puede ser una debilidad o una fortaleza, pero, sea como sea, el amor siempre es la prioridad. Los dos antepondríais al otro, por encima de vuestro deber, y los que están al mando lo considerarían una debilidad. Algo que querrían impedir.

—Bueno, gracias por tu contribución —dijo Zayne, suspirando—. Eso hace que los dos nos sintamos mejor con todo esto.

De algún modo, y no pude entender cómo, Roth decidió que Layla también debería quedarse fuera, lo que hizo que Zayne anunciara que no necesitaba una niñera. Entonces Layla y Roth empezaron a discutir, pero, al final, ella accedió a esperar con Zayne hasta que nosotros tres (Roth, Cayman y yo) supiéramos a qué nos enfrentábamos.

Por fin, nos encaminamos al instituto y, a medida que nos acercábamos, pude ver que algunas ventanas estaban iluminadas desde dentro. Mientras rodeábamos un lateral, dirigiéndonos hacia donde estaban aparcados los camiones la última vez, alcé la mirada hasta el segundo piso. La sensación seguía ahí, como si cientos de ojos invisibles estuvieran siguiendo nuestros movimientos.

Cuando rodeamos la valla temporal y nos acercamos a la puerta, me volví hacia Zayne, admitiendo para mis adentros que dejarlo aquí fuera no me parecía lo correcto.

«A veces, lo que no parece correcto es lo correcto.» Eso fue lo que me dije cuando, de pronto, quise retractarme de lo que había dicho. Él estaba más seguro aquí fuera. Esto era inteligente y lógico.

Zayne me cogió la mano mientras Cayman manipulaba el candado y lo rompía.

—Ten cuidado —me pidió.

—Lo tendré.

Le apreté la mano y aquellas dos palabras que todavía no había pronunciado danzaron hasta la punta de mi lengua, pero sentí que era demasiado peligroso decirlas. Y eso era una tontería, porque el daño ya estaba hecho. Pronunciarlas en voz alta no les confería más poder del que ya tenía el sentimiento ligado a ellas.

—Ten cuidado tú también —dije, en cambio.

—Siempre —respondió.

Treinta y nueve

Para mi sorpresa, el ancho pasillo del primer piso estaba iluminado por medio de rieles de luces desagradablemente brillantes, algo que no habíamos podido ver desde fuera pues la mayoría de las puertas de las aulas estaban cerradas. La luz no ayudaba mucho a hacer retroceder las sombras que se aferraban a las taquillas y a las puertas. Dejé que Cayman y Roth fueran delante, porque era la primera vez que estaba en un colegio público.

Olía raro, como a moho y restos de colonia y perfume, junto con el leve olor a serrín y construcción.

Un movimiento fugaz me llamó la atención. Una forma gris entró a toda velocidad en una de las aulas cerradas.

—¿Crees que lo que le pasa a Zayne es permanente? —me preguntó Roth en voz baja.

—No lo sé —admití. Una sombra apareció al final de la hilera de taquillas y volvió a fundirse con rapidez con su entorno—. Espero que sea temporal, pero...

—Pero tendrías que dejar de quererlo —concluyó—. O él tendría que dejar de quererte a ti.

—Sí —susurré, mirando a mi alrededor.

Cada medio metro, entreveía algo que no parecía encajar, pero desaparecía antes de poder enfocarlo y descifrar qué estaba viendo. Sin embargo, podía sentirlos. Había tantos fantasmas en este edificio que resultaba casi agobiante.

—¿Crees que eso es posible?

Pensé en cómo le había rezado a mi padre, desesperada, prometiéndole hacer precisamente eso.

—Ni... ni siquiera sé cómo te enamoras, así que no sé cómo desenamorarte.

—No puedes. Al menos, no puedes obligarte a desenamorarte.

—Parece que lo hubieras intentado.

—Así es.

—Podrías conseguir un hechizo. Hay algunos por ahí, pero estoy seguro de que tienen efectos secundarios desagradables —comentó Cayman, mirándome por encima del hombro—. O podrías hacer un trueque, si supieras dónde encontrar un demonio con ciertas habilidades...

Alcé las cejas.

—¿Me estás ofreciendo un trueque?

—Soy un hombre de negocios hasta la médula, pequeña Sangre Original. Bueno, un demonio de negocios, pero da igual. —Miró al frente—. Ya sabes dónde encontrarme si es necesario.

Roth clavó la mirada en la espalda de Cayman con el ceño fruncido. ¿Hacer un trueque con mi alma? ¿O partes de ella? No me había planteado eso.

—¿Ya has visto algún fantasma? —me preguntó Roth mientras pasábamos por delante de una vitrina vacía.

—Estoy captando muchos destellos rápidos de movimiento. Podrían no ser nada o podrían ser fantasmas tímidos.

—¿O gente sombra?

Asentí con la cabeza.

Cayman se detuvo y me di cuenta de que nos encontrábamos en la entrada del gimnasio. Las puertas estaban abiertas y nos aguardaba un vacío de oscuridad.

Madre mía.

Literalmente, no pude ver nada. Ni siquiera a Cayman cuando entró y se lo tragó la nada. Se me erizó todo el vello del cuerpo. La sensación que había experimentado antes aumentó mientras clavaba la mirada en la oscuridad.

Los pies se me quedaron clavados al suelo. A mí, que no me daban miedo los fantasmas, me asustaba un poquito la perspectiva de entrar en ese gimnasio.

—¿Qué pasa? —me preguntó Roth.

—Fantasmas. Hay un montón de fantasmas ahí. Puedo sentirlos —contesté, mirándolo—. Pero no puedo verlos. No puedo...

Roth lo entendió y asintió con la cabeza.

—Dame la mano. Te llevaré a donde tenemos que ir.

Me quedé mirando su mano.

—Le contaste a Zayne lo que le hice a Faye después de pedirme que no dijera nada.

—Me preguntaba cuándo ibas a sacar el tema. Cambié de opinión después de dejarte en el parque. Culpa mía.

Lo miré con el ceño fruncido.

—¿Vais a venir? —nos llamó Cayman—. Porque esto es un poco raro. Raro en plan: creo que no estoy solo.

—¿Podemos hablar de esto luego? —sugirió Roth.

—Desde luego que vamos a hablarlo luego.

Coloqué mi mano en la suya. Experimenté un extraño estallido de energía procedente de donde su piel entró en contacto con la mía, pero no conseguí concentrarme en eso.

Roth me guio hacia el vacío y fue como caminar a través de sopa. El aire era denso y se movía, como si se enroscara a nuestro alrededor. Noté tirones en las perneras del pantalón como si unas manos diminutas las estuvieran agarrando. Seguí caminando. Unos cuantos pasos más y los sentí, presionándonos, amontonándose a nuestro alrededor. Algo parecido a una mano me tocó la cadera y luego el culo.

La clase de fantasmas que había aquí dentro estaba empezando a darme muy mala espina.

—¿De verdad puedes ver? —pregunté, nerviosa.

—Lo suficiente.

—Qué tranquilizador...

Un dedo se deslizó por mi mejilla.

—No me toques —le espeté a la oscuridad que se extendía a mi derecha.

—No te he tocado —respondió Roth.

—No hablaba contigo.

—Ah. —Me agarró la mano más fuerte—. ¿Tu opinión sobre mí empeoraría si admitiera que estoy un poco acojonado?

—Sí.

—Caray.

—Es broma. —La punta de mi trenza se levantó. La liberé de un tirón con la otra mano—. Oídme bien, fantasmas pervertidos, si otro más me pone la mano encima, os aniquilaré.

—¿Quiero saber qué está pasando? —dijo la voz de Cayman, que surgió de alguna parte.

Respondió una risita aguda, que no sonó masculina ni femenina, y luego el aire que nos rodeaba a Roth y a mí cambió de nuevo, como si se separara a medida que cruzábamos el gimnasio.

—Ninguno de ellos se acerca a mí en busca de ayuda —comenté después de un momento—. Imagino que lo harían si quisieran salir de aquí.

—Sería lo lógico —murmuró Roth, deteniéndose—. ¿Cayman?

—Me estoy ocupando de la puerta. Está sellada... —El metal chirrió y luego cedió—. Allá vamos.

Entró una luz tenue, gracias a todos los querubines del cielo... «Oh, no.» Esto tenía escrito «ni de coña» por todas partes.

Frente a nosotros había un estrecho saliente y una serie de escalones, pero no estaban despejados.

Muertos.

Había muertos bordeando los escalones, pegados a la pared. Docenas de ellos. No había visto nunca nada igual. Nos observaron cuando entramos, con los rostros desfigurados. Algunos dejaban ver lo que fuera que los había matado. Heridas de bala. Mejillas ausentes. Cráneos. Moretones e hinchazón. Deformidades. Otros no mostraban indicios visibles de heridas, pero nos sonrieron, apestando a pura maldad. Levanté la mirada y casi se me para el corazón.

Se apiñaban en el techo como cucarachas, vociferando y arrastrándose unos sobre otros. No había ni un hueco vacío.

—¿Puedes ver? —me preguntó Roth.

—Por desgracia. —Liberé mi mano—. No quieres saberlo.

—Yo sí —dijo Cayman, que atravesó a un fantasma al que le faltaba gran parte de la cabeza.

El fantasma se giró y le bufó antes de elevarse hasta el techo y arrastrarse sobre los demás que se amontonaban allí.

—No. No quieres. —Rodeé a uno que me lanzó un beso—. Deberíamos darnos prisa.

Y eso fue lo que hicimos.

Intenté no mirarlos mientras bajaba corriendo los escalones, pero algunos se apartaron de la pared, susurrando demasiado bajo y rápido para poder entender lo que estaban diciendo. Otros intentaron agarrarme.

A mitad de camino, reconocí a uno de los fantasmas. Era la mujer con uniforme militar oscuro, pero parecía... diferente. El color había desaparecido de su piel, las sombras de su rostro hacían que sus ojos parecieran cuencas negras y vacías. Su mandíbula se extendió y se abrió hasta convertirse en algo inhumano y retorcido.

El fantasma soltó un alarido.

Roth se dio la vuelta bruscamente.

—Pero ¿qué diablos...?

—¿Lo has oído?

Rodeé con cuidado a la mujer, cuyo rostro estaba estirado más allá de lo humanamente posible.

—Estoy convencido de que todo el mundo en un radio de un kilómetro ha oído eso —comentó Cayman—. Y debo decir que estoy captando una sensación mala y siniestra.

—No lo entiendo. Son todos... Qué sé yo. Todos son malos. —El corazón me latía con fuerza—. Sam dijo que estaban atrapados, pero...

—La gente sombra. —Roth se pasó bruscamente la mano por la cara como si hubiera chocado con una telaraña. No era eso. Se trataba del pelo de una joven que colgaba boca abajo del techo—. Podrían haberles afectado. Haberlos corrompido.

Eso... Dios mío, eso era horrible. Deberíamos haber entrado aquí antes, haber corrido el riesgo, porque estas personas...

Llegamos al final de la escalera y el olor a óxido y podredumbre aumentó a medida que entramos en una habitación. La parpadeante luz fluorescente proyectaba sombras a lo largo de hileras de taquillas anchas. Las puertas estaban arrancadas, y los bancos, volcados. Miré a mi alrededor y comprendí que debíamos estar en los antiguos vestuarios, donde los Trepadores Nocturnos habían estado... incubándose.

No había fantasmas ahí.

Cayman atravesó una entrada en forma de arco que conducía a otra abertura mientras Roth permanecía cerca de mí. Se me ocurrió algo. Extendí el brazo y presioné una mano contra la pared de ladrillos desnudos.

La pared vibró bajo mi palma y, un instante después, un resplandor dorado bañó las paredes y el techo y luego desapareció, dejando ver lo que Roth había sospechado que encontraríamos ese día en el túnel.

Todo el instituto estaba lleno de barreras de protección angelicales.

—Esto los atrapó aquí. —Aparté la mano. Las protecciones permanecieron—. Estas personas podrían haber sido buenas. Solo necesitaban ayuda para cruzar. Incluso podrían haber sido espíritus, porque algunos de ellos no estaban en su estado de muerte, pero todos tenían un aspecto desagradable.

No estaba segura de si la gente sombra podía hacer eso, pero, al volver la mirada hacia la escalera, acepté lo que supe en cuanto vi a los fantasmas y los espíritus.

—Todos están a punto de convertirse en espectros y...

—Ya es demasiado tarde. —Roth pronunció las palabras que yo no quería decir—. Los fantasmas y los espíritus son el alma expuesta. Es más vulnerable tras la muerte, cuando las decisiones y las acciones se vuelven permanentes. Es como si todos estuvieran infectados, y es incurable.

Una pesadez se instaló en mi corazón mientras apartaba la mirada de la escalera. No quedaba nadie allí a quien salvar.

—¿Chicos? —La voz de Cayman resonó desde el otro lado de la pared—. Vais a querer ver esto.

Roth y yo intercambiamos una mirada antes de dirigirnos hacia la entrada.

—Aquí es donde nació el Lilin, en una especie de nido. Son las antiguas duchas —me explicó.

Entramos en una habitación vacía y pude distinguir a Cayman arrodillado.

—¿Qué pasa? —le preguntó Roth.

—Me parece que he encontrado algo. Un agujero. Hay luz ahí abajo. —Se echó hacia atrás—. No hay otra forma de bajar más que saltar, pero parece medir unos tres metros. ¿Esto estaba aquí antes?

—No. —Roth rodeó poco a poco la abertura de dos metros cuadrados—. Esto es nuevo.

—¿Deberíamos comprobarlo?

Tardé un momento en darme cuenta de que Cayman me lo preguntaba a mí. Asentí con la cabeza.

—Creo que tenemos que hacerlo.

—Muy bien. —Cayman se puso de pie—. Nos vemos ahí abajo.

Saltó y, después de un momento, indicó con un gesto que estaba bien.

Yo fui la siguiente. Mi aterrizaje levantó una nube de tierra y polvo en el aire. Me hice a un lado, tosiendo, para que Roth no me cayera encima cuando llegó por el agujero unos segundos después. A medida que la nube de polvo se asentaba, mi vista se adaptó a lo que me rodeaba.

Ahí abajo había más luz. El lugar estaba iluminado por varias lámparas halógenas espaciadas y colocadas sobre trípodes elevados y antorchas que sobresalían de las paredes de tierra. Menudo peligro de incendio.

Ese sitio era una especie de caverna hecha por el hombre, que se abría dando paso a un espacio más grande donde el techo era mucho más alto que el agujero por el que habíamos saltado. Había montones de rocas y montículos de tierra apilados y apretados contra las paredes. Varios túneles partían de ahí y supuse que al menos uno debía conducir a los túneles en los que habíamos estado en el exterior del instituto. Pero me llamó la atención lo que estaba situado hacia el fondo de la caverna.

Unas pálidas rocas blancas estaban apiladas unas encima de otras, formando un arco de casi dos metros de altura. La abertura no estaba vacía. Al principio, parecía un espacio liso; pero, a medida que miraba, me di cuenta de que la zona no era estática. Se agitaba despacio y, cada pocos segundos, un destello blanco pasaba veloz como un rayo.

—¿Esto es lo que yo creo que es? —preguntó Cayman mientras se acercaba al rudimentario arco.

Roth avanzó por el centro de la caverna.

—Si crees que es un portal, entonces estarías en lo cierto.

Me quedé sin aliento mientras mi mirada pasaba de él al arco.

—¿Eso es un portal?

—Sí —respondió.

Yo había oído hablar de ellos, pero nunca había visto ninguno. Como la mayoría, supuse.

—Es de piedra caliza. —Cayman lo rodeó y se acercó a uno de los túneles—. ¿Y descubristeis que pasan líneas ley por aquí? Comprendí que Zayne seguramente los había puesto al corriente y asentí.

—Incluso hay un nudo aquí o alrededor de esta zona, donde convergen varias de ellas.

—Maldita sea —murmuró Roth—. Con la piedra caliza y la línea ley, eso hace que esto sea un conductor de poder de la leche.

—La piedra caliza es como una esponja, se empapa de la energía que hay a su alrededor, tanto creada por el hombre como electromagnética, incluso cinética y térmica. ¿Todo lo que ha pasado en este instituto? ¿El nacimiento del Lilin? ¿Toda la angustia adolescente? ¿Esos fantasmas de ahí fuera? Todo está alimentando esta cosa. —Cayman se acercó más a un lateral—. ¿Y si sumas eso a la línea de energía sobre la que se asienta? Este portal podría ser algo nunca visto.

—¿Como… como un portal a otra dimensión?

Roth me dedicó una amplia sonrisa.

—Es posible. Los portales que usamos nosotros no se parecen en nada a este.

—Esto es lo que están escondiendo aquí —dijo Cayman, ladeando la cabeza.

—En ese caso, tenemos que destruirlo. ¿Verdad? —pregunté—. Porque, a lo que sea que conduzca, probablemente sea algo capaz de acabar con la Tierra.

—No puedes destruir un portal así, sin más —me explicó Cayman, y pensé en los planes de Zayne—. Al menos, no por medios convencionales. Emplear explosivos contra algo como esto podría hacer que estallase como una bomba nuclear.

—Dios mío —susurré.

Ahí se acababa el plan de volar el instituto.

Cayman estiró la mano como si fuera a tocarlo, algo que yo no estaba segura de que fuera buena idea. Mi mirada se desvió hacia el túnel situado justo detrás de él. Las sombras parecían diferentes allí, más densas.

Se movieron.

¡Joder!

—¡Cayman! —grité—. Detrás...

Demasiado tarde.

Una sombra se separó del túnel, moviéndose deprisa. Cayman se giró, pero ya la tenía encima.

Una persona sombra.

Sin previo aviso, Cayman salió volando por los aires, hasta el techo de la caverna, que era mucho más alto en el medio. Medía unos siete u ocho metros, como mínimo. La sombra agarró al demonio negociante por los pies y lo hizo girar como si fuera una *pizza*.

—¡Caray! —exclamó Roth a la vez que inclinaba la cabeza hacia atrás.

—¿Puedes ver eso? —le pregunté—. ¿Lo que lo tiene agarrado... bueno, lo que lo balancea?

—Sí.

¿Eh? Los demonios podían ver a los gente sombra. Eso me hizo preguntarme si los Guardianes también podrían verlos.

—Pero ¿qué diablos...? —gritó Cayman mientras la persona sombra lo columpiaba de un lado a otro—. Tío, voy a potar. Voy a vomitar ese Marsala.

Roth se rio.

—¡No tiene gracia! —gritó Cayman mientras se balanceaba como un péndulo.

Di un paso adelante, sacudiendo la cabeza.

—¡Suéltalo ya!

La sombra se limitó a balancearlo con más fuerza.

—Me parece que esa orden autoritaria no ha funcionado —comentó Roth.

—Pues no. —Suspiré—. ¡Suéltalo! Ahora mismo.

Cayman levantó las manos.

—Un momento...

La persona sombra lo soltó y Cayman se desplomó como una roca contra el suelo.

¡Uy!

El demonio se giró en el último segundo y aterrizó de pie soltando una maldición.

—Eso ha sido de muy mala educación.

La sombra descendió como si fuera una bola y se desplegó cuan alta era delante del arco. Aquella cosa parecía una combinación de humo negro y sombra, a excepción de sus ojos. Eran de color rojo sangre, como carbones encendidos.

Recurrí a mi gracia y la dejé salir. Las esquinas de mi vista se volvieron blancas a medida que el fuego de color dorado blanquecino se arremolinaba por mi brazo, fluyendo hacia mi mano. La empuñadura que se formó contra la palma de mi mano supuso un consuelo conocido. La hoja brotó entre chispas y llamas.

La sombra se abalanzó sobre mí. Di un paso adelante, atravesando con la espada la sección central de la esencia demoníaca. La sombra se dobló sobre sí misma, convirtiéndose en nada más que volutas de humo, destruida por toda la eternidad.

Un ruido de arañazos, como de garras diminutas correteando sobre piedra, atrajo de nuevo mi mirada hacia el túnel. Las sombras de su interior palpitaron y se movieron...

Unas pequeñas criaturas parecidas a ratas salieron en tropel. Docenas de ellas corrieron hacia nosotros apoyadas sobre las patas traseras, olfateando el aire con los hocicos.

—¡DAF! —exclamó Roth—. Son DAF.

No me habría importado pasar toda la vida sin verlos. Era cierto que parecían demonios feroces en miniatura.

Entonces, la oscuridad del túnel se movió una vez más. Unos gruesos zarcillos negros se deslizaron por las paredes y se extendieron por el suelo de tierra compacta como si fueran aceite. La masa se separó y luego explotó transformándose en una horda de gente sombra que entró como una avalancha en la caverna.

—Santo cielo. —Levanté la espada—. Vosotros ocupaos de los DAF y yo me encargaré de estas cosas horripilantes.

—Hecho —contestó Roth mientras le daba una patada a uno de los DAF, haciéndolo salir volando hacia la pared opuesta.

Golpeé a la primera sombra en los hombros y había girado y clavado la espada en la sección central de otra antes de que la primera se hubiera evaporado. Me enderecé al mismo tiempo que blandía la espada a través de los hombros de otra. El sudor me humedeció la frente en cuestión de segundos. Era como jugar al Whac-a-Mole. Otro reemplazó al que me cargué.

—Maldita sea —gruñó Roth mientras lanzaba un DAF muerto a un lado—. Trepadores Nocturnos.

Eché un vistazo rápido hacia el túnel del que habían salido las sombras. Había muchos. Todos ellos eran una corpulenta masa monstruosa de piel arremolinada del color de la piedra lunar, cuernos y dientes y garras que contaban con un veneno tóxico que podía paralizar a un elefante.

Una sombra me agarró el brazo izquierdo, quemándome la piel. Salté hacia atrás, ahogando un grito, y asesté un golpe descendente con la espada. Estaba rodeada, así que solo me quedaba esperar que Roth y Cayman pudieran encargarse de los Trepadores Nocturnos hasta que pudiera llegar hasta ellos.

Me abrí camino entre las sombras, pues sabía que, cuanto antes terminara con su existencia, mejor. El círculo se redujo a la mitad y, más allá de ellas, vi a Roth y Cayman. Ahora estaban en sus formas demoníacas, sus pieles parecían ónice pulido y sus alas eran tan anchas como altas. Durante un momento, me sorprendió el asombroso parecido entre el aspecto de los Guardianes y de los demonios de nivel superior: era como si ambos pudieran haber sido descendientes de ángeles.

Me giré y liquidé a otra sombra con un rápido tajo al mismo tiempo que uno de los Trepadores Nocturnos lanzaba un zarpazo que casi alcanza a Cayman en la espalda mientras el demonio se enfrentaba a otro.

Maldije mientras salía disparada hacia delante y salté sobre uno de esos malditos DAF. Mi aproximación no fue sigilosa. El demonio se giró hacia mí e intentó clavarme las garras en la cabeza. Me agaché y luego me incorporé de un salto detrás del Trepador Nocturno, alzando la espada conmigo. El fuego le atravesó los huesos y los tejidos como si fueran papel. Entonces el demonio estalló en llamas, dejando atrás nada más que cenizas.

—Gracias —dijo Cayman, jadeando, mientras le rompía el cuello a otro Trepador Nocturno.

Asentí con la cabeza y corrí hacia una persona sombra que se iba acercando poco a poco a Roth por la espalda. Mientras levantaba la espada, sentí que una frialdad se deslizaba por mi cuello y se asentaba entre mis hombros.

—¡Él está aquí! —grité, eliminando a la sombra.

Y entonces apareció, saliendo tan tranquilo del túnel como si estuviera dando un paseo por el parque. Su cabello rubio platino creaba un marcado contraste con la penumbra.

—¡Bambi! —gritó Roth, llamando a su familiar—. ¡Sal!

No pasó nada.

Sulien se rio entre dientes mientras avanzaba.

—Como verás, las barreras de protección evitan que tus familiares hagan acto de presencia.

Mierda.

Eso suponía un imprevisto, pero no tenía tiempo para preocuparme por esa noticia. Bajé la espada y me situé con los pies alineados con los hombros.

—Es muy amable de tu parte reunirte con nosotros.

—Me gusta hacer una entrada triunfal. —Su gracia cobró vida al mismo tiempo que Cayman se dirigía hacia él. La mortífera lanza desprendía un fuego blanco teñido de azul. Sulien apuntó al pecho de Cayman—. Te aconsejo que no des ni un paso más.

—Retrocede, Cayman. —Empecé a avanzar—. Yo me encargo.

Durante un momento, pensé que Cayman no me iba a hacer caso, pero luego se elevó del suelo, agarró a un DAF y se lo lanzó a un Trepador Nocturno que había cerca como si fuera un puf.

—¿Estás segura de que puedes encargarte de esto, querida? —me preguntó Sulien.

—¿Qué te dije sobre llamarme así? Y sí —dije, retrocediendo un paso y cortando por la mitad a la persona sombra que apareció en mi campo de visión central—. Puedo encargarme de esto.

—Sin embargo, estás justo donde te quería —repuso Sulien—. ¿Lo habías pensado?

La última persona sombra se elevó formando una voluta de humo.

—¿Vas a quedarte ahí plantado? ¿Te da miedo luchar?

—No. —Bajó la barbilla y situó la lanza cruzada sobre su pecho—. Estoy esperando.

Realicé inspiraciones cortas mientras recorría rápidamente la caverna con la mirada. No vi más gente sombra ni Trepadores Nocturnos. Todavía había unos cuantos DAF correteando y parloteando.

—¿Esperando qué?

Sonó un cuerno. El sonido fue tan ensordecedor y de otro mundo que supe que solo podía presagiar una cosa.

—¡Roth! ¡Cayman! —grité—. Salid de aquí. ¡Ya!

Los dos demonios se quedaron inmóviles mientras los DAF restantes se dispersaban en dirección a los túneles. Aparecieron unos puntitos de luz, como si fueran estrellas saliendo por la noche. Fueron creciendo y extendiéndose con rapidez, uniéndose. Una luz de color blanco dorado surcó el techo, cargando el aire de poder y cegándome momentáneamente. Retrocedí a trompicones mientras el destello latía y se apartaba del techo. La luz irisada goteó y chisporroteó, formando un embudo de un brillo deslumbrante. Mi gracia palpitó en respuesta al resplandor celestial.

Joder.

Un ángel estaba a punto de llegar, y daría igual que Roth y Cayman formaran parte del equipo «detener el fin del mundo».

—Demasiado tarde. —Sulien soltó una carcajada y su lanza se convirtió en ceniza—. A menos que quieran recrear lo que pasa cuando los insectos chocan con los exterminadores eléctricos.

Volví a concentrarme en Sulien, alzando la espada.

—Ahora sí que estás en un buen lío.

—¿Tú crees? —preguntó, enarcando una ceja.

Mi paso vaciló mientras me preparaba para atacarlo. Su comportamiento no tenía sentido. Había refrenado su gracia. ¿Por qué haría tal cosa cuando se acercaba un ángel? Los ángeles podían ser unos cretinos, pero eran buenos, y era evidente que Sulien era...

El suelo vibró y las paredes se sacudieron. Todo el mundo pareció temblar. Las rocas apiladas se derrumbaron y chocaron contra la tierra compacta. Roth se puso de pie y sus alas lo apartaron de en medio girando. Volvió a descender aproximadamente a un metro por detrás de mí mientras Cayman permanecía en cuclillas, con sus ojos ambarinos brillando como carbones.

La trompeta sonó una vez más, haciéndome sentir como si el cerebro me rebotara dentro del cráneo. Perdí el contacto con mi gracia y la espada se desvaneció.

En el centro de la luz, el contorno de un hombre tomó forma. Era alto, medía más de dos metros, y, cuando salió de la columna, vi que vestía un holgado pantalón blanco, llevaba el pecho desnudo y su piel era tan luminosa y siempre cambiante que no era ni blanca ni morena y, sin embargo, de algún modo, contaba con todos los tonos existentes. Como mi padre.

Pero este no era mi padre.

Eso lo sabía.

El recién llegado avanzó dando grandes zancadas, de espaldas al arco de piedra y el agitado centro lleno de estática. Por la cantidad de poder que desprendía, era evidente que se trataba de un arcángel.

Sulien no se encogió de miedo ni huyó. Permaneció donde estaba.

Esperando.

—Menuda entrada —murmuró Roth—. Me pregunto qué intenta compensar.

El arcángel levantó la mano y movió la muñeca y, entonces, Roth y Cayman quedaron suspendidos como si una mano invisible los hubiera agarrado. Salieron volando por el aire y se estrellaron contra las rocas y los pedruscos. Los dos se desplomaron, cambiando de una forma a otra mientras yacían en medio de la masa de rocas, con brazos y piernas extendidos formando ángulos extraños.

Ay, Dios, no se movían.

Giré la cabeza bruscamente hacia el arcángel cuando este se situó detrás de Sulien y colocó la mano sobre el hombro del Sangre Original.

—Hijo mío —dijo. Su voz era suave y cálida, como si estuviera llena de luz solar—. ¿Qué me has traído?

—La sangre de Miguel. —Sulien sonrió con suficiencia—. Y dos demonios. A ellos no los esperaba.

Una incipiente sensación de horror despertó en mi interior cuando el arcángel volvió la cabeza hacia mí. Sus ojos eran puras esferas blancas. Rodeó al Sangre Original (a su hijo), haciendo una mueca con el labio, mientras me miraba de arriba abajo.

—La hija de Miguel —dijo—. Me esperaba algo más... impresionante.

Simplemente pestañeé.

—Aunque, claro, Miguel no se ha interesado de verdad por ti, ¿verdad, niña? —continuó—. No debería sorprenderme.

Vale.

Qué poca amabilidad.

—¿Y quién diablos eres tú? —exigí saber.

—Yo soy el Evangelio y la verdad. Me le aparecí a Daniel para explicarle sus visiones y estuve al lado de tu padre y defendí a la gente de los caídos y otras naciones. Soy el santo que se apareció ante Zacarías y María y predijo los nacimientos de Juan el Bautista y Jesús. Soy el arcángel que le entregó la verdad y el conocimiento a Mahoma.

Sus alas se elevaron y se extendieron detrás de él. Tenían... tenían algo raro. Unas venas negras surcaban el blanco, goteando algo parecido a alquitrán.

—Yo soy Gabriel, el Heraldo.

Cuarenta

Me quedé atónita. Me sentí como si me hubieran arrojado de improviso al agua helada mientras miraba al arcángel Gabriel.

—Pareces sorprendida —dijo, y sus labios se curvaron formando una sonrisa.

El instinto me exigió retroceder un paso, pero me mantuve donde estaba.

—No lo entiendo. Eres Gabriel.

—Estoy convencido de que es consciente de quién es, cariño —comentó Sulien, mirando hacia donde se encontraban Roth y Cayman.

Apenas escuché al Sangre Original.

—¿Cómo pudiste ser tú?

—¿Cómo pude ser yo quien matara a los Guardianes? ¿A los demonios? —Una ceja rubia blanquecina se levantó—. Porque fui yo. Mi hijo vigilaba cómo iban las cosas, te vigilaba a ti, pero fui yo.

No me podía creer lo que estaba escuchando. No tenía nada que ver con haberme equivocado sobre Sulien, sino con el hecho de que el Heraldo fuera Gabriel, uno de los ángeles más poderosos... uno de los primeros que habían sido creados. Pero, de repente, tuvo demasiado sentido. Las barreras de protección y las armas angelicales. Las grabaciones de vídeo estropeadas. Parecía tan evidente que resultaba casi doloroso, pero ni siquiera yo podía entender cómo un arcángel podía colaborar con brujos y demonios y matar no solo a Guardianes, sino también a humanos inocentes.

—Pregúntame —me instó—. Pregúntame por qué.

—¿Por qué?

Su sonrisa se volvió más amplia.

—Voy a cambiar el mundo. De eso se trata todo esto. De qué se ha tratado todo esto. —Hizo un gesto hacia el arco—. Las almas de los difuntos. Este portal. —Hizo una pausa—. Misha. Tú. Voy a cambiar el mundo para mejor.

Lo único que pude hacer fue quedarme mirándolo.

Sus alas descendieron y las puntas casi tocaron el suelo.

—El hombre nunca debería haber recibido el don que Dios le otorgó. Nunca han merecido la bendición de la eternidad. Eso es lo que un alma le concede a un ser humano: una eternidad de paz u horror, es su elección, pero una eternidad no obstante. Pero un alma... hace mucho más. Así es como se ama. Así es como se odia. Es la esencia de la humanidad, y el hombre nunca mereció conocer tal gloria.

—¿Cómo...? ¿Quién puede decir que el hombre nunca podría merecerlo?

—¿Cómo podría el hombre merecer la capacidad de amar, odiar y sentir cuando sus primeras creaciones (nosotros, sus servidores siempre fieles y más merecedores, los que defendemos su gloria y difundimos su palabra) nunca lo fuimos?

—Porque... ¿sois ángeles? ¿Y no sois humanos?

Estaba muy confundida. Superconfundida.

—Tenemos auras. Tenemos una esencia pura. —Me miró con aquellos ojos completamente blancos que daban tanto repelús—. Pero no tenemos almas.

Se giró ligeramente y miró hacia donde Sulien observaba a los demonios y luego al techo.

—Dios ha hecho todo lo posible para proteger a los hombres. Les ha dado vida, alegría y amor. Propósito. La capacidad de crear. Reclutó a los caídos para que cuidaran de ellos y les dio almas como recompensa. Ha hecho todo lo posible para asegurarse de que, cuando se despojen de estas ataduras mortales, encuentren la paz. Incluso aquellos que pecan pueden encontrar el perdón y solo los más malvados y los más imperdonables son castigados. Pero todo eso cambiará. La humanidad tal como la conocemos está llegando a su fin. Muchos de nosotros le advertimos a Dios que llegaría este día. No había forma alguna de impedirlo.

—No entiendo qué quieres decir. —Intenté mantener vigilado a Sulien mientras este le daba un golpecito a Cayman con la bota—. Dios...

—Dios ha creído en el hombre y el hombre ha traicionado a Dios. ¿Qué han hecho desde la creación? ¿Qué han hecho con el don de la vida y la eternidad? Libraron guerras y provocaron hambrunas y enfermedades. Trajeron la muerte a sus propias puertas y le dieron la bienvenida. Juzgan como si fueran dignos de hacerlo. Adoran a ídolos falsos que predican lo que quieren oír y no el Evangelio. Usan el nombre de Dios y del Hijo para justificar su odio y su miedo. —Gabriel ladeó la cabeza y habló con voz tranquila y suave—. Durante el curso de la historia humana, no ha habido ni un minuto en el que la humanidad no haya estado en guerra consigo misma. Ni una hora en la que no le quiten la vida a otro. Ni un día en el que no se hieran unos a otros con palabras o actos. Ni una semana en la que no despojen a esta tierra de todo lo que Dios le ha dado para ofrecer. Ni un mes en el que las armas creadas para destruir vida no pasen de mano en mano, dejando atrás nada más que una estela de sangre y desesperación.

La sonrisa de Gabriel desapareció.

—Este mundo que antaño fue un regalo se ha convertido en una maldición repugnante en la que a las personas se las juzga por su piel o a quién aman y no por sus actos. Los más vulnerables y necesitados son los más ignorados o vilipendiados. Si el Hijo viviera hoy, lo despreciarían y temerían, y eso es lo que ha hecho la humanidad. Niños matan a otros niños. Madres y padres asesinan a sus hijos. Desconocidos matan a desconocidos por docenas y, el peor pecado de todos, a menudo se hace en nombre de aquel que es santo. Eso es lo que ha hecho el hombre desde la creación.

Bueno. Él tenía algo de razón en eso. La humanidad podía comportarse de forma bastante horrible.

—Pero no todo el mundo es así.

—¿Acaso importa cuando solo hace falta una pequeña parte de descomposición para que se pudran y destruyan todos los cimientos?

—Sí. Importa. Porque, aunque hay personas horribles por ahí, hay muchas más que son buenas...

—Pero ¿lo son? ¿De verdad? Nadie puede lanzar la primera piedra y, sin embargo, eso es lo único que hace el hombre.

—No. —Negué con la cabeza—. Te equivocas.

—¿Dices eso, con tu limitada experiencia, cuando yo llevo miles de años observando al hombre aspirar a nada? ¿Observando al hombre obsesionarse tanto con lo material y la falacia del poder que venderán a sus propios hijos y traicionarán a sus propios países para obtener beneficios? Una y otra vez, he sido testigo de la caída de naciones enteras y las que nacieron de las cenizas siguen el mismo camino que las que las precedieron. ¿Te crees que sabes más que yo?

—Sé lo suficiente para saber que estás haciendo generalizaciones grandes... enormes.

—Dime, ¿qué hay enconado en esa alma humana tuya? ¿La necesidad de mejorar el mundo? ¿El deseo de proteger? ¿O la consumen las necesidades carnales? ¿Está llena de ira por la traición... de Misha?

Inspiré bruscamente.

—Fui yo quien acudió a él. Yo, quien fue capaz de persuadirlo y de quien aprendió la verdad. Él sabía qué hacía falta hacer para rectificar esto y, aunque hayas acabado con su vida, te hiciste más daño a ti misma del que podrías haberle hecho nunca a él. Tu sufrimiento. Tu rabia. Fue tu perdición. Tu alma humana está corrupta.

Las mismas palabras que había pronunciado Sulien ahora tenían un peso diferente. Estaba el peso de la verdad, pero era más que eso.

—Los humanos son complicados. Yo soy complicada, soy capaz de preocuparme y de querer múltiples cosas opuestas. Esas cosas no corrompen necesariamente.

—Has matado sin remordimientos.

Ahí me había pillado.

—Has roto normas. —Dio un paso adelante—. Tú, como tu lado humano, solo eres capaz de destruir. El hombre trata la vida como si no significara nada más que carne y hueso. Por lo tanto, ya no significará nada más.

El estómago me dio un vuelco.

—Entonces, ¿Dios quiere esto? ¿Quiere el fin del mundo?

Gabriel sonrió con suficiencia.

—Dios ya no quiere nada.

—¿Y eso qué diablos significa?

—Significa que lo infalible ha fallado y ya no puedo mantenerme al margen sin hacer nada. No me mantendré al margen. Habrá un nuevo Dios mientras esta Tierra queda limpia y solo los verdaderamente rectos permanecerán hasta que ellos también dejen de existir, y no quedará ninguno cuando todo esté dicho y hecho. Esta hermosa Tierra volverá a ser como estaba destinada a ser.

Exhalé de forma brusca.

—¿Y ese Dios eres tú?

—No lo digas con tanto desdén, niña. Si he aprendido algo cuidando a los humanos —dijo, pronunciando esa última palabra con aire despectivo—, es que seguirán y creerán casi cualquier cosa siempre que sea fácil.

Bueno, una vez más, él tenía razón.

—No creo que acabar con el mundo sea fácil.

—Lo es cuando no sabes que está ocurriendo hasta que es demasiado tarde.

Me quedé inmóvil.

Gabriel se rio entre dientes y el sonido fue precioso, como olas meciéndose.

—Desharé tanto el cielo como la tierra y nadie lo sabrá hasta que sea demasiado tarde, hasta que no se pueda hacer nada. Entonces Dios sabrá que las palabras del mensajero eran verdaderas.

Parecía... loco.

Es decir, si fuera una persona cualquiera en la calle, alguien llamaría a la policía. Pero, como era un arcángel, también resultaba sumamente aterrador.

—Con este portal, abriré una fisura entre la tierra y el cielo y un ser nacido de auténtica maldad y las almas que deben estar en el infierno entrarán en el cielo. —Una expresión soñadora se reflejó en sus facciones—. El mal se propagará como un cáncer, infectando todos los reinos. Dios y las esferas de todas las clases se verán obligados a cerrar las puertas de forma permanente para proteger las almas que hay allí. El cielo caerá durante la transfiguración.

«Ay, Dios mío.»

—Entonces, todo ser humano que muera ya no podrá entrar en el cielo. —Su sonrisa regresó, un gesto de pura alegría—. La vida en la tierra carecerá de sentido cuando esas almas atrapadas se conviertan en espectros o las atraigan al infierno para torturarlas y alimentarse de ellas. Ya no será necesario que los demonios permanezcan ocultos puesto que los ángeles y Dios ya no podrán inmiscuirse. Cuando solo queden los Guardianes y los humanos, el infierno cosechará esta tierra.

Me abrumó el horror.

—¿Por qué? ¿Por qué querrías hacer eso? A miles de millones de personas. ¿Al cielo?

—¿Por qué? —gritó, provocando que una punzada de miedo se me clavara en el pecho. Sulien se dio la vuelta rápidamente—. ¿Por qué? ¿No has estado prestando atención? ¡La humanidad no se merece lo que se le ha dado, lo que se le ha prometido! ¡Dios ha fracasado al negarse a escuchar la verdad! ¡Me han rechazado porque osé decir lo que pienso! Porque osé hacer preguntas. Ya no me envían a difundir el Evangelio ni a liderar. Me han relegado a las esferas más bajas. ¡A mí! ¡La voz de Dios! ¡Su servidor más leal por siempre!

—¿Quieres acabar con la tierra y el cielo porque te han echado de tu puesto de encargado de la campaña publicitaria de Dios? —dije, estupefacta.

—No sabes nada de la lealtad.

Su pecho subía y bajaba mientras realizaba respiraciones profundas y pesadas.

Pensé en Thierry, Matthew y Jada. Pensé en Nicolai y Danika y en todos los Guardianes en D. C. Pensé en Roth, el Príncipe Heredero del infierno, Layla y Cayman. Pensé en Zayne, y negué con la cabeza.

—Sé lo que es la lealtad. Eres tú quien no tiene ni idea.

—Y serás tú quien me ayude a completar mi plan. ¿Qué te parece eso?

—¿Y cómo crees que voy a ayudarte?

—Durante la transfiguración, esta zona se cargará de poder...
la clase de poder que puede crear esa brecha. Con mi sangre
y la sangre de Miguel, se abrirá la puerta al cielo —me explicó—.
Puesto que Miguel tiene la sensatez de no arriesgarse a que lo
atrapen en la tierra, tu sangre servirá perfectamente.

Invoqué mi gracia y dejé que se apoderara de mí. Mientras
la espada de Miguel se formaba, él sonrió.

—Le tengo cariño a mi sangre, así que no, gracias.

El arcángel bajó la barbilla.

—Niña tonta. No era una petición.

Cuarenta y uno

Gabriel vino hacia mí y extendió el brazo mientras una cegadora luz dorada fluía por él. Se formó una espada con una hoja semicircular. Era mucho mucho más grande que la mía.

No dispuse de un momento para pensar en el hecho de que estaba a punto de luchar contra un arcángel. Lo único que podía hacer era pelear y esperar que Roth y Cayman siguieran inconscientes.

Bloqueé el ataque. No estaba preparada para la fuerza del arcángel y el impacto me sacudió. Aquel único golpe casi me derriba. Blandí la espada hacia su pecho. Él la bloqueó con la suya, obligándome a retroceder un paso. Ataqué, yendo a por sus piernas, pero él anticipó el movimiento. Giré, pero él fue más rápido. Nuestras espadas chocaron, escupiendo chispas y silbando. Empujé y luego me tambaleé hacia delante cuando el arcángel desapareció y luego reapareció un metro por delante de mí.

—Eso no es justo —protesté.

—La vida nunca lo es.

Arremetí y él se enfrentó a mi ataque, empujándome hacia atrás como si no fuera más que una bolsa de papel. Seguimos y seguimos, dando vueltas y atacando. Gabriel se enfrentaba a cada golpe con su fuerza aplastante y se movía más rápido que yo. Cada vez que lo bloqueaba, sentía el golpe a través de cada átomo de mi cuerpo.

Incluso con el vínculo, el agotamiento estaba empezando a

afectarme, haciendo que los brazos me pesaran más y que mis embestidas fueran más lentas. Las chispas del entrechocar de nuestras espadas chisporroteaban en el aire mientras el repetido impacto me sacudía los huesos. El sudor me goteaba por las sienes cuando hice una finta hacia la derecha, trazando un arco con la espada. Gabriel bajó la suya con fuerza, haciéndome retroceder de un empujón.

—Detente —me instó. No le faltaba el aliento. No estaba cansado ni por asomo—. Nunca te has entrenado para esto. Tu padre te falló.

Él tenía razón y la verdad hizo que la ira me invadiera. Me había entrenado con dagas y en combate cuerpo a cuerpo. Pero, cuando se trataba de pelear con espadas, solo contaba con el instinto.

—No es suficiente —dijo, y mi mirada sorprendida se clavó en la suya—. Eres lo bastante inteligente como para haber llegado a esa conclusión. —Bloqueé su siguiente golpe brutal, pero casi hizo que mi espada se desvaneciera—. Te entrenaron para negar tu naturaleza. Yo enseñé a mi hijo a abrazar la suya.

—Parece que funcionó —contesté.

Apreté los dientes mientras me lanzaba hacia la izquierda y asestaba una patada, golpeando a Gabriel en la pierna. Fue tan útil como darle una patada a una pared, a juzgar por la forma en la que arqueó la ceja.

—Teniendo en cuenta que tú estás a apenas unos minutos de perder el control de tu gracia mientras él está allí revisando su libro de fotografías, diría que le ha funcionado bastante bien.

Titubeé.

—¿Libro de fotografías?

—Instagram —lo corrigió Sulien—. Es Instagram, papá.

Parpadeé.

—Lo que sea —masculló Gabriel.

Su pie descalzo se estrelló contra mi abdomen, sacándome el aire de los pulmones.

—¿Tú... ni siquiera sabes qué es Instagram? —dije con voz entrecortada por el dolor—. ¿Y crees que vas a acabar con el mundo?

Él hizo una mueca despectiva echando los labios hacia atrás. Me temblaron los brazos mientras sostenía la espada en horizontal delante de mí, intentando mantener cierta distancia entre nosotros.

—Seguro que piensas que Snapchat se llama Foto-Talkie.

Sulien resopló.

—En realidad, pensó que Snapchat significaba chasquear los dedos cuando hablabas.*

—¿En serio? —pregunté, dedicándole una breve mirada al Sangre Original.

—Pues sí. —Sulien se guardó el teléfono en el bolsillo—. Pero aun así te está dando una paliza.

—Al menos yo no llamo a Instagram «libro de fotografías» —repliqué.

Los ojos completamente blancos de Gabriel palpitaron.

—Estoy aburrido de esto. No puedes ganar. Nunca ganarás. Sométete.

—Ah, bueno, cuando lo pides con tanta amabilidad, es un asco tener que decir que no.

—Que así sea.

Bloqueé su estocada, pero él se desplazó hasta mi costado antes de que me diera tiempo a seguir sus movimientos. Me golpeó la barbilla con el codo, empujándome la cabeza hacia atrás. Tropecé, recobré el equilibrio y arremetí con la espada. Me temblaron los brazos cuando su espada chocó con la mía. Giró para situarse de nuevo en mi campo de visión periférico, pero yo esta vez estaba esperando su ataque. Salté hacia atrás, me giré...

Su puño se estrelló contra mi mejilla y noté un estallido de dolor en las costillas cuando me asestó otro golpe. Se me doblaron las piernas antes de poder impedirlo. Perdí el control sobre mi gracia al intentar evitar que mi cabeza chocara contra el suelo. El pánico me invadió la boca del estómago mientras me esforzaba por sentarme. Lo contuve, pues sabía que no podía ceder ante esa emoción.

---

* En inglés, *snap* significa, entre otras cosas, «sacar una fotografía» y «chasquear los dedos» y chat significa «charlar». (*N. de la T.*)

—No eres más que una humana inútil y egoísta en cuanto pierdes el control de tu gracia. —Gabriel se irguió encima de mí—. Eres débil. Corrupta. Envilecida. No eres nada.

La bolita de calidez de mi interior palpitó y maldije en silencio, ya que sabía que Zayne tenía que haber sentido el estallido de pánico. Él no podía bajar aquí. No podía. Necesitaba recuperarme y controlar la situación.

Tenía que hacerlo.

—No eres digna del don que Dios te dio. Al igual que el resto de los humanos —continuó Gabriel mientras yo deslizaba la mano hasta mi cadera y desenfundaba con los dedos la daga que llevaba allí—. Tomaste la pureza de un alma y el honor del libre albedrío y los tiraste a la basura.

Me puse de rodillas y levanté la cabeza, notando que me goteaba sangre de la comisura de la boca.

—No tiré nada a la basura.

—Te equivocas. Ningún alma humana, ni siquiera la de mi hijo, está limpia ni es digna de ser salvada.

—Caray. —Mis dedos se apretaron alrededor del mango de la daga—. Eres el padre del año.

—Al menos, estaré presente cuando muera. ¿Miguel podrá decir lo mismo?

—Probablemente no —admití—. Pero me da igual.

La sorpresa se reflejó en el rostro de Gabriel y vi mi oportunidad. La ocasión de imponerme y salir pitando de aquí de algún modo, con Roth y Cayman.

Me puse de pie a toda velocidad y hundí la daga en el pecho de Gabriel. Sabía que no lo mataría, pero tenía que doler. Tenía que…

El arcángel se miró el pecho.

—Eso pica.

Extraje la daga de un tirón y se me abrieron los ojos como platos debido a la incredulidad al comprobar que no había sangre por ninguna parte…

No vi venir el golpe.

Gabriel me asestó un revés que me tiró al suelo. Vi las estrellas. Me zumbaron los oídos. El arcángel me agarró de la muñeca y me arrebató la daga de la mano.

—Eso ha sido penoso —dijo, lanzando el arma al suelo—. No eres más que un imperfecto desperdicio de gracia, Trinity. Ríndete. Puedo hacer que las próximas semanas sean tranquilas para ti o puedo convertirlas en una pesadilla constante. Tú decides.

Cuando me soltó la mano, caí hacia atrás. Mi mirada se quedó en blanco un momento.

«Levántate.»

—Al final, no eres más que carne y hueso —añadió—. Te estás muriendo desde el día que naciste.

«Levántate.»

—Resulta bastante repulsivo cómo la raza humana contribuye a su propio declive.

«Levántate.»

—Vuestra rabia. Vuestro egoísmo. Vuestras emociones humanas básicas. Todo eso corrompe lo que nunca se les debería haber dado a los humanos.

El vínculo de mi pecho ardió y supe que Zayne estaba de camino. Estaba cerca. Demasiado cerca.

«Levántate. Levántate antes de que él llegue.»

—Tienes razón. Soy carne. Soy imperfecta. Soy egoísta, pero también soy gracia. —Escupí la sangre que tenía en la boca y, recurriendo a la rabia y la perdición, me puse de pie—. Tengo fuego celestial en la sangre. Tengo un alma humana, y eso es algo que tú nunca tendrás.

El arcángel retrocedió.

—Se trata de eso, ¿no? Por eso odias a Dios. Por eso quieres destruirlo todo. No es para mejorarlo. No es para acabar con el sufrimiento, pirado. Todo esto es porque no tienes alma. —Solté una carcajada y retrocedí a trompicones mientras invocaba mi gracia. Chisporroteó y, cuando llegó, la empuñadura casi pesaba demasiado para sostenerla—. Eres un cliché ambulante, ¿y te atreves a insultar las aspiraciones de los humanos?

—No sabes nada.

Gabriel avanzó con paso amenazador y vi que Roth se sentaba en su forma humana. Sulien se apartó de la pared.

—Se te olvidó añadir «Jon Nieve» al final de esa frase.

Él se detuvo con la cabeza ladeada.

—¿Qué?

Blandí la espada, apuntando a la parte más grande de su cuerpo. Mi gracia podría matarlo y lo haría. Iba a terminar con esto, porque era mi deber.

Gabriel me agarró el brazo derecho justo por encima del codo y me lo retorció. El crujido fue tan repentino, tan impactante, que hubo un breve segundo en el que no sentí nada. Y luego grité. El abrasador estallido de dolor me frio los sentidos. Perdí mi gracia. La espada se desvaneció mientras intentaba respirar a pesar del dolor.

El arcángel me asestó una patada en la espinilla, rompiéndome el hueso que había allí, y ni siquiera pude gritar cuando caí al suelo sobre una rodilla, ni siquiera pude respirar debido al fuego que pareció envolverme toda la pierna. Gabriel me asió por el pescuezo y me levantó. Intenté cogerle el brazo con la mano buena y le lancé una patada al mismo tiempo que vi que Sulien agarraba a Roth.

Ocurrió en cuestión de un instante. De segundos. Unos segundos brutales e interminables durante los que me di cuenta de que no podía derrotar a un arcángel. Esa nunca fue una batalla que yo pudiera ganar y, en la lejana parte de mi mente que todavía funcionaba a pesar del dolor, me pregunté si mi padre lo sabía y me había enviado al matadero.

Roth moriría.

Igual que Cayman.

Me capturarían y el mundo tal y como lo conocíamos acabaría, y tal vez ni a mi padre ni a Dios les importaba lo que ocurriría. Sus intentos de salvar a la humanidad eran bastante chapuceros si creyeron que yo podría hacer esto y tal vez... tal vez Dios se había lavado sus proverbiales manos de todo este lío.

De lo contrario, ¿cómo pensaban que podría derrotar a un arcángel?

Gabriel me estrelló contra el suelo con la fuerza de una caída desde un edificio.

Los huesos se hicieron añicos por todas partes.

Piernas.

Brazos.

Costillas.

Vi que algo blanco me sobresalía de la pierna mientras mi vista se encendía y se apagaba. El dolor llegó con un destello de luz brillante. Mil nervios trataron de activarse todos a la vez, intentando enviar comunicaciones desde mi cerebro a mis brazos y piernas, a mi pelvis, costillas y columna. Mi cuerpo se sacudió cuando algo se soltó por dentro. No podía mover las piernas. El terror que me invadió me llenó las venas de lodo gélido. Me esforcé por introducir aire en los pulmones, pero les pasaba algo, como si no pudieran inflarse.

—Te necesito viva, durante un poquito más de tiempo al menos.

Desde luego, no lo parecía.

—¿Es porque te resulto... simpática y adorable? —dije con voz ronca.

Las palabras sonaron raras, como si no pudiera pronunciar la mitad de las letras.

Gabriel se arrodilló a mi lado. Su rostro cruelmente hermoso se volvía borroso de manera intermitente.

—Más bien necesito que tu sangre esté caliente cuando fluya. Te dije que podía hacer que esto fuera fácil y tranquilo. Te habría dejado tener lo que más anhelas. Habrías disfrutado del tiempo que te quedara, pero elegiste este destino. Sufrir. Qué estúpidamente humano.

Me brotó sangre a borbotones al toser y me costaba mucho respirar.

—Hablas... mucho.

—Yo era la voz de Dios. —La mano de Gabriel se cerró sobre mi garganta. El suministro de aire se interrumpió de inmediato. Me levantó, y mis pies quedaron colgando a un metro del suelo, y mi cuerpo, flácido como un montón de trapos—. El mensajero de su fe y su gloria, pero ahora soy el Heraldo, y marcaré el comienzo de una nueva era. La retribución será dolor con el poder limpiador de la sangre y, cuando el cielo se desmorone, los que queden tendrán un nuevo Dios.

—Ella tiene razón. Hablas demasiado.

Gabriel se giró hacia la fuente de la voz. Me las arreglé para girar la cabeza apenas un centímetro, si eso, pero lo suficiente para poder ver a Roth.

—¿Y sabes qué? —dijo Roth, manteniéndose de pie sin Sulien. El brazo le colgaba de un modo extraño, pero estaba de pie—. Hablas casi igual que alguien que conozco. ¿Esto te suena familiar? «Subiré al cielo; en lo alto, junto a las estrellas de Dios, levantaré mi trono, y en el monte del testimonio me sentaré, a los lados del norte; sobre las alturas de las nubes subiré, y seré semejante al Altísimo.»

—No me compares con él —gruñó Gabriel.

—Ni se me ocurriría —respondió Roth—. Sería un insulto para el Resplandeciente.

Ocurrieron varias cosas a la vez. Gabriel dejó escapar un rugido que sacudió el mundo al mismo tiempo que extendía el brazo. Algo debió brotar de su mano, porque oí que Roth soltaba un gruñido y chocaba contra el suelo, riéndose... se estaba riendo. A Gabriel se le borró la mueca de desdén.

—Idiota —dijo Roth con voz entrecortada—. Idiota egoísta. Espero que te alivie saber que tenías razón.

—Estarás presente cuando tu hijo muera.

Mi exclamación ahogada al oír la voz de Zayne se perdió bajo el grito que soltó Gabriel mientras se giraba de nuevo.

Zayne se encontraba detrás de Gabriel y rodeaba con el brazo el cuello de Sulien mientras el Sangre Original forcejeaba y la gracia le llameaba en el brazo derecho, formando una lanza que podría matar a Zayne, aunque no estuviera debilitado. Una clase diferente de miedo me invadió.

Pero Zayne se movió rápido, increíblemente rápido, agarró un lado de la cabeza del Sangre Original y se la retorció.

Gabriel gritó, su rabia tronó a través de la caverna como un terremoto mientras Zayne dejaba caer al Sangre Original y luego se lanzaba hacia delante, estrellándose contra el arcángel y haciendo que me soltara el cuello. Empecé a caer, pero Zayne me atrapó. El estallido de dolor que me provocó su abrazo amenazó con vencerme, y debí desmayarme, porque lo siguiente que supe fue que estaba tendida de espaldas y Zayne se estaba incorporando delante de mí, con las alas extendidas a ambos lados de su cuerpo.

Y lo vi.

Numerosos cortes y muescas le marcaban la espalda y a sus alas les pasaba algo. Una le colgaba en un ángulo extraño y, debajo del ala izquierda, había un corte profundo que dejaba a la vista hueso y tejido. Esa herida era...

«Ay, Dios mío.»

¿Cómo le había pasado eso? ¿Cómo había resultado herido? Acababa de llegar. Acababa...

Reuniendo todas las fuerzas que me quedaban, me las arreglé para colocarme de costado. Me incorporé, pero un intenso dolor me recorrió todo el cuerpo. Mi mejilla chocó contra el suelo. Conseguí levantar la barbilla, buscando a Roth. El príncipe demonio tenía que sacar a Zayne de aquí. Tenía que alejarlo de Gabriel. Grité su nombre, pero solo salió un graznido. Me pasaba algo en la garganta.

—No vivirás para arrepentirte de eso —le advirtió Gabriel.

—Voy a descuartizarte extremidad a extremidad —gruñó Zayne—. Y luego quemaré tu cuerpo junto al de tu hijo.

—Estaba esperando este momento. —El tono de Gabriel era petulante... demasiado petulante. Saltaron las alarmas—. Sabía que vendrías.

Oí una exclamación ahogada y Zayne retrocedió un paso. Sus alas se alzaron y luego cayeron. Roth gritó.

—¿Sabes ahora por qué los Sangre Original y sus protectores tienen prohibido estar juntos? —La voz de Gabriel era un susurro que se propagó con el viento que empezó a soplar dentro de la cámara—. El amor nubla el juicio. Es una debilidad que se puede explotar.

Intenté ver qué estaba pasando, pero ya no podía levantar la cabeza.

—La amargura y el odio se enconarán y crecerán dentro de ella, igual que ocurrió con Sulien y con aquellos que vinieron antes que ella. Derramará gustosa su propia sangre contra un Dios que pudo ser tan cruel. —La voz de Gabriel estaba en todas partes, dentro y fuera, vibrando en mis costillas rotas—. Me arrebataste a mi hijo, pero me has dado una hija a cambio.

Se produjo una onda de caliente luz dorada, y luego silencio.

—Zayne —gritó Roth—. Amigo...

Vi que las piernas de Zayne flaqueaban y se doblaban. Cayó de rodillas, de espaldas a mí. Intenté pronunciar su nombre. Se llevó la mano a la parte delantera del cuerpo, al pecho. Gruñó mientras su cuerpo se sacudía.

Una daga cayó al suelo.

Mi daga.

Luego él también cayó.

Zayne se desplomó a mi lado, de espaldas y con el ala rota. ¿Por qué se caería así? No entendía qué estaba pasando, por qué Roth estaba de repente junto a Zayne. El demonio estaba llamando a alguien a gritos... a Cayman, y luego Layla intentó sujetar a Zayne, pero él apartó a Roth de un empujón y se colocó de costado para mirarme.

Vi su pecho... vi la herida sobre su corazón y la sangre que brotaba a chorros con cada latido.

—No —susurré y un inmenso horror me clavó sus garras—. Zayne...

—No pasa nada —dijo y le salió sangre de la comisura de la boca.

Intenté levantar el brazo y lo único que logré fue un espasmo que me hizo sentir como si me hubiera atropellado un camión. El pánico aumentó como un ciclón mientras intenté alcanzarlo de nuevo. De repente, Roth apareció detrás de mí. Me levantó en brazos y me tumbó justo al lado de Zayne.

—No puedes. No. Por favor, Dios, no. Zayne, por favor...

Roth me tomó la mano con cuidado y la colocó sobre la mejilla de Zayne. El movimiento me dolió, pero me dio igual. Su piel parecida al granito estaba demasiado fría. No debería ser así. Mis dedos se movieron, intentando devolverle el calor a su piel frotando. Aquellos pálidos ojos de lobo estaban abiertos, pero... No había luz en ellos. Su pecho no se movía. Estaba inmóvil. Zayne estaba inmóvil. No lo entendí, no quise entenderlo. Le froté la piel, seguí frotándole la piel, incluso cuando dejó de parecer real.

—Trinity —dijo Roth, y había algo raro en su voz. Se echó hacia atrás, dejando caer las manos sobre las rodillas, luego apartó la mirada y se puso de pie. Dio un paso tambaleante y se llevó las manos al pelo mientras se inclinaba—. Está...

—No. ¡No! —Examiné el rostro de Zayne—. ¿Zayne?

La única respuesta fue el vínculo desgarrándose en el fondo de mi ser, como si fuera una cuerda demasiado tensa. Se soltó al mismo tiempo que un agudo gemido hendía el aire, arrancado justo de mi alma. Ya no sentía el vínculo.

Y luego ya no sentí nada.

Cuarenta y dos

El infierno no era solo estar atrapada en un cuerpo destrozado. El infierno era ser incapaz de escapar de la pena que me desgarraba el alma mientras estaba atrapada. Creía que ya había experimentado la peor pérdida posible con mi madre, y luego con Misha, pero me había equivocado. No se trataba de que sus pérdidas fueran menos devastadoras. Pero esto era... diferente y era demasiado.

Esto era como el purgatorio.

En el transcurso de varias horas que se convirtieron en varios días, aprendí que podía recuperarme de cualquier herida siempre que no fuera mortal. Los huesos rotos se volvieron a unir y encajaron en las articulaciones de las que los habían arrancado. La carne desgarrada se volvió a coser sin la ayuda de aguja e hilo, algo que yo no sabía que era posible y, por lo visto, tampoco Matthew, que había cosido muchas de mis heridas en el pasado. Ahora entendía por qué a Jasmine le había sorprendido tanto la herida en la cabeza que había sufrido aquella noche en el túnel. Las venas y los nervios cortados se volvieron a conectar, devolviéndole la sensación a lugares que llevaban tiempo entumecidos.

El proceso fue doloroso.

Solo perdí el conocimiento cuando se volvía insoportable y necesitaba escapar de los alfileres y las agujas ardientes que me recorrían las extremidades a medida que el flujo sanguíneo regresaba y me mantuve despierta durante la mayor parte de la curación. Estaba despierta cuando Layla se sentó a mi lado con el rostro surcado de lágrimas y me dijo que Zayne se había ido.

Una parte de mí ya lo sabía y Layla no necesitó entrar en detalles. Ya había pasado demasiado tiempo. Cuando los Guardianes morían, sus cuerpos pasaban por el mismo proceso que un cuerpo humano, salvo que sucedía mucho más rápido. En menos de un día, solo quedarían huesos, y habían pasado muchos días. Zayne se había ido. Su risa y la sonrisa que siempre conseguían que mi estómago y mi corazón hicieran cosas extrañas y maravillosas. Su irónico sentido del humor y su amabilidad que lo diferenciaban de todos a los que yo conocía. Su inteligencia y lealtad sin fin. Su feroz instinto de protección que había sido evidente antes de que nos vincularan, algo que me había irritado tanto como me había fortalecido. Su cuerpo, sus huesos y su hermoso rostro… Todo había desaparecido antes de que yo recobrara el conocimiento.

Grité.

Grité cuando recorrí la habitación con la mirada y no vi su espíritu ni su fantasma, atrapada en la horrible situación de sentirme a la vez aliviada y desconsolada.

Grité hasta que me falló la voz y me ardió la garganta. Grité hasta que ya no pude emitir ningún sonido. Grité hasta que pensé en el senador y, por fin, entendí de verdad cuán profundo podía ser este tipo de dolor. Cómo podría llevar a una persona a hacer cualquier cosa, absolutamente cualquier cosa, para traer de vuelta a un ser querido.

Grité, dándome cuenta de que mi decisión de retenerlo, de mantenerlo fuera, podría haberlo conducido a la muerte tanto como enamorarme de él, puede que incluso más. Que había sentido que estaba mal, y debería haberlo sabido, no debería haber intentado convencerme a mí misma de que lo correcto podía hacerte sentir que no era lo correcto. Nunca sabría si el resultado habría sido diferente si Zayne hubiera entrado con nosotros o si eso hubiera tenido como resultado una muerte más temprana.

Grité hasta que se volvió insoportable, hasta que sentí un agudo pinchazo en el brazo y luego no hubo nada salvo oscuridad hasta que desperté de nuevo, solo para darme cuenta de que el purgatorio era estar atrapada con la pena, la tristeza y la ira.

Gabriel tenía razón en una cosa. Me sentía resentida y vengativa. Quería castigar al arcángel e incluso a Dios por crear una norma que, en última instancia, había debilitado a Zayne, pero quería más que Zayne regresara, y tenía que haber una forma. Esto no podía ser el final. Me negué a aceptarlo. No pude. No, cuando pensé en que me había dicho que él iría a los confines de la tierra a buscarme si me apartaban de él. Que había jurado que no se detendría ante nada para recuperarme, incluso de las garras de la muerte.

El dolor de mis huesos y piel reparándose se convirtió en un acicate. Traer a Zayne de vuelta era en lo único que podía pensar. No hablé con Roth ni Layla cuando vinieron a verme, no después de que me dijeran que Zayne se había ido. Ni siquiera hablé con Cacahuete cuando entró y salió a través de las paredes de la habitación.

Tracé un plan.

Tracé un plan, mientras el día se convertía en noche una vez más y las estrellas que Zayne había pegado con esmero en el techo empezaban a brillar con suavidad. La Constelación Zayne. El corazón se me hizo añicos otra vez. Las lágrimas se me acumularon en los ojos, pero no se derramaron. No creí que fuera posible llorar más. El pozo estaba vacío. Al igual que mi pecho, donde en otro tiempo había residido el vínculo, pero se estaba volviendo a llenar poco a poco con una tormenta de emociones. Algunas calientes. Otras gélidas. Supe, mientras miraba fijamente aquellas estrellas, que ya no era la misma. La pelea me había destrozado. El dolor me había cambiado. La muerte de Zayne me había remodelado.

Y mis planes me infundieron vida. Solo necesitaba que mi cuerpo colaborara.

Un suave golpecito en el brazo atrajo mi mirada. Me encontré con el rápido movimiento de una lengua rosada.

No tenía ni idea de por qué Bambi estaba en la cama conmigo, estirada y apretada contra mi costado como un perro; pero, cuando me desperté antes y la encontré allí, no me había asustado.

Realicé una inspiración corta y levanté los dedos de la mano izquierda. Estaban rígidos y doloridos. Intenté mover el brazo.

Una llamarada de dolor me recorrió el hombro, pero no era ni de lejos como antes. Doblé el brazo por el codo, haciendo una mueca de dolor cuando la articulación recién curada rechinó, y coloqué la mano sobre la cabeza en forma de diamante de Bambi. Su lengua me dedicó otro saludo y su boca se abrió, como si estuviera sonriendo, mientras apoyaba la cabeza en mi vientre.

Sus escamas eran suaves y, sin embargo, ásperas por los bordes. Las recorrí con los dedos con aire distraído y a Bambi pareció encantarle la atención. Cada vez que mis dedos se detenían, ella me daba un golpecito en la mano.

Al poco rato, pude mover la pierna, doblándola a la derecha y luego a la izquierda.

Algún tiempo después, la puerta se entreabrió y Layla asomó la cabeza.

—Estás despierta.

—Así... —Hice una mueca y carraspeé. Mi voz seguía ronca—. Así es.

—¿Quieres compañía?

No mucho, pero teníamos que hablar. Estaba el tema de Gabriel y sus disparatados planes de los que tenía que ocuparse alguien. Y luego estaban mis planes.

—¿Dónde está... Roth?

—Está aquí. Voy a buscarlo y a traerte algo de beber.

Salió de la habitación y regresó unos minutos después con un vaso grande y el príncipe demonio a la zaga.

Cuando Roth se acercó, me pareció que tenía un aspecto diferente, como si hubiera envejecido una década. Eran sus ojos. Había un cansancio en ellos que no estaba ahí antes. Cacahuete entró detrás de ellos y se quedó flotando a los pies de la cama mientras observaba a la serpiente.

—No me pienso acercar más —dijo.

Bambi inclinó la cabeza hacia él y agitó la lengua en su dirección. Podía verlo. Qué interesante.

Layla se sentó a mi lado.

—Esto es *ginger-ale*. Pensé que te sentaría bien en el estómago.

—Gracias.

Levanté la cabeza e hice ademán de sentarme, pero Layla sostuvo el vaso contra mi boca, evitando que me moviera demasiado. Bebí con avidez a pesar de que me hizo arder el fondo de la garganta.

—Veo que alguien te ha estado haciendo compañía —comentó Roth mientras se apoyaba contra la pared, con los tobillos cruzados.

—Sí, así es. —Dejé caer la cabeza de nuevo contra la almohada—. ¿Cayman está... bien?

—Sí, muy bien —respondió el demonio.

—Me alegro. —Carraspeé—. Tenemos... que hablar de Gabriel.

—No hay por qué. —Layla colocó el vaso sobre la mesita de noche, junto al libro de mi madre—. No ahora mismo.

—Sí, ahora —repuse. Bambi me dio un golpecito en la mano y volví a acariciarle la cabeza—. ¿Ha pasado algo?

Layla negó con la cabeza mientras empezaba a retorcerse los pálidos mechones de pelo.

—He estado... patrullando. —Roth pronunció esa última palabra como si fuera un idioma extranjero—. Con todo lo que ha pasado, yo...

No terminó la frase, pero creí saber qué había estado a punto de decir. Que necesitaba hacer algo.

—Nadie ha visto a Gabriel. No han matado a ningún Guardián —continuó Layla, mirando a Roth—. Conseguimos que cerraran el instituto.

—¿Cómo?

—Regresé la noche siguiente y provoqué un pequeño incendio que podría haber causado graves daños en las aulas —dijo Roth con una amplia sonrisa.

Buena idea, ya que todos aquellos fantasmas eran malvados hasta la médula. Ningún humano debería pisar ese instituto.

—¿Y qué pasa con Stacey y su diploma?

—Van a terminar el resto de las clases de verano en otro instituto. —Layla miró a Bambi, que parecía estar ronroneando. Como un gato—. Quería venir a verte, pero está...

Layla no necesitaba terminar la frase. Yo ya lo sabía. Stacey estaba sufriendo. Era comprensible.

—Creo que eliminé a la mayoría de los gente sombra. —Fui al grano de esta conversación mientras veía cómo Cacahuete observaba a la serpiente—. Los fantasmas siguen allí y supongo que Gabriel traerá más gente sombra. No sé por qué, pero Gabriel me necesita viva. Al menos, hasta la transfiguración.

—Disponemos de un poco menos de un mes antes de la transfiguración —anunció Roth, cruzando los brazos sobre el pecho—. Unas cuantas semanas hasta que encontremos un modo de detener a Gabriel o dé comienzo el principio del fin.

Cerré los ojos.

—No puedo... detenerlo.

—Trinnie —dijo Cacahuete—. No digas eso. Tú puedes.

—No puedo. —Le respondí sin que Layla ni Roth se dieran cuenta—. Es un arcángel. Ya visteis de lo que es capaz. Incluso con los pinchos de ángel, tendríamos que acercarnos a él. Yo tendría que acercarme a él. Es imposible derrotarlo. —Abrí los ojos y clavé la mirada en las estrellas. Me resultó difícil admitirlo, saber que ya no me encontraba en la cima de la cadena alimenticia, pero era la verdad—. Al menos, no puedo sola. Ya no estoy vinculada y dudo que mi padre me vincule a otro Guardián. Es demasiado arriesgado por si Gabriel siente su presencia y decide usar su sangre en lugar de la mía. No soy débil, pero no soy tan fuerte como cuando estaba vinculada. Incluso entonces, no podría vencer a un arcángel sola.

—Así que tenemos que encontrar un modo de debilitarlo o atraparlo —sugirió Layla—. Tiene que haber algo.

—Lo hay —dijo Roth—. Conozco algo que puede acabar con un arcángel.

Mi mirada se desvió hacia él.

—¿Qué? ¿Otro arcángel? Es evidente que ninguno de ellos quiere involucrarse. Mi padre ni siquiera... —Apreté los labios e hice una mueca cuando me dolió la mandíbula—. No van a intervenir. Depende de mí.

—No me refiero a ninguno de esos cabrones con pretensiones de superioridad moral y muy poco dispuestos a ayudar que crearon a su propio terrorista local. —Sus ojos ambarinos brillaron—. Me refiero al único ser al que nada le gustaría más que acabar con uno de sus hermanos.

Layla giró la cintura y una expresión de comprensión se fue reflejando poco a poco en su pálido rostro.

—No puedes estar pensando lo que yo creo que estás pensando.

—No solo lo estoy pensando —repuso él—. Lo estoy planeando, enana.

—Lucifer —susurré—. Estás hablando de Lucifer.

—Madre mía —susurró Cacahuete.

La sonrisa de Roth reflejaba pura violencia.

—No estoy hablando de Lucifer simplemente. Estoy hablando de liberarlo. Lo único que tenemos que hacer es convencerlo, y no creo que sea difícil.

—Pero no puede pisar la Tierra en su verdadera forma —razonó Layla mientras yo me volvía a recostar con cuidado en la almohada—. Si lo hace, obliga al Apocalipsis bíblico a entrar en juego. Dios nunca lo permitiría.

—Llamadme loco, pero dudo que a Dios le parezca bien que Gabriel intente contagiarle una ETS al cielo —argumentó Roth—. Si el cielo cierra sus puertas, ningún alma puede entrar. Aquellos que mueran se quedarán atrapados en la tierra. Se convertirán en espectros o, peor aún, se verán arrastrados al infierno y serán corrompidos. Más allá de eso, ya nada tendría sentido. La vida, en esencia, cesaría al morir. Y las muertes ocurrirán a un ritmo nunca visto, porque, con los ángeles encerrados, no habrá nada que detenga a los demonios excepto los Guardianes. La tierra se convertiría en el infierno.

Gabriel había dicho eso mismo.

—Pero ¿por qué querría Lucifer impedir eso? —preguntó Layla—. Tiene pinta de ser una fiesta para él.

—Porque no es idea suya —contestó Roth—. Si Gabriel y Bael tienen éxito, su ego recibirá un golpe del que no estoy seguro de que pueda recuperarse. Solo hay sitio para un infierno y un gobernante del infierno. Su salón del trono está cubierto con las cabezas de los demonios que pensaron que podían asumir el mando.

¿Era inquietante que me dieran ganas de ver su salón del trono?

Probablemente.

—Entonces, ¿estamos atrapados entre un posible Armagedón y otro posible Armagedón? —peguntó Layla, recostándose contra el respaldo de la silla.

—Más o menos —respondió Roth, asintiendo—. O nos quedamos sentados esperando hasta que la tierra se vaya al infierno...

—O traemos el infierno a la tierra —terminó ella—. ¿Crees que puedes convencerlo?

—Estoy seguro. —Se pasó los dedos por debajo de la barbilla—. Solo tengo que hablar con él y esperar que esté de buen humor.

Layla soltó una carcajada, pero fue de esas que suenan como si estuvieras un poco loco.

—Hazlo —dije, y enderecé la columna a pesar de que me provocó un dolor inmenso. Bambi levantó la cabeza y me miró como si no creyera que sentarme fuera una buena idea—. Habla con Lucifer. Convéncelo. Pero quiero otra cosa.

—Lo que sea —juró Roth, y no creí que hiciera eso a menudo. Perfecto.

—Quiero a Zayne.

—Trinity —susurró Layla—. Está...

—Ya sé dónde está. Sé que se ha ido. Quiero recuperarlo. —El corazón empezó a palpitarme con fuerza, la voz de Zayne fue tan dolorosamente real en mis pensamientos que inspiré de forma brusca y entrecortada. «No habría nada que me lo impidiera»—. Lo recuperaré.

Roth se acercó a la cama y se sentó. Su familiar se meneó al otro lado de mi cuerpo.

—Trinity, si pudiera hacer eso, lo haría. Lo haría por los dos. Lo juro, pero no puedo. Nadie...

—No es verdad. —Clavé la mirada en sus ojos color ámbar—. Ángel puede. Y, antes de hacer una mierda por mi padre o por la raza humana, quiero a Zayne. Lo quiero de vuelta, vivo, y me da igual que eso implique que soy una egoísta, pero él merece estar aquí, conmigo. —Se me quebró la voz y Roth bajó la mirada—. Me lo merezco, y el maldito ángel de la muerte me lo devolverá. Dime dónde encontrarlo o cómo ponerme en contacto con él.

Layla cerró los ojos durante un largo momento y luego preguntó:

—¿Lo has visto desde que te despertaste?

—No.

—¿Eso significa que ha cruzado?

—Podría significar eso —contesté—. Pero Zayne dijo que ni siquiera la muerte lo detendría. No habría cruzado.

«Sabes que eso no siempre es cierto», susurró una estúpida voz de la razón.

La gente moría de forma inesperada constantemente: personas que todavía tenían planes y seres queridos. Mientras estaban vivas, las personas estaban convencidas de que regresarían si podían, pero la mayoría de las veces cambiaban al entrar en la luz. Sus deseos y necesidades permanecían, pero cruzaban hacia al gran más allá y, fuera lo que fuera eso, los remodelaba.

Pero Zayne no había regresado, ni siquiera como espíritu, y yo estaba convencida de que, si hubiera cruzado, habría vuelto, aunque solo fuera para asegurarse de que yo estaba bien.

—Pero, ¿y si ha cruzado? —preguntó Layla en voz baja—. ¿Y si ha encontrado la paz? ¿La felicidad?

Le dirigí una mirada dura al mismo tiempo que el corazón me daba un vuelco.

—¿Y si de verdad está bien? ¿Y te está esperando cuando llegue tu momento? —Se le llenaron los ojos de lágrimas—. ¿Está bien apartarlo de eso?

«No.»

«Sí.»

Se me formó un nudo en el fondo de la garganta. ¿Y si estaba en...? No. No podía permitirme pensar eso. Quería recuperarlo demasiado. No podía hacer esto sin él. Sencillamente, no podía.

—Él querría regresar conmigo. No creo que haya cruzado. —El nudo se expandió, haciendo salir unas palabras dolorosas—. Nunca llegué a decirle que lo quiero. Debería habérselo dicho, pero no lo hice y las últimas palabras que me dijo fue que no pasaba nada... —Se me quebró la voz mientras cerraba la boca con fuerza. Tardé varios segundos antes de ser capaz de hablar de nuevo—. Lo recuperaré.

—Trin —susurró Cacahuete. Lo miré—. Piensa lo que estás diciendo. Lo que planeas hacer.

—Lo he pensado —le contesté y luego miré a Roth—. Es en lo único que he pensado. Sé lo que significa.

No sería fácil.

Joder, sería casi imposible, y no tenía ni idea de si Zayne volvería a mí como Guardián o como mi protector, pero ese sería un puente que cruzaríamos juntos.

Porque lo lograría. Gabriel se había equivocado. La rabia y la perdición no me habían corrompido. Me impulsaban. Haría cualquier cosa, renunciaría a cualquier cosa, para conseguir que Zayne regresara. Cualquier cosa. Porque nos habíamos prometido para siempre, y lo tendríamos, de una forma u otra.

Roth levantó la mirada hacia la mía despacio y luego, después de una eternidad, asintió con la cabeza.

—Te diré cómo encontrarlo.

Y eso hizo.

Cuarenta y tres

Hacía un día sorprendentemente fresco para estar en julio mientras recorría el desgastado sendero de tierra de Rock Creek Park. Densas nubes ocultaban el resplandor del sol vespertino. Todavía llevaba las gafas de sol encaramadas sobre la nariz, pero no las necesitaría durante mucho más tiempo. Estaba a punto de anochecer.

Habían pasado dos días desde que desperté y cada paso que daba seguía siendo doloroso y rígido, pero el hecho de que pudiera caminar después de que me rompieran casi todos los huesos del cuerpo hacía apenas unos días era todo un milagro.

También lo era el hecho de haber conseguido escapar de Layla y Roth, que parecían haberse mudado al apartamento, y del interminable flujo de Guardianes. O bien Roth o Layla los habían puesto al día y, cada vez que alguno de ellos estaba allí, el ambiente sombrío era tan pesado y asfixiante como una manta áspera.

Todos seguían en estado de *shock*. Todos seguían llorando la pérdida de... Zayne. Y me parecía que a todos les preocupaba que Gabriel pudiera intentar atraparme. Mientras me recuperaba, le resultaría tan fácil como entrar en el apartamento y agarrarme.

Sin embargo, aunque estuviera completamente curada, no sería mucho más difícil.

Me tragué un suspiro y avancé arrastrando los pies mientras la gente pasaba a mi lado haciendo *footing*, levantando nubes de tierra con las zapatillas. La única razón por la que pude escabullirme fue porque Roth y Layla habían ido a hablar con Lucifer, dejando a Cayman encargado de vigilarme.

En menos de cinco minutos, el demonio aparentemente se había quedado frito en el sofá, pero mientras salía a hurtadillas me pregunté si de verdad estaba dormido o me estaba dando la oportunidad de escapar.

Necesitaba salir del apartamento, alejarme del olor a menta fresca que persistía en el cuarto de baño y en las fundas de almohada que me negaba a cambiar. Necesitaba ver las estrellas reales y no las de mi techo... las que le pertenecían a Zayne. Necesitaba aire fresco y necesitaba poner en funcionamiento mis músculos y huesos doloridos, porque, más temprano que tarde, Gabriel vendría a por mí y tenía planeado oponer resistencia con o sin la ayuda de un malvado arcángel muy aterrador y muy poderoso.

Así que me comporté como una adulta, pedí un Uber y casi me subo al coche equivocado, pero llegué al parque sola. Lo conseguí y, Dios mío, me pareció un gran paso.

Seguí caminando y llegué al banco donde Zayne y yo nos habíamos sentado el día que fui a ver al aquelarre con Roth. Me acerqué, con el pecho acongojado y dolorido, y me senté, haciendo una mueca de dolor cuando mi coxis protestó ante ese acto. Por algún motivo, ese cabronazo era lo que más me dolía.

La gente que pasó por delante de mí paseando me lanzó miradas de preocupación cuando me quité las gafas de sol y me las enganché en la parte delantera de la camiseta. Sabía que tenía pinta de haber sobrevivido a un accidente de coche o a un combate a muerte con un gorila. Por los pelos. Los huesos se habían vuelto a soldar. Los músculos desgarrados se habían cosido y la piel rota se había curado, pero estaba cubierta de moretones de color azul violáceo y algunos de un tono rojo intenso que tardaban en desaparecer. La mano de Gabriel me había dejado marcas alrededor del cuello. Mi mejilla izquierda estaba inflamada y descolorida. Tenía ambos ojos hinchados, con oscuras manchas de color azul verdoso debajo de ellos, e inyectados en sangre.

Pensé que el conductor de Uber me iba a llevar al hospital o a la comisaría después de echarme un buen vistazo.

Las sombras aumentaron a mi alrededor y las farolas del parque se encendieron a medida que la noche fue cayendo despacio. Cada vez vi pasar menos personas, hasta que no quedó nadie más, y entonces, solo entonces, levanté la mirada hacia el cielo nocturno.

No había estrellas.

No estaba segura de si el cielo estaba vacío porque todavía estaba nublado o si cualquier daño que Gabriel le hubiera hecho a mi cuerpo había acelerado de algún modo el deterioro de mis ojos. Conociendo mi suerte, probablemente era lo segundo.

Cerré los ojos y pensé en algo que había evitado durante los últimos dos días, algo que había dicho Layla. Zayne todavía no había venido a verme como fantasma ni espíritu, y no sabía si eso significaba que había cruzado y se estaba adaptando a... bueno, al paraíso y estaba haciendo lo que había dicho Layla: esperándome cuando llegara mi hora.

Roth me había contado lo que tenía que hacer para invocar al ángel de la muerte, ya que no podía ir al infierno ni al cielo a hablar con él. Tendría que conseguir la *Llave menor*, que se encontraba actualmente en el complejo de los Guardianes. Dudaba que me la entregaran sin más, así que era probable que me hiciera falta un día más antes de estar lista para obligar a Nicolai a hacer algo que seguramente no querría hacer. Invocaría a Ángel y recuperaría a Zayne, pero...

Las lágrimas se derramaron de mis ojos, mojándome las mejillas. No me explicaba cómo podía seguir llorando. Creía que el pozo se había quedado seco, pero me equivocaba. Las lágrimas cayeron, incluso cuando cerré los ojos. Llorar era una debilidad que no me podía permitir en ese momento, sobre todo porque sentía que estaba a punto de caer por el precipicio.

Pero ¿y si Zayne de verdad estaba en paz? ¿Y si estaba a salvo y era feliz? ¿Y si disfrutaba de la eternidad que tanto se merecía? ¿Cómo iba a...? ¿Cómo iba a arrebatarle eso? Aunque Gabriel lograra provocar el apocalipsis, Zayne estaría a salvo. Las puertas del cielo se cerrarían y tal vez no se desmoronaría como afirmaba Gabriel. No me cabía en la cabeza que Dios permitiera que todas esas almas y ángeles perecieran. Dios tendría que intervenir antes de eso y, aunque yo nunca volvería a verlo, Zayne estaría a salvo.

¿Podría ser tan egoísta como para traerlo de vuelta a esto? ¿A un lugar donde podría morir de nuevo enfrentándose a Gabriel, para proteger un mundo que nunca sabría todo lo que Zayne había sacrificado por él? Y, si no lográbamos detener a Gabriel, no habría eternidad, ni paz ni paraíso. Estaríamos atrapados en el plano humano, donde nos convertiríamos en espectros o nos arrastrarían al infierno.

Abrí los ojos, me pasé las manos por debajo de las mejillas y miré al cielo. Hace dos días, habría dicho que sí, que era así de egoísta. Hace una semana, habría dicho lo mismo... pero ¿ahora?

Quería a Zayne con cada fibra de mi ser, con cada aliento que tomaba y con cada latido de mi corazón. No estaba segura de si podría hacerle eso.

Y tampoco estaba segura de cómo podría hacer nada de esto sin él.

Observé el cielo nocturno, deseando recibir alguna señal, algo que me indicara qué hacer, qué era lo correcto...

Vi un puntito de luz y parpadeé, pensando que mis ojos me estaban engañando. Pero el resplandor permaneció y se fue volviendo más brillante y más intenso a medida que se deslizaba a toda velocidad por el cielo. Giré la cintura, sin hacer caso del dolor, y vi cómo el haz de luz blanca desaparecía más allá de los árboles, más lejos de lo que podían seguir mis ojos.

¿Era... una estrella fugaz?

Me di la vuelta de nuevo, con el corazón latiéndome con fuerza. ¿Acababa de ver una estrella fugaz real? Una carcajada ronca me raspó la garganta. ¿Esa era la señal que había pedido?

En ese caso, ¿qué diablos significaba?

Podía interpretar que significaba que sí, debería invocar a Ángel y, posiblemente, arrancar a Zayne de un lugar de paz y felicidad. O podía significar que Zayne estaba bien, que no pasaba nada, tal como él me había dicho, y que me estaba cuidando. O podía no significar nada en absoluto. Negué con la cabeza. No, tenía que significar algo. Respiré hondo con dificultad... y se me tensaron todos los músculos del cuerpo.

Percibí un olor… Percibí un olor a nieve e invierno, un aroma fresco y mentolado.

Percibí un olor a menta fresca.

Se me aceleró el corazón a la vez que bajaba la mano y aferraba el borde del banco. Volví la cabeza hacia la dirección por la que había llegado Zayne la última vez que estuve aquí, pero el sendero estaba vacío, hasta donde me alcanzaba la vista.

¿Estaba experimentando ilusiones olfativas?

Solté el banco y había empezado a ponerme de pie, cuando lo sentí. Un extraño y cálido hormigueo me recorrió la nuca y el espacio entre los hombros. Una brisa sopló procedente de mi espalda, levantándome mechones de pelo, y me vi rodeada de menta fresca.

La calidez se extendió desde mi cuello y me bajó por la espalda, y sentí que ya no estaba sola. Había alguien o algo aquí, y yo sabía… Sabía que el cielo olía como lo que más deseabas.

Mis labios se separaron mientras me ponía de pie despacio, entre las protestas de mis huesos y músculos, y me di la vuelta. Cerré los ojos porque me daba demasiado miedo mirar, descubrir que no había nada salvo oscuridad ahí, y que tal vez, solo tal vez, estaba perdiendo un poco la razón. Abrí los ojos, temblando, y no pude respirar, no pude hablar ni pensar más allá de lo que vi.

«Zayne.»

Era él, con su cabello rubio suelto, cayéndole contra las mejillas y rozándole los hombros anchos y desnudos. Eran sus labios carnosos que yo había besado y adorado y su ancho pecho que subía y bajaba con rapidez…, pero aquellos ojos que me miraban fijamente no eran los suyos.

Esos ojos eran de un tono azul tan brillante y tan nítido que hacían que los ojos de los Guardianes parecieran pálidos y sin vida en comparación. Eran del color del cielo al ocaso.

Y tampoco era su piel.

Mientras que antes su piel parecía haber sido besada por el sol, ahora poseía un leve y luminoso resplandor dorado. No como un espíritu, porque él era de carne y hueso, pero… brillaba, y el corazón me latía a toda velocidad.

—Trin —dijo, y los estremecimientos se convirtieron en temblores por todo el cuerpo al oír su voz… su voz.

Era él, la forma en la que pronunció mi nombre, era él, y estaba vivo y respiraba y me daba igual cómo. Me daba igual por qué. Estaba vivo y...

Los hombros de Zayne se movieron, enderezándose, y algo blanco y dorado se elevó en el aire y se extendió a ambos lados de su cuerpo, abarcando casi tres metros de ancho.

Me quedé boquiabierta.

Alas.

Eran alas.

No alas de Guardián.

Incluso con mis ojos, me di cuenta de que estas tenían plumas. Eran blancas y densas, surcadas de vetas de oro por todas partes, y esas venas doradas resplandecían con fuego celestial, con gracia.

Eran alas angelicales.

Zayne era un ángel.

Agradecimientos

Quiero dar las gracias a Natashya Wilson y al increíble equipo de Inkyard Press por estar tan emocionados como yo de volver a sumergirnos en el mundo de los demonios, las gárgolas y los ángeles. Gracias a mi agente, Kevan Lyon, que me ayudó a hacer posible esta serie; a mi publicista, Kristin Dwyer, por ir más allá de la llamada del deber; y a Stephanie Brown, por asegurarse de que de verdad estoy escribiendo. Gracias a Jen Fisher, que leyó la versión original de este libro y no me mató. Gracias a Malissa Coy, Hannah McBride, Val, Jessica, Krista, Katie, Happy, Sarah, Jessica Bird (que adora a mi cachorrito), Mike, KA, Liz, Jillian, Lesa, Drew, Wendy, Corrine, Tijan y muchos muchos escritores asombrosos cuyos libros he leído y me han encantado.

Un agradecimiento especial a todos los Stormies que me dejaron asombrada con la campaña «*Can You Still See the Stars at Night?*»* para concienciar sobre la retinosis pigmentaria. Me siento increíblemente honrada de contar con un grupo de lectores tan atentos e impresionantes. Me dejáis alucinada, y siempre estaré agradecida y recordaré esta lección de humildad.

Gracias a los JLAnders por ser tan divertidos y unos amantes de las llamas, y a todos los lectores que han escogido este libro. Vosotros sois la razón por la que puedo escribir y contar estas historias.

---

* . En español: «¿Todavía puedes ver las estrellas por la noche?». (*N. de la T.*)

Tu opinión es importante.

Por favor, haznos llegar tus comentarios a través
de nuestra web y nuestras redes sociales:
www.plataformaneo.com
www.facebook.com/plataformaneo
@plataformaneo

Plataforma Editorial planta un árbol
por cada título publicado.